Bettina Owczarski
Elmfeuer

W0210865

LEDA

Bettina Owczarski
Elmfeuer
Braunschweigkrimi

Originalausgabe
1. Auflage 2010

ISBN 978-3-939689-53-9
© Leda-Verlag. Alle Rechte vorbehalten
Leda-Verlag, Kolonistenweg 24, D-26789 Leer
info@leda-verlag.de
www.leda-verlag.de

Lektorat: Maeve Carels
Titelillustration: Carsten Tiemeßen
Druck und Bindung: Bercker Graphischer Betrieb GmbH & Co. KG
Printed in Germany

Bettina Owczarski

Elmfeuer

Braunschweigkrimi

LEDA

Für Tillmann

Prolog

Sie hatte den Tod nicht erwartet, als er kam. Der Gedanke an ihn war ihr, solange sie denken konnte, vertraut, ja sogar tröstlich gewesen. Die Möglichkeit, das Leben nicht länger aushalten zu müssen, sondern ihm mit seinen Leiden und Enttäuschungen den Rücken kehren zu können, war oft eine Zuflucht gewesen.

Doch heute war sie fast glücklich. Scharf drang ihr die kalte Winterluft in die Lungen, als sie aus der Diskothek ins Freie trat, hinter sich eine Wand aus Licht und hämmernden Rhythmen. Zum ersten Mal seit langer Zeit fühlte sie sich leicht und befreit. Sie hatte sich entschieden. Der Weg, der vor ihr lag, würde hart sein, vielleicht sogar zu hart, um ihn zu Ende gehen zu können. Aber sie fühlte sich stark, unbesiegbar.

Sie holte tief Luft und wich zwei leicht schwankenden jungen Männern aus, die hinter ihr aus der Tür traten. Einer begann ein amerikanisches Weihnachtslied misstönend zu intonieren und sie musste unwillkürlich lächeln.

Dreaming of a white christmas – vielleicht hatten sie ja Glück und es schneite wirklich noch bis Heiligabend. Eine Ahnung von Schnee lag schon in der Luft, ein feuchter, verheißungsvoller Geruch, der Erinnerungen an Schneeballschlachten und Schlittenpartien anrührte. Vielleicht würde sie morgen noch einen Schlitten kaufen. Einen richtigen altmodischen Holzschlitten, an den sie vorn ein Glöckchen binden konnte. Das Kind würde sich freuen. Ihre Kleine – sie sollte diesmal ein richtiges Weihnachtsfest bekommen, mit allem Drum und Dran. Einen großen Weihnachtsbaum hatte sie schon ausgesucht. Sie freute sich darauf, ihn gemeinsam mit ihrer Tochter zu schmücken.

Ab jetzt würde alles anders werden, sie würde einfach noch einmal neu anfangen, den Schmutz, den Hass hinter sich lassen.

Eine große Gruppe von Leuten drängte vorbei und stieß sie dabei vorwärts aus dem Licht der Neonleuchten in die Dunkelheit. Sie fröstelte und schlug den Kragen ihres modischen dünnen Mäntelchens hoch. Eigentlich war sie zu leicht angezogen, um auf den Bus zu warten. Aber ein Taxi war teuer und sie konnte sich jetzt, so kurz vor Weihnachten mit den ganzen Sonderausgaben, keinen Luxus leisten.

Die Arme gegen die Kälte fest um den Körper geschlungen, trippelte sie auf ihren hochhackigen Lackstiefeln vorsichtig Richtung Bushaltestelle. Hoffentlich war es nicht glatt. Dann hätte sie mit diesen Trittchen wenige Chancen, heil dort anzukommen.

Sie achtete auf dem schwach beleuchteten Weg sorgfältig auf jeden Schritt und wich den gefrorenen Pfützen aus. Deshalb sah sie ihn erst, als er sich ihr in den Weg stellte. Sie erschrak und strauchelte.

Ihr Mörder stützte sie und half ihr, das Gleichgewicht wiederzufinden, bevor sie es für immer verlieren sollte.

1. Kapitel

Kuhdorf. Was hatte sie sich nur dabei gedacht? Putz rieselte von der Decke in Sarahs Haare, als sie genervt die mächtige Haustür hinter sich zuwarf. Verdammte alte Bude. In der Halle war es wie immer eiskalt. Kein Mensch konnte bei den heutigen Energiepreisen ein Schloss heizen, auch wenn es nur ein kleines war. Ihre Schritte hallten auf den farbigen Mosaiksteinen und schienen sich in der Höhe des Raums zu vervielfältigen. Sie warf ihre Tasche neben die weit geschwungene Treppe und ging hinunter in die Küche.

Der Anblick des im winterlichen Dämmerlicht dösenden großen Raums verstärkte ihre Melancholie. Schwarzweiße Fliesenmuster auf dem Boden und riesige Kupfertöpfe in den gemauerten Regalen zeugten von längst vergangenen Zeiten, als hier noch ein Heer von Küchenmädchen Mahlzeiten für zweihundert Gäste zubereitet hatte. Die langen Risse in den Wänden wurden vom grauen Winterlicht gnädig weichgezeichnet.

Was wollte sie hier?

Sie blickte durch das Fenster in den vom Frost entkleideten Küchengarten. Eine einsame Krähe hockte frierend auf dem alten Mirabellenbaum, der seine dürren Zweige zur Faust geballt in den weißen Himmel reckte.

Hatte sie wirklich geglaubt, in dieser ländlichen Wüste wieder zu sich selbst finden zu können? Was für ein Schwachsinn.

In der summenden Geschäftigkeit Berlins hatte sie wenigstens nicht gespürt, wie einsam sie war, einsam, ungeliebt, unattraktiv und bedeutungslos. Eine langweilige, ältliche Dorfschullehrerin, die sich mit ihrem panischen Rückzug in ihr Heimatdorf auch noch um jede Chance gebracht hatte, jemals einen passenden Besamer für die 1,3 Kinder zu finden, die ihr laut Statistik zustanden.

Im nächsten Februar wurde sie einunddreißig, sie fühlte die Collagenfasern in ihrem Gesicht förmlich zusammenschnurren. Versuchsweise zog sie die Wangen ein und schaute in die verzerrte Spiegelfläche der Edelstahltür ihres Kühlschranks. Sie sah aus wie *Der Schrei* von Munch. Bekloppt. Sie kicherte und ihre Wangen sprangen in die gewohnt pralle Form zurück.

Warum war sie heute nur so deprimiert? Vielleicht kam sie vorzeitig in die Wechseljahre. Das wäre gar nicht so schlecht. Dann könnte sie die Suche nach dem ominösen Seelenverwandten hoffentlich aufgeben, der sich unweigerlich nach zwei bis drei Jahren als Fehllieferung des Universums erwies und zusammen mit seinen stinkenden Socken und faulen Ausreden im Restmüll entsorgt werden musste.

Sie würde sich eine graue Strickjacke kaufen, vielleicht noch eine Heizdecke und beim sonntäglichen Wunschkonzert zusammen mit Asta und Luise ihre Krampfadergymnastik machen.

Gemeinsam würden sie zerbröseln und verfallen, so wie das alte Herrenhaus, in dem sie lebten.

In Berlin hatte sie die Sorge um das Schlösschen, das dahinsiechte wie eine abgelegte Kurtisane, die ihre besten Jahre längst hinter sich hatte, gut verdrängen können.

Hier war sie wieder täglich mit den Launen dieser abgehalfterten Diva beschäftigt. Putz fiel von der Decke, die Wände schimmelten, Wasserhähne brachten nur rostbraune Fäden hervor und die Heizung funktionierte auch nur an guten Tagen.

Sie brauchte dringend einen Kaffee. Sarah füllte die Kaffeemaschine mit Wasser auf und sah in den Kühlschrank. Natürlich – keine Milch. Kaffee ohne Milch vertrug sie aber nicht mehr, seit ihr Bens Auswärtsspiele auf den Magen geschlagen waren. Das Schwein. Sie waren noch nicht mal verheiratet gewesen, aber das hatte ihn nicht davon abgehalten, sie mit seiner Assistentin zu betrügen – selbstverständlich fünf Jahre jünger als sie selbst und ebenso selbstverständlich blond, busig und bescheuert.

In der Schule lief auch alles schief. Ihr Magen krampfte sich zusammen, als sie an die bevorstehende Weihnachtsfeier dachte. Die heutige Probe für das Theaterstück war eine Katastrophe gewesen: Die beiden Erzengel hatten sich geprügelt und die Hauptdarstellerin war gleich gar nicht in der Schule erschienen.

Karla war ein kluges kleines Mädchen. Leider litten ihre schulischen Leistungen unter dem rastlosen Leben ihrer Mutter. Hatte Claudia wieder einmal nach durchfeierter Nacht nicht rechtzeitig aus dem Bett gefunden? Das war zu Beginn des Schuljahres, als Karla mit ihrer Mutter zurück in das Dorf gezogen war, häufiger passiert, aber jetzt eigentlich schon lange nicht mehr.

Claudia – sie waren früher so eng befreundet gewesen. Gemeinsam hatten sie sich ver- und entliebt, hatten die Sportstunden geschwänzt und die Unterschriften für ihre Entschuldigungen gefälscht. Lachend hatte Claudia die heimlich auf Tante Astas alter Schreibmaschine getippten Briefe unterschrieben und voller Verachtung für die spießigen Lehrer die blonde Mähne geschüttelt, während Sarah unter der Last ihrer Schuldgefühle fast zusammengebrochen war.

Und nun war sie selbst Lehrerin und Claudia – ausgerechnet die wilde Rebellin unter ihren Freundinnen – war Mutter. Sarah hatte es kaum glauben können, als die Schulfreundin ihr Büro betreten hatte, an der Hand ein kleines Mädchen, das ihr wie aus dem bildschönen Gesicht geschnitten war.

Mit großen Erwartungen waren sie damals ausgezogen, wild entschlossen, die Abenteuer der Großstadt in vollen Zügen zu genießen und niemals zurückzukehren. Nun, ›niemals‹ hatte sich als ein überschaubarer Zeitraum erwiesen. Hier waren sie beide wieder, gestrandet an den provinziellen Gestaden ihres Heimatdorfes. Was – oder wer – hatte Claudia zurückgebracht? Niemals hätte Sarah geglaubt, dass ihre Freundin, so wie sie selbst, mit gesenktem Kopf zurückkehren und ihre Träume über den Haufen werfen könnte.

Aber war es überhaupt so gewesen? Claudia hatte nichts gesagt, nicht die kleinste Andeutung über ihre Zeit in München war über ihre schönen Lippen gekommen. Bedeutungslosen Smalltalk hatten sie geführt, der mit dem ungehemmten Austausch ihrer Teenagergeheimnisse nicht mehr das Geringste zu tun hatte. Traurig.

Warum nur hatten sie sich so aus den Augen verloren? Eigentlich unverständlich. Sicher, sie war zusammen mit Filo zum Studium nach Berlin gegangen und Claudia zwei Jahre später nach München, um dort ihre Modelkarriere zu starten. Drei, vier Briefe noch hatte sie an die Freundin geschrieben, aber Claudia hatte nie geantwortet. Von Sarah vorgeschlagene Treffen waren abgelehnt, verschoben, vergessen worden. Ihre über viele Jahre so enge Freundschaft war in Enttäuschung und dann in Bedeutungslosigkeit versickert.

Seltsam eigentlich, dass sie überhaupt Freundinnen geworden waren, unterschiedlich wie sie waren. Claudia, der fleischgewordene Männertraum, ruhelos und aufsässig, und sie selbst, grüblerisch und stets voller Sorge, nicht gut genug zu sein.

Hundert Jahre schienen verstrichen, seit ihrer letzten Begegnung kurz nach Sarahs Abi-Ball, aber Claudia war immer noch genauso atemberaubend schön wie damals. Wie oft hatte sie sich früher gewünscht, so auszusehen!

Beneidenswert, morgens aufstehen und ein makelloses Gesicht im Spiegel vorfinden zu können. Wenn sie so ausgesehen hätte wie ihre Freundin, dann hätte Ben vielleicht nicht … »Hör auf«, sagte sie laut. »Vergiss den Mistkerl und kauf dir die Strickjacke!«

Vielleicht ging sie nachher mal zu Claudia und erkundigte sich nach Karla. Oder war das zu penetrant? Bestimmt hatte die Kleine ja nur Bauchschmerzen oder einen Schnupfen. Wahrscheinlich würde Claudia sie wieder mit diesem gewissen Blick mustern, der mit ironischem Befremden zu fragen schien: Wo ist dein Problem?

Das hatte sie schon damals gehasst, diese amüsierte Gereiztheit, mit der Claudia ihre zahlreichen Ängste und Sorgen beiseite gewischt hatte.

Heute verbarg Sarah ihre Unsicherheit hinter einer Maske aus professioneller Tüchtigkeit. Aber sie konnte ja kaum einer Frau gegenüber, mit der sie heimlich auf der Schultoilette geraucht hatte, die kompetente Schulleiterin herauskehren. Claudia würde sich totlachen.

Hier nahm sie doch sowieso niemand ernst als neue Chefin der kleinen Dorfschule. Wie denn auch? Sie nahm sich ja nicht mal selber ernst. Alle kannten sie schließlich noch als kraushaarige Jugendliche, nichts als Pickel, X-Beine und Komplexe. Lediglich die Pickel waren inzwischen verschwunden, immerhin. Man sollte auch für Kleinigkeiten dankbar sein.

Aber was, wenn Karla nun ernsthaft krank war? Dann ade, du schönes Weihnachtsmärchen! Aber warum hatte Claudia dann nicht in der Schule angerufen?

*

Seufzend verabschiedete sich Hauptkommissar Giovanni Beck von der angenehmen Vorstellung eines leichten Mittagsimbisses beim Italiener. »Wo genau ist sie gefunden worden?«

»In der Nähe vom *Nights*«, schnarrte die Stimme seines Kollegen aus dem Lautsprecher des Handys, »bei der Bushaltestelle. Wahrscheinlich hat sie auf den Nachtbus gewartet.«

»Ich komme.« Beck legte auf und gab Gas. Das *Nights* war die größte Diskothek in Braunschweig, weit draußen im Industriegebiet im Norden der Stadt. Es gab dort ständig irgendwelchen Ärger, meistens mit Drogengeschäften. Einen Mord hatte es seines Wissens dort noch nicht gegeben, aber er war ja auch noch nicht lange in der Stadt.

Er blinkte und bog auf die Stadtautobahn, die wie immer um die Mittagszeit relativ leer und befahrbar war. Die Braunschweiger klagten zwar ständig über die vielen Staus, aber im Vergleich zu Berlin war das hier geradezu ein Paradies für Autofahrer.

Sein Magen knurrte und er wühlte im Handschuhfach nach etwas Essbarem, fand jedoch nur ein paar uralte Pfefferminzpastillen, von denen er sich resigniert eine in den Mund schob. Er hätte heute Morgen frühstücken sollen, aber nachdem er fast eine halbe Stunde zu lange geschlafen hatte, war das nicht mehr drin gewesen.

Sehnsüchtig dachte er an sein Bett zurück, das momentan nur aus einer großen Matratze bestand. Ob er jemals dazu käme, seine Wohnung einzurichten? Wahrscheinlich musste das bis zum ersten Urlaub warten. Er schob die Vorstellung, noch ein halbes Jahr in einer nahezu leeren Wohnung zu campieren, von sich und bog auf die Hamburger Straße ein. Der riesige Parkplatz der Diskothek war bis auf ein Polizeifahrzeug und den Wagen seines Partners leer.

Mit einem tiefen Atemzug versuchte er, sich auf die Konfrontation mit einer Leiche vorzubereiten, den ersten Kontakt mit einer Geschichte, deren Leid ihn in der kommenden Zeit begleiten würde. Niemals würde er sich an diesen Moment gewöhnen, dachte er, diesen Augenblick, in dem das persönliche Grauen zugunsten professioneller Sachlichkeit zurückgedrängt werden musste. Weichei.

Suchend blickte er sich um und sah in einer entfernten Gasse die Beamten stehen.

Kollege Ulrich Wagner, dieser Sonnenschein, blickte bereits mit gewohnt muffiger Miene in seine Richtung.

Anscheinend wartete man sehnsüchtig auf ihn. Der Tatort war schon abgesperrt, Wagner war also nicht erst seit fünf Minuten hier. Schön, dass er sich doch noch entschlossen hatte, seinen Chef zu informieren. Es ging doch nichts über eine gute Zusammenarbeit.

Schnell stieg er aus. Den Kragen seines eleganten Wollmantels gegen den eisigen, nasskalten Wind hochgeschlagen, näherte er sich mit langen Schritten seinem Kollegen.

Wagner grummelte etwas, von dem sich Beck nicht ganz sicher war, ob es ›Tag‹ oder ›Arsch‹ gewesen war, und wies auf die Tote. Beck trat näher und sah langes, blondes Haar, verfilzt auf den Asphalt gebreitet.

»Stranguliert«, sagte Wagner und Beck erkannte die typischen blauroten Male an dem weißen, zarten Hals, der durch die blonden Strähnen schimmerte. »Der Arzt ist gleich da. Wahrscheinlich ein Sexualverbrechen.«

Beck betrachtete den dünnen kurzen Mantel, unter dem ein silbernes, noch kürzeres Kleid hervorblitzte. »Möglich«, antwortete er, die Vermutung lag nahe.

Motorengeräusch näherte sich und aus dem hinter der Absperrung haltenden Van sprangen die Kollegen von der Spurensicherung. Der Fotograf nahm Aufstellung und ließ mit seinen Blitzen das Kleid der Toten wie unter einer Lichtorgel glitzern.

Beck ging auf die andere Seite und betrachtete das durch den Erstickungstod entstellte Gesicht. »Sie war jung«, sagte er zu Wagner.

»Natürlich«, erwiderte sein Kollege, »mit dreißig gehört man im *Nights* schon zu den Toten …« Er brach ab und räusperte sich unbehaglich.

»Wir wissen ja noch nicht, ob sie überhaupt im *Nights* gewesen ist.«

»In dieser Aufmachung? Zu *Aldi* wollte sie so bestimmt nicht.« Wagner wies mit einem Kopfrucken zum benachbarten Supermarkt hinüber. Klugscheißer.

Mit überhöhter Geschwindigkeit fuhr ein weiterer Wagen auf den Parkplatz und der Pathologe sprang heraus, wie immer in Eile. Der große, überschlanke Mann schlenkerte beim Gehen mit seinen Gliedern wie eine Marionette. Er nickte kurz in ihre Richtung und wandte sich sofort der Leiche zu. »Stranguliert«, bestätigte er Wagners Vermutung, »wahrscheinlich ein dünner Strick oder etwas Ähnliches. Die Strangulationsfurchen sind sehr tief.« Er wartete darauf, dass der Fotograf seine Arbeit beendete. »Schade drum. Hübsche Frau.«

Beck antwortete nicht. Wäre es um eine weniger attraktive Frau nicht schade gewesen? Manchmal gingen ihm die Kommentare seiner Kollegen auf die Nerven.

Ein Bild tauchte auf, blonde Haare wirbelten zu einem unhörbaren Rhythmus, silberne Pailletten schimmerten im Schwarzlicht, ein Lachen ließ weiße Zähne aufblitzen.

Er runzelte die Stirn und wandte sich der Spurensicherung zu. »Irgendwas im Umfeld?«

Kollege Heese schüttelte den Kopf. »Keine Handtasche, kein Portemonnaie, kein Perso. Keine Fußspuren. Beton.«

Beck stöhnte. Die Verfolgung einer Straftat mit einer nicht identifizierbaren Toten war die Freude eines jeden Kriminalbeamten. Das konnte sich Wochen hinziehen.

Wer war diese tote Schönheit? Wen hatte sie geliebt? Wer würde um sie trauern?

*

Sarah blieb in der Mitte des großen gepflasterten Hofes stehen und sah sich um. Der vertraute Anblick der hellgelben Fassaden und der schmalen, hohen Sprossenfenster mit den grünen Fensterläden beruhigte sie und hob ihre Stimmung. Unter der riesigen alten Kastanie in der Mitte des Hofes froren die nackten Putten des Brunnens, aus ihren Amphoren perlten nur noch zu Eis erstarrte Tropfen.

Ihre Großtante hatte schon Licht angemacht, sein

warmer Schimmer färbte den grauen Dunst des Dezembernachmittags vor ihren Fenstern golden.

Der kleinere Seitenflügel des Schlosses war ursprünglich nur von ihrer Großtante Luise bewohnt worden. Seit sie zurückgekehrt war, war auch ihre jüngere Tante Asta dort eingezogen, obwohl Sarah ihr mehrfach versichert hatte, dass der Platz im Haupthaus für sie beide mehr als ausreichend wäre. Asta war jedoch der Meinung, junge Leute sollten unter sich bleiben.

Nun, das war sie jetzt auch – sehr unter sich.

Sie öffnete die unverschlossene schwere Tür und rief nach ihrer Großtante. Begeistert kam Muffin aus dem Damenzimmer geschossen, Astas Golden-Retriever-Hündin, dicht gefolgt von Luises Malteserhündchen Marilyn. Entzückt wuselten sie um Sarahs Beine und brachten sie fast zu Fall.

Marilyns schrilles Gekläff brachte Sarahs Ohren zum Singen und sie stöhnte. »Aus!« Warum nur vergeudete sie immer wieder ihre Energie auf diese Erziehungsversuche? Der winzige Hund hatte eindeutig einen stärkeren Willen als sie. Resigniert streichelte sie die Hunde und ging durch eine hohe Flügeltür in Luises Wohnzimmer.

Die pfirsichfarbenen Wände warfen einen rosigen Schimmer über die weißen Möbel und Luises immer noch platinblondes Haar. Ihre Großtante lag auf einer Ottomane und zog an einer langen Zigarettenspitze.

»Rauchst du schon wieder? Du wolltest doch nur noch zu besonderen Gelegenheiten rauchen, allerliebste Luise.«

Ihre Großtante brachte ihre zierlichen Gliedmaßen in eine aufrechte Stellung und zog ihren weißen Satinmorgenrock zurecht. Ordnend griff sie in die sorgfältig gelegten silberblonden Wellen und zupfte eine Locke in die richtige Stellung. »Dies ist eine besondere Gelegenheit. Es ist ein besonders grauer, abscheulicher Wintertag. Da kann eine nicht mehr ganz so junge Person schon in Melancholie verfallen.«

»Das kann ich bestätigen.« Sarah lachte. Sie umarmte ihre Großtante und kam sich wie immer, wenn sie diesen zarten Körper berührte, groß und ungeschickt vor.

»Du! Komm du erst mal in mein Alter, wenn dir die Feuchtigkeit aus den Mauern direkt in die Knochen kriecht und dich jedes einzelne deiner Jahre spüren lässt.«

»Ach, Luise – deine vierzig Jahre.« Sarah grinste.

»Nun übertreib mal nicht. Siebzig gebe ich ja zu, wenn auch ungern.« Luise griff nach Marilyn und nahm sie auf den Schoß. »Ich habe das Gefühl, die Heizung funktioniert nicht. Mir ist kalt.« Luise zog fröstelnd die schmalen Schultern hoch.

»Das tut sie doch nie. Warum hast du dir denn den Kamin nicht angemacht?« Sarah wandte sich um und betrachtete die große Feuerstelle aus türkisfarbenem Marmor, auf deren Sims sich Luises gerahmte Familienfotos drängten. Über dem Kamin blendete Luises Idol, Marilyn Monroe, den Betrachter mit ihrem schneeweißen Lächeln.

»Es war kein Holz mehr da.« Luise zuckte mit den schmalen Schultern. »Anscheinend haben wir zu viel verbraucht. Jetzt gibt's erst nächsten Monat wieder welches.«

»Ich habe noch genug. Ich bringe dir nachher ein paar Körbe rüber.«

»Das ist ganz reizend von dir, Kindchen. Ist denn schon Schulschluss?« Luise legte ihren Kopf zurück, um Sarah in das Gesicht schauen zu können.

»Ja, natürlich, es ist schon zwei. Ich konnte mich heute nicht aufraffen, noch Büroarbeit zu erledigen, mir war so trübsinnig.« Sarah fischte einen Keks aus der grünen Glasschale auf einem kleinen Biedermeiertisch vor der Ottomane, und steckte ihn in den Mund.

Er schmeckte köstlich nach Weihnachten, nach Zimt und Orangen und Kinderzeit. Ihre Tante Asta war ein Genie in der Küche, im Gegensatz zu Luise, die noch nicht mal ein Ei kochen konnte, ohne größere Verletzungen davonzutragen. Grinsend nahm sich Sarah einen zweiten Keks.

Vielleicht war es ja doch nicht so verkehrt gewesen, nach Hause zurückzukehren.

»Hast du Milch da, Luise? Ich habe vergessen, welche zu kaufen.«

»Sieh mal nach, es müsste noch was da sein, allerdings nur dieses fettige Biozeug. Du kennst ja Asta. Und bring mal den Champagner mit. Ich brauche ein Schlückchen für meinen Kreislauf.«

Sarah verdrehte die Augen und ging durch die kleine Halle in die Küche. Sie prunkte mit elfenbeinfarbenem Lack und blinkendem Chrom im vergangenen Glanz der fünfziger Jahre, der Zeit, in der sie Luise nach ihrer Scheidung in das ehemalige Frühstückszimmer hatte einbauen lassen. Sarahs Großtante hatte dem Skandal getrotzt, der aus der Trennung von ihrem herrischen Ehemann, einem bekannten konservativen Politiker, entstanden war, einen ordentlichen Batzen des angeheirateten Geldes mit sich genommen und sich freudestrahlend in ihrem Leben als ungebundene Frau eingerichtet.

Leider zu freudestrahlend – von dem Geld war nichts mehr übrig geblieben. Luise hatte immer eine große Vorliebe für schöne Dinge gehabt, schöne teure Männer eingeschlossen.

Manchmal kam sich Sarah älter vor als ihre lebenslustige und kapriziöse Großtante. Vielleicht sollte sie auch mal ein skandalöses Leben ausprobieren – bestimmt hatte Luise in einem einzigen Jahr ihres Lebens mehr Spaß gehabt als Sarah in ihren dreißig. Und mehr Männer im Bett wahrscheinlich auch.

Genau wie Claudia. Kein Wunder, dass sich ihre Freundin und ihre Großtante immer blendend verstanden hatten. Sie knallte die Kühlschranktür zu und klemmte sich dabei die Hand. »Scheiße.«

Sie ging zurück zu Luise und stellte die Champagnerflasche auf das zierliche Tischen. Luise hatte einen vergoldeten Taschenspiegel hervorgekramt und bemalte ihre Lippen mit äußerster Sorgfalt in dramatischem Blutrot. »Schenkst du mir ein Schlückchen ein, Schatz?« Luise flatterte mit den blauschwarz getuschten Wimpern.

Seufzend ging Sarah quer durch das Zimmer zu dem zierlichen Vertiko, das angeblich der letzten Mätresse des letzten Kaisers gehört hatte, und nahm eine Sektflöte heraus. Sie stutzte und suchte die Glasböden des Schränkchens mit den Augen ab. »Sag mal – wo sind denn deine wunderschönen Jugendstilkelche geblieben. Hast du sie …?«

»Verkauft.« Luise räusperte sich. »Weißt du, da war dieses entzückende Chanelkostüm und ich hatte einfach überhaupt nichts anzuziehen für das Gala-Diner in Berlin.«

Sarah schnaubte. »Nichts anzuziehen? Du hast mindestens zehn Chanelkostüme im Schrank hängen.« In die ich leider nicht reinpasse.

Luise schnaubte auch. »Uralt! Ich kann ja wohl nicht in einem dreißig Jahre alten Lappen zu einem Hardenberg-Diner gehen.«

»Dann geh doch einfach nicht hin.« Sarah überlegte, ob sie sich auch einen Champagner genehmigen sollte, auf den sexlosen Rest ihres Lebens.

»Ab und zu muss ich hier auch mal raus.« Luise zog einen blutroten Flunsch.

»Hast du eigentlich mal mit Claudia gesprochen? Seit sie wieder hier ist, meine ich?«

Luise schüttelte die platinblonden Wellen und nahm einen Schluck. »Nein. Ich habe sie nur einmal kurz auf der Straße gesehen. Sieht immer noch gut aus, das Mädchen. Warum fragst du?«

»Ach, nur so. Ich habe mich gefragt, warum wir uns so fremd geworden sind.«

»So ist nun mal das Leben, Kindchen. Menschen kommen und gehen. Nichts ist für immer.«

Wohl wahr. Sarah seufzte und dachte an Ben.

»Claudia ist nicht wie du, sie hängt nicht an Menschen. Hat sie noch nie.«

»Woher willst du das wissen? So gut hast du sie ja nun auch nicht gekannt!«

»Verwandte Seelen erkennen einander.« Luise lächelte melancholisch.

»Sei nicht so dramatisch. Schließlich hängst du an Asta.« Und an mir auch hoffentlich ein bisschen. Sarah entschied sich gegen den Champagner. Irgendwie war ihr die Lust vergangen.

»Ich ›hänge‹ nicht an Asta. Sie ist mein rechter Arm. Und du bist mein linker.«

»Danke. Ich hoffe, du spielst nicht auf meine Ungeschicklichkeit an. Wo ist eigentlich Asta?«

»Ist sie immer noch nicht wieder da? Sie ist schon vor ein paar Stunden in die Stadt gefahren, sie wollte längst zurück sein.« Luise legte ihre vom Chirurgen geglättete Stirn in besorgte Falten und ging zum Fenster.

»Mach dir keine Sorgen, Luise. Wahrscheinlich lässt sie mal wieder ihre Chakren stärken. Das dauert.«

Beide lachten. Astas stetes Bemühen um die Gesundung ihres Astralleibes gab in ihrem Frauenhaushalt ständig Anlass zu Spötteleien. Sarah mopste sich schnell noch einen Keks aus der Schale und betrat den Hof.

Muffin nutzte die Gelegenheit und schlüpfte an ihr vorbei nach draußen, zielstrebig auf eine Schlammpfütze zusteuernd. »Muffin, nein!«, rief Sarah. Sie wusste aus leidvoller Erfahrung, dass die goldfarbene Hündin sich in Sekundenschnelle in ein braunes, borstiges Wildschwein verwandeln konnte. Muffin bog ab und schlenderte zum Pförtnerhäuschen hinüber, als habe sie nie etwas anderes vorgehabt.

In ihre eigene Küche zurückgekehrt, goss sich Sarah

endlich einen großen Becher Kaffee ein. Sie schüttelte sich leicht, als sie die Fettaugen auf dem Kaffee sah. Wieder ein paar Gramm mehr auf den Hüften. Sie setzte sich an den Tisch, legte ihre Füße auf einen Stuhl und genoss den köstlichen Zusammenklang von Kaffee und Keks in ihrem Mund.

Das war nun ihr Leben. Schule, Tanten, Frustfraß.

Sie war immer noch erstaunt, dass sie überhaupt den Mut aufgebracht hatte, sich um die Schulleitung zu bewerben. Aber der Wunsch aus Berlin, von Ben wegzukommen war stärker gewesen als ihre Bedenken. Wie ein kleines Mädchen war sie nach Hause gerannt, in die schützenden Arme ihrer Tanten.

Als sie gerade erwog, sich ein paar Tränen des Selbstmitleids zu gönnen, hörte sie die Eingangstür klappen. »Wer hat denn Muffin in die Pfütze gelassen? Sie sieht aus wie ein Schwein!« Sarah enthielt sich wohlweislich einer Antwort und grinste, als sie das frisch geflochtene Haar ihrer Tante erblickte.

»Na, du Freak?« Sie strich ihrer Tante über den mit Hunderten von hennaroten Zöpfchen geschmückten Schopf.

»Nicht«, kreischte Asta und wich zurück, »du machst ja alles kaputt! Ich habe keine 80 Euro bezahlt, um auszusehen wie ein Handfeger!«

»Aber ein cooler Handfeger«, lachte Sarah und nahm ihrer Tante zwei Tüten ab.

»Cool – in meinem Alter!«, schnappte Asta und schubste Sarah in die Küche. »Und du? Starrst du schon wieder depressive Löcher in die Luft?«

»Ich glaube, ich komme in die Wechseljahre.«

»Ja, klar, das erklärt einiges. Du solltest dir schon mal eine Grabstelle aussuchen.«

Sie stellten die Tüten auf den Tisch und fingen an auszupacken. »Mmm, Pizza«, sagte Sarah zufrieden. »Vom *Campanella*?«

»Natürlich, die verwenden wenigstens frische Zutaten«, erwiderte Asta und schob die Pizzen in den Backofen. »Geschmacksverstärker sind aber bestimmt darin. Dass du aber auch immer diesen Hang zu Fertiggerichten hast.« Sorgfältig strich Asta ihren langen, braunen Wildlederrock glatt und setzte sich zu Sarah.

»Erlaube mal, Pizza vom edelsten Italiener in ganz Braunschweig kann man ja wohl nicht als Fertiggericht bezeichnen«, empörte sich Sarah. »Ich kann einfach nicht immer nur von Tofu und Sojasprossen leben.«

»Erstens ist Tofu wirklich lecker und zweitens erwartet das ja auch niemand von dir. Beschwer dich nur nicht, wenn du wieder Kopfschmerzen und Depressionen kriegst.«

»Dann machst du mir eine Bodyflow–Massage und alles ist wieder gut, allerliebste Asta.«

»Ja, ja. Iss du nur deinen Schrott. Warum bin ich bloß mit zwei so uneinsichtigen und engstirnigen Weibern in meiner näheren Verwandtschaft gestraft? Die eine qualmt und die andere isst Plastik.« Asta seufzte.

»Schlechtes Karma. Wahrscheinlich hast du in deinem letzten Leben ständig Hamburger gegessen und dicke Zigarren gequarzt.«

»So wird es sein. Und – gab's heute etwas Neues in der Schule?« Asta richtete den intensiven Blick ihrer leuchtend blauen Augen konzentriert auf Sarah.

»Ich glaube, ich gehe nachher mal bei Karla vorbei«, sagte Sarah. »Sie war heute nicht in der Schule.«

»Wahrscheinlich ist ihre liebe Mutter mal wieder nicht aus den Federn gekommen.« Asta nahm einige Halbedelsteine aus einem Stoffbeutel und hielt sie prüfend gegen das Licht. »Du weißt doch, wie sie ist.«

»Schon«, erwiderte Sarah, »aber ich dachte, sie hätte sich jetzt gefangen. In der letzten Zeit war Karla immer pünktlich da.«

»Ich hatte schon befürchtet, dass Claudia das nicht

durchhält, sie hat in ihrem ganzen Leben noch nichts zu Ende gebracht, keine Ausbildung, keinen Job, keinen Mann und davon hat's weiß Gott genug gegeben.« Asta sah kopfschüttelnd nach der Pizza.

»Findest du nicht, dass du ein bisschen hart urteilst?«, fragte Sarah. »Sie hat es ja auch nicht leicht gehabt mit ihrem Alten.«

»Ach«, wehrte Asta ab, »ja, ihr Vater ist ein alter Grantkopf, aber mein Güte, da gibt es doch wirklich Schlimmeres.«

»Ich weiß nicht ...« Sarah stellte zwei Teller auf den Tisch. »Ich hatte auch immer Schiss vor dem alten Ahrendt. Und ihre Mutter hatte doch überhaupt nichts zu melden.«

»Ich habe nie verstanden, was du an Claudia gefunden hast.« Asta arrangierte ordentlich das Besteck neben den Tellern. »Ihr seid so unterschiedlich.«

»Das sind Filo und ich auch. Du weißt doch, Gegensätze ziehen sich an. Du hast Claudia einfach nie wirklich leiden können.«

»Nein«, gab Asta zu. »Ich bemühe mich zwar um Toleranz, aber Claudia ist mir einfach zu oberflächlich. Ihre Schönheit hat sie immer ziemlich berechnend eingesetzt, finde ich.«

»Na und? Das hat Luise auch oft getan. Und kannst du sie deshalb weniger leiden? Mein Gott, Claudia war damals achtzehn – zeig mir ein Mädchen in diesem Alter, das nicht mit seiner Wirkung auf Männer spielt!«

»Wahrscheinlich hast du recht. Aber was regst du dich so auf? Ihr seid doch gar nicht mehr befreundet!«

»Ich wär's aber gern wieder. Ich mag sie eben.«

»Du und Hunderte von Männern auch«, erwiderte Asta und servierte die köstlich nach Oregano duftende Pizza.

*

»Wer hat die Leiche gefunden?«, wandte sich Beck an seinen Kollegen.

»Der Parkplatzwärter.« Wagner wies mit einem Kopfnicken auf einen an der Seite wartenden Mann in grauer Arbeitskleidung.

Beck ging auf den schmächtigen Mann zu und gab ihm die Hand. »Beck, Kriminalpolizei. Wann haben Sie die Tote gefunden?«

»Vor etwa aaner Stunde, so jejen elf, ich habe auch glaach auf die Uhr jesehen, Herr Kommissar«, antwortete der Mann eifrig.

»Kontrollieren Sie den Parkplatz immer um diese Zeit?«

»Ja, gegen 10 Uhr fange ich hier an, sauberzumachen«, er wies auf seinen Spießstock und einen Eimer, »Samstag- und Sonntagmorgen sieht's hier immer aus wie Sau!«

»Sie haben eine Stunde saubergemacht, ehe Sie die Tote bemerkten?«, fragte Beck ungläubig.

»Na ja, ich hab' vorne anjefangen und dann musste ich noch die Besoffenen vom Platz jagen, wie immer. Die pennen hier in den Autos und ich kann dann nicht ordentlich fegen, da weck' ich se immer auf. Dann randalieren se maastens, waal se noch pennen wollen.«

Beck wurde hellhörig. »Wer hat hier geschlafen?«

»Junge Kerle, wie immer«, sagte der Mann, »die Mädels machen so was nich.«

»Wie viele?«

»Als ich kam, fuhr grade aan Wagen weg und dann stand noch aaner da, waren zwaa Typen drin. Ich hab an's Fenster jeklopft und jerufen. Lag alles voller Bierdosen, auch unterm Auto, da kam ich nich ran. Die müssen jesoffen haben wie die Löcher.«

»Sie haben sich nicht zufällig das Kennzeichen des Autos gemerkt«, fragte Beck ohne viel Hoffnung.

»Nee, maan' Se denn, die warn's?«

»Zumindest könnten sie etwas gesehen haben«, erklärte Beck. »Was war es denn für ein Wagen?«

»Könnte 'n alter Audi jewesen saan, dunkel – halt, jetzt fällt's mir wieder aan, der hatte aan Braunschwaager

Kennzaachen, ich hab noch jedacht, was fährt denn der mit dem Wagen in die Disco, wenn er saufen will. Sonst stehen hier immer eher die Gifhorner und …«

»Also ein Braunschweiger Kennzeichen, haben Sie sich sonst noch etwas gemerkt?«, unterbrach Beck den Mann, der die Aufmerksamkeit sichtlich zu genießen begann.

»Nee, ich glaub nicht oder warten Se mal …« Der Mann war nicht bereit, die Hauptrolle in diesem Drama so schnell abzugeben. »Ich glaub, nach dem BS kam aan A …«

Beck wartete, aber es kam nichts mehr. »Kannten Sie die Tote oder haben Sie sie hier schon mal gesehen?«

»Nee, hätt ich aber gerne.«

»Wissen Sie, wem die Diskothek gehört, oder wer sie leitet?«

»Wem se jehört, waaß ich nich', anjestellt hat mich Haanen, der Jeschäftsführer.«

Beck war irritiert. »Hanen oder Heinen?«

»Haanen, mit ei.«

Und die Braunschweiger glaubten doch tatsächlich, dass sie reinstes Hochdeutsch sprachen. Lachhaft. »Kennen Sie seinen Vornamen?«

»Brüderschaft jetrunken hab ich mit dem noch nich'.« Der Mann feixte und entblößte dabei ein lückenhaftes Gebiss.

»Mein Kollege nimmt Ihre Personalien auf. Falls Ihnen noch was einfällt, wenden Sie sich an ihn oder Sie rufen uns an.« Beck wandte sich zu Wagner um, der in seinen Notizblock kritzelte. »Lassen Sie sich auch noch die Beschreibung von den zwei Männern im Auto geben.«

Sein Kollege knurrte etwas, dass verdächtig nach »Wäre ich ja nicht draufgekommen« klang. Beck zog es vor, die Äußerung zu ignorieren.

Er wusste, dass er bei seinem engsten Mitarbeiter nicht sonderlich beliebt war. Er hatte noch nicht herausgefunden, ob Wagner selbst auf den Beförderungsposten spekuliert hatte, obwohl er als Mann aus dem mittleren Dienst wahrscheinlich nicht zum ersten Mal einen Studierten vor die Nase bekam, oder ob Beck ihm einfach als Mensch nicht passte.

Beck war klar, dass er mit seiner eleganten Kleidung und dem modischen Haarschnitt bei weniger stilbewussten Kollegen mitunter auf Befremden stieß. Ein Exkollege aus Berlin, mit dem er manchmal ein Bier trinken gegangen war, hatte mal zu ihm gesagt, er passe in die Polizei wie David Bowie in einen Männergesangsverein. Netter Vergleich. Beck mochte David Bowie, hatte aber entschieden etwas dagegen, als Paradiesvogel gehandelt zu werden, bloß weil er seine Klamotten nicht bei *C&A* kaufte.

Der Pathologe richtete sich neben der Leiche auf und klopfte sich die Knie sauber. »Stranguliert mit einem schmalen, strickähnlichen Gegenstand, wahrscheinlich aus sehr festem Material. Mitte bis Ende Zwanzig, über sechs Stunden tot, kein Reflex, Leichenstarre vollständig eingetreten. Wahrscheinlich kein Sexualdelikt. Alles Weitere dann im Bericht.«

»Kein Sexualdelikt?« Wagner und Beck sprachen unisono.

Der Arzt zuckte mit den mageren Schultern. »Sieht nicht so aus. Keine äußeren Spuren von Sperma, keine Verletzungen, keine Hämatome an den Oberschenkeln. Der Slip sitzt auch da, wo er hingehört. Kann mir nicht vorstellen, dass ein Mörder und Vergewaltiger seinem Opfer hinterher die Unterhose wieder anzieht. Aber – vielleicht gibt's ja auch so was.«

Beck blickte kopfschüttelnd auf die Leiche. Der Pathologe hatte das schimmernde Kleid sorgsam wieder über die langen Beine gezogen.

Warum war er eigentlich so überrascht? Also kein Triebmord. Aber was dann? Wer hatte die tote Schönheit so sehr gehasst – oder geliebt –, dass er sie umbringen musste? Oder war der Blonden eine zufällige Begegnung in der Diskothek zum Verhängnis geworden?

Eine unbekannte Tote, ein unbekanntes Motiv. Er freute sich schon auf seinen Bericht.

Beck dankte dem Arzt und blickte noch einmal über den zugigen Parkplatz, auf dem gerade der Krankenwagen einfuhr, nickte kurz in Wagners Richtung – ja, du mich auch – und ging zu seinem Wagen zurück.

Wider Erwarten hatte er immer noch Lust auf Spaghetti aglio e olio. Wahrscheinlich fing er an abzustumpfen.

2. Kapitel

Sarah pfiff nach Muffin und öffnete das Hoftor. Langsam schlenderte sie die alte Dorfstraße hinunter und betrachtete die alten Fachwerkhöfe, die links und rechts die schmale Straße säumten. Tote Hose, aber hübsch.

Bei Dörte Allers stand das Hoftor offen und Sarah konnte den Türkranz sehen, der die Haustür weihnachtlich schmückte. Kindliche Vorfreude auf das Weihnachtsfest durchfuhr sie plötzlich und sie bedauerte, dass sie keine Zeit gefunden hatte, ihr Haus zu dekorieren.

Aber am Samstag würde sie den großen Baum abholen und nach allen Regeln der Kunst mit Glitter behängen. Endlich konnte sie in Tannenzweigen und glitzernden Kugeln baden. Früher, als ihr Vater noch lebte, hatten sie immer einen gewaltigen Baum in der Halle aufgestellt, der mit Hilfe von Leitern geschmückt wurde. Seit sie die Halle nicht mehr beheizen konnten, stand er im kleinen Salon, den Sarah als Wohnzimmer benutzte. Na ja, war sowieso gemütlicher.

Ben – das Schwein – hatte jede weihnachtliche Gefühlsduselei abgelehnt und ihre zaghaften Versuche, die Wohnung zu schmücken, ebenso belacht wie Filo, ihre beste Freundin. ›Gottchen, Sarah, kommt mal wieder das Landei durch?‹ Zum Schluss hatte sie selbst geglaubt, dass Weihnachten spießig sei. Sie hatte ein Identitätsproblem.

Sarah seufzte und ging schneller, um die Melancholie abzuschütteln. Muffin war schon weit vorausgelaufen und sah sich immer wieder missbilligend nach ihrer langsamen Begleitung um. Sie folgte der Hündin und bog in die Driebe ein, in der Karla mit ihrer Mutter lebte.

Schon von weitem sah sie, dass sich niemand in dem kleinen Gärtchen aufhielt. Das winzige, schiefe Haus wirkte vernachlässigt und verlassen. Kein Licht brannte hinter den schmutzigen Fensterscheiben, obwohl Sarah wusste, dass es auch am frühen Nachmittag in den engen Räumen schon dunkel war. Das Haus hatte immer wieder leer gestanden und bot kaum Komfort. In der heutigen Zeit hatte kaum jemand noch Lust, einen widerspenstigen Kohleofen zu beheizen, der die feuchte Modrigkeit eines alten Hauses ohnehin nicht vertreiben konnte.

Unschlüssig stand sie vor der verrosteten Gartenpforte, während Muffin neugierig die Schnauze durch den Zaun steckte und schnüffelte. Zögernd drückte Sarah die Pforte auf und klopfte an der Haustür, von der dabei ein bisschen Farbe abblätterte. Nichts rührte sich im Haus.

Sie versuchte, durch das oben in die Tür eingelassene Butzenfenster zu schauen, aber drinnen war es zu dunkel, um etwas zu erkennen. Sie klopfte noch einmal energischer, was ein erneutes Farbgeriesel zur Folge hatte. Kein Laut war im Inneren des Hauses zu hören. Resigniert wandte sie sich ab und sah Muffin gerade noch um die Hausecke wischen.

»Nein, hierher«, rief sie und eilte hinter der Hündin her, um zu verhindern, dass sie in die Wobe sprang, einen kleinen Bach, der auch durch ihren Hausgarten sprudelte.

Sie erwischte Muffin am Halsband und warf einen kurzen Blick auf die Rückseite des Hauses.

Da – war da nicht eine Bewegung am oberen Fenster gewesen? Angestrengt starrte sie nach oben.

»Karla? Claudia?«, rief sie. »Ich bin's, Sarah!«

Nichts rührte sich. Sie wollte sich gerade abwenden, als ein kleines, weißes Gesicht an der Scheibe auftauchte.

»Karla! Was ist los! Bist du krank?« Sie meinte ein Kopfschütteln zu erkennen. »Wo ist Claudia? Mach mir doch auf, bitte!«

In der Hoffnung, dass Karla sie verstanden hatte, ging Sarah zurück zur Vordertür und wartete. Ein leichtes Tapsen auf der Holzstiege verriet, dass ihre Bitte gehört worden war. Das Knirschen eines Schlüssels war zu hören und die Tür öffnete sich einen Spalt weit, durch den ein großes blaues Auge lugte.

»Keine Angst, Karla«, beruhigte Sarah die Kleine und drückte gegen die Tür. Sie öffnete sich und gab den Blick auf ein blasses, blondes Mädchen frei, das ganz offensichtlich geweint hatte.

»Was ist los?«, fragte Sarah erschrocken. »Ist Claudia da?«

Die Kleine schüttelte den Kopf und blickte auf ihre nackten Füße.

Sarah schob sie sanft in den Flur zurück und trat ein. Der freudig hereindrängenden Muffin schlug sie die Tür vor der Nase zu. Bevor sie die bei allen Kindern beliebte, aber sehr temperamentvolle Hündin hereinließ, wollte sie sich erst einmal umschauen. Sie ging in die kleine, kalte Küche und sah, dass der Ofen schon mehrere Stunden aus sein musste.

»Wo ist deine Mama?« Sarah beugte sich zu Karla hinunter und sah ihr in die Augen. »Warum warst du heute nicht in der Schule? Du weißt doch, wie wichtig du für unser Theaterstück bist!«

Karla nickte und sah weiter bedrückt zu Boden. »Mama ist nicht da«, flüsterte sie kaum vernehmbar.

Sarah sah sich in der Küche um. Schmutzige Teller stapelten sich neben und in der alten Spüle und angebrochene Packungen mit Brot und anderen Lebensmitteln lagen überall offen herum. Auf dem Herd hatte mit Sicherheit heute niemand ein warmes Essen für Karla gekocht, denn auch er war mit benutztem Geschirr vollgestellt. Auf einer Leine über der schwarzen Ofenplatte hingen neben Kinderhemdchen Nylonstrümpfe und ein frivoler Spitzen–BH zum Trocknen.

Sie wandte sich wieder an das Mädchen. »Wie lange ist Claudia denn schon weg? Schon länger, oder?«

»Seit gestern«, wisperte die Kleine und schaute wieder auf den Boden.

»Seit gestern?«, fragte Sarah entsetzt. «Du bist seit gestern allein zu Haus? Hast du heute schon was gegessen?«

»Zwieback«, antwortete das Mädchen, »und Schokolade.« Sie schaute vorsichtig zu Sarah empor, als könne diese sie für die Nachlässigkeit ihrer Mutter bestrafen.

Sie drückte die Kleine tröstend an sich und überlegte. Zuerst musste Karla mal Schuhe und Strümpfe anziehen. Auf dem kalten Steinfußboden konnte sie sich sonst eine üble Erkältung einfangen, wenn sie das nicht schon getan hatte.

Mit einem entsprechenden Auftrag schickte sie das Kind nach oben und sah sich in der chaotischen Küche um. Sollte sie zuerst Feuer machen? Aber sie konnte doch das Kind nicht hier allein mit einem brennenden Ofen zurücklassen! Oder sollte sie ihre Unterlagen holen und hier arbeiten, während sie auf Claudia wartete?

Das Kind musste unbedingt auch was essen. Sarah schaute verunsichert nach Lebensmitteln, die noch verwendbar waren. Was aßen Kinder eigentlich gern? Ob sie die Kleine einfach mitnahm? Aber wenn Claudia das als Einmischung auffasste? Andererseits ließ man ein siebenjähriges Kind doch auch nicht über Nacht allein in einem kalten Haus!

»Karla?«, rief Sarah die Treppe hinauf. Als keine Antwort kam, stieg sie die schmale Holzstiege empor und zog den Kopf ein, um sich nicht am Abschlussbalken zu stoßen. Leises Schluchzen wies ihr den Weg in das Kinderzimmer.

Dort saß die Kleine inmitten eines heillosen Durcheinanders von Kleidung und Spielsachen auf dem Bett, das das halbe Zimmer einnahm. An einem vorhanglosen Fenster blühten Eisblumen in frostiger Grazie. Mein Gott, Claudia!

Einen Strumpf hatte Karla bereits angezogen und weinte mit gesenktem Kopf. »Ich kann den anderen nicht finden!« Sie wischte sich mit einem Ärmel über die roten Augen.

In dem engen Raum war es eisig, Karla musste schleunigst in die Wärme. Sarah schlang die Bettdecke um das Mädchen und machte sich auf die Suche nach dem Socken.

Sie wühlte einen Wollpullover aus dem Kleiderhaufen und zog den zweiten Strumpf unter dem Kopfkissen hervor. »Schnell, zieh das an, du kommst erst mal mit zu mir.« Sarah half dem Mädchen, den Pullover über ihren Schlafanzug zu ziehen. Sie schickte die Kleine nach unten und griff nach einer Jeans, die auf dem Boden lag.

Als sie nach unten kam, war das Mädchen schon dabei, ihre Stiefel anzuziehen. »Nein, erst noch die Hose«, wies Sarah sie an und half ihr hinein. »Möchtest du etwas mitnehmen?«

Karla schüttelte den Kopf und fragte mit dünner Stimme: »Kommt Mama nicht bald?«

»Doch, ich denke schon, aber es ist hier viel zu kalt für dich und ich bin nicht besonders gut darin, einen Ofen anzumachen!«

»Ich kann das«, erwiderte Karla, »ich habe Mama schon oft zugesehen.«

»Das ist aber ziemlich gefährlich«, wandte Sarah ein,

»das solltest du lieber nicht machen. Kommt es denn oft vor, dass deine Mama dich allein lässt?«

»Nein.« Karla sah zu Sarah hoch. »Meistens ist sie da.«

»Na, komm, wir gehen, Muffin ist draußen bestimmt schon festgefroren.«

Die Miene der Kleinen hellte sich bei der Erwähnung des Hundes auf und sie öffnete eilig die Haustür, vor der sich Muffin gemütlich niedergelassen hatte.

Sarah nahm eine kleine Jacke von einem Haken im Flur und wollte Karla folgen, als ihr einfiel, dass sie Claudia unbedingt eine Nachricht hinterlassen musste. Sie gab dem Mädchen die Jacke und hastete in die Küche zurück. Auf einem Stück Einwickelpapier hinterließ sie einige Zeilen und deponierte es deutlich sichtbar auf einer freien Ecke des Küchentisches. Er würde Claudia hoffentlich gleich auffallen, wenn sie zur Küchentür hereinkam.

Als wenn sie nicht genug eigene Probleme hätte! Claudia, wo bist du?

*

Mürrisch setzte Beck seine Unterschrift unter die Anzeige an den Staatsanwalt. Die Spaghetti lagen ihm wie Blei im Magen. Anscheinend schlug ihm ein Mord doch auf die Verdauung. Jetzt noch die Nachricht an das Landeskriminalamt.

Eine Vermisstenmeldung, deren Beschreibung auf seine schöne Tote passte, war noch nicht eingegangen. Dazu war es aber eigentlich auch noch zu früh. Er musste so schnell wie möglich mit der Zeichnung, die hoffentlich schon fertig war, in die Diskothek. Die Fotos konnte man keinem Laien zeigen. Irgendwer würde sie schon erkennen, schließlich war die Tote auffallend schön gewesen. Da gab es sicher einen Barkeeper oder einen Türsteher, der sich ihrer erinnerte. Eine andere Möglichkeit hatte er zurzeit jedenfalls nicht.

Wenn die Tote allein gelebt hatte, konnten Tage, ja

Wochen vergehen, bis sie von jemandem vermisst wurde. Aber wahrscheinlich war das nicht.

Irgendwo in Braunschweig, Wolfsburg oder Gifhorn vermisste jetzt jemand seine schöne Tochter, Frau, Freundin oder Mutter. Zunächst würde es nur eine vage Besorgnis sein, schließlich konnte die Frau ja auch bei jemandem übernachtet haben. Aber schon bald würde diese leichte Verunsicherung umschlagen in unruhige Sorge und sich schließlich in nackte Panik verwandeln. Irgendjemand würde mit nervöser Hand zum Telefonhörer greifen, um die Polizei anzurufen. Und dann wäre es seine Aufgabe, die Angst, die noch von Hoffnung verbrämt wurde, in grauenhafte Gewissheit zu verwandeln.

Himmel, was war nur mit ihm los? Das war nun mal sein Job! Und dies war weiß Gott nicht der erste Mord, mit dem er befasst war. Es mussten die fettigen Spaghetti sein, die ihm auf die Stimmung drückten.

Irgendwie erinnerte ihn die Tote an Ayana, warum auch immer. Eigentlich konnte es keinen größeren Gegensatz geben als den zwischen der blonden Schönheit und der exotischen, dunklen Erscheinung seiner Exfreundin. Ayana hatte auch so ein silbern schimmerndes Kleid gehabt, vielleicht war es das? Vielleicht lag es aber auch daran, dass ihn momentan alles an Ayana erinnerte.

War es doch ein Fehler gewesen, sie zu verlassen? Nein. Das hatte er doch nun oft genug durchgekaut. Immer wieder. Und war immer wieder zu ihr zurückgekehrt.

Aber jetzt war endgültig Schluss, er wollte nicht mehr. Diese Beziehung hatte einfach keine Zukunft. Ayana war als Chirurgin an einer großen Klinik in Berlin genauso eingespannt wie er in seinem Beruf. Und genauso besessen.

Am Anfang waren sie begeistert voneinander gewesen und hatten viel Verständnis für das Engagement des Anderen gehabt. Aber dann waren die Wochenenden, die sie gemeinsam verbracht hatten, immer seltener geworden. Sie hatten sich auseinandergelebt, zu wenig wirklich miteinander geteilt.

Ayana war die einzige seiner Freundinnen gewesen, die seinen Vater mochte. Und was noch erstaunlicher war – sein Vater mochte sie. Natürlich hatte sie als Chirurgin schon fachlich bei ihm als Kollegen einen Stein im Brett gehabt. Ihre exotische Attraktivität hatte sicher ebenfalls dazu beigetragen. Sie war Äthiopierin, anmutig und hochgewachsen. Sein Vater hatte schon von Berufs wegen einen Blick für Schönheit. Schließlich wurde er als plastischer Chirurg Tag für Tag damit konfrontiert – oder zumindest mit dem Wunsch danach.

Ayana hatte Becks Blick magisch angezogen, als er ihr das erste Mal begegnet war. Er hatte einen Kollegen im Krankenhaus besucht und sie war die behandelnde Ärztin gewesen. Es hatte sofort gefunkt, jedenfalls bei ihm.

Sie war so in ihre Aufgabe versunken gewesen, dass sie ihn gar nicht wahrgenommen hatte. Sie hatte im Krankenzimmer gestanden und konzentriert auf die Patientenkarte gestarrt, in ihrem weißen Kittel auf der honigbraunen Haut, den er ihr in Gedanken sofort ausgezogen hatte. Dabei war sie eigentlich gar nicht schön, sie sah eher spektakulär aus. Man musste sie einfach ansehen. Sie konnte so herrlich lachen. Ihr Lachen hatte er wahrscheinlich am meisten geliebt.

Beck stöhnte. Es war so fruchtlos, in der Vergangenheit zu wühlen. Sie ging ohnehin irgendwann nach Äthiopien zurück. Und er konnte dort nicht arbeiten, jedenfalls nicht in seinem Beruf. Wie sangen doch die Stones so richtig? *I've been loving you too long*. Es war aussichtslos. Punkt. Schluss.

Also zurück zu diesem dämlichen Bericht, in den er so gut wie nichts hineinschreiben konnte.

*

Sarah setzte Karla auf einen Stuhl am Küchentisch. »Ich koche dir erst mal einen Kakao, okay?«

Das Mädchen nickte stumm. Spontan ging Sarah zur Haustür und rief Muffin hinein, die sie eigentlich wegen ihrer schmutzigen Pfoten draußen im Hof gelassen hatte. Die Hündin stürmte freudig auf Karla zu und begrüßte das Mädchen, als hätte sie es tagelang nicht gesehen. Die Kleine beugte sich zu ihr hinunter und strich sanft über das lockige Fell.

Sarah setzte Milch auf und holte den Kakao aus dem Küchenschrank. »Du musst doch Hunger haben, Karla«, sagte sie, um die Stille zu füllen, »worauf hättest du denn Lust?«

»Pommes?«, schlug das Mädchen zaghaft vor.

Natürlich. Die hatte sie aber nicht. Aus gutem Grund, schönen Gruß von den Hüften. »Tja, das sieht schlecht aus. Wie wär's denn mit einer Pizza?«, schlug Sarah vor.

Karla überlegte. »Ohne Pilze?«

»Hm. Mal sehen.« Sarah wühlte im Tiefkühlfach des Kühlschranks. »Peperoni und Tomaten?«

»Gut.«

Gott sei Dank, das Menü war abgesegnet. Was sollte sie jetzt bloß als Nächstes tun? »Sag mal, Karla, habt ihr eigentlich inzwischen ein Telefon?«

»Mama hat ein Handy«, erwiderte die Kleine.

Natürlich, warum war sie da nicht gleich drauf gekommen? »Weißt du die Nummer?«

»Ja, klar«, Karla ratterte die Nummer herunter.

»Moment, ich brauch erst mal was zu schreiben.« Hastig riss Sarah einen Zettel vom Küchenblock und ließ sich die lange Nummer wiederholen. »Ich versuch mal, deine Mama zu erreichen, ich bin gleich wieder da.« Sarah ging in den Flur und wählte die Nummer. Nervös wartete sie auf die Verbindung. Was sollte sie überhaupt sagen? Hallo, Claudia, lange nicht gesehen, hast du eigentlich einen Sprung in der Schüssel?

Die Mailbox schaltete sich ein. Sarah fluchte lautlos und stammelte eine kurze Nachricht an Claudia in den Hörer. Warum ließ diese Frau ihr Kind allein und ging dann noch nicht mal ans Handy? Das konnte doch alles nicht wahr sein! Ratlos ging sie zurück in die Küche.

Karla stand am Herd und drehte sich um. »Die Milch ist übergekocht. Mama sagt, das macht sie immer, wenn man weggeht.« Ein kleines Lächeln huschte über Karlas blasses Gesicht. Hastig stürzte Sarah an den Herd und sah, dass Karla bereits umsichtig die Platte ausgeschaltet hatte.

»Heute ist anscheinend mein Glückstag«, schimpfte Sarah, froh über die Ablenkung, und begann die Schweinerei auf dem Herd zu beseitigen. »Ich kann deine Mutter nicht erreichen, Karla, ich glaube, ich sollte mal bei deinen Großeltern anrufen.«

Karla schüttelte heftig den Kopf und sah nach unten.

»Aber irgendjemand aus deiner Familie muss doch Bescheid wissen, dass du allein bist. Ich kann dich nicht einfach hierbehalten!« Ich kann nämlich noch nicht mal auf mich selbst aufpassen, weißt du?

»Nur, bis Mama wieder da ist«, flüsterte die Kleine, »bitte!«

»Bist du denn nicht gern bei deinen Großeltern?«, fragte Sarah.

Karla schüttelte den Kopf. »Die mögen uns nicht.«

Sarah dachte nach. Irgendetwas musste aber unternommen werden. »Pass auf, Karla, ich schiebe jetzt die Pizza in den Ofen und gehe dann kurz rüber zu meinen Tanten. Muffin bleibt bei dir, ich bin gleich wieder da, in Ordnung?« Karla nickte und streichelte die Hündin, die sich behaglich auf ihren Füßen niedergelassen hatte.

Sarah eilte über den Hof, der schon im frühen winterlichen Dunkel lag, auf die hell erleuchteten Fenster des Seitenflügels zu. Ihre Tanten saßen zusammen in Luises Salon und tranken Tee aus hauchdünnen chinesischen Porzellantassen.

»Setz dich zu uns, Kind«, Luise klopfte einladend auf einen Stuhl.

»Nein, ich kann nicht, ich habe Karla Ahrendt drüben«, wehrte Sarah ab und berichtete, wie sie das Mädchen vorgefunden hatte. »Jetzt muss ich doch die alten Ahrendts informieren, oder? Was meint ihr?«

»Ich denke schon«, nickte Asta, »obwohl du wahrscheinlich wenig Unterstützung finden wirst. Ich glaube auch nicht, dass die wissen, wo Claudia ist. Aber sie müssen sie zu sich nehmen, bis die Dame wieder auftaucht, so oder so.«

»Na, dann viel Spaß, du musst einfach lauter schreien als der Alte«, meinte Luise. »Vielleicht will er sie ja gar nicht und wir können sie ein Weilchen behalten, das wäre doch schön. Du magst doch Kinder.« Sie lächelte entzückt.

»Sag mal, spinnst du? Karla ist doch kein herrenloser Hund.« Sarah schüttelte entnervt den Kopf.

»Ich meine ja nur.« Luise nahm einen Schluck Tee und zuckte mit den schmalen Schultern.

Sarah seufzte. Irgendwie hatte sie gehofft, um einen Kontakt mit dem ewig zornigen Großbauern herumzukommen. Früher hatte es zu den Mutproben gehört, auf dem Ahrendthof Kirschen zu klauen. Einige ihrer Freunde hatten von dem Alten dafür Prügel bezogen.

Sie erinnerte sich daran, dass sie keine acht Jahre mehr alt war, sondern eine erwachsene Frau in einer Führungsposition. Oder so was Ähnliches. In dieser Eigenschaft stand sie auf und reckte das Kinn. »Habt ihr die Nummer?«

»Steht im Telefonbuch«, meinte Asta lakonisch.

Sarah ging in die kleine Halle und wühlte in der Schublade einer krummbeinigen Kommode nach dem Buch. Vielleicht war ja keiner da?

»Ahrendt.« Genauso freundlich, wie sie ihn in Erinnerung hatte, bellte der Bauer seinen Namen in den Hörer und ihr Magen krampfte sich zusammen.

Hastig teilte ihm Sarah den Grund ihres Anrufes mit und hasste sich für ihre dünne Kleinmädchenstimme. Am anderen Ende wurde geschwiegen, bis sie nervös nachfragte: »Haben Sie verstanden? Karla ist seit gestern Abend allein zu Hause! Sie hat auch noch nichts gegessen ...«

»Ja, und? Was habe ich damit zu tun?«

Sarah stammelte: »Sie sind doch der Großvater. Ich ... Ihre Tochter ist ...«

»Unsere Tochter hat sich noch nie ordentlich um irgendetwas gekümmert«, wurde sie barsch unterbrochen. »Sie war schon immer eine Schlampe.«

»Ja, aber, was soll denn jetzt geschehen«, fragte Sarah verwirrt und fühlte sich doch wieder wie mit acht. »Ich kann ja die Kleine nicht einfach hierbehalten!«

»Was haben Sie sie denn überhaupt zu sich geholt, das geht Sie doch überhaupt nichts an? Ihr vom Schloss meint immer noch, das Dorf gehört euch und ihr könnt euch in alles einmischen!« Ahrendt keuchte asthmatisch in den Hörer.

Sarah holte tief Luft: »Entschuldigen Sie, ich würde nicht sagen, dass mich das nichts angeht. Immerhin war Sarah heute unentschuldigt nicht in der Schule und ich bin ihre Schulleiterin und trage ein gewisses Maß an Verantwortung dafür, dass ...«

»Nun mach mal halblang, Mädchen, ich kannte dich schon, als du noch in die Windeln geschissen hast, jetzt komm mir nicht so! Schulleiterin, dass ich nicht lache! Aber wenn es dich beruhigt, dann bring die Kleine vorbei, damit wir unserer Großelternpflicht nachkommen können!«

Ehe Sarah ihre Wut herausbrüllen konnte, hörte sie eine Frauenstimme im Hörer: »Hören Sie? Wir nehmen die Kleine auf gar keinen Fall. Ausgeschlossen.«

Ein Klicken beendete das Gespräch. Sarah starrte auf den Hörer und legte langsam auf. Waren die noch ganz gar?

Sie schlug mit der Faust gegen die Wand über dem Telefon und stellte sich vor, es wäre Ahrendts rote Säufernase. Da, nimm das, du, du ... Noch nicht mal ein ordentliches Schimpfwort fiel ihr ein. Agressionsgehemmt war sie also auch noch.

Wie eine kleine Maus hatte sie in den Hörer gepiept. Piep, piep, piep, niemand hat mich lieb.

Sie ging in den Salon zurück. »Sie nehmen sie nicht. Erst beleidigt mich der Alte und dann kommt seine Frau ans Telefon und weigert sich, ihre Enkelin für ein paar Stunden zu sich zu nehmen. Ich fasse es nicht. Die kriegt doch sonst nie den Mund auf! Und ich blöde Kuh stehe da wie ein dummes, kleines Mädchen und lasse mich anpöbeln. Toll, wirklich toll!«

Asta zog sie auf einen Stuhl. »Nun beruhige dich erst mal.«

»Was soll ich denn jetzt machen, ich muss wieder rüber zu Karla und ... Was sagt man eigentlich zu einem blöden, alten Bauern, wenn man ihn beleidigen will?«

»Rübenfresse?«, schlug Luise vor und kicherte.

»Luise, also bitte ...! – Ich gehe jetzt erst mal bei Claudia vorbei und gucke, ob sie inzwischen nach Hause gekommen ist, du kümmerst dich um die Kleine. Und dann sehen wir weiter.« Asta schüttelte ihre Zöpfe nach hinten und stand auf.

»Würdest du das tun? Ach, das wäre nett«, sagte Sarah erleichtert. »Ich geh dann mal wieder rüber – Gott, die Pizza!«

Sie stürmte über den Hof in ihre Küche. Ein Blick zum Backofen verriet ihr, dass noch nichts verbrannt war. Karla meinte altklug: »Ich habe auf die Pizza aufgepasst. Die muss noch.«

Sarah nickte und setzte sich.

»Muss ich jetzt zu Opa?«, fragte das Mädchen ängstlich.

»Nein, erst mal nicht.« Die alte Rübenfresse will dich nicht.

»Siehste, ich hab dir doch gleich gesagt, die können mich nicht leiden«, strahlte Karla erleichtert.

»Ach, das glaube ich nicht«, versuchte Sarah abzuschwächen, »dein Opa war schon immer so knurrig, wir hatten als Kinder auch ein bisschen Angst vor ihm. Wahrscheinlich meint er es gar nicht so!« Von wegen.

»Doch, der meint das so«, sagte die Kleine bestimmt. »Jetzt muss die Pizza raus.«

»Ach ja …« Zerstreut stand Sarah auf.

»Du bist wohl nicht so gut im Kochen, was?«, grinste das Mädchen.

»Nee, du freche Göre, bin ich nicht, aber ich habe mir fest vorgenommen, im neuen Jahr einen Kochkurs zu machen.« Am besten auch noch einen Häkelkurs und einen in Ikebana, damit mein Leben wieder einen Sinn hat.

»Mama kann auch nicht kochen, jedenfalls nicht gut. Wenn ich mal Kinder habe, koche ich denen jeden Tag was ganz Tolles und dann bastele ich mit ihnen. Und abends lese ich ihnen eine schöne Geschichte vor«, zählte Karla voller Zuversicht all die Dinge auf, die sie wahrscheinlich häufig entbehren musste.

Sarah servierte die zu trockene Pizza und setzte sich dazu. In ihrem Kopf wirbelten die Gedanken, während sie über Karlas rosige Zukunftspläne plauderten.

Als Asta in die Küche trat, schwand Sarahs Hoffnung, Claudia sei wieder da und ihre Sorge zu Ende, schlagartig. Ein Blick in das Gesicht ihrer Tante sagte ihr, dass sich überhaupt nichts getan hatte.

Sie ging mit ihr auf den Flur und flüsterte: »Verdammt – und jetzt?«

Asta sagte: »Weiß ich auch nicht. Ich habe auch schon bei Christian angerufen. Da geht keiner ran. Ich habe auf den Anrufbeantworter gesprochen, was Sache ist, und deine Nummer angegeben. Vielleicht meldet er sich ja bald.«

»Christian!« Sarah lebte auf. An Claudias älteren Bruder hatte sie überhaupt nicht gedacht. Dabei war sie früher mal ziemlich in ihn verknallt gewesen. Guck an, Sexy-Christian, den gab's noch. »Wohnt er denn in der Nähe?«

»In Watzum.«

»Was macht der denn jetzt?«

»Der ist Ingenieur im Werk, verheiratet …«

Natürlich …

»… zwei Kinder, Friede, Freude, Eierkuchen.«

Das ›Werk‹ war der große Automobilkonzern, der der halben Region Arbeit und Brot gab und in dessen Rhythmus ganze Gemeinden aus- und einatmeten.

»Verheiratet? Kenn ich sie?«

»Susanne Weinert.«

»Susi!« Die blonde Susanne hatte zu den Mädchen gehört, denen sich Sarah immer hoffnungslos unterlegen gefühlt hatte. Zierlich, puppenhaft hübsch, natürlich das obligatorische Stupsnäschen, auf das alle Jungen standen, und dabei so nett, dass man sie noch nicht mal hassen konnte. Bäh!

Ungeduldig schüttelte Sarah das pubertäre Gefühl völliger Unzulänglichkeit ab und wandte sich wieder der Gegenwart zu. »Und was mache ich, wenn Christian sich nicht meldet?«

»Dann behältst du die Kleine heute Nacht hier, was denn sonst? Ich bezieh dir schon mal ein Bett oben. Was ist denn bloß los mit dir? Du bist doch sonst nicht so zaghaft!« Tatkräftig wie immer wandte sich Asta der alten Holztreppe zu.

»Du bist ein Schatz. Aber wenn Claudia morgen noch nicht zurück ist, dann müsste ich doch wohl …«

»Dann musst du die Polizei anrufen, ganz recht.«

»Oh, Gott …«

Sarah öffnete die Küchentür und sagte munter: »Weißt du was, Karla, du könntest mir helfen, die Weihnachtsmänner für die Tische in der Schule vorzubasteln. Wie wäre das?«

Und morgen lassen wir dann deine Mama von der Polizei suchen. Ist das nicht fein?

3. Kapitel

Beck schüttete den Espresso hinunter, aus dem heute sein Frühstück würde bestehen müssen. Wenn er so weitermachte, hätte er bald das für seinen Beruf obligatorische Magengeschwür. Er hatte schon wieder verschlafen. Anscheinend wirkte Braunschweig einschläfernd auf ihn. Ein bisschen Entspannung durch den beruflichen Wechsel hatte er sich zwar erhofft, aber diese Schlaferei grenzte ja an Narkotisierung.

Langsam musste er sich aus dieser Lähmung befreien und sich wieder ein Leben aufbauen. Er lebte wie ein Achtzigjähriger. *No sex, no drugs, no Rock'n Roll.*

Er wollte endlich wieder Musik machen (gegen Sex hätte er, nebenbei gedacht, auch nichts einzuwenden), seine Gitarre hatte er seit Wochen nicht angefasst. Er ging mit der Tasse in sein Wohnzimmer und lehnte sich an den Türrahmen. Seine *Les Paul* funkelte ihn beleidigt an. »Ja, Mädchen, ich weiß. Ich habe dich nicht verdient.«

Plötzlich kribbelte es in seinen Fingern. Gleich heute würde er sich kümmern, irgendeine Band finden. So schlecht war er schließlich nicht. *Rock this town, buddy.*

Er brauchte diesen Ausgleich, das Bad im Klangteppich einer gut harmonisierenden Band, das anerkennende Gejohle des Publikums. Eitelkeit, nichts weiter war es wahrscheinlich. Also doch David Bowie. Immerhin hatte er sich noch nicht liften lassen.

Sein Beruf, mit der mörderischen Mischung aus Behördenmühle und Psychostress, gepaart mit einer miesen Reputation in der Öffentlichkeit, bot nicht gerade

Streicheleinheiten für die Seele. Für was hatte er sich eigentlich bestrafen wollen? Trotzdem konnte er sich nichts anderes vorstellen. Krank.

Er schob diese erbaulichen Gedanken beiseite und betrachtete befriedigt die teure Espressomaschine aus Edelstahl, die er gestern nach Dienstschluss erworben hatte. Seine neue Küche sah gleich ein bisschen bewohnter aus, bildete er sich ein. Er schaute auf die Uhr und verwarf den Gedanken, sich noch einen Espresso zu machen.

Nach kurzem Zögern stellte er die Slipper aus feinem italienischem Leder beiseite und zog sich derberes Schuhwerk an. Vor dem Spiegel strich er sich durch die blonden, halblangen Haare und grinste über seinen billigen Versuch, sich seinen Kollegen durch seine Schuhwahl angenehmer zu machen.

Im Büro sah er als Erstes die Eingänge durch. Noch nichts vom Rechtsmediziner! Vor heute Nachmittag war damit wahrscheinlich auch noch nicht zu rechnen. Ungeduldig trommelte er mit den Fingern auf die Schreibtischplatte. Er hasste es, Routinearbeit abzuleisten, wenn ihm eigentlich ein neuer Fall unter den Nägeln brannte.

Er fuhr seinen Rechner hoch, um zu überprüfen, ob die entsprechenden Anzeigen aufgenommen worden waren, die für die Identifizierung der Toten notwendig waren. In spätestens zwei Wochen musste er den Fall an das LKA weiterleiten. Aber bis dahin hatten sie die Tote hoffentlich selbst identifiziert.

Alles okay. Wagner hatte zuverlässig gearbeitet. Eigentlich war der Mann eine gute Ergänzung für ihn – von seinem Charme mal abgesehen. Ihn selbst ödete der formale Kram einfach nur an.

Ein Vorteil seines neuen Jobs war, dass er nun auch nur noch wenig von dieser Arbeit selbst machen musste – er hatte eine Sekretärin! Zumindest würde er sie ab nächster

Woche haben, denn die Sekretärin seines Vorgängers war mit ihm in den Ruhestand gegangen.

Versonnen lächelnd gönnte er sich eine Vision von endlosen Beinen unter einem kurzen Kostümrock. Das war der Entzug, schließlich lebte er seit Berlin im Zölibat. Nicht gut, gar nicht gut.

Um das Studium einer Akte, die ihn in einem Erpressungsfall auf den neuesten Stand setzen sollte, noch weiter hinauszuschieben, öffnete er seine Mailbox. Neben etlichen dienstlichen Nachrichten eine Anfrage von seinem Vater, der wissen wollte, ob er Weihnachten nach Hannover kommen könne. Beck stöhnte. Er hatte gewusst, dass die Weihnachtsfrage auf ihn zukommen würde, zumal er jetzt in der Nähe seines Vaters wohnte. Am liebsten hätte er die Mail ignoriert, wusste aber, dass er das nicht fertigbringen würde. Schisser.

Sein Verhältnis zu seinem Vater war immer schon distanziert gewesen. Solange seine Mutter noch bei ihnen gelebt hatte, hatte sie diese Tatsache ausgleichen können, indem sie Vater und Sohn immer wieder zu ausgiebigen Tafeleien an einen Tisch gebracht und das Gespräch zwischen beiden behutsam gefördert hatte.

Nach ihrem Tod hatten sich der pubertierende Junge und der vielbeschäftigte Chirurg niemals mehr unbefangen einander annähern können.

Er seufzte, schob energisch seine depressive Reise in die Vergangenheit beiseite und wandte sich seiner langweiligen Erpressungsakte zu.

Wenig später unterbrach ein kurzes Klopfen an der Tür Becks Bemühungen, sich in die Gruppendynamik junger Kosovo-Albaner und ihren liebevollen Umgang miteinander einzufühlen. Wagner trat ein und überreichte ihm mit einem knappen Gruß ein Fax.

»Vielleicht brauchen wir doch nicht im BK auszuschreiben, Chef. Das hier klingt sehr nach unserer Toten. Kommt aus Wolfenbüttel.«

Beck überflog die Angaben des Faxes und nickte langsam. »Sieht so aus. Wer hat es gemeldet? Ein Verwandter?«

»Nee, die Lehrerin der Tochter, da steht's.« Wagner wies auf die entsprechende Stelle des Formulars. »Scheint 'ne sehr fürsorgliche Familie zu haben, das Mädel!«

Beck stand auf und sagte: » Also auf nach ...« Sein Blick irrte über das Fax.

»Avessen«, ergänzte Wagner trocken, »das liegt mitten in der Pampa, im Elm.«

»Avessen«, wiederholte Beck, »da wollte ich immer schon mal hin.«

Im Wagen zog Wagner eine zerknautschte Zigarettenschachtel hervor. »Stört es Sie?«

»Nee,« behauptete Beck, obwohl er sich gerade erst vor vier Wochen das Rauchen abgewöhnt hatte und er Wagner die Zigarette am liebsten aus den Händen gerissen hätte. Aber er würde sich hüten, die ohnehin verschwindend geringe Sympathie seines Kollegen noch weiter aufs Spiel zu setzen, indem er ihm neben dem modebewussten Schönling auch noch den militanten Nichtraucher mimte.

»Geben Sie mir mal die Pfefferminzbonbons aus dem Handschuhfach?« Als Wagner ihm die verknautschte Packung reichte und dabei vielsagend eine Augenbraue hochzog, bekannte Beck entschuldigend: »Hab's mir gerade erst abgewöhnt. Brauche immer noch ein bisschen Ersatz.«

»Sie haben geraucht?«, fragte sein Kollege ungläubig.

»Zwei Schachteln am Tag.« Beck kam sich vor wie der Neue in einer pubertierenden Jungenclique, in der einer den anderen mit wahren und erfundenen Missetaten zu übertrumpfen versuchte. Haste schon mal Dope geraucht, Alter?

»Ich hab's mir gerade wieder angewöhnt. Nach meiner

Scheidung ...« Wagner brach abrupt ab, als bereue er den spontanen Ausbruch von Vertraulichkeiten, und zündete sich seine Zigarette an.

Beck überlegte verzweifelt, ob er jetzt was Passendes sagen musste, etwas wie ›war bestimmt nicht einfach, was‹ und sog tief den köstlichen Rauch der starken Zigarette ein.

Wagner lachte höhnisch. »So ganz drüber weg sind Sie aber noch nicht, Chef!«

»Ich zweifle so langsam, ob ich jemals drüber wegkomme«, erwiderte Beck.

»Sieben Jahre, hab ich gelesen, dauert es.«

»Oh Gott, das halte ich nicht aus.« Sieben Jahre mit der Sehnsucht nach einer Zigarette? Da fing er lieber gleich wieder an. Immerhin hatte ihm seine Sucht das erste halbwegs private Gespräch mit dem Kollegen Wagner eingebracht. Vielleicht sollte er ja wirklich wieder anfangen, um das Verhältnis zu diesem grantigen Menschen etwas aufzulockern?

Schöner Selbstbetrug, schalt er sich selbst und bog links Richtung Avessen ab. »Hübsche Gegend«, bemerkte er mit einem Blick auf die Anfänge eines lieblichen Laubwaldes zu beiden Seiten der Straße.

»Wer's mag«, grummelte Wagner, der keinen Blick für die weiß bereiften Buchen am Straßenrand hatte. »Mir wär's zu abgeschieden.«

Die Straße senkte sich steil abwärts und im Tal wurde ein malerisch an den Rand des kleinen Höhenzuges geschmiegtes Dörfchen sichtbar, wie auf einer Postkarte mit dem Kirchturm genau in der Mitte. »Wo müssen wir hin?«

Wagner sah auf einen Zettel. »Bis 13.30 Uhr ist sie in der Schule und dann zu Hause. Elmblick 4.«

Beck sah auf die Uhr. »Kurz nach eins. Wir fahren zu ihr nach Hause. Wenn wir in der Schule auftauchen, machen wir gleich das ganze Kaff verrückt. Dass die hier überhaupt eine eigene Schule haben, das Dorf ist ja nicht besonders groß«, wunderte sich Beck mit einem Blick auf die hübschen Fachwerkhöfe rechts und links von der Straße.

Wagner schnaubte verächtlich. »Wahrscheinlich ist Kindermachen ihr einziges Freizeitvergnügen.«

»Kindermachen und Pilzesammeln, bitte«, verbesserte Beck und lachte. Wagner lachte natürlich nicht. Ja, schon klar, war nicht besonders lustig.

»Halt, hier war es, rechts rein, Elmblick.«

Beck wendete und bog langsam in eine kleine, noch mittelalterlich gewölbte Straße mit Kopfsteinpflaster ein.

»Nummer zwei, Nummer drei, Nummer vier gibt es nicht … – etwa das Schloss da?« Ungläubig beugte sich Wagner nach vorn und stieß gegen die Sichtblende. Vor ihnen wurde hinter einem großen schmiedeeisernen Tor ein hübsches Barockschlösschen sichtbar, malerisch von riesigen alten Bäumen eines dahinter liegenden Parks gesäumt.

»Wohnt ja nicht schlecht, die Lehrerin«, stellte Beck fest und verspürte angesichts des Jahrhunderte alten Anwesens eine geradezu blödsinnige Sehnsucht nach einem beschaulichen Leben auf dem Land.

Sie stiegen aus und öffneten vorsichtig, in Erwartung eines grimmigen Wächters, der sie finster nach ihrem Begehr fragte, das unverschlossene Tor. Jener entpuppte sich als ein überaus freundliches, goldgelbes Wesen, das sie begeistert über den unerwarteten Besuch umtollte.

»Na, du bist ja ein prima Wachhund«, lobte Beck und bückte sich, um über das seidige Fell zu streicheln.

»Das sind die alle nicht, liegt an der Rasse, die helfen dem Einbrecher noch beim Raustragen. Wir hatten auch so einen. Ist genau das Richtige für Kinder.« Wagner hustete und schaute sich verlegen auf dem Anwesen um.

Der große, gepflasterte Hof wurde von einem großen Haus zum Park und einem kleineren Seitenflügel auf der rechten Seite begrenzt. Links standen Stallungen, die nicht mehr in Betrieb zu sein schienen. Ein Pförtnerhaus schützte vor allzu neugierigen Blicken von der Straße.

An der mächtigen Haustür des größeren Hauses hing ein weihnachtlicher Kranz. Dies als ein Lebenszeichen wertend, bewegte sich Beck auf dem Kiesweg darauf zu und umrundete ein Rondell, das mit knorrigen Rosenbüschen bepflanzt war. Mollige Putten bevölkerten einen steinernen Brunnen und schienen ihn mit ihren Augen zu verfolgen.

»Muffin?« Eine zierliche ältere Dame in einem als Tageskleidung eher unüblichen bodenlangen Gewand, das mit weißen Marabufedern verziert war, steckte den silberblonden Kopf aus einer Tür des Seitenflügels.

Die Hundedame schoss ebenso begeistert, wie sie die beiden Polizisten begrüßt hatte, auf die Dame zu und vollzog ein aufwändiges Begrüßungsritual.

Sie tätschelte die Hündin und kam, nein, glitt, die Treppe herunter. »Sie sind sicherlich die Herren von der Polizei? Obwohl man das kaum glauben möchte. Sie sind eigentlich viel zu hübsch für einen Polizisten.« Sie warf Beck einen koketten Blick unter unglaublich langen schwarzen Wimpern zu. Ob die echt waren?

Wagner ließ ein abfälliges Schnauben hören.

Die kleine Dame reichte Beck freundlich die Hand. Ob sie jetzt einen Handkuss erwartete? Fast fühlte sich Beck versucht, nur um Wagner zu ärgern.

»Warberg. Ich bin die Großtante von Sarah. Kommen Sie rein, ich habe frischen Tee da. Sarah wird gleich kommen.« Sie machte eine anmutig einladende Handbewegung und umhüllte Beck mit einer Wolke köstlich duftenden Parfüms.

Beck stellte sich und seinen Kollegen vor und nahm die freundliche Einladung an. Er kam sich vor wie in einem englischen Landhauskrimi aus den dreißiger Jahren, sogar der Hund passte. *It's a matter of life and death, superindendent!*

Sie führte die Polizisten durch eine kleine Halle mit üppigen Stuckverzierungen an der Decke in einen Raum, dessen Charme und Luftigkeit aus einer anderen, leichtlebigeren Zeit stammte. Beck hörte förmlich den Charleston, zu dessen Klängen Frauen in schmalen, schillernden Kleidern die zartbestrumpften Beine geworfen hatten. Tatsächlich – in einer Ecke stand ein Grammophon. Ob das noch funktionierte?

Ein Feuer brannte dekorativ in einem Marmorkamin, für den manche von Becks Berliner Yuppie-Bekannten ihr rechtes Auge gegeben hätten. Er merkte, dass er gaffte und zwang sich, den Blick auf seine glamouröse Gastgeberin zu richten.

Auf einer gestreiften Ottomane im ägyptischen Stil erwachte ein weißes Wollknäuel und setzte sich kläffend in Bewegung. »Kusch. Entschuldigen Sie, sie mag keine Männer, ganz im Gegensatz zu ihrem Frauchen.« Die überlangen Wimpern flatterten in Becks Richtung.

Mann, die konnte es aber noch. Wie alt sie wohl war? Sechzig? Fünfundsechzig?

Sie bot ihnen Platz an und servierte Tee aus einer silbernen Kanne. Wagner saß wie ein Häuflein Elend unbehaglich auf einem zierlichen Art-Deco-Stuhl. Beck unterdrückte ein Grinsen.

»Sie haben ein wunderschönes Anwesen, Frau …« Beck zögerte … »von Warberg.«

Sie lächelte. »Ach, die alte Bude. Sie macht nur Arbeit. Sie wissen doch, wie das ist.«

Beck wusste keineswegs, wie das war, aber er nickte ergeben. »Sagen Sie – das Grammophon, funktioniert das noch?«

»Aber ja! Es ist noch von meiner Mutter. Soll ich es mal anwerfen? Ich habe noch alte Schellackplatten. Können Sie tanzen?« Animiert sprang Luise auf.

»Ja, aber …«, Beck unterbrach sich, als Wagner hustete. Ja, ja, alte Spaßbremse. »Nein, vielleicht ein anderes Mal.

Wir sind ja heute aus dienstlichen Gründen zu Ihnen gekommen, leider.«

»Meinen Sie, Claudia ist etwas passiert?«, fragte die kleine Dame besorgt und setzte sich wieder.

»Claudia ist die Frau, die von Ihrer ...« Beck zögerte.

»Nichte, Großnichte, um genau zu sein.« warf Luise ein. Sie warf Beck einen schrägen Blick zu.

»... Ihrer Großnichte als vermisst gemeldet wurde? Kaum zu glauben, dass Sie schon eine Großnichte haben.« Er tat ihr den Gefallen.

»Schmeichler.« Luise war entzückt.

Wagner nicht. Er klopfte ungeduldig mit dem Stift auf seinen Block. Kein Wunder, dass seine Frau die Flucht ergriffen hatte.

»Claudia Ahrendt ist die Tochter vom Bürgermeister hier am Ort. Und Sarahchen unterrichtet ihre Tochter, die Enkelin vom alten Ahrendt.«

Wagner zog seinen Notizblock aus der Jackentasche.

»Gottchen, werde ich jetzt verhört?« Luise fasste sich an ihr Herz.

Beck lachte. »Nein. Wir sammeln bloß schon mal ein paar Informationen. Warum hat der Vater der Vermissten sich nicht bei der Polizei gemeldet?«

»Tja«, Luise suchte nach Worten, »er ... er versteht sich nicht gut mit seiner Tochter. Und Claudia führt kein besonders ruhiges Leben.«

»Es kommt also öfter vor, dass sie mal länger nicht nach Hause kommt?«

»Darüber weiß ich nichts«, wehrte Luise erschrocken ab, »ich höre bloß einiges im Dorf.«

Wagner räusperte sich vielsagend. Luise warf ihm einen eisigen Blick zu und hob ihr spitzes Kinn. Geschlagen senkte Wagner die Augenlider und fummelte nervös an seiner Teetasse herum. Sie wandte sich von ihm ab und beugte sich demonstrativ zu Beck.

Er lächelte sie an. Eine wunderbare Frau, vielleicht

sollte er sie mit in die Behörde nehmen, als Personenschutz.

»Ich bin keine Klatschbase, aber Sarahchen erzählt manchmal aus der Schule und die Kleine kommt öfter mal nicht zum Unterricht oder hat keine Hausaufgaben, so etwas.«

Die Hoftür quietschte. Das wird wohl Sarahchen sein, dachte Beck und wie zur Bestätigung sprang Luise mit wehenden Federn erstaunlich behände auf und eilte zur Tür. »Das wird sie sein. Sie kann Ihnen sicherlich mehr erzählen als ich.« Die Erleichterung in ihrer Stimme war deutlich zu hören. Sie ging in den Flur und rief nach ihrer Nichte.

Sarahchen entpuppte sich als eine große und ausgesprochen attraktive junge Frau mit einer langen, dunkelroten Lockenmähne. Beck ertappte sich dabei, wie er sie ungläubig anstarrte. Er wusste selbst nicht genau, was er erwartet hatte, aber eine Schullehrerin stellte er sich anders vor. Ein Seitenblick auf Wagner verriet ihm, dass dieser seine Muffelmiene abgelegt hatte und gaffte.

Wie gut, dass wir Profis immer völlig unvoreingenommen an unsere Zeugen herangehen, dachte Beck und stand auf, um sich vorzustellen.

»Sarah Dittmann.« Die Frau hatte trotz ihres etwas nervösen Auftretens einen festen Händedruck. »Wollen wir rüber zu mir gehen? Oder wollten Sie Luise noch etwas fragen?«

Beck verneinte und ging hinter Sarah zur Tür hinaus, was ihm Gelegenheit gab, ihre in Jeans verpackte, knackige Rückansicht zu betrachten. Nicht schlecht, Frau Lehrerin, dachte er beifällig, bevor er sich energisch zur Ordnung rief. Ob ihre Schüler ihr im Unterricht auch auf den Hintern starrten? Dann fiel ihm ein, dass sie ja Grundschüler unterrichtete, die hatten noch keinen Blick für so was. Die Glücklichen.

Sarah führte die beiden über den Hof und schloss die große Haustür auf. Mit langen Schritten durchquerte sie eine Halle, die mindestens doppelt so groß war wie die des Seitenflügels, den Beck gerade verlassen hatte. Beck ließ seinen Blick bewundernd von dem riesigen Kristalllüster, dessen funkelnde Lichter die bunten Mosaikmuster des Bodens aufleuchten ließen, zu einer weit geschwungenen Treppe wandern, die sich in der Mitte der Halle nach oben schwang.

Sarah blieb stehen, als sie merkte, dass die Männer zurückblieben. »Kommen Sie? Wir gehen runter in die Küche. Es ist der einzige Raum, den ich heute geheizt habe, tut mir leid.«

Erst jetzt merkte Beck, wie kalt es in der Halle war und er beschleunigte seinen Schritt. Er folgte Sarah eine weit weniger spektakuläre Treppe hinunter in das Tiefgeschoss. »Leben Sie etwa allein hier?«

Sarah blieb stehen und öffnete die Tür zur Küche. »Ja, zurzeit schon. Aber ich benutze nur zwei Räume im Erdgeschoss und die Küche, alles andere wäre Wahnsinn.«

Beck fand es schon ziemlich wahnsinnig, überhaupt in so einem monumentalen Bau zu leben. Würde er hier leben, würde er sich wahrscheinlich jeden Morgen vor sich selbst verneigen. Guten Morgen, Eure Gnaden. »Ich habe Ihre Tante mit ›von Warberg‹ angesprochen, war das richtig? Ich war mir nicht sicher.«

»Ja, warum fragen Sie?«

»Weil sie nur Warberg gesagt hat.«

»Das ist so üblich. Man lässt alle Titel und Adelsprädikate weg, wenn man seinen Namen nennt.«

»Also heißen Sie ›von Dittmann‹?« Beck grinste.

Sarah lachte. »Nein, keine Sorge, ich bin ein Bastard. Mein Vater war nicht von Adel. Aber kommen Sie doch herein.«

Beck folgte ihr durch die Tür und tauchte in ein anderes Jahrhundert. In der großen Küche schien auf den ersten Blick seit hundertfünfzig Jahren die Zeit stehen geblieben zu sein.

»Fantastisch. Werfen Sie sich manchmal Erbsen in die Asche und spielen ein bisschen Aschenputtel?«

»Würde ich bestimmt, wenn wir noch einen Holzofen hier unten hätten. Gott sei Dank ist es nicht so. Ein bisschen Neuzeit haben wir uns doch gegönnt.« Sie führte Beck und Wagner zu einer gemütlichen Sitzgruppe vor einem großen Sprossenfenster, die von einem antiken Samtsofa dominiert wurde.

Becks Blick blieb an einem riesigen amerikanischen Kühlschrank hängen. So einen wollte er sich auch kaufen. »Toll«, entfuhr es ihm anerkennend.

Sarah lächelte ihn an. »Habe ich aus Berlin mitgebracht.«

»Aus Berlin?«

»Ja, da habe ich bis vor einem halben Jahr gewohnt.«

»Seltsam, ich auch. Und da hat es Sie hier in die Einöde verschlagen?«

»Sie doch anscheinend auch!« Sarah lachte.

»Stimmt, aber ich ...«

Ein Hüsteln Wagners und sein betonter Blick auf die Uhr erinnerte Beck an den Anlass seines Besuchs bei der hübschen Exberlinerin.

»Gut. Also, Sie haben Claudia Ahrendt heute als vermisst gemeldet.«

Sarahs Lächeln verblasste. »Ja. Wahrscheinlich ist es ja völlig schwachsinnig und Claudia taucht wieder auf, aber Karla sagt, so lange war sie noch nie weg und da dachte ich ...«

»Moment, Karla ist die Tochter der Vermissten?«

Sarah bestätigte und berichtete die Einzelheiten, die zu ihrem Entschluss, die Polizei anzurufen, geführt hatten. Wagner kritzelte emsig alle wesentlichen Details mit.

»Wo ist Karla jetzt?«, erkundigte sich Beck und lehnte sich auf dem alten, harten Küchenstuhl zurück.

»Ich habe sie bei einer Schulfreundin gelassen, weil ich dachte, vielleicht wird sie nur unnötig aufgeregt. Müssen Sie ihr auch Fragen stellen?«

»Nein, nicht gleich«, beruhigte Beck. »Sollte Claudia Ahrendt jedoch weiterhin vermisst werden, könnte es nötig sein, um Kontakte ihrer Mutter zu erfragen. Hat Karla erwähnt, seit wann ihre Mutter fort ist?«

»Seit vorgestern Abend. Sie hat ihre Tochter noch ins Bett gebracht und dann ist sie gegangen.«

»Wie alt ist Karla?«

»Sieben, fast acht.«

»Ist es nicht etwas ungewöhnlich, ein siebenjähriges Kind abends allein im Haus zu lassen? Oder war noch jemand bei ihr?«

»Nein. Claudia hat Karla wohl öfter allein gelassen, auch abends. Sie war anscheinend nicht sehr ...« Sarah verstummte.

»Nicht sehr fürsorglich?«

Sarah nickte. »Aber ich weiß natürlich nur das, was Karla mir sagte.«

»Wir werden zunächst die Eltern der Vermissten befragen müssen«, warf Wagner ein, der bisher völlig stumm geblieben war.

»Die wohnen weiter oben im Dorf, Richtung Watzum. Am alten Gut, die Hausnummer weiß ich nicht, aber es ist der größte Hof dort.«

»Vielen Dank.« Beck stand auf.

»Meinen Sie ...«, Sarah atmete tief ein. »Meinen Sie, dass Claudia etwas passiert ist? Etwas ... Schlimmes?«

»Hm«, Beck zögerte, »das kann ich leider nicht sagen. Noch nicht. Es ist nicht auszuschließen.« Er wich dem Blick der großen, dunkelbraunen Augen aus und sah zum Fenster. Mist.

»Oh Gott.« Sarah presste eine Hand auf ihren Magen. »Aber ... es kann doch auch sein, dass sie ... dass sie irgendwo versackt ist! Oder vielleicht ist sie ja verletzt und liegt im Krankenhaus?«

Beck dachte an die negativen Meldungen der Braunschweiger Kliniken. »Vielleicht.« Er verspürte den

Wunsch, noch etwas Verbindliches zu sagen, warum auch immer. »Es war ... es hat mich wirklich sehr gefreut, eine Ex-Berlinerin zu treffen. Das gibt mir das Gefühl, mit meiner Entscheidung, der Großstadt zu entfliehen, nicht allein zu stehen.«

Sarah lächelte ihn an und eine lange vergessene Empfindung ließ Becks Magen ein wenig flattern. Irritiert wandte er sich zum Gehen, bevor ihm noch weitere außerdienstliche Sozialentgleisungen widerfahren konnten.

Natürlich wurden ihm diese auch sogleich durch Wagners betontes »Es hat mich auch sehr gefreut«, bestätigt.

Beck nickte Sarah noch einmal zu. Schöne Augen, dachte er und hörte sich sagen: »Wir sehen uns sicher wieder. Spätestens zu Karlas Befragung muss ich noch mal kommen.« Was quasselte er denn da? Er ergriff die Flucht und ließ die hübsche Lehrerin in ihrer Märchenküche stehen.

»Tolle Beine«, kommentierte Wagner, als sie über den Hof zum Wagen gingen.

»Wer?«, fragte Beck scheinheilig.

»Tante Luise«, schnauzte Wagner und stieg ein.

4. Kapitel

Bedrückt sank Sarah auf ihr Küchensofa. Besonders optimistisch hatte der schöne Kommissar ja nicht gewirkt. Aber er kannte natürlich Claudia auch nicht, ihre Rastlosigkeit und ihren Lebenshunger, der sie früher schon zu nächtelangen Exzessen in Bars und Clubs getrieben hatte. Damals hatte sie allerdings auch noch kein Kind gehabt. Würde die Claudia von heute ihre Tochter allein lassen, um in irgendeiner Bar mit dem üblichen Hofstaat von geblendeten Männern zu feiern? Keine Ahnung, sie kannte Claudia einfach nicht mehr.

Nervös schlang sie ihre Finger ineinander und fuhr entsetzt zurück. Wie sah sie eigentlich aus? Neben den üblichen Kreidespuren an ihren Jeans hatte sie auch noch Druckerschwärze an den Händen. Warum hatte sie ausgerechnet heute die Tintenpatrone ihres Kopierers wechseln müssen? Sie hastete in ihr Badezimmer und hielt die Hände unter den Wasserhahn. Ihr Blick fiel in den Spiegel und sie stöhnte. Ihre Haare hätte sie eigentlich auch gestern waschen müssen, sie standen widerborstig und kraus um ihr Gesicht herum wie rotbraunes Sauerkraut. Geschminkt hatte sie sich natürlich auch nicht. Sarah streckte ihrem Spiegelbild die Zunge heraus und wandte sich resigniert ab. Kein Wunder, dass Herr Beck sie mit Aschenputtel verglichen hatte.

Wer hatte auch ahnen können, dass der zuständige Kommissar aussah wie ein Unterwäsche-Model von Calvin Klein? Es sollte verboten werden, dass irgendein Kerl so gut aussah. Widerlich.

Bestimmt war er schlecht im Bett, schöne Männer dachten doch immer, sie müssten sich nicht anstrengen. Ach nee, Sarah, was für ein Glück für dich, dass du keinen Sex mit ihm haben musst. Dass du überhaupt nie wieder Sex haben wirst.

Kopfschüttelnd schob sie das Bild des blonden Polizeiadonis in die hinterste Ecke ihres Gehirns.

Karla – was sollte sie dem Kind nur sagen? Deine Mutter ist leider eine selbstsüchtige Ziege? Aber vielleicht ist sie ja doch nicht selbstsüchtig, sondern schwer verletzt oder … tot?

Ein Schauder überlief sie und sie schloss die Augen. Was dachte sie denn da? Nein, nein, schon bald würde sie sich ganz furchtbar über eine verkatert zurückgekehrte Claudia aufregen, was diese wahrscheinlich genauso wenig interessieren würde wie früher.

Bis heute Abend durfte sie Karla bei ihrer Schulfreundin lassen, sie würden zusammen die Hausaufgaben machen. Sie müsste noch ein paar Kleidungsstücke aus dem Haus holen, eventuell auch einige Spielsachen. Sie bezweifelte allerdings, dass Karla deren viele besaß. Aber sicher gab es irgendein Kuscheltier, das Karla unbedingt zum Einschlafen brauchte.

Es widerstrebte ihr, in das kalte, dunkle Haus zurückzukehren, die bedrückende Atmosphäre der Verlassenheit einzuatmen. Ihr würde jedoch nichts anderes übrig bleiben, sie schien zur vorübergehenden Fürsorge für das Mädchen verdonnert zu sein.

Sarah beschloss, zuerst einkaufen zu fahren, um ein paar kindgerechte Lebensmittel und vielleicht ein neues Spielzeug zum Trost zu besorgen.

Aber kaum hatte sie ihre Hände unter den Wasserstrahl gesteckt, um sich die Tinte von den Fingern zu schruppen, klingelte im Flur das Telefon. Mit seifigen Fingern stürzte sie den Flur entlang und riss den Hörer hoch, der ihr prompt aus den Fingern flutschte und auf die Mosaikfliesen der Halle knallte. Mit einem leisen Fluch hob sie ihn auf und meldete sich.

»Sarah? Bist du das? Ist alles in Ordnung? Hier ist Christian Ahrendt.«

Chris! Heute wurde sie mit schönen Männern ja geradezu überschwemmt. Gut, dass dieser sie wenigstens nicht sehen konnte. »Ja, alles okay, mir ist nur der Hörer heruntergefallen. Chris, wo bist du? Ich habe Karla noch bei mir, Claudia ist bisher nicht aufgetaucht!«

Das Schweigen am anderen Ende verunsicherte sie. »Christian, bist du noch dran?«

»Ja, ja, ich bin noch da. Ich überlege nur, was zu tun ist. Weißt du, Sarah, es ist momentan sehr schwierig. Susanne liegt im Krankenhaus, ihre Schwangerschaft verläuft nicht gut. Es besteht die Gefahr einer Frühgeburt. Wenn wir Pech haben, muss sie bis zur Geburt liegen.

Unsere Kinder sind bei Susis Eltern, denen können wir unmöglich auch noch Karla aufhalsen. Und ich selbst bin noch bis morgen in Hamburg zur Schulung.«

»Das tut mir sehr leid für euch. Rufst du aus Hamburg an?«

»Ja, ich habe eben meinen Anrufbeantworter abgehört. Hör mal, Sarah, ich weiß, es ist eine Zumutung … aber könntest du Karla wenigstens bis morgen behalten?«

»Sicher, das geht, aber was ist danach? Sie kann doch nicht allein bei dir bleiben, wenn du arbeitest.«

»Über Weihnachten habe ich ja frei. Allerdings wollte ich natürlich so viel Zeit wie möglich bei Susanne im Krankenhaus verbringen und dann auch zu meinen Kindern fahren … dann müsste ich Karla eben mitnehmen.«

Sarah holte tief Luft. »Hast du denn keine Ahnung, wo Claudia sein könnte? Ich hätte nicht gedacht, dass sie Karla einfach allein lässt. Hoffentlich ist da nichts passiert!«

»Nein, ich weiß wirklich nichts. Wie gesagt, wir haben uns zwar ab und zu gesehen, seit sie wieder hier ist, aber ich weiß nicht mehr viel über ihr Leben.«

»Weißt du, dass deine Mutter sich rundheraus geweigert hat, Karla aufzunehmen? Ich war ziemlich geschockt. Ich meine, sie ist immerhin die Großmutter«, empörte sich Sarah.

»Nein«, antwortete er langsam, »das wundert mich eigentlich nicht. Aber ich hole Karla morgen ab, mach dir keine Sorgen.«

»Nein, Christian, das musst du nicht. Ich behalte Karla unter diesen Umständen bei mir, wenn du damit einverstanden bist. Sie möchte auch gern hier bleiben, ich hatte nur gedacht, sie kennt dich sicher besser und ihr habt doch auch Kinder, ihre Kusinen …«

»Cousins. Nein, ich kenne Karla kaum. Du darfst nicht vergessen, dass Clau…«, Christian atmete tief ein, »dass Claudia erst kurze Zeit wieder in der Gegend ist. Wir hatten lange Zeit überhaupt keinen Kontakt. Sie hatte sich doch völlig von unserer Familie losgesagt. Meinst du wirklich, das geht? Dass Karla bei dir bleibt, meine ich? Werden denn deine Tanten damit einverstanden sein? In der Vorweihnachtszeit hat man vielleicht nicht gern ein fremdes Kind bei sich.«

»Nein, nein, du kennst doch Asta. Die ist immer froh, wenn sie was zum Bemuttern hat. Aber ... ich habe heute Morgen die Polizei eingeschaltet. Sie waren schon hier und sind jetzt gerade zu deinen Eltern gefahren. Ich musste das tun, Christian. Karla sagt, dass Claudia schon lange nicht mehr längere Zeit weggeblieben ist und da dachte ich ...«

»Ich verstehe. Ich hoffe nur, dass die Kleine davon nicht so viel mitkriegt.«

»Nein, sie war heute bei einer Freundin«, beruhigte Sarah.

»Gut. Sarah, ich muss jetzt Schluss machen. Ich komme auf jeden Fall morgen bei dir vorbei, wenn ich aus Hamburg zurück bin. Bist du am frühen Abend zu Hause?«

»Ja, ich werde da sein. Bis dann, Christian.«

»Danke für alles.«

Ein Rauschen im Hörer sagte ihr, dass ihr Schulschwarm aufgelegt hatte.

Sarah wirbelten die Gedanken durch den Kopf. Sie setzte sich auf den nächststehenden Küchenstuhl und dachte nach. Was für ein Tag! Eine verschwundene Freundin, ein verlassenes Kind, ein schöner Kommissar und eine alte Liebe. Sie seufzte. In einem Roman würden beide Männer ihrer unwiderstehlichen Schönheit verfallen, sie würde mit Hilfe ihres messerscharfen Verstands Claudia aufspüren und hätte nebenbei mit beiden Kerlen fantastischen Sex.

Bitte, heirate mich, Sarah, ich kann ohne dich nicht leben! Aber, Christian, denk doch an Susi und die Kinder! Wir müssen stark sein!

Im Hof bellte der Hund, es klang wie Hohngelächter. Ja, ich weiß. Man wird ja noch träumen dürfen. Sie zog Christian von den Knien hoch und schickte ihn zu Susi zurück.

Ihre Gedanken glitten zu Claudia und ihr Magen zog sich zusammen. Wie konnte sie nur an Sex denken, in dieser Situation? Was war sie für eine egoistische Kuh!

Plötzlich wurde sie wütend. Wenn hier eine egoistisch war, dann ja wohl Claudia! Wie konnte man bloß so verantwortungslos sein? Wenn Claudia zurückkam, würde sie ein sehr ernsthaftes Wort mit ihr reden.

Wenn Claudia zurückkam.

*

Beck fuhr wie angewiesen in Richtung Watzum und bog links ein. Langsam fuhren sie die kleine Straße entlang, die steil aufwärts Richtung Elm stieg.

»Der größte Hof«, murmelte Wagner vor sich hin und ließ seinen Blick links und rechts von der Straße schweifen. »Da rechts, das könnte es sein.«

Beck hielt an und betrachtete einen Hof, der, eigentlich untypisch für die Bauweise der Gegend, von einer hohen Natursteinmauer umgeben war. Das große Tor war geschlossen. Sie stiegen aus und überprüften das Namensschild am Briefkasten. »Ahrendt«, las Beck und öffnete die Tür.

Sie betraten einen gepflasterten Platz, der fast ebenso groß war wie der Schlosshof, den sie gerade verlassen hatten. Gegenüber lag ein großes Wohnhaus, das in seiner überladenen Scheußlichkeit aus einer späteren Epoche zu stammen schien als die Fachwerkscheunen, die den Hof links und rechts begrenzten.

Bunte Scheiben, die an dem roten Ziegelmauerwerk befestigt waren, wiesen den Bewohner des Hauses als mehrjährigen Schützenkönig des hiesigen Vereines aus. Als sie sich dem Haus näherten, erhob sich wütendes

Gebell, das aus einem Zwinger neben dem Haus kam. Mehrere graue Jagdhunde warfen sich gegen den Maschendrahtzaun ihres Gefängnisses und stachelten sich gegenseitig zu einem sich stetig steigernden mehrstimmigen Getöse an.

Im oberen Stockwerk des Hauses bewegte sich eine Gardine. »Netter Empfang«, bemerkte Beck. Der Kakophonie von links zum Trotz stiegen sie die steinernen Stufen zu einer gewaltigen, mit aufwändigen Schnitzereien versehenen Haustür empor und klingelten.

Wagner versuchte gerade, durch die mit Spitzengardinen verzierten Scheiben in das Innere des Hauses zu spähen, als sich die Tür ruckartig öffnete. Er richtete sich hastig auf.

Ein beleibter Mittsechziger, passend zu den lärmenden Hunden in grünen Loden gekleidet, wurde in der Türöffnung sichtbar. Beck zückte seinen Ausweis und erklärte sein Anliegen. Mit einem jovialen Lächeln auf dem geröteten Gesicht und großer Geste bat der Mann sie hinein.

Die Diele stand dem Äußeren des Hauses in nichts nach. Eine breite, dunkle Holztreppe wand sich in der Mitte des Raumes nach oben, gesäumt von zahlreichen Geweihen unglücklicher Geschöpfe, die der Leidenschaft des Hausherrn zum Opfer gefallen waren. Eine riesige dunkle Garderobe aus der Gründerzeit schmückte die linke Seite des kalten Raumes, der trotz eines vielarmigen Kronleuchters düster wirkte. Es roch nach Möbelpolitur und Hund. Hübsch.

Beck versuchte, die bedrückende Atmosphäre zu ignorieren, und wandte sich dem glücklichen Besitzer dieser Pracht zu. »Sie sind …«

»Ahrendt, Bürgermeister hier in Avessen«, stellte sich der Hausherr verspätet vor.

»Der Vater von Claudia Ahrendt?«

Das Lächeln im Gesicht seines Gegenübers erstarrte.

»Ja, warum? Hat sie schon wieder irgendwelchen Ärger gemacht?«

»Kommt das denn öfter vor?«, wich Beck der Antwort aus.

»Sie war schon immer schwierig. War nie zufrieden mit dem, was sie hatte. Immer Rosinen im Kopf, wie die meisten jungen Leute heutzutage. Aber kommen Sie doch herein, wir müssen doch nicht im Flur stehen bleiben.«

Der Mann wandte sich um und führte sie durch die Diele in einen großen Raum, dessen ebenholzfarbene Einrichtung die Gemütlichkeit einer Friedhofskapelle verbreitete. Unwillkürlich musste Beck an Sarah Dittmanns gemütliche Aschenputtelküche denken. Er nahm auf einem steifen, brokatbezogenen Stuhl Platz. Wagner deponierte sein Notizbuch vorsichtig auf dem mit einem Spitzendeckchen dekorierten Tisch.

»Ihre Tochter wird seit vorgestern Abend vermisst, Herr Ahrendt«, begann Beck. »Sicher ist Ihnen bekannt, dass Frau Dittmann eine Vermisstenanzeige aufgegeben hat?«

Ahrendt schnaubte verächtlich. »Wenn ich jedes Mal, wenn meine Tochter verschwunden ist, eine Vermisstenanzeige aufgegeben hätte, hätten Sie viel zu tun gehabt, Herr Kommissar. Das erste Mal ist sie mit fünfzehn abgehauen, aber sie ist immer wiedergekommen. Hat gemerkt, dass die Welt nicht auf so ein verwöhntes kleines Luder gewartet hat. Wir haben ihr alles gegeben, was ein junges Mädchen nur erwarten kann. Balletstunden, Reitstunden, ein eigenes Pferd, Abitur.«

Nur keine Liebe?, schoss es Beck durch den Kopf.

»Aber das war ihr alles nicht genug. Keine Ahnung, wo sie sich jetzt wieder rumtreibt.«

»Sie wissen nicht, mit wem Ihre Tochter hier in der Gegend Kontakt pflegte?«

»Sie hatte immer irgendwelche Kerle, die sie mit durchschleppten. Ich bin nicht informiert, welcher der neueste ist.«

»Freundinnen, Arbeitskollegen?«

»Arbeitskollegen?« Ahrendt lachte bitter. »Die hat doch nie gearbeitet. Hat überhaupt keine ordentliche Berufsausbildung gemacht, alles abgebrochen. Ob sie Freundinnen hatte, weiß ich nicht. Sie ist ja noch nicht lange aus München zurück.«

Es schien in letzter Zeit eine große Rückreisewelle aus den Großstädten in die Provinz ausgebrochen zu sein. Beck lag anscheinend voll im Trend. »Haben Sie noch weitere Kinder?«

»Einen Sohn, Christian.«

»Wo lebt er?«

»In Watzum. Ist Ingenieur im Werk.«

»Hatte er Kontakt zu Ihrer Tochter?«

»Keine Ahnung. Das müssen Sie ihn selber fragen.«

»Warum lehnen Sie den Kontakt zu Ihrer Enkelin ab?«, erkundigte sich Beck.

»Moment Mal, das habe ich nicht gesagt. Hat die kleine Dittmann das etwa behauptet?«

»Nun, sie ist bei Frau Dittmann und nicht bei Ihnen«, stellte Beck fest.

»Die hat sich ja eingemischt, bevor wir überhaupt eine Chance hatten, etwas zu tun. Natürlich nehmen wir die Kleine zu uns, wenn es nötig ist. Wir haben immer unsere Pflicht getan.« Ahrendt richtete sich in seinem Sessel auf.

»Wir würden gern auch noch mit Ihrer Frau sprechen, Herr Ahrendt. Ist das möglich?«

»Wenn es sein muss. Aber die kann Ihnen auch nicht mehr sagen als ich.«

»Dennoch wären wir Ihnen verbunden, wenn Sie sie holen könnten. Es wird nicht lange dauern.«

Ahrendt stand auf und durchquerte den Raum. In der Eingangshalle hörten sie ihn nach seiner Frau rufen. Beck sah zum Fenster. Draußen hatte es angefangen zu schneien. Er ließ den Blick durch den Raum schweifen, der auch bei näherer Betrachtung nicht gewann. Dass hier einmal Kinder gespielt haben sollten, war nur schwer vorstellbar. Sicher hatte die Hausfrau nach jedem Besuch die Möbel desinfiziert.

Geflüster vor der Zimmertür kündigte die Ankunft der Hausherrin an. Wahrscheinlich bekam sie noch Instruktionen von ihrem Bürgermeister. Beck unterdrückte ein Grinsen und richtete den Blick auf eine kleine, künstlich erblondete Frau, deren zartblaues Twinset eher in ein Vorstadtwohnzimmer gepasst hätte als in diese kalte ländliche Pracht. Er erhob sich höflich. »Frau Ahrendt? Ihr Mann hat Sie sicherlich über den Grund unseres Kommens informiert?«

Ein kurzes Nicken antwortete ihm. Die Dame nahm auf der vordersten Kante eines Stuhls ihm gegenüber Platz und richtete ihre blassen, beinahe farblosen Augen starr auf ihn.

»Kennen Sie irgendwelche Kontaktpersonen Ihrer Tochter? Einen Freund, eine Freundin, hier aus der Gegend oder auch aus München?«

Frau Ahrendt senkte den Blick und zupfte nervös an ihrer Perlenkette. »Ich …«

»Sag doch, dass du genauso wenig Ahnung hast wie ich, mit wem sie sich rumgetrieben hat«, unterbrach Ahrendt ungeduldig.

»Herr Ahrendt, bitte lassen Sie Ihre Frau sprechen«, mahnte Beck.

»Ich weiß, dass der Vater ihrer Tochter hier irgendwo in der Nähe wohnt.« Frau Ahrendt sprach sehr leise, mit einem entschuldigenden Seitenblick auf ihren Mann.

»Der! Mit dem ist sie doch seit Jahren überkreuz!« Ahrendts Gesicht färbte sich dunkelrot.

»Herr Ahrendt, ich muss Sie wirklich bitten, Ihre Frau nicht zu unterbrechen.« Beck wurde ein wenig schärfer. »Sonst müssen Sie den Raum verlassen.«

Eine Regung zuckte in den starren Augen der Frau auf. War es Freude über die Zurechtweisung ihres Mannes?

»Er heißt Thomas Jankowski«, sagte sie. »Aber seine genaue Adresse weiß ich nicht. Seit sie wieder da ist, hat sie sich ein paar Mal mit ihm getroffen.«

»Woher ...« Diesmal unterbrach sich Ahrendt, bevor der Kommissar es tat.

»Sie hatten also Kontakt zu Ihrer Tochter, seit sie wieder da ist«, stellte Beck fest.

Wieder der Seitenblick zum Ehemann. »Ja. Ich war ein paar Mal da. Sie ist meine Tochter, trotz allem.«

Beck warf einen Blick auf das inzwischen purpurrot angelaufene Gesicht ihres Mannes. Das gab Ärger für die Dame des Hauses.

Beck sammelte sich. Der Augenblick der Wahrheit war gekommen. »Wir haben Grund zu der Annahme, dass Ihre Tochter einem Verbrechen zum Opfer gefallen sein könnte.«

Ahrendt rang hörbar nach Luft und lockerte seinen Kragen, seine Frau starrte Beck fassungslos an und bewegte stumm die Lippen. »Ein Verbrechen? Was soll das heißen?« Ahrendt sprang auf.

»Es ist eine Tote aufgefunden worden, deren Aussehen auf die Beschreibung in der Vermisstenmeldung passt. Wir müssen leider einen von Ihnen bitten, sie zu identifizieren.«

Ahrendt setzte sich wieder. Seine Frau starrte blicklos aus dem Fenster. Beruhigend tätschelte Ahrendt ihr die Hand, die ihm abrupt entzogen wurde. »Es ist ja noch gar nicht sicher, dass sie es ist, Hilde.«

»Sie ist es«, sagte seine Frau tonlos.

»Woher nehmen Sie diese Gewissheit?«, erkundigte sich Beck.

»Ich fühle es. Ihr war es nicht bestimmt, lange zu leben.«

»Rede doch nicht so einen Quatsch«, erregte sich Ahrendt. »Bestimmung! Weiber!« Er wandte sich mit einer kläglichen Nachahmung seines jovialen Lächelns an Beck, sichtlich bemüht, seine Fassung wiederzugewinnen.

»Wir müssen Sie bitten, mit nach Braunschweig zu kommen.«

»Jetzt sofort?« Ahrendt keuchte.

»Nun, Sie wollen doch sicher nicht länger im Ungewissen über den möglichen Tod ihrer Tochter bleiben.« Beck konnte sich einen zynischen Unterton nicht verkneifen. Alter Widerling. »Auf Wiedersehen, Frau Ahrendt.«

Mit einem bedauernden Blick auf die einer leblosen Puppe gleichenden Frau verließ Beck die gastliche Stätte.

*

Widerstrebend stieg Sarah aus dem warmen Auto, auf dessen Rücksitz sich die Einkaufstüten türmten. Natürlich war es nicht bei Weihnachtsgeschenken für Karla geblieben. Sie hatte sich unbedingt noch ein schwarzes Wollkleid für Heiligabend kaufen müssen, das ihr Budget eigentlich überschritt. Aber sie hatte so schlank darin ausgesehen, dass jeder einsehen musste, dass dieser Kauf einfach eine Lebensnotwendigkeit gewesen war.

In ihrer Handtasche wühlte sie nach Claudias großem Schlüssel und betrat zögernd den schmalen Pfad zur Haustür. Abweisend duckte sich das alte Haus unter die riesige Kastanie im Vorgarten und beobachtete Sarah misstrauisch aus trüben Fensteraugen.

Sie steckte den Schlüssel in das Schloss und stutzte. Hatte sie nicht gestern Abend die Tür abgeschlossen? Angestrengt horchte sie in das Innere des Hauses. Nichts regte sich, kein Laut drang nach draußen. Langsam zog sie die Haustür auf. Eisige Kälte schlug ihr entgegen, die noch um einige Grade unter der Außentemperatur zu liegen schien.

Argwöhnisch trat sie in die Diele und tastete nach dem Schalter neben der Tür. Es erschien ihr wie eine Ewigkeit, bis sie ihn fand und drehen konnte. Eine matte Birne flackerte auf, deren gelbes Licht bedrohliche Schatten hervortreten ließ. Sarah ließ ihren Blick durch den Flur irren.

Erschrocken schrie sie auf, als sie eine dunkle Gestalt auf der linken Seite bemerkte. Panik schoss heiß durch ihren Körper, ehe ihr Gehirn die Gestalt als Mantel an der Garderobe einordnete und den Adrenalinspiegel wieder absinken ließ.

»Ganz ruhig, altes Mädchen. Du gehst jetzt da hoch, holst ein paar Sachen für Karla raus und machst, dass du wegkommst.« Ihre Worte klirrten wie zerberstendes Glas in das abwartende Schweigen des Hauses. Sie atmete tief ein und rannte die Treppe hinauf in Karlas winziges Zimmer.

Aus einem altersschwachen Schrank, dessen Türen nicht mehr richtig schlossen, nahm sie einige Pullover und Hosen heraus. Was noch? Suchend sah sie sich um und unterdrückte den Impuls, laut zu singen, wie sie es als kleines Mädchen getan hatte, wenn sie Kartoffeln aus dem Keller holen musste.

Da, ein lila Elefant auf dem Kopfkissen. Ob das Karlas Schlaftier war? Sie nahm ihn auf und ging Richtung Flur, als ihr einfiel, dass die Kleine ja auch noch Unterwäsche und Socken brauchte.

Sie zog die Schublade einer kleinen Kommode auf. Die Lade ließ sich nur schwer öffnen und schrammte laut in ihrer Führung. Hastig nahm sie ein paar Hemden und Höschen heraus, drückte die Lade wieder zu und erstarrte. Von unten drang ein scharrendes Geräusch durch die Stille, wie eine Verlängerung des Tones, den sie gerade erzeugt hatte.

Ein Klacken, dann nichts mehr. Sarah konnte sich nicht bewegen. Wenn sie sich umdrehte, würde irgendetwas Furchtbares passieren.

Sie lauschte, atmete nicht. Schweigen. Langsam gehorchten ihr ihre Glieder wieder und sie wandte sich um. Durch den Spalt der Tür waberte das gelbliche Dämmerlicht des Flures herein wie eine giftige Flüssigkeit. Hektisch sah sie sich im Zimmer um, auf der Suche nach einer Waffe. Neben dem Ofen entdeckte sie einen eisernen Kohleschieber und stürzte auf ihn zu. Den Griff fest in der Hand öffnete sie die Zimmertür ganz und blickte den kleinen Flur entlang.

Er war leer, bis auf einen alten, abgeschabten Stuhl an der Wand. Die Tür des zweiten Schlafzimmers war angelehnt. War sie nicht vor wenigen Minuten noch zu gewesen? Sarah konnte sich nicht erinnern. Wie hypnotisiert starrte sie auf den kleinen dunklen Türspalt, der, je länger sie auf ihn blickte, immer größer zu werden schien.

»Claudia?« Ihr Ruf verkam zu einem verängstigten Flüstern. Sie räusperte sich. »Claudia, bist du das?« Grabesstille. Irgendjemand, irgendetwas wartete da unten. Aber Claudia war es nicht.

Ein schabendes Geräusch aus den Tiefen des Erdgeschosses löste ihre Erstarrung und sie sprang mit einem riesigen Satz in Karlas Zimmer zurück. Krachend warf sie die Tür hinter sich zu und drehte den Schlüssel. Verdammt! Die Tür war so verzogen, dass sie sich nicht abschließen ließ! Verzweifelt warf sie sich an das Türblatt und presste mit aller Kraft gegen den Schlüssel. Mit einem metallischen Schnarren schnappte er endlich vollends herum.

Erschöpft presste sie ihr Ohr gegen die Tür, aber das laute Rauschen ihres Blutes übertönte alle anderen Geräusche. Falls sich jemand im Haus befand, hatte er jetzt garantiert gemerkt, dass sie hier war. Sie rannte zum Fenster und sah hinaus. Zum Springen zu hoch, oder?

Versuchsweise rüttelte sie am Fensterriegel, doch der saß durch die Kälte genauso fest wie das Türschloss. Sie stöhnte und setzte sich auf das Bett. Ruhig, ermahnte sie sich, der wird schon wieder abhauen, wenn du dich nicht rührst. Sie versuchte ruhiger zu atmen, um das Brausen in ihrem Kopf zu verringern.

Ihr Handy! Asta, sie würde Asta anrufen! Hektisch wühlte sie in ihrer Tasche. Wo war das Scheißding?

Sie hatte es doch ... im Auto. Es lag im Auto, auf dem Beifahrersitz. Verfluchter Mist! Resigniert ließ sie die Tasche fallen.

Schritte! Alarmiert richtete sie sich auf.

Doch, eindeutig schlich jemand die knarrenden Holzstufen hoch, langsam, leise. Claudia war das nicht, dafür waren die Schritte zu schwer. Diese Schritte gehörten zu einem Mann. Einem großen Mann.

Oh Gott, wer war das? Blutige Bilder flackerten durch ihren Kopf, Äxte, Messer, Männer mit schwarzen Masken ...

Sie atmete rasselnd ein und presste den lila Elefanten fest gegen ihren Mund. Leise, du musst ganz leise sein, unsichtbar! Die Schritte näherten sich der Zimmertür und blieben stehen. Langsam wurde die Klinke heruntergedrückt und Sarah biss ganz fest in den Elefanten, um den Entsetzensschrei zu unterdrücken, der mit Macht aus ihrer Kehle quoll. Bitte, bitte, geh weg! Hier ist niemand! Tu mir nichts! Lieber Gott, mach, dass ich hier lebend rauskomme!

Jemand rüttelte an der Klinke und klopfte gegen die Tür. »Ist da jemand?«

Sarah schüttelte den Kopf. Hilfe!

»Hallo, aufmachen, Polizei!«

Polizei? Es brauchte einen Moment, bis die Bedeutung dieses Wortes von Sarahs aufgescheuchten Gehirnzellen verarbeitet wurde. »Wer ... wer ist da?«, krächzte sie.

»Beck, Kriminalpolizei. Bitte machen Sie auf.«

Sarah stand auf und setzte sich gleich wieder hin. Ihre Beine hatten die Entwarnung anscheinend noch nicht begriffen. Beim zweiten Versuch behielt sie die Kontrolle über ihre zitternden Gliedmaßen und drehte den Schlüssel. Doch sie hatte in ihrer Panik wohl übermenschliche Kräfte besessen, jedenfalls ließ er sich nicht zurück bewegen. »Ich ... das Schloss klemmt!«

Sie musste daran denken, wie sie in der achten Klasse

nicht mehr aus dem Mädchenklo herausgekommen war und die gesamte Schulstunde ausharren musste, bis endlich jemand ihre Schande bemerkte und den Hausmeister holte. Nur war es leider diesmal nicht der gutmütige Herr Krause, der auf der anderen Seite stand, sondern der schönste Kommissar Niedersachsens. Vielleicht konnte sie noch schnell dekorativ in Ohnmacht fallen? Oder doch lieber sterben?

»Gehen Sie mal beiseite.«

Kaum hatte Sarah gehorcht, krachte es und die Tür flog auf. Wider Willen beeindruckt starrte Sarah den Kommissar an.

Der starrte nicht minder. »Sie?«

»Ich wollte ein paar Sachen für Karla holen.«

Becks Blick glitt ihren Arm herunter und blieb an dem Elefanten haften. »Aha. Und dazu schließen Sie sich ein?«

Sarah wurde zornig. »Als ich gerade dabei war, die Sachen zusammenzupacken, hörte ich ein Geräusch. Ich konnte ja schließlich nicht ahnen, dass Sie hier mitten in der Nacht herumschleichen!«

»Es ist halb sieben«, stellte Beck richtig.

Mit einer ungeduldigen Handbewegung wischte Sarah das beiseite. »Jedenfalls ist es dunkel.«

»Die Polizei muss manchmal auch noch im Dunkeln arbeiten und das in jeder Hinsicht.« Der Kommissar grinste.

Arroganter Kerl! Sie wäre fast einem Herzinfarkt erlegen und er machte sich über sie lustig! »Wenn Sie nichts dagegen haben, werde ich jetzt die Sachen mitnehmen und gehen.«

»Einen Moment noch. Wann haben Sie denn das Geräusch gehört?«

»Na, gerade eben, kurz bevor Sie die Treppe heraufkamen, vor zehn Minuten ungefähr!« Sarah nahm das Kleiderhäufchen vom Bett.

»Da war ich noch gar nicht hier«, sagte er. »Von wo kam das Geräusch?«

»Das … von unten, glaube ich.«

»Dort ist niemand mehr. Ich habe gerade in die unteren Zimmer geschaut. Einen Augenblick.« Mit langen Schritten eilte Beck hinaus. Knarrende Dielen kündeten von seinem Weg durch die Räume.

Sarah fiel auf das Bett. Also war doch jemand außer dem Kommissar hier gewesen! Das Rauschen in ihren Ohren setzte wieder ein.

»Nehmen Sie den Kopf zwischen die Beine!«

»Wie bitte?« Empört fühlte Sarah, wie ihr Kopf ruckartig nach unten gedrückt wurde. Das Rauschen hörte auf.

»Unten lassen!«

»Erlauben Sie mal, wir sind hier nicht auf Ihrer Polizeischule!« Sarah bemerkte, dass ein Hieb nicht so richtig saß, wenn man jemanden mit nach unten hängendem Kopf beschimpfte.

»Es ist niemand mehr im Haus. War die Haustür offen oder geschlossen, als Sie kamen?«

»Offen! Ich habe mich noch gefragt, ob ich gestern vergessen habe abzuschließen.«

»Und, haben Sie?«

Vorsichtig hob Sarah den Kopf. Es rauschte nur noch minimal. »Nein, ich bin mir eigentlich ziemlich sicher, dass ich zugesperrt habe. Der Schlüssel ist so groß, dass man das nicht so leicht vergisst. Aber genau weiß ich es nicht mehr.«

»Wo ist er?«

»In meiner Handtasche.«

Beck blickte sich suchend im Zimmer um und griff nach ihrer großen, braunen Tasche. »Wenn Sie erlauben …«

»Nein!« Sie riss sie ihm die Tasche aus der Hand. Beck zog eine Braue hoch und blickte sie fragend an. Der Mann sah geradezu widerwärtig gut aus. »Ich … ich kann einfach nicht leiden, wenn jemand in meiner Tasche wühlt.« Das fehlte gerade noch. Wer wusste schon, was sich in den Tiefen ihrer Handtasche verbarg. Sarah hatte da nie so ganz den Überblick. Tampons, Kondome (wofür eigentlich?), gammelige Lippenstiftreste und andere glamouröse Dinge, auf die dieser Schönling nicht unbedingt seinen Blick werfen musste. Sie hatte sich für heute genug blamiert.

Sie fingerte den Schlüssel heraus und gab ihn Beck. Der wog ihn in der Hand und dachte nach. »Ich kann mir wirklich nicht vorstellen, dass Sie vergessen konnten, ob Sie mit diesem Monstrum die Tür verriegelt haben.«

»Aber wenn ich abgeschlossen habe, dann muss ja noch jemand einen Schlüssel haben. Wer? War Claudia hier?«

Beck sah sie an und erwiderte nichts.

Ihr wurde heiß. »Was ist mit ihr? Wo ist sie? Sie wissen etwas!«

Beck zögerte und strich eine blonde Strähne aus der Stirn.

»Sagen Sie was, ich habe schließlich ihre Tochter in meiner Obhut, ich habe ein Recht ...« Sarahs Stimme zitterte und sie brach schnell ab. Jetzt bloß nicht heulen.

»Ein Recht haben Sie nicht, aber ja, ich muss Ihnen leider mitteilen, dass Claudia Ahrendt einem Verbrechen zum Opfer gefallen ist. Ihr Vater hat sie heute Nachmittag identifiziert.«

Claudia! Das Rauschen schwoll auf Ozeanstärke an und Sarah drückte hastig den Kopf wieder zwischen ihre Knie. »Was ... wer ... hat sie ...« Übelkeit stieg in einer Woge auf und sie presste schnell eine Hand auf ihren Magen. »Heißt das ... wurde sie ... ermordet?« Das war doch völlig surreal.

»Ja. Es tut mir leid. Ich muss Ihnen noch einige Fragen stellen, aber vielleicht sollten Sie sich erst ein wenig ausruhen.«

»Ausruhen! Was soll ich denn ihrer Tochter sagen? Darf ich ihr überhaupt etwas sagen?«

Beck hockte sich vor sie und legte eine Hand leicht auf ihre vorgebeugte Schulter. »Versuchen Sie, sich zu beruhigen.«

Hastig rutschte sie auf der Bettkante weiter nach außen und richtete sich auf.

»Oh Gott, Claudia. Ich … was soll jetzt nur aus Karla werden?« Sie strich ihre Haare aus dem Gesicht und versuchte sich zu fassen.

»Karlas Großvater deutete heute an, dass er die Kleine zu sich nehmen wolle. Das ist vielleicht zunächst das Beste. Er kann ihr dann auch die Nachricht vom Tod ihrer Mutter überbringen.«

»Das Beste! Karla kennt ihren Großvater fast überhaupt nicht! Können Sie sich vorstellen, wie das für sie sein wird, wenn ihr ein wildfremder Mensch erzählt, dass ihre Mutter ermordet wurde?«

»Ja, ob Sie es glauben oder nicht, das kann ich. Dennoch ist die Rechtslage so, dass nicht Sie, sondern Karlas Großeltern oder der Vater des Kindes sorgeberechtigt sind.«

Er hatte leider recht. Sarah stand auf und versuchte das Chaos in ihrem Kopf zu ordnen. Ein Alptraum. Das hier war ein absoluter Alptraum und sie war mittendrin.

Beck stand ebenfalls auf und stützte sie leicht. »Wird es gehen?«

Sarah ignorierte das Kribbeln, das seine Hand an ihrem Arm verursachte und nickte.

»Wie ist Claudia …? Wer hat sie …?«

»Dazu darf ich leider nichts sagen.«

Vielleicht war es besser so. Wollte sie wirklich wissen, wie Claudia umgekommen war? Nein. Sarah griff nach ihrer Tasche. »Es wird doch gehen, dass Karla wenigstens heute Nacht bei mir bleibt, oder? Morgen will ohnehin ihr Onkel vorbeikommen, dann …«

»Ihr Onkel?«, unterbrach Beck.

»Ja, Christian, Claudias Bruder, er ist gerade zu einer Tagung in Hamburg.«

»Aha.« Vorsichtig, aber unmissverständlich manövrierte Beck sie Richtung Treppe.

Unwirsch entriss sie ihm ihren Arm, wobei der lila Elefant herunterfiel und die Treppe hinunterhüpfte. »Ich geh ja schon.« Sarah erinnerte sich selbst an eine ihrer trotzigen Erstklässlerinnen. Worüber war sie eigentlich so wütend? Über Beck, über sich selbst, über Claudia, über das beschissene Schicksal? Ja, genau.

Gemeinsam stiegen sie die Treppe hinab. In der Diele sammelte Sarah das Plüschtier auf und blickte in Richtung Wohnzimmertür. Auch diese war nur angelehnt, als könne jeden Augenblick jemand in den Flur treten.

Plötzlich hatte sie es furchtbar eilig, fortzukommen. Sie drehte sich abrupt um und stieß heftig mit dem Kommissar zusammen, der hinter sie getreten war. Schnell trat sie einen Schritt zurück und entschuldigte sich. Trampel.

»Geht's Ihnen gut? Gut genug, um zu fahren, meine ich.« Beck berührte leicht ihren Arm.

»Ob's mir gut geht? Meine Freundin ist tot und ihr Kind …« Sarah konnte nicht weitersprechen. Wozu auch? Das interessierte den Herrn Kommissar ja sowieso nicht. Für den war der Tod ein Tagesgeschäft. Sie musste nach Hause, zu Karla, musste nachdenken. Bloß weg von diesem düsteren, traurigen Ort.

Sarah wandte sich zum Gehen und blickte in den nachtschwarzen Garten. Ein Windstoß ließ die Kastanie ächzen, die letzten dürren Blätter an den Zweigen wispern. »Bleiben Sie noch hier?«

Beck lächelte. »Soll ich Sie zum Auto bringen?«

Genau das hatte Sarah gehofft, aber das mitfühlende Lächeln des Kommissars ließ aus irgendeinem Grund nicht zu, dass diese Bitte über ihre Lippen drang. Kühl lehnte sie das Angebot ab und drückte den Rücken durch. Sie kam allein klar.

Ein nasses Blatt auf den Stufen ließ ihren Stiefelabsatz rutschen und sie strauchelte. Sie spürte Becks Hand an ihrem Ärmel, trotzdem stürzte sie unaufhaltsam dem gefrorenen Boden entgegen. Der harte Aufprall ließ ihre

Kiefer schmerzhaft aufeinander schlagen. Am liebsten wäre sie liegen geblieben und nie wieder aufgestanden.

Stöhnend richtete sie sich auf und sah in das besorgte Gesicht des Kommissars.

»Haben Sie sich wehgetan?« Beck reichte ihr eine Hand und zog sie hoch.

»Nein, es geht schon, danke.« Ihre Knie brannten und ihren neuen Wintermantel zierte ein schwarzbrauner Schmutzstreifen. Egal, sie hatte jetzt andere Sorgen. Sie nickte Beck zu und humpelte zu ihrem Wagen. Er sah ihr nach, sie konnte seinen Blick im Rücken fühlen. Aufgewühlt warf sie den Elefanten auf den Rücksitz und bugsierte sich vorsichtig in den Wagen. Aus dem Rückspiegel starrte sie eine hohläugige Fremde an, die wächserne Blässe nur durch eine blutige Schramme auf der Stirn unterbrochen.

Sie wandte den Blick ab und brauste mit stark überhöhter Geschwindigkeit davon. Sollte er ihr doch einen Strafzettel schreiben.

Erst kurz vor ihrer Haustür fiel ihr auf, dass sie vergessen hatte, Karla abzuholen. Karla, die noch nicht wusste, dass ihre Mutter tot war.

*

Verwirrt sah Beck dem davonbrausenden Wagen der Lehrerin nach und schüttelte den Kopf. Warum war die Dame eigentlich so wütend? Na ja, jeder reagierte seine Trauer auf andere Weise aus.

Er ging in den Flur zurück und öffnete die Wohnzimmertür.

Leise durch die Zähne pfeifend sah er auf das Chaos. Hier hatte tatsächlich irgendjemand irgendetwas ganz dringend gesucht. An einem kleinen antiken Sekretär standen sämtliche Türen offen und eine Schublade war herausgenommen worden und stand auf der Tischplatte. An der gegenüberliegenden Wand stand ein niedriges

Bücherregal, aus dem sämtliche Bücher herausgerissen worden waren und auf dem Boden verstreut lagen.

Dennoch verströmte der ungeheizte Raum eine gewisse Geborgenheit. Das Bemühen, ein Heim zu schaffen, wurde an vielen Kleinigkeiten deutlich. Farblich zum Teppich passende Vorhänge hingen vor den kleinen Sprossenfenstern. Auf einem gemütlichen Sofa lagen zahlreiche bunte Kissen und Bilder bedeckten die Wand darüber.

Beck trat näher und besah sie sich. Es handelte sich durchweg um Originale, Pastelle und Ölgemälde, hübsche Stillleben und Landschaften, die er sich selbst auch hingehängt hätte. Entweder die Tote hatte irgendwoher Geld – die Mutter? – oder sie kannte einen Maler näher. Er dachte an die zahlreichen Männerbekanntschaften, die der Vater ihr unterstellt hatte.

Ein großes Gemälde lehnte noch neben dem Sofa und würde nun nie mehr aufgehängt werden. Vorsichtig drehte er es herum. Ein Akt – lasziv und noch sehr lebendig rekelte sich Claudia Ahrendt in weißen Laken. Seine zweite Vermutung schien richtig gewesen zu sein. Er bewunderte die geniale Abtönung der Laken und des weißen Frauenkörpers und wünschte sich, selbst so malen zu können.

Er griff in seine Manteltasche und zog Handschuhe heraus. Vorsichtig nahm er einige Papiere aus dem Wust auf dem Schreibtisch. Rechnungen und Mahnungen, sehr viele Mahnungen. Frau Ahrendt hatte es anscheinend mit der Bezahlung nicht so genau genommen. Oder hatte sie nicht bezahlen können? Nach Aussage ihres Vaters ging sie keiner Arbeit nach.

Beck suchte nach aufschlussreicheren Schriftstücken und fand den Brief einer Kosmetikschule, adressiert an die Tote. Sie teilte Termine für den nächsten Ausbildungskurs in Braunschweig mit. Anscheinend hatte Claudia Ahrendt sich doch noch um eine Berufsausbildung bemüht. Er steckte den Brief in seine Tasche und suchte weiter.

Ein handgeschriebener Brief, unterschrieben mit ›Thomas‹. Er überflog den Inhalt. Claudia hatte den Vater ihres Kindes um mehr Geld gebeten, aber keins erhalten, da der Absender selbst gerade nicht flüssig war. Interessant war der liebevolle Ton des Briefes, der nicht darauf schließen ließ, dass die Beziehung völlig abgebrochen war. Auch diesen Brief ließ Beck in seine Manteltasche gleiten.

Er wühlte sich durch herausgerissene Seiten aus Zeitschriften mit Kosmetikstipps, alte Einkaufszettel und Kinderzeichnungen – Werke Karlas, viele mit krakeligen Großbuchstaben ›für Mama‹ tituliert.

Ein weiterer Brief, mit ›immer dein Dennis‹ unterzeichnet. Kein Datum, aus dem Inhalt ging jedoch hervor, dass Claudia schon in Avessen gewohnt haben musste, als sie ihn erhielt. Der Verfasser schien eindeutig in enger Beziehung zu der schönen Verstorbenen gestanden zu haben. Ein weiterer Kandidat, den man unter die Lupe nehmen musste.

Er blickte auf die Uhr. Halb acht! Wo blieb eigentlich Wagner? Das Haus hätte lange vor seinem Eintreffen bereits versiegelt sein sollen. Jetzt war vielleicht schon wichtiges Beweismaterial verschwunden, mal ganz abgesehen von einem lila Plüschelefanten.

Er zog sein Handy hervor, um seinem Kollegen einen gehörigen Einlauf zu verpassen, als er draußen einen Wagen vorfahren hörte. Wenige Augenblicke später füllte sich der Raum mit betreten blickenden Polizisten.

Wagner trat vor. »Sorry, Chef, Wildschweine.« Auf Becks verständnislosen Blick hin führte er etwas näher aus: »Wir sind in eine Gruppe Wildschweine geraten. Totalschaden. Wir und zwei von den Schweinen. Mussten erst einen Ersatzwagen ordern.«

Als Beck laut auflachte, entspannte sich der Haufen

sichtlich und auch Wagner musste grinsen. »Habe in Wolfenbüttel angerufen, die sollten einen Kollegen abstellen.«

Beck schüttelte den Kopf. »Wahrscheinlich Reifenpanne.« Alle lachten.

»Irgendjemand hat sich hier schon bedient«, sagte Beck. »Wahrscheinlich kurz bevor ich kam, die Lehrerin hat ihn gehört, als sie Kleidung für die Kleine holen wollte.«

Wagner nahm das mit einem Nicken und einem kurzen Blick auf den Schreibtisch zur Kenntnis. »Dann wollen wir mal. Haben Sie den PC schon hochgefahren?«

Beck drehte sich um und bemerkte erst jetzt den Computer an der gegenüberliegenden Wand. »Nein, ich habe erst den Schreibtisch durchsucht.«

Wagner lächelte süffisant und wandte sich dem Gerät zu.

Nun back mal kleine Brötchen, du Wichtigtuer, dachte Beck, wer ist hier denn zu spät gekommen? Wütend über sich selbst informierte er seinen Partner über die beiden Briefe und beauftragte ihn, nach Mails von einem gewissen Dennis zu suchen.

Beck beschloss, die weitere Durchsuchung Wagner zu überlassen. Immerhin hatte der wenigstens eine Mittagspause gehabt. Er selbst würde sich in Braunschweig noch irgendwo einen kleinen Absacker gönnen, vielleicht in der *Lulu-Bar*.

Wo wohl Sarah Dittmann abends so hinging?

Mit einem knappen Nicken in Richtung Wagner verließ er den Raum und gönnte dem alten Miesepeter die langen Stunden, die noch vor ihm lagen, von Herzen.

Einem Impuls folgend, bog er von der Hauptstraße nochmals in die kleine Straße ab, in der das Schlösschen lag. Er hielt an und blickte auf die hell erleuchteten Fenster des Seitenflügels, in dem, wie er jetzt wusste, Luise wohnte. Luise mit den tollen Beinen. Er grinste.

Morgen oder spätestens übermorgen mussten sie die

Psychologin losschicken, um das Mädchen zu befragen. Die arme Kleine. Bestimmt lag sie schon im Bett. Mit dem lila Elefanten.

Und Sarah? Mit wem lag die wohl im Bett?

Schluss jetzt. Er legte den ersten Gang ein. Nach einem letzten Blick auf die Geborgenheit verheißenden Fenster wendete er und fuhr in Richtung Braunschweig.

5. Kapitel

Der Wecker schrillte erbarmungslos in einen wirren und angsteinflößenden Traum. Stöhnend setzte sich Sarah auf. Halb sechs, einfach entsetzlich. Noch nicht bereit, sich dem dunklen Wintermorgen und den kalten Fliesen des Badezimmers zu stellen, sank sie zurück in die Kissen. Sie fühlte sich schrecklich. Ihr Hals war rau und ihre Zunge fühlte sich pelzig an. Hoffentlich wurde sie nicht auch noch krank. Weihnachten mit Grippe im Bett, na super. Jäh fuhr sie auf, als ihr Claudia wieder einfiel. Claudia würde Weihnachten überhaupt nicht mehr feiern. Nie wieder.

Langsam kroch sie aus dem warmen Bett und tastete nach ihrem Morgenmantel. Sie schlich über den Flur und machte im Bad das Licht an. Im Spiegel blickte sie das bleiche Gesicht einer Wasserleiche an. Sie seufzte und ging unter die Dusche.

Während das heiße Wasser an ihr herunterlief, dachte sie an den gestrigen Abend zurück. Fröhlich war Karla mit ihr nach Hause gefahren und hatte während des Abendessens in Luises Küche eifrig mit ihnen über die heute bevorstehende Aufführung gesprochen. Sarah taten jetzt noch die Mundwinkel weh von der Anstrengung, ein heiteres Gesicht aufzusetzen. Wie eine Betrügerin war sie sich vorgekommen, unerträglich war diese Situation.

Widerwillig hatte sie bei den alten Ahrendts angerufen und die Erlaubnis erhalten, das Kind bei sich zu behalten, ›bis sich meine Frau von dem Schock erholt hat‹. Dem Alten war dabei weder ein Dank über die Lippen gekommen, noch hatte er es für nötig befunden, sich nach dem Befinden seiner Enkelin zu erkundigen. Sarahs Beileidsbekundung hatte er unwirsch abgewiesen.

Zusammen mit ihrem lila Elefanten hatte Karla sich danach bereitwillig in das viel zu große eiserne Bett im Gästezimmer packen lassen. Sarah hatte ihr noch eine Geschichte vorgelesen und das Licht zur Sicherheit brennen lassen.

Oh Gott, wie sollte das nur heute weitergehen? Was sollte nur aus Karla werden? Vielleicht konnte ja Thomas die Kleine zu sich nehmen? Oder doch Christian? Er verdiente doch bestimmt nicht schlecht als Ingenieur. Aber er hatte schon zwei Kinder und ein drittes war unterwegs!

Sie trocknete sich ab. Das heiße Wasser hatte seine Wirkung getan, Sarah fühlte sich nicht mehr ganz so gerädert. Sie zog sich Jeans und Pulli über, schlich hinunter in die Küche und fing an, Tee und Kakao zu kochen. Sie hatte Cornflakes gekauft, hoffentlich mochte Karla das.

Als alles bereitstand, ging sie wieder nach oben und weckte das Mädchen. Die Kleine schlug die Augen auf, sah Sarah an und sagte: »Mama kommt nicht mehr wieder, oder?«

*

Beck rieb sich seinen schmerzenden Schädel und warf ein Aspirin in ein Wasserglas. Aus dem Absacker gestern Abend waren drei geworden. Er hatte noch ein tiefschürfendes Gespräch mit Fuzzy geführt, dem Wirt der *Lulu-Bar*. Wieder einmal war die Frage, ob Rory Gallagher oder Jimi Hendrix der größte Gitarrist aller Zeiten war, nicht zu beider Zufriedenheit geklärt worden. Beck war für Rory, wie irgendjemand anderer Meinung sein konnte, war ihm ein völliges Rätsel.

Immerhin hatte Fuzzy ihm von einer Soulband erzählt, die nach einem Gitarristen suchte, und ihm eine Telefonnummer gegeben. Das würde er heute nach Dienstschluss angehen, er musste hier so langsam mal außerhalb des Büros Anschluss finden.

Innerhalb des Büros war das ja auch noch nicht so toll. Er verzog den Mund, als er an Wagners Freundlichkeiten dachte und stürzte sein Aspirin hinunter.

Außerdem musste er heute seinen Vater anrufen und wusste immer noch nicht, was er ihm sagen wollte. Ein Geschenk hatte er sowieso nicht und übermorgen war schon Heiligabend. Er goss noch einen Kaffee auf das Aspirin und verließ die Wohnung.

Auf dem Weg in das Büro dachte er an die Reaktion von Ahrendt auf den Leichnam seiner Tochter. Fast hätte ihm der unangenehme Mann leidtun können, der in seinem Entsetzen menschlicher wirkte als zuvor. Nachdem die Formalitäten erledigt worden waren, hatte er ihn nach Avessen zurückfahren lassen, einen hilflosen, blassen Menschen, der durch die Konfrontation mit dem Tod jegliche Überlegenheit und Arroganz zumindest vorübergehend verloren hatte.

Die Begegnung mit der Endlichkeit des Lebens schien das eigene Wirken und Streben nichtig werden zu lassen, wenn auch nur für die Zeit der Trauer. Zu schnell vergaß man dann diesen Moment der Einsicht und ließ sich wieder ein auf das tägliche Ringen um Anerkennung und Erfolg.

Beck dachte an seine Mutter, deren früher Tod sein Leben völlig verändert hatte. Allein zurückgelassen mit einem Vater, der schon vor langer Zeit aufgehört hatte, die Frau zu lieben, die auch nach der Trennung für seinen Sohn der Lebensmittelpunkt geblieben war.

Mit zwölf Jahren war er zu jung gewesen, um sich Gedanken über den Sinn des Lebens zu machen, aber der Gedanke an den Tod hatte ihn damals monatelang verfolgt. Alles erschien ihm sinnlos, wenn man doch ohnehin sterben musste.

Im Internat hatte er durch die wachsende Freundschaft mit zweien seiner Mitschüler langsam wieder Freude am Leben gefunden. Hartmut und Gunnar – da könnte er sich zu Weihnachten eigentlich auch mal wieder melden.

Er blickte auf eine gotische Kirche, die eindeutig nicht auf seinem Arbeitsweg lag, und fluchte. Er war mal wieder zu weit gefahren. Das passierte ihm häufiger, wenn er in seine Grübeleien versank. Freak.

Er drängelte sich hastig auf die Linksabbiegerspur, das ärgerliche Hupen des nachfolgenden Wagens ignorierend und fuhr zurück Richtung Büro.

Auf seinem Schreibtisch lag der Bericht des Rechtsmediziners. Nicht viel Neues, es handelte sich tatsächlich nicht um ein Sexualverbrechen.

Wer hatte Claudia Ahrendt nach ihrem Discobesuch stranguliert, bis ihr Tod eintrat? Aus welchem Grund?

Die Tote war schön gewesen, außergewöhnlich schön sogar. Große Schönheit war nicht immer ein Segen, zu oft wurde man auf sie reduziert, der Mensch dahinter ignoriert. Die Leute betrachteten schöne Menschen kritischer, um vielleicht hinter dem makellosen Äußeren doch noch einen Fehler zu finden, der die äußerliche Schönheit erträglicher machte. Schönheit zog Leidenschaft an, oft ungewollt. Verschmähte Liebe hatte schon viele Leben vorzeitig beendet. War Claudia Ahrendt ein Opfer ihrer Schönheit geworden?

Beck suchte nach seinem Notizzettel von gestern, auf dem er den Namen von Claudias Exfreund notiert hatte, Karlas Vater. Da – Thomas Jankowski! Den Herrn würde er sich heute zuerst vornehmen.

Er fuhr seinen Rechner hoch und suchte nach der Adresse. Bestedt am Elm. Die von diesem Fall betroffenen Personen gruppierten sich alle hübsch um den kleinen Höhenzug, der sich noch vor ein paar Monaten völlig Becks Kenntnis entzogen hatte.

Er öffnete sein Mail-Programm. Eine neue Nachricht von Gunnar, er lud ihn zu Silvester nach Hamburg ein. Silvester hatte er Dienst, verdammt. Er schrieb eine kurze bedauernde Mail mit dem Versprechen, das Treffen so bald wie möglich nachzuholen.

Dann starrte er auf die unwillkommene Einladung seines Vaters und trommelte mit seinen Fingern auf die Schreibtischplatte. Also gut, er würde zusagen, ihm fiel ohnehin keine überzeugende Ausrede ein. Er schickte die bestätigende Nachricht ab, bevor er es sich noch einmal anders überlegen konnte.

Den Aktenhaufen von gestern bewusst ignorierend, machte er sich auf den Weg nach unten und schaute in Wagners Büro, das dieser sich mit einem Kollegen teilte.

Wagner hob sein graues, übernächtigtes Gesicht und schob Beck einen Stapel Papiere zu. »Hier – alles E-Mails. Sind ein paar interessante Sachen dabei. Der derzeitige Lover von Madam scheint mehr als nur ein bisschen fixiert auf sie gewesen zu sein.«

Beck lächelte müde und überflog die Seiten. Ein Mann namens Dennis hatte ihr täglich mehrere Mails geschickt, in denen er Claudia seiner ewigen Liebe versicherte und sie bat, sich doch zu melden. Was sie offensichtlich nicht getan hatte, da keine Antworten verschickt worden waren.

Hatte dieser Dennis sie nach der Disco zur Rede gestellt? Wollte sie nichts mehr von ihm wissen und hatte er sie in einem Anfall schmerzlicher Eifersucht oder Wut darüber, abgewiesen worden zu sein, stranguliert?

»Dennis heißt Velten und wohnt im östlichen Ringgebiet, gleich bei Ihnen um die Ecke.«

»Haben Sie überhaupt geschlafen?«

Wagner schüttelte sein müdes Haupt. »War zwar kurz zu Hause, konnte aber nicht pennen, da bin ich heute ganz früh ins Büro gefahren.«

Ein vages Gefühl der Reue beschlich Beck. Er hätte

doch bis zum Schluss an der Durchsuchung teilnehmen sollen. Das gab kein gutes Bild ab, wenn der Chef als Erster ging. Gott sei Dank wusste Wagner nicht, wohin er sich verdrückt hatte. Er sah seinem Partner in das vor Erschöpfung bleiche Gesicht. »Ist irgendwas passiert? Ich meine – privat?«

Wagner nickte. Er war wohl zu müde, um seine übliche ablehnende Haltung beibehalten zu können. »Hab 'ne Nachricht von meiner Exfrau gekriegt. Meine Tochter kommt nach Weihnachten doch nicht. Angeblich will sie nicht. Wer's glaubt! Ich weiß genau, dass Nessie gerne kommt. Heiraten Sie bloß nicht, Chef – es lohnt sich nicht! Für ein einmal im Jahr Sex muss man verdammt viel Ärger in Kauf nehmen.«

Beck wusste nicht, was er auf die ungewöhnlich wortreiche und persönliche Rede seines Kollegen antworten sollte. Etwa: ›Aber eine Ehe ist doch mehr als Sex?‹ Was wusste er schon davon? Oder: ›Ihre Tochter kommt bestimmt ein andermal?‹ Oder: ›Ich war auch nie gern bei meinem Vater‹, um die guten Beziehungen zu Wagner noch weiter zu vertiefen?

Er räusperte sich unsicher und entschied sich feige, gar nichts dazu zu sagen. »Ich schlage vor, wir nehmen uns erst diesen Dennis vor. Der scheint ja von der Toten regelrecht besessen zu sein.«

Wagner nickte, augenscheinlich erleichtert, dass sein emotionaler Ausbruch keine vertraulichen Folgen hatte.

»Und danach gehen wir frühstücken. Ich lade Sie ein, ich habe auch noch nichts gegessen heute Morgen.«

Mit einem Grunzen nahm Wagner das Zugeständnis seines Vorgesetzten an seinen desolaten Zustand zur Kenntnis und schob sich an ihm vorbei in das Treppenhaus.

*

Erleichtert vernahm Sarah das Klatschen der begeisterten Eltern. Geschafft! Niemand hatte sich geprügelt und keiner hatte vor Aufregung auf die Bühne gekotzt. Die kleinen Schauspieler, die bei dem Theaterstück mitgewirkt hatten, winkten stolz ihren Verwandten zu.

Karla hatte ihre Rolle mit Bravour gemeistert und war nicht ein einziges Mal auf die Einflüsterungen ihrer Klassenlehrerin angewiesen gewesen. Sarah überflog hastig die Menge mit den Augen – die Großeltern des Mädchens waren wie erwartet nicht erschienen.

Die Aufregungen um das Weihnachtsmärchen hatten Claudias Tod und Karlas ungewisse Zukunft für eine kurze Zeit in den Hintergrund treten lassen, doch jetzt wallten Trauer und Sorge in einer gewaltigen Woge erneut in Sarah auf. Sie blinzelte aufsteigende Tränen zurück und folgte der hinausströmenden Menge in die kleine Pausenhalle, in der kleine Tische mit Keksen und Getränken aufgebaut waren.

An einem der Tische sah sie Dörte Allers, ihre Nachbarin und Schulfreundin mit ihren Zwillingen. Sie schaute kurz nach Karla, die bei ihrer Freundin Miriam am Tisch saß, und folgte Dörtes Winken.

»Das war wirklich schön«, lobte Dörte die Aufführung. »Ich bin immer wieder erstaunt, was man mit so kleinen Kindern schon auf die Beine stellen kann!«

Sarah lächelte, froh über das Lob der alten Freundin. »Vorher denke ich jedes Mal, wie ich mir und dem Publikum so ein Chaos antun kann, aber wie durch ein Wunder verwandeln sich am Tag der Aufführung stammelnde und boxende kleine Monster in professionell schauspielernde Engel«, erwiderte sie. »Im Vergleich zu den Grabenkämpfen mit meinen Berliner Rotzgören waren hier die Proben allerdings ein Spaziergang!«

Sie dachte an Abdul, der seinem Tischnachbarn Muhammad den Ranzen angezündet hatte – Ey, Alter, hast du warmen Arsch! – und musste trotz ihrer Niedergeschlagenheit grinsen.

»Vermisst du's nicht trotzdem manchmal?«, fragte

Dörte. »Ich meine, was kann unser Kuhdorf schon bieten.« Sie seufzte. »Berlin! Manchmal hätte ich auch Lust, meine Gören einfach im Stall einzusperren und mal eine richtige Sause zu machen, im KaDeWe sexy Dessous einzukaufen und so ...« Ungeschminkt, rotwangig, die rotblonden Locken unkompliziert zurückgebunden, wirkte sie wie der Inbegriff der natürlichen Landfrau. Dass sie sich nach Spitzendessous sehnte, war ihr wirklich nicht anzusehen.

»Na ja«, erwiderte Sarah, »wir können ja irgendwann mal nach Berlin fahren und eine Shoppingtour machen, nur du und ich?«

Dörte strahlte. »Oh, meinst du wirklich, dass du dazu Lust hast?«

»Später vielleicht. Wenn ...« Sarah brach ab. Sie durfte jetzt auf keinen Fall in Tränen ausbrechen, nicht vor den neugierigen Augen von Schulkindern und Eltern.

Dörtes Lächeln verblasste. »Was ist los? Was hast du?«

»Ich kann jetzt nicht ...« Sarah unterbrach sich, als Karla freudestrahlend auf sie zugelaufen kam und fragte, ob Miriam mit zu Sarah kommen könne.

»Wieso hast du Karla bei dir«, fragte Dörte befremdet, »ist Claudia mal wieder auf Trebe?«

»Nein, ich ... sie ... « Sarah zögerte. Hier war wirklich nicht der Ort, um Dörte vom Tod ihrer gemeinsamen Freundin aus Jugendtagen zu berichten. Durfte sie das überhaupt erzählen? Womöglich erschwerte sie damit irgendwelche Ermittlungen?

»Wie findest du das eigentlich, dass Claudia wieder hier ist? Ich weiß überhaupt nicht, was sie hier will, nach all den Jahren, in denen sie nicht weit genug weg konnte von Avessen!« Dörte verstummte, offenbar war ihr eingefallen, dass diese Äußerung ebenso auf Sarah passte.

Sarah antwortete nicht und wandte sich Karla zu, die immer noch bittend vor ihr stand, und gab ihr Einverständnis.

»Paul!« Dörtes Aufschrei ließ Sarah zusammenzucken. Dörte riss ihren blondgelockten Sprössling zurück, um zu verhindern, dass er seinem Bruder mit seinem Hirtenstab ein Auge ausstach. Der kreischte vorbeugend nebelhornartig die Halle zusammen und versetzte nebenbei seinem Ebenbild einen satten Schlag mit dem goldenen Stern, den er als heiliger König auf der Bühne getragen hatte. »Friede auf Erden«, kommentierte Dörte resigniert und hielt ihre Lieblinge im Schraubstockgriff.

Erleichtert über die Ablenkung nahm Sarah Karla an die Hand. Es würde gut sein, jetzt nach Hause zu kommen, in eine warme, hell erleuchtete Küche und die schreckliche Realität noch für eine kleine Weile draußen vor dem Küchenfenster zu lassen.

Lange würde Sarah sie jedoch nicht aussperren können.

*

Wagner und Beck saßen unbehaglich in einem ungelüfteten Wohnzimmer und starrten blicklos aus dem Fenster. Ihr unfreiwilliger Gastgeber hatte ganz offensichtlich noch im Tiefschlaf gelegen, als sie an seiner Wohnungstür klingelten. Sein bleiches Gesicht und schwarze Augenschatten legten Zeugnis ab von einer unzureichenden Nachtruhe. Offensichtlich war er kaum in der Lage gewesen, irgendetwas auf dem Ausweis zu erkennen, den ihm Beck vor die Nase hielt. Er hatte etwas von »Duschen« gemurmelt und eine unbestimmte Handbewegung gemacht, die mit gutem Willen als Aufforderung, einzutreten interpretiert werden konnte.

Beck sah sich im Zimmer um, während er darauf wartete, dass Velten mit seiner Morgentoilette fertig wurde. Wenige, aber edle Möbel ließen eine gut situierte Herkunft des jungen Mannes vermuten. Einige Klassiker waren darunter, die Beck sich selbst auch hingestellt hätte. Wieder dachte er an seine immer noch kahle Wohnung und seufzte. Die Wüste Gobi in Braunschweig.

Der Flokati zu seinen Füßen war mit Brandflecken übersät, der Glastisch mit Gläsern und Flecken von ausgelaufenen Flüssigkeiten bedeckt. An den Wänden hingend überwiegend Schwarz-Weiß-Fotografien, viele Akte, wenige Landschaften.

Eine Tür im Flur klappte und Velten sah in das Zimmer. »Kaffee?« Beck und Wagner nickten synchron. Der Junge polterte mit einem Tablett herein und schenkte ein. Der Kaffee schmeckte bitter, aber schenkte Beck die dringend benötigte Wiederbelebung.

Velten warf sich in einen Ledersessel und rieb sich die Augen. »Warum sind Sie hier?«, stellte er reichlich verspätet die Frage, die Beck üblicherweise beantworten musste, bevor er überhaupt auch nur einen Fuß in fremde Wohnungen setzen konnte.

»Sie kannten Claudia Ahrendt?«, wich Beck der Antwort aus.

Sofort veränderte sich die Haltung seines Gegenübers völlig. »Clau? Ja, natürlich, wieso, was ist mit ihr? Ist ihr was passiert?«

»Wie kommen Sie darauf, dass ihr etwas passiert sein könnte?«, entgegnete Beck.

»Das liegt ja wohl nahe, wenn die Polizei zu nachtschlafender Zeit in meinem Wohnzimmer sitzt!«

»Es ist neun Uhr«, knurrte Wagner verächtlich, »da arbeiten andere Menschen schon zwei Stunden!«

Velten ignorierte den Einwurf und richtete den Blick gebannt auf Beck. »Was ist los?«

»Wie gut kannten Sie Claudia Ahrendt?«, wich Beck erneut aus.

Velten senkte den Blick und rang die Hände. Seine schläfrige Lethargie war einer nervösen Anspannung gewichen. »Wir haben … hatten …« Seine Stimme brach.

»Eine Beziehung?«, ergänzte Beck.

»Eine Beziehung! Scheiß-Wort! Ich habe Clau geliebt, so geliebt wie noch nie eine Frau vor ihr!«

»Habe geliebt?«, hakte Beck nach.

»Ich ... Sie hat mich verlassen, sie ...« Velten schlug die Hände vor sein Gesicht.

»Wie alt sind Sie?«, fragte Wagner.

»Zweiundzwanzig, wieso?« Velten nahm die Hände vom Gesicht und starrte Wagner mit roten Augen an.

»War Frau Ahrendt nicht ein bisschen zu alt für sie?«, setzte Wagner nach.

»Zu alt, mein Gott, wie spießig kann man eigentlich sein!« Velten lief rot an. Nach dem Grad seiner Aufregung zu schließen, hörte er diese Meinung nicht zum ersten Mal. »Clau war achtundzwanzig! Was spielt das denn für eine Rolle, wenn man sich liebt!«

»Aber Claudia hat Sie nicht geliebt ...?«, brachte sich Beck wieder in das Gespräch.

Velten schoss vom Stuhl und beugte sich nach vorn. »Sie hat mich geliebt! Sie hat sich zu sehr beeinflussen lassen von Spießern wie Ihnen, die Konventionen vor das eigentlich Wichtige im Leben setzen. Dämliche bornierte ...«

»Das reicht!«, bellte Wagner. »Setzen Sie sich hin und reißen Sie sich zusammen, wenn Sie nicht eine Klage am Hals haben wollen!«

Velten sank in den Stuhl zurück und stierte zu Boden. Zu sehr in seinem Elend abgewiesener jugendlicher Leidenschaft versunken, hatte er ganz vergessen, seiner Bitte um Aufklärung weiter Nachdruck zu verleihen.

»Wann hat sie denn mit Ihnen Schluss gemacht?« Beck musste an seine lange zurückliegende, vermeintlich unsterbliche Liebe zu einer älteren Frau denken – auch er hatte damals gedacht, er würde niemals wieder glücklich sein können.

»Dienstagabend, aus heiterem Himmel, wir ... wir waren noch zusammen im Bett gewesen und als sie ging, sagte sie plötzlich, dass ich sie nicht mehr anrufen solle, es sei vorbei. Ich hätte nie gedacht, dass sie so grausam sein kann.«

Dienstag, dachte Beck, kurz bevor sie umgebracht wurde. Hatte der abgelegte jugendliche Liebhaber ihr die Möglichkeit nehmen wollen, sich einem anderen Mann zuzuwenden? Vor seinem geistigen Auge tauchte ein silbernes Kleid auf nassem Asphalt auf. »Hat sie einen Grund genannt?«, fragte Beck.

»Ich könne ihr nicht geben, was sie brauche. Dabei habe ich ihr alles gegeben: Liebe, Schmuck, täglich habe ich ihr Blumen gesandt, ich hätte sogar ihr Kind adoptiert – was kann sie denn noch gebraucht haben?«

»Wie haben Sie das alles eigentlich finanziert?« Wagner zeigte mal wieder großes Einfühlungsvermögen. »Da hat Papi aber ein großes Taschengeld bereitgestellt, was?«

»Wagner!«, griff Beck ein, noch ehe Velten aufbrausen konnte. »Was machen Sie beruflich, Herr Velten?«

»Ich studiere. BWL.« Velten fuhr sich durch die feuchten Haare. »Eigentlich wollte ich Fotografie studieren, aber ...«

»... Ihre Eltern halten das für eine brotlose Kunst?«, mutmaßte Beck und sein Blick streifte die Aktaufnahmen an der Wand. »Sind die von Ihnen?«

Velten nickte und suchte in Becks Gesicht nach Anzeichen von Anerkennung oder Ablehnung. Beck tat ihm den Gefallen und nickte bestätigend, obwohl die Fotos für seinen Geschmack zu süßlich waren.

»Haben Sie Ihre Exfreundin auch fotografiert?« Wagner ließ nicht nach in seinem freundlichen Umgangston.

»Was geht Sie das denn an? Ich frage Sie ja auch nicht, was Sie mit Ihrer Frau treiben!« Velten ballte die Fäuste.

»Bei Mord ist nichts mehr Privatsache«, zischte Wagner und warf Beck einen Blick zu, wohl wissend, dass er sich angemaßt hatte, seinem Chef die Gesprächsführung und damit die Entscheidung, wann man auf den Grund des Besuchs zu sprechen käme, zu entreißen.

Beck ballte ebenfalls unwillkürlich die Fäuste. Schon zwei, die Wagner am liebsten die Fresse polieren würden, dachte er, aber zum Eingreifen war es schon zu spät – Velten war aufgesprungen und hatte Wagner am Arm gepackt.

»Mord?«, schrie er. »Mord? Sie sitzen hier und machen Smalltalk über meine Berufsausbildung, beleidigen mich, ziehen meine Beziehung durch den Dreck, bevor Sie geruhen mir mitzuteilen, dass Clau ermordet worden ist?« Er zitterte am ganzen Körper. »Das wollen Sie mir doch mitteilen, oder? Clau ist tot! So sagen Sie doch endlich was, Sie Arschloch!«

Wagners Miene war anzusehen, dass er seinen Ausfall bereute.

Beck sprang vor und zog Velten zurück. »Setzen Sie sich, Herr Velten.«

Der junge Mann wandte sich ihm zu, die Augen starr aufgerissen, sichtlich kurz vor einem Zusammenbruch.

Sanft drückte ihn Beck wieder in den Sessel und schickte Wagner nach einem Glas Wasser in die Küche. Er wartete, bis Velten getrunken hatte und ruhiger atmete, bis er Wagners zarte Andeutung bestätigte.

»Aber wer ... wo ... Ich verstehe nicht, wieso ...« Velten konnte anscheinend keinen klaren Gedanken fassen. Offenbar stand er unter Schock.

Oder? Beck hatte im Laufe seiner Dienstjahre schon Mörder erlebt, die ihre Tat so völlig von ihrem sonstigen Erleben abtrennten, dass sie tatsächlich Schmerz über den selbst zugefügten Verlust empfanden. Alles war möglich. »Wo waren Sie am Dienstag, den 19.12., zwischen dreiundzwanzig und vier Uhr?«

Velten gab einen Laut von sich, der irgendwo zwischen hysterischem Kichern und einem Schluchzen lag. »Bin ich hier eigentlich im falschen Film? Ich habe Claudia doch nicht umgebracht! Das soll ja wohl ein Witz sein!«

»Leider nein«, erwiderte Beck ernst. »Also, wo waren Sie?«

»Das weiß ich nicht mehr! Mann, ich war völlig von der Rolle! Ich habe mich besoffen ohne Ende!«

»Wo? Gab es Zeugen für Ihr Besäufnis?!«

»Nein! Ich bin nur noch einmal zur Tanke gefahren, um mir Wein zu holen. Ich wollte keinen sehen! Ich war nirgends mehr, nur hier!«

»Sie haben also seit fast vier Tagen die Wohnung nicht mehr verlassen? Keiner war hier, niemand hat angerufen?«, fasste Beck ungläubig zusammen.

»Nein! Doch – irgendwann hat meine Mutter angerufen. Ich hab sie abgewimmelt. Ich schwöre, ich habe Claudia nicht umgebracht, ich liebe sie!«

»Das eine schließt das andere nicht aus«, bemerkte Wagner trocken. Beck warf ihm einen eisigen Blick zu. Halt's Maul. Noch einmal würde er sich das Heft nicht aus der Hand nehmen lassen. Er mochte zwar jünger sein als sein Partner, aber ganz bestimmt nicht blöder.

Sein Blick fiel auf ein Foto, das bisher von Wagner verdeckt worden war. Eine laszive Blondine rekelte sich auf Seidenkissen, triumphierend und sich der eigenen Schönheit wohl bewusst in die Kamera lächelnd: Claudia Ahrendt.

Beck trat näher, tauchte seine Augen in die Augen der Toten, versuchte ihr Wesen zu erfassen. Es gelang ihm nicht. Alles, was er sah, war Narzissmus, eine Frau, die Freude daran hatte sich zu präsentieren und durch Sex und Schönheit zu manipulieren. Obwohl ihn der Gesichtsausdruck auf dem Foto abstieß, fühlte er Erregung aufsteigen, fühlte den Wunsch, seinen Mund auf die aufgeworfenen feuchten Lippen der Frau vor ihm zu drücken und sich auf diesen nackten sinnlichen Leib zu werfen.

»Sie ist schön, nicht war?« Velten war neben ihn getreten.

Beck fuhr zusammen und fasste sich. »Äh, ja.« Er trat einen Schritt beiseite und fragte: »War Frau Ahrendt sich ihrer Schönheit bewusst?«

Velten nickte: »Ja. Sie sagte oft, ihr Körper sei alles, was sie habe, das einzig Positive, was ihr mitgegeben worden sei.«

»Wie lange war sie am Dienstag bei Ihnen?«

»Oh Gott, ich weiß nicht!« Velten fuhr sich durch die Haare. »Es war dunkel.«

»Das ist im Dezember nicht unbedingt ein Anhaltspunkt. Versuchen Sie bitte, sich zu erinnern.«

»Es muss später gewesen sein. Ich habe dienstags ein spätes Seminar, das endet erst um acht. Danach bin ich nach Hause gefahren und danach ist sie irgendwann gekommen. Wir waren nicht verabredet, deshalb freute ich mich ganz besonders über ihren Besuch.« Veltens Stimme brach und er bedeckte die Augen mit einer Hand.

»Gut. Herr Velten, wir belassen es für heute dabei. Kommen Sie bitte morgen früh zur Vernehmung in die Dienststelle.« Er reichte Velten seine Karte. »Haben Sie vor, zu reisen?«

»Jetzt nicht mehr.« Velten trat an das Fenster und starrte auf die Straße.

Das Letzte, was Beck hörte, bevor die Wohnungstür hinter ihnen ins Schloss fiel, war ein verzweifeltes Schluchzen.

Arme Sau.

*

Sarah wäre fast gegen den glänzenden Wagen in der Auffahrt gefahren, da sie die scharfe Kehre wie immer sehr schwungvoll genommen hatte. Hinter ihr auf dem Rücksitz kicherten und flüsterten die beiden Mädchen. Sie hielt und schaute auf das Kennzeichen des großen Tuaregs – Wolfsburg. Christian! Den hatte sie ganz vergessen durch den Trubel in der Schule. Sie zögerte. Was sollte sie zu Karla sagen?

Sie stieg aus und öffnete den Mädchen die hintere Tür. »Karla, wir haben Besuch – ich glaube, es ist dein Onkel.«

»Mein – Onkel?« Schlagartig verschwand das Lachen von Karlas Gesicht. »Will er mich holen? Ich will aber bei dir bleiben, bitte, bitte, ich …«

»Nein«, unterbrach Sarah schnell, »wir wollen nur reden, du bleibst hier – erst mal.« Bis dein lieber Opa dich abholt.

»Über Mama reden?«

Sarah sah Miriam an, die befremdet und eingeschüchtert daneben stand. Es war keine gute Idee gewesen, sie heute mit hierher zu nehmen, aber so früh hatte sie mit Christian nicht gerechnet. Aber vielleicht würde die Freundin Karla Sicherheit verleihen bei der Begegnung mit einem Onkel, den sie kaum kannte.

Sarah nahm Karla an die Hand und betrat die Halle des Seitenflügels. Durch die Tür zum Salon drang Luises girrendes Gelächter, ein sicheres Zeichen, dass ein Mann anwesend war.

Die Tanten saßen an Luises Tisch im Salon und blickten auf, als Sarah mit den beiden Mädchen eintrat. Neben ihnen stand ein großer, elegant gekleideter Mann höflich auf, der in dem zarten, femininen Raum etwas fehl am Platze wirkte. Sarah erwiderte seinen Gruß und versuchte in dem schmalen Gesicht ihres Gegenübers ihren Jugendschwarm wiederzufinden, den hübschen, sensiblen Christian.

»Sarah – du hast dich überhaupt nicht verändert!«

Sollte das etwa ein Kompliment sein? Danke.

Christian hielt ihre Hand fest und sah ihr in die Augen. Es war selten, dass Sarah zu einem Mann sehr hoch blicken musste, doch hier war es der Fall. Gott, war der Mann immer noch attraktiv … »Ich hatte ganz vergessen, wie groß du bist. Aber du hast dich verändert, Christian – ganz der smarte Manager, zumindest äußerlich.«

Christian lachte. »Das ist nun mal meine Uniform. In meiner Branche kann man die jeweiligen Karrierestufen nur noch an der Marke des grauen Anzugs ablesen.«

»Und wo stehst du – Boss? Oder schon Armani?«, spöttelte Sarah.

»Vielleicht zeig ich dir nachher mal das Etikett in meinem Jackett«, erwiderte Christian lächelnd, aber seine Augen wanderten an Sarahs Seite zu Karla.

Sarah besann sich und zog das Kind etwas nach vorne. »Karla, du kennst ja vielleicht noch deinen Onkel Christian?« Er beugte sich tief hinunter und gab Karla die Hand. Wohlgefällig registrierte Sarah, dass er auf ein onkelhaftes Kopftätscheln verzichtete, etwas, das die meisten Kinder hassten. Aber er hatte ja selbst Kinder, fiel ihr wieder ein. Mit Susi. Der Gedanke versetzte ihr einen Stich.

»Karla, du kannst dich bestimmt nicht mehr an mich erinnern, oder?«

Karla schüttelte den Kopf. »Du siehst gar nicht aus wie Mama«, stieß sie trotzig hervor, als wolle sie eine Verwandtschaft zu dem Fremden leugnen.

»Das stimmt, das sagen alle. Du siehst aber aus wie deine Mama – du bist genauso blond und hübsch, wie sie es als Mädchen war.«

»Mama ist immer noch blond und hübsch.« Karla entriss ihm ihre Hand. »Du bist bloß hier, weil du denkst, Mama ist tot – alle denken das! Geh weg – Mama ist nicht tot!« Sie stürzte in Astas Arme und fing an zu weinen.

»Asta, kannst du bitte Miriam nach Hause fahren?«, bat Sarah. »Es war nicht gut, sie hierher mitzubringen. Komm, Christian, wir gehen rüber zu mir – Karla bleibt hier, es ist einfach alles zu viel für sie.«

»Komm, Kleine«, sagte Asta, »ich koch dir gleich einen schönen Kakao und du kriegst eine große Portion Arme Ritter, die hat meine Mama schon immer gemacht, wenn ich traurig war. In Ordnung?« Karla nickte unter Tränen.

Sarah blickte Christian an und hielt die Tür auf. Schweigend schritten sie über den Hof, der in dem fahlen Licht des feuchten Dezembertages öde und verlassen wirkte.

Christian sah sich in Sarahs Küche um und nickte. »Sieht noch genauso aus wie früher, als dein Vater noch lebte. Nur der Kühlschrank ist neu.«

Sarah stellte Wasser auf und holte Becher vom Regal. Plötzlich schien nicht genug Luft in ihre Lungen zu dringen und sie atmete tief ein. »Du … du weißt Bescheid? Über … Claudia?« Den Wasserkessel in der Hand blickte sie Christian an.

Der warme Blick in den haselnussbraunen Augen, der Christian immer so anziehend für die Mädchen gemacht hatte, erlosch und hinterließ ein graues, erschöpftes Gesicht, das plötzlich um Jahre älter aussah. »Ja, die Polizei hat mich informiert. Die Kleine weiß es noch nicht?«

»Nein, das übernimmt morgen eine Polizeipsychologin, wenn du es ihr nicht sagen willst.«

»Um Gottes Willen, nein, du hast ja gesehen, was ich bei ihr auslöse. Vielleicht hätte ich mich über unsere Differenzen hinwegsetzen sollen und zu Clau Kontakt halten sollen. Schließlich hatten wir nur uns.«

»Wie kam es denn eigentlich, dass ihr euch so auseinandergelebt habt – ihr wart doch früher immer ein Herz und eine Seele?« Sarah dachte daran, wie sehr sie Claudia immer um ihren großen, gut aussehenden Bruder beneidet hatte, der sie mit dem Auto umherchauffierte und auf Partys mitnahm, von denen Sarah, obwohl sie zwei Jahre älter war als Claudia, nur träumen konnte.

»Ach – das ist alles ziemlich kompliziert. Eine lange Geschichte. Sagen wir, dass Clau unsere familiäre Situation etwas anders sah als ich.«

»Ja, ich weiß, sie war immer sehr rebellisch, aber du bist doch mit deinem Vater auch nicht gut ausgekommen?«

»Nein. Ist das Kakao?«

»Ja, trinkst du einen mit?«

»Gerne, ich glaube, ich habe seit zwanzig Jahren keinen mehr getrunken!«

»Kocht Susi denn nie welchen für eure Jungs?«

»Doch, ich denke schon, aber ich bin ja nie zu Hause, wenn die Kinder Abendbrot essen. Du weißt, dass ich mit Susi verheiratet bin?«

»Ja, seit gestern, von Asta. Die süße Susi, von allen Jungs der Oberstufe begehrt und du hast sie gekriegt!« Sarah hörte selbst den zickigen Unterton heraus und schob schnell ein »Ist sie immer noch so nett wie früher?« nach. Schleimerin.

»Ich finde schon«, sagte Christian, »du wolltest mich ja nicht, da musste ich mich ja woanders umsehen.«

»Ich wollte dich nicht?!« Sarah konnte sich nicht bremsen. »Du hast doch damals nicht einen Gedanken verschwendet an mich!«

»Doch – ich fand dich immer schnuckelig, aber du warst ja so was von kratzbürstig – da traute man sich ja gar nicht ran.«

Sarah war sprachlos. Da saß der Traum ihrer Teenagerjahre nach über dreizehn Jahren in ihrer Küche und sagte, dass er an ihr interessiert gewesen sei. Was hatte sie gelitten!

Und dann hatte sie dem blöden Andy ihr Jungfernhäutchen hinterhergeworfen, bloß damit sie das peinliche Ding endlich loswurde! Sie war eben schon immer zu dämlich gewesen für die Liebe, für die Männer, eigentlich für alles. Ihre ganze Jugend, ihr ganzes Leben hätte anders verlaufen können, wenn …

Ihr Blick fiel auf Karlas Malblock auf dem Küchentisch und sie war schlagartig wieder in der Gegenwart. »Es tut mir so leid, Christian. Wer kann Claudia das nur angetan haben?«

»Ich weiß es nicht.« Christian fuhr sich mit der Hand durch sein graues Gesicht. »Entschuldige, Sarah, ich würde jetzt gern zu Susanne ins Krankenhaus fahren, ich bin ziemlich kaputt und muss danach noch im Büro eine Nachtschicht einlegen.«

»Nachdem du gerade erst erfahren hast, dass deine Schwester gestorben ist?«

»Ja, ein paar Stunden muss ich schon in die Abteilung, es gibt ein paar Problemchen. Die Arbeit wird mich vom

Grübeln abhalten.« Christian stand auf. »Ich danke dir, Sarah, für deine Hilfe. Bei dir ist Karla wirklich besser aufgehoben, als in meinem frauenlosen Haushalt. Wenn du irgendetwas brauchst – ruf mich an. Ich möchte dir auch etwas Geld überweisen. Bitte, sag nicht nein, das ist das Mindeste, was ich tun kann.«

Sarah wollte spontan ablehnen, hielt sich aber zurück. Christian wollte sicher das Gefühl haben, sich an der Fürsorge für seine Nichte zu beteiligen. »Okay, ich geb dir meine Nummer.« Sie begleitete Christian auf den Flur. »Ich fühle mich nur so unbehaglich, weil ich das Gefühl habe, euer Vater könnte jederzeit hier bei mir auf der Matte stehen und das Kind abholen. Dann kann ich nichts dagegen tun! Und Karla will nicht dorthin, das hat sie klar gesagt.«

»Nein – mach dir keine Sorgen, das wird bestimmt nicht passieren.« Christian nahm Sarah in den Arm und sie roch ein teures Aftershave.

Fast hätte sie sich an ihn geschmiegt, oh Gott. Sie ging etwas auf Abstand und gab ihm die Hand.

»Ich bin froh, dass die Kleine hier bei dir ist, bis ... bis alles geklärt ist.« Plötzlich schimmerten Tränen in seinen dunklen Augen. Unschlüssig standen sie voreinander und Sarah legte die Hand auf seine Schulter. Ihr fiel überhaupt nichts Tröstliches ein – zu schrecklich war das, was passiert war.

Christian sah durch das Flurfenster auf den Hof und wieder zurück zu Sarah. »Am liebsten würde ich hierbleiben, bei dir und mich in deiner gemütlichen Küche einigeln.« Seine Stimme zitterte. Er räusperte sich. »Entschuldige.«

»Fahr zu Susi«, sagte Sarah, »deine Frau und deine Kinder warten doch schon auf dich.« Leider.

»Ja.« Abrupt wandte er sich ab und öffnete die Tür. »Bis bald. Ich ... Versuch bitte alles so weit wie möglich von der Kleinen fernzuhalten, es ist ...« Er schüttelte den Kopf, unfähig weiterzusprechen, und wandte sich ab.

Sarah erinnerte ihn nicht noch einmal daran, dass Karla morgen die Nachricht vom Tod ihrer Mutter erhalten würde, und schloss die Tür.

Sie setzte sich an den Küchentisch – viel zu aufgewühlt, um hinüber zu den Tanten und Karla gehen zu können. Ihre Gedanken wirbelten durcheinander. Was für eine Idiotin sie doch war! Der süße Christian – er hatte Hunderte von Tagebuchseiten gefüllt. Typisch – statt rauszugehen und sich von ihm anbaggern zu lassen, hatte sie in der Stube gesessen und sich vorgestellt, von ihm angebaggert zu werden. Cyber-Sex sozusagen. Aber das war Schnee von gestern.

Viel trauriger war, dass auch er so wenig Kontakt zu seiner Schwester gehabt hatte. Claudia hatte wohl wirklich alle Brücken hinter sich abgebrochen, als sie Avessen damals verlassen hatte. Hatte sie das nach ihrer Rückkehr bereut? Oder stimmte Luises Einschätzung? Hatte Claudia Menschen beiseite gelegt wie abgetragene Kleidungsstücke? Sarah konnte es nicht glauben. Hatte nicht gerade Claudia ihr immer mit gezücktem Schwert zur Seite gestanden, bereit, sie gegen jede Ungerechtigkeit der Welt zu verteidigen? Wie oft hatte sie Sarah getröstet, wenn ihr Vater sie mit seiner müden Gleichgültigkeit verletzt hatte?

Nur – selbst Trost gesucht hatte Claudia eigentlich nie. Die Schläge und Wutausbrüche ihres eigenen Vaters hatte sie mit einem Achselzucken beiseite geschoben. War das der Grund für das Ende ihrer Freundschaft gewesen? Hatte Sarah immer nur genommen und nie gegeben?

Sie griff nach dem Telefonhörer. Sarah brauchte jetzt eine Freundin – Dörte oder Filo. Sie sah auf die Uhr. Bei Dörte tobten garantiert noch die Kinder durch die Gegend, das hatte jetzt keinen Sinn. Sie wählte Filos Nummer und betete, dass nicht wieder nur der Anrufbeantworter zu Hause war.

»Von Seiffen.«

Sarah war erleichtert und begrüßte ihre liebste Freundin, mit der sie so lange in Berlin zusammengewohnt hatte.

»Na, was macht die Provinz?«, wollte Filo wissen, »schon versauert und willst über Weihnachten zurück in das brausende Leben der Großstadt?«

»Nein, ganz im Gegenteil. Filo – es ist etwas Schreckliches passiert. Claudia ist tot.«

Filos schockiertes Schweigen stand für einen Moment wie eine Wand in der Leitung. »Claudia?« Die sonst so beherrschte Stimme ihrer Freundin klang ungewohnt brüchig. »Unsere Claudia?«

»Ja, ich habe dir doch erzählt, dass sie wieder hier aufgetaucht ist, mit einem Kind ...«

»Ja, ich weiß. Aber wieso tot? Was ist passiert? Ist Clau krank gewesen?«

»Nein.« Sarah fasste die Geschehnisse der letzten Tage möglichst kurz zusammen. »Und das Schlimmste ist, dass Karla es noch nicht weiß. Ich renne hier die ganze Zeit mit einem eingefrorenen Lächeln durch die Gegend, dabei könnte ich ununterbrochen heulen.«

»Das ist doch eine Zumutung! Ich würde dem Bullen was husten! Lass dir das doch nicht gefallen!« Filo fand zu ihrer üblichen energischen Form zurück.

»Die Alternative wäre, dass ich es ihr selbst erzähle. Und das finde ich noch entsetzlicher. Morgen kommt die Psychologin. So lange halte ich es schon noch aus.«

»Mein Gott, ich fasse es nicht. Claudia tot – sie schien immer so unverwundbar zu sein«, sagte Filo leise. »Das arme Kind.«

»Ja. Stell dir vor, ich habe gerade mit Chris gesprochen, der hat auch keine Ahnung, wer Claudia das angetan haben könnte. Sogar zu ihrem heiß geliebten Bruder hat sie den Kontakt abgebrochen, kannst du dir so was vorstellen?«

»Haben sie sich vielleicht gestritten? Claudia konnte ziemlich nachtragend sein.«

»Findest du? Ich weiß es nicht, Christian hat eigentlich überhaupt nichts dazu gesagt, leider.«

»Sieht er immer noch so gut aus wie früher?«

Fast hätte Sarah gelacht. Die gute Filo, selbst die größte Tragödie konnte sie nicht von den wesentlichen Dingen des Lebens ablenken. »Ja, sieht er. Aber ich kann nicht behaupten, dass ich das gerade wichtig finde. Außerdem ist er verheiratet – stell dir vor, mit Susi.«

»Oh Gott – mit dieser Barbiepuppe?«

»Ja, ich muss zugeben, dass ich das auch gedacht habe. Als ob das jetzt noch eine Rolle spielt.« Sarah biss sich auf die Unterlippe.

»So etwas spielt immer eine Rolle. Aber – du hast recht. Weißt du was? Wir feiern Silvester zusammen. Ich komme zu dir und Sascha bringe ich auch mit. Ich kenne dich doch, du versinkst sonst völlig im Sumpf von Trauer und Selbstanklagen.«

»Sascha auch?« Sarah stöhnte. So gerne sie ihren überdrehten Freund mochte, er war nicht unbedingt die optimale Gesellschaft für ein traumatisiertes Kind. »Mir ist überhaupt nicht danach, Silvester zu feiern. Claudia ist tot und wir stoßen mit Sekt an!«

»Liebe Sarah, erstens ist es nicht deine Schuld, dass Claudia tot ist, und zweitens haben wir jahrelang keinen Ton von Claudia gehört, obwohl vor allem du doch wirklich versucht hast, den Kontakt zu ihr zu halten!«

»Aber auch nur halbherzig. Das bereue ich jetzt.«

»Würdest du es auch bereuen, wenn sie noch am Leben wäre?«

»Ja. Schließlich habe ich sie im Unterschied zu dir hier wiedergesehen. Ich hatte vor, unsere Freundschaft ...« Sarah kämpfte mit den Tränen.

»Und sie? Hat sie Anstalten gemacht, auf dich zuzugehen?«

»Nein, aber vielleicht hätte sie ...«

»Vielleicht. Aber sie hatte ja ein halbes Jahr Zeit dazu, oder? Warum hat sie es nicht getan?«

»Ich weiß es doch nicht. Ich habe doch auch nur Belanglosigkeiten von mir gegeben, wenn ich sie gesehen habe. Ich wusste einfach nicht wie … wo ich wieder anknüpfen sollte. Sie war so kühl. Freundlich, aber kühl. Wie eine Fremde.«

»Dann wollte sie es so. Glaub mir, wenn Clau wieder eine engere Beziehung zu dir gewollt hätte, dann hättest du das gemerkt. Sie war nie der Typ, der gewartet hat, bis andere handeln.«

»Das stimmt. Aber trotzdem …«

»Nein, hör auf, dich selbst zu zerfleischen. Wir kommen und lenken dich ab. Finde dich damit ab. Wenn du dich schon nicht freust, dass wir kommen, dann freut sich wenigstens Luise!«

Da war was dran. Luise hatte die beiden Freunde Sarahs bei ihren Einkaufsausflügen nach Berlin sehr ins Herz geschlossen. Sascha hatte in Luise eine gleichgesinnte Seele erkannt und betete sie an. Zusammen waren die beiden kaum auszuhalten.

»Macht es dir denn gar nichts aus, dass Claudia umgebracht worden ist? Ermordet, Filo!«

»Doch, natürlich. Schließlich war ich auch mal mit ihr befreundet. Ich werde sicherlich heute auch nicht besonders gut schlafen. Aber ich sehe keinen Sinn darin, dass wir alle Silvester allein zu Hause hocken und uns die Augen ausheulen. Was hat sie davon?«

»Als wenn du jemals allein zu Hause sitzen würdest.« Sarah musste wider Willen lächeln.

»Du weißt schon, wie ich das meine.«

»Na schön, ich kann euch ja doch nicht aufhalten.« Sarah unterdrückte ein Stöhnen.

»Kannst du nicht, mein Schatz. Ich bring dir auch einen schönen Fummel mit!« Filo war Einkäuferin in einem großen und sehr schicken Warenhaus in Berlin.

»Danke, aber nicht wieder so etwas Abgedrehtes, ich bin hier Schulleiterin!«

»Ja, ja, ich werde dir eine graue Strickjacke besorgen – aber wenigstens von Jil Sander.«

Sarah gab sich geschlagen und ging auf Filos munteren Tonfall ein. »Gut, bring mir eine mit – dann habe ich wenigstens was zum Kuscheln.«

»Statt Mann, meinst du?«

»Genau. Die betrügt mich wenigstens nicht.«

»Aber einen Orgasmus beschert sie dir auch nicht«.

»Stimmt. Also doch wie ein Mann.«

Filo kicherte. » So gefällst du mir schon besser! Ciao, dann bis Silvester oder so, ich ruf noch mal an.«

»Grüß Sascha von mir und er soll alle Ringe, Lederhosen, und lackierten Nägel zu Hause lassen!«

»Träum weiter, du Spießerin. Lass dich nicht unterkriegen.« Filo legte auf.

Sarah rieb sich die Augen. Das auch noch. Sie vermisste ihre beiden Lieblingsmenschen, aber ... Jetzt war wirklich nicht der Zeitpunkt für Champagner, neue Fummel und Klatsch aus Berlin. Ihr war überhaupt nicht danach.

Keine zwei Stunden und Sascha würde anfangen zu nölen wie ein Kind ohne Playstation. Hier gab es keine Clubs, keinen Udo Walz, keine schönen Männer, keine Partys. Es sei denn, man zählte einen Besuch bei Dörte mit selbstgebackenen Keksen zu den gesellschaftlichen Highlights. Das tat Sascha sicher nicht. Außerdem hatte er Claudia nicht gekannt. Wie sollte er also Sarahs Trauer nachvollziehen können?

Besser, sie ging jetzt rüber zu Luise. Um die unvermeidliche Ankunft der beiden Berliner konnte sie sich auch später noch Gedanken machen.

*

Immer noch wütend auf Wagner fuhr Beck Richtung Elm. Er hatte das Benehmen seines Partners bei Velten kommentarlos hingenommen, wusste aber, dass er um ein Gespräch in nächster Zukunft nicht herumkommen würde, wollte er nicht jeglichen Respekt einbüßen.

In eisigem Schweigen waren sie zurückgefahren. Er hatte Wagner abgesetzt und war noch einen Moment im Auto sitzen geblieben. Für heute wollte er nichts mehr von diesem Griesgram sehen und hören.

Die negative Stimmung zwischen ihm und Wagner bedrückte ihn. Beck war mit seinem damaligen Chef in Berlin blendend ausgekommen – allerdings war er auch nicht auf dessen Posten scharf gewesen. Er sehnte sich nach einer Zigarette, unterdrückte den Wunsch jedoch und nahm sich eins von seinen Pfefferminzbonbons – ein lausiger Ersatz.

Aus den Augenwinkeln nahm er einen gelben Wegweiser wahr. Fluchend trat er auf die Bremse – hatte da nicht Bestedt gestanden? Mit seiner Konzentration stand es heute auch nicht zum Besten. Er wendete und fuhr zurück. Über eine kleine Straße, die sich vorbei an Weiden schlängelte, auf denen trotz der Kälte noch Pferde standen, fuhr er in ein hübsches Dörfchen ein, dessen Fachwerkhäuser fast ausnahmslos weihnachtlich geschmückt waren.

Kuschelig, dachte er und wunderte sich über seinen neuen Hang zur Ländlichkeit. Wurde er alt? Hätte er gewusst, wie gut ihm die kleinen Ortschaften um den Elm gefielen, hätte er sich hier vielleicht ein Häuschen statt der schicken Altbauwohnung in Braunschweig gemietet.

Hier hätte er sich sogar einen Hund halten können, vielleicht so einen hübschen, goldfarbenen wie ihn Sarah Dittmann hatte. Er schüttelte den Kopf. Armer, einsamer Hund – zehn Stunden allein zu Haus! Nein, er hatte es schon richtig gemacht, was sollte er mit Haus und Garten, er hatte doch sowieso nie Zeit, sich darum zu kümmern. *Lonesome Cowboy*, der er war. Schluchz.

Er hielt an und schaute auf seinem Zettel nach der Adresse von Thomas Jankowski. Der Straßenname half ihm jedoch wenig und so stieg er aus und ging schräg gegenüber in eine kleine Bäckerei.

Der nachmittägliche Informationsaustausch der Bestedterinnen verstummte jäh, als er den Laden betrat. Sich der Tatsache bewusst, dass er mangels Konkurrenz als Tagessensation herhalten musste, fragte er nach der Adresse.

»Zu wem wollen Sie denn da?«, fragte die Bäckereiverkäuferin neugierig, während ihr Blick rasch vom modischen Haarschnitt bis zu den teuren Schuhen wanderte und alles auf einer weiblichen Festplatte zwecks späteren Abrufs speicherte. Beck bewunderte immer wieder die Fähigkeit von Frauen, sich für Männer absolut nebensächliche Dinge, wie Farbe der Socken, Augen, Uhrenmarke und weitere Details merken zu können. Davon hatte er bei seiner Ermittlungstätigkeit schon des Öfteren profitieren können.

Brav gab er der Verkäuferin die gewünschte Information. »Jankowski!« Die Verkäuferin suchte vielsagend den Blick ihrer Kundinnen. »Na, da müssten Sie aber großes Glück haben, wenn der Sie reinlässt. Wenn der malt, ist er wie ein Irrer.«

»Ich versuch's mal.« Beck wandte sich zum Gehen.

»Wollen Sie sich malen lassen?«, fragte eine der Kundinnen, eine Frau mittleren Alters mit der auf dem Dorf unvermeidlichen graublonden Betonfrisur.

»Äh, nein.«

»Das sollten Sie aber«, mischte sich eine zweite ein, »so hübsch, wie Sie sind!«

Kreischendes Gelächter trieb Beck nach einem flüchtigen Dank endgültig aus dem Laden. Um Gottes willen, wie hatte er bloß annehmen können, dass er sich auf so einem Kaff wohlfühlen könnte. Nein, dann lieber die Anonymität der Stadt, als sich menopausenden Strickjackenträgerinnen zum Fraß vorzuwerfen.

Den Anweisungen der Damen folgend ließ er sein Auto stehen und ging zu Fuß eine enge Gasse hinein, neben der ein kleiner Bach gurgelte. Eine dicke, rote Katze saß mitten auf der Straße und blickte ihm verächtlich entgegen. Sie rührte sich nicht, während Beck vorüberging, als sei er des Aufstehens nicht würdig.

Er unterdrückte den Impuls, auf ihren Schwanz zu treten, um ihr eine Reaktion zu entlocken, und suchte die Häuser nach Hausnummern ab. Natürlich gab es keine. Da Jankowski jedoch in einer alten Wassermühle lebte – »Sie erkennen sie an den Müllhaufen im Hof« – musste er wahrscheinlich nur dem Bach folgen. Er drehte sich noch einmal nach der Katze um, doch sie war verschwunden.

Ein altes Holztor, halb in den Angeln hängend, passte zu der Beschreibung der liebenswürdigen Damen in der Bäckerei. Vor ihm eröffnete sich eine malerische Szenerie, deren leicht morbider Charme auch durch die besagten Haufen ausgemusterter Gegenstände nicht beeinträchtigt wurde.

Er überquerte den kopfsteingepflasterten Hof, auf dessen Mitte sich wieder die rote Katze materialisiert hatte. Sie genauso betont ignorierend wie sie ihn, ging er weiter, vorbei an schmiedeeisernen Gartenmöbeln, die vergessen seit dem Sommer vor sich hin rosteten, zu einer efeuumrankten leuchtend blau bemalten Tür, die den niedrigen Temperaturen zum Trotz halb offen stand. Er suchte vergeblich nach einer Türklingel und klopfte.

»Hau ab!«

Die freundliche Aufforderung ignorierend, drückte Beck die Tür auf und trat ein. In einem großen, werkstattähnlichen Raum mit riesigen alten Fenstern, hinter denen man durch verschmutzte Scheiben einen verwilderten Garten ahnen konnte, verbreitete ein schwarzer Kanonenofen behagliche Wärme. Ein riesiger, grauer Hund lag davor ausgestreckt und öffnete träge ein Auge.

Vor einer großen Leinwand arbeitete mit dem Rücken zu Beck ein Mann in einem farbbekleckstén blauen Overall an einem überlebensgroßen Portrait, gerade deutlich genug angelegt, um den Maler, zumindest in Becks Augen, als echten Könner auszuweisen. Ein Mädchen mit blonden Locken, in denen das Licht genial eingefangen war, blickte mit einem unangenehm wissenden Ausdruck von der Leinwand herunter, der im Widerspruch zu ihrem gerüschten Sonntagskleid stand.

Im Gegensatz zu seinem Herrn hatte der Hund sich entschieden, den Neuankömmling zur Kenntnis zu nehmen, und richtete sich zu seiner wahrhaft eindrucksvollen Größe auf, um Beck zu beschnüffeln. Beck beschloss, sich bemerkbar zu machen, bevor der Hunderiese irgendwelche Feindseligkeiten eröffnen konnte. »Guten Tag.«

»Setz dich irgendwo hin, bin gleich so weit.«

Beck ließ sich auf einem farbbekleckten Stuhl nieder, den überdimensionierten grauen Wolf vor ihm fest im Auge behaltend. Dieser hatte offensichtlich die Überprüfung zu seiner Zufriedenheit abgeschlossen und legte ihm seinen struppigen Kopf auf die Oberschenkel. Beck streckte vorsichtig die Hand aus und streichelte seine neue Bekanntschaft hinter den Ohren. Der Hund schloss genüsslich die gelben Augen und stieß einen tiefen Seufzer aus.

Beck beobachtete, wie der Faltenwurf des Kleides auf der Leinwand mit leichter Hand immer deutlicher herausgearbeitet wurde.

»So. Reicht erst mal.« Der Maler legte den Pinsel ab und wandte sich um. Beck blickte in ein überraschend sympathisches Gesicht, das von wilden, rabenschwarzen Locken umrahmt wurde. Zahlreiche Fältchen um die dunklen Augen wiesen sein Gegenüber als fröhliches Naturell aus.

Jankowski lächelte. »Wenn Rory Sie stört, schieben Sie ihn einfach runter. Das ist er gewohnt.«

»Rory?«

»Wie der Gitarrist. Sind beide Iren und beide versoffen. Nur trinkt mein Rory lieber Bier und keinen Whiskey.«

Beck lachte und stellte sich vor.

Schlagartig verschwand das Lächeln aus den Augen des Malers und Erstaunen trat an seine Stelle. »Kriminalpolizei? Ich bin von meinen lieben Nachbarn ja einiges gewohnt, Ordnungsamt, Gewerbeaufsicht, aber dass sie mir jetzt schon die Kripo ins Haus schicken ... Warum sind Sie hier?«

»Sie sind der Vater von Karla Ahrendt?«

»Um Gottes Willen, ist was mit Karla passiert?« Die Aufregung seines Herrn brachte den irischen Wolfshund wieder auf den Plan. »Platz, Rory!«

Beck schüttelte den Kopf. »Nein, Karla ist nichts passiert. Wie nahe stehen Sie Claudia Ahrendt?«

»Claudia? Früher einmal sehr nahe. Wir waren zwei Jahre zusammen.«

»Warum sind Sie das nicht mehr?«

Jankowski lachte bitter auf. »Zu wenig Kohle. Ich konnte Claudia nicht das Leben bieten, das sie sich vorstellte. Nur das Beste für die schöne Claudia! Kaum war Karla auf der Welt, packte ihre liebende Mutter ihre Klamotten und zog nach München, auf der Suche nach einem reichen Sack, der ihr ein Glamourleben finanzieren konnte.«

»Und – hat sie ihn gefunden?«, erkundigte sich Beck.

»Nee, jedenfalls nicht auf Dauer. Deshalb kam sie ja auch wieder zurück. Offizieller Anlass war, dass München kein Platz für ein Kind ist. Das habe ich ihr schon vor sieben Jahren erzählt – aber keine Chance, damit zu ihr durchzudringen.«

»Haben Sie Kontakt zueinander, seit sie wieder hier ist?«

»Ja, natürlich habe ich mich Karlas wegen darum bemüht. Ich habe sie auch ein paar Mal im Jahr in München besucht – ist ja schließlich auch meine Tochter.«

»Wie stand Claudia dazu?«

»Sagen Sie mal, was ist eigentlich los? Warum befragen Sie mich die ganze Zeit über Claudia und Karla? Da muss doch was passiert sein!«

Jankowskis zunehmende Panik ignorierend fragte Beck: »Wann haben Sie Claudia das letzte Mal gesehen?«

»Mittwoch – nein, Dienstag. Sie war hier, um mich um Geld anzupumpen für Weihnachten. Jetzt rücken Sie endlich damit raus – ist Claudia tot?«

Beck nickte.

Jankowski fuhr sich durch das Gesicht und setzte sich auf einen verschmierten Hocker. »Das gibt's doch nicht! Das kann nicht sein! Ich habe sie doch gerade erst noch gesehen! Da saß sie, auf dem gleichen Stuhl wie Sie jetzt! Wann ist das passiert und wie? Sie sind von der Kripo – mein Gott, ist sie ... ist sie ermordet worden?«

Beck nickte.

»Was?! Aber wer könnte ein Interesse haben ... War es ... ein Sexualverbrechen?«

»Wie kommen Sie darauf?«

»Sie kannten Claudia nicht, sonst würden Sie nicht fragen. Claudia war eine der schönsten Frauen, die ich je gesehen habe. Aber dazu kam eine unglaubliche sexuelle Ausstrahlung, der sich kaum ein Mann entziehen konnte – und das wusste sie.«

»Aber nicht jede schöne Frau fällt einem Sexualverbrechen zum Opfer«, wandte Beck ein.

»Nein, natürlich nicht. Aber Claudia kannte ihre Macht. Sie spielte mit ihr, sie gab ihren Körper oft und gern hin, aber niemals sich selbst. Sie provozierte, sie verletzte – oft unwissentlich, genau so oft aber auch bewusst. Sie konnte sehr grausam sein.«

»Sprechen Sie aus Erfahrung?«

Jankowski nickte. »Allerdings. Als sie nach München ging, hat sie mich fallen gelassen wie eine heiße Kartoffel. Kein Blick zurück, ich war nur noch lästig, der unreife Provinzbengel ohne Kohle.«

»Sie klingen verbittert. Wie war Ihr Verhältnis nach der Rückkehr von Claudia Ahrendt?«

»Worauf wollen Sie hinaus? Ob ich sie immer noch genug hasste, um sie umzubringen?«

Beck schwieg.

»Nein, ich hasste sie nicht. Schon lange nicht mehr. Ich hatte keine Illusionen mehr, was sie betraf. Wenn ich sie sah, fiel ich gerade genug auf sie herein, um mit ihr zu schlafen – aber mehr war da nicht.«

»Sie hatten also noch eine sexuelle Beziehung?«

»Ja, sporadisch. Aber interpretieren Sie nicht zu viel hinein, Herr Beck. Man konnte als Mann keinen Kontakt zu Claudia haben, ohne den Wunsch zu haben, mit ihr zu schlafen. Das ließ sie gar nicht zu.«

»Wo waren Sie Dienstagnacht zwischen dreiundzwanzig und vier Uhr morgens?«

Jankowski lachte unfroh. »Diese Frage kannte ich bis eben nur aus dem Tatort! Ich habe sie nicht umgebracht, Herr Beck, warum sollte ich?«

»Vielleicht gingen Ihnen ihre ständigen Geldforderungen auf die Nerven?«

»Das gingen sie, aber wenn ich alle Leute umbrächte, die Geld von mir wollen, da wäre der halbe Landkreis Helmstedt tot.«

»Also, wo waren Sie?«

»Nachdem Claudia bei mir gewesen war, bin ich nach Braunschweig gefahren, in die *Lulu-Bar*, da war ich bis … etwa 12 Uhr. Dann bin ich nach Hause gefahren und habe noch ein bisschen gemalt.«

»Gibt's dafür Zeugen?«

»In der Bar gab's ne Menge Zeugen, der Wirt kennt mich. Hier zu Hause hat mich nur Rory gesehen. Tja, sieht schlecht aus für mich, was?«

Beck stand auf. »Von wann bis wann war Frau Ahrendt denn bei Ihnen?«

»Sie kam so gegen halb acht und blieb etwa eine halbe Stunde.«

Beck zog einen kleinen Block aus der Tasche und notierte die Zeiten.

»Was ist mit Karla? Wo ist sie jetzt? Etwa bei Claudias schrecklichen Eltern?«

»Sie kennen die Ahrendts?«

»Na, klar. Leider. Er ist ein erzkonservativer Choleriker, sie ein blutleerer, ewig putzender Roboter. Wie die zu dieser Tochter kommen konnten, wird mir immer ein Rätsel bleiben.«

»Wie war das Verhältnis von Claudia zu ihren Eltern?«

»Na, was denken Sie denn? Schlecht. Der Alte hätte Claudia am liebsten totgeprügelt, als sie mit dem Kind schwanger war – die Schande! Und dann noch von so einem Typen – langhaarig, Künstler, ohne Geld! Natürlich wollte er trotzdem, dass ich sie heirate.«

»Und warum haben Sie nicht?«

»Weil sie nicht wollte! Eigentlich wollte sie auch das Kind abtreiben, ich war sehr überrascht, als sie mir sagte, sie wolle es doch behalten. Wahrscheinlich nur, um ihren Alten zu schocken.«

Beck wandte sich zum Gehen. »Ich muss Sie bitten, in der nächsten Zeit nicht zu reisen, wir werden Sie noch weiter befragen müssen. Kommen Sie bitte morgen um neun zur Vernehmung in die Dienststelle.« Er reichte Jankowski seine Karte.

»Sie haben meine Frage noch nicht beantwortet. Wo ist Karla?« Jankowski warf die Karte auf den Tisch.

»Sie ist übergangsweise bei Sarah Dittmann untergebracht. Kennen Sie sie?«

»Flüchtig. Hübsche Frau. Wohnt sie nicht in Berlin?«

»Nicht mehr. Sie ist, genau wie Claudia Ahrendt, wieder in die Heimat zurückgekehrt.«

»Aber ... finden Sie das in Ordnung? Dass Karla bei wildfremden Menschen wohnt? Sollte sie nicht bei mir sein, ihrem Vater?«

Beck blickte Jankowski schweigend an.

»Ach so. Verstehe. Falls ich ihre Mutter umgebracht hätte, wäre das nicht so passend.« Jankowski schüttelte den Kopf und fuhr sich durch die wirren schwarzen Locken. »Aber was ist mit Chris? Der wohnt doch auch in der Nähe?«

»Karla hat den Wunsch geäußert, zunächst bei Frau Dittmann zu bleiben, sie kennen sich aus der Schule, Frau Dittmann ist dort Schulleiterin.«

Jankowski nickte. »Sie finden sicher allein hinaus.«

Beck steckte seinen Block ein und ging, begleitet von dem riesigen Wolfshund, in den malerisch zugerümpelten Hof zurück. Er blickte sich nach der roten Katze um, doch die zeigte sich nicht mehr.

Der Mann war ihm sympathisch, mal ganz abgesehen davon, dass er seine eigene Vorliebe für einen irischen Gitarristen und die *Lulu-Bar* zu teilen schien. Sein Bauch sagte ihm, dass dieser Mann Claudia Ahrendt nicht umgebracht hatte – aber auch nette Menschen waren unter großem psychischem Druck zu einem Mord fähig. Nur, Jankowski hatte in keiner Weise psychisch angegriffen gewirkt. Seine Reaktion auf die Nachricht des Todes seiner Exfreundin war völlig natürlich und hatte nicht gestellt gewirkt.

Aber wer wusste schon beim ersten Besuch, wie gut sich jemand verstellen konnte? In seiner Laufbahn hatte Beck da schon böse Überraschungen erlebt.

Sein Magen wies ihn laut vernehmlich darauf hin, dass er heute Morgen mal wieder nur Kaffee gefrühstückt hatte. Er dachte an Pasta in sahniger Tomatensoße und stieg eilig in sein Auto mit der festen Absicht, sich diesmal durch nichts und niemanden vom Genuss italienischer Kochkunst anhalten zu lassen.

Buon appetito, Giovanni.

6. Kapitel

Sarah packte die Spielkarten auf ein Häufchen und sah Karla an. »Na, schon müde? Oder möchtest du noch ein bisschen heiße Milch mit Honig?«

Karla nickte. »Liest du mir dann noch ein bisschen vor?«

»Gut, aber vorher ziehst du dir schon mal den Schlafanzug an, ja?« Während das Kind nach oben rannte, setzte Sarah die Milch auf und sah sich in ihrer Küche um. Die Lampe warf einen warmen Schein auf den alten Holztisch und ließ den Rest der Küche in einem heimeligen Halbdunkel. Das Radio spielte leise Weihnachtslieder und in der Luft hing ein Duft nach den Orangenkeksen, die Asta vorhin herübergebracht hatte.

Morgen musste sie sich unbedingt um ein bisschen Weihnachtsschmuck kümmern. Weihnachten mit einem Kind hatte sie noch nie gefeiert. Alle sagten immer, nur mit Kindern sei Weihnachten so richtig schön. Nur dass dieses Kind auf keinen Fall glückliche Weihnachten haben würde. Ihr Magen krampfte sich zusammen, als sie an die bevorstehende Unterredung mit der Polizeipsychologin dachte. Ob sie dabei sein durfte? Wollte sie das überhaupt? Aber Karla musste doch wenigstens eine vertraute Person bei sich haben, wenn sie es erfuhr. Aber warum musste sie das ausgerechnet sein? Was hatte sie eigentlich verbrochen?

Zischend floss hinter ihr die Milch auf die Herdplatte und Sarah fuhr fluchend herum. Karla kicherte. Sie war im Schlafanzug zurückgekehrt und reichte ihr einen Lappen.

»Sag jetzt nichts. Dieser Herd hasst mich.« Sarah gab Honig in zwei Becher und goss die Milch dazu. Karla kuschelte sich auf das große alte Samtsofa unter dem Fenster zum Hof.

»Was soll ich vorlesen?«, erkundigte sich Sarah. »*Sophiechen und der Riese* oder *Die Brüder Löwenherz?*« Karla entschied sich für *Sophiechen* und Sarah holte das gewünschte Buch aus ihrem Arbeitszimmer. Wie passend, dachte sie, dass ich Karla jetzt auch noch aus einem Buch vorlese, das von einem Waisenkind handelt. Gute Wahl. »Es ist aber ein bisschen gruselig«, warnte sie. »Glaubst du, dass du dann trotzdem schlafen kannst?«

»Klar, ich mag gruselige Geschichten«, beruhigte Karla. »Mama hat mir manchmal *Harry Potter* vorgelesen und das ist total gruselig!«

Sarah nahm neben Karla auf dem Sofa Platz und begann die skurrile Geschichte von Sophiechen vorzulesen, die mitten in der Nacht von einem Riesen aus dem Waisenhaus gestohlen wird.

Am Ende des ersten Kapitels klappte sie das Buch zu und sah Karla an. »Na, wie gefällt dir die Geschichte?«

Karla antwortete nicht gleich und drehte an einem Knopf ihres Schlafanzuges. »Du, Sarah ...? Wenn Mama tot ist, komme ich dann auch in ein Waisenhaus?«

Herzlichen Glückwunsch, Dittmann, wie gut, dass du Pädagogin bist. »Nein, mit Sicherheit nicht!«

»Ich will aber nicht zu Thomas!«

»Kennst du denn deinen Vater überhaupt gut genug? Woher willst du wissen, ob er so schlimm ist?«

»Thomas ist ganz okay, aber Mama sagt, er ist ein Chaot!«

Sarah lachte.

Karla hob den Kopf und sah Sarah mit ihren riesigen blauen Augen an. »Mama ist tot, oder? Und morgen kommt die Frau von der Polizei und sagt mir das.«

Sarah schluckte. Oh Gott, was jetzt?! »Wie kommst du darauf?«

»Ich hab gehört, wie Tante Luise und Asta sich darüber unterhalten haben.«

Sarah verwünschte Luises Schwerhörigkeit, die allen,

die mit ihr redeten, ein Flüstern unmöglich machte. Hätte Asta nicht an sich halten können, bis die Kleine außer Hörweite war? Verdammt, so sollte Karla wirklich nicht vom Tod ihrer Mutter erfahren! Jetzt musste sie Farbe bekennen, sie konnte auf keinen Fall so tun, als wisse sie von nichts.

»Mama ist tot, ich hab's schon gewusst«, insistierte das Mädchen.

»Woher hast du es gewusst?«

»Ich hab's gefühlt.«

Sarah holte tief Luft. »Ja, Karla, deine Mama ist tot.«

Karla nickte. »Warum ist sie tot?«

»Sie … sie hatte einen Unfall.« War das richtig? Sie hatte keine Ahnung, ob die Psychologin der Kleinen die Wahrheit sagen würde.

»Hat jemand Mama umgebracht?«

»Wie kommst du denn darauf?« Sarah war entsetzt. Hatten die beiden Quasselstrippen das auch noch ausgeplaudert? Das durfte einfach nicht wahr sein! Die beiden waren kindischer als jedes Grundschulkind!

»Das hat Thomas zu Mama gesagt.«

»Was?« Langsam fühlte sich Sarah wie in einem Alptraum. Hoffentlich weckte sie bald jemand.

»Dass dich noch keiner umgebracht hat, grenzt an ein Wunder.«

»Das hat dein Vater zu Claudia gesagt?«

»Ja.« Karla nickte energisch.

»Als du dabei warst?«

»Sie haben gedacht, dass ich schlafe. Ich höre oft zu, wenn die Erwachsenen denken, ich schlafe.«

Das konnte sich Sarah gut vorstellen. Die meisten Eltern ihrer Schulkinder würden einen Umzug nach Papua-Neuguinea erwägen, wenn sie wüssten, wie fröhlich ihr Nachwuchs in der Schule die Intimitäten der Familie breit trat (»Als wir von Tante Ernies Geburtstagsfeier nach Hause gegangen sind, ist Papa immer in die Hecke gefallen.« – »Am Samstag schließen sich Mama und Papa immer im Badezimmer ein und Papa grunzt dann immer so lustig.«).

Die Eltern unterschätzten das Verständnis ihrer Kinder oft sehr, wenn sie Dinge sagten oder taten, die auf gar keinen Fall für Kinderohren bestimmt waren. Aber Kinder wussten sehr gut, dass ihre Eltern ihnen nicht alles erzählten und entwickelten ein geradezu unheimliches Gespür für Informationen, die ihnen zwar nicht ganz verständlich, aber irgendwie wichtig für sie waren.

»Kann ich bei dir bleiben?«

Sarah sah in Karlas flehende Augen und schüttelte den Kopf. »Das wird nicht gehen, Karla, ich bin nicht mit dir verwandt. Du hast einen Vater, Großeltern und einen Onkel, zu denen du gehen kannst.«

Karlas Augen füllten sich mit Tränen. »Aber da will ich nicht hin. Die wollen mich nicht. Die hassen mich und Mama.«

»Aber das stimmt doch nicht. Du kennst sie bloß alle nicht besonders gut und das macht dir Angst. Dein Onkel hat zwei Kinder, deine Cousins, und ein Baby kommt auch bald auf die Welt, da wärst du nicht mehr so allein.«

»Die hassen mich«, flüsterte Karla, »ich weiß es.«

Sarah nahm das Kind in den Arm. »Ach, Karla, es tut mir so leid. Niemand hasst dich. Alle werden dir helfen wollen.« Vor Sarahs innerem Auge tauchte der alte Ahrendt auf, stur, ohne Gespür für die Gefühle seiner Mitmenschen. Sicher, er würde das Kind mit allem Nötigen versorgen, materiell würde es Karla an nichts fehlen. Doch wer würde mit ihr spielen, sich in ihre Ängste und Nöte einfühlen, mit ihr lachen?

Sarah kannte die stille Frau Ahrendt nur sehr flüchtig, sie huschte scheu durch das Dorf und grüßte mit wispernder Stimme und gesenktem Blick. Konnte diese Frau mit einer Siebenjährigen toben, mit ihr Drachen steigen lassen, ihr abends im Bett Geschichten vorlesen? Kaum vorstellbar.

»Möchtest du heute Nacht bei mir im Bett schlafen?«, bot Sarah den einzigen Trost an, der ihr einfiel. Sie erinnerte sich, dass sie in Karlas Alter oft bei Asta im Bett geschlafen hatte, wenn sie krank war oder Angst vor dem Monster unter ihrem Bett hatte. Ihre Mutter hatte sie ja nie gekannt. »Als ich so alt war wie du, war meine Mama schon lange tot.« Vielleicht tröstete es Karla ja, dass sie auch Halbwaise gewesen war.

Karla blickte auf. »Wirklich?«

»Ja, sie starb bei meiner Geburt.« Plötzlich fühlte sich Sarah, als müsse sie auch in Tränen ausbrechen. Wie konnte so etwas geschehen? Wie konnten Gott, das Universum, Buddha oder wer auch immer es zulassen, dass kleine Mädchen ohne Mutter aufwachsen mussten?

Karla musterte sie aufmerksam, als wolle sie feststellen, ob Sarah irgendeinen sichtbaren Makel aufwies. Einen Makel, der sie als mutterloses Mädchen kennzeichnete. Offensichtlich hatte sie nichts gefunden, denn ihr kleiner Körper entspannte sich spürbar in Sarahs Armen. »Da hattest du es aber noch viel schlechter als ich«, sagte sie mit einem Anflug von Befriedigung, »wenn deine Mama schon tot war, als du noch ein Baby warst. Ich bin ja schon sieben.«

Sarah nickte stumm, sie antwortete nicht, aus Angst, ihre Stimme könne den Kloß aus Tränen verraten, der ihr die Kehle zupresste.

»Im Januar werde ich acht. Schade – jetzt kann ich nicht mehr mit Mama die Kerzen ausblasen.«

Sarah gab es auf und schluchzte laut auf. Sie drückte Karla ganz fest an sich und presste ihre Wange an die seidigen Kleinmädchenhaare. Gemeinsam weinten sie um Claudia und eine Kindheit, die nie wieder so sein würde wie zuvor.

*

Beck unterdrückte den Wunsch nach einem Bier und nahm einen Espresso. Er musste nachher noch mal los, das *Nights* machte erst um 21 Uhr auf. Wie er das hasste, wenn er sich nach einem langen Tag auch noch den Abend um die Ohren schlagen musste … Tja, er hatte es ja nicht anders gewollt. Wäre er Chirurg geworden, wie sein Vater es gewollt hatte, hätte er jetzt geregelte Arbeitszeiten – zumindest, wenn er in die väterliche Privatklinik eingestiegen wäre.

Frauen die Hüften auf Modelmaße saugen und in die müden Augen mit dem Skalpell wieder jugendliches Feuer modellieren – was für ein Lebensinhalt!

Obwohl er sich manchmal schon fragte, was eigentlich an seinem eigenen Beruf so erstrebenswert sein sollte: Eigentlich konnte einen keiner leiden – die Verbrecher naturgemäß nicht, aber den gesetzestreuen Bürgern flößte man auch nur Unbehagen ein, da man die Schattenseiten des Lebens gewissermaßen immer in der Manteltasche bei sich trug.

Nur zu gut kannte er die Folgen, wenn er auf Partys nach seinem Beruf gefragt wurde. Die Antworten, hervorgebracht mit einer Mischung aus Entsetzen, Faszination und schlechtem Gewissen, konnte er schon mitsprechen. »Ach, bei der Kripo?« (Entsetzen) »Schon mal mit einem Mord zu tun gehabt?« (Faszination) »Und – wer war der Mörder?« (Schlechtes Gewissen, schließlich trägt sich ja jeder dann und wann mit Mordgedanken). Schön war auch die Frage mancher Frauen: »Tragen Sie da eigentlich auch Uniform?« (Faszination, sexuell geprägt).

Und jetzt hatte er auch noch einen Kollegen, der ihn verabscheute, weil er ihm seinen Posten weggeschnappt hatte. Er war von einer pulsierenden Großstadt in eine verschlafene, na ja, Sparversion einer Großstadt gezogen – sozusagen Berlin im Handtaschenformat. Ob das kulturelle Angebot auch in diesem Format war, hatte er noch nicht feststellen können, aber in seiner derzeitigen Stimmung war er sehr geneigt, davon auszugehen.

Er wohnte in einer wunderschönen Altbauwohnung

mit Blick auf den Prinzenpark, aber sie war leer, trist und würde auch nicht gemütlicher werden, weil er nie Zeit haben würde, sie einzurichten. Hatte er nicht auf den Posten in Berlin verzichtet, um genau diesen Dingen wieder mehr Raum in seinem Leben zu geben?

Spontan beschloss er, vor seinem Disco-Gang nicht ins Büro zurückzukehren, sondern sich nach Möbeln umzuschauen und sein Selbstmitleid mit Designprodukten zu ersticken. Er winkte dem Kellner und schaute sich in dem hübschen Lokal um. Er ging gern zum Italiener, das erinnerte ihn an die Küche seiner Kindheit, auch wenn es selten so großartig schmeckte wie bei seiner Mutter oder seiner Nonna. Ob er im Urlaub mal wieder nach Dolcedo fahren sollte? Der Gedanke an seine lärmende Verwandtschaft mütterlicherseits ließ ihn schmunzeln und ein warmes Gefühl stieg in ihm auf. Grüßend hob er seine Espressotasse in Richtung Italien. Salute.

Sein Blick traf auf die Glutaugen der Kellnerin, die ihm ein strahlendes Lächeln zu warf. Er zahlte und ging, wesentlich besser gelaunt als beim Eintreten. Essen hielt eben doch Leib und Seele zusammen.

Bewusst lenkte er seine Schritte zum teuersten Möbelgeschäft der Stadt, mit *IKEA* ließe sich sein Weltschmerz heute bestimmt nicht betäuben. Der Verkäufer, in Kaschmir gehüllt und mit dem obligatorisch herablassenden Blick im Auge, taute nach mehr oder weniger dezenter Musterung der Oberbekleidung Becks sichtlich auf. Beck, schlagartig in seine schlechte Laune zurückfallend, hätte am liebsten nach Möbelschonern, Toilettenüberzügen oder Bleikristallgläsern gefragt. Stattdessen äußerte er brav den Wunsch nach einem Ledersofa und einem dazu passenden Tisch.

Eine Stunde später verließ er das Geschäft mit dem befriedigenden Bewusstsein, nicht nur ein absolut cooles schwarzes Sofa und einen Glastisch, sondern auch einen dazu passenden Sessel mit Hocker, einen fantastischen, riesigen Holztisch für seine Küche und sechs Essstühle erworben zu haben. Damit hatte er entscheidend zum wirtschaftlichen Aufschwung in diesem Großstädtchen beigetragen. Er war eben ein guter Mensch.

Fehlten nur noch die Gäste an seinem neuen Tisch. Entweder er lud seine Berliner Freunde ein (die sowieso keine Zeit hätten, ihn in der Provinz zu besuchen) oder lernte schleunigst ein paar Braunschweiger Provinzpflanzen kennen.

Na, vielleicht stieß er ja nachher im *Nights* auf ein paar richtig interessante Menschen. Er schnaubte und entschloss sich, doch noch ins Büro zu gehen. Vielleicht hatte sich Wagner plötzlich in einen sympathischen Seelenverwandten verwandelt.

Die Hoffnung stirbt zuletzt.

*

Sarah gab auf. Sie konnte einfach nicht einschlafen. Die Gedanken brausten durch ihren Kopf, wirbelten durcheinander, eine wirre, grelle Kette ohne Anfang und Ende. Die Dunkelheit im Zimmer lastete auf ihrer Brust und ließ ihr alles im Leben hoffnungslos und ohne Sinn erscheinen. Bei dieser ›Schlaftabletten oder Pulsadern?‹-Stimmung half nur eins: Aufstehen und Licht anmachen.

Karla atmete ruhig und gleichmäßig neben ihr. Erstaunlich, diese Fähigkeit der Kinder, den Schlaf wie eine schützende Decke über sich zu ziehen.

Sarah wand sich vorsichtig unter ihren Kissen hervor und tappte zur Tür. Sie schlich die Treppe hinunter und vermied dabei die knarrenden Stufen. In der Küche starrte sie in den Kühlschrank. Sie brauchte jetzt irgendetwas sehr, sehr Nahrhaftes. So etwas wie Eis oder Schokolade, oder noch besser Eierkuchen mit Apfelmus. Wie schade, dass nichts davon in ihrem riesigen, aber momentan völlig nutzlosen Kühlschrank zu finden war. Scheiß-Diät! Sie seufzte und nahm sich ein Bier.

Schulleiterin betrinkt sich nachts allein in ihrer Küche

– eine nette Schlagzeile für den Dorfanzeiger, wenn es denn einen gäbe. Trotzig nahm sie einen großen Schluck. Hopfen sollte ja schließlich beruhigend wirken. Flüchtig bedauerte sie, dass sie das Rauchen aufgegeben hatte, und schrak zusammen.

Mit einem leisen Knarren zeigte die alte Haustür an, dass jemand hereingekommen war. Sarah erstarrte und entspannte sich gleich wieder, als Asta in der Küchentür sichtbar wurde. »Kannst du nicht schlafen?« Sie stellte einen Teller auf den Tisch. »Hier, Marzipankuchen, habe ich heute Nachmittag gebacken. Ist gut für die Seele.«

Sarah schossen Tränen in die Augen. »Oh Asta, das ist genau das Richtige. Isst du ein Stück mit?«

»Na klar, und ich trinke auch ein Bier, wenn du noch eins hast.« Sie holte sich eine Flasche aus dem Kühlschrank und säbelte zwei dicke Kuchenstücke ab.

Sarah biss ein großes Stück ab und schloss die Augen. Oh ja, dieser Kuchen war gut für die Seele! An den Körper dachte sie jetzt lieber mal nicht.

Asta zündete die Kerzen des Adventskranzes auf dem Küchentisch an und machte das Deckenlicht aus.

»Warum bist du eigentlich noch wach?«, fragte Sarah.

»Mädchen, es ist zehn Uhr, warum soll ich denn da nicht wach sein?«

Sarah warf einen Blick auf den alten Wecker in der Fensterbank. »Stimmt – der Abend war so schrecklich, dass ich mich fühle wie zur Geisterstunde. Musstet ihr eigentlich lautstark vor Karla herumtrompeten, dass ihre Mutter tot ist?«

Asta zog scharf den Atem ein. »Sie weiß es?«

»Ja, sie hat Luise und dich belauscht. Und ich durfte ihr die traurige Nachricht bestätigen. Es war schrecklich – sie wollte wissen, ob sie hierbleiben kann.«

Asta fuhr sich durch die hennaroten Zöpfe, bis sie in alle Richtungen abstanden. »Sarah – das tut mir sehr leid, das wollte ich nicht. Wie furchtbar für dich!«

»Ja, es war furchtbar. Was soll jetzt bloß aus der Kleinen werden?«

»Nun – sie hat schließlich Familie ...«

»Du meinst ja wohl nicht die alten Ahrendts!«

»Doch. Und außerdem hat sie noch einen Onkel, den ich immer sehr sympathisch fand – und du doch auch, wenn ich mich recht erinnere? Wie war's eigentlich für dich, das Wiedersehen mit deinem Schwarm?«

»Hm – wie war es? Ich war nicht so souverän, wie ich es mir gewünscht hätte. Ich fühlte mich sofort wieder als kleine graue Maus, vor allem, wenn ich daran dachte, dass er ausgerechnet die schöne Susi geheiratet hat, die wir damals alle glühend um ihr Barbiepuppen-Aussehen beneidet haben.«

»Ach, diese niedlichen Blondinen verblühen im Allgemeinen schnell.«

»Und – ist Susi verblüht?«

Asta grinste. »Nee – sie sieht immer noch aus wie Barbie, allerdings wie eine ziemlich schwangere Barbie.«

»Sie liegt im Krankenhaus. Die Schwangerschaft verläuft nicht gut. Deshalb kann Chris auch Karla nicht nehmen. Ich will sie Weihnachten auf jeden Fall noch hierbehalten. Hoffentlich macht mir der alte Ahrendt keinen Strich durch die Rechnung. – Weißt du, dass Chris mir gesagt hat, dass er mich in der Schule mochte? Ich konnte das gar nicht glauben. Schade, dass ich das nie gemerkt habe – vielleicht hätte das mein Selbstbewusstsein auf Vordermann gebracht.«

»Du hast nie begriffen, wie hübsch du bist, da konnte man reden, was man wollte.«

»Na ja, ihr wart ja schließlich bloß meine Tanten, ihr musstet mich ja schön finden.«

»So ein Quatsch – du hast ja positive Äußerungen zu deiner Person gar nicht zugelassen, Miss Kratzbürste.«

»Komisch, das hat Christian auch gesagt. War ich wirklich so unausstehlich?«

»Du warst traurig und einsam. Du fühltest dich von allen verlassen.«

»Das hast du gewusst?«

»Na, hör mal – als dein Vater starb, habe ich schließlich schon sechzehn Jahre mit dir zusammengelebt, natürlich wusste ich, wie es dir geht.«

»Wir haben nie darüber gesprochen.«

»Ich fand es wichtiger, dich in den Arm zu nehmen. Was sollte man reden? Du hast deine Mutter nie kennengelernt und deinen Vater mit sechzehn verloren, da gab es nichts schönzureden. Ich konnte nur für dich da sein.«

»Ich habe dir nie dafür gedankt.«

»Weil es selbstverständlich war. Du hattest doch sonst niemanden. Ich habe dich großgezogen – eigentlich bist du meine Tochter.«

Sarah wühlte nach einem Taschentuch. Asta nahm sie in den Arm und wiegte sie, so wie früher. »Ja, wein dich aus. Ich habe mir schon gedacht, dass jetzt einiges hochkommt. Aber du musst dich nicht einsam fühlen. Luise und ich sind immer für dich da, so wie du für Karla da bist. In unserer Familie scheint es eine Tradition für Ersatzmamas zu geben.« Asta fummelte einen Stein aus ihrer Rocktasche und legte ihn in Sarahs Handfläche. »Hier – ein Citrin, der hilft bei Traurigkeit. Leg ihn dir heute Nacht unter dein Kopfkissen.«

Sarah lachte unter Tränen und schnaubte kräftig. »Ach, du mit deinen Steinen. – Gott sei Dank sind morgen schon Ferien. Ich trinke noch ein Bier, ich kann jetzt sowieso nicht schlafen.«

»Gib mir auch noch eins – ich habe morgen früh keine Massage-Termine.«

Sarah öffnete zwei weitere Flaschen und schnitt sich noch ein Kuchenstück ab. Jetzt war es auch egal, sie läutete die Weihnachtsfresserei eben heute schon ein. Ab Januar war dann wieder Askese angesagt.

»Wie macht ihr das eigentlich, Luise und du? Ihr könnt

essen, was ihr wollt, ihr nehmt nie zu. Ich brauche bloß Kuchen anzusehen und passe in keine Hüftjeans mehr.«

»Dafür bist du jung und schön und wir haben mehr Falten im Gesicht als auf dem Kopfkissen.«

»Komm, komm, liebe Asta – du weißt sehr gut, dass du viel jünger aussiehst, als du bist. Erst neulich habe ich Hubertus sagen hören, dass du immer noch ein heißer Feger bist. Er hat nämlich als Teenie für dich geschwärmt!«

»Ich bin zwanzig Jahre älter als Hubertus!«

»Ja, so ungefähr. Aber das macht doch gerade den Reiz aus. Du kannst Hubsi bestimmt noch was beibringen! Ich glaube nicht, dass er der Knaller im Bett ist.«

»Aber ich, meinst du, ja?« Asta schüttelte den Kopf.

»Ja, kann ich mir irgendwie gut vorstellen. Natürlich müsstest du vielleicht was anderes anziehen als deine Unterhosen aus Öko-Baumwolle, um Hubsi scharf zu machen.«

»Ach nee, sag bloß? Stell dir vor, es gibt auch schwarze Spitzen in meinem Kleiderschrank. Aber nicht für Hubertus.«

»Warum hast du eigentlich nie geheiratet? Das kann doch nicht alles für dich gewesen sein – ein kleines Kind großzuziehen, das nicht deins ist, und den Mann deiner Schwester zu versorgen.«

Asta nahm einen großen Schluck Bier und antwortete nicht. Sie zuckte mit den Schultern.

»Hattest du nie den Wunsch, zu heiraten und eine eigene Familie zu gründen?«

»Den Wunsch schon. Hat halt nicht geklappt. War irgendwie nie der Richtige dabei.«

»Ist das meine Schuld? Du hattest mit zweiundzwanzig schon ein Baby am Hals. Hat das die Männer abgeschreckt?«

»Rede bitte nicht von Schuld! Du warst ein Säugling! Es war meine Entscheidung, wieder hierher zu ziehen. Dein Vater war doch völlig am Boden zerstört – wer hätte sich denn um dich kümmern sollen?«

»Luise?«, schlug Sarah vor.

»Das ist jetzt aber nicht dein Ernst, oder? Als deine Mutter starb, war Luise gerade von ihrem Dirigenten verlassen worden und wollte sich umbringen. Mal wieder.«

»Mit anderen Worten, im Grunde hattest du keine Chance. Keine Chance und keine Jugend.« Sarahs Stimme zitterte.

»Komm, nun mach keine Märtyrerin aus mir. Ich habe nichts anbrennen lassen. Ich hatte meine Jugend, meine Männer, mein eigenes, kleines wildes Leben. Und nachdem Matthias sich gefangen hatte, hat er ja auch viel von der Kümmerei übernommen. Wir waren ein gutes Team.«

Sarah nickte. »Ich habe manchmal komplett vergessen, dass du nicht meine Mutter warst und ich glaube, Papa auch.«

Asta lachte leise. »Da irrst du dich. Matthias hat nie vergessen, dass ich nicht Martha war.«

Sarah blickte zu Asta, doch die hielt den Blick auf ihre Flasche gesenkt. »Wie meinst du das?«

»Ach – ich weiß auch nicht, wie ich das meine. Lass uns nicht so in der Vergangenheit wühlen, ich werde ganz trübsinnig. Als ob die Gegenwart nicht manchmal scheußlich genug wäre. Ich glaube, ich brauch nachher noch eine Glücksmeditation.«

»Aber für mich ist das wichtig, Asta. Ich weiß so wenig über die Zeit, als ich klein war. Wie es war mit Papa.«

Asta seufzte. »Wie war es mit Matthias? Wie es eben ist, Tag für Tag mit einem Mann zu leben, den du liebst, der dich aber nicht liebt.«

»Du hast Papa geliebt?«, fragte Sarah überrascht. Gab es in ihrer Familie eigentlich auch glückliche Liebesgeschichten? Wahrscheinlich war sie genetisch versaut. »Hast du dich nach Mamas Tod in ihn verliebt?«

»Nein, Sarah, ich war vom ersten Tag in ihn verknallt, als Martha ihn mit nach Hause brachte.«

»Das ist … Ich habe nie was davon gemerkt!«

»Natürlich nicht. Ich hab ja alles daran gesetzt, dass es niemand merkt.«

»Aber wie … Hat Papa es gewusst?«

»Ja, hat er.«

»Hat er … Hast du …? Mein Gott, lass dir doch nicht alles aus der Nase pulen, Asta!«, brach es aus Sarah heraus.

»Kannst du dir nicht vorstellen, dass das für mich alles sehr schmerzlich ist? Ich weiß überhaupt nicht, warum ich heute damit anfange. Ich weiß auch nicht, ob es überhaupt gut ist, dir das zu erzählen! Was bringt es denn? Ich habe mich in den falschen Mann verliebt und der hat deine Mutter geliebt. Pech! Ich hatte keine Chance, nicht gegen die lebende und schon gar nicht gegen die tote Martha. Je länger sie tot war, desto mehr hat er sie glorifiziert – die heilige Martha. Ich hatte gehofft …« Astas Stimme brach und sie suchte in der Tischschublade nach Taschentüchern.

»Du hattest gehofft …?«, fragte Sarah leise.

»Dass er sich irgendwann in mich verliebt, verdammt noch mal! Du siehst, meine Gründe, dich aufzuziehen, waren nicht ganz so selbstlos, wie du gedacht hast. Ich hab mir eingebildet, wenn ich nur lange genug mit dir und Matthias ›Vater, Mutter, Kind‹ spiele, wird das Spiel Realität. Leider dumm gelaufen für mich!«

Sarah setzte sich neben Asta auf die Bank und legte den Arm um sie. »Asta, das tut mir so leid. Glaub mir, nichts wäre schöner für mich gewesen, als wenn du und Papa …«

»Du findest nicht, dass ich deine Mutter betrogen habe?«

»Aber sie war doch tot! Und außerdem war doch gar nichts, oder …?«

Asta schnäuzte in ein Papiertaschentuch und zuckte mit den Schultern.

»Ich denke, Papa hat nicht, ich meine, war nicht …«

»Für Sex braucht es keine Liebe.«

»Ihr habt …?« Sarah hatte das Gefühl, die Gedanken schwirrten wie aufgescheuchte Stechmücken in ihrem Kopf herum. Ihr Vater und Asta? Hier hatte wirklich jeder Sex, nur sie nicht.

»Ja, wir haben. Ich war verliebt genug und Matthias hat Trost gesucht. Hinterher ist er dann immer herumgeschlichen, als habe er Ehebruch begangen.«

Arme Asta. Sarah versuchte sich in die Szenerie hineinzuversetzen, konnte sich aber ihren ernsten Vater nicht mit Asta im Bett vorstellen. Dann schon eher Hubsi. Sie unterdrückte ein Grinsen. Aber welches Kind konnte schon seine eigenen Eltern mit Sex in Verbindung bringen? Gruselig.

»Hätte ich es dir nicht sagen sollen, Sarah?« Asta rückte aus Sarahs Umarmung und sah sie an. »Ausgerechnet jetzt?«

Sarah schüttelte den Kopf. »Nein, ich bin froh, dass du es mir gesagt hast. Irgendwie wird Papa dadurch für mich lebendiger. Wusste meine Mutter, dass du in meinen Vater verliebt warst?«

»Nein, ich glaube nicht. Solange sie noch am Leben war, habe ich sie möglichst besucht, wenn Matthias nicht da war. Aber sicher bin ich mir nicht, sie war ja sehr klug, deine Mutter. Klug und schön, mein unerreichtes Vorbild.«

»Du bist doch auch klug und schön!« Und ich muss ein Wechselbalg sein.

Asta lachte. »Ja, ich bin ganz hübsch und blöd bin ich auch nicht – aber deine Mutter war eine Schönheit. Wenn sie im Raum war, hat mich keiner ein zweites Mal angesehen. Daran war ich gewöhnt.«

»Und du hast sie trotzdem gemocht?«, fragte Sarah zweifelnd.

»Ich habe sie heiß und innig geliebt. Deine Mutter war keine Frau, der man ihre Schönheit übel nahm. Sie selbst hat sie nicht weiter beachtet. So sah sie eben aus. Und du übrigens auch.«

»Ich? Ich finde nicht, dass ich meiner Mutter besonders ähnlich sehe – bis auf die Sauerkrauthaare. Außerdem war sie schön. Und ich bin es nicht.«

»Die Locken sind vielleicht das Auffälligste, obwohl du dunkler bist als deine Mutter. Aber dein Blick, dein Gesichtsausdruck, die Art, wie du gehst – wie Martha. Das fand dein Vater auch. Nur die schwarzen Kohleaugen, die hast du von ihm. Und natürlich bist du schön. Vor allem hast du eine schöne Seele. Und darauf kommt es an.«

Sarah stöhnte. »Ja, klar. Das sagt man allen hässlichen Weibern zum Trost. Wenn die äußerliche Schönheit so egal ist, warum hast du dir dann für achtzig Euro Zöpfe flechten lassen?«

Asta lachte. »Erwischt. Ich bin eben immer noch nicht so weise, wie ich gerne wäre.«

»Meinst du, wir kriegen noch mal einen Kerl ab?«

»Du bestimmt. Ich will gar keinen mehr. Oder kannst du dir einen Mann vorstellen, der auf Meditation und Chakren-Stimulation steht?«

»Kommt drauf an, wo du ihn stimulierst.« Sie kicherten. »Ich will auch keinen Mann mehr. Mit dem Theater bin ich durch.«

»Sprach die Hundertjährige.« Asta zeigte Sarah einen Vogel.

»Wart's ab. Ich habe schon bei Filo eine Strickjacke bestellt.«

»Eine Strickjacke? Du redest irre.«

»Das erklär ich dir später mal.« Sarah streckte sich und gähnte. »Was für ein Abend. Ich bin richtig erschöpft.«

»Ja.« Asta stand auf. »Ich gehe jetzt rüber. Du brauchst deinen Schlaf. Morgen wird auch nicht leicht. Geh ins Bett. Und leg den Citrin unter dein Kissen.«

Sarah nickte und nahm Asta fest in den Arm. »Du bist die beste Mutter, die ich je hatte.«

Asta lachte. »Das ist auf jeden Fall wahr. Schlaf gut!«

Sarah ging ins Badezimmer und schaute in den Spiegel.

Ein Familienleben wie in einer Daily Soap. Schalten Sie auch heute wieder ein bei *Verbotene Liebe in Avessen. Heute: Sarah erfährt, wen Asta wirklich liebte.*

Ihre kastanienbraunen Locken standen wirr vom Kopf ab und sahen in dem grässlichen Neonlicht fast grün aus. Sie war blass und ihre dunklen Augen wurden dekorativ durch farblich passende Augenschatten ergänzt. Ob ihre Mutter auch immer so schnell Augenschatten bekommen hatte?

Sie schaltete das Licht aus und schlich zurück ins Bett.

*

Auf dem Parkplatz des *Nights* standen die üblichen Gruppen von gesichtslosen Kapuzenträgern herum, den Dementoren aus den *Harry-Potter*-Filmen nicht unähnlich. Die dämonische Wirkung wurde jedoch von den Hosen der Jungen stark beeinträchtigt. Beck wunderte sich wieder einmal, wie irgendjemand Jeans, deren Hintern in den Kniekehlen hingen, cool finden konnte. Die Hosenträger trug man anscheinend jetzt an den Oberschenkeln baumelnd, was den Eindruck verstärkte, die Jungen hätten vergessen, ihre Hosen nach dem Toilettenbesuch wieder hochzuziehen.

Er parkte sein Auto und stieg aus. An der Gruppe junger Männer, die ihm am nächsten standen, gingen zwei blonde Mädchen Arm in Arm vorbei, was eine Welle von Breitbeinigkeit, Brustkorbgeblähe und Balzgeräuschen auslöste. Die Mädchen schienen mit Blind- und Taubheit geschlagen. Nur ein leicht verstärktes Hüftschwenken verriet, dass sie die Reaktion der Jungen als ihnen zustehenden Tribut zur Kenntnis genommen hatten.

Beck ging durch die hormongeschwängerte Luft und kam sich in seiner Jeans und Lederjacke ziemlich vorgestrig vor. Zu Hause vor dem Spiegel war ihm der Aufzug noch angemessen erschienen. Er wurde alt. Niemals hätte er sich träumen lassen, dass er irgendwann die Klamotten der jungen Leute genauso grässlich finden würde, wie sein Vater damals die löchrigen Jeans und grünen Strähnen in den Haaren.

Er passierte eine weitere Gruppe junger Männer, die wie die Geheimnisträger einer Sekte zusammenrückt waren und irgendwelche Drogen kreisen ließen. Dem Geruch nach war's nur Marihuana. Wenigstens ein Ritual der Coolness, das aus seiner Jugend noch übrig geblieben war.

Er dankte dem Schicksal dafür, dass er sich damals nicht für das Drogendezernat entschieden hatte, und ging die Treppe zum Eingang hoch, vor dem sich eine Schlange gebildet hatte. Er wunderte sich, dass an einem Wochentag so viele Jugendliche um diese Uhrzeit in einen Club gingen, bis ihm einfiel, dass morgen die Weihnachtsferien begannen. Gleichzeitig dachte er daran, dass er vergessen hatte, bei dem Typen von der Band anzurufen. Er stöhnte und sah auf die Uhr. Konnte man um elf noch bei fremden Leuten anrufen? Nein. Er rückte weiter in der Schlange vor bis zum Türsteher, einem Brecher in der obligatorischen Uniform aus geöltem Pferdeschwanz, Tattoo auf stark gebräunter Haut und schwellenden Muskeln über knackigen Jeans.

Der Wächter des Tors zur Glückseligkeit streifte Beck mit gleichgültigem Blick und genehmigte seine Passage mit leichtem Kopfrucken. Beck zahlte den gepfefferten Eintrittpreis (wie konnte eigentlich irgendjemand unter dreißig sich so was leisten?) und trat ein.

Sofort knallte ihm ein hämmernder Technobass in den Magen und das Schwarzlicht ließ die Twens und Teens wie tanzende Vampire wirken. Beck schob sich an einer Gruppe Mädchen vorbei, von denen – unfassbar – mindestens drei ein Handy am Ohr hatten, in das sie hineinschrien. Beck drängelte sich zu einem Seitenraum durch, in der Hoffnung, hier etwas mehr Ruhe vorzufinden. Und tatsächlich war die Musik ein, zwei Phon leiser, so dass Beck sich zutraute, ein Bier zu bestellen.

Nachdem er eins erhalten hatte, schlecht gezapft natürlich, sah er sich um. Außer ihm tranken hier alle Cocktails oder Alkopops, waren unter dreißig, trugen Nabelpiercings (die Mädchen) oder rasierte Muster in Haaren und Augenbrauen (die Jungen). Was hatte Claudia Ahrendt hier gesucht? Die waren doch alle viel zu jung für eine anspruchsvolle Schönheit von Ende zwanzig!

Er selbst hatte inzwischen trotz seines fortgeschrittenen Alters vor den Augen dreier Mädchen Gnade gefunden, die ihn kichernd und schnatternd kommentierten. Er setzte sein charmantestes Lächeln auf und trat auf die Gruppe zu. »Darf ich die Damen zu einem Getränk einladen?« Die Mädchen schleuderten die Haare nach hinten und schoben die Hüften nach vorn.

»Klar, aber immer.« Die selbstsicherste und blondeste der drei strahlte Beck an.

Beck fragte nach ihren Wünschen (Alkopops) und holte die Flaschen. »Sind Sie öfter hier?«, fragte er und wünschte sich, er hätte eine Formulierung gewählt, die nicht ganz so nach alterndem Vorstadtcasanova geklungen hätte.

»Klar«, sagte die kesse Blonde, »jedes Wochenende, und du?«

»Ich war, ehrlich gesagt, noch nie hier. Ich habe vorher in Berlin gewohnt.«

»Wow, Berlin – warum bist du denn nicht da geblieben? Ich bin heilfroh, wenn ich zum Studium endlich aus Braunschweig rauskomme, hier ist doch nichts los!«

Gott, dachte Beck, sie hat noch nicht mal mit dem Studium angefangen. Laut sagte er: »Wann geht's denn los?«

»Im Frühjahr, Grafik und Design in Hamburg.«

»Ich studiere in Berlin«, wagte sich jetzt ein dunkelhaariges Mädchen vor, »ich hab auch schon 'ne Wohnung in Neukölln.«

»Da habe ich auch mal gewohnt, als ich noch auf der … Uni war.« Um ein Haar hätte er Polizeihochschule gesagt, er war zu entspannt.

»Echt, wie ist es denn da so?«

»Tja, mehr Menschen, mehr Clubs, mehr Nationalitäten – aber letzten Endes auch nichts anderes als hier.«

Die Mädchen blickten ihn ungläubig an und er kam sich uralt vor. Sie waren noch in einem Alter, in dem eine Ortsveränderung voller Verheißungen war, neue Stadt, neues Leben, unbegrenzte Möglichkeiten. Er rechnete kurz nach, ob er schon der Vater dieser Mädchen sein könnte. Nicht ganz. Erleichtert lächelte er das dritte Mädchen an. »Und du?«

»Ich studiere schon. In Brühl, Kriminaldienst.«

Eine zukünftige Kollegin, wie nett. Leider konnte er keinen fachlichen Austausch beginnen. »Sagt mal, sind hier alle so jung wie ihr?«

»Wieso, findest du, dass wir zu jung für dich sind?« Kokett brachte sich die Blonde wieder ins Spiel.

»Hm, ich denke schon. Mich wundert nur, dass mir eine Freundin den Laden hier empfohlen hat, die ist bestimmt zehn Jahre älter als ihr. Vielleicht kennt ihr sie, Claudia Ahrendt?«

»Nee, nie gehört.« Die Mädchen schüttelten einhellig die Köpfe, offensichtlich nicht sonderlich erbaut, von seiner ›Freundin‹ zu hören.

»Oben ist noch ne Abteilung für Uhus, mit Langweilermucke und alten Säcken mit Kohle.« Die Blonde hatte ihren Charme wieder eingepackt und schmollte.

»Das ist die Lounge«, mischte sich seine junge Kollegin ein, »für die Leute so ab dreißig.«

»Danke, das klingt schon ein bisschen besser als ›Uhu‹.« Beck lächelte die angehende Kommissarin an, nickte den anderen beiden Mädchen zu und stellte sein leeres Glas auf den Tresen. Mit einem letzten Lächeln für das Jungvolk verließ er den Raum und sah gleich gegenüber durch eine hohe Glastür eine breite Treppe, ausgelegt mit dickem rotem Teppich.

Oben angekommen, tauchte er in eine andere Welt

ein. Auf der Tanzfläche schmiegten sich Paare in Anzug und Cocktailkleid zu Klängen, die Becks alternde Ohren aufatmen ließen, aneinander. Neosoul, seine Musikrichtung. Hier konnte man es aushalten.

Er steuerte die in Palisander gehaltene Edeltheke an, hinter der ein ausgesprochen gut aussehender Cocktailkellner den Shaker schwang. Beck bestellte sich einen Virgin Caipirinha, schließlich war er dienstlich hier.

Während er auf den Drink wartete, ließ er den Blick schweifen. Hier sollte eindeutig eine andere Klientel angesprochen werden als unten. Alles war mit dickem Teppichboden ausgelegt, an den Seitenwänden des riesigen Raumes waren kleine halboffene Séparées mit edel aussehenden Clubsesseln zu sehen. Die Beleuchtung war dezent und indirekt (man war ja nicht mehr zwanzig), die Ausstattung teuer, die Preise hoch. Der Kleidung des Publikums sah man an, dass ein bisschen mehr investiert worden war.

Hier hatte also Claudia Ahrendt verkehrt. Hatte sie gehofft, an diesem Ort einen betuchten Gönner zu finden, der sie von allen finanziellen Sorgen befreite? Sie hatte bestimmt so manchen Männerblick auf sich gezogen, mit ihrer blonden Schönheit und dem silbernen Kleid, das sie an ihrem letzten Abend getragen hatte. Hatte sie hier mit ihrem Mörder in einem der kuscheligen Séparées gesessen und geflirtet?

Er bezahlte seinen Drink und gab ein üppiges Trinkgeld. Der Kellner belohnte ihm mit einem strahlenden Lächeln, das seine gebleichten Zähne sehen ließ. »Das erste Mal hier?«

Beck nickte. »Das fällt Ihnen auf? Sie können sich doch unmöglich alle Gäste merken?«

»Die meisten schon. Und so ein schöner Mann wie Sie wäre mir mit Sicherheit ins Auge gefallen.«

Auch das noch. Auf eine gleichgeschlechtliche Anmache konnte Beck nie wirklich gelassen reagieren, obwohl ihm das relativ häufig passierte. »Danke. Dann fallen Ihnen schöne Frauen nicht auf? Ich suche nämlich nach einer.« Nur ein kurzes Flackern im Blick seines Gegenübers zeigte, dass er die Abfuhr verstanden hatte.

Beck zückte das Foto, das er von Vater Ahrendt erhalten hatte. Es zeigte eine jüngere Claudia, lachend, die blonden Haare wehten dekorativ um das Gesicht. »Kennen Sie diese Frau?«

Der Kellner kam näher heran, sah aber nicht das Foto, sondern Beck an. »Wie ein Bulle sehen Sie gar nicht aus.«

Beck zuckte die Achseln. »Ist manchmal von Vorteil. Und?«

»Klar kenne ich die. Claudia. War in letzter Zeit ziemlich oft hier.«

»Und was haben Sie für einen Eindruck?«

»Sie ist schön, charmant, ziemlich intelligent, aber nicht glücklich.«

»Woraus schließen Sie das?«

»Sie trinkt zu viel, ist rastlos, kann nicht stillsitzen, immer auf der Suche.«

»Wonach?«

»Was sucht man wohl an so einem Ort? Das, was wir alle suchen – einen Mann!«

»Und – hat sie einen gefunden?«

»Einen?« Der Kellner lachte. »Wenn Claudia hier an der Theke sitzt, mache ich immer guten Umsatz. Die Männer drängeln sich nach einem Platz in ihrer Nähe.«

»Hat sie zu einem der Männer eine engere Beziehung?«

Der Kellner zögerte. »Nein, nicht das ich wüsste.«

»Wirklich nicht? Claudia Ahrendt ist tot. Und es ist möglich, dass sie hier mit ihrem Mörder an der Bar gesessen hat.«

Der Barkeeper erstarrte. »Sie ist das? Die Frau, die man auf dem Parkplatz gefunden hat?!«

Beck nickte. »Sie verstehen also, dass es von großer Bedeutung ist, dass Sie versuchen, sich zu erinnern. Mit wem hat Claudia gesprochen? Am Dienstagabend?«

Ein Pärchen trat an den Tresen und bestellte Rotwein. Der Kellner entschuldigte sich und bediente die beiden. Beck probierte seinen Caipirinha. Nicht schlecht, man konnte fast vergessen, dass kein Alkohol darin war.

Der Kellner kehrte zurück. »Hören Sie, ich kann mich wirklich nicht erinnern. Es waren viele Männer an dem Abend hier und viele haben auch mit Claudia gesprochen.«

»Jemand, der öfter hier ist? Jemand, den Sie zumindest vom Sehen kennen?«

Der Kellner wich seinem Blick aus. »Ja, auch, aber was nützt Ihnen das – ich kenne ja die Namen nicht. Mal ein Vorname, mal ein Spitzname.«

»Ist Ihnen Dennis Velten ein Begriff?«

Der Kellner nickte. »Die arme Sau. War hoffnungslos in Claudia verknallt, regelrecht besessen von ihr. Sogar geschlagen hat er sich hier schon ihretwegen. Seitdem hat er Hausverbot.«

»Er war Dienstagabend also nicht hier?«

»Nein. Der war schon seit drei Wochen nicht mehr hier.«

»Kann ich Ihnen helfen?«

Beck drehte sich um. Ein großer Mann war von hinten herangekommen.

»Heinen, Geschäftsführer.«

Aha, ›Haanen‹. Beck stellte sich ebenfalls vor und zückte seinen Ausweis. »In der Nähe des Clubs ist eine Tote aufgefunden worden.«

»Ja, ich weiß.«

Beck zog die Augenbrauen hoch.

»So was spricht sich rum.«

»Ach ja? Wer hat denn dafür gesorgt, dass es sich rumgesprochen hat?«

»Hören Sie, können wir nicht in meinem Büro weiterreden? Die Polizei ist nicht gerade das, was die Leute an ihrem Feierabend sehen wollen.«

»Ich bin hier noch nicht fertig.«

Heinen nickte dem Kellner zu. »Martina kann dich ablösen.« Er winkte einer jungen Frau, die gerade einen Tisch an der Tanzfläche abräumte.

»Bitte hier entlang.«

Beck folgte dem hochgewachsenen Geschäftsführer des Clubs an den Séparées vorbei. Er warf einen Blick in das einzige, das besetzt war. Ein älterer Mann saß dicht zusammen mit einer jungen Frau, die zumindest dem Augenschein nach seine Tochter hätte sein können. Die Gier, mit der er seine Hand auf ihren Oberschenkel gelegt hatte, ließ jedoch keinen Zweifel daran, dass sie es nicht war. Der Frau schien die Berührung nicht unangenehm zu sein, denn sie neigte ihren Kopf dicht an das Gesicht ihres Partners und bot ihm provozierend ihr sehenswertes Dekolleté dar.

Beck hatte nie verstehen können, was diese älteren Herren an den ganz jungen Frauen fanden. Es hieß, es sei das Gefühl, die Jugend über die frischen Körper zurückholen zu können. Aber sah man nicht einfach noch älter, verbrauchter aus, wenn man neben einem makellosen Körper ohne Falten, ohne Hauterschlaffung aufwachte? Grässliche Vorstellung. Dann doch lieber gemeinsam alt werden. Falls er überhaupt mal eine fand, die mit ihm gemeinsam alt werden wollte!

»Kommen Sie?« Heinen stand ungeduldig in einer geöffneten Tür. Beck unterbrach seine Betrachtungen und folgte ihm. Er betrat einen großen, hell erleuchteten Raum, in dem Glas und Chrom dominierten. Anscheinend waren die Wände schallgedämmt, denn von der Musik war kaum etwas zu hören. Über einem Schreibtisch waren mehrere Monitore befestigt, auf denen verschiedene Räume des Clubs zu sehen waren. Beck erkannte das Séparée mit dem ungleichen Paar wieder. »Nettes Fernsehprogramm haben Sie hier.«

Heinen verzog keine Miene und wies auf eine weiße

Sitzgruppe unter dem Fenster, durch das das nächtlich erleuchtete Braunschweig zu sehen war. Beck tat ihm den Gefallen und nahm Platz.

Ein leises Klopfen an der Tür kündigte den Barkeeper an. Heinen öffnete die Tür, der jüngere Mann kam herein und flüsterte ihm etwas zu, das Beck nicht verstehen konnte.

»Zunächst brauche ich bitte noch Ihren vollen Namen«, sagte Beck.

Der Mann wandte sich ihm erschrocken zu. »Pierre. Pierre Hoffmann.«

»Du heißt nicht Pierre«, schnappte Heinen. »Er heißt Andreas, Pierre ist nur sein … Künstlername.«

»Ach, Gott, ja natürlich.«

Da Heinen keine Anstalten machte, Pierre Platz anzubieten, holte Beck letzteres nach. Mit einem fragenden Blick auf seinen Chef setzte sich der Kellner. Er schien sich sehr unbehaglich zu fühlen, die lockere Haltung, die er hinter der Theke gezeigt hatte, war verschwunden.

»Wir waren dabei stehen geblieben, ob Sie sich an jemanden erinnern können, mit dem Claudia Ahrendt letzten Dienstag länger geredet oder getanzt hat. Vielleicht hat sie auch mit jemandem zusammen den Club verlassen?«

»Es geht um Claudia?«, fragte Heinen.

Beck wandte sich ihm zu. »Sie kannten sie?«

»Natürlich. Sie war oft hier.«

Beck blickte zu Hoffmann und zog eine Braue hoch, um an die ausstehende Antwort zu erinnern. Der Kellner schwitzte. »Ich habe doch schon gesagt, ich kenne die Leute hier nur mit Vornamen, wenn überhaupt.«

»Vornamen reichen mir auch, vor allem in Verbindung mit einer Beschreibung.«

»Mein Gott, wo soll ich da anfangen? Dienstag war vorgestern, es waren so viele Leute da, ich …«

»Himmel, du wirst dich wohl an irgendwen erinnern können«, herrschte Heinen seinen Angestellten an.

»Gut, also, da war auf jeden Fall Daniel.«

»Daniel?« Beck merkte auf.

»Ja, Daniel, bezeichnet sich als Modefotograf.«

»Kennen Sie seinen Nachnamen?«

»Nein, aber er hat ein Studio in der Frankfurter Straße.«

»Arnold. Er heißt Arnold«, warf Heinen ein.

»Und in diesem Studio macht er Modeaufnahmen?« Beck war überrascht.

»Mode ist ziemlich wenig zu sehen auf den Fotos, die er macht, wenn Sie wissen, was ich meine.«

»Aktaufnahmen?«

»So kann man's nennen«.

»Also Pornografie.«

Der Kellner nickte.

»Hat er Claudia Ahrendt auch fotografiert«?

»Zumindest haben sie über Fototermine geredet. Dennis ist dann immer ausgerastet. Sie solle sich nicht für Geld erniedrigen, er würde sie heiraten und so.«

»Und wie hat sie reagiert?«

»Gelacht. Claudia hat immer über die Männer gelacht. Sie hat keinen ernst genommen, noch nicht mal ...« Pierre verstummte abrupt.

»Noch nicht mal?« Jetzt wurde es interessant.

Der Kellner rieb nervös die verschwitzten Hände. »Noch nicht mal, wenn sie Geld hatten.«

»Das wollten Sie aber eben nicht sagen, oder?«

»Doch, ich ...«

Heinen bewegte sich von der Fensterbank, an der er gelehnt hatte, näher an den Tisch. »Ich nehme an, er wollte sagen, noch nicht mal mich.«

»Ach.« Beck war fast versucht zu lachen. »Auch Sie ein Opfer von Claudia Ahrendts Schönheit?«

»Quatsch. Natürlich sah sie gut aus. Aber das tun viele.«

»Was meinten Sie, Herr Hoffmann? Nahm Claudia Ihren Chef nicht ernst?«

Der Kellner schüttelte verzweifelt den Kopf.

Beck lenkte ein. »Also bleiben wir erst mal bei den anderen Personen. Wer war noch da am Dienstagabend und hatte Kontakt zu Claudia?«

»Na ja, eben Herr Heinen, dann noch der dicke Morowski ...«

»Morowski? Der Manager?«

Pierre nickte. »Der ist oft hier und schleppt Mädels ab. Oder lässt abschleppen.«

Beck war nicht überrascht. Morowski galt in Braunschweig als Lebemann, reich, mächtig, skrupellos und dem schönen Geschlecht sehr zugeneigt, sofern es unter dreißig war. Claudia Ahrendt hätte durchaus in sein Beuteschema gepasst. »Kannten die beiden sich näher?«

Ein schneller Blick Hoffmanns zu Heinen war Beck eigentlich schon Antwort genug.

»Was heißt näher?«, sagte Heinen. »Er hat gebaggert und sie ist drauf eingegangen. Geld zieht immer.« Heinen war von dieser Tatsache nicht erbaut, was darauf schließen ließ, dass Morowski mehr davon hatte.

»Wie weit ist Frau Ahrendt eigentlich gegangen? Gab's Sex gegen Geld?«

»Sie war keine Prostituierte, wenn Sie das meinen.«

»Nein, das meinte ich nicht.« Beck nickte dem Barkeeper zu. »Danke, Herr Hoffmann. Ich komme später noch mal auf Sie zurück.«

Dem jungen Mann war die Erleichterung deutlich anzumerken. Ein kurzer Blickwechsel mit seinem Chef und er war verschwunden.

»Wie nahe standen Sie Claudia Ahrendt, Herr Heinen?«

Heinen zuckte mit den Achseln. »Kommt drauf an, was Sie darunter verstehen. Wir waren ein paar Mal zusammen im Bett, aber wirlich nahe standen wir uns eigentlich nicht.«

»Sie wussten sicher, dass Sie nicht der Einzige waren?«

Heinen lachte unfroh. »Aber sicher. Ich wollte sie ja nicht heiraten.«

»Also waren Sie natürlich auch nicht eifersüchtig auf ihre anderen Liebhaber?«

»Worauf wollen Sie hinaus? Mord aus Leidenschaft?«

»Wo waren Sie Dienstagnacht zwischen dreiundzwanzig und vier Uhr?«

»Na, hier. Das haben Sie doch gerade gehört!«

»Sie sind nicht mit Claudia nach Hause gegangen? Auch Sie werden ja schließlich nicht bis vier Uhr morgens arbeiten.«

»Sie werden's nicht glauben, meistens schon. Am Dienstag bin ich um dreiundzwanzig Uhr gekommen und etwa um halb fünf bin ich nach Hause gefahren.«

»Hat Sie jemand gesehen, als Sie gingen?«

»Pierre war noch da, Marco, unser DJ in der Lounge, saß noch bei ihm an der Bar, Adam, einer unserer Sicherheitsleute war gerade gekommen.«

»Und zwischendurch? Nie den Club verlassen?«

»Fragen Sie unsere Türsteher. An dem Tag hatte Jürgen Dienst, Jürgen Koch. Gegen ein Uhr hat ihn Diddel abgelöst, Dietmar Schiere.«

»Sie haben ein erstaunliches Gedächtnis.«

»Das ist mein Job. Der Dienstplan ist eine meiner leichtesten Übungen.«

»Also schlief Claudia Ahrendt mit Männern gegen … sagen wir ein gewisses finanzielles Entgegenkommen? Vielleicht sogar mit Ihrem Einverständnis? So was belebt doch mitunter das Geschäft, nicht wahr?«

Heinen wurde bleich vor Wut. »Falls Sie meinen, ob ich hier einen verdeckten Puff betreibe, muss ich Sie leider enttäuschen. Und jetzt muss ich Sie bitten zu gehen. Ich habe zu tun.«

»Und ich bitte Sie zu kommen. Morgen, zur Dienststelle, neun Uhr.«

Heinen lachte. »Sind Sie wahnsinnig? Da schlafe ich noch.«

»Gut, dann neun Uhr dreißig.« Beck nickte Heinen

zu und verließ den Raum. Draußen notierte er sich die genannten Namen, die er aus Eitelkeit nicht vor dem arroganten Heinen hatte aufschreiben wollen. Beck, das Computergehirn.

Er schüttelte den Kopf. Ob er irgendwann seine spontan aufwallenden Sympathien und Abneigungen in den Griff bekam? Nicht sehr professionell, Giovanni. Jetzt war Heinen schon mal auf Abwehr eingestellt und der frühe Termin trug morgen wahrscheinlich auch nicht zu seiner Kooperation bei. Hervorragend. Jetzt noch zum Abschluss den schönen Pierre gegen sich aufbringen und das Tagwerk wäre getan.

Beck seufzte und machte sich bereit, dem Barkeeper die letzten Daten für heute aus dem Kreuz zu leiern. Der sah ihm misstrauisch über die Köpfe durstiger Kunden entgegen. Der Andrang an der Theke war wesentlich größer als vorhin, auch die Tanzfläche hatte sich gefüllt. Offensichtlich läuteten nicht nur die Kids unten die bevorstehende Weihnachtszeit ein.

Beck bedeutete dem Barkeeper, dass er kurz mit ihm sprechen müsse. Widerstrebend kam Hoffmann hinter dem Tresen hervor. »Ich kann jetzt nicht, Sie sehen ja.«

Beck nickte. »Ist Morowski heute da?«

Pierre schüttelte den Kopf. »Nee. Der hat heute große Weihnachtsfeier in der Stadthalle.«

»Daniel?«

»Nein, bis jetzt jedenfalls nicht.«

»Kommen Sie bitte morgen Vormittag in die Dienststelle, zehn Uhr dreißig.«

»Aber warum? Ich weiß doch nichts, wirklich nicht.«

»Sie haben mir schon einige wesentliche Informationen gegeben. Ich bin sicher, Sie können mir noch weiter helfen.«

»Kommt … kommt er auch?« Pierre wies mit dem Kinn auf Heinens Bürotür.

»Ja. Aber nicht mit Ihnen zusammen.«

Ein leichtes Absacken der Schultern zeigte Erleichterung an.

An der Theke wurden Rufe laut. Der Alkohol floss nicht nach, die Realität drohte überhandzunehmen. Pierre wandte sich ab. »Gute Nacht.«

Beck wühlte sich zwischen Theke und Bistrotischen hindurch und warf einen letzten Blick auf die Tanzfläche. Das ungleiche Paar von vorhin wiegte sich eng umschlungen zu Robbie Williams *She's the one*. Die Hand des älteren Mannes lag besitzergreifend auf dem durchtrainierten Po des Mädchens. Es war unschwer zu erkennen, wie der Abend enden würde.

Ein Gedanke blitzte auf. Hatte Velten nicht behauptet, er sei mit Claudia an ihrem Todestag im Bett gewesen? Weshalb hatte er das überhaupt erzählt? Heißer Sex kurz vor dem kalten Ende einer Beziehung – das konnte doch nur den Verdacht erhärten, dass er seine Freundin im Schmerz um die Zurückweisung getötet hatte. Das musste ihm doch klar sein. Seltsam.

Mühsam löste Beck seinen Blick vom Po der jungen Frau. Für heute reichte es. Die Musik wechselte und Maroon 5 wünschten *Good Night, good Night*. Plötzlich konnte Beck nicht schnell genug nach Hause kommen.

Ihm fiel auf, dass er sein neues Domizil das erste Mal, seit er in Braunschweig war, so bezeichnet hatte. Er drehte sich um und ging heim, in seine stille und glücklicherweise völlig menschenleere Wohnung. *Good night, hope that things work all right.*

7. Kapitel

»Ich konnte nicht.« Velten saß wie ein Häufchen Elend zusammengesunken in Becks Büro.

»Was konnten Sie nicht?« Beck war heute Morgen nicht sehr geduldig. Seine Clubsause von gestern Abend saß ihm noch im Nacken.

»Na was wohl? Ich konnte nicht mit ihr schlafen, das wollten Sie doch wissen, oder nicht?«

»Hm.« Beck zog seine Notizen hervor. »Warum haben Sie es überhaupt erzählt? Dass Sie mit ihr im Bett waren? Ist doch nur unangenehm für Sie?«

Velten schüttelte den Kopf. »Ich weiß nicht. Vielleicht einfach, weil es die Wahrheit ist.«

»Und Sie haben keinen hochgekriegt. Warum nicht? Ich denke, Sie haben sie so sehr geliebt?«

»Von Psychologie haben Sie wohl noch nichts gehört?«

Mehr als du denkst, dachte Beck. Er antwortete nicht.

»Ich habe sie geliebt, das war es ja gerade. Sie war an dem Abend wieder so … so kalt. Ich mochte sie nicht, wenn sie so war.« Velten standen Tränen in den Augen.

Beck erschrak über den starken Widerwillen, den die Sensibilität dieses Jungen in ihm auslöste. Männer durften doch heutzutage weinen und das war eigentlich auch seine Meinung, hatte er gedacht. Dennoch musste er den Wunsch unterdrücken, Velten zu schütteln und ihm ein ›Reißen Sie sich zusammen, Mann‹ an den Kopf zu werfen. »Hat sie über Sie gelacht?«

»Wie kommen Sie darauf?« Velten hob den Kopf und kniff misstrauisch die Augen zusammen. »Finden Sie mich vielleicht lächerlich?«

Ja, raunte eine Stimme in Becks Kopf, erbärmlich finde ich dich. »Nein, der Vater von Claudias Tochter erwähnte so etwas. Sie habe sich oft über die Männer lustig gemacht. Haben Sie das auch so empfunden?«

Velten schwieg.

»Hat Claudia Ahrendt Sie ausgelacht? Waren Sie wütend? Fühlten Sie sich von ihr nicht ernst genommen? Haben Sie vor dem *Nights* auf sie gewartet, um sie zur Rede zu stellen?«

»Nein, ich ...«

»Haben Sie sie zum Schweigen gebracht, weil sie herzlich über Sie lachte? Über Ihre Kleinjungenliebe?«

»Hören Sie auf!«

»Endlich waren Sie einmal stärker als sie, nicht wahr? Auch wenn der Preis ihr Tod war!«

»Hören Sie auf!« Velten sprang auf. »So war es nicht!« Tränen strömten nun über sein Gesicht.

»So? Wie war es denn dann?«

Velten war jetzt völlig außer sich und zitterte am ganzen Leib. »Ja, Sie haben recht! Sie hat mich ausgelacht, oft! Ich habe das gehasst. Aber, immer, wenn ich dachte, ich halte das nicht mehr aus, dann war sie wieder wie ausgewechselt! Ich habe sie nicht umgebracht! Eher hätte ich mich selbst getötet.« Seine Stimme brach.

Beck lenkte ein. »Setzen Sie sich wieder, Herr Velten.« Er winkte dem Beamten vor der Tür und bat um ein Glas Wasser für sein Gegenüber.

»Macht Ihnen das eigentlich Spaß? Haben Sie noch nie eine Frau geliebt?«

»Nein und doch.« Beck fühlte eine eigenartige Kälte in sich. Nein, es machte ihm keinen Spaß. Aber er konnte kaum aufhören, den Jungen zu provozieren. Irgendetwas an diesem Kerl stieß ihn über ein normales Maß hinaus ab. Das Glas Wasser wurde gebracht.

Beck zwang sich, einen beruhigenden Tonfall anzuschlagen. »Also, ich fasse zusammen: Sie waren etwa ein halbes Jahr mit Frau Ahrendt liiert. Sie haben sie im *Nights* kennengelernt. Wussten Sie eigentlich, dass Ihre Freundin auch mit Herrn Heinen ein Verhältnis hatte?«

Wieder fuhr Velten auf. »Sie hatte kein Verhältnis mit

dem Arschloch! Sie war mal mit ihm im Bett, ja. Sie hat schnell erkannt, dass das ein Fehler war. Das hat sie mir erklärt, sie hat ihn nicht geliebt.«

Ihn nicht und auch sonst keinen, du armes Schwein, dachte Beck. »Wie standen Sie zu den Aktaufnahmen, die Daniel Arnold von Claudia Ahrendt gemacht hat?«

»Wer hat Ihnen denn davon erzählt?«

Beck schwieg und wartete.

»Es ist ja auch egal. Eigentlich ist jetzt alles egal. Ich fand die Fotos zum Kotzen und habe ihr das auch oft genug gesagt. Ich hätte ihr ja auch Geld gegeben für meine Fotos von ihr, aber das wollte sie nicht.«

Ach, dachte Beck, gab es doch so etwas wie einen Moralkodex im Leben der Claudia Ahrendt?

»Ich habe sie immer gewarnt. Mit solchen Fotos macht man sich angreifbar. Du lieferst dich aus, habe ich gesagt, ausgerechnet an so einen schmierigen Hinterhofknipser wie Daniel Arnold.«

»Ich fasse weiter zusammen: Sie blieben mit Claudia Ahrendt zusammen, obwohl Sie wussten, dass sie Sie mit Heinen und vielleicht auch weiteren Männern betrog.« Beck machte eine Pause, einen weiteren Ausfall Veltens erwartend, doch der blieb aus. »Sie blieben mit ihr zusammen, obwohl sie Modell für Fotos stand, die Sie verabscheuten, für einen Fotografen, den Sie ebenfalls verabscheuten.« Velten sah auf den Boden und antwortete nicht. »Warum taten Sie sich das an?«

Velten sah auf. »Sie war einfach so schön. Wunderschön. Ich konnte sie stundenlang ansehen. Ich konnte oft nicht glauben, dass sie real war, bei mir war. Sie war so schön, dass ich einfach vergaß …« Velten flüsterte jetzt.

»Vergaß?« Wider Willen empfand Beck Mitleid.

»Wer ich war. Was ich wollte. Es war, als sei ich nur lebendig, wenn sie bei mir war. Zwischen ihren Besuchen wartete ich nur. Auf sie.«

Beck räusperte sich. »Ihnen ist klar, dass das keine

gesunde Beziehung war, die Sie zu Claudia Ahrendt hatten?«

Velten nickte. »Ja, das wusste ich. Aber ich konnte nicht aufhören, sie zu lieben.«

»Und deshalb mussten Sie sie töten?« Beck versuchte es noch einmal, obwohl er wusste, dass der Moment für ein mögliches Geständnis vorüber war. Der Junge hatte sich gefasst.

»Nein. Glauben Sie mir, das hätte ich niemals gekonnt.«

»Claudia Ahrendt war also am Abend des 19.12. zum letzten Mal bei Ihnen. Sie kam etwa um zwanzig Uhr dreißig und ging zwischen zehn und elf Uhr. Danach haben Sie sie nicht mehr gesehen.«

»Ja.«

Beck griff zum Telefon. »Ich lasse Sie nach Hause bringen.«

»Das ist nicht nötig, ich bin mit dem Wagen da«.

»Sie sollten jetzt nicht fahren.«

Velten gab seinen Widerstand auf und nickte. »Stehe ich jetzt unter Verdacht?«

»Nun, Sie haben keine Zeugen für den von Ihnen geschilderten Verlauf des Abends.«

»Das heißt also, ja.«

»Ich muss Sie bitten, Braunschweig nicht zu verlassen.« Beck sprach eine kurze Weisung ins Telefon und schaltete den Recorder aus.

Velten stand auf. »War's das?«

»Für's Erste ja.« Beck hielt ihm die Tür auf und der junge Mann schlich mit gesenktem Blick grußlos hinaus.

Jetzt erst mal einen Kaffee, dachte Beck. Vielleicht vertrieb der ja die Kälte, die von ihm Besitz ergriffen hatte.

*

Sarah schlug die Augen auf. Durch den Spalt ihres nachlässig zugezogenen Vorhangs schimmerte graues Tageslicht. Sie fuhr hoch. Die Schule, sie hatte verschlafen! Dann fiel ihr ein, dass heute der erste Ferientag war, und sie sank in die Kissen zurück, um gleich wieder hochzuschrecken. Wo war Karla? Nur ein zerdrücktes Kopfkissen zeugte noch von der Anwesenheit ihrer kleinen Mitschläferin. Sie sah auf den Wecker. Acht Uhr, so lange schlief sie selten. Schnell stand sie auf und warf ihren Bademantel über. Ein Blick aus dem Fenster zeigte einen weiß bereiften Park, der noch im morgendlichen Nebel lag. Vielleicht kam sogar die Sonne raus.

Sie ging in die Küche hinunter. Schon auf der Treppe stieg ihr köstlicher Kaffeeduft in die Nase. In der Küche war Karla geschäftig dabei, den Frühstückstisch zu decken. Die Kaffeemaschine blubberte. »Guten Morgen, Karla! Du kannst Kaffee kochen?«

»Na klar. Das konnte ich schon, bevor ich in die Schule gekommen bin. Ist doch nicht schwer. Für Mama habe ich auch oft Frühstück gemacht, wenn sie lange geschlafen hat.«

Sarah schüttelte den Kopf. So sollte es nicht sein. »Toll, das ist ja eine prima Überraschung, Karla.«

Die Kleine hatte alles gedeckt, was der Kühlschrank hergab. Sarah ging in die Halle und öffnete die Haustür. Wie erhofft war die gute Asta schon beim Bäcker gewesen und hatte Brötchen an die Tür gehängt. »Guck mal, der Weihnachtsmann hat schon mal ein paar Geschenke gebracht.«

Karla lächelte nicht. »Muss ich denn heute mit der Polizeifrau sprechen? Ich weiß doch schon, dass Mama tot ist.«

Sarah fiel das Croissant aus der Hand, das sie gerade aus der Tüte gefischt hatte. »Ich denke schon. Sie werden auch wissen wollen, ob du irgendetwas weißt.«

»Ob ich etwas weiß?« Karla sah Sarah ratlos an.

»Ja, mit wem deine Mama an dem Abend unterwegs war und so.« Hörte denn dieser Alptraum niemals auf?

»Aber das weiß ich nicht.« Karlas große Augen füllten sich mit Tränen.

»Ach, Karla, es tut mir so leid.« Hilflos legte Sarah beide Arme um den schmächtigen kleinen Körper und wiegte ihn hin und her. »Komm, ich mache dir einen Marmeladencroissant, ja?«

»Ich habe aber keinen Hunger.« Die Kleine presste ihren Kopf an Sarahs Schulter.

»Nur eine Hälfte, mir zuliebe. Ich möchte nicht, dass du krank wirst.«

Das Mädchen nickte ergeben und setzte sich brav auf einen Stuhl.

»Möchtest du heute mit mir einkaufen gehen? Weihnachtsschmuck für unseren Baum?« Erbärmlich, aber ein besserer Trost fiel Sarah nicht ein. Wie denn auch? Es gab keinen.

Das Mädchen nickte und nagte an ihrem Hörnchen.

»Aber wir müssen bestimmt viel laufen. Es wird bestimmt ganz voll sein in Braunschweig. Vielleicht ist das doch zu anstrengend für dich?« Vor allem würde man einen Parkplatz nur mit gezücktem Messer ergattern, dachte Sarah resigniert. Warum hatte sie sich bloß nicht eher um diese Sachen gekümmert? »Möchtest du lieber mit Asta Kekse backen?«

»Oh bitte, Weihnachtsschmuck kaufen«, bettelte Karla. »Hast du denn keinen?«

»Nein, in Berlin habe ich keinen gebraucht.«

»Warum nicht?«

Sarah seufzte. »Weil mein Freund Weihnachten nicht mochte.«

»Und du? Mochtest du Weihnachten auch nicht?«

»Doch, ich schon.«

»Aber warum ...?«

»Weil ich dumm war, weißt du? Ich wollte gern so sein, wie mein Freund mich haben wollte. Das war falsch.« Und wie falsch das war.

Karla nickte ernst. »Man darf den Männern nie was durchgehen lassen.«

»Was?!« Sarah verschluckte sich an ihrem Kaffee und hustete.

»Das hat Mama gesagt. Man darf den Männern nie was durchgehen lassen. Man muss immer aufpassen. Männer sind gefährlich.«

»Ja, schon …« Sarah versuchte, den Hustenreiz zu unterdrücken. »Aber doch nicht alle.«

»Alle, hat Mama gesagt. Männer wollen immer, dass die Frauen tun, was sie wollen. Aber Mama hat es nicht gemacht.«

›Und deshalb ist sie jetzt tot?‹, schoss es Sarah durch den Kopf.

Karla verspeiste ungerührt von den Lebensweisheiten, die sie gerade von sich gegeben hatte, die zweite Hälfte ihres Hörnchens. Wenigstens hat sie wieder Appetit, dachte Sarah und entspannte sich etwas.

»Ich weiß, wer Mama umgebracht hat.«

»Karla! So was sagt man nicht so einfach! Du weißt doch noch nicht mal, dass …« Sarah versuchte verzweifelt, dieses grauenhafte Gespräch wieder in den Griff zu bekommen. Sollte sie jetzt abstreiten, dass Karlas Mutter ermordet worden war? Wie kam das Mädchen darauf? Nur durch die unbedachte Bemerkung ihres Vaters?

»Ich weiß es aber.« Karla stippte das Hörnchen in den Kakao und sah Sarah an.

»Und wer … Ich meine, was denkst du, wer …?« Sarah bekam Kopfschmerzen.

»Opa.«

»Weil du ihn nicht leiden kannst?«

»Er und Mama haben sich angeschrien.«

»Was meinst du, wie oft Asta und ich uns angeschrien haben. Das ist normal.«

»Opa hat Mama angebrüllt. An dem Abend. Und Mama ist nicht wiedergekommen.«

Himmel, warum kam diese dämliche Psychologin erst nachmittags? Langsam bekam Sarah das Gefühl, dass sie selbst diese Frau dringender brauchte als Karla. Aber sie wusste, dass der Schein trog. Karla war zutiefst verunsichert und versuchte, das Geschehene zu verstehen und einzuordnen. »Du … du solltest das dem Kommissar erzählen. Oder der Frau.«

Karla nickte.

»Komm, jetzt machen wir uns schön und fahren nach Braunschweig.« Bloß nicht noch länger hier sitzen. Sarah hatte Angst, einen nicht wiedergutzumachenden Fehler zu begehen, indem sie irgendetwas Falsches zu Karla sagte. Sie wusste viel über Kinder, aber nichts über Mädchen, deren Mutter gerade ermordet worden war. Wie viel konnte sie zugeben, was sollte sie sagen, um diese schreckliche, unwirkliche Situation für das Mädchen erträglich zu machen?

Ablenkung schien das Einzige zu sein, was sie anbieten konnte. Sie zog die Kleine hoch. »Wir sollten vielleicht unseren Schlafanzug ausziehen, bevor wir losfahren.«

*

Beck seufzte. Die Vernehmung Jankowskis hatte nichts Neues ergeben, ebenso wenig wie die von Heinen. Letztere hatte lediglich Becks Antipathie gegenüber diesem kalten Mann verstärkt, den der Tod einer Frau, mit der er immerhin das Bett geteilt hatte, anscheinend unberührt ließ. Schade, dass man die Rolle des Mörders nicht nach Gutdünken verteilen konnte. Beck hätte sie liebend gern Heinen zugeteilt, schon um zu sehen, wie die glatte, durch Gefühle nicht bewegte Maske dieses Menschen zerbröselte.

Leider hatte ausgerechnet dieser Unsympathling bisher das beste Alibi. Alle seine Angaben konnten durch Zeugen belegt werden, was nicht hieß, dass es nicht irgendwo im Club ein Hintertürchen gab, durch das Heinen ungesehen hätte schlüpfen können. Fraglich war auch, ob Heinens Zeugen alle unbefangen waren. Schließlich war er ihr Chef.

Schlechter sah es dagegen für Jankowski aus. Er hatte unausgeschlafen und mürrisch gewirkt, aber nicht unsicher oder ängstlich. Seine Angaben von gestern hatte er bestätigt. Jetzt musste nur noch seine Aussage bezüglich der *Lulu-Bar* überprüft werden. Das konnte Wagner machen.

Wie auf ein Stichwort steckte dieser den Kopf durch die Tür. »Kaffee?«

Beck nickte.

Wagner schob sich vorsichtig in den Raum. In der Hand trug er nicht, wie erwartet, das übliche Gebräu aus dem Automaten, der auf dem Flur vor Becks Büro stand, sondern einen großen, weißen Becher mit Deckel. »Habe Cappuccino geholt. Ich konnte heute Morgen nicht auf unsere Bürosäure.«

Beck machte den Deckel auf. Sofort zog köstlicher Kaffeeduft in seine Nase, der seine Sinne weckte und seine Laune um mehrere Grade ansteigen ließ. Er war koffeinsüchtig, eindeutig. »Haben Sie sich auch einen mitgebracht?«

Wagner nickte.

»Holen Sie ihn doch her, dann sprechen wir mal durch, was wir bis jetzt haben.«

Beck beobachtete, wie Wagner davoneilte, und nahm einen Schluck von dem kochend heißen Getränk. Wagner hatte die weiße Fahne in Form von Cappuccino gehisst. Mal sehen, wie es weiterging. Irgendwann musste sein neuer Kollege sich doch mit der Situation abfinden. Vielleicht war dies jetzt ein erster Schritt?

Wagner kehrte mit seinem Becher zurück. »Ich habe den Wagen vom Parkplatz ausfindig gemacht. Halter ist ein gewisser Andreas Stein aus Braunschweig.«

»Sicher?«

»Ja, der Parkplatzwächter hat sich noch mal gemeldet, konnte sich doch noch an die Buchstaben erinnern, AS. Gibt nur einen alten Audi mit dem Kennzeichen. Ist übrigens bei uns bekannt, der Knabe: Drogen.«

Beck prostete Wagner mit dem Kaffee zu. »Und, weiß er was?«

»Hab ihn noch nicht angetroffen. In der Wohnung, in der er gemeldet ist, war er seit drei Tagen nicht mehr.«

»Seit drei Tagen?« Beck merkte auf.

Wagner nickte. »Genau. Seit Dienstag.« Er grinste, als Beck aufstöhnte.

»Das zieht ja Kreise. Wir fragen mal bei Schwarze nach.« Das war der Kollege aus dem Drogendezernat, der mit Becks Abteilung zusammenarbeitete. »Vielleicht hat der eine Ahnung, wo Stein stecken kann, wenn er nicht zu Hause ist.«

Wagner nickte. »Was ist mit diesem Daniel?«

Beck erzählte ihm, was er über den Fotografen herausgefunden hatte. »Ich weiß, wo er sein Studio hat. Frankfurter Straße.«

Wagner nickte und zog seinen Notizblock hervor. »Üble Gegend. Besser, wir fahren zu zweit hin.«

Beck nickte. »Vernünftig.«

Er gab keinen Kommentar zu seinem Alleingang im *Nights* ab, darauf zielte die Bemerkung Wagners wahrscheinlich ab. Aber diesen Köder würde er nicht fressen. Wenn es sein musste, spielte er eben den Chef, zumindest so lange, bis Wagner endlich begriffen hatte, dass er sich mit ihm abfinden musste. Er stand auf. »Also, dann lassen wir mal bei Daniel ein paar Nacktfotos von uns machen.«

Wagner feixte. »Wär doch ein hübsches Weihnachtsgeschenk für Ihre Freundin.«

»Welche Freundin?«

*

Sarah sank auf den mühsam ergatterten Stuhl, die Tüten um sich verteilend. Nur Wahnsinnige gingen am 23. Dezember einkaufen und dann noch mit Kind. Besagtem Kind jedoch schien das Gedränge nichts auszumachen. Konzentriert studierte Karla die Bilder auf der Eiskarte.

Sarah sah sich um. Das konnte noch Stunden dauern, bis ein Kellner geruhte, von ihnen Kenntnis zu nehmen.

Sie nahm eine Tüte hoch und spähte hinein. Der Weihnachtsschmuck war etwas verspielter ausgefallen, als Sarah geplant hatte: Engel, Weihnachtsmänner in Lokomotiven, Schlitten und anderen Fortbewegungsmitteln – und die Krönung war ein Rentier, das mit dem Kopf wackelte und »Merry Christmas« blökte. Das musste sie unbedingt verstecken, bevor Sascha und Filo kamen. Aber Karla war so begeistert von dem grausigen Tier gewesen, dass Sarah es nicht über das Herz gebracht hatte, es nicht zu kaufen.

Sie zog es aus der Tüte und stellte es auf den Tisch. Karla lachte entzückt und drückte auf den Kopf. Das Geblöke zog die Aufmerksamkeit einer Kellnerin auf sich, die an den Tisch kam, um die Bestellung aufzunehmen. Karla hatte sich einen riesigen Eisbecher ausgesucht, Sarah nahm nur einen Café latte. Die Fresserei ging früh genug los. Wenn Filo ihr Klamotten mitbrachte, wollte sie wenigstens noch reinpassen. In die graue Strickjacke. Sie seufzte.

»Du Sarah, hast du mir ein Weihnachtsgeschenk gekauft, als ich im Kinderparadies warten musste?«

»Nein, was glaubst du denn? Die Weihnachtsgeschenke bringt doch der Weihnachtsmann!«

»Und warum hast du dann für Asta Parfüm gekauft? Und für Luise ein Nachthemd?«

Ja, warum? »Weil der Weihnachtsmann zu viel zu tun hat, um den Erwachsenen auch noch Geschenke zu bringen, weißt du?« Sie beglückwünschte sich zu dieser genialen Interpretation der großen Weihnachtsfrage.

Karla bedachte die Antwort gründlich. »Aber es gibt doch gar keinen Weihnachtsmann!«

»Wer sagt das?« Sarah versuchte Zeit zu schinden.

»Die Kinder in der Schule! Die aus der Vierten!«

»Und was glaubst du?«

»Letztes Jahr war er bei uns, bei Mama und mir.«

»Hast du ihn gesehen?«

»Nein, aber seine Schlittenspur und auf dem Flur lag eine goldene Feder. Die hat der Weihnachtsengel verloren, hat Mama gesagt.«

»Na, da hast du doch den Beweis, oder?«

Karla nickte zweifelnd. In diesem Moment kam der Eisbecher und der Vormittag war gerettet. In Gedanken leistete Sarah Abbitte bei Claudia. Eine Mutter, die sich zu Weihnachten solche Mühe gab, dem Kind den Glauben an den Weihnachtsmann zu erhalten, konnte nicht nur oberflächlich und egozentrisch sein.

Warum war die Weihnachtsmanngeschichte eigentlich so wichtig? Mit einem Kind zu leben, musste ja eine ständige Gratwanderung zwischen Wahrheit und Lügen sein, Lügen zum Erhalt des Weihnachtszaubers, Lügen zum Schutz der Eltern (»Nein, es gab kein *Superwoman*-Kostüm mehr«), Lügen zum Schutz des Kindes (»Nein, deine Freundin spinnt, wenn sie sagt, dass du in den Leggins dick aussiehst«) und unverzeihliche Lügen (»Deine Mama kommt bald wieder«).

Nun, diese Lüge zumindest hatte Karla bereits aufgedeckt und sich der Realität mutiger gestellt als Sarah selbst. Vielleicht sollte man Kindern grundsätzlich die Wahrheit sagen. Entwürdigte man sie nicht, indem man sie anlog?

War Claudia aufrichtig zu Karla gewesen? Was hatte sie ihr erzählt, wenn sie sie abends allein ließ?

»Sag mal, Karla, hat … hatte Mama eigentlich einen Freund?« War sie noch zu retten? Warum fragte sie so etwas? Sie war zur Ablenkung mit dem Kind hier!

Doch Karla schien die Frage nicht zu stören, im Gegenteil, bei der Erwähnung ihrer Mutter hellte sich ihr kleines Gesicht sichtbar auf. »Ja, Dennis. Aber der ist doof.«

»Dennis? Weißt du seinen Nachnamen?«

»Nö.« Karla tauchte ihren langen Löffel in den Eisbecher.

»Warum ist er doof?« Sarah presste gespannt die Lippen aufeinander.

Karla verzog ihr hübsches Gesicht zu einer weinerlichen Fratze. »›Ich liebe dich, ich liebe dich! Ich hasse dich, ich hasse dich!‹«

Sollte dieser Dennis tatsächlich in solch jämmerlichem Falsett gesprochen haben, müsste sich Claudias Geschmack drastisch geändert haben, dachte Sarah, wider Willen amüsiert. »Das hat er gesagt? Zu Claudia?«

»Ja. Ich hab sie belauscht, weil ich Angst hatte, dass Dennis mein neuer Vater wird. Bäh!«

»Und warum hasste Dennis deine Mama?« Sarah konnte nicht aufhören und verachtete sich dafür. Nach dem Grund für seine Liebe musste sie nicht fragen. Warum hatten Männer Claudia geliebt? Warum liebten sie eine strahlend schöne Frau mit einem Lächeln, das die Erfüllung aller sexuellen Träume verhieß?

Karla zuckte mit einer mageren Schulter. »Weil sie ihn nicht heiraten wollte, glaube ich. ›Du liebst mich nicht genug!‹« Wieder die weinerliche Falsettstimme. »Und dann hat er Mama gehauen.«

»Gehauen? Er hat Claudia geschlagen?« Sarah bemerkte, dass ihre Stimme vor Empörung schrill wurde, und räusperte sich.

»Ja. Und Mama hat gesagt: ›Raus!‹ Und da bin ich schnell die Treppe hochgelaufen, damit sie mich nicht sehen. Gehst du noch mit mir auf den Weihnachtsmarkt?«

»Was? Ja, wenn … wenn du das möchtest, natürlich.« Konfus sah sich Sarah nach ihren Tüten um.

Claudia war von ihrem Liebhaber gehasst und geschlagen worden. Und vielleicht auch umgebracht?

*

»Hier ist es.« Wagner fuhr rechts ran. Ein leicht ramponiertes Haus mit der für die Gegend typischen schmucklosen Eckkneipe im Erdgeschoss verwies mit einem Schild auf das Profi-Studio Arnold. Ein Pin-up-Mädchen im Stil der Fünfziger Jahre war ein Hinweis auf die Art der Aufnahmen, die hier gemacht wurden. »Ob man davon leben kann, in Braunschweig?«

Beck zuckte mit den Schultern. »Keine Ahnung, das können wir den Herrn ja gleich selber fragen.«

Sie gingen über einen unaufgeräumten Hinterhof, an dessen Rückseite eine alte Autowerkstatt lag. Vorhänge vor den großen Glasscheiben verwehrten den Einblick in das Innere. Beck drückte auf einen wenig Vertrauen erweckenden Klingelknopf. Wie erwartet blieb der Signalton aus, dafür blieb der Knopf stecken. Wagner wummerte gegen die Glassscheibe. »Herr Arnold!?«

Beck drehte sich zum Wohnhaus hinter ihm um. Aus einem Fenster im ersten Stock steckte jemand den Kopf heraus. Die unvermeidliche Kontrollinstanz der neugierigen Nachbarin war doch überall auf dem Posten. »Na, hatter ma wieder Ärger?«

»Wieso, hat er das öfter?«

»Wer will'n das wissen?«

»Wir müssen dringend mit Herrn Arnold sprechen«, wich Beck der Antwort aus.

»So, müssen Se das? Der is aber nich da, der Herr Arnold.«

»Wissen Sie, wo Herr Arnold zu erreichen ist?«

»Warten Se, ich komm ma runter.«

Der Kopf verschwand und Beck seufzte. Fruchtlose Gespräche mit Nachbarn, die die Gelegenheit nutzen wollten, etwas über ihre Mitbewohner zu erfahren, statt Informationen zu liefern, kannte er zur Genüge. Aber vielleicht wusste die Frau wenigstens, wo Arnold wohnte.

Da kam sie auch schon zur Hintertür herausgeschlurft. Ihren übergewichtigen Körper in eine blumige Kittelschürze gehüllt, die die fetten, schlecht gewickelten Waden sehen ließ, war sie überraschend schnell heran. »Tach. Frau Dubinski is maan Name. Ich bin die Hausmaasterin.«

»Dann haben Sie doch bestimmt einen Schlüssel hier zum Studio?«

»Könnte saan.«

Beck zückte seinen Ausweis.

»Ach, nee, guck ma an. Für'n Bullen sind Se aber aagentlich zu hübsch.«

»So, finden Sie?« Wagner scharrte mit den Füßen. Beck vermied seinen Blick. »Zu welchen Zeiten kommt Herr Arnold denn im Allgemeinen in sein Studio?«

»Mal so, mal so. Maastens abends.«

»Wissen Sie, wo Herr Arnold wohnt?«

»Der wohnt glaach hier um die Ecke, Ebertstraße, das große, waaße Eckhaus.«

Beck nickte Wagner zu. »Dann wollen wir mal.«

»Was hat er denn ausgefressen?«

»Wahrscheinlich gar nichts.« Beck wandte sich zum Gehen.

In diesem Moment preschte ein kleiner, elfenbeinfarbener Sportwagen in den Hinterhof und hielt unmittelbar vor Becks Füßen, der unwillkürlich zurückgewichen war.

»Alfa, Baujahr 1953 oder 54«, murmelte Wagner. Aus dem Oldtimer wand sich ein blonder, braungebrannter Mann, der die kleine Versammlung befremdet betrachtete.

»Herr Arnold?« Der Blonde nickte und Beck trat vor, um ihm seinen Ausweis zu zeigen. »Wir würden uns gerne mit Ihnen unterhalten.« Arnold zuckte die Achseln und schloss die Tür zu seinem Studio auf, Beck und Wagner folgten.

»Herr Arnold!?« Frau Dubinski drängelte ebenfalls über die Schwelle. »Herr Arnold!«

»Was ist denn!« Dem ungeduldigen Ton zufolge gehörte die Hausmeisterin nicht zu Arnolds engsten Freundinnen.

»Gestern war aan Mädchen für Sie da. Sie wollte sie unbedingt sprechen, aber Se ham ja gesagt, dass ich Ihre Adresse nich rausgeben darf.«

»Ja, ja. Die wird schon wiederkommen.«

»Gewaant hat se und hat gesagt, es wär ganz dringend.«

»Ja, ist gut.«

»Julia haaßt se, soll ich sagen und Se sollen sich baa ihr melden!«

»Mach ich.«

Sein schroffer Ton hielt Frau Dubinski nicht davon ab, weiter in das Halbdunkel des Raumes vorzudringen und sich umzusehen. »Soll ich hier nich mal wieder saubermachen, Herr Arnold, wär mal nötig.«

Arnold zog die dunkelroten Vorhänge vor dem großen Frontfenster zurück. Trübes Tageslicht erhellte eine Szenerie, der die rötliche Dämmerung besser bekommen war. Beck musste Frau Dubinski recht geben. Hier konnte wirklich mal Ordnung gemacht werden.

Vor den rohen Backsteinwänden des riesigen Raumes standen Scheinwerfer auf ein großes, schmiedeeisernes Bett gerichtet, das mit zerwühlten weißen Laken bedeckt war. Lichtreflektoren lehnten an der einen Seitenwand, an der gegenüberliegenden Mauer stapelten sich Requisiten und Kostüme. Ein überdimensionaler Spiegel mit vergoldetem Rahmen warf das Bild des Bettes in den Raum zurück. Auf einem großen Tisch am Fenster herrschte ein heilloses Durcheinander von Foto-Utensilien, künstlichen Rosenblättern, Sektgläsern, Champagnerflaschen und schmutzigen Tellern. Auf dem Fußboden lag ein schmutzig-weißer Flokati, in dessen wolligen Haaren sich unter anderem ein schwarzer Spitzentanga verfangen hatte.

Beck musste an Jankowskis Atelier denken, in dem genauso eine Unordnung geherrscht hatte. Dennoch hatte er sich dort sofort wohlgefühlt. Hier hingegen hatte das Chaos nichts Kreatives. Es wirkte schlampig und irgendwie bedrückend.

Arnold warf sich auf einen Barocksessel, der mit bronzefarbenem Brokat bespannt war, und blickte finster auf die Hausmeisterin. »Das klären wir später. Und jetzt – Abgang.« Ungeduldig wedelte er Frau Dubinski zur Tür hinaus.

Mit einer lässigen Handbewegung wies Arnold auf die leeren Stühle am Tisch. Wagner wischte ein schwarzes Negligé von einem Klappstuhl und ließ sich darauf nieder. Beck beobachtete amüsiert den zögerlichen Rückzug der Hausmeisterin und setzte sich, nachdem die Tür äußerst langsam geschlossen worden war.

»Worum geht's?« Daniel Arnold war offensichtlich kein Freund langer Reden. Das graue Licht des Vormittags ließ das hübsche, jungenhafte Gesicht verlebt aussehen. Doch älter als dreißig, dachte Beck. Das Gold der im modischen Britpop-Stil geschnittenen halblangen Haare stammte bei genauem Hinsehen aus der – wenn auch bestimmt teuren – Tube. »Sie kennen Claudia Ahrendt?«

»Ja. Hab schon öfter Fotos mit ihr gemacht.«

»Wo waren Sie Dienstagnacht zwischen dreiundzwanzig und vier Uhr?«

Arnold lachte auf und holte eine Sektflache aus einem kleinen Kühlschrank hinter sich. »Im *Nights*. Aber das wissen Sie sicher schon.«

»Wie lange genau waren Sie im *Nights*?«

Arnold ließ den Korken knallen. »Tja. Ich schätze mal so bis zwei. Aber auf die Minute genau kann ich es nicht sagen.«

»Haben Sie dort mit Claudia Ahrendt gesprochen?«

»Hab ich. Sie war noch da, als ich ging.«

»Wussten Sie schon, dass Frau Ahrendt ermordet worden ist?«

Arnold schenkte sich Sekt in ein fleckiges Glas. Seine Hand zitterte nicht. »Nein.«

»Was sagen Sie dazu?«

Arnold nahm einen langen Schluck und zuckte die

Achseln. »Was soll ich sagen? Schade. Sie war ein gutes Modell, ziemlich professionell.«

»Was heißt das?«

»Machte keine Zicken, folgte den Anweisungen, war nicht zimperlich.«

»Und zimperlich darf man bei Ihnen nicht sein?«, brachte sich Wagner in das Gespräch.

»Nee. Ich hab hier genug Tussis erlebt, die wussten, dass es um Aktaufnahmen geht, und sich dann zu fein waren, ihr Höschen auszuziehen.«

»Würden Sie sagen, dass Sie Aktaufnahmen machen?«

»Worauf wollen Sie hinaus? Pornografie? Mache ich auch. Nur von ästhetischen Dämchen in weißen Schleiern kann man nicht leben.«

»Haben Sie mit Claudia auch pornografische Aufnahmen gemacht?«

»Habe ich.«

»Können Sie mir so ein Foto mal zeigen?«

Arnold grinste. »Dient das denn den Ermittlungen?«

Beck ballte die Hand in der Manteltasche. »Ich muss mir ein Bild machen, auch vom Umfeld und, wenn möglich, von der Lebensweise und Einstellung des Opfers.«

»Aha.« Arnold stand auf und wühlte in einem Regal mit zahlreichen Ordnern. »Hier.« Er warf mehrere großformatige Fotos auf den Tisch.

Beck und Wagner nahmen sich einige Aufnahmen und vermieden es, sich anzuschauen. Beck betrachtete seine. Claudia allein und Claudia mit einem Mann, Claudia mit zwei Männern. Die Fotos ließen keinen Zweifel an der anatomischen Beschaffenheit aller Beteiligten aufkommen. Wieder fühlte Beck dieselbe unwillkommene Erregung in sich aufsteigen wie schon in Veltens Wohnung. Selbst auf diesen drastischen Aufnahmen, deren Anliegen ganz sicher nicht Ästhetik war, wirkte Claudia Ahrendt wunderschön.

Trotzdem – wie konnte man sich so was antun. Eine so schöne und sicher auch nicht dumme Frau …

Wagner räusperte sich unbehaglich und brachte Beck in die Realität zurück.

Arnold betrachtete Beck lauernd. »Heiß, nicht?«

»So würde ich es nicht nennen.«

»Ach nee? Na ja, das gibt ja selten mal einer zu, dass ihn solche Fotos anmachen.«

»Worüber haben Sie denn am Dienstagabend mit Claudia Ahrendt gesprochen?«

Arnold schenkte sich nach. »Über neue Fotos. Sie verkaufte sich gut, die Claudia. Und über diesen kleinen Pisser, Velten, mit dem sie öfter herumzog. An dem Abend hatte sie mit dem Schluss gemacht. Wurde auch Zeit. Der war ja nicht auszuhalten mit seinem ewigen Geschmachte. Hab sowieso nie verstanden, was sie an dem fand.«

»Vielleicht war es der Wunsch, geliebt zu werden, um ihrer Person willen und nicht nur wegen ihres schönen Körpers?«

Arnold schnaubte verächtlich. »Ich wein gleich. Glauben Sie vielleicht, das kleine Muttersöhnchen hätte Clau geliebt, wenn sie nicht so geil ausgesehen hätte? Der konnte es doch auch kaum abwarten, mit ihr ins Bett zu kommen!«

»Arme Claudia.«

»Das ist der Preis.«

»Der Preis wofür?«

»Für Schönheit. Andere Frauen hätten ihr halbes Leben gegeben für einen Körper wie den von Clau.«

»Hatten Sie eigentlich auch ein Verhältnis mit Claudia?«

»Verhältnis würde ich das nicht nennen. Wir haben ab und an zusammen geschlafen. Das entspannt die Atmosphäre für die Fotos, wenn Sie verstehen.«

»Gibt es Zeugen für Ihren Weggang aus dem *Nights* am Dienstag?«

»Jede Menge. Der Türsteher, Pierre, der Barkeeper zum Beispiel.«

»Kennen Sie Jürgen Morowski? Den Manager von *Lion's Crest*?«

Der Blick von Arnolds strahlend blauen Augen wurde kalt. »Flüchtig. Nur aus dem *Nights*.«

»Aha. War Morowski noch da, als Sie gingen?«

»Nein. Nein, ich glaube nicht.«

»Sie haben keinen Hinweis, wer Claudia Ahrendt nach dem Leben getrachtet haben könnte? Ich nehme an, Sie selbst waren es natürlich nicht?«

Arnold lachte auf. »Nein, diesmal nicht. Und nein, ich habe keine Ahnung. Irgendein geiler Bock wahrscheinlich.«

Beck stand auf. »Sie hören noch von uns. Wagner?«

Wagner schüttelte den Kopf. »Nein, keine Fragen.«

Beck öffnete die Tür, froh, der bedrückenden und schwülen Atmosphäre des Studios zu entkommen. Das Gluckern des Champagners im Glas klang noch im Wagen in seinen Ohren nach. Cheers.

8. Kapitel

Nachdenklich ging Sarah über den Hof voraus, dicht gefolgt von Beck und der Polizeipsychologin. Ernst und unnatürlich gefasst hatte Karla die vorsichtigen Fragen der Psychologin beantwortet. Keine einzige Träne hatte sie vergossen. War das normal? Sarah war dieses Verhalten unheimlich. Aber nachdem die Kleine mit Asta in der Küche verschwunden war, hatte Frau Mendel gemeint, Karla würde die Tragödie zunächst verdrängen, das sei ein natürlicher Schutzmechanismus bei Kindern. Sie war sehr angetan gewesen von Karlas Einbindung in Sarahs Familie und hatte wohlwollend die beiden Hunde vermerkt, die ihrer Meinung nach zur Stabilisierung und Stütze Karlas beitrugen.

Das konnte doch nur bedeuten, dass die Psychologin Sarahs Wunsch, Karla bei sich zu behalten, unterstützen würde, oder? Sarah drückte unwillkürlich ihre Daumen.

Sie öffnete die Tür zu ihrem Salon, dessen Kamin sie heute Morgen extra eingeheizt hatte, und wies einladend auf die Sitzgruppe vor dem hohen Fenster zum Park. »Möchten Sie noch einen Kaffee? Oder ein Wasser?«

»Nein danke, ich jedenfalls nicht.« Viktoria Mendel stellte ihre Aktentasche neben den Stuhl. »Ich muss gleich weiter. Aber Giovanni vielleicht?«

»Nein, mein Koffeinbedarf ist für heute mehr als gedeckt, danke. Ich hebe gleich ab.« Beck lächelte Sarah freundlich an.

Giovanni, dachte Sarah. Dieser Mann, der so blond und blauäugig war wie ein Werbemodel für schwedisches Knäckebrot, hieß Giovanni. Sie sah ihn an und merkte, dass er genau wusste, was sie dachte. Himmel, wenn er grinste, war er noch hübscher. Sie fühlte, wie ihr das Blut in die Wangen stieg. Jetzt wurde sie auch noch rot wie ein Schulmädchen. Wie alt musste sie eigentlich noch werden, damit es ihr endlich mal gelang, überlegen und selbstsicher zu wirken, wenn sie einen Mann attraktiv fand?

Entschlossen löste sie ihren Blick aus dem schönen Gesicht des Kommissars. »Jetzt ist mir noch eins wichtig. Kann Karla bei mir bleiben? Wenigstens, bis alles aufgeklärt ist? Sie fühlt sich hier wohl, es wäre schrecklich, wenn sie jetzt zu ihren Großeltern müsste.«

»Ja, Giovanni erwähnte so etwas. Angesichts Ihres Berufs und Ihrer Beziehung zu dem Kind spricht, denke ich, nichts dagegen, zumindest für eine gewisse Zeit. Ich werde das mit der zuständigen Behörde regeln. Es ist ja wohl auch noch die Frage, ob Karla überhaupt zu ihren Großeltern gehen dürfte.« Die Psychologin warf dem Kommissar einen fragenden Blick zu.

»Oh. Sie meinen, auch Claudias Eltern stehen unter Verdacht?« Sarah wandte sich Beck überrascht zu.

Der zuckte mit seinen Achseln. »Zu diesem Zeitpunkt können wir noch nichts ausschließen.«

Zu ihrem Entsetzen spürte Sarah, wie ihr Tränen in die Augen schossen. Beck wühlte in seiner Manteltasche und reichte ihr ein Paket Taschentücher. »Entschuldigen Sie.« Sarah rang um Fassung. »Ich bin sonst nicht so eine Heulsuse, aber dieses Kind, das nirgendwo hin kann, es ist so ...« Ihr brach die Stimme.

Beck legte ihr eine Hand auf den Arm. »Schrecklich, ja, aber Gott sei Dank, hat sie ja Sie. Sie kümmern sich bestimmt hervorragend um Karla.«

Sarah schnaubte sich die Nase und wischte sich vorsichtig die verlaufene Wimperntusche von den Augenlidern. Super, Sarah, du hast es gerade mal eine Viertelstunde geschafft, einigermaßen gut auszusehen. Der Kommissar ist sicherlich tief beeindruckt von deinen schwarz verschmierten Augen. Egal. Was spielte das schon für eine Rolle angesichts des Grundes, aus dem sie Beck überhaupt begegnet war.

Frau Mendel stand auf und lächelte Sarah mitfühlend zu. »Ich werde mich jetzt verabschieden. Kommst du mit, Giovanni, oder hast du noch etwas zu besprechen?«

Sarah konnte sehen, wie sie dem Kommissar zublinzelte. Was sollte das denn?

Beck erhob sich höflich und reichte der Psychologin die Hand. »Ich bleibe noch einen Moment und fahre dann weiter, um Karlas Großvater zu vernehmen.«

Schnell setzte sich Sarah vom Sofa, auf dem auch Beck Platz genommen hatte, auf einen Stuhl. Ein bisschen mehr Abstand war nicht verkehrt. Außerdem saß sie jetzt mit dem Rücken zum Fenster, da fielen ihre verheulten Augen hoffentlich nicht so auf. Wie oberflächlich konnte man eigentlich sein? Sich um so etwas Gedanken zu machen, während ein Haus weiter ein kleines Mädchen saß, das gerade seine Mutter verloren hatte. Sarah kamen schon wieder die Tränen.

Beck überging das taktvoll. »Sie haben erzählt, dass Karla ihren Großvater beschuldigt hat. Was sagen Sie dazu? Wie gut kennen Sie Herrn Ahrendt?«

»Ich kenne ihn schon ewig, aber nicht gut. Als Kind hatte ich Angst vor ihm – er war sehr streng und brüllte schnell. Es kam auch gar nicht so selten vor, dass er Claudia und Christian schlug.«

»Trauen Sie ihm einen Mord zu?«

»An seiner eigenen Tochter? Nein. Ich würde ihm zutrauen, dass er im Jähzorn jemanden erschlägt, vielleicht.«

»Hat ihn denn seine Tochter wütend gemacht?«

»Wütend gemacht ist gar kein Ausdruck. Er hat ...«. Sarahs Stimme erstarb. »Oh, Gott, meinen Sie wirklich ...?«

»Ich meine noch gar nichts. Ich frage Sie nur, ob es für Sie vorstellbar wäre.«

Sarah nickte langsam. »Wenn ich ehrlich bin, vorstellbar wäre es. Ich erinnere mich, dass er früher immer puterrot anlief, wenn er aus Wut schrie. Einmal hat er Claudia regelrecht ins Auto gestoßen, weil sie zu spät aus der Schule kam. Dabei ist sie mit dem Kopf an den Türrahmen gestoßen und hatte tagelang einen dunkelblauen Fleck auf der Stirn.«

Beck nickte. »Ein Choleriker. So habe ich ihn auch eingeschätzt.«

Siedend heiß fiel ihr das Gespräch im Eiscafé wieder ein. »Karla hat erwähnt ... ich weiß ja nicht, ob es überhaupt wichtig ist, aber ...« Mein Gott, was stammelte sie sich nur zusammen?

»Alles ist im Augenblick wichtig.« Beck beugte sich nach vorn und wartete.

»Claudias Freund Dennis hat sie geschlagen. Er soll ›ich hasse dich‹ zu ihr gesagt haben, Karla hat es gehört.«

Beck nickte, der Name Dennis schien ihm nicht neu

zu sein. Was hast du denn gedacht, Dittmann? Dass er vor Dankbarkeit in Tränen ausbricht, weil du ihm den alles entscheidenden Hinweis für seine Ermittlungen gegeben hast?

»Das ist interessant.« Na, wenigstens etwas. »Wissen Sie sonst noch etwas über Menschen aus Claudias Umfeld? Männer?«

»Nein, gar nichts. Aber sie war ja auch noch nicht lange wieder hier. So viele Bekanntschaften kann sie eigentlich nicht gemacht haben in der kurzen Zeit, obwohl ...« Hör auf, Petze.

»Obwohl?« Beck zog fragend eine blonde Braue hoch.

»Na ja, Claudia liefen die Männer eben nach. Daran wird sich nichts geändert haben.«

»Würden Sie sagen, dass sie ... nun, etwas wahllos war?«

»Nein!« Sarah schüttelte vehement den Kopf. Warum konnte sie bloß ihre Klappe nicht halten? Eine schöne Freundin, die ihre alte Vertraute posthum in Verruf brachte. »Nein, ich würde eher sagen ... sorglos. Ja, das trifft es. Sie hat sich nichts dabei gedacht, wenn die Kerle ihr mit gebrochenem Herzen zu Füßen lagen. Sie lachte und ging weiter.« Du redest einen Schwulst, Dittmann, einfach peinlich.

»Also herzlos?«

Sarah seufzte. »Nein. Ach, ich kann es nicht erklären. Die Liebe ihrer Anbeter hatte einfach nichts mit ihr zu tun, verstehen Sie. Sie hatte nicht um sie gebeten.«

»Hm. Ihre Sichtweise von Claudias Charakter ist sehr hilfreich für mich, ich ...« Ein Hundekläffen durchbrach die Stille, gefolgt von trippelnden Schritten auf der Küchentreppe.

»Ach, hier bist du!« Luise wehte zur Tür hinein. »Oh – und der hübsche Herr Kommissar ist auch da, wie reizend.« Gehüllt in ein schimmerndes weißes Kleid aus Seide, die zarten Schultern nur notdürftig mit einem Schal gegen die Kälte bedeckt, verbreitete sie einen

Glanz, der den dämmrigen Salon heller erscheinen ließ. Marilyn sprang von ihrem Arm und lief zu Sarah, die pflichtschuldig das weiße Fell kraulte.

Beck stand höflich auf und gab Luise die Hand. »Frau von Warberg.«

»Wie schön, dass Sie uns besuchen.« Sie strahlte ihn an.

»Herr Beck ist beruflich hier, Luise.« Sarah fand, es war Zeit, daran zu erinnern, bevor Luise dem Kommissar um den Hals fiel.

»Ja, natürlich, wie grässlich, das arme Kind. Aber vielleicht haben Sie ja noch etwas Zeit, mit uns ein Gläschen Champagner zu trinken? Das heißt, falls du noch welchen hast, Sarahchen, meiner ist leider schon wieder alle. Ich weiß auch nicht, wo das Zeug immer bleibt.«

Aber ich, dachte Sarah.

Beck lächelte. »Das würde ich sehr gern, aber leider habe ich noch einen Termin.«

»Oh, wie schade! Wir haben hier so selten einen schönen Mann im Haus. Vor allem Sarah ...«

»Was wolltest du denn von mir, Luise?«, fiel ihr Sarah hastig ins Wort. Ich bringe sie um. Noch ein Wort und der Kommissar bekommt noch ein bisschen Arbeit dazu.

»Ach ja – den Champagner. Kannst du mir aushelfen?«

Sarah verzichtete auf die Frage, warum Luise nachmittags um drei schon wieder Kreislaufprobleme hatte, und holte ihre letzte Flasche aus dem Kühlschrank.

Luise nahm sie entgegen und wandte sich bedauernd an Beck. »Wirklich schade. Aber na ja, vielleicht ein anderes Mal?«

»Sehr gern.« Beck deutete eine kleine Verbeugung an.

»Also, auf ein baldiges Wiedersehen. Komm, Marilyn.« In weißen Wogen aus Fell und Seide flatterten Hund und Frau aus dem Salon. An der Tür blieb Luise noch einmal stehen. »Ach, was für ein schönes Bild ihr beiden abgebt. Es geht doch nichts über den Anblick schöner, junger Menschen, die ...«

»Luise!« Sarah gab ihrer Stimme den schneidenden Klang, mit dem sie in der Schule ungezogene Kinder zur Räson brachte.

Luise hob die Champagnerflasche und verschwand. Endlich.

»Der Hund heißt Marilyn?« Beck war amüsiert.

»Ja, nach Marilyn Monroe. Sie ist Luises großes Vorbild.« Sarah lachte verlegen.

»Dem kommt sie aber ziemlich nahe. Wie alt ist Ihre Tante, wenn ich fragen darf?«

»Das dürfen Sie eigentlich nicht, aber ich sag's Ihnen trotzdem. Achtundsiebzig.« Rache ist süß.

»Unglaublich. Ich hätte sie wesentlich jünger geschätzt.«

»Mit diesem Satz hätten Sie endgültig Luises Herz auf immer gewonnen.« Freut mich, dass du dich so sehr für meine alte Tante interessierst. Nicht viele Frauen können von sich behaupten, dass sie von einer fast Achtzigjährigen ausgestochen werden.

Beck lachte. »Na, dann lasse ich Sie jetzt mal in Ruhe Ihren Champagner trinken. Ich muss los.«

Schade, dachte Sarah, jetzt sehe ich dich bestimmt nicht wieder, es gibt ja nichts mehr zu sagen.

Beck stand auf und zögerte. »Ich … ich denke, ich komme nach Weihnachten noch einmal vorbei, um nach Karla zu sehen. Ich … Sie könnten mir auch weiterhin helfen, Claudia Ahrendts Charakter und Umfeld besser einzuschätzen, es …« Er brach ab und hüstelte.

»Ja, das ist sicher gut. Sie müssen bestimmt kontrollieren, ob Karla hier gut aufgehoben ist, nicht?« Natürlich, Sarah drehte innerlich die Augen gen Himmel, und vor allem musste er kontrollieren, ob Karlas Betreuerin noch alle Tassen im Schrank hatte.

»Nein, davon bin ich eigentlich überzeugt. Aber … vielleicht fällt Karla ja noch etwas ein, oder Ihnen?«

»Ja, vielleicht.« Sarah reichte ihm die Hand und zwang sich, ein charmantes Lächeln aufzusetzen, so wie sie es früher hundert Mal vor dem Spiegel geübt hatte. Wenigstens zum Schluss noch ein gutes Bild abgeben.

Beck lächelte zurück und nahm ihre Hand. »Frohe Weihnachten.«

»Ja, das wünsche ich Ihnen und Ihrer Familie auch.«

»Keine Familie. Nur ein Vater, mit dem ich ein Männerweihnachten verbringen werde.«

»Männerweihnachten?«

»Kein Baum, keine Gans, keine Geschenke.«

Sarah lachte. »Dafür Bier und Fußball?«

»Nein, eher Champagner und Golf. Mein Vater ist eine etwas verfeinerte Sorte Mann.«

Und Sie? hätte Sarah am liebsten gefragt. Was sind Sie für eine Sorte Mann? Eine Sorte ohne Familie, ohne Frau, ohne Freundin? Haben Sie vielleicht Bedarf?

»Oder nicht?«

Sarah zuckte zusammen. »Wie bitte?«

»Es ist bestimmt Ihr erstes Weihnachten mit Kind?«

Sarah nickte. »Wir feiern Frauenweihnachten.«

»Ach ja?« Beck grinste.

»Ein großer Baum, gute Vorsätze, nächstes Jahr vielleicht doch nur zwanzig Kilo Schmuck daran zu hängen, eine fette Gans mit anschließenden Diätschwüren, kleine, glitzernde Geschenke mit heimlichen Umtauschplänen. Einfach perfekt.«

»Ich glaube, ich würde lieber bei Ihnen mitfeiern.« Beck schmunzelte.

Tja, das wäre nicht das Schlechteste, Giovanni, dachte Sarah. »Wünschen Sie sich das nicht, Herr Beck, Sie hätten nach einer Stunde den Baum noch einmal neu eingefußt, die Gans zerlegt, den Ofen befeuert und das Auto repariert. Schließlich müssten wir das ausnutzen, wenn wir schon einmal einen Mann im Haus hätten.« Sie begleitete Beck durch die Halle und öffnete ihm die Tür.

»Sarah!« Astas Stimme tönte über den Hof. »Kommst du zum Tee rüber? Karla fragt schon nach dir.«

Oh, Asta, warum musst du immer so pünktlich sein?

»Na, dann guten Appetit«, wünschte Beck und wandte sich zum Gehen.

»Danke – und bis bald.« Sarah sah ihm nach und zog die Tür hinter sich zu.

Verdammt, jetzt hatte sie sich ausgesperrt.

*

Beck eilte über den Hof zu seinem Wagen. Warum war es ihm eigentlich so wichtig gewesen, der hübschen Frau Dittmann mitzuteilen, dass er keine Familie hatte? Sie gefiel ihm, ja, aber das taten viele Frauen. Im Rückblick befürchtete er, sich lächerlich gemacht zu haben. ›Ich komme noch einmal, um nach Karla zu sehen‹, einfach dämlich. War er seit Neuestem bei der Fürsorge angestellt, oder wie?

Er schüttelte den Kopf und stieg ein. Jetzt musste er von der schönen Sarah auf den weniger attraktiven Ahrendt umschalten. Er seufzte und fuhr die holprige Gasse hinunter, weg von dem hübschen Schlösschen. Er fühlte ein ihm unverständliches Bedauern, fast ein Gefühl wie Heimweh. Letzten Endes erwischte die Weihnachtsdepression doch jeden.

Er hielt vor dem dunklen Prachtbau der Ahrendts und ging die Treppen hoch zur Haustür. Diesmal kündigte kein Gebell sein Kommen an. Er wandte den Kopf und sah, dass die Zwinger leer waren. War der Hausherr etwa zur Jagd? Fast wünschte er es sich. Doch da wurde auf sein Klopfen schon die Haustür geöffnet. Frau Ahrendt, diesmal in ein rosa Twinset gekleidet, musterte ihn befremdet.

»Guten Tag, Frau Ahrendt, ich würde mich gern noch einmal mit Ihrem Mann unterhalten. Ist er zu sprechen?«

Die Dame des Hauses wurde noch etwas blasser, wenn das überhaupt möglich war, und nickte zögernd. »Er ist in seinem Arbeitszimmer. Aber in einer halben Stunde muss er zur Gemeinderatssitzung.«

»Das macht nichts.« Beck trat ein und wurde durch die Halle geführt.

Wieder flößte ihm die ebenholzfarbene Pracht dieses Raumes Unbehagen ein. Jeder seiner Schritte hallte von den Wänden zurück. Vor einer doppelflügeligen Tür blieb Frau Ahrendt stehen und klopfte leise. Wie ein Dienstmädchen, dachte Beck. Auf einen unwirschen Laut hin, der von ihr anscheinend als ›Herein‹ gedeutet wurde, öffnete sie die Tür.

Sofort sprangen vier silbrig schimmernde Weimaranerhunde, die vor dem brennenden Kamin gelegen hatten, auf und kamen auf Beck zu. Ahrendt saß hinter einem riesigen dunklen Schreibtisch aus der Gründerzeit und sah auf. »Was gibt es denn noch? Ich dachte, wir hätten alles besprochen?«

»Guten Tag, Herr Ahrendt.« Beck gab sich betont höflich.

Die Hunde bedrängten ihn und einer fing an zu knurren. Ahrendt lehnte sich in seinem Stuhl zurück und dachte gar nicht daran, die Tiere zurückzupfeifen. Beck sah sich nach Frau Ahrendt um, aber die schien mehr Angst vor den Hunden zu haben als er selbst und war schon zur Tür zurückgegangen. Was für ein gastfreundliches Haus, dachte Beck und rührte sich nicht.

»Was wollen Sie?«, wiederholte Ahrendt seine Frage.

»Das sage ich Ihnen, wenn ich nicht mehr befürchten muss, morgen als Hundefutter eingekocht zu werden.«

Ahrendt lachte auf. »Die tun doch nichts. Dass ihr Stadtmenschen immer so eine Angst vor Hunden habt. Sitz!«, bequemte er sich endlich, von Becks misslicher Lage Kenntnis zu nehmen. Sofort setzten sich alle Hunde hin und sahen ihren Herrn aufmerksam an. »Legt euch!« Wie ferngesteuert bewegten sich die Tiere Richtung Kamin und legten sich dort wieder hin. »Man darf keine Angst zeigen. Sie brauchen eine strenge Hand, dann parieren sie auch.«

»Haben Sie nach dieser Devise auch Ihre Kinder erzogen?« Beck ging die Selbstgefälligkeit dieses unsensiblen Tyrannen auf die Nerven.

»Bitte? Das geht Sie ja wohl nichts an!«

»Das sehen wir noch, Herr Ahrendt.« Beck konnte auch schneidend werden, wenn es nötig war. »Sie haben vergessen zu erwähnen, dass Sie an dem Abend, an dem Ihre Tochter zu Tode kam, noch bei ihr waren.«

»Wer hat das behauptet?« Ahrendt lief dunkelrot an.

»Ihre Enkelin hat einen Streit zwischen Ihnen und Ihrer Tochter gehört.«

»Und dieser kleinen Kröte glauben Sie?«

»Ja, das tue ich. Unsere Psychologin hat ihre Glaubwürdigkeit bestätigt. Außerdem haben wir einen Zeugen, der Sie in das Haus Ihrer Tochter hat gehen sehen.« Das war ein Bluff, aber vielleicht ließ sich sogar wirklich jemand auftreiben. Schließlich konnte es ja noch nicht allzu spät gewesen sein.

Ahrendt fuhr sich mit der Hand in den Stiernacken. »Wer soll das denn gewesen sein?«

»Tut mir leid, das darf ich Ihnen nicht sagen.«

»Na ja, also gut, ich war dort.«

»Warum?«

»Bestimmt nicht, weil ich sie umbringen wollte«, brauste Ahrendt auf.

»Bitte mäßigen Sie Ihren Ton. Sie wissen sicher, dass eine Falschaussage als Behinderung der Ermittlungen gesehen wird und strafrechtlich verfolgt werden kann?« Langsam wurde es Beck zu bunt. »Also? Warum?«

Ahrendt erkannte, dass er in der schwächeren Position war und schwenkte auf einen versöhnlichen Ton um, der in Beck einen Würgereiz auslöste. »Herr Kommissar, ich gebe zu, das war nicht recht von mir. Aber ich habe im Ort eine Position inne und man will doch nicht, dass die Leute reden, Sie verstehen? Das ist doch menschlich, oder?«

Das mag vielleicht menschlich sein, dachte Beck, aber du bist es nicht. »Sie haben meine Frage noch nicht beantwortet.«

»Claudia wollte mal wieder Geld von mir. Viel Geld. Das war schon immer alles, was sie von mir wollte.«

»Wofür wollte sie diesmal Geld von Ihnen?«

»Sie wollte eine Berufsausbildung machen, als Kosmetikerin, dass ich nicht lache!«

»Warum? Das ist doch ein anständiger Beruf?«

»Claudia hatte Abitur! Sie hätte studieren können! Aber da muss man sich ja anstrengen! Und dann wollte Madam natürlich auch gleich noch Geld, um sich selbstständig zu machen. Hier in Avessen oder in Königslutter, das hätte mir gerade noch gefehlt!«

»Hätten Sie sich nicht eigentlich freuen müssen, dass Ihre einzige Tochter heimgekehrt ist? Vielleicht hätten Sie ja Ihr Verhältnis zu ihr nach und nach verbessern können?«

»Ja, vielleicht. Wenn es im Juli schneit. Sie wollte bloß zurück an die Geldquelle. Mir wäre es lieber gewesen, sie wäre in München geblieben, da hatte ich meine Ruhe. Immer hat sie nur Unfrieden gestiftet, dieses Mädchen.«

»Sie haben sich also mit Ihrer Tochter am Dienstagabend um Geld gestritten. Es muss ja hoch hergegangen sein, wenn Karla Sie oben in ihrem Zimmer gehört hat.«

»Ja, ich habe mich aufgeregt und habe sie angeschrien. Sie hat zurückgebrüllt. Sie hat mich schon immer in Rage gebracht, Claudia, das konnte sie gut. Früher hat sie oft zu mir gesagt, irgendwann trifft dich mal der Schlag, Papa, wenn du mich anschreist, und das wird ein guter Tag für mich sein.« Ahrendt zog ein Taschentuch aus seiner Hausjacke und wischte sich die Stirn.

»Wie kam es denn, dass Sie so ein ungewöhnlich schlechtes Verhältnis zu Ihrer Tochter hatten?« Beck wollte verhindern, dass Ahrendt noch tiefer im Selbstmitleid versank.

»Was weiß ich. Ich konnte ihr nie was recht machen.

Ich habe Ihnen doch schon gesagt, ich habe mich nie lumpen lassen, was meine Kinder betraf. Sie haben alles bekommen …«

»… was Geld kaufen kann?«, unterbrach Beck.

»Wie meinen Sie das?«

»Haben Sie Ihre Kinder geliebt?«

»Was soll diese Frage? Das ist eine Unverschämtheit!« Ahrendt schlug mit der Faust auf den Schreibtisch.

Beck konnte sich gut vorstellen, dass er mit solchen Auftritten seine mäuschenhafte Ehefrau und seine Kinder beeindruckt und verstört hatte. Aber anscheinend nicht Claudia. Zumindest nicht, seit diese älter geworden war.

»Natürlich habe ich meine Kinder geliebt!«, tobte Ahrendt. »Jeder Vater liebt seine Kinder!«

Die hohe Flügeltür ging in Becks Rücken auf. »Wilhelm, so beruhige dich doch. Denk an dein Herz.« Das Mäuschen hatte sich in die Höhle getraut und versuchte den Löwen vor sich selbst zu beschützen.

»Was mischst du dich jetzt auch noch ein! Raus! Das hier geht dich nichts an!«

Seltsame Auffassung von der Ehe, dachte Beck. Die Mutter seiner Kinder ging sein Verhältnis zu seiner Tochter nichts an? Ob Frau Ahrendt wusste, dass der Alte am Dienstag noch seine Tochter besucht hatte?

»Du musst zum Gemeinderat, Wilhelm, Herr Müller wartet in der Diele.«

»Warum hast du das denn nicht gleich gesagt, du dumme Gans«, zischte Ahrendt. »Lässt mich hier herumschreien. Ich muss los, Herr Kommissar.«

»Einen Augenblick. Sie entschuldigen uns noch einen Moment, Frau Ahrendt?«

Das Mäuschen nickte und huschte hinaus.

»Wann haben Sie am Dienstag Ihre Tochter aufgesucht und wie lange sind Sie geblieben?«

»Was soll das heißen? Werde ich jetzt ernsthaft verdächtigt, meine eigene Tochter umgebracht zu haben?«

Ahrendt war schon wieder auf Hundertfünfundachtzig.

Seine Tochter hatte recht, dachte Beck, irgendwann, in nicht allzu ferner Zukunft, wird ihn wirklich der Schlag treffen. Und ich werde ihn ebenso wenig betrauern, wie sie es getan hätte. »Beantworten Sie bitte meine Frage.«

»Gott, wann war das? Ich glaube, ich bin so gegen halb sieben hin. Sie hatte gerade die Kleine gebadet und schickte sie dann hoch in ihr Zimmer.«

»Wann sind Sie gegangen?«

Ahrendt bemühte wieder sein Taschentuch. »Ich schätze mal, es war so gegen sieben, halb acht, genau kann ich es nicht sagen.«

»Hat Sie jemand gesehen, als Sie das Haus Ihrer Tochter verließen?«

»Warum? Sie wurde ja schließlich nicht in ihrem Haus umgebracht!«

»Nein. Aber dann könnten wir den Zeitrahmen, in dem einzelne Dinge passiert sind, besser eingrenzen.«

»Keine Ahnung, ob mich jemand gesehen hat. Ich war viel zu wütend, um auf so etwas zu achten.«

»Sie scheinen ziemlich oft wütend zu sein, Herr Ahrendt. Wie wütend können Sie werden? So wütend, dass Sie dann vielleicht unüberlegte Dinge tun?«

»Wollen Sie mir tatsächlich einen Mord an meiner eigenen Tochter unterstellen?« Ahrendt keuchte und war inzwischen lila im Gesicht.

»Das kommt in den besten Familien vor.« Hör auf, ermahnte sich Beck, sonst hast du ihn gleich auf dem Gewissen.

»Aber nicht in meiner!« Ahrendt zitterte vor Wut. »Ich bin Bürgermeister. Ich bringe keine Leute um!«

Beck stand auf. »Wo waren Sie Dienstagnacht zwischen dreiundzwanzig und vier Uhr?«

»Im Bett. Wie jeder normale Mensch um diese Zeit.«

»Ihre Frau kann das bezeugen?«

»Selbstverständlich.«

»Gut, dann würde ich gern noch mit Ihrer Frau sprechen. Wo finde ich sie?«

»In der Küche. Ich bringe Sie hin.«

»Danke. Das ist nicht nötig. Ich wünsche Ihnen einen angenehmen Abend mit Ihrem Gemeinderat! Ich finde selbst hinaus.«

Er öffnete die Tür und trat in die Halle. Dort wartete ein Herr in einer ähnlichen Lodenjacke, wie sie der Hausherr trug, und musterte Beck mit sichtlichem Interesse. Beck grüßte kurz und öffnete auf gut Glück die dem Eingang am nächsten liegende Tür. Er würde wahrscheinlich heute das Hauptthema beim Gemeinderat sein, inoffiziell natürlich. Essensgerüche zeigten ihm an, dass er die richtige Tür gewählt hatte. Er trat ein.

Am Küchentisch saß Frau Ahrendt und weinte. Er räusperte sich und sie sah mit rot verweinten Augen auf.

»Verzeihen Sie, ich müsste Ihnen noch eine Frage stellen.«

»Ja, bitte?« Sie nahm ein Taschentuch aus ihrer Strickjacke und schnäuzte sich.

»Ihr Mann sagte, er sei in der Nacht, in der Ihre Tochter starb, zu Hause im Bett gewesen.«

»Verdächtigen Sie etwa meinen Mann?«

Beck schüttelte den Kopf. ›Und Sie?‹, hätte er am liebsten gefragt. »Das ist eine Routinefrage. Also, war er im Bett, so zwischen dreiundzwanzig und vier Uhr?«

»Ja. Wir schlafen nicht in einem Zimmer. Schon seit … schon lange nicht mehr. Aber er schnarcht so laut, dass man es im ganzen Haus hört.«

»Waren Sie denn um diese Zeit noch wach?«

»Ich schlafe schlecht. Meistens lese ich nachts. Dann höre ich ihn. Dienstag war es so. Ich habe fast gar nicht geschlafen. Vielleicht habe ich … vielleicht habe ich es gespürt, dass mit Claudia etwas nicht stimmt.« Ihre Stimme brach.

»Hatten Sie ein enges Verhältnis zu Ihrer Tochter?«

Frau Ahrendt schüttelte den Kopf. »Sie hat keinen an sich herangelassen. Sie war so voller Wut.«

»Wut auf wen?«

Sie zuckte die Achseln. »Auf alles.«

Beck nickte. »Ich danke Ihnen.« Armes Ding. Er zog leise die Küchentür hinter sich zu. Der Mann war aus dem Flur verschwunden.

Und jetzt noch nach Watzum. Er sah auf seine Uhr. Es war später als erwartet. Hoffentlich hatten seine Helmstedter Kollegen heute nichts in Sachen Geschwindigkeitskontrolle vor, das könnte peinlich werden.

*

Sarah raste über den Hof. Der Moment der Abrechnung war gekommen. Sie hatte Luises indiskrete Kuppelversuche früher voller Pein hinnehmen müssen, jetzt war sie alt genug, um sich zu wehren. Hatte diese alte Hippe eigentlich noch was anderes im Kopf als Männer und Alkohol?

Sie ignorierte die feine Stimme in ihrem Kopf, die ihr weismachen wollte, dass sie neidisch und eifersüchtig war, neidisch auf den Charme und Esprit einer fast Achtzigjährigen, Eigenschaften, mit deren Hilfe Luise seit Jahrzehnten mühelos sämtliche Männer, die das Pech hatten, ihren Weg zu kreuzen, in willenlose, sabbernde Geschöpfe verwandelte. »Esprit!« Sarah schnaubte. Wenn ich jeden Tag zwei Flaschen Champagner in mich hineinschüttete, hätte ich auch Esprit!

Plötzlich hielt sie inne. Was sollte das eigentlich? Warum regte sie sich so auf? Sollte Luise den schönen Kommissar doch anbaggern, das tangierte sie doch gar nicht. Schließlich wollte sie nichts von dem und selbst, wenn sie etwas gewollt hätte – ein Mann wie der war doch sowieso vergeben, das war ja völlig klar.

Ein Bild des blonden Becks, nackt in den Armen einer schwülen, dunkelhaarigen Schönheit, blitzte auf. Sie stöhnte auf und schüttelte es mit einer heftigen Kopfbewegung aus ihrem Gehirn.

Sie öffnete die Tür zu Luises Salon und begegnete dem von schweren Wimpern verhangenen Blick ihrer Großtante gelassener, als sie es noch vor zwei Minuten für möglich gehalten hätte.

Luise hob ihr Champagnerglas und lächelte wissend. »Na, hast du das Messer schon gezückt?«

»Wenn du's nur einsiehst, alte Kuppelmutter.«

»Ach. Er würde einfach so gut zu dir passen.« Luise seufzte und nahm einen großzügigen Schluck.

»So ein Quatsch. Wir wissen doch gar nichts über ihn.« Sarah senkte die Stimme und blickte sich vorsichtig nach Karla um. »Stell dir vor, der Kommissar glaubt, dass vielleicht der alte Ahrendt seine Tochter umgebracht hat.«

»Was? Der alte Heißluftballon? Dazu ist der doch gar nicht imstande.« Luise zückte einen Handspiegel.

»Woher willst du das denn wissen? Immerhin hat er seine Kinder des Öfteren verprügelt!«

»Ja, aber nicht umgebracht. Du darfst nicht vergessen, dass man früher ein paar Ohrfeigen als probates Erziehungsmittel betrachtete.« Luise puderte sich sorgfältig das zierliche Näschen.

»Ich denke, dass man von einer leichten Ohrfeige keine Blutergüsse im Gesicht bekommt. Und die hatte Claudia ab und zu, zumindest, als sie noch jünger war. Woher beziehst du eigentlich plötzlich diese intime Kenntnis von Ahrendts Charakter?«

»Weil ich mal was mit ihm hatte.« Luise puderte ungerührt weiter.

Sarah war fassungslos. »Du hattest mal ... mit diesem alten Ekel?« Sie sank auf den nächststehenden Stuhl.

»Och, Wilhelm war früher mal ein stattlicher Mann. Außerdem war nichts anderes verfügbar.«

»Ich fasse es nicht! Wann war das denn? Vor oder während deiner ... deinen Ehen? Und außerdem – entschuldige, wenn ich das erwähne – ist er nicht eine Ecke jünger als du?«

»Na und? Hattest du noch nie was mit einem jüngeren Mann? Kann ich dir nur empfehlen. Sei nicht so spießig!« Luise zog eine perfekt geformte Braue hoch.

»Ich bin nicht spießig! Also – wann war das denn?«

»Ach, ich weiß nicht mehr genau. Auf jeden Fall war er schon mit diesem blutleeren Wesen verheiratet. Fällst du jetzt in Ohnmacht?«

»Dieser alte Bock! Hat er ... hat er mit dir über seine Familie gesprochen?«

»Seine Frau verstand ihn nicht«, Luise kicherte, »und seine Tochter war vollkommen aus der Art geschlagen – über Claudia hat er sich ziemlich beklagt. Aber, mein Gott, im Grunde ist überhaupt nichts passiert. Es war nach irgendeiner Feier, wir waren beide betrunken und sind zusammen im Bett gelandet. Aber sein kleiner Soldat stand nicht stramm, und das war's dann.«

»Er hat keinen hoch...?«

»Sarah?« Karla stand plötzlich in der Tür und hielt ein Blatt in der Hand. »Guck mal, das habe ich für dich gemalt.«

»Oh, wie schön! Zeig doch mal!« Mühsam schaltete Sarah ihr Gehirn von den sexuellen Ausschweifungen ihrer Großtante auf die expressionistische Darstellung ihrer selbst um. Sehr gut getroffen, die Sauerkrauthaare. »Vielen Dank!« Sie nahm die Kleine in den Arm und drückte sie fest an sich.

Sie brauchte jetzt dringend auch ein Glas Schampus. Diese Familie konnte einen wirklich in den Alkoholismus treiben.

*

Beck hielt vor einem schicken Einfamilienhaus im Watzumer Neubaugebiet. Er musterte die hohen Glasfronten und die Doppelgarage. Schien nicht schlecht zu verdienen, der junge Ahrendt. Er stieg aus und wanderte die lange Auffahrt hoch, die von schlanken Edelstahllampen gesäumt wurde. Zu Säulen gestutzte Buchsbäume flankierten die gläserne Haustür, die eine hell erleuchtete große Diele sehen ließ.

Beck klingelte.

Kurze Zeit später kamen mit Jeans behoste Beine die geschwungene Treppe hinunter, die sich zu einem großen dunkelhaarigen Mann in Becks Alter vervollständigten. Er öffnete die Tür. Beck stellte sich vor. »Wir haben telefoniert.«

»Ja, kommen Sie herein, ich habe Sie erwartet.« Er führte Beck in ein großes Wohnzimmer, das nur durch einen Tresen von einer offenen Küche getrennt war.

Beck blickte sich um. »Ein schönes Haus haben Sie.«

»Danke, wir wohnen jetzt seit zwei Jahren hier. War eine elende Plackerei, bis alles fertig war.«

Beck nickte. »Kann ich mir vorstellen. Es ist ja auch ein ziemlich großes Haus.«

»Na ja, wir haben zwei Kinder und das dritte ist unterwegs.«

»Ihrer Frau geht es nicht so gut, habe ich gehört?«

»Nein, leider. Sie wird wohl bis zum Ende der Schwangerschaft liegen müssen. Unsere Söhne sind bei meinen Schwiegereltern.«

»Mein Beileid zum Tod Ihrer Schwester«, leitete Beck zum eigentlichen Grund seines Kommens über.

»Danke. Nehmen Sie doch Platz.«

Beck setzte sich auf ein schwarzes Designersofa, ganz ähnlich dem, das er sich selbst gerade bestellt hatte.

»Möchten Sie etwas trinken?«

Beck verneinte und Christian Ahrendt trat an eine Glasvitrine. »Ich selbst würde gern etwas trinken, wenn Sie gestatten.« Er nahm eine Karaffe und ein Whiskeyglas heraus und setzte sich.

»Sie scheinen den Tod Ihrer Schwester recht gefasst aufzunehmen«, bemerkte Beck.

Ahrendt schüttelte den Kopf. »Nein, das täuscht. Ich bin nur wie betäubt. Es ist alles so unwirklich.«

»Wie nahe standen Sie Ihrer Schwester?«

»Früher einmal sehr nahe. Wir haben immer zusammengehalten.«

»Gegen Ihre Eltern?«

»Gegen meinen Vater. Meine Mutter hat keiner Fliege was zuleide getan. Er neigte zu heftigen Wutanfällen. Da genügte schon ein umgestoßenes Glas beim Abendessen oder eine zerrissene Hose. Er hasste es auch, wenn wir mit seinen Hunden spielten. Wir würden sie für die Jagd verderben, sagte er immer. Aber uns haben sie leid getan, wenn sie den ganzen Tag im Zwinger sein mussten.«

»Schlug Ihr Vater Sie?«

Christian Ahrendt nahm einen großen Schluck. »Ja. Das tat er. Aber was hat unser Kinderschicksal mit Claudias Tod zu tun?«

»Vielleicht nichts. Wie war Ihr Verhältnis zu Ihrer Schwester später, zu der Zeit, als sie in München lebte und jetzt nach ihrer Rückkehr?«

Ahrendt zuckte mit den Schultern. »Distanziert. Wir hatten uns auseinandergelebt.« Er lächelte schief. »In Claudias Augen war ich zum Spießer geworden. Ehefrau, Eigenheim, Job, Kinder. Vorstadtidylle eben.«

»Und das konnte sie nicht verstehen?«

»Nein. Sie gefiel sich in der Rolle des *enfant terrible*, die wilde, unangepasste Claudia.«

»Wie passte Karla in dieses Bild?«

»Ja, das ist die Frage. Niemand hat damals verstanden, warum sie das Kind überhaupt bekommen hat. Das passte gar nicht zu ihr.«

»Thomas Jankowski vermutet, um Ihren Vater zu ärgern.«

Christian nickte. »Zuzutrauen wäre ihr das.«

»Haben Sie denn seit Claudias Rückkehr Kontakt zu ihr gehabt?«

»Sporadisch. Sie hat uns drei-, viermal hier besucht. Einmal hatte sie auch das Kind dabei.«

»Hat sie irgendetwas erzählt, über Pläne oder Bekannte, die sie hier hatte?«

Ahrendt stand auf und ging in die Küche. Er kramte in einer Schublade. »Sie hat erwähnt, dass sie Kontakt zu Thomas hatte. Sie meinte, er wäre genauso ein hoffnungsloser Fall wie früher. Aber sie schien ihn noch zu mögen.« Er kam mit einer Schachtel Zigaretten zurück. »Rauchen Sie?«

Beck schüttelte bedauernd den Kopf. »Hab vor kurzem aufgehört.«

»Ich rauche offiziell auch nicht. Und schon gar nicht hier, wenn die Kinder da sind. Susi würde mir den Kopf abreißen. Aber manchmal brauche ich einfach eine Zigarette.«

»Manchmal? Ich brauche sie eigentlich ständig!«, stöhnte Beck.

Ahrendt lächelte. »Ich hoffe, ich führe jetzt keinen Rückfall herbei.«

»Das hoffe ich auch. Hat Ihre Schwester sonst noch etwas erzählt, was für unsere Ermittlungen von Bedeutung sein könnte?«

Ahrendt zündete eine Zigarette an und nahm einen tiefen Zug. Beck merkte, dass er unwillkürlich mit einatmete. »Ich weiß nicht. Sie hat eigentlich mehr von München erzählt. Wie toll es da war, wie viele fantastische Männer sie da kannte. Ich habe sie gefragt, warum sie überhaupt zurückgekommen ist.«

»Und was hat sie gesagt?«

»Wegen Karla. Sie sollte mehr Freiheiten haben, herumlaufen können, ohne dass Claudia Angst haben musste, dass sie überfahren wurde.«

»Hätte sie Karla Ihren Eltern überlassen, zur Betreuung?«

Christian lachte auf. »Niemals.«

»Aber warum hat sie sich dann ausgerechnet in Avessen niedergelassen, in ihrem anscheinend doch verhassten Heimatort?«

»Oh, ich glaube nicht, dass Claudia Avessen gehasst hat. Sie hatte auch eine ländliche Ader. Sie liebte Pferde und ist früher stundenlang ausgeritten. Sie hatte ja ein eigenes Pferd. Vielleicht wollte sie Karla so etwas auch ermöglichen.«

»Hätte sie das denn finanzieren können?«

»Aus eigener Kraft nicht.«

»Also wollte sie Ihren Vater um Geld bitten?«

»Das denke ich. Darüber gesprochen hat sie nicht.«

»Haben Sie nicht mit ihr über Ihre Eltern gesprochen?«

Christian schüttelte den Kopf. »Das habe ich vermieden. Dann gab es jedes Mal Streit.« Er nahm einen weiteren Schluck Whiskey. »Wir hatten unterschiedliche Arten von Vergangenheitsbewältigung. Ich wollte möglichst wenig von meinem Vater sehen und hören. Geld hätte ich auch nie von ihm angenommen. Ich wollte es aus eigener Kraft schaffen.«

»Und Claudia nicht?«

»Vielleicht wollte sie das. Aber immer, wenn sie mal wieder finanziell am Ende war, vertrat sie den Standpunkt, unser Vater sei es ihr schuldig, sie zu unterstützen. Schließlich habe er sie zu dem gemacht, was sie war.«

»Was war sie denn?«

»Haltlos. Sie gab sich dem Leben hin wie ein Blatt dem Wind. Ohne Ziel, ohne Vorstellungen, was sie aus ihrem Leben machen wollte.«

»Nun, das hat sich ja anscheinend geändert. Ihre Schwester wollte eine Ausbildung zur Kosmetikerin machen. Das ist doch ein Ziel.«

»Wenn Sie meine Schwester gekannt hätten, würden Sie das nicht sagen. Claudia wollte schon vieles werden. Filmstar, Model, Frau eines reichen Mannes – nichts davon hat sie erreicht.«

»Dabei hatte sie doch durchaus das Potential, zumindest zum Model. Sie war sehr schön.«

»Ja und es hat sogar Möglichkeiten gegeben. Sie hatte

mal eine Affäre mit einem ziemlich bekannten Fotografen. Der wollte sie groß herausbringen.«

»Woran ist es gescheitert?«

»Mangelnde Disziplin. Claudia hatte wohl nicht damit gerechnet, dass von einem Model ein Zehn-Stunden-Tag und eiserne Disziplin erwartet wird, zumal von einer unbekannten Anfängerin. Um sechs Uhr aufzustehen, war noch nie Claudias Sache.«

»Wussten Sie, dass Ihre Schwester Geld damit verdiente für pornographische Aufnahmen Modell zu … stehen?«

Ahrendt machte eine abrupte Bewegung, als wolle er aufspringen. »Was? Nein, das … wusste ich nicht. Mein Gott.« Er fuhr sich mit der Hand durch das Gesicht. »Ich … nein … Aktaufnahmen meinen Sie?«

»Nein, so würde ich es nicht nennen.«

Ahrendt stand auf. »Entschuldigen Sie mich bitte kurz.« Er verließ den Raum.

Beck sah sich unbehaglich in dem großen Zimmer um. Er war sich nicht sicher, warum er überhaupt von den Aufnahmen erzählt hatte. Brachte ihn das weiter? Aber er wusste am Beginn solcher Ermittlungen oft noch nicht, welche Fragen ihn voranbringen würden. Anscheinend hatte er jetzt die Wand durchbrochen, die Ahrendt um sich und seine Trauer gezogen hatte. Eine Tür klappte und Ahrendt kehrte zurück.

Seine Augen waren gerötet. Er setzte sich wieder. »Entschuldigen Sie. Das … das war jetzt einfach zu viel. Die Krankheit meiner Frau, der Tod von Claudia, im Büro heute nur Ärger …«

»Verständlich. Wir können unser Gespräch jetzt auch beenden. Ich muss Sie allerdings der Vollständigkeit halber fragen, wo Sie am Dienstagabend zwischen dreiundzwanzig und vier Uhr morgens waren.«

»War es … ist es da passiert?« Ahrendt war jetzt kreidebleich.

Beck nickte.

»Mein Gott. Ich war am Dienstag in Hamburg zur Weiterbildung im *Radison*, bin erst am Donnerstag wiedergekommen. Asta von Warberg hatte mir eine Nachricht auf meinen Anrufbeantworter gesprochen. Mein Vater hat es natürlich nicht für nötig gehalten, mich davon zu unterrichten, dass seine Tochter verschwunden ist. Ich habe ihn dann angerufen, weil ich dachte, Claudia sei vielleicht zurückgekommen.«

Beck stand auf. »Ich lasse Sie jetzt allein.«

Ahrendt erhob sich und begleitete ihn in die Diele. »War es das jetzt?«

»Ich weiß es noch nicht, Herr Ahrendt. Es kann schon sein, dass ich noch weitere Auskünfte von Ihnen brauche.«

Ahrendt öffnete die Tür. »Ich wünsche Ihnen noch einen angenehmen Abend.«

Beck nickte. Ahrendt dasselbe zu wünschen war wohl kaum angemessen. Auf der Auffahrt drehte er sich noch einmal zum Haus um. Elegant und groß, genau wie sein Besitzer. Man sah ihm nicht an, dass Kummer und Trauer in ihm wohnten. Würde er auch einmal Besitzer eines solchen Hauses sein?

Für viele Menschen war das das höchste Lebensziel. Ein eigenes Haus, das den persönlichen Geschmack und die Lebenseinstellung widerspiegelte und allen sagte: »Schaut her, hier bin ich. Ich lebe und ich habe etwas geschaffen, das mich überdauern wird.«

Wollte er so etwas? Er wusste es nicht. Manchmal wusste er überhaupt nicht, was er eigentlich vom Leben wollte.

Jetzt jedenfalls wollte er nach Hause, auf seinen Lehnsessel, der ihn wahrscheinlich auch überdauern würde.

9. Kapitel

Beck wachte auf und blickte zum Fenster. Stockdunkel. Er tastete nach dem Wecker und sah auf das Zifferblatt. Drei Uhr, die schwarze Stunde. Er schaltete das Licht an und setzte sich auf. Sein Herz raste. Er hatte irgendetwas Wirres, Bedrückendes geträumt. Er versuchte sich zu erinnern. Claudia Ahrendt war darin vorgekommen, nackte Männer.

Er stand auf und tapste Richtung Küche. Er sah in den Kühlschrank und seufzte. Wenn man nie einkaufte, hatte man auch nichts im Kühlschrank. Er kramte einen Schokoriegel aus einer Schublade und setzte sich an den Küchentisch. Was gäbe er jetzt darum, eine Zigarette rauchen zu dürfen! Gierig biss er in den Schokoriegel und dachte an seinen Traum. Warum war er so beängstigend gewesen?

Heute war Heiligabend. Trautes Zusammensein mit seinem geliebten Vater. Er würde wieder versuchen, möglichst viel über Becks Privatleben herauszukitzeln, und er selbst würde versuchen, möglichst wenig preiszugeben. Man tat nicht gut daran, seinem Vater zu viel zu erzählen. Irgendwann wendete er es gegen einen. Das hatte Beck in seiner Kindheit nur allzu oft erfahren müssen. Sein Vater hatte so eine ironische Art gehabt, vertrauensvolle Seelenbekenntnisse als rührselig und irrelevant zu belächeln. Kalter Hund.

Beck hatte nie nachvollziehen können, warum seine warmherzige, temperamentvolle Mutter diesen kühlen Mann geheiratet hatte. Sie war bei der Hochzeit erst zwanzig gewesen. Wahrscheinlich hatte sie sich von der Eleganz und Gewandtheit des um einiges älteren Mannes beeindrucken lassen.

Sein Vater hatte früh Karriere gemacht, bevor er sich als plastischer Chirurg mit einer eigenen Klinik in Hannover niedergelassen hatte. Ein erfolgreicher Arzt, gut aussehend, reich und selbstsicher – da hatte die kleine Chiara aus Dolcedo keine Chance gehabt, hinter die Fassade zu blicken, ehe es zu spät war.

Sein Vater hatte wahrscheinlich gedacht, er könnte aus der kleinen, wunderschönen Italienerin eine fügsame und dekorative Begleiterin für seine gesellschaftlichen Events formen. Da hatte er sich allerdings gründlich getäuscht. Beck erinnerte sich an lautstarke Streitigkeiten und knallende Türen. Das musste schon losgegangen sein, bevor er in die Schule kam

Jetzt fiel es ihm wieder ein – der alte Ahrendt war auch in seinem Traum vorgekommen. Bedrohlich hatte er gewirkt, nicht aufbrausend wie im wirklichen Leben, sondern teuflisch und böse. Claudia Ahrendt und ihr Vater – irgendetwas war da, irgendetwas Wichtiges, aber er konnte es noch nicht fassen.

Er aß seinen Schokoriegel auf und ging wieder ins Bett. Morgen würde er einfach eine halbe Stunde länger schlafen, das war sein Weihnachtsgeschenk an sich. Draußen grölten ein paar Betrunkene »Stille Nacht, heilige Nacht«.

Fröhliche Weihnachten, Giovanni, wünschte er sich und zog das Kopfkissen über seine Ohren.

*

Sarah erwachte aus einem angenehmen Traum. Wohlig drückte sie sich tiefer in ihr Kissen und versuchte sich zu erinnern. Giovanni Beck war darin vorgekommen und sie hatten sich geküsst. Nicht nur geküsst, wenn sie sich recht erinnerte. Sie seufzte und versuchte, die Stimmung des Traumes so lange wie möglich festzuhalten, aber sie entglitt ihr immer mehr.

War sie sexuell wirklich schon so ausgehungert, dass sie von dem ersten hübschen Mann, der ihr hier in ihrer neuen, alten Heimat begegnet war, gleich träumen musste? Ihr Unterbewusstsein hatte anscheinend noch nicht mitgekriegt, dass sie von Männern die Nase voll hatte. Irgendwo in ihrem kranken Hirn wohnte eine hormongesteuerte Masochistin, die es gar nicht abwarten konnte, sich mit dem nächstbesten Kerl herumzuwälzen. Benutz mich und verlass mich, Baby!

Der erotische Traum verblasste immer mehr, doch die optimistische Stimmung blieb.

Heute war Heiligabend, natürlich! Erstaunlich, welch kindliche Freude dieser Gedanke in ihr auslöste. Wahrscheinlich war das ein Zeichen von Unreife. Na und. Sie streckte sich genüsslich und warf einen Blick auf das Nachbarkissen. Karla schlief noch. Diesmal würde sie diejenige sein, die ein schönes Frühstück vorbereitete, mit allem Drum und Dran. Vielleicht konnte sie Karla ja schon eine Kleinigkeit neben den Frühstücksteller stellen, als kleine Vorfreude auf den Abend. Plötzlich konnte sie kaum noch erwarten, den Tag zu beginnen und schälte sich leise aus den Decken.

»Du, Sarah?« Dieses Kind hatte Ohren wie ein Luchs.

»Schlaf noch ein bisschen, Karla. Ich mache uns ein prima Frühstück.«

»Ich kann nicht mehr schlafen. Ich habe von Mama geträumt.«

Oh nein.

»Sie war wieder lebendig. Sie hat ganz komisch ausgesehen, so weiß im Gesicht. Ihre Augen waren ganz schwarz. Und sie hat gesagt, sie ...« Karla fing an zu weinen.

Die Arme fest um den bebenden kleinen Körper geschlungen, presste Sarah ihr Gesicht in die seidigen Kinderhaare. »Sch, ich bin ja da.«

»Sie ... sie hat gesagt ...«

»Was hat sie gesagt?«

»Pass auf, Karla. Pass gut auf! Liebe ist gefährlich! Sie ...«, Karla schluchzte auf, »sie reißt dir das Herz heraus und isst es auf.«

»Es war nur ein Traum, Karla. Nur ein Traum.«

*

Beck legte den Hörer auf und lehnte sich zurück. Sein ungewohnt üppiges Frühstück lag ihm wie Blei im Magen. Anscheinend konnte er nicht essen wie ein normaler Mensch. Entweder gab's gar nichts oder er überfraß sich.

Er überdachte das zurückliegende Telefonat. Wie so oft hatte Kollege Schwarze vom Drogendezernat sich als gut informiert erwiesen und Beck einen Tipp zum Verbleib von Andy Stein gegeben. Der mögliche Mordzeuge und sein alter Audi waren bei einer Freundin untergeschlüpft.

Wagner war unterwegs, um das Alibi von Heinen zu überprüfen. Beck war sich hundertprozentig sicher, dass alle Angestellten des *Nights* Heinens Angaben bestätigen würden.

Sollte er allein losfahren, um Stein aufzuspüren? Nein, diesmal nicht. Am Heiligen Abend wenigstens wollte er sich nicht den Zorn seines Partners zuziehen. Er wählte eine Rufnummer im Haus und wartete.

»Mendel.« Die rauchige Stimme der Psychologin wäre auch für Telefonsex gut geeignet gewesen. Vielleicht sollte er ihr einen Tipp geben.

»Du arbeitest an Heiligabend?«

»Du doch auch, Giovanni.«

»Ja, aber ich weiß ja auch nichts Besseres mit mir anzufangen. Hast du Zeit für einen einsamen Kollegen?«

»Wenn er mir einen Kaffee mitbringt, immer. Bis gleich.«

Beck mochte Viktoria Mendel. Er hatte sie gleich nach seinem Umzug nach Braunschweig bei einer Fortbildung näher kennengelernt. Ihr trockener Humor und ihre sachliche Professionalität hatten ihm über die Dürre der ersten Wochen an seiner neuen Dienstelle hinweggeholfen. Außerdem war sie mit ihrem hellblonden Pagenkopf und den wohlgeformten Beinen ziemlich attraktiv und das war immer ein Pluspunkt.

Er rang der asthmatischen Kaffeemaschine im Flur zwei Becher ab und trug sie in Viktorias Büro.

»Endlich! Her mit der Brühe!«

Er lachte und sah seine Kollegin prüfend an. »Ist wohl gestern Abend etwas später geworden?«

Viktoria nickte, stöhnte und hielt sich den Kopf. Ihr schicker Pagenkopf war nicht ganz so perfekt frisiert wie sonst. »Ich weiß genau, dass ich nicht viel vertrage, aber gestern hat mich der Teufel geritten.«

»Na, solange es nur der Teufel war ...«

»Giovanni, du Sexist!« Viktoria lachte und wurde rot.

»Aha.«

«Sieh mich nicht so an. Gott, du guckst wie meine Mutter.«

Beck grinste. »Ein mütterlicher Sexist?«

»Werd bloß nicht logisch, das ertrage ich heute Morgen nicht. Ich habe da jemanden kennengelernt, der könnte glatt für mehr als eine Nacht taugen.« Versonnen lächelte sie aus dem Fenster.

Beck seufzte. »Findest du das eigentlich fair? Du sollst meine Einsamkeit vertreiben und mir nicht von anderen Männern vorschwärmen!«

Viktorias Blick kam zu Beck zurück und wurde scharf. »Jammere nicht rum! Du weißt sehr gut, dass du nicht einsam sein müsstest. Du bräuchtest deinen hübschen Kopf doch nur einmal aus dem Fenster zu halten und schon hättest du eine Meute von Frauen am Hals, die dich liebend gern mit Gesellschaft und einigem mehr versorgen würden.«

»Na, na. Ganz so ist es nicht.«

»Nein, wahrscheinlich nicht. Schöne Männer schrecken die meisten Frauen ab. Du bist einfach zu hübsch, mein Lieber.«

Jetzt war es an Beck, verlegen zu werden. »Also, jetzt hör auf, Viktoria. Wenn du mich noch einmal hübsch nennst, verlasse ich den Raum. Und zwar mit dem Kaffee. Ich bin doch kein Pudel.«

»Den Kaffee lässt du schön hier, mein Hüb..., mein

Lieber.« Viktoria grinste und nahm einen großen Schluck. »Wolltest du außer meiner reizenden Gesellschaft noch etwas von mir?«

»Ich weiß nicht so recht. Vielleicht dein psychologisches Know-how oder deine weibliche Intuition.«

»Der Fall mit dem kleinen Mädchen?«

Beck nickte. »Die Mutter hatte anscheinend ein reges Sexualleben. Dabei ohne wirkliche Bindungen an irgendeinen der Männer. Lediglich dem Vater ihrer Tochter scheint sie freundschaftliche Gefühle entgegengebracht zu haben. Sie machte pornografische Aufnahmen, benutzte die Männer für ihre Zwecke, war aber gleichzeitig auch Opfer, vielleicht ohne es zu merken. Sie hasste ihren Vater, zu ihrem Bruder hat sie weitgehend den engeren Kontakt abgebrochen.«

»Du denkst an sexuellen Missbrauch? Möglich wäre es. Was ist der Vater für ein Typ?«

»Cholerisch, ein Machtmensch. Seine Rolle als Bürgermeister scheint ihm wichtiger zu sein als die Liebe seiner Familie, soweit ich das schon beurteilen kann.«

Genüsslich schlürfte Viktoria ihren Kaffee. »Passt in das Bild. Würde das eine Rolle spielen? Für deinen Fall, meine ich?«

Beck zuckte zweifelnd mit den Schultern. »Ich weiß noch nicht. Ich kann es nicht richtig sehen. Ob der Vater sie umgebracht hat? Aus Wut vielleicht, dass er keine Macht mehr über sie hat, dass sie sich seiner Kontrolle entzieht?«

»Alles denkbar. Erpressung?«

»Du meinst, sie hat gedroht, alles aufzudecken?«

»Vielleicht. Das kommt vor, allerdings nicht oft. Meistens leben die Opfer sexuellen Missbrauchs in lebenslanger Angst vor dem Täter. Die Einschüchterung, die fast immer damit einhergeht, sitzt so tief, dass man selbst als Psychologe Mühe hat, das Muster zu lösen. War sie in Therapie?«

»Keine Ahnung. Schüchtern oder ängstlich scheint sie aber gar nicht gewesen zu sein. Im Gegenteil – sie war eine regelrechte Männerfresserin.«

»Aber Giovanni! Auch das ist doch Angst! Angst, sich zu binden, Angst, irgendeinen Mann zu nah an sich heranzu assen. Ich fresse dich, bevor du mich frisst.«

»Ja, du hast recht. Ich bin ein Idiot.«

»Nein, du bist ein Mann. Was dem allerdings ziemlich nahekommt.«

Giovanni lachte. »Du klingst aber ziemlich zynisch für eine, die gestern eine romantische Nacht mit einem Vertreter dieser Gattung verbracht hat.«

»Wer sagt das? Vielleicht hatte ich ja auch ein heißes Date mit meiner neuen Freundin? Und wer behauptet eigentlich, dass ich gestern überhaupt mit irgendjemanden eine Nacht verbracht habe? Ich bin ein anständiges Mädchen!«

»Das wäre aber schade für die Idioten.«

»Flirtest du etwa mit mir?«

»Und wenn?«

»Nein, nein, das geht gar nicht. Du bist zu jung für mich und außerdem bin ich mit zwei romantischen Verstrickungen vollkommen überfordert. Wahrscheinlich vermassele ich schon die eine.«

»Schade. Ich habe einfach kein Glück bei den Frauen, die mir wirklich gefallen.«

»Ach, nein? Ich weine gleich. Gefällt dir die kleine Sarah Dittmann denn nicht?«

»Doch – schon. Sie hat was. Wieso?«

»Weil du ihr auch gefällst.«

»Was? Wie kommst du denn darauf? Die hatte doch gar keinen Blick für mich, sie war vollkommen beschäftigt mit dem tragischen Schicksal ihrer Freundin.«

»Glaub mir, Giovanni, sie hatte. Frauen haben noch auf dem Totenbett einen Blick für einen schö... interessanten Mann.«

»Das glaub ich nicht. Ich habe nichts gemerkt.«
»Du bist leider wirklich ein Idiot, Giovanni.«

*

Leises Schneegeriesel begleitete Sarah und Karla auf dem Weg zu Allers. Die Sonne war doch nicht mehr hervorgekommen, stattdessen bemühte sich der Himmel redlich um ein weißes Weihnachten. Zu mehr als einem silbrigen Hauch auf Straße und Fußweg hatte es aber bisher noch nicht gereicht. Er genügte aber, um Sarahs Stimmung zu heben.

Tief atmete sie den Schneegeruch ein und blickte auf Karla, die neben ihr herschlidderte. Den bösen Traum hatte sie beim gemütlichen Frühstück mit Sarah schnell vergessen, jedenfalls vorerst. Sie selbst bedrückte er immer noch ein wenig. Ob Tote in Träumen mit ihren Lieben kommunizieren konnten? Oder war das esoterischer Quatsch? Aber Sarah glaubte daran – wo immer Claudia jetzt war, sicher war es schrecklich für sie, ihre kleine Tochter ohne Abschied zurückgelassen zu haben.

Sie bogen in den Allerschen Hof ein, auf dessen Pflastersteinen Dörte gerade Sand ausstreute.

»Guten Morgen, ihr beiden! Ihr kommt sicherlich den Baum abholen?« Schnaufend richtete Dörte sich auf und strich eine widerspenstige Locke aus der Stirn. Mit ihrer peruanischen Wollmütze sah sie aus wie ein kleines Mädchen, nicht wie die Mutter von zwei bockigen Jungen.

Sarah nickte. »Na, bist du schon im Weihnachtsstress?«

»Ja, das Übliche. Die Jungen spielen seit heute Morgen um sechs verrückt und fragen alle fünf Minuten, wann Bescherung ist, ich hatte schon einen Heulkrampf und Hubertus ist in die Stadt geflüchtet. Wahrscheinlich, um meine übliche Weihnachtsration an Halsketten und Schlafanzügen einzukaufen.«

Sarah lachte. »Wie gut, dass es Menschen gibt, die ihre Weihnachtsgeschenke noch später einkaufen als ich.«

»Die Nerven hätte ich nicht. Ich habe schon seit Ende Oktober alles zusammen.«

»Bewundernswert. Wie schaffst du das nur?«

»Alles nur eine Frage der Organisation. Aber wahrscheinlich bin ich einfach nur zwanghaft. Ich fange ja jetzt schon an, meinen Geburtstag im Mai zu planen.«

»Du wirst dreißig, oder?«

»Nein. Ich werde nie dreißig. Das passiert nur anderen, mir nicht!«

»Du redest wie Filo. Die wird auch schon das dritte Mal neunundzwanzig.«

»Na, wenigstens eine Gemeinsamkeit, die ich mit unserer Stil-Ikone habe!« Dörte seufzte. »Ich habe es manchmal so satt, immer nur praktisch und vernünftig zu sein. Ich möchte mich in teure Parfüms hüllen, Champagner trinken und einen zwanzigjährigen Liebhaber haben.«

»Dörte!«

»Ist doch wahr. Immer nur die patente Dörte, ja, die kann zupacken! Ich möchte aber schlank und anbetungswürdig sein, so wie du und Filo!«

»Ich? Ich und anbetungswürdig?«

»Du bist klug, siehst gut aus und bist sexy. Und du bist in die weite Welt hinausgekommen, während ich seit meiner Geburt in Avessen versauere und meinen Sandkastenfreund geheiratet habe.«

»Oh je, Dörte, das ist die Weihnachtsdepression. Ich sehe doch gar nicht besonders aus. Und zu viel auf den Hüften habe ich auch.«

»Doch, du bist wohl schön! Das hat Mama auch gesagt!« Das energische Stimmchen an Sarahs Seite erinnerte sie wieder an Karlas Existenz.

»Willst du nicht mal nach Finn und Paul suchen? Die sind bestimmt irgendwo im Haus.«

»Genau«, bestätigte Dörte, »die freuen sich bestimmt, wenn du sie besuchst.«

»Ihr wollt bloß nicht, dass ich höre, was ihr sagt.«

»Geh trotzdem mal rein. Deine Jacke ist zu dünn, um in der Kälte herumzustehen.«

»Okay«, gab Karla nach, doch ein wissender Seitenblick auf Dörte sagte deutlich, was sie davon hielt, weggeschickt zu werden.

»Dieses Kind ist zu alt für seine Jahre«, bemerkte Dörte, der Kleinen nachblickend.

»Wundert's dich?«, fragte Sarah.

»Nee. Ach, komm doch auch einen Moment mit rein. Wir köpfen den Sekt für heute Abend. Ich brauche Aufmunterung.«

»Ich auch. Hauptsache, ich kriege den Weihnachtsbaum noch aufrecht nach Hause.«

»Ach, der ist sowieso zu schwer. Den kann Hubsi dir vorbeibringen, der bleibt nicht lange weg, jedenfalls nicht, wenn es nur darum geht, mir Weihnachtsgeschenke zu kaufen.«

Sarah stieg die Stufen zu dem großen Fachwerkhaus der Allers empor. »Meine Güte, Dörte, du brauchst wirklich ein großes Glas Sekt.«

»Sag ich doch. Und du? Warum musst du aufgemuntert werden? Ist was passiert?«

»Erzähl ich dir drinnen.«

Lautes Geschrei im Innern des Hauses, das gedämpft vom oberen Stockwerk herunterdrang, zeigte an, dass Karla den Weg in das Kinderzimmer gefunden hatte. Dörte schleuderte ihre Lammfellstiefel von den Füßen und steuerte ein großes antikes Büffet in der großen Wohnküche an. »Setz dich doch.«

Sarah ließ sich auf einem der schönen alten Stühle nieder, die den riesigen Esstisch in Dörtes Küche umstanden. Durch das große Fenster konnte sie in den Küchengarten blicken, der inzwischen schon von einer ganz beachtlichen Schneedecke überzogen wurde. Mistelzweige hingen in den Fensterleibungen und mit Weihnachtskugeln bestückte Tannenzweige schmückten die Fensterbretter. Ein großer eiserner Adventskranz mit dicken roten Kerzen hing über dem Tisch und ersetzte den alten Kronleuchter, der sonst die Küche erleuchtete.

»Schön hast du's hier.«

»Ach. Manchmal könnte ich den ganzen alten Pröttel aus dem Fenster werfen und mir eine schicke, glänzende Küche in Edelstahl hier reinsetzen.«

»Sag mal, hast du deine Tage?«

»Auch. Ich glaube, ich habe eine Midlifecrisis.«

»Mit neunundzwanzig?«

»Neunundzwanzigeinhalb, bitte. Na und? Wenn du mit zweiundzwanzig heiratest, neun Monate später zwei brüllende Babys am Hals hast und einen Mann, der eigentlich nur zu den Mahlzeiten nach Hause kommt, dann kriegst du vielleicht eher eine Midlifecrisis als andere.«

»Ist es denn wirklich so schlimm mit Hubertus?«

»Na ja, bis zu einem gewissen Grad habe ich ja gewusst, worauf ich mich einlasse, wenn ich einen Bauern heirate, mein Vater war ja auch einer.«

Sarah nickte. Dörtes Vater hatte ihr und ihrer Freundin das Traktorfahren beigebracht, ein gutmütiger Mann, der immer zu Scherzen aufgelegt war.

»Weißt du, dass wir seit unserer Hochzeitsreise noch nie im Urlaub waren? Und unsere sogenannten Flitterwochen bestanden aus vier Tagen an der Nordsee statt der geplanten zwei Wochen auf Lanzarote, weil Hubsis Vater da schon krank war.« Dörte schenkte den Sekt ein, die Gläser randvoll.

»Stopp! Ich kann mich nicht schon um elf Uhr vormittags betrinken!« Sarah hielt eine Hand über ihr Glas. Hoffentlich hatte Hubertus ihren Rat in Bezug auf ein Weihnachtsgeschenk für Dörte befolgt. Sie hatte ein Wellness-Wochenende in einem schicken Fünf-Sterne-Hotel empfohlen, wohl wissend, dass Dörte sich schon lange nach ein bisschen Luxus und Urlaub sehnte. »Liebst du Hubsi denn noch?« Sie konnte es noch nicht über sich bringen, von Claudia zu erzählen.

Dörte schnaubte. »Frag mich was Leichteres. Wie kann man denn einen Mann lieben, den man eigentlich nur im Morgengrauen in seiner Unterhose und in der Abenddämmerung nach Stall stinkend erlebt?«

Unwillkürlich glitten Sarahs Gedanken zu Giovanni Beck. Der sah in seiner Unterhose wahrscheinlich zum Anbeißen aus. Und statt nach Stall roch er nach einem herben Aftershave, das Sarah irgendwie an Meeresluft erinnert hatte. Sie seufzte.

»Ach, entschuldige, Sarah, da sitze ich hier und jammere über mein Eheleben und vergesse ganz, dass du gerade erst eine Trennung hinter dir hast.«

»Kein Problem. Immerhin ist es schon fast ein Jahr her.« Sarah atmete tief ein. »Ich muss dir was erzählen, Dörte.«

»Was? Was musst du mir erzählen?« Ihre Freundin wurde blass. »Los, sag schon! Hat es was mit Karla zu tun? Mit Claudia?«

»Ja. Claudia ist tot, Dörte. Ermordet.« So. jetzt war es raus.

»Ermordet? Wieso ... woher weißt du das? Hast du deshalb Karla die ganze Zeit bei dir?«

»Ich weiß es auch erst seit zwei Tagen.« Sarah gab ihrer Freundin einen kurzen Überblick über die Ereignisse der letzten Tage und Stunden. »Ja, so ist es jetzt. Und Karla kann nirgendwo unterkommen, weil eigentlich alle unter Verdacht stehen, unglaublich. Das darf ich dir bestimmt nicht erzählen, aber was soll's.«

Dörte wischte sich die Augen aus und stürzte ihren Sekt hinunter. »Ich kann es gar nicht fassen, Claudia ist tot, eine von uns. Wir sind doch noch so jung! Arme Claudia, arme Karla. Wer macht so was? Hast du einen Verdacht? Vielleicht ein enttäuschter Liebhaber?«

»Komisch, daran denken alle zuerst. Na ja, mag sein,

dass es so ist. Ich weiß es nicht. Ich kenne doch niemanden aus Claus Bekanntenkreis mehr.«

»Ich habe sie mal mit so einem schnieken Typen gesehen, blond, braun, Sportwagen, du weißt schon.«

»Vielleicht Dennis? So hieß ihr letzter Freund. Er wollte sie heiraten, hat Karla erzählt.«

»Aber Claudia bestimmt nicht, was? So abhängig hätte die sich nie gemacht von einem Mann.«

»Nein, wohl nicht. Ich finde es traurig, dass wir nicht mehr befreundet waren. Warum hat sie bloß so geblockt? Ich meine, wir haben uns doch nicht im Streit getrennt oder so. Vielleicht ... wenn sie sich uns anvertraut hätte ...« Sarah schluckte.

»Hätten wir es verhindern können, meinst du? Quatsch. Außerdem wollte sie ja nichts mehr mit uns zu tun haben. Ich habe ein paar Mal versucht, mich wieder mit ihr anzufreunden, sie zu mir einzuladen. Sie hat mich ablaufen lassen wie eine flüchtige Bekannte.« Dörte zuckte resigniert mit den Schultern. »Ich versteh nicht, wie man so leben kann, ohne Freunde, ohne Familie. Warum ist sie bloß nach Avessen zurückgekommen, wenn sie mit keinem was zu tun haben wollte? Und jetzt ist sie tot. Wäre sie doch bloß in München geblieben, oder?«

»Ich versteh's auch nicht. Sie hasst ihren Vater, zu Chris hat sie auch keinen engen Kontakt mehr, mit uns redet sie nur Plattitüden – was wollte sie hier? Ob ich mal mit ihrer Mutter spreche?«

»Ja, das könntest du tun – aber, das ändert ja auch nichts mehr, oder?«

»Nein, aber vielleicht weiß sie ja ...«

»Wer Claudia umgebracht hat?«, unterbrach Dörte und schnaubte in ein Taschentuch.

»Nein, aber mit wem Claudia so zusammen war, wer vielleicht sauer auf sie war.«

»Ich weiß nicht, Sarah, überlass das lieber der Polizei, das kann sonst fürchterlich nach hinten losgehen. Dabei fällt mir ein – Asta hat erzählt, der zuständige Kommissar ist ein Sahneschnittchen? Siehst du das auch so?«

Sarah stöhnte. Die knallende Haustür und forsche Schritte in Richtung Küche retteten sie vor einer Antwort. Wenigstens vorläufig. Ein strahlender und windzerzauster Hubertus riss die Küchentür auf, in seliger Unwissenheit ob der Dramen, die sich seinetwegen vorhin abgespielt hatten »Na, ihr Hübschen? Zwitschert ihr schon mal einen auf Weihnachten?« Er drückte seiner Frau einen Kuss auf den Scheitel und zwinkerte Sarah zu. Das hieß, er hatte ihren Geschenkvorschlag befolgt. Hinter seinem Rücken zauberte er einen Strauß mit tiefroten Rosen hervor und überreichte ihn seiner Frau. »Hier, für dich, du Liebe meines Lebens.« Er stutzte und beugte sich zu seiner Frau hinunter. »Hast du geweint?«

Die Nase in den Strauß vergraben, schüttelte Dörte abwehrend den Kopf. »Erzähl ich dir später.« Sie drückte ihrem Ehemann einen innigen Kuss auf die Lippen und schniefte. »Manchmal bist du doch ein richtiger Schatz.«

»Warte mal ab, wie sehr du mich erst heute Abend lieben wirst, mein Schnuffelchen. Es ist so leise hier! Sind meine Erben tot?« Ein lautes Poltern auf der Treppe beantwortete seine Frage und wenig später brach das Leben in Form von drei kichernden, rotgestreiften Außerirdischen durch die Tür. Hubertus griff sich das erste Kind und warf es hoch in die Luft.

»Papa, lass mich, ich bin Sitting Bull!«

»Habt ihr wieder meinen Lippenstift genommen?«, beschwerte sich des Häuptlings Mutter.

»Nur ganz wenig, ehrlich, Mama!«

Sarah fühlte sich plötzlich ausgegrenzt, fehl am Platz. Wie eine, die von draußen durch die Scheibe in ein warmes Wohnzimmer blickt. Sarah, das Mädchen mit den Schwefelhölzern.

Sie stand auf. »Ich glaube, wir sollten jetzt gehen.«

»Och, Sarah, bitte. Nur noch ein bisschen«, bettelte Karla.

»Lass sie doch hier«, sagte Dörte. »Ich bringe sie nachher.«

»Hilfst du mir mit dem Baum, Hubsi?«

»Klar, ich lade ihn auf. Ich muss sowieso noch hoch zu Ahrendt, das Wildschwein holen für morgen.«

Karla zog bei der Erwähnung ihres Großvaters den Kopf ein, als könne er schon durch die Nennung seines Namens Macht über sie gewinnen.

Sarah drückte Dörte und wuschelte Karla durch die Haare. »Schmeiß sie raus, wenn sie dich stört. Filo und Sascha kommen übrigens über Silvester. Ich weiß gar nicht, was ich mit ihnen machen soll. Habt ihr Lust, mit uns zu feiern?«

»Ja, gern, aber wir müssten die Jungs mitbringen. Meinst du, die beiden verkraften das?«

Sarah grinste. »Wahrscheinlich nicht. Aber kommt trotzdem.«

Sie ging in das Schneegestöber hinaus, das den ganzen Hof in weihnachtliches Weiß gehüllt hatte. Die optimistische Stimmung von heute Morgen war verflogen. Sie drehte sich um und sah in das hell erleuchtete Küchenfenster, hinter dem Dörte gerade den Küchentisch umrundete, in wilder Jagd hinter einem ihrer Söhne her. Das Leben ging weiter.

Nicht Dörte, sie selbst war zu bemitleiden. Nichts vorzuweisen außer einem Exfreund. Und im Februar wurde sie einunddreißig. Fröhliche Weihnachten, Sarah.

*

Auf der Stadtautobahn war von weihnachtlicher Stimmung nichts zu bemerken. Ganz Braunschweig schien wild entschlossen zu sein, in einer Kamikaze-Fahrt die letzten Weihnachtsgeschenke zu ergattern.

»Hier runter, Weststadt!« Wagners Ruf kam reichlich spät. Beck zog rechts rüber und schnitt dabei einen Kombi, dessen Fahrer ihm den Mittelfinger zeigte.

»Friede auf Erden«, sagte Beck und fuhr die Ausfahrt hinunter.

Die trostlosen Bauten der Weststadt mit ihren schäbigen Plastikfassaden aus den sechziger Jahren säumten die breite Straße, in die Beck einbog. Auch die Vielzahl blinkender, schreiend bunter Weihnachtsymbole in den Fenstern vermochten die grauen Hochhäuser nicht zu verschönern. Im Gegenteil, sie verstärkten die Trostlosigkeit eigentlich nur noch. »Was die Leute sich zu Weihnachten so alles ans Haus hängen, unglaublich«, kommentierte Beck.

»Sinnlose Energieverschwendung, wenn Sie mich fragen. Von Geschmack wollen wir gar nicht erst reden. Bei mir in der Straße hängen mindestens drei tote Weihnachtsmänner am Schornstein«, stimmte Wagner zu.

Beck hielt in einer Seitenstraße. »Wollen wir doch mal sehen, ob Kollege Schwarze recht hat und Stein hier bei seiner Freundin untergekrochen ist. Vielleicht ist er ja gar nicht mehr mit ihr zusammen.«

Wagner suchte schon auf der Klingelleiste nach dem Namen, den ihr Kollege genannt hatte und drückte den Knopf. Nach einer längeren Pause ertönte eine schnarrende Frauenstimme. »Post!«, rief Wagner und der Summer wurde betätigt. Im Treppenhaus roch es nach Kohl und ungelüfteten Räumen. Die beiden Männer eilten in den dritten Stock empor. An einer geöffneten Wohnungstür wurden sie von einer jungen Frau erwartet, deren schwarz umrandete Augen sich misstrauisch verengten, als sie die Männer sah.

»Post, ja?«, fragte sie mit einer Stimme, der man einen starken Zigarettenkonsum anhörte.

Beck zückte seinen Ausweis. »Wir möchten mit Herrn Stein sprechen.«

Die junge Frau zögerte. »Was ist denn schon wieder los? Er handelt nicht mehr mit Drogen!«

»Ist er da?«

»Ja. Aber er schläft noch.«

»Dann wecken Sie ihn, bitte. Es ist dringend.«

Die Frau trat in die Wohnung zurück und wollte die Tür schließen.

Wagner stellte einen Fuß auf die Schwelle. »Dürfen wir reinkommen? Es wäre bestimmt nicht im Interesse Ihres Freundes, wenn wir unser Anliegen auf dem Flur besprechen würden.«

Nach kurzem Zögern nickte sie und ließ die beiden eintreten. Der muffige Geruch des Treppenhauses mischte sich mit dem Gestank nach kaltem Zigarettenrauch. Sie öffnete eine Tür. »Gehen Sie so lange hier rein.«

Beck und Wagner traten in ein unaufgeräumtes Wohnzimmer, in dem ein gläserner Couchtisch unter den Spuren eines abendlichen Gelages kaum zu erkennen war. Überquellende Aschenbecher kämpften mit einer beeindruckenden Menge von Bierflaschen um einen Platz neben aufgerissenen Chipstüten, deren Inhalt dekorativ in klebrigen Bierlachen krümelte. Am Fenster blinkte ein pinkfarbener Komet. Beck trat ans Fenster und blickte auf die Straße. Auf einem schäbigen Spielplatz lungerten ein paar Jugendliche herum.

Wagner setzte sich auf die Kante eines abgewetzten Sessels, der mit braunem Lederimitat bezogen war. Ein riesiger Breitwandfernseher an der Wand zeugte von den innenarchitektonischen Prioritäten des Paares.

Die junge Frau kam herein und setzte sich auf den anderen Sessel. Ihr überdimensioniertes Schlafshirt hatte sie inzwischen durch eine Jeans und ein die Jahreszeit ignorierendes, bauchfreies Top ersetzt, das ein Nabelpiercing sehen ließ. »Er kommt gleich«, verkündete sie und zündete sich eine Zigarette an.

»Wie lange sind Sie schon mit Herrn Stein zusammen?«,

erkundigte sich Beck, mehr um das Schweigen zu brechen, als aus wirklichem Interesse.

»Zehn Jahre on und off.«

»On und off?« Wagner rutschte von der Sessellehne und trat neben Beck.

»Mal ja, mal nein. Immer, wenn es mir zu stressig wird, schicke ich ihn in die Wüste. Aber ohne mich kommt er nicht klar.«

»Was erzählst du denn hier für einen Bockmist?« Ihr Liebhaber betrat die Szene. Ausgeprägte Tränensäcke ließen ihn älter wirken, als er wahrscheinlich war. Die stachelig gegelten Haare hatten die Bettruhe unbeschadet überstanden, ebenso wie die zahllosen Ohrringe im rechten Ohr. Der Look wurde komplettiert durch eine über den Knien kunstvoll zerfetzte Jeans und ein schwarzes T- Shirt mit der Aufschrift *Böhse Onkelz*.

»Guten Morgen, Herr Stein. Tut mir leid, dass wir Ihre Nachtruhe stören müssen.« Beck konnte sich einen ironischen Unterton nicht verkneifen. Schließlich war es immerhin elf.

»Sind Sie vom Drogendezernat? Ich hab nichts mehr laufen, ehrlich. Schon ewig nicht mehr.«

»Ein halbes Jahr würde ich nicht gerade als ewig bezeichnen«, entgegnete Beck, »aber nein, wir sind vom Morddezernat.«

»Mord!«, kreischte Steins Freundin auf. »Andy, was hast du gemacht?!«

»Halt die Klappe, Olga, ich hab überhaupt nichts gemacht!«

»Würden Sie uns bitte entschuldigen?«, wandte sich Beck an die junge Frau. Sie starrte ihn verständnislos an. »Wir würden uns gern allein mit Ihrem Freund unterhalten.«

Widerwillig stand sie auf und funkelte ihren Liebsten an. »Eins sage ich dir, wenn du wieder in den Knast wanderst, dann war's das mit uns. Du hast mir versprochen ...«

»Halt die Klappe, hab ich gesagt, und geh raus.« Andreas Stein konnte noch lauter brüllen als seine Freundin. Sie verschwand mit lautem Türenknallen. Stein ließ sich in den frei gewordenen Sessel sinken. »Mit Mord habe ich nun aber wirklich nichts zu tun.«

»In der Nacht von Dienstag auf Mittwoch wurde auf dem Parkplatz des *Nights* eine junge Frau ermordet. Zufällig wissen wir, dass Sie in dieser Nacht zusammen mit einem oder zwei Kumpels auf dem Parkplatz übernachtet haben.«

Stein fuhr sich durch seine Stacheln. »Ja, das stimmt. Aber ich war's nicht. Mann, ich war so hacke, ich hätte noch nicht mal 'nen Hamster töten können.«

»Das behauptet ja auch niemand. Aber vielleicht haben Sie ja etwas gesehen?«

Stein schüttelte den Kopf. »Nee, ich weiß noch nicht mal mehr, wie ich in das Auto gekommen bin. Mein Kumpel muss mich hingeschleppt haben.«

»Wissen Sie, wie lange Sie ungefähr im *Nights* waren?«

»Keinen Schimmer. Bis ich voll genug war, schätze ich.«

»Kennen Sie diese Frau?« Beck zückte ein Foto.

Stein starrte auf die Aufnahme. »Kennen tu ich sie nicht, aber ich habe sie manchmal im *Nights* gesehen. Sieht geil aus. Ist sie das? Die, die ermordet wurde?« Beck nickte. »Scheiße, Mann.«

»Haben Sie sie an diesem Abend im *Nights* gesehen?«

Stein dachte angestrengt nach. »Ich weiß nicht. Kann sein. Doch, ich glaube ja.«

»Wann und wo?«

»Wenn ich das wüsste … warten Sie mal. Irgendwann bin ich mit dem Handy raus. Wollte Olga anrufen. Da ging sie, glaube ich, gerade mit einem Typen über den Parkplatz.«

Beck und Wagner wechselten einen Blick. »Sind Sie sicher, dass sie es war?« Unwillkürlich hielt Beck den Atem an.

»Ich glaube schon.«

»Was hatte sie an?«

»Was hatte sie an? Irgendwas Kurzes. Ich hab noch auf ihre Beine geguckt und hab gedacht, schade, dass deine Olle nicht solche Stelzen hat.«

»An mehr können Sie sich nicht erinnern?«

»Ich glaube, sie hatte ein Kleid an, was Glitzerndes. Sie hatte sich einen Mantel umgehängt, der war dunkel. Mehr konnte ich nicht sehen.«

Beck zog ein zweites Foto aus der Tasche. »Könnte das die Kleidung gewesen sein?«

»Oh, Mann. Musste das sein? Da kann einem ja schlecht werden! Ja, ja, das ist, glaube ich, das Kleid.«

»Wann war das ungefähr, als Sie das Mädchen sahen?«

»Ich weiß es doch nicht. Kann nicht allzu spät gewesen sein, sonst wäre ich ja schon voll gewesen.«

»Was heißt denn ›nicht allzu spät‹ bei Ihnen? Wann sind Sie denn ins *Nights* gefahren?«

»So gegen elf, halb zwölf. Ich habe mir erst noch mit Tacko ein paar Videos reingezogen.«

»Wie lange brauchen Sie etwa im Allgemeinen, bis Sie voll sind?«, mischte sich Wagner ein.

»Kommt drauf an, was ich trinke. Den Abend habe ich Cola-Bacardi getrunken, da brauche ich länger. Drei, vier Stunden halte ich gut durch.«

»Das heißt, Sie haben die Tote etwa zwischen zwölf und drei gesehen.«

»Möglich. Da können Sie mich jetzt aber nicht drauf festnageln.«

»Wie sah denn der Mann aus, mit dem sie über den Parkplatz ging?«

»Ich habe ihn nur von hinten gesehen. Dick war er und klein. Jedenfalls kleiner als sie.«

Beck blickte zu Wagner. Der nickte.

»Und wo gingen sie hin?«

»Keine Ahnung. Ich schätze mal, zu einem von den Autos.«

»Wo standen Sie?«

»Vor dem Eingang.«

»In welche Richtung genau gingen die beiden von Ihnen aus gesehen?«

»Geradeaus. Jedenfalls ungefähr.«

»Nicht nach links?«

»Nee, jedenfalls nicht, solange ich sie gesehen habe. Aber ich habe ja auch nicht ewig hinterher geglotzt. Sowie ich Olga auf die Mailbox gequatscht habe, bin ich wieder rein, war ja schließlich kalt.«

»Die Mailbox? Sie haben auf die Mailbox gesprochen?« Wagner und Beck sprachen im Chor.

»Das wird sie schon gelöscht haben«, unkte Wagner.

»Macht nichts«, meinte Beck. »Das kriegen wir doch wieder hoch.«

»Wie ich meine Ollie kenne, hat die das nicht gelöscht. Bei der ist ewig die Box voll, weil sie nie irgendwas löscht.«

Eilig ging Beck zur Tür und rief hinaus. »Frau Neumann? Können Sie bitte mal kommen?« Wie sich herausstellte, hätte er gar nicht so laut zu rufen brauchen, denn Olga Neumann kam hinter einer Flurecke hervorgeschossen, hinter der sie offensichtlich in Lauschposition gestanden hatte. »Haben Sie die Nachricht gelöscht, die Ihnen Herr Stein am Dienstag aus dem *Nights* auf das Band gesprochen hat?«

»Nee, ich glaub nicht. Wieso?«

»Könnten Sie mal nachsehen? Es ist wichtig.« Olga kramte in einer nietenbesetzten Lackledertasche und holte ihr Handy heraus. Sie drückte einige Tasten und hielt dann Beck den Apparat hin. »Hier. Ist noch drauf.«

Beck drückte auf ›ok‹.

In leicht verwaschener Aussprache teilte Andreas Stein seiner Freundin mit, dass er heute Nacht nicht nach Hause zu kommen gedenke. Interessanter war die Uhrzeit der Aufnahme, die das Gerät Beck freundlicherweise mitteilte: Dienstag, 19.12., 2 Uhr 14. »Um viertel nach zwei war sie also noch am Leben«, konstatierte Beck.

»Vorausgesetzt, die Aussage von Herrn Stein stimmt«, schränkte Wagner ein.

»Die stimmt. Glauben Sie, so was denke ich mir aus? Ich hätte ja auch sagen können, ich habe gar nichts gesehen, dann hätte ich Sie schon wieder aus dem Haus«, ereiferte sich ihr Zeuge.

»Vorausgesetzt, wir hätten Ihnen geglaubt«, blaffte Wagner.

»Was hast du denn gesehen, Andy?«, wollte seine Freundin wissen.

»'ne Tote. Aber reg dich nich gleich wieder auf.«

»'ne Tote!? Und da soll ich mich nicht aufregen?! Davon hast du Mittwoch gar nichts gesagt, als du nach Hause getorkelt kamst!«

»Da wusste ich ja auch noch nicht, dass sie tot ist, Mann!«

»Du hast 'ne Tote gesehen und wusstest nicht, dass sie tot ist? Hast du noch alle ...?«

»Moment mal, Frau Neumann, das kann er Ihnen gleich erzählen.« Beck schob sich zwischen die beiden Liebenden. »Wir lassen Sie jetzt erst mal in Ruhe, wenn Sie uns noch sagen, wie Ihr Kumpel heißt. Vielleicht war der ja nüchterner als Sie?«

»Glaub ich nicht. Sonst hätte er mich ja noch nach Hause gefahren.«

»Trotzdem. Namen und Adresse bitte.«

»Tacko. Matthias Meißner, eigentlich. Adresse kann Ihnen Ollie aufschreiben.«

»Vielen Dank, Herr Stein, Sie haben uns sehr geholfen.«

»Mann, dass ich diesen Tag noch mal erlebe. Dass ein Bulle so was zu mir sagt.«

»Dann sieh mal zu, dass das so bleibt.« Olga war mit einem Zettel zurückgekehrt, den sie Beck hinhielt.

Er steckte ihn ein und lächelte sie an. »Danke. Und frohe Weihnachten.«

Sie flatterte mit ihren zentimeterdick getuschten Wimpern. »Wünsche ich Ihnen auch. Kommen Sie mal wieder vorbei.«

»Nee«, tönte es aus dem Wohnzimmer, »bitte nicht!«

Beck lachte und folgte seinem Kollegen auf den Flur. Sie sahen sich an, während sich die Tür hinter ihnen schloss. »Morowski«, sagte Beck.

Wagner nickte. »Scheiße.«

*

Sorgfältig hängte Sarah die letzte Kugel an den Baum und trat zurück.

Ganz schön voll gehängt, fast schon amerikanisch, dieser Baum. Peinlich. Trotzdem, die neuen roten Kugeln machten sich wunderbar, die nahm sie bestimmt nicht wieder ab. Die glitzernden Weihnachtsmänner waren aber wirklich zu viel des Guten. Zögernd trat sie vor und zog einen grinsenden Santa Claus von einem Zweig. Karla hatten diese kitschigen Kerle aber besonders gut gefallen. Sie hängte die Figur wieder zurück und schüttelte den Kopf. Wenn die Kerzen brannten, sah man ja sowieso den Schmuck nicht mehr so genau.

Sie setzte sich auf das schwere Gründerzeitsofa, dessen Brokatbezug seit Jahren vergeblich nach einer Restaurierung schrie und betrachtete ihr Werk.

Heute hatte sie sich wirklich reichlich für die schmucklosen Weihnachtszeiten mit Ben entschädigt, hier hing gut und gern Tand für drei Jahre an den Zweigen. Na und? Es gab ja keinen Kerl mehr in ihrem Leben, der milde lächelnd ihren fragwürdigen Geschmack und ihr kindliches Gemüt bemängeln konnte. Sie streckte die Zunge in Richtung Berlin heraus und kicherte. Sollte der Blödmann doch mit seiner neuen Tusse sein karges Designer-Weihnachten feiern, sie würde knietief im Kitsch waten, jawohl. Sie hatte Beck gegenüber wirklich nicht übertrieben – zwanzig Kilo Gehänge zu viel, das konnte hinkommen.

Ihr Magen zog sich zusammen, als ihr das Gespräch über Ahrendt wieder einfiel. Konnte der Mann wirklich seine eigene Tochter umgebracht haben? Eigentlich unvorstellbar.

Asta betrat den Salon und brach in Gelächter aus. »Bist du dir auch ganz sicher, dass du nicht irgendwo noch eine Kiste mit Weihnachtsschmuck übersehen hast?«

»Ganz sicher. Schrecklich, oder? Ich muss wohl doch wieder was herunternehmen.« Sie stand auf und schloss die Tür hinter ihrer Tante. »Sag mal, Asta – würdest du dem alten Ahrendt einen Mord zutrauen?«

»Wie bitte? Fragst du mich das im Ernst?« Asta griff nach einem goldenen Engel und hängte ihn an einen anderen Zweig.

»Der Kommissar hat mich das auch gefragt.«

»Tja, ich sollte das wahrscheinlich nicht sagen, aber doch, unvorstellbar ist es für mich nicht.«

»Wieso?«

»Ich hatte als Kind eine kleine Katze, die ich sehr liebte. Sie lief mir immer nach, wie ein kleiner Hund. Als ich eines Tages wieder mal mit ihr durch das Dorf spazierte, stolz wie ein Schneekönig, begegnete mir Wilhelm, damals ein junger Mann. Er saß auf einem Traktor, zwei seiner Hunde hinter sich ...«

Sarah schlug entsetzt eine Hand vor ihren Mund und Asta nickte grimmig.

»Du ahnst es schon. Er hetzte die Hunde ohne jeden Grund auf meine Katze, einfach so, zu seiner Unterhaltung. Ich werde nie das amüsierte Lachen in seinem Gesicht vergessen, als die Hunde über das Kätzchen herfielen.«

»Das ist ja widerwärtig! Was hast du getan?«

»Was konnte ich schon tun? Ich war zehn Jahre alt! Ich rannte nach Hause und erzählte es meinem Vater, deinem Großvater.«

»Und?«

»Tja, er ging zu Wilhelm und stellte ihn zur Rede. Viel

ist dabei nicht herausgekommen. Sie brüllten sich an und ich bekam eine neue Katze.«

»Was für ein widerlicher Kerl! Der ist doch krank, das ist doch nicht mehr normal! Und später hat er seine wehrlosen Kinder verprügelt. Verdammt!« Betroffen blickte Sarah auf die zarte Kugel, die sie eben in ihrer Faust zerquetscht hatte.

»Ja. Bloß, ob man daraus schließen kann, dass er auch seine Tochter umgebracht hat – ich weiß es nicht.«

»Auf jeden Fall hat der eine massive Störung! Ich würde zu gern mal mit seiner Frau sprechen, wenn mir bloß ein Vorwand einfiele!«

»Sarah, lass die Finger davon! Überlass das dem hübschen Kommissar!«

»Aber...«, begehrte Sarah auf.

»Nein, Sarah, ich meine es ernst. Es ist nicht dein Job und es ist Weihnachten und ich will jetzt nicht mehr darüber reden!« Mit einem energischen Schlag auf den Deckel schloss Sarahs Tante die Weihnachtskiste.

Asta erhob nur selten die Stimme und umso wirkungsvoller war es, wenn sie es doch einmal tat. Sarah lenkte erschrocken ein. »Tut mir leid, du hast recht. Ich muss mir mal angewöhnen, auch anderen Menschen etwas zuzutrauen.« Sie atmete tief durch. Zeit für einen Themenwechsel. »Ich habe mir heute ein absolut wahnsinniges, viel zu teures Kleid für Silvester gekauft. Wenn ich so weitermache, bin ich bis Januar ruiniert.«

»Ein Kleid? Zieh's doch mal an, los.« Asta winkte auffordernd zur Tür.

Kopfschüttelnd rannte Sarah die Treppe zu ihrem Schlafzimmer hoch und zog sich schon im Laufen den Pullover über den Kopf. Sie holte das glitzernde Kleid mit dem wilden Leopardenmuster aus der Tüte und zog es hastig an. Schnell wühlte sie ihre *Manolo Blahniks* aus dem Schrank, die Ben ihr letztes Jahr aus New York mitgebracht hatte. Ben – nein, jetzt nicht nachdenken.

Sie streifte sie über und stellte sich vor ihren Spiegel. Nicht übel. In diesen Schuhen hatte einfach jede Frau tolle Beine. Probeweise zog sie den Bauch ein und legte riesige goldene Kreolen an. Wenn schon, denn schon. Sie bauschte ihre Locken noch ein bisschen mehr auf und eilte wieder nach unten.

»Tata!« Sarah drehte sich einmal um die eigene Achse. »Findest du es schön oder sehe ich billig aus?«

»Nein, du siehst eigentlich ziemlich teuer aus! Wow!«

Sarah kicherte und schlug ihrer Tante auf die Schulter.

Die gab den Schlag zurück. »Los, wir trinken einen Sekt auf das Kleid und meine schöne Nichte!«

»Wollt ihr mich heute eigentlich alle abfüllen? Ich habe schon mit Dörte Sekt getrunken!«

Ein Poltern im Hausflur kündigte Karlas Rückkehr an. Schnell hastete Sarah auf ihren mörderisch hohen Stilettos in den Flur und hielt die Salontür zu. »Halt! Zutritt für Kinder unter acht Jahren verboten!«

Karla staunte Sarah mit offenem Mund an. »Oh, siehst du schön aus!«

»Findest du?« Kokett blickte Sarah über ihre Schulter. Asta drängelte hinter ihr aus dem Salon.

»Ja, sag ihr das ruhig, sie glaubt es nämlich nicht.«

»Na dann, Mädels, trinken wir doch auf meine unvergleichliche Schönheit.« Sarah schloss die Tür ab und stöckelte in die Küche. »Sekt für die alten Weiber und Brause für die jungen.«

»Dann müsstest du aber auch Brause trinken, Sarah«, kicherte Karla.

»Danke«, sagten Asta und Sarah wie aus einem Mund.

10. Kapitel

»Musste das sein? Muss ausgerechnet Morowski derjenige sein, der zuletzt mit Claudia Ahrendt gesehen wurde?« Wagner fuhr sich durch seine grauen Stoppeln.

»Ist er denn wirklich so einflussreich?« Beck schloss die Wagentür und wandte sich seinem Kollegen zu

»Einflussreich ist gar kein Ausdruck. Er ist einer der größten Arbeitgeber am Ort, sitzt in sämtlichen wichtigen Gremien der Stadt und ist mit dem Bürgermeister befreundet. Und nebenbei gesagt, auch mit unserem Chef.«

»Mit Gerner?« Beck stöhnte. »Na, das wird ja nett. Der wird sowieso begeistert sein, wenn wir am Heiligen Abend bei ihm aufkreuzen.«

»Wenn wir ihn überhaupt antreffen. Der fliegt gern über Weihnachten in die Karibik.«

»Vielleicht haben wir ja Glück.«

»Glück, ihn anzutreffen oder ihn nicht anzutreffen?«

»Letzteres.«

Wagner lachte gallig. »Fahren wir erst mal in seinen Betrieb.«

Resigniert startete Beck den Wagen und fuhr in Richtung Nordstadt auf die Tangente. »Stau. Heute ist unser Glückstag.« Er drehte das Radio an. »Natürlich, *Last Christmas*, Wham. Fällt denen zu Weihnachten eigentlich noch was anderes ein?«

»Machen Sie doch mal *Radio 2000* an, die spielen Rock.«

»Keine Ahnung, wo das ist.«

Wagner drückte auf den Tasten des Radios herum. »Wo ist denn der Suchlauf?« Das Radio spielte einen Sender nach dem anderen durch.

Langsam krochen sie zwei Meter weiter nach vorn. »Was ist denn da wieder los?«, fragte Beck. »Ein Unfall? Manchmal hat man das Gefühl, sowie ein Feiertag ausgerufen ist, müssen erst mal ein paar Leute ineinander fahren. So als Festtagsritual. Weihnachten – Autobahn dicht, Pfingsten – Autobahn dicht.«

»Hier ist er. *Radio 2000.*« Wagner richtete sich zufrieden auf. Ray Charles ertönte.

Automatisch fing Beck an mitzuwippen. »Interessieren Sie sich eigentlich für Musik?«

Wagner zückte eine Zigarette. »Darf ich?«

»Nur zu. Wenn wir noch länger im Stau stehen, fange ich auch wieder an.«

»Ob ich mich für Musik interessiere? Ja, eigentlich schon. Ich mag Rock, den guten alten, geradlinigen Rock.«

»Eric Clapton, Jimi Hendrix, Deep Purple und so weiter?«

»Ja, so ungefähr. Und Sie?«

»Die mag ich auch. Aber noch mehr stehe ich auf Soul. Hier, Ray Charles finde ich gut, Stevie Wonder, Marvin Gaye.«

»Aha, *Commitments.*«

»Genau, Superfilm.«

»In der Schule habe ich mal Bass gespielt.« Wagner war anscheinend in Plauderstimmung.

»Ich spiele Gitarre. Oder ich habe es wenigstens getan, in Berlin.« Beck dachte an die Band, bei der er sich längst hatte vorstellen wollen. Wahrscheinlich hatten die längst einen anderen.

»Wenn ich gewusst hätte, dass Sie ein Instrument spielen, hätte ich auch auf Gitarre getippt. Sie sind so der Typ.«

»Narzisstisch, eitel und viel Lärm mit wenig Können produzierend?«

»Na, ganz so hätte ich es nicht formuliert.«

»Wie denn?« Wahrscheinlich würde er diese Frage bereuen, dachte Beck. Aber jetzt wollte er es wissen.

Wagner räusperte sich unbehaglich. »Na, Sie sind so ein Frontmann, denke ich.«

»Was immer das ist.« Beck hätte gern mehr aus Wagner herausgelockt. Warum war man eigentlich immer so an der Meinung von Leuten interessiert, von denen man genau wusste, dass sie einen nicht leiden konnten? Irgendwie war das wichtiger, als ein Urteil von Menschen zu bekommen, die einen mochten. Ziemlich masochistisch.

»Hier.« Wagner drehte die Musik lauter. »Da geht nichts drüber.«

Beck sagte lieber nicht, dass er sich den Altmännerrock von Van Halen schon lange übergehört hatte.

»Es scheint weiterzugehen.« Beck gab Gas. Wie so oft war weit und breit nichts zu sehen, was den Stau verursacht haben könnte. Unbegreiflich. Auf der Abfahrt Hamburger Straße konnte man bereits die Hallen von *Lion's Crest* sehen. »Was stellen die eigentlich her?« Beck merkte wieder einmal, wie wenig er noch über Braunschweig wusste.

»Computersoftware. Hauptsächlich Spiele. Sehr hochwertige. Kennen Sie *Paradise Island*?«

»Klar, Teil I habe ich im Internat bis zur totalen Erschöpfung gespielt.«

»Sie waren im Internat?«

Bingo, dachte Beck, wieder ein Puzzleteilchen, das Wagners Bild des verwöhnten Jüngelchens komplettierte. »Ja, ich wuchs bei meinem Vater auf. Der hatte keine Zeit für einen halbwüchsigen Jungen.«

»Ist Ihre Mutter gestorben?«

»Damals noch nicht. Sie hat sich von meinem Vater getrennt und ist nach Italien zurückgegangen.«

»Ihre Mutter war Italienerin? Da haben Sie aber nicht viel von ihr, oder?«

»Nein, ich sehe leider meinem Vater ziemlich ähnlich.«

»Wieso leider? Sie können sich doch nicht beklagen.« Wagner schnaubte höhnisch, damit kein Zweifel daran aufkam, wie er diese Tatsache beurteilte.

Beck konnte sich nur mit Mühe zurückhalten, sich wegen seines Äußeren zu entschuldigen. »Leider, weil ich mich nicht sonderlich gut mit meinem Vater verstehe.«

»Wer tut das schon? Sich gut mit seinem Vater verstehen, meine ich.«

Beck fuhr an die rot-weiße Schranke, die den Firmenparkplatz absperrte, und ließ das Fenster herunter. »Guten Tag, Beck, Kriminalpolizei.«

»Kriminalpolizei? Zu wem wollen Sie denn?«

»Zu Herrn Morowski.« Der Pförtner griff zum Telefon und sprach hinein. Offenbar hatte er grünes Licht bekommen, denn er ließ kommentarlos die Schranke hoch. Beck fuhr hinein. Es hatte wieder angefangen zu schneien. Ein eisiger Wind fegte über die weite Fläche des Parkplatzes. Fröstelnd schlug Beck beim Aussteigen seinen Mantelkragen hoch und eilte in Richtung Haupteingang. Wagner hastete hinterher.

Die elegante Empfangsdame hinter dem Tresen aus Edelstahl empfing sie mit einem kühlen Lächeln, das eine Spur wärmer wurde, nachdem Beck zurückgelächelt hatte. »Sie wünschen?«

»Wir möchten zu Herrn Morowski.«

»Haben Sie einen Termin?«

Beck zückte seinen Ausweis. »Es ist wichtig.«

Die junge Frau sprach in ein Funktelefon. »Hier sind Herren von der Kriminalpolizei für Herrn Morowski ...?« Sie nickte und winkte die beiden Beamten in Richtung Fahrstuhl. »Sechster Stock, Zimmer 600.«

Der Aufzug brachte sie in Windeseile nach oben und öffnete seine Türen völlig lautlos. Sie traten hinaus und versanken in zentimeterdickem Teppichboden, der ihre Schritte völlig abdämpfte. Indirekte Beleuchtung setzte dekorative Pflanzen und Gemälde in Szene. Wagner tippte mit der Hand auf ein riesiges, abstraktes Werk in kühnen Farben. »Echt.«

»Bornemann-Küpp.«

»Was?«

»Einer der gefragtesten Maler in Deutschland. Hätte ich auch gern über der Couch hängen, übersteigt aber leider meine Gehaltsklasse.«

An dem abschätzigen Blick, mit dem Wagner seinen Mantel streifte, erkannte Beck, dass sein Kollege sich fragte, warum er dann in einem Kaschmirmantel von Boss herumlief. Er hätte lieber seine Klappe halten sollen.

Wagner blieb stehen. »Vorzimmer Morowski.« Nach einem kurzen Klopfen öffnete er die Tür.

Eine Frau erhob sich hinter einem gläsernen Schreibtisch und kam ihnen entgegen. »Die Herren von der Kriminalpolizei?« Sie knipste ein professionelles Lächeln an, das strahlend weiße Zähne sehen ließ, die jedem Model genauso viel Ehre gemacht hätten wie ihre endlosen Beine. Ein enges graues Kostüm betonte ihren wohlgeformten Körper mehr als es ihn verhüllte. »Irina Malten, persönliche Assistentin Herrn Morowskis. Wollen Sie sich bitte einen Moment setzen? Herr Morowski hat gleich Zeit für Sie. Tee? Kaffee?«

»Kaffee«, intonierten Wagner und Beck gleichzeitig.

»Gerne.«

Beide Männer beobachteten, wie Irina Malten auf ihren hohen Pumps zu einer Kaffeemaschine edelsten Designs schritt und dort anmutig hantierte. Morowski verstand es, seine Mitarbeiterinnen auszuwählen, dachte Beck, zumindest, wenn dieser blonde Traum genauso gut in seinem Job war, wie er aussah. Was wohl so alles zu ihrem Job gehörte? Aus Wagners wiederholtem Räuspern konnte er schließen, dass der gerade dasselbe dachte.

»Bitte schön, meine Herren. Milch? Zucker?« Beide verneinten und die Blondine ging mit wiegenden Hüften hinter ihren Schreibtisch zurück.

Der gleiche Typ wie Claudia Ahrendt, dachte Beck. Anscheinend hatte Morowski ein bestimmtes Beuteschema. Was für ein sexistischer Gedanke! Vielleicht hatte Morowski die Blondine ja ausschließlich aufgrund ihrer beruflichen Qualitäten eingestellt.

Ein leises Summen ertönte und die Assistentin sah von ihrem Laptop auf. »Sie können jetzt hineingehen.« Sie wiegte sich erneut um den Schreibtisch herum und öffnete ihnen die Tür. »Bitte, meine Herren.«

Sie betraten ein Büro, das die Ausmaße eines Penthouse hatte. An drei Seiten gewährten deckenhohe Glasfronten freien Blick auf Braunschweigs Silhouette, die durch das Schneetreiben dekorativ verwischt wie ein impressionistisches Gemälde wirkte. Zwei monumentale Bronzeskulpturen von Neukirchner flankierten den Blick auf einen Schreibtisch aus einem dunklen Edelholz, der außer einer riesigen Sitzgruppe in schwarzem Leder das einzige Möbelstück in diesem Raum war. Morowski saß mit dem Rücken zur Tür in einem drehbaren Stuhl mit hoher Lehne und telefonierte.

»Ich denke, der hat jetzt Zeit für uns«, flüsterte Wagner.

»Alles Taktik. Damit wir merken, wer hier das Sagen hat«, zischelte Beck zurück.

Morowski beendete sein Gespräch und wandte sich ihnen zu. Ein flüchtiges Nicken sollte wohl den Gruß ersetzen. »Ich nehme an, es geht um Claudia Ahrendt?«

»Guten Tag, Herr Morowski.« Beck ging mit gutem Beispiel voran. »Sie verschwenden keine Zeit.«

»Wenn ich das je getan hätte, säße ich heute nicht hier.«

»Wie haben Sie von Frau Ahrendts Tod erfahren?«

»Heinen hat mich informiert.«

»So? Was hat er Ihnen denn erzählt?«

Beck merkte, wie Unmut in ihm aufstieg. Wollte der Mensch ihnen keinen Platz anbieten? Als hätte Morowski seine Gedanken gelesen, stand er auf und bat die Männer mit einer Handbewegung auf die Sofas zur Linken. Er war klein, korpulent und glatzköpfig, aber das schien seinem Selbstbewusstsein keinen Abbruch zu tun. Trotz seiner geringen Körpergröße war eindeutig er derjenige, der diesen Raum dominierte. Morowski setzte sich, wobei seine Anzughose die fetten Schenkel straff umspannte.

»Wie gut kannten Sie Claudia Ahrendt?«

»Ich kannte Claudia recht gut, Herr ...«

»Beck.«

»Herr Beck. Wie man eben eine schöne Frau kennt, mit der man hin und wieder ... ein paar schöne Stunden verlebt.«

»Sie waren also mit Claudia Ahrendt intim.«

»Lassen wir das doch dahingestellt sein.«

»Ich fürchte, Herr Morowski, dass wir nichts ›dahingestellt sein lassen‹ können. Sie waren der Letzte, mit dem Frau Ahrendt gesehen wurde.«

»Tatsächlich? Wie unangenehm.«

»Ja, vor allem für Frau Ahrendt.«

Morowski lachte doch tatsächlich amüsiert. »In der Tat.«

»Wann genau haben Sie mit Claudia Ahrendt am Dienstagabend den Club verlassen?«

»Ich glaube, gegen zwei Uhr.«

»Warum gingen Sie mit ihr hinaus?«

»Weil wir ursprünglich den Abend zusammen beenden wollten.«

»Ursprünglich?«

»Ja, auf dem Weg zum Wagen überlegte sie sich es plötzlich anders.«

»Warum?«

»Warum? Sie wissen doch, wie Frauen sind. Vor allem schöne Frauen, die gewohnt sind, die Männer nach ihrer Pfeife springen zu lassen.«

»Was soll das heißen?«

»Ganz einfach: Sie wollte plötzlich nicht mehr mit. Musste nach Hause zu ihrem Kind, nehme ich an.«

»Was hat diesen Sinneswandel bewirkt?«

»Das Kind hat angerufen.«

»Haben Sie gehört, wie sie mit Karla gesprochen hat?«

»Karla?«

»Frau Ahrendts Tochter.« Ignoranter Scheißkerl, dachte Beck, Claudia Ahrendt und ihr Leben waren dir völlig egal.

»Nein, gehört habe ich es nicht. Sie ging mit dem Handy zur Seite. Danach wollte sie nach Hause.«

»Sie können nicht mit Sicherheit sagen, dass es ihre Tochter war, die anrief?«

»Nein, sagte ich doch schon. Ich habe es einfach angenommen. Gucken Sie doch auf Claudias Handy nach.«

»Das ist leider verschwunden.«

»Dann suchen Sie es. Sie sind doch von der Kripo.« Morowski lachte meckernd.

Beck merkte, wie seine rechte Hand unwillkürlich zuckte. *Kriminalhauptkommissar schlägt bekannten Bürger Braunschweigs nieder.* Nette Schlagzeile, aber leider karriereschädigend. »Sie haben Zeugen für Ihre Aussage, nehme ich an?« Lass ihn keine haben, dachte Beck. Lass ihn stammeln und Ausflüchte suchen.

»Natürlich.«

Natürlich.

»Meinen Fahrer.«

»Er wartete im Wagen auf Sie?«

»Ja.«

»Er konnte Sie und Claudia sehen und kann bezeugen, dass Sie sich trennten?«

»Selbstverständlich.«

»Wir werden das überprüfen.«

»Tun Sie das, tun Sie das. Und jetzt meine Herren – ich habe zu arbeiten.«

Morowski erhob sich. Obwohl er in keinen Hörer gesprochen hatte oder für Beck irgendwie ersichtlich einen Schalter betätigt hatte, ging die Tür auf und Irina betrat den Raum. Ihr strahlendes Lächeln und ihre einladende Handbewegung komplimentierten die Beamten auf charmante Weise, aber völlig unmissverständlich hinaus.

Beck nickte Morowski kurz zu und ging kommentarlos zur Tür.

Während Wagner sich noch die Durchwahl des Fahrers geben ließ, eilte Beck schon in den Flur. Er trat gegen eine Statue.

»Na, na.« Wagner kam hinterher. »Damit holen Sie sich höchstens einen verstauchten Fuß, aber die Morowskis dieser Welt werden Sie auch nicht ändern.«

»Was für ein Arschloch. Keinem dieser Männer lag irgendetwas an Claudia Ahrendt.«

Wagner schaute befremdet. Wahrscheinlich hielt er ihn jetzt auch noch für sentimental. Zu Recht. »Na, ihrem jungen Herzbuben, Velten, bedeutete sie doch anscheinend mehr, als gut für ihn war.«

»Stimmt. Warum hat sie sich bloß mit solchen Kerlen wie Morowski eingelassen?«

»Warum lassen wir uns überhaupt mit irgendwem ein? Wir erhoffen uns etwas, das es sowieso nicht gibt.«

»Liebe, meinen Sie?«

Wagner nickte. »Sind doch alles nur Hormone. Hormone und Tauschgeschäfte. Geld für Sex, Sex für Geld, darauf läuft letzten Endes alles hinaus.«

»Meinen Sie? Das ist aber eine bedrückende Sicht der zwischenmenschlichen Beziehungen.«

»Finde ich nicht. Wenn man es akzeptiert, ist es gar nicht so schlecht. Jeder gibt dem anderen etwas und bekommt etwas dafür. Nur wenn man davor die Augen verschließt, dann kann es bitter werden.«

Beck schüttelte sich. »Kommen Sie, Tacko wohnt hier gleich um die Ecke. Statten wir ihm einen Weihnachtsbesuch ab.«

»Muss ich meine rote Mütze aufsetzen?«

*

»Da kommt dein Onkel, Karla.« Asta konnte von ihrem Küchenstuhl den Hof überblicken.

Sarah drehte sich um und fühlte, wie sich ihr Magen

zusammenzog. Tatsächlich, da kam Christian. Besser gesagt, ein überdimensionierter Eisbär mit Christians Beinen. »Ich glaube, du bekommst gleich ein wunderschönes Geschenk.«

»Ich will kein Geschenk.« Karla zog mürrisch die Mundwinkel herunter.

»Ach, nun komm, sei freundlich, dein armer Onkel hat dir überhaupt nichts getan.« Der Eisbär betätigte den Türklopfer und Sarah sprang auf.

Hinter dem freundlichen Bärengesicht lugte Christian hervor und lächelte Sarah an. »Hallo, ich hoffe, ihr habt noch Platz für ein verwaistes Eisbärenbaby bei euch?«

Sarah lachte. »Komm rein. Karla wird sich freuen.«

»Wird sie nicht, aber ich wollte ihr wenigstens ein Weihnachtsgeschenk vorbeibringen.«

Sarah ging voraus in die Küche. »Hallo, Karla, hier ist jemand, der bei dir wohnen möchte.«

Christian hielt der Kleinen den Bären entgegen. Ein zögerndes Lächeln trat auf Karlas Gesicht. »Der ist ja fast so groß wie ich!«

»Ja, wahrscheinlich muss er auch schon in die Schule gehen.«

Das Lächeln verschwand. »Eisbären gehen nicht zur Schule.«

Entmutigt setzte Christian den Bären neben Karlas Stuhl ab. »Nein, natürlich nicht, du hast recht.« Er seufzte.

Die Kleine macht es ihm wirklich nicht leicht, dachte Sarah.

»Trinken Sie einen Kaffee mit?« Asta klopfte einladend auf den Stuhl neben sich.

Christian zögerte. »Ich wollte euch eigentlich nicht lange aufhalten.«

»Du hältst uns nicht auf, wir müssen jetzt nur noch die Zeit bis zur Bescherung herumbringen: Komm, setz dich doch. Wie geht's Susi?«

»Nicht so gut. Sie sieht elend und schmal aus. Ich mache mir Sorgen.« Nervös fuhr Christian sich durch die Haare. Er sah selbst blass und abgespannt aus. Dunkle Ringe unter den Augen zeugten von Schlafmangel. »Apropos Bescherung. Ich habe euch auch eine Kleinigkeit mitgebracht.« Er zog drei kleine Schächtelchen aus der Tasche.

»Oh, aber Christian, das wäre wirklich nicht nötig gewesen.«

»Das ist doch das Mindeste dafür, dass ihr euch so gut um Karla kümmert.«

Asta zupfte an der goldenen Schleife ihrer Schachtel. »Dürfen wir es gleich aufmachen?«

»Also, Asta, wirklich. Sei nicht so gierig!« Sarah knuffte ihre Tante in die Hüfte.

»Wieso denn? Karla hat ja schließlich ihr Geschenk auch schon bekommen.«

»Was meinst du, Karla, dürfen die beiden ihr Geschenk schon aufmachen?«, wandte sich Christian an seine Nichte.

Das Mädchen nickte ernst. »Das ist gerecht.«

Asta schüttelte ihre Schachtel am Ohr. »Das klingt vielversprechend.« Sarah sah zu, wie Asta die Schleife aufzog und das Papier entfernte. »Oh, sind die schön! Aber – die waren doch bestimmt sehr teuer!« Sie hob glitzernde, lange Ohrringe aus der Schachtel.

»Ich fand, die passen zu Ihnen.« Christian lächelte über Astas offensichtliche Freude.

»Danke. Wenn ich wohlerzogen wäre, würde ich sagen, das kann ich nicht annehmen, aber das bin ich ja Gott sei Dank nicht. Los, Sarah, mach deins auf.«

Sarah wickelte ihr Päckchen auf und schaute hinein. Auf rotem Samt lag eine goldene Kette mit einem funkelnden Herzanhänger. »Mein Gott, Christian! Ist die echt?«

»Das will ich hoffen.«

»Das kann ich nicht annehmen.« Ein Herz? Was sollte das denn?

Asta seufzte. »Ich habe dich zu gut erzogen.«

»Ich hoffe, das Herz stört dich nicht. Das ist der Ersatz für …«

»Für was?« Asta beugte sich interessiert vor.

»Das sage ich Sarah später.« Christian fuhr sich verlegen durch die Haare.

»Schade.« Asta lehnte sich enttäuscht zurück und befestigte ihre Ohrringe. »Na?«

»Toll. Die sehen toll aus.« Karla fasste bewundernd an das funkelnde Gehänge an Astas Ohr.

»Was hast du denn für Luise ausgesucht?« Asta fingerte neugierig an dem goldenen Papier.

»Das werden Sie schon noch sehen.« Christian lachte.

Sarah fühlte sich unwohl. Sie konnte doch unmöglich so ein kostbares Geschenk von Christian annehmen. Und dann noch ein Herz. Das hätte er lieber Susi schenken sollen.

Er stand auf. »Es wird schon dunkel. Ich muss los. Die Kinder warten bestimmt schon.«

»Ich bring dich zur Tür.« Eilig folgte Sarah ihm auf den Flur. »Ich wollte dich noch etwas fragen, Chris. Diesen Freund von Claudia, Dennis, hast du ihn gekannt?«

»Dennis? Nein, sie hat ihn nie erwähnt. Warum fragst du? Meinst du, dass …?«

»Irgendjemand hat Claudia umgebracht. Und ich frage mich die ganze Zeit, wer. Du nicht?«

»Doch. Aber ich weiß es eben nicht. Und ich möchte jetzt eigentlich nicht darüber nachdenken.« Christian klang eine Spur ungehalten.

»Dein Vater – was hatte er in letzter Zeit für ein Verhältnis zu Claudia?«

»Ein schlechtes, wie immer! Mein Gott, Sarah, was bezweckst du mit solchen Fragen? Das bringt uns doch wirklich nichts außer Kummer!« Er wandte sich ab und schüttelte den Kopf.

»Ich … entschuldige, ich dachte … ich habe auch

schon überlegt, ob ich mal mit deiner Mutter spreche. Wahrscheinlich keine gute Idee, oder?«

»Nein, wirklich nicht. Meine Mutter ist völlig fertig, sie kann sich jetzt nicht auch noch den Fragen einer Amateurdetektivin stellen. Entschuldige, Sarah, es tut mir leid.«

»Nein, ich entschuldige mich. Es ist einfach nur so … Ich lebe hier mit Karla zusammen und frage mich ständig, was mit ihr geschehen wird, bei wem sie aufwachsen wird …« Warum hatte sie auch jetzt damit anfangen müssen. Es war schließlich Weihnachten. Für Claudia ist nie wieder Weihnachten, flüsterte eine kleine, gemeine Stimme in ihrem Ohr.

Christian nahm ihre Hand. »Wir finden eine Lösung, ganz bestimmt. Mach dir nicht solche Sorgen. Vielen Dank für alles, Sarah.« Er räusperte sich und zog sie ein wenig näher. »Das Herz ist der Ersatz für das, was damals vielleicht aus uns geworden wäre, wenn ich nicht so ein Feigling gewesen wäre. Ich musste gestern oft daran denken, was gewesen wäre, wenn …«

Sarah schlug das Herz bis zum Hals. »Aber … du hast doch jetzt Susi. Und deine Kinder. Wir waren noch so jung. Das hätte bestimmt nicht gehalten.«

»Ja, wahrscheinlich nicht.« Er beugte sich vor und küsste Sarah leicht auf den Mund. »Du siehst übrigens fantastisch aus«, flüsterte er.

»Das ist … nur für Silvester«, stammelte Sarah, aber Christian war schon zur Tür hinaus. Verwirrt sah sie ihm nach und berührte unwillkürlich ihre Lippen. Der Ahrendtsche Charme – sie hatte ganz vergessen, dass Chris genauso viel davon besaß wie Claudia. Ihre Wangen glühten. Was sollte das alles? Warum warf ihr das Schicksal ständig Männer vor die Füße, seit sie sich für die graue Strickjacke entschieden hatte? Männer, die unerreichbar für sie waren? Geradezu sadistisch. Guck mal, Sarah, was du alles nicht haben kannst, ätsch!

Lautes Kreischen aus der Küche riss sie aus ihrer Erstarrung. »Sarah, Sarah, Asta kitzelt mich!«

Sie riss die Küchentür auf und rief: »Wer sich noch ein paar Geschenke verdienen will, muss sich umziehen. In einer halben Stunde müssen wir in der Kirche sein.«

Über die Begegnung mit Christian würde sie heute Nacht im Bett nachdenken. Oder am besten gar nicht.

*

Obwohl Tacko zwei Stunden länger hatte schlafen dürfen als sein Freund Andreas, sah er keineswegs ausgeschlafener aus als dieser. Aus verquollenen Augen blickte er auf Becks Ausweis und winkte sie herein. Sein Wohnzimmer war eine Kopie des Zimmers, das Beck vor wenigen Stunden verlassen hatte. Auch hier hing ein Fernseher mit den Ausmaßen eines Panoramafensters an der Wand, auch hier türmten sich Gläser und Flaschen auf dem Wohnzimmertisch. Die einzige Variante stellten die mit schwarz-weißem Fell bezogenen Sessel dar, die Beck das Gefühl gaben, auf eine Kuhweide geraten zu sein.

»Was gibt's denn?«, wollte Meißner wissen. »Ich habe mit Andys Drogenhandel nichts zu tun, falls es mal wieder darum geht.«

»Nein, darum geht es diesmal nicht. Kennen Sie diese Frau?« Beck zückte Claudias Foto.

Meißner nahm es in die Hand und starrte darauf. »Kennen ist zu viel gesagt. Die hing immer im *Nights* rum. Tolle Braut. Wieso, was is'n mit der?«

»Sie ist tot. Ermordet.«

»Echt? Und wieso kommen Sie damit zu mir? Ich habe sie nicht ermordet und weiß auch nicht, wer's war!«

»Sie haben mit Ihrem Freund Andreas Stein am Dienstag, dem 19.12. auf dem Parkplatz des *Nights* übernachtet. Ist das richtig?«

Tacko runzelte die Stirn. »Ja, das stimmt, aber ...«

»Ihr Freund hat berichtet, er sei im Laufe des Abends

nach draußen gegangen, um seine Freundin anzurufen. Stimmt das?«

»Ja, das stimmt. Olli macht immer ein Riesentheater, wenn er mal nicht nach Hause kommt. Sieht ihn dann immer gleich im Knast.«

»Können Sie sich erinnern, wann Herr Stein etwa nach draußen ging?«

»Nee. Keine Ahnung. Auf jeden Fall muss es nach der Happy Hour gewesen sein. Andy hatte sich gerade ein Tablett Bacardi-Cola bestellt. Aber er war's nicht. Er war nur kurz draußen. So schnell kann man doch keinen umbringen. Außerdem macht der so was nicht. Der kann ja noch nicht mal 'ne Maus erschlagen.«

»Darum geht es nicht. Wann ist denn die Happy Hour?«

»Um ein Uhr. Dann kosten alle Mix-Getränke nur noch die Hälfte. Leider nur an Wochentagen.«

»Ihr Freund hat ausgesagt, er hätte das Opfer während des Telefonats auf dem Parkplatz gesehen. Zusammen mit einem Mann, klein und korpulent. Haben Sie die beiden vielleicht auch gesehen?«

»Nee. Ich war ja nicht draußen.«

»Denken Sie genau nach. Vielleicht haben Sie sie ja auf der Treppe gesehen.«

Meißner schüttelte den Kopf. »Nee, wirklich. Ich habe die den ganzen Abend nicht gesehen.«

»Haben Sie vielleicht etwas bemerkt, als Sie zum Wagen gingen, um dort zu schlafen?«

»Nee. Ich hatte genug damit zu tun, Andy mitzuschleppen. Der war total zu und schwer wie ein Sack Steine.«

»Wann war das? Wann sind Sie zum Auto gegangen?«

Meißner zuckte mit den Schultern. »Keine Ahnung. Vielleicht so gegen halb vier, vier?«

»Und Sie haben wirklich niemanden auf dem Parkplatz gesehen? Waren denn überhaupt noch Leute dort, außer Ihnen beiden?«

»Ja, doch. Ich glaube schon. Da waren noch welche.«

»Wo?«

»Mann.« Meißner ließ sich auf einen seiner Kuhsessel fallen und rieb sich die Stirn. Er wies auf die anderen Sitzgelegenheiten.

»Nein, danke. Wir stehen lieber.«

»Ich nicht.« Wagner ging an Beck vorbei und setzte sich hin. Seinen Block legte er auf den vollgemüllten Tisch.

»Doch. Doch, da waren welche. In der Gasse, die zur Bushaltestelle führt.«

»Konnten Sie die Leute erkennen? Waren sie groß, klein? Mann oder Frau?«

»Mensch, das ist doch stockdunkel da. Ich weiß es nicht. Die standen da einfach. Keine Ahnung.«

»War einer größer oder kleiner als der andere?«

»Sie stellen vielleicht Fragen. Ja ... ja, ich glaube, einer war größer als der andere. Sie standen eng beieinander. Als ob sie rumknutschen oder so.«

»Könnte eine Person eine Frau gewesen sein?«

»Könnte sein. Weiß ich aber nicht. Ich hab die doch nur so aus den Augenwinkeln gesehen.«

Beck seufzte. »Da waren Sie vielleicht Zeuge eines Mordes und waren zu betrunken, um was zu sehen.«

»Tja, wenn mir einer vorher gesagt hätte, dass eine umgebracht wird, wäre ich nüchtern geblieben.«

»Leider wird das in den seltensten Fällen vorher bekannt gegeben. Vielen Dank für Ihre Auskünfte.«

»Null Problem.« Tacko schlug die Tür so schnell hinter ihnen zu, dass er Beck noch am Hacken erwischte.

Er blieb stehen und rieb sich die Ferse. »Vielleicht war sie es. Vielleicht hat sie ihren Mörder geküsst.«

»Wenn man jemanden erwürgt, steht man auch ziemlich dicht bei ihm.« Wagner schüttete Eiswasser über Becks sentimentale Stimmung.

»Stimmt auch wieder. Tja, das war's dann wohl für heute. Gehen wir noch einen auf Weihnachten trinken? Ich lade Sie ein.«

»Nee. Muss noch Geschenke kaufen.«

Klar. Wahrscheinlich so reizende Dinge wie Blausäure, Quecksilber und Arsen.

»Ja, dann – fröhliche Weihnachten.« Vielleicht wirst du ja vom Baum erschlagen.

*

Die A2 war wie ausgestorben. Nur wenige der Lastwagen, die sonst die rechte Spur der Bahn wie eine Wand blockierten, waren heute noch unterwegs. Beck trat das Gaspedal herunter. Je schneller er in Hannover war, umso eher konnte er wieder abhauen. Warum hatte er sich bloß auf das Treffen mit seinem Vater eingelassen?

Er lächelte ironisch, als er daran dachte, mit welcher Sorgfalt er sich heute angezogen hatte. Sein Vater hatte ein Auge für Qualität und Eleganz. Und sein Sohnemann hatte sich artig in Kaschmir und Seide gehüllt. Erbärmlich. Wie damals. Er fühlte sich wieder, als kehre er aus dem Internat für die Ferien nach Hause zurück. Er schnaubte. ›Nach Hause‹ war wohl kaum das passende Wort.

Am besten, er parkte seinen Wagen nicht vor der Haustür. Sein Vater würde einen kurzen Blick auf den Mittelklassewagen werfen, eine Augenbraue vielsagend hochziehen und damit den Lebensstil, für den Beck sich entschieden hatte, ein weiteres Mal verurteilen. Am Anfang, in Berlin, hatte er noch einen Porsche gehabt. Nachdem er aber gemerkt hatte, welche Kluft ein solches Auto zwischen ihm und seinen Kollegen aufriss, hatte er ihn abgeschafft.

Er hätte ihn leicht auch als Zweitwagen behalten können – das kleine Vermögen, das ihm seine Mutter hinterlassen hatte, ermöglichte ihm eine Lebensführung, die er sich nur von seinem Beamtengehalt niemals hätte leisten können.

Aber er wollte es nicht. Er wollte nicht in dasselbe Fahrwasser geraten wie sein Vater, in dessen Leben die Wirkung nach außen, die gesellschaftliche Stellung immer wichtiger gewesen waren als ein glückliches Familienleben. Manchmal hatte er sowieso schon das Gefühl, dass er zu viel Wert auf materielle Dinge legte. Er hatte entschieden eine Neigung zu Frustkäufen. Und ein glückliches Familienleben hatte er, weiß Gott, auch nicht vorzuweisen.

Wer wohl mal zu seiner Beerdigung käme? Wagner – und der würde einen Freudentanz am Grab aufführen.

Seine Gedanken glitten zu Sarah Dittmann. Die hatte eine nette Familie, die würde sicher ein schönes und gemütliches Fest mit ihren Tanten feiern. Bestimmt saßen sie schon zusammen.

Der erste Preis für Selbstmitleid am Heiligen Abend geht an Giovanni Beck. Hör auf, ermahnte er sich. Er schob eine CD in den Player, um sich für den Rest der Fahrt auf andere Gedanken zu bringen. Er grölte laut mit, als die Pointer Sisters mit *Jump* einsetzten.

Die durch die Musik ausgelöste gute Stimmung flachte wieder ab, als er in die von Kastanien gesäumte Straße in Hannover-Kleefeld fuhr, in der sein Vater seit vielen Jahren in einer großen, zweistöckigen Jugendstilvilla residierte. Trotzig parkte er genau vor dem Gartentor und ging die Stufen zu dem hell erleuchteten Haus empor.

Noch bevor er die Klingel betätigen konnte, öffnete sein Vater die Tür. »Giovanni, herzlich willkommen. Schön, dass du da bist.«

»Grüß dich, Alexander.« Überrascht fügte sich Beck in eine Umarmung. Was war denn mit dem los? Wurde der noch sentimental auf seine alten Tage? Jedenfalls sah er nicht älter aus als sonst. Immer noch genauso blond wie er selbst, wirkte sein Vater mit seinem durchtrainierten Körper, den er durch regelmäßiges Joggen in Form hielt, mindestens zehn Jahre jünger, als er wirklich war.

»Komm rein, es ist schon alles vorbereitet. Frau Weigel hat sich mal wieder selbst übertroffen.« Die Haushälterin, die seit fünfundzwanzig Jahren das häusliche Leben seines Vaters organisierte, stand schon strahlend in der Tür zum Wohnzimmer.

»Giovanni, endlich mal wieder.« Beck versank in einer zweiten Umarmung, die jedoch wesentlich weicher und gepolsterter ausfiel als die seines Vaters. »Du kommst so selten zu uns. Du hast wohl viel zu tun? All diese schrecklichen Kriminellen.«

»Ja, die halten einen schon auf Trab.« Beck hatte ein schlechtes Gewissen. Er hätte wirklich Frau Weigel besuchen können. Schließlich wusste er ja, wann sein Vater in der Klinik war. »Ich gelobe Besserung. Ich musste mich erst einmal einrichten und mich orientieren.«

Sein Vater legte einen Arm um seine Schulter. Unwillkürlich spannte Beck seine Muskeln an und unterdrückte den Impuls, den Arm abzuschütteln. Sein Vater machte offensichtlich heute einen auf glückliche Familie. »Komm, ich möchte dich jemandem vorstellen.«

Durch die geöffnete Flügeltür im Wohnzimmer sah Beck eine Frau auf sich zukommen. Aha, daher wehte der Wind. Es musste mal wieder ein harmonisches Bild abgegeben werden. Er blickte der Frau entgegen und erstarrte.

Sie war so gar nicht der glatte, durchgestylte Typ, den sein Vater sonst bevorzugte. Sie war klein, zierlich und dunkelhaarig. Ihre braunen Augen waren von zahlreichen Lachfältchen umgeben, die sich vertieften, als sie Beck die Hand reichte. Sie sah aus wie … – wie seine Mutter.

»Guten Abend, Giovanni. Ich darf doch Giovanni sagen?«

Beck nickte.

»Das ist Maria. Maria Gilberti. Sie ist Sopranistin hier an der Staatsoper. Eine sehr gute.«

Erstaunt blickte Beck von Maria zu seinem Vater. Der strahlte wie ein Honigkuchenpferd. Von der kühlen Gelassenheit, die er sonst verströmte, war nichts zu spüren.

»Champagner?« Frau Weigel eilte mit einem Tablett herbei. Das wenigstens hatte sich nicht geändert. Sein Vater trank immer noch den besten Champagner. Beck nahm sich ein Glas und stürzte es hinunter.

»Langsam, Junge. Du musst doch noch fahren«, mahnte die Haushälterin.

»Warum? Lass ihn doch trinken. Dann schläft er eben hier, ich würde mich freuen. Dann können wir noch schön alle zusammen frühstücken.«

Ungläubig sah Beck seinen Vater an. War das der Mann, der zum Frühstück bestenfalls eine Pampelmuse zu sich nahm, nachdem er eine Stunde um den Maschsee gejoggt war? Leicht benommen ging Beck auf den gedeckten Tisch zu.

Kristallgläser funkelten im Kerzenlicht mit den silbernen Leuchtern um die Wette. Der Artdeco-Lüster war heruntergedimmt und tauchte alles in ein warmes gelbes Licht. Fast, aber nur fast konnte man annehmen, dass sich an diesen Tisch gleich eine große glückliche Familie setzen würde. Hilfe!

Er spürte eine leichte Berührung am Arm. »Ich hoffe, es stört Sie nicht, dass ich heute mit Ihnen feiere?« Besorgt blickte Maria ihn aus ihren dichtbewimperten Augen an. »Alexander wollte es unbedingt. Ich konnte wegen des Spielplans nicht nach Hause fahren, wissen Sie.«

»Wo sind Sie denn zu Hause?«

Maria strahlte. »In der schönsten Stadt der Welt. Ich komme aus Rom.«

»Meine Mutter war auch ...«

»Auch Italienerin, ich weiß. Irritiert Sie das?«

Beck schüttelte den Kopf. »Nein. Doch, ich glaube, doch.«

»Sie vermissen sie bestimmt immer noch, nicht wahr?« Maria lächelte ihn an.

Beck zuckte mit den Achseln. »Ich bin siebenunddreißig. Da sollte ich mich wohl daran gewöhnt haben.«

»Aber Sie haben es nicht.« Das war eine Feststellung, keine Frage.

Glücklicherweise wurde er einer Antwort enthoben, sein Vater trat zu ihnen. »Habt ihr euch schon ein bisschen bekannt gemacht?«

»Wie denn?« Maria lachte. »Du lässt uns ja keine Zeit. Auf jeden Fall ist die Ähnlichkeit zwischen euch frappierend. So hast du also ausgesehen, als du deine Frau kennenlerntest. Kein Wunder, dass sie sich in dich verliebt hat.«

»Ja, da war ich ungefähr in Gios Alter, etwas jünger. Ich war aber, glaube ich, anders als er. Nicht so ernsthaft. Gio sieht aus wie ich, ähnelt aber im Wesen mehr seiner Mutter.«

Beck wusste nicht, wie ihm geschah. Sein Vater, sein gefühlsreduzierter Vater, redete über ihn, als hätte er sich tatsächlich Gedanken über seinen Sohn und seine Veranlagung gemacht. »Könntet ihr bitte aufhören, über mich zu reden, als sei ich nicht da?« Er musste dem Einhalt gebieten, sonst liefe er wieder einmal Gefahr, einer Show aufzusitzen, die sein Vater für Publikum abzog. Bloß nicht die gepanzerte Weste ablegen, ab morgen schoss sein Vater wieder scharf.

»Entschuldigung. Genau das sagt mein Sohn auch immer. Man gewöhnt sich nicht daran, dass die Kinder inzwischen längst erwachsen sind und für sich selbst sprechen können.« Sie legte Beck ihre Hand leicht auf den Arm und zwinkerte ihm zu.

Beck konnte nicht anders, er musste sie anlächeln. Sie war ihm gegen seinen Willen sympathisch. Das war ein absolutes Novum. Die Frauen, mit denen sich sein Vater sonst umgab, hatten Beck entweder kaum zur Kenntnis genommen oder, als er älter wurde, mit ihm geflirtet, wenn sein Vater gerade aus dem Raum war. Diese tat weder das eine noch das andere.

»Sie sind bei der Kriminalpolizei, hat Alexander erzählt?«

Beck nickte abwartend.

»Sie müssen ein mutiger Mann sein.«

»Nein, ich bin nicht mutig. Bei der Kriminalpolizei wird nur sehr selten geschossen. Die Fernsehserien übertreiben maßlos.«

»Nein, das meinte ich nicht. Sie müssen mutig sein, da Sie sich mit der dunklen Seite konfrontieren.«

»Des Lebens?«

»Der Schattenseite in uns allen. Die, die wir nicht wahrhaben wollen. Das finde ich mutig.«

»Vielleicht auch einfach nur depressiv?« Beck war fasziniert. Woher wusste die Frau das? Wie es war, sich angesichts eines Mordes zu fragen, unter welchen Umständen man selbst zum Mörder werden konnte. Zu wissen, dass man selbst auch dieses Potential in sich trug, jeder Mensch. Welche Verzweiflung dieser Gedanke manchmal auslösen konnte.

»Wie Ihr Vater.«

»Bitte?«

»Wie Ihr Vater. Auch ein Arzt ist ja mit der dunklen Seite befasst. Dem Tod.«

»Ein plastischer Chirurg?« Beck hörte selbst, wie gehässig er klang.

»Natürlich. Was ist denn plastische Chirurgie, wenn nicht der Versuch, den Schatten des Todes, des Alters unsichtbar zu machen. Wenn ich jung aussehe, dann sterbe ich auch nicht.«

Beck nickte langsam. So hatte er das noch nicht gesehen.

»Könntet ihr jetzt bitte aufhören, über mich zu reden, als sei ich nicht da?«, klagte sein Vater.

Maria kicherte. »Wirklich, was für ein morbides Thema am Heiligen Abend. Ich bitte um Entschuldigung.«

»So, hier kommt deine geliebte Tomatensuppe. Immer noch nach dem Rezept deiner Mutter gekocht.« Frau Weigel trug strahlend eine große Terrine auf. Beck ging automatisch auf den Platz zu, den er schon als Kind zu den Mahlzeiten eingenommen hatte. Erstaunt stellte er fest, dass für eine vierte Person gedeckt war.

Frau Weigel war seinem Blick gefolgt. »Frau Gilberti hat darum gebeten, dass ich mit euch esse. Ich mach's ja nicht so gerne. Hoffentlich verkocht mir in der Küche nichts.«

»Aber, Frau Weigel, bitte. Das geht doch nicht, dass Sie an Weihnachten allein in der Küche essen. Je mehr Leute, desto lustiger ist es doch am Tisch.«

Beck sah zu seinem Vater, der Marias Worte durch ein Nicken bestätigte. Er nahm Frau Weigel die Kelle aus der Hand. »Also, dann. Wer möchte köstliche Suppe à la Chiara?«

Das erste Mal seit vielen Jahren sprach er in Gegenwart seines Vaters den Namen seiner Mutter aus. Mal sehen, was dieser außergewöhnliche Weihnachtsabend sonst noch brachte.

*

Sarah streckte sich wohlig. Wie gut, dass ihr neues Wollkleid so dehnbar war. Sie hatte Fondue gegessen für mindestens drei Personen. Der Sekt umnebelte angenehm ihren Verstand, so dass der ausnahmsweise einmal ausgeschaltet blieb. Luise hatte sich aufgeführt, als solle sie Essigwasser trinken, als Asta eröffnet hatte, dass es Weihnachten keinen Champagner geben würde. Sparmaßnahme. Sarah war es egal. Hauptsache, es knallte.

Unter dem Weihnachtsbaum spielte Karla hingebungsvoll mit der neuen Barbie, die Sarah ihr geschenkt hatte. Endlich, endlich hatte sie einmal solch eine Kitschpuppe mit den dazugehörigen süßlichen Rüschenkleidern kaufen dürfen. Das allein war schon ein Grund, später einmal eine Tochter zu haben.

Wunderbar, Pädagogin Dittmann, wir leben im Zeitalter der Emanzipation. Mädchen bekommen heute Technikbaukästen und Jungen Puppen, damit aus ihnen einmal emanzipierte Eltern und Bürger werden. Außerdem – was hieß eigentlich später? Was Kinder betraf, war es schon später. Alte, kinderlose Strickjackenträgerin.

»Na, Sarahchen, was sinnierst du schon wieder.« Luise legte ihr eine reich beringte Hand auf den Arm. »Geht es dir gut?«

»Oh, ja, keine Sorge, Luise. Ich dachte nur gerade daran, wie schade es doch ist, dass ich meiner Tochter nicht mehr mit gutem Gewissen eine Wonder-Curl-Barbie schenken dürfte.«

Luise lachte. »Ach, du. Warum denn das nicht?«

»Weil sie sich einbildet, dass sie damit eine lebensunfähige kleine Prinzessin heranziehen würde.« Asta prostete Sarah zu.

»Genau.«

»Gott, wieso denn das?« Luise betrachtete wohlgefällig ihre neue vergoldete Zigarettenspitze, die sie von Christian bekommen hatte.

»Weil Mädchen heute etwas anderes lernen sollen, als sich für einen Mann hübsch zu machen wie Barbie.«

»Na, dann schenkst du die Barbie eben deinem Sohn.« Asta schenkte noch einmal Sekt nach.

Sarah nahm einen Schluck. »Nee, der wird dann schwul.«

»Gottchen, ihr seid mir zu kompliziert. Wie gut, dass ich heute keine Kinder großziehen muss.« Luise zündete sich eine Zigarette an.

»Wo sind eigentlich meine Puppen? Ich muss doch auch noch eine Barbie haben?«

»Eine? Du hast mindestens fünf! Wenn man die mitzählt, denen du die Haare rasiert hast, wahrscheinlich zehn.«

Sarah lachte. »Ach ja! Das hatte ich ganz vergessen. Das habe ich gemacht, weil Dörtes Mutter gesagt hat, wenn man sich die Haare regelmäßig schneiden lässt, wachsen sie kräftiger nach.«

»Ja, und dann hast du Rotz und Wasser geheult, weil

ich dir leider am nächsten Tag sagen musste, dass das bei Puppen nicht klappt. Die müssen alle auf dem Dachboden sein, mit deinen anderen Kindersachen.«

»Da gehe ich morgen mal mit Karla gucken.«

Karla hörte ihren Namen und kam an den Tisch. »Was gucken wir?«

»Nach meinen alten Puppen auf dem Dachboden.«

Karla strahlte. »Au ja. Sarah, wie hast du ausgesehen, als du ein kleines Mädchen warst?«

»Wie Haare mit Beinen«, sagte Asta. »Sie hatte ganz viele, viele Locken. Und jeden Morgen gab es Theater, wenn die gekämmt werden mussten. Dann hat sie Zeter und Mordio geschrieen.«

»Du hast aber auch immer so an meinen Haaren gerissen, dass die halbe Kopfhaut hinterherkam«, beschwerte sich Sarah.

»Quatsch. Ich war ganz zart und vorsichtig. Aber du warst ein kleines Mimöschen. Wenn ich bloß an das Theater denke, wenn du einen Wollpullover anziehen solltest. ›Nein, nein, nein, das kratzt so‹, hast du immer geschrien. Wahrscheinlich haben sie dich bis Königslutter gehört.«

Karla kicherte. »Ich mag auch keine Wollpullis anziehen. Die sind eklig.«

»Siehst du.« Sarah streckte Asta die Zunge raus.

Die stand auf und wühlte im Bücherregal. »Hier, Karla, kannst du Sarah als kleines Mädchen sehen.« Sarah hob die Kleine auf ihren Schoß und Asta schlug das Fotoalbum auf. »Sieh mal, Matthias, du und ich. Da hattest du gerade dein neues Fahrrad bekommen. Zum sechsten Geburtstag.«

Sarah betrachtete das alte Foto. Sie stand strahlend mit wild abstehenden Locken vor ihrem Kinderfahrrad. Asta hatte eine Hand auf ihrer Schulter und lächelte auf sie herab. »Wie jung du da aussiehst, Asta. Und wie ... wie ausgeflippt.«

»Ja, damals stand ich auf Indienkleider. Ich finde,

ich sehe aus, als hätte ich vergessen, mein Nachthemd auszuziehen.«

Sarah schaute ihren Vater an. Er stand neben Asta, sein Blick ging jedoch in die Ferne, als habe er an der kleinen Szene keinen Anteil. Ein altbekanntes Gefühl der Traurigkeit überkam Sarah. Ihrem Vater war die Freude seiner kleinen Tochter offensichtlich gleichgültig gewesen.

»Hast du auch ein Foto von Mama und dir? Als ihr noch zusammen zur Schule gegangen seid?« Karla blätterte suchend in den Seiten.

Sarah unterdrückte einen Seufzer. »Ja, bestimmt. Aber das muss ein anderes Album sein, das war ja viel später.« Zögernd ließ sie ihre Hand über die Alben im Regal gleiten. War das gut? Würden die alten Bilder Karla nicht noch trauriger machen? Sie nahm ein Album heraus und blätterte darin. »Hier, schau mal. Da sind wir alle: Mama, Dörte, Filo und ich.« Vier Mädchen strahlten in die Kamera, jung, das ganze Leben noch vor sich, unsterblich. Claudia stach, wie auf allen Fotos, heraus. Der Blick fiel immer zuerst auf sie, glitt dann über die fast ebenso schöne, aber kühlere Filo, und widmete sich erst dann, eher notgedrungen, den unauffälligen Erscheinungen Dörtes und ihrer selbst. »Siehst du, Mama war immer die Schönste von uns.«

Asta schnaubte leise, sagte aber nichts.

»Ja.« Karla betrachtete konzentriert das Foto. »Aber du siehst auch sehr schön aus.«

»Na ja, danke.« Von wegen.

»Mama sieht traurig aus.« Das Mädchen strich sanft über das papierne Gesicht ihrer Mutter.

»Findest du? Aber sie lacht doch.« Sarah beugte sich tiefer über das Foto.

»Nicht in echt. So lacht sie immer, wenn die Leute denken sollen, dass sie fröhlich ist.«

Das Lächeln der jungen Claudia auf dem Foto erreichte tatsächlich die Augen nicht. Sie blickten ernst und misstrauisch über dem lachenden Mund in die Kamera. Wie oft hatten sie nicht bemerkt, was in Claudia wirklich vorging? Wahrscheinlich waren sie alle einfach zu sehr mit sich selbst beschäftigt gewesen. Sie blickte in die Augen ihres eigenen Abbilds. Auch hier Misstrauen, Verletzlichkeit. Sie hatte ihre Freundinnen genauso getäuscht, wie es Claudia getan hatte. Aber Claudias Tochter hatte sich nicht täuschen lassen, dazu war die Verbindung zwischen Mutter und Tochter zu eng, zu lebensnotwendig für das Kind. Und nun war diese Verbindung durchtrennt, für immer.

Entschlossen schob Sarah die aus den muffigen Seiten des Albums aufsteigende Schwere beiseite.

»Kommt …« Sie lächelte Karla entschuldigend an und schloss sanft, aber entschieden das Buch. »Lasst uns Luise überreden, ihr neues, verruchtes Negligé für uns anzuziehen. Und dann spielen wir *Tabu.*«

Luise kicherte. »Wir spielen gleich *Tabu.*«

Heute Abend war Grübelverbot. Und wenn sie dafür noch eine ganze Flasche Sekt in sich hineinschütten musste, heute wollte sie über nichts und niemanden in Gegenwart und Vergangenheit nachdenken. Nicht über Claudia und nicht über ihren Vater.

Und erst recht nicht über Giovanni Beck.

11. Kapitel

Beck saß an seinem Schreibtisch und dachte nach. Die vielen kleinen Puzzleteile dieses Falles wollten sich einfach nicht zu einem Ganzen zusammenfügen. Viele Aussagen, viele mögliche Täter, aber keiner war wirklich fassbar. Kein Alibi hatten Jankowski und Velten, Heinen ein zweifelhaftes, Morowski – sein Fahrer würde wahrscheinlich auch alles Mögliche für seinen Chef aussagen. Ahrendt hatte seine Frau so unter der Knute, dass ihre Aussage auch nur unter Vorbehalt ernst zu nehmen war. Oder vielleicht gerade deshalb, sie schien ihrem Gatten nicht gerade in Liebe verbunden zu sein. Die Spurensicherung hatte auch wenig bis gar nichts geliefert. Der endgültige Bericht stand noch aus. Durch die Feiertage konnte er frühestens übermorgen damit rechnen. Wo sollte er weitermachen?

Er dachte an den gestrigen Abend zurück. Er hatte tatsächlich bei seinem Vater übernachtet, in seinem alten Zimmer. Wie zu erwarten, hatte er kaum geschlafen, Gedanken waren unaufhörlich durch seinen Kopf gewirbelt. Jugenderinnerungen, der Fall und die Verwirrung über die neue Beziehung seines Vaters hatten ihn sich ruhelos hin und her wälzen lassen. Der Champagner hatte ein Übriges getan.

Maria hatte auch dort im Haus seines Vaters übernachtet. Ob auch im Bett seines Vaters, entzog sich seiner Kenntnis. Wahrscheinlich. Sein Vater hatte noch nie was anbrennen lassen.

Obwohl, der alte Knabe war immerhin achtundsechzig. Da klappte es im Bett eigentlich nicht mehr so reibungslos. Maria schätzte er etwa zwanzig Jahre jünger, wahrscheinlich eher noch mehr. Waren Frauen mit vierzig anspruchsloser, was diese Seite einer Beziehung betraf? Maria wirkte jedoch so lebendig und temperamentvoll, dass er sich das nicht vorstellen konnte. Allerdings konnte er sich seinen Vater auch nicht mit Erektionsstörungen vorstellen. Ach je, Maria, reichst du mir mal die Viagra-Packung rüber?

Das Frühstück mit den beiden war genauso erstaunlich gewesen wie das Abendessen. Sein Vater war ruhig und freundlich gewesen, ausgeglichener als sonst. Das sprach gegen Erektionsstörungen. Warum interessierte ihn eigentlich, was sein Vater mit Maria trieb? Sonst hatte er sich doch auch nicht um die wechselnden Beziehungen seines Vaters gekümmert. Schlimm genug, dass der Vater ein regeres Sexualleben hatte als der Sohn.

Das Telefon klingelte und er schreckte hoch. Wer rief ihn denn am ersten Feiertag im Büro an? »Beck?«

»Frohe Weihnachten, Gio, ich bin's. Was machst du gerade?«

»Ayana! Woher hast du diese Nummer?«

»Ich habe bei deinem Vater angerufen.«

»Aber der hat sie doch gar nicht.«

»Keine Ahnung, Frau Weigel hat sie mir gegeben. Was machst du Weihnachten im Büro? Immer noch der Alte!«

»Ich habe einen schwierigen Fall.«

»Du hast immer einen schwierigen Fall.«

»Ja, genau wie du.«

Ayana lachte. »Im Unterschied zu dir habe ich heute aber frei, sogar ohne Hintergrundsdienst.«

»Ist nicht möglich. Und die im Krankenhaus kommen tatsächlich auch mal ohne dich klar?«

»Du hast es gerade nötig! Wie geht es dir, Gio? Wie ist Braunschweig?«

»Ich weiß noch nicht so richtig. Klein.«

»Kennst du schon ein paar nette Leute? Unternimmst du etwas?«

»Ja, Ayana, lass gut sein, du bist nicht meine Mutter.«

»Nein, Gott sei Dank nicht. Machst du Musik?«

»Ja«, log Beck, »ich habe da eine tolle Band gefunden.«

»Na, das ist doch schon mal was. Was machst du denn so an Weihnachten? Hast du nicht Lust, nach Berlin zu kommen?«

»Nein. Dafür ist es noch zu früh. Ich muss hier erst mal richtig Fuß fassen.«

»Ach, Gio, du fehlst mir.«

»Ayana, hör auf. Wir sehen uns doch sowieso nie, auch wenn ich in Berlin wohne. Wir haben uns beide gemeinsam entschieden, weißt du noch?«

»Ja, ich weiß. Aber du fehlst mir trotzdem.«

»Du mir auch. Aber das haben wir doch nun oft genug besprochen. Es klappt einfach nicht. Geh und genieße deinen freien Tag. Und ruf erst mal nicht mehr an, bitte.« Beck legte auf.

Eine Stimme aus der Vergangenheit. Das Telefon klingelte erneut, aber Beck nahm nicht ab. Am liebsten hätte er sich die Ohren zu gehalten. Verszeilen wehten heran, unwillkommen und unerbittlich. *Der graue Tag legt seine Wolken an meine Brust, mein Herz steht leer, es ist dunkel und wolkenschwer. Ich habe so lange nicht mehr geküsst …* Scheiß-humanistische Bildung. Entsetzt fühlte er verräterische Feuchtigkeit hinter seinen Lidern aufsteigen. Sei ein Mann, Giovanni, auch wenn's schwerfällt.

Er zwang seine Gedanken zu Claudia Ahrendt zurück. Wo sollte er jetzt ansetzen? Ihr Lebenswandel machte es ihm nicht gerade leicht, einen der vielen Männer, mit denen sie sich umgeben hatte, als Tatverdächtigen herauszufiltern. Im Grunde waren sie alle verdächtig. Sie hatte sich geradezu als Opfer auf dem Silbertablett präsentiert. Ihr Verhalten war in ihrer familiären Vergangenheit begründet, aber war es auch ihr Tod?

Sexuelle Frustration konnte auch ein mögliches Motiv sein. Aber kam dafür wirklich einer ihrer Bekannten in Frage? Morowski konnte er sich als Mörder aus Leidenschaft überhaupt nicht vorstellen. So weit engagierte der sich gar nicht. Der konnte aufgrund seiner Macht und seines Geldes wahrscheinlich auf genügend willige Blondinen zurückgreifen. Da kam eher Velten in Frage. Kein Alibi für die Tatzeit, hoffnungslos und krankhaft in die Tote verliebt, von ihr belächelt und verhöhnt. Nachweisen konnte er aber auch hier nichts. Noch nicht.

Wenn man bloß die Handtasche finden könnte, wenn sie denn überhaupt eine gehabt hatte. Sie hatte ihr Handy benutzt. Warum hatte er Morowski nicht nach der Handtasche gefragt? Idiot!

Er griff zum Telefon und blätterte in den Seiten des Telefonbuchs. Ob der überhaupt darin aufgeführt war? Der hatte doch bestimmt eine Geheimnummer. Nein, tatsächlich, er stand im Buch. Jürgen Morowski, mehr als einen würde es hoffentlich in Braunschweig nicht geben.

Er wählte. Eine Frau meldete sich.

»Beck, Kriminalpolizei. Könnte ich bitte mit Jürgen Morowski sprechen?« Schockierte Stille am anderen Ende veranlasste Beck, sich zu entschuldigen. »Ich weiß, es ist Weihnachten, aber es ist wichtig. Ich habe bereits mit Ihrem Mann gesprochen, er weiß Bescheid und kennt mich.«

Er hörte die Frau den Namen ihres Mannes rufen und stellte sich vor, wie Morowski, unwillig aus seiner Feiertagsruhe gerissen, zum Telefon ging. Es dauerte ziemlich lange.

»Morowski.«

Beck entschuldigte sich nochmals, was von Morowski ignoriert wurde.

»Geht' s Ihnen noch gut, mich am Feiertag zu Hause anzurufen? So eilig wird es ja wohl nicht sein.«

Beck stieß mit dem Kugelschreiber ein Loch in seine Schreibunterlage. »Ich fürchte doch. Nur eine Frage. Hatte Claudia Ahrendt an dem Abend eine Handtasche bei sich?«

»Keine Ahnung. So genau habe ich sie mir nicht angeguckt.«

»Sie sagten, ihr Handy habe geklingelt. Können Sie sich erinnern, ob sie es aus einer Handtasche zog?«

Morowski schwieg. »Ich glaube schon. Doch ja, ich bin ziemlich sicher. Sie hatte eine Handtasche über der Schulter.«

»Wie sah die aus?«

Morowski lachte. »Machen Sie Witze? Sie hatte einen Schulterriemen und einen Behälter unten dran. Ich achte doch nicht auf die Handtasche einer Frau!«

»Trotzdem, vielen Dank und frohe Weihnachten.«

Morowski legte auf, ohne zu antworten. Arschloch.

Was brachte ihm diese Auskunft? Sie hatten ja schon sämtliche Mülltonnen nach einer Tasche durchsucht. Er hatte eine Durchsuchung für Veltens Wohnung beantragt, die bekam er aber nicht vor übermorgen. Und wahrscheinlich wäre noch nicht einmal der so dämlich, die Tasche seines Opfers zu Hause aufzubewahren. Wissen konnte man so etwas allerdings nie. Vielleicht hatte er sie zur Erinnerung aufgehoben, zur Erinnerung an seine große Liebe, die er gerade erdrosselt hatte.

Vielleicht hatte er sie überhaupt mit der Handtasche stranguliert? Wenn der Riemen dünn genug war, könnte das zu den Abdrücken am Hals des Opfers passen.

»Giovanni!«

Er fuhr zusammen und krachte mit dem Knie unter die Schreibtischplatte.

»Was machst du denn hier? Es ist Weihnachten!«

Beck rieb sich sein schmerzendes Knie. »Dasselbe könnte ich dich fragen.«

Viktoria lachte. »Ich habe meinen Lieblingslippenstift in meiner Schreibtischschublade vergessen. Und ohne den kann ich unmöglich beim Brunch meiner besten Freundin auftauchen. Hast du schon was gegessen?«

»Ich wollte gerade zum Italiener.«

»Um allein eine Pasta zu vertilgen? Warum kommst du nicht mit zum Brunch? Es sind lauter nette Leute da.«

»Ach, nein, da kenne ich doch niemanden.«

»Nee, und wenn du so weitermachst, wirst du auch nie jemanden hier kennen. Los, Beck, du musst was für deine psychische Gesundheit tun. Das verordne ich dir.«

Warum eigentlich nicht, dachte Beck. Die Alternative war nicht gerade verlockend. Im *Campanella* sitzen und an Ayana denken. Zögernd stand er auf. »Okay, wenn du mir versprichst, dass mich da keiner fragen wird, ob ich schon mal einen Mordfall gelöst habe.«

Viktoria kicherte. »Es wird höchstens einen Mord geben, wenn all die guten Freundinnen darum kämpfen, neben dir sitzen zu dürfen. Hach, wird das schön!«

Beck hoffte innig, dass das nur ein Scherz war, und schaltete seinen PC aus.

*

Sarah nieste. Der Staub, den sie mit ihrer Wühlerei auf dem Dachboden aufgewirbelt hatten, kitzelte ihr in der Nase. Die Sonne schien durch die Dachluken herein und verwandelte die Millionen Staubteilchen in glitzernden Feenstaub.

»Guck mal, Sarah!« Karla schob einen alten Kinderwagen hinter einem großen, blinden Spiegel hervor. »Der sieht aber komisch aus.«

»Na ja, der ist ja auch schon ziemlich alt. Älter als ich und du zusammen«, sagte Sarah. »In dem hat schon mein Vater gelegen. Und ich auch.« Versonnen betrachtete sie das altmodische Korbgeflecht des Wagens und lächelte. »Wo sind bloß meine ganzen Spielsachen? Ob Luise sie doch weggegeben hat?« Sie stand auf und ging an einen alten Kleiderschrank, der früher einmal im Schlafzimmer ihrer Eltern gestanden hatte. Vorsichtig öffnete sie die knarrenden Türen und sah hinein. Hoffentlich hatte keine Maus ihr Nest in seinen Tiefen gebaut. Sie griff nach einer großen Pappschachtel und zog sie heraus. »Ach, schau mal, hier sind sie ja. Meine Barbies.«

Die Kleine kam herbeigeeilt und sah in die Schachtel. »Oh, so viele. Und so viele Kleider. Aber die sind schmutzig. Darf ich sie unten waschen?«

»Ja, das kannst du gerne tun. Aber pass auf der Treppe auf. Sie ist steil!«

Freudig nahm Karla die Schachtel und stapfte nach unten.

Sarah zog eine kleine Holzkiste heraus. Fotos, Zettel, aus Schulheften gerissen, und ein Brief, in einer energischen und schwungvollen Handschrift geschrieben. Sie faltete einen auseinander. *Hallo, Sarah.*

Ein Brief an sie. Schnell drehte sie den Bogen um und sah nach der Unterschrift. *Claudia.*

Betroffen ließ Sarah das Blatt sinken. Ein Brief von Claudia? Wann in aller Welt hatte Claudia ihr Briefe geschrieben?

Hallo Sarah,

ich halte es nicht mehr aus. Ich haue ab. Ich hasse meinen Vater, für all das, was er mir, uns antut. Ich kann so nicht mehr leben. Wenn ich nicht gehe, bringe ich ihn irgendwann um. Oder er mich. Ich kann niemandem davon erzählen, noch nicht einmal dir.
Ich werde mich nicht bei dir melden. Sei nicht böse. Mein Vater wird dir sonst keine Ruhe lassen, bis du ihm sagst, wo ich bin. Besser, du weißt nichts.

Denk manchmal an mich.

Claudia

Eine Träne tropfte auf das Blatt und verwischte die Buchstaben. Hastig rieb sich Sarah die Augen. Sie hatte gar nicht gemerkt, dass sie weinte.

Wie hatte sie das vergessen können? Claudia war nicht in der Schule gewesen und sie hatte sich nichts dabei gedacht. Bis sie diesen Brief in ihrer Schultasche gefunden hatte. Nach der Schule hatte der alte Ahrendt auf sie gewartet, hatte sie geschüttelt und angeschrieen. Weinend war sie nach Hause zu Asta gelaufen und hatte ihr den Brief gezeigt.

Zwei Tage später war Claudia zurück, schweigend und trotzig. Sie war nicht weit gekommen. Wie denn auch? Sie war damals erst vierzehn gewesen.

Wenige Monate später war Sarahs Vater gestorben und sie hatte diese traurige Episode irgendwo unter ihrem Kummer und ihrer Einsamkeit vergraben.

Ich kann niemandem davon erzählen, noch nicht einmal dir.

Wovon? Sarah hatte doch gewusst wie es bei den Ahrendts zuging, wusste von den Schlägen, den Szenen, den ständigen Hausarresten.

War da noch mehr gewesen? Was?

Oh nein.

Das Licht auf dem Dachboden hatte sich geändert, graue Wolken hatten sich vor die Sonne geschoben. Sie musste hier raus, raus aus dem bedrückenden Sog der Erinnerungen. Mit zitternden Händen faltete sie den Brief und hastete zur Treppe. Warum war sie bloß hierher zurückgekommen? Wäre sie doch bloß in Berlin geblieben! Sie hatte ja überhaupt keine Zeit, zur Besinnung zu kommen! Vielleicht ... war der Brief einfach nur missverständlich, oder ... Sie musste mit dem Kommissar darüber reden, unbedingt.

Vorsichtig stieg sie die Bodentreppe herunter und verstaute den Brief in ihrem Kleiderschrank. Vor dem Spiegel ordnete sie ihre zersausten Locken und atmete ein paar Mal tief ein und aus.

Im Bad lief das Wasser. Sie schaute durch die Tür und sah Karla mit gewichtiger Miene mit Bürste und Seife hantieren. »Na, werden sie sauber?«

»Ja, ich glaube schon. Kann ich sie dann auf der Leine aufhängen?« Karla schruppte wie wild an einem rosa Ballkleidchen herum.

»Klar, ich helfe dir. Und morgen werden meine alten Barbies sich wundern, wie schön sie wieder aussehen, nach all den Jahren in dem dunklen Schrank. Du bist ihre Retterin.«

»Ja, das stimmt. Ich habe sie gerettet.« Karla strahlte entzückt.

Hoffentlich rettet dich auch jemand aus deinem dunklen Schrank, dachte Sarah.

Und mich auch.

*

»Haben Sie auch schon mal einen Mordfall gelöst?« Die Dame neben Beck riss erwartungsvoll die Augen auf.

»Ja, mehrere.« Beck suchte den Blick Viktorias, die ihm amüsiert zuzwinkerte.

»Aber doch nicht hier in Braunschweig, oder?«

Beck ergab sich in sein Schicksal. »Doch, gerade eben bin ich mit einem befasst.«

»Wie aufregend. Wer wurde denn ermordet?« Seine Gesprächspartnerin, die sich ihm als Gitti vorgestellt hatte, öffnete die großen, blauen Augen noch ein wenig weiter.

»Darüber darf ich leider nicht sprechen.«

»Oh ja, natürlich. Sagen Sie mir wenigstens, ob es eine Frau oder ein Mann ist?«

»Eine Frau.«

»Natürlich. Wahrscheinlich ein Sexualmord. Wir Frauen können wirklich nirgends allein auf die Straße gehen.«

»Nein, ich kann Sie beruhigen, es war kein Sexualmord.«

Jedenfalls nicht im eigentlichen Sinne. Sexualität dürfte dabei schon eine große Rolle gespielt haben, dachte Beck.

Seine Nachbarin zur Linken mischte sich in das Gespräch. »Nun lass den armen Mann doch in Ruhe, Gitti. Es ist Weihnachten, da möchte vielleicht auch ein Kriminalbeamter von etwas anderem sprechen als von Mord.«

Dankbar wandte sich Beck ihr zu. »Ich könnte wirklich etwas Ablenkung gebrauchen.«

»Das kann ich mir vorstellen. Was machen Sie denn so in Ihrer Freizeit? Bestimmt braucht man in diesem Beruf einen Ausgleich?«

»Ja, unbedingt. Zurzeit ruht mein Ausgleich leider. In

Berlin habe ich Gitarre gespielt, in einer Soulband. Dabei kann ich gut abschalten.«

»Ach. Und haben Sie in Braunschweig schon was Entsprechendes gefunden?«

»Nein, ich wollte mich eigentlich längst darum kümmern, aber leider bin ich bis jetzt noch nicht dazu gekommen.« Ich bin nämlich viel zu sehr damit beschäftigt, in meiner leeren Wohnung Löcher in die Luft zu starren, wenn Sie's genau wissen wollen.

»Ich frage so neugierig, weil mein jüngerer Bruder einen Gitarristen sucht. Er hatte einen Aushang in der Uni und eine Anzeige im *Subway*, aber ich glaube, bis jetzt hat er noch niemanden gefunden.«

»Dann könnte es sein, dass ich seinen Aushang gelesen habe. Ich habe mir auch seine Telefonnummer notiert, aber weiter bin ich bis jetzt nicht gekommen. Was machen die denn für Musik?«

»Sie werden es nicht glauben: Soul! Na ja, Rock und Soul, ein bisschen gemischt, um ein breiteres Publikum zu erreichen. Sie können ihn vielleicht noch selbst fragen, er wollte eigentlich heute auch kommen. Bei Tom weiß man allerdings nie genau, wann er so aus den Federn findet.«

»Wie alt ist denn Ihr Bruder?«

»Im Herzen zwanzig, biologisch fünfunddreißig. Wenn man vom Teufel spricht: Da ist er ja.«

An der Wohnzimmertür entstand Tumult, als ein schlaksiger Mann mit roter Weihnachtsmannmütze die Gastgeberin mit lautem Hallo begrüßte. Er bekam ein Glas Sekt in die Hand gedrückt, das er in einem Zug hinunterstürzte. Beck beobachtete, wie er die anwesenden Frauen herzte und die Männer drückte, als gebe es kein Morgen. Er schien sich allgemeiner Beliebtheit zu erfreuen. Am Tisch angekommen, riss er sich die Mütze vom Kopf und fuhr sich durch die schulterlangen braunen Locken.

»Tom, komm mal hierher, ich habe vielleicht einen Gitarristen für dich gefunden.«

»Nadja, altes Mädchen, ich habe dich gar nicht gesehen!«, nahm der Angesprochene seine Schwester zur Kenntnis. Mit einem freundlichen Grinsen nickte er Beck zu. »Was hast du gefunden?«

»Einen Gitarristen. Hier, Giovanni Beck neben mir. Er sucht eine Band.«

Beck nickte. »Aber vielleicht haben Sie ja schon jemanden?«

»Nee, noch nichts Überzeugendes jedenfalls. Hast du schon mal in einer Band gespielt?«

»Ja, in mehreren. In Berlin. Zuletzt war ich bei Seven up for the show.«

»Die kenne ich! Dann habe ich euch vor einem Jahr etwa gesehen, im *Cotton Club*.«

»Stimmt. War aber nicht einer unserer besten Gigs.«

»Mir hat's gefallen. Das hat gegrooved. So gut sind wir aber noch nicht, zu viele Wechsel in letzter Zeit.« Tom schenkte sich großzügig Punsch in ein Glas.

»Mit was für einer Besetzung spielt ihr denn?«

»Zwei Gitarren, Schlagzeug, Bass, Bläser, Gesang und Percussion, das mache ich, und für den Background haben wir zwei Mädels.«

»Klingt gut. Wer macht die Arrangements?«

»Ich. Wäre aber für Unterstützung dankbar.«

»Was sucht ihr denn? Rhythmus- oder Leadgitarre?«

»Eher Lead. Unser zweiter Gitarrist ist nicht so ein Frontmann. Aber du hast doch bei Seven up auch die Leadgitarre gespielt, oder? Komm doch mal unverbindlich vorbei. Morgen Abend ist Probe. Wir üben im *Schimmelhof*, am Bahnhof. Zwanzig Uhr. Jedenfalls offiziell. Bis die letzten eintrudeln, ist es meistens neun.«

Beck lachte. Das kannte er. Pünktlichkeit war nicht gerade eine Zier der meisten Musiker. Das hatte in seiner letzten Band immer wieder für Reibereien gesorgt. »Okay, dann komme ich morgen mal gucken.«

»Super. Wäre ja schön, wenn es mit uns klappt. Was machst du denn eigentlich sonst so?«

»Ich bin bei der Kripo.«

»Echt? *Tatort* live? Hast du auch schon mal einen Mordfall gelöst?«

*

»Ich habe auf dem Dachboden einen Brief gefunden. Von Claudia. Hier, willst du ihn mal lesen?«

Asta klappte die Geschirrspülmaschine zu.

»Claudia hat dir Briefe geschrieben?«

»Nur diesen. Ich hatte ihn völlig vergessen.« Sarah reichte ihrer Tante den Bogen.

»Wo habe ich denn meine Lesebrille? Furchtbar, ohne sie kann ich überhaupt nichts mehr lesen, wie ein altes Weib.« Asta schaute sich suchend in der Küche um.

»Du bist kein altes Weib und das weißt du auch genau. Soll ich ihn dir vorlesen?« Sarah trappelte ungeduldig mit den Füßen.

»Nein, ich habe sie schon.« Asta überflog die Zeilen und runzelte die Stirn. »›Ich kann niemandem davon erzählen?‹ Was meint sie damit? Sie hat dir doch alles erzählt, dachte ich.«

»Ja, darüber bin ich auch gestolpert. Damals ist es mir wohl nicht aufgefallen oder ich hab's wieder vergessen. Was denkst du darüber?«

Asta schwieg.

»Mir fällt eigentlich nur eine Interpretation ein, ich mag sie gar nicht aussprechen.«

»Missbrauch? Denkst du das auch?«

»Ja. Dieses Schwein. Am liebsten würde ich sofort zu ihm gehen und ihn zur Rede stellen.«

»Sarah! Was soll das denn bringen? Selbst, wenn es wahr wäre – glaubst du, er würde das jemals zugeben?«

»Nein. Ich muss den Brief unbedingt dem Kommissar

zeigen.« Sarah stand auf und suchte hektisch nach ihrer Handtasche.

»Was suchst du denn?«

»Mein Handy. Ich will Beck anrufen, das ist doch wichtig!«

Asta griff nach Sarahs Hand und zwang sie mit sanftem Druck auf ihren Stuhl zurück. »Versuch dich erst mal zu fassen. Der Anruf wird ja wohl noch eine halbe Stunde Zeit haben. Du bist ja völlig verkrampft!«

Der Schmerz in ihren Handflächen ließ Sarah ihre unwillkürlich geballten Fäuste wieder entspannen. Sie fuhr sich über das Gesicht und blinzelte die allgegenwärtigen Tränen zurück. »Ich glaube, ich habe mich mit meiner Rückkehr ein bisschen übernommen. Ich habe nicht bedacht, dass hier so unwillkommene Erinnerungen auf mich warten könnten. Ich bin doch hierher gekommen, um zu vergessen, Ben zu vergessen. Ich will das alles nicht!«

Asta strich über Sarahs Arm. »Aber meinst du nicht, dass es mal an der Zeit ist, sich den Erinnerungen zu stellen? Du hast lange genug alles abgeblockt, was mit deiner Kindheit und Jugend zu tun hat. Das ist nicht gut.«

»Ich weiß. Das sagt man so. Aber ein Mord ist schon eine ziemlich drastische Aufforderung des Schicksals, sich ihnen zu stellen, meinst du nicht? Man muss doch nach vorne schauen, sehen, was das Leben einem noch bringt.«

»Das hast du doch getan. Und du siehst, wohin es dich gebracht hat. Zurück nach Avessen. Manchmal muss man zurückgehen, um vorwärtszukommen.«

»Weise gesprochen. Das sagt sich leicht, wenn man selbst nichts auszustehen hatte in seiner Vergangenheit.«

Asta schwieg und senkte den Blick.

»Oh nein, Asta, es tut mir leid. Ich bin wirklich die Letzte, die dir so etwas sagen sollte. Schließlich bin ich ein Grund dafür, dass du eine Menge auszustehen hattest.«

»Fang nicht wieder mit deinen Schuldgefühlen an. Das bringt doch keinem etwas.«

»Asta, nein! Nicht weinen. Ich wollte dich nicht traurig machen. Was bin ich nur für eine egoistische Kuh!« Sarah fummelte in der Schublade nach Taschentüchern und stieß dabei ein Wasserglas um. »Mist!« Sie sprang auf und knallte mit dem Kopf unter die Lampe, die tief über dem Tisch hing. »Jetzt reicht es aber!« Sie trat gegen den Tisch und zerfloss in Tränen. Sarah Dittmann, heulend, die hundertfünfzigste.

»Was ist denn hier los? Warum flennt ihr denn? Kann man euch nicht mal fünf Minuten allein lassen?« Luise kam in die Küche und schüttelte den Kopf. Sie holte einen Lappen aus der Spüle und wischte die Pfütze auf. »Ihr solltet nicht so viel trinken. Das macht depressiv!«

Sarah musste unter Tränen lachen und schob den Brief unauffällig unter die Tageszeitung. Luise musste das nicht lesen. Jedenfalls noch nicht. »Das sagt die Richtige! Im Gegenteil, ich glaube, wir haben noch nicht genug getrunken, um das ganze Elend zu ertragen.«

»Was denn für ein Elend? Ihr seid gesund, ihr seid hübsch, ihr seid jung und ihr habt ein Dach über dem Kopf. Und zu essen habt ihr, bis ihr platzt. Wenn ihr wissen wollt, was Elend ist, kann ich euch gern einen Schwank aus meiner Jugend erzählen!«

»Nein, Luise«, Asta hob in verzweifelter Abwehr die Hände, »bitte keine Hungergeschichten aus dem Krieg. Nicht heute Abend.«

»Dann vielleicht ein Lagebericht über meine rheumatischen Knochen, das ist Elend genug. Oder vielleicht sollte ich euch an das arme mutterlose Mädchen erinnern, das oben schläft.«

»Deshalb heulen wir doch. Unter anderem. Außerdem war ich gemein zu Asta und die hat es nun am allerwenigsten verdient.«

Asta schluchzte auf. »Hast du vielleicht noch mehr auf Lager? Nur für den Fall, dass ich noch Taschentücher rüberholen muss?«

Sarah schnaubte ihre Nase aus. »Sie hat recht, Asta. Eigentlich haben wir es doch gut. Wir haben uns. Wenn ich euch nicht hätte, dich und Luise – das wäre Elend!«

»Jetzt hör aber mal auf«, Luise suchte schniefend nach einem Taschentuch. Asta stand auf und holte eine Flasche Sekt aus dem Kühlschrank.

»Los, Mädels, mal sehen, wie wir erst heulen, wenn wir uns depressiv getrunken haben!«

12. Kapitel

Angewidert blickte Sarah in den Badezimmerspiegel und streckte ihrem bleichen Ebenbild die Zunge heraus. Ihr Kopf dröhnte und ihre Zunge schien über Nacht abgestorben zu sein. Die letzte Flasche Sekt hätten sie sich gestern Abend wirklich schenken können. Was für ein Abend! Ihre Augen waren immer noch ganz geschwollen von der Heulerei. Sie klatschte sich kaltes Wasser ins Gesicht und schruppte sich die Zähne, bis ihr Arm wehtat. Eine heiße Dusche würde hoffentlich ihre Lebensgeister wieder wecken!

Sie öffnete ihr Badezimmerschränkchen und nahm eine Kopfschmerztablette heraus, zögerte und nahm dann noch eine zweite. Diesem Kürbis auf ihren Schultern musste sie mit schweren Geschützen beikommen, sonst war der Tag im Eimer. »Oh, Dittmann«, sagte sie laut, »wann wirst du endlich begreifen, dass du keinen Alkohol verträgst. Dumme Gans!«

Sie trat unter die Dusche und drehte das Wasser auf. Heiß und wohltuend rann es ihr über die verspannten Schultern und den schmerzenden Kopf. Langsam begann sie sich wieder menschlicher zu fühlen.

Ein Schatten verdunkelte die Glastür der Dusche und jemand pochte an die Scheibe. Sarah stieß einen schrillen Schrei aus und knallte mit dem Rücken an den Wasserhahn.

»Sarah! Bist du taub?«

Sie stellte das Wasser ab und riss die Tür auf. »Sag mal, hast du sie noch alle? Du hast mich zu Tode erschreckt! Bist du Anthony Perkins, oder was?!«

Asta ignorierte Sarahs wütendes Geschrei und packte sie hart am Arm. »Los, schnell, zieh dich an. Der Alte will seine Enkelin abholen.«

»Was? Ahrendt? Spinnt der? Erst will er nichts von ihr sehen und hören und jetzt holt er sie ab wie ein abgestelltes Päckchen?!«

»Hör auf mich anzuschreien. Sag ihm das. Ich fürchte nur, es wird nichts nützen.«

Sarah stolperte aus der Dusche und trocknete sich hastig ab. »Was hat er gesagt? Wo ist er?«

»Nur, dass er seine Enkelin abholen will. Er wartet drüben bei uns.«

»Wo ist Karla?«

»Unten. Sie spielt in deiner Küche. Sie weiß noch nichts. Aber wenn sie nicht völlig taub ist, hat sie wahrscheinlich dein Geschrei gehört!«

»Scheiße! Hätte ich blöde Kuh doch bloß gestern noch bei Beck angerufen, anstatt mich zu besaufen! Warum hast du mich auch davon abgehalten? Verfluchter Mist!«

»Also, Sarah, wirklich! Das konnte doch kein Mensch ahnen!« Asta schüttelte missbilligend den Kopf.

Wortlos stürzte Sarah an ihrer Tante vorbei an ihren Kleiderschrank. Sie wühlte einen Pulli heraus und schlüpfte in ihre Jeans. Sie hastete wieder in den Flur und stieß sich dabei den Zeh am Türrahmen. Vor Schmerz schossen ihr die Tränen in die Augen. »Verdammt, verdammt!«, zischte sie durch die Zähne.

Sie wollte die Treppe hinunterhumpeln, doch Asta

hielt sie fest. »Zieh dir Socken an und wickele dir ein Handtuch um den Kopf. Du musst nicht auch noch krank werden.«

»Mensch, Asta. Ich habe jetzt wirklich andere Sorgen!« Sarah rupfte ein Handtuch aus dem Schrank und wickelte sich einen schiefen Turban um die nassen Haare. Sie riss ein Paar dicke Socken aus der Kommodenschublade und zog sie an. »Zufrieden?«

Kommentarlos ging Asta die Treppe hinunter und Sarah folgte ihr. Lieber Gott, bitte mach, dass ich den Alten umstimmen kann. Das darfst du einfach nicht zulassen, hörst du?

Sie schaute in die Küche. Karla saß ganz still auf einem Küchenstuhl und blickte Sarah an. »Opa will mich holen, stimmt's?«

»Ich weiß noch nicht, Karla. Ich muss erst noch mit ihm sprechen. Warte hier so lange.« Die Kleine nickte stumm.

Asta hielt Sarah ihren Anorak hin und öffnete die Haustür. »Komm, bringen wir's hinter uns.«

Erst auf der Treppe merkte Sarah, dass sie keine Schuhe anhatte, und kehrte noch einmal um. Ihr war schlecht und ihr Magen krampfte sich aus Angst vor der Begegnung mit dem alten Ekel schmerzhaft zusammen.

Was konnte sie tun? Sie hatte keinerlei Recht, Karla hierzubehalten, das hatte ihr Giovanni Beck klar gesagt. Beck! Er hatte ihr seine Handynummer gegeben! Sie rannte durch den Flur in ihr Arbeitszimmer und wühlte auf ihrem Schreibtisch nach dem Zettel. Himmel noch mal, warum konnte sie auch nie Ordnung halten! Da war er ja, Gott sei Dank!

Sie rannte wieder in den Flur und suchte ihre Handtasche. Wo war die denn bloß wieder! Sie konnte doch nicht hier im Flur telefonieren, wenn Karla alles mithörte!

»Wo bleibst du denn?« Asta stand anklagend in der Haustür.

»Ich komme gleich, ich muss unbedingt noch schnell telefonieren und finde mein dämliches Handy nicht!« Konfus irrte Sarah im Flur umher.

»Hier, nimm meins.« Asta zog mit resigniertem Blick ihr Telefon aus der Manteltasche.

»Danke.« Eilig wählte Sarah Becks Nummer und ging dabei in das Wohnzimmer zurück. Das Freizeichen ertönte. Bitte, geh ran, bitte, bitte, lass nicht die Mailbox dran sein!

»Beck.«

»Oh, Gott sei Dank! Hier ist Sarah, ich meine Dittmann, ich brauche dringend Ihren Rat!«

»Was ist denn passiert?«

»Karlas Großvater ist hier und will sie abholen. Herr Beck, das ist eine Katastrophe für das Kind! Ich habe gestern einen Brief gefunden, einen alten Brief von Claudia. In ihm deutet sie etwas an ...« Sie gab sich einen Ruck. »Es klingt so, als ob ... Claudia von ihrem Vater missbraucht wurde.« So, jetzt war es heraus. »Karla darf da auf keinen Fall hin!«

»Was schreibt sie in dem Brief? Nein, warten Sie. Ich komme zu Ihnen raus und versuche, Ahrendt umzustimmen, aber das dauert natürlich mindestens eine halbe Stunde. Dann würde ich auch gern diesen Brief sehen.«

»Ja. Vielleicht kann ich ihn so lange hinhalten. Wir müssen ja auch noch Karlas Sachen packen. Oh nein, das darf einfach nicht sein!«

»Versuchen Sie, sich zu beruhigen. Ich bin so schnell wie möglich bei Ihnen.« Beck legte auf.

Blicklos starrte Sarah auf das tote Handy und schüttelte den Kopf.

Ein Taschentuch erschien in ihrem Gesichtsfeld. »Komm, sonst wird der Alte wütend und das wäre nicht gerade hilfreich.«

Sarah trocknete sich die Augen und atmete durch. Mitfühlend drückte Asta ihre Schulter und zog sie über den Hof.

»Das wird ja auch langsam Zeit.« Ahrendt stand an Luises Salonfenster und wandte sich zu Sarah um. Sein Blick streifte kurz ihren Handtuchturban und glitt abschätzig an ihr hinunter. Ein Zucken seiner Mundwinkel zeigte deutlich, was er von ihrer Aufmachung hielt.

»Ich stand noch unter der Dusche, Herr Ahrendt. Ich konnte ja nicht wissen, dass Sie mich heute mit einem Besuch beehren.« Bleib ruhig, Sarah, mahnte sie sich, du darfst ihn nicht noch mehr gegen dich aufbringen.

»Ich mache keinen Besuch, ich hole meine Enkelin ab.«

»Ach, tun Sie das? Wie kommt es zu Ihrem Sinneswandel?«

Asta zischte mahnend hinter Sarah.

»Ich möchte meine Enkelin bei mir haben. Brauche ich dafür eine Rechtfertigung?«

»Nein, natürlich nicht. Aber verstehen Sie doch, Karla ist völlig durcheinander. Sie hat gerade ihre Mutter verloren und …«

»Und wir haben unsere Tochter verloren. Sollte da nicht unsere Enkelin bei uns sein, ihren Großeltern?« Ahrendt wippte ungeduldig auf den Absätzen.

»Sie hat sich gerade hier eingelebt. Sie hat Vertrauen zu uns. Ich bin ihre Lehrerin, sie kennt mich gut. Sie fühlt sich hier wohl.«

»Sie wird sich auch bei uns wohlfühlen. Wenn meine Tochter nicht so verbohrt gewesen wäre, würde sie uns längst besser kennen. Wie sieht das aus, wenn meine Enkelin bei fremden Leuten wohnt?«

»Ich bin ihr nicht fremd und jeder im Dorf weiß das!«

»Frau Dittmann, ich habe keine Lust, noch länger mit Ihnen zu diskutieren. Meine Enkelin kommt mit mir und Ende der Debatte. Holen Sie sie bitte.«

»Die Psychologin war auch der Ansicht, dass es besser für Karla wäre, bei Sarah zu bleiben«, schaltete Asta sich ein.

»Und Sie glauben, dieses Psychologengewäsch interessiert mich? Karla ist meine Enkelin und sie wird bei uns wohnen. Jetzt holen Sie sie endlich, sonst …«

»Sonst was?« Sarah ging einen Schritt auf Ahrendt zu und richtete sich zu ihrer vollen Größe auf. Sie stellte befriedigt fest, dass er zurückwich, um nicht zu ihr aufsehen zu müssen.

»Sonst hole ich sie selbst«, Ahrendt lief rot an, »oder ich hole die Polizei, was Ihnen lieber ist.«

»Oh, die kommt schon. Die habe ich selbst angerufen.«

»Sie haben was?« Ahrendt verfärbte sich purpurn.

»Ich habe Kommissar Beck informiert. Der ist nämlich auch der Auffassung, dass Karla lieber hierbleiben sollte.«

»Das ist mir scheißegal, was dieser arrogante Schnösel für besser hält«, brüllte Ahrendt. »Er kann überhaupt nichts dagegen tun, dass Karla mit mir kommt, und das weiß er so gut wie ich. Und Sie!«

»Schrei bitte nicht in meinem Salon herum, Willi.« Luise schob ihre zierliche Gestalt zwischen Sarah und Ahrendt. »Wie benimmst du dich denn? Das gehört sich nicht.«

Ahrendt senkte seine Stimme etwas. »Es gehört sich auch nicht, dass deine Großnichte mich widerrechtlich von meiner Enkelin fernhält, Luise.«

»Lassen Sie Sarah wenigstens noch Zeit, die Sachen von Karla zusammenzupacken. Sie hat schließlich Kleidung hier und Spielzeug, ganz zu schweigen von den Geschenken, die sie bekommen hat.« Asta drückte Sarah warnend die Schulter.

»Sie brauchen meiner Enkelin keine Geschenke zu machen. Gehen Sie und packen Sie Karlas Sachen. Ich werde hier nicht ewig herumstehen.«

»Willi, so lass die Kleine doch hier. Sie möchte es doch so gern.« Luise versuchte es mit Charme und setzte ein gewinnendes Lächeln auf.

»Nein. Und hör auf, mich Willi zu nennen. Dazu besteht kein Anlass.« Ahrendts Blick flackerte und er blickte zu Boden, von Luises kalten Augen niedergerungen.

»Ist es Ihnen wirklich egal, was Karla will?« Sarah zitterte vor Wut.

»Karla ist zu jung um zu wissen, was gut für sie ist. Und jetzt gehen Sie, ehe ich endgültig die Geduld verliere.«

»Aber Sie wissen es, ja? So, wie Sie schon bei Ihrer Tochter wussten, was gut für sie war? Sie gewissenloses Schwein!« Vor Sarahs Augen zerfloss das rote Gesicht Ahrendts zu einer formlosen Masse. Sie hatte das Gefühl, gleich vor Hass ohnmächtig zu werden.

»Achten Sie auf Ihre Worte! Sie sind ganz kurz davor, eine Klage am Hals zu haben! Was bilden Sie sich eigentlich ein!« Ahrendt zischte vor Zorn wie eine Schlange. Eine dicke, vollgefressene Schlange, die sich ihres nächsten Opfers sicher war.

»Sarah! Sei vorsichtig! Überlass das dem Kommissar!« Asta legte mahnend eine Hand auf Sarahs Arm.

Sarah atmete rasselnd ein. »Gut. Du hast recht. Aber eins sage ich Ihnen: Lassen Sie die Finger von Karla, ich beobachte Sie ganz genau.«

Ahrendt trat drohend einen Schritt nach vorn und kniff die kleinen Augen zu Schlitzen zusammen. »Sie beobachten mich ganz genau? Sind Sie verrückt geworden? Holen Sie auf der Stelle meine Enkelin, sonst sind Sie die längste Zeit hier Schulleiterin gewesen!« Er keuchte und presste eine Hand auf seine Brust.

»Sie drohen mir? Ausgerechnet Sie?« Sarah war noch nie so nah daran gewesen, einen Menschen zu schlagen.

»Herr Beck wird schon wissen, was zu tun ist. Komm, es hat keinen Zweck.« Asta zog Sarah in Richtung Tür.

»Sehr richtig. Hat es nicht.« Ahrendt wandte ihnen den Rücken zu und starrte wieder aus dem Fenster. Sarah zeigte seinem breiten Kreuz den Mittelfinger und stürmte hinaus.

In der Halle stand Karla in ihrer dünnen Winterjacke und sah ihr entgegen, umgeben von vollgestopften Plastiktüten. »Ich habe schon gepackt.«

»Oh, Karla, es tut mir so leid.« Sarah kniete sich auf den Steinfußboden und umarmte das Mädchen.

Die Kleine zuckte mit den Schultern. »Du kannst nichts dafür. Ich habe es mir ja schon gedacht, dass ich nicht hierbleiben darf.«

»Was hast du denn alles eingepackt? Du musst es doch nicht in Tüten stopfen, ich gebe dir einen Koffer.« Sarah wollte aufstehen und zur Treppe gehen.

»Nein, Sarah, ich möchte jetzt gleich gehen.«

»Aber warum denn? Ich muss doch erst mal sehen, ob du nichts vergessen hast!«

»Wenn ich noch länger hier warten muss, werde ich immer trauriger. Ich will jetzt gehen.«

Sarah nickte und sah flüchtig die Tüten durch. »Hast du deinen Schlafanzug aus dem Bett genommen?« Karla nickte. »Hast du deine neue Barbie eingepackt?«

»Ja, habe ich. Ich gehe jetzt, Sarah.« Die Kleine griff nach den Tüten.

Sarah nahm ihr die Tüten wieder ab und umarmte sie. »Du musst bestimmt nicht lange dort bleiben, Karla.«

Die Kleine schüttelte ungläubig den Kopf.

Es blieb nichts mehr zu sagen, nur die Hoffnung, dass Karla bald wieder bei ihr sein möge. »Komm.« Sie legte einen Arm schützend um Karlas Schultern.

Sie gingen über den Hof. Auf Sarahs Brust lag bleischwere Trauer. Sie blickte nach unten. Karlas kleines Gesicht war blass, aber sie weinte nicht.

Luises Haustür öffnete sich und Ahrendt eilte auf seinen kurzen Beinen die Stufen hinunter. »Da bist du ja, Karla. Deine Oma freut sich schon auf dich.«

Die zarten Schultern spannten sich unter Sarahs Arm. Dann trat Karla entschlossen aus der schützenden Umarmung auf ihren Großvater zu. Sie sah zu ihm auf und sagte kein Wort.

Schweigend nahm der Alte ihre Tüten und schob sie mit einer Hand in Richtung des Hoftores.

Sarah sah der kleinen, schmalen Gestalt nach und hoffte auf einen letzten Blick.

Aber Karla sah nicht zurück.

*

Beck versuchte verzweifelt, auch ohne Kaffee wach zu werden. Für den hatte er bei seinem überstürzten Aufbruch keine Zeit mehr gehabt. Seine Haare waren auch noch feucht von der Dusche und sein Magen knurrte. Sarah Dittmanns Anruf hatte ihn aus dem Tiefschlaf geholt. Der Weihnachtsbrunch bei Viktorias Freundin hatte sich bis in die frühen Abendstunden gezogen und dann waren Tom und er noch in der *Lulu-Bar* gelandet.

Das war ein netter Kerl, dieser Tom. Ein bisschen zu redselig für Becks Geschmack, aber begeistert von seiner Musik und bereit, sich dafür zu engagieren. Das war Beck nur recht, bei seiner letzten Band war immer er derjenige gewesen, der alles Organisatorische erledigt hatte. Er hatte mit Veranstaltern verhandelt und Termine gemacht, während seine lieben Kollegen alles darangesetzt hatten, diese Gigs wieder platzen zu lassen. »Ach, am 3.? Ich hatte gedacht am 2.! Am 3. kann ich aber nicht, Giovanni!« Er hatte den schmollenden Ton des Sängers noch deutlich im Ohr. Wenn er bei dieser neuen Band einen Mitstreiter hätte, einen, der sich nicht nur vor Publikum produzieren, sondern auch etwas dafür tun wollte, dann wäre das schon mehr, als er bei seinen Berliner Bands je gehabt hatte.

Er freute sich auf heute Abend, auf die Probe. Wenn er aus Avessen wieder zurück war, musste er seine *Les Paul* noch aufpolieren. Sein altes Mädchen sollte schließlich einen guten Eindruck auf die Kollegen machen. Er liebte seine alte Gitarre, die er völlig heruntergekommen aus dem Nachlass eines Berliner Jazzgitarristen ergattert hatte, für einen Preis, der zwar weit unter ihrem eigentlichen Wert gelegen hatte, aber immer noch erschreckend hoch gewesen war. Und wenn schon. Seine Schöne war ihren Preis wert gewesen, die Beziehung zu ihr war die beständigste Liaison, die er je gehabt hatte. Leider.

Er bog rechts ab Richtung Avessen und richtete seine Gedanken auf die unangenehme Begegnung, die vor ihm lag. Er hatte wenig Hoffnung, den Alten umstimmen zu können, wenn es Sarah nicht schon gelungen war.

Ahrendt wusste wahrscheinlich ganz genau, dass Beck momentan keine Möglichkeit hatte, ihm Karla wieder wegzunehmen. Hier ging es um Macht und um die Wirkung nach außen, nicht um das Kind. Wahrscheinlich hatte der Mann Angst, sein Ansehen im Dorf könne leiden, wenn er die Kleine bei den Dittmanns ließ.

Er bog in den Elmblick ein und hielt vor dem großen Tor, an dem ein weihnachtlicher Kranz hing. Ein kurzer Blick in den Rückspiegel sagte ihm, dass seine Haare alles andere als dekorativ getrocknet waren. Sie standen in alle Richtungen ab. Er seufzte und versuchte, sie zu glätten, natürlich vergeblich. Er schnitt seinem leicht verquollenen Spiegelbild eine resignierte Grimasse und stieg aus.

Auf dem Hof zögerte er kurz und wandte sich dann nach rechts in Richtung des Seitenflügels. Bevor er klopfen konnte, wurde die Tür schon aufgerissen. »Frohe Weihnachten, Herr Kommissar, obwohl von froh ja wirklich keine Rede sein kann.« Luise, festlich gewandet in weißer Spitze und dunkelrotem Samtrock, reichte ihm die Hand. »Kommen Sie herein, Sarah weint sich im Salon die Augen aus.«

»Also hat er die Kleine mitgenommen?«

Luise nickte und öffnete die Tür zum Salon.

Becks Blick fiel auf Sarah, die mit rot geweinter Nase und wilden Haaren am Tisch saß. Sie sah ihn an und versuchte, ihre Haare zu glätten. »Guten Morgen, Herr Beck. Ich weiß, ich sehe furchtbar aus, aber ich konnte mir noch nicht mal die Haare trocknen, bevor dieser Widerling hier auflief.«

Beck lächelte sie an. »Ihre Haare sehen toll aus. Ganz im Gegensatz zu meinem Gestrüpp, ich konnte sie nämlich auch nicht mehr trocknen.«

Sarahs Blick glitt über Becks punkige Frisur und ihre Mundwinkel zuckten leicht. »Oh, das tut mir leid. Ich habe Sie so früh gestört, bestimmt haben Sie noch geschlafen.«

»Das macht nichts. Ich habe Ihnen doch gesagt, dass Sie mich jederzeit anrufen können. Was hat Herr Ahrendt denn gesagt?«

»Dass es sein Recht ist, seine Enkelin mitzunehmen und dass wir nichts tun können, um ihn daran zu hindern. Auch Sie arroganter Schnösel nicht.«

»Ja, ich habe schon gemerkt, dass Karlas Großvater nicht gerade eine Vorliebe für mich hegt. Ich werde dennoch mein Glück bei ihm versuchen. Wie hat es denn Karla aufgenommen?«

»Ganz gefasst. Erschreckend gefasst. Dieses Kind ist einfach viel zu sehr daran gewöhnt, dass seine Bedürfnisse nicht zählen. Als ich zu ihr kam, hatte sie ihre Sachen schon ganz allein in Plastiktüten ...« Sarahs Stimme zitterte. Sie räusperte sich und reichte Beck ein handgeschriebenes Blatt Papier. »Hier, das ist der Brief, den ich gefunden habe.«

Der Kommissar überflog die Zeilen. »›Ich kann niemandem davon erzählen?‹ Das lässt eigentlich nur eine Interpretation zu.«

»Das denke ich auch.« Sarah richtete ihre großen braunen Augen auf ihn und schwieg.

»Halten Sie sexuellen Missbrauch für möglich?«

»Ich ... ich weiß nicht. Ich habe nie an so etwas gedacht.«

»Sie weichen mir aus.«

Mit einem Seufzen strich sie eine rotbraune Locke aus ihrem Gesicht. »Ich hatte ja Zeit genug, darüber nachzudenken. Ja, auch das würde ich ihm zutrauen.«

»Haben Sie damals irgendwelche Anzeichen bemerkt, die dafür sprechen könnten? Als Pädagogin sind Sie sicher inzwischen mit den Merkmalen missbrauchter Kinder vertraut?«

Sarah nickte. »Ja, natürlich. Aber wenn einem jemand so nahe steht ... stand ..., ist es schwierig, die nötige Distanz einzunehmen.« In Erinnerung versunken blickte sie aus dem Fenster. »Claudia ... war ein sehr sexuelles Wesen, ich weiß nicht recht, wie ich es ausdrücken soll. Sie konnte Männern gegenüber sehr provozierend sein, so direkt, dass es mir manchmal peinlich war.«

»Können Sie das ein bisschen deutlicher beschreiben?«

Zarte Röte in Sarahs Wangen deutete auf ihr Unbehagen. »Na ja – sie wusste genau, wie sie auf Männer wirkte. Sie setzte ihren Körper ... ganz gezielt ein. Ein Streichen über die Hüften, eine Zungenspitze, die die Lippen anfeuchtet, Sie wissen schon ...«

Beck konnte es sich lebhaft vorstellen. Er hustete, um sein Unbehagen zu überspielen. »Sonst noch etwas?«

Sarah zögerte. »Claudia konnte ... konnte sehr aggressiv sein. Manchmal waren ihre Wutanfälle richtig erschreckend. Aber das kann nur, muss aber nicht unbedingt ein Hinweis auf sexuellen Missbrauch sein. Sie hatte auch so genug Gründe für ihre Wut. Ich frage mich, ob sie jemals wirklich unbeschwert war.«

»Welches Kind ist das schon? Die Kindheit und Jugend sind selten so ungetrübt wie in den Büchern von Astrid Lindgren.«

»Nein. Aber was werden Sie jetzt tun? Können Sie Karla dort herausholen?«

Wie gern hätte er jetzt den Hut in den Nacken geschoben, den Colt zurechtgerückt und ein überlegenes ›aber sicher, Kleines‹ durch die Zähne geschoben! »Nein, das kann ich nicht. Jedenfalls nicht sofort aufgrund solcher Indizien. Ich kann veranlassen, dass Karlas Fall überprüft wird, kann meine Bedenken äußern. Aber auch dann werden Tage, vielleicht sogar Wochen vergehen, bis sie, wenn überhaupt, ihren Großvater verlassen kann.«

Sarah bedeckte ihre schönen Augen mit den Händen. »Was ist das nur für ein Rechtssystem, das so etwas zulässt? Dass ein kleines Mädchen einem Mann überlassen wird, der schon seine Mutter … missbraucht hat.«

Beck dachte genauso, musste jedoch den Polizisten sprechen lassen. »Sexueller Missbrauch ist ein sehr sensibles Thema, Frau Dittmann. Ich kann Ihnen etliche Fälle nennen, in denen übereifrige Kindergärtnerinnen, Lehrer oder Nachbarn Familien durch diesen Verdacht zerstört haben. Es ist ein Modethema, so schlimm das auch klingt. Nicht jeder Vater, der mit seiner Tochter gemeinsam in der Badewanne sitzt, ist ein Missbraucher.«

»Ich weiß. Nur dass Ahrendt garantiert kein Vater war, der gewohnheitsmäßig harmlose Zärtlichkeiten verteilte. Das passt auch nicht zur Generation.« Sarah blickte auf. »Also können Sie nichts tun? Karla muss tatsächlich dort bleiben?« Die dunklen Augen füllten sich mit Tränen.

»Mal sehen. Ich werde mein Bestes geben, ein bisschen drohen, vielleicht zeigt es Wirkung.«

Die Tür sprang auf und Asta eilte mit der Kaffeekanne herbei. »Haben Sie überhaupt schon gefrühstückt? Ohne einen Kaffee im Magen kann man dem Alten doch nicht gegenübertreten.«

Beck empfand tiefe Dankbarkeit. »Oh, vielen Dank, einen Kaffee würde ich sehr gern nehmen.«

»Dann setzen Sie sich doch, Herr Beck. Wie wär's mit einem Croissant? Kommt eben aus dem Ofen.« Asta eilte flink in die Küche und kehrte mit Tasse und Tellern zurück, ehe Beck Einwände erheben konnte.

»Ja, also, wenn Sie eins übrig hätten.« Gierig sog Beck den Duft nach frischem Blätterteig ein. Sein Magen knurrte zustimmend.

»Aber sicher, das ist doch das Mindeste, wo wir Sie so früh aus den Federn geholt haben. Und dann auch noch am Feiertag.« Asta tätschelte Beck die Schulter und richtete sein Gedeck an. »Möchten Sie Marmelade?«

»Gern.« Beck setzte sich erwartungsfroh an den verschrammten Eichentisch.

»Das ist ja toll, wie Sie mich verwöhnen. So ein gemütliches Frühstück hätte ich zu Hause nicht gehabt. Ich vergesse leider immer einzukaufen.« Kurz überlegte Beck, was er eigentlich überhaupt gebacken bekam.

»Ja, ohne uns Frauen wärt ihr Männer arm dran. Wenn ihr das nur mal einsehen würdet …« Luise legte noch eine rote Weihnachtsserviette auf Becks Teller und schenkte ihm ein gleißendes Lächeln. »So. Lasst es euch schmecken. Ich gehe jetzt in die Kirche.«

Asta stürzte ihren Kaffee hinunter und stand auf. »Warte, Luise, ich komme mit.«

Sarah schreckte auf? »Asta! Du gehst in die Kirche?«

»Ja, mir ist heute so fromm. Wenigstens einmal im Jahr kann ich ja Buße tun für meine zahlreichen Sünden.«

»Aber …«

Mit einem kurzen Winken verschwand Asta durch die Tür.

Die hübsche Sarah schien über die traute Zweisamkeit nicht erfreut zu sein. Seine Haare mussten wirklich ziemlich furchtbar aussehen. Vielleicht wollte sie aber auch, dass er sich sofort um Karla kümmerte.

»Soll ich lieber sofort gehen? Würde Sie das beruhigen?«

»Nein. Oder ja, eigentlich schon. Aber essen Sie ruhig vorher noch was.« Sie schenkte mit zitternder Hand Kaffee ein und tauchte seine Tasse in ein braunes Fußbad. »Mist. Entschuldigung, ich bin ein bisschen durcheinander. Eine Begegnung mit Ahrendt vor dem Frühstück trägt nicht unbedingt zu meinem Seelenfrieden bei.« Hektisch tupfte sie mit einer Serviette auf seiner Untertasse herum.

Ihre Anspannung machte Beck nervös. Irgendwie

schien er plötzlich von einer Sprachblockade befallen zu sein. Ihm fiel überhaupt nichts Tröstendes ein. Vielleicht sollte er doch besser gleich gehen.

»Das kann ich mir vorstellen. Hatten Sie denn, abgesehen von heute, schöne Frauen-Weihnachten?« Beck strich sich Marmelade auf sein Croissant. Gott sei Dank, er hatte was gesagt.

»Ja, allerdings ziemlich tränenselig. Wir haben alte Fotos angeschaut, meine Spielsachen für Karla hervorgeholt. Das hat Erinnerungen hervorgerufen, leider nicht nur gute.«

Beck lächelte. »Warum sind Sie zurückgekommen? Aus Berlin, meine ich?«

»Ich hatte das Gefühl, ich müsse dringend weg aus meinem alten Leben. Ich trat auf der Stelle. Nichts bewegte sich mehr.« Sarah zuckte mit den Schultern.

Beck nickte zustimmend. »Komisch, mir ging es genauso. Und, war Ihre Entscheidung richtig?«

»Ich weiß es noch nicht. Ich hatte es mir einfacher vorgestellt, in das heimische Nest zurückzukriechen. Und Sie? Fühlen Sie sich in Ihrem neuen Leben wohl?«

»Ich habe noch gar kein richtiges neues Leben. Ich beginne erst langsam, ein paar Leute kennenzulernen.« Sehr langsam.

»Ja, ich habe auch nicht mehr so viele alte Bekannte hier, wie ich dachte. Es sind doch viele nach der Schule weggegangen. Silvester kommen zwei gute Freunde aus Berlin her. Da ist es vorbei mit meiner ländlichen Einsamkeit, wenigstens für ein paar Tage.«

Du Glückliche, dachte Beck und trank seinen Kaffee aus. »Tja, ich werde wohl eine rauschende Silvesterfeier mit meinen Akten feiern.« Mein Gott, er jammerte wie ein kleines Mädchen. Gleich würde Sarah Dittmann ihm einen Lolli holen. »Ich glaube, ich bringe es jetzt mal hinter mich.« Er stand auf.

Seine Gastgeberin schien noch etwas auf dem Herzen

zu haben und fummelte nervös eine Locke hinter das Ohr. »Sie …«

»Ja?« Beck blieb stehen und sah sie abwartend an.

»Sie hätten nicht zufällig Lust, bei uns mitzufeiern? Ich meine natürlich nur, wenn Sie nicht schon etwas vorhaben. Wir könnten über Berlin reden und … Aber Sie haben ja bestimmt etwas vor.«

Überrascht fuhr sich Beck durch seine Stacheln, wahrscheinlich keine gute Idee.

»Na ja, war ja nur ein Vorschlag. Wahrscheinlich ein ziemlich dämlicher.«

»Nein, gar nicht. Das wäre bestimmt nett. Aber …« Lud sie ihn aus Mitleid ein?

»Aber?«

»Nichts. Gut, dann werde ich gerne kommen. Wann soll es denn losgehen?«

»Ich denke, so gegen sieben. Wir wollen zusammen kochen, nichts Besonderes. Zwei alte Freunde hier aus dem Dorf kommen auch noch, die bringen ihre kleinen Söhne mit. Das wäre so schön für Karla gewesen.«

»Mal sehen, vielleicht ist Karla ja Silvester wieder hier.« Beck reichte ihr die Hand. »Ich freue mich auch – Sarah. Ich bin Giovanni.«

»Ja – dann bis Silvester.«

Ihm fiel auf, dass sie es vermied, ihn beim Vornamen zu nennen. Schade.

Auf dem Hof musste er sich wie unter Zwang noch einmal umwenden. Da stand sie am Fenster und verschwand hinter der Gardine, als sie seinen Blick bemerkte. Er lächelte, bis ihm die anstehende Konfrontation mit Ahrendt wieder einfiel.

Da konnte einem wirklich alles vergehen.

*

Beck setzte sich in seinen Wagen und starrte aus dem Fenster. Guck an, Giovanni, du machst ja richtig Fortschritte in deinem neuen Leben. Eine Einladung zum Weihnachtsbrunch, vielleicht eine neue Band und jetzt eine Silvesterfeier mit der schnuckeligen Sarah Dittmann.

Unglaublich, dass er ihr von seiner Einsamkeit erzählt hatte. Fehlte bloß noch, dass er ein Tränlein zerdrückt hätte. Mit Jammerei hatte man noch nie eine schöne Frau beeindruckt. Weichei! Trotzdem – es war nett gewesen, mit ihr zu frühstücken.

Er reckte sich und lächelte zufrieden, bis sein Blick in den Rückspiegel fiel. Mein Gott, was war das denn? Er sah ja aus wie Kalle Wirsch! So hatte er am Tisch gesessen und mit Sarah Dittmann geplaudert. Die hatte sich wahrscheinlich totgelacht. Er holte eine Mineralwasserflasche aus dem Handschuhfach und tropfte Wasser auf den Igel, der sich auf seinem Kopf niedergelassen hatte. Er glättete seine Frisur, so gut es ging, und startete den Wagen.

Oh, wie freute er sich auf die Unterredung mit dem Ehepaar Ahrendt! Es würde so richtig weihnachtlich werden. Er hielt vor dem grauen Tor des Hofs, an dem natürlich kein Kranz weihnachtlichen Glanz verbreitete. Schlagartig sackte seine Stimmung unter den Nullpunkt. Das Getöse der Hunde trug nicht dazu bei, sie wieder zu heben.

»Aus!«, brüllte er in die Richtung des Zwingers und augenblicklich trat Stille ein. Bevor die Befriedigung über seinen Erfolg sich in ihm ausbreiten konnte, setzte das Gekläff wieder ein. Wahrscheinlich waren die Hunde nur aus Empörung über die Anmaßung des Eindringlings, gegen sie die Stimme zu erheben, kurz verstummt.

Mal sehen, ob sein Einfluss Ahrendt gegenüber genauso groß war. Wieder einmal betätigte er den schweren Türklopfer und lauschte in das Innere des Hauses. In der Glasscheibe der Tür konnte er seine wirren Haare bewundern. Prima, das würde den guten Eindruck noch verstärken, den er bei Ahrendt hinterlassen hatte. Gerade, als er den Klopfer ein zweites Mal anheben wollte, öffnete sich die Tür, so dass er Frau Ahrendt mit erhobener Faust gegenüberstand.

»Guten Tag, entschuldigen Sie die Störung. Ich würde gern mit Ihnen über Karla sprechen.«

Überraschenderweise nickte die Frau und bat ihn mit einer Geste herein. »Mein Mann ist in der Kirche, muss aber jeden Moment zurück sein.« Sie wirkte gelöster als die letzten Male, das Gesicht weicher und lebendiger. Ob das die Freude über Karlas Anwesenheit war? Oder eher die Freude über die Abwesenheit ihres liebenswerten Gatten?

Beck blieb im Flur stehen. »Sie wissen sicher, dass Frau Dittmann Karla gern noch eine Weile behalten hätte? Die Kleine schien sich dort sehr wohlzufühlen. Das war auch die Einschätzung unserer Psychologin. Wie geht es ihr? Können Sie dazu schon etwas sagen?«

Frau Ahrendt zuckte mit den mageren Schultern. »Nein. Sie ist sehr still und brav. Tut alles, was man ihr sagt. Ich kenne sie ja nicht gut.«

»Wäre es da nicht besser, sie bliebe bei Frau Dittmann? Die beiden mögen sich und Karla kennt sie ja recht gut aus der Schule.«

»Vielleicht. Ich weiß es nicht. Mein Mann wird das aber nicht zulassen. Er hat es sich jetzt in den Kopf gesetzt, dass wir verpflichtet sind, uns um Karla zu kümmern. Und das stimmt ja eigentlich auch, nur …«

»Nur was?«

»Ach, nichts.« Frau Ahrendt senkte den Blick und fummelte an ihrer Perlenkette herum.

»Sie haben Bedenken, dass Karla hier nicht gut aufgehoben sein könnte? Warum?«

Sie schüttelte abwehrend den Kopf, eine Bewegung, die keins der sorgfältig gelegten blassblonden Haare in Unordnung brachte. »Nein, nein, es ist schon gut so.«

»Haben diese Bedenken etwas mit dem Verhältnis Ihres Mannes zu Claudia zu tun? Haben Sie Angst, er könnte ein … solches Verhältnis auch zu Karla aufnehmen?« Beck hielt inne und wartete.

Sie erstarrte und sah zu ihm auf. »Was meinen Sie? Ich verstehe nicht …«.

»Doch, doch, Sie verstehen mich schon. Ich frage Sie, ob Ihr Mann zu seiner Tochter ein sexuelles Verhältnis hatte! Hat er Claudia missbraucht? Ich habe Gründe für meine Frage. Wissen Sie etwas darüber?«

»Nein! Wie kommen Sie darauf? Das ist nicht … wahr!«

Beck steckte eine Hand in seine Manteltasche und zog Claudias Brief hervor. »Dies ist ein Brief Ihrer Tochter an Sarah Dittmann.« Er deutete auf die entsprechende Passage. »Hier. Was meint sie damit? Was ist damals vorgefallen?«

Frau Ahrendt überflog den Brief und brach in Tränen aus. »Ach, Claudia!« Sie nestelte in den Taschen ihrer Strickjacke nach einem Taschentuch und wischte sich über die Augen.

»Können Sie sich diesen Satz erklären? ›Ich kann es niemandem erzählen‹?« Beck unterdrückte den Impuls, die Frau bei den Schultern zu nehmen und zu schütteln, bis die Wahrheit aus ihr herausfiel.

»Ich weiß es nicht.« Sie richtete sich kerzengerade auf und blickte Beck in die Augen. »Sie hatte immer Streit mit ihrem Vater.«

»Das ist aber etwas, worüber jeder Teenager mit seiner besten Freundin redet, Frau Ahrendt. Was ist Claudia Schlimmes passiert, das sie noch nicht einmal Sarah anvertrauen konnte?« Beck wusste bereits, dass er verloren hatte. Die Frau würde nicht reden.

»Ich weiß es nicht, Herr Kommissar.« Sie hob das spitze Kinn und straffte die zarten Schultern.

Er gab auf. »Kann ich sie kurz sehen? Karla, meine ich?«

Die Frau zögerte, ein Schatten zog über ihr schmales Gesicht. »Gut, kommen Sie.« Ein kurzer Blick huschte zur Eingangstür. Frau Ahrendt hatte ganz offensichtlich Angst vor ihrem Mann.

Beck folgte ihr durch den Flur in einen großen Raum, in dem er bei seinen vorigen Besuchen noch nicht gewesen war. Ein Feuer in einem riesigen offenen Kamin versuchte vergeblich, in dem mit dunklen, schweren Möbeln voll gestellten Zimmer einen Hauch von Gemütlichkeit zu verbreiten.

Beck entdeckte Karla an einem blank polierten Tisch mit Spitzendecke. Anscheinend hatte sie gemalt, zumindest lagen Stifte und Papier auf der Tischplatte und störten die fast zwanghafte Ordnung des Raumes. Sie blickte ihm ernst entgegen.

»Hallo, Karla, du erinnerst dich doch noch an mich?«

Sie nickte.

»Wie geht es dir?«

Ein scheuer Blick zu ihrer Großmutter sagte Beck, dass er keine ehrliche Antwort erhalten würde. »Ganz gut.«

»Möchtest du hierbleiben, bei deinen Großeltern?« Was für eine dämliche Frage. Plötzlich wusste Beck nicht mehr, was er hier überhaupt wollte. Es war doch aussichtslos. Was musste er sich auch als Retter in der Not aufspielen. Er machte dem Kind nur unnötig Hoffnungen. Karla schaute ihn mit großen Augen an, als denke sie das Gleiche. Sie zuckte resigniert mit der Schulter und senkte den Blick.

Frau Ahrendt ging zu ihr und legte eine Hand auf den Arm des Mädchens. »Wir werden uns schon miteinander anfreunden. Ich habe dir das alte Mädchenzimmer von deiner Mama hergerichtet. Das wird dir gefallen. Es ist hübsch.«

Karlas Miene erhellte sich bei der Erwähnung ihrer Mutter, doch der nachfolgende Schmerz in ihrem Gesicht ließ Beck innerlich zusammenzucken. War es eine Hilfe für ein kleines Mädchen, im Zimmer ihrer gerade verstorbenen Mutter zu schlafen? Wohl kaum, im Gegenteil, es würde den Verlust nur noch spürbarer machen. Gut, das war es dann wohl, es gab für ihn hier nichts mehr zu tun, was die Lage des Kindes nicht noch verschlimmern würde.

Dennoch – einen Versuch musste er wenigstens unternehmen, das war er Sarah Dittmann schuldig. Und sich selbst auch.

»Ich soll dich von Sarah grüßen, Karla. Sie wird dich bald besuchen, ganz bestimmt.« Wieder erntete Beck für seine kläglichen Bemühungen das verdiente Schulterzucken. Sein Magen krampfte sich schmerzhaft zusammen. Armes, kleines Ding.

Ein Schlüssel klirrte im Flur und Beck fuhr unwillkürlich zusammen.

Durch die Scheibe der Haustür konnte er die Glatze des Hausherrn ausmachen. Beck ging weiter in die Diele und schloss die Wohnzimmertür hinter sich, um Karla so fern wie möglich von der unvermeidlichen Eruption ihres Großvaters zu halten. Ahrendt öffnete die Tür und verharrte im Türrahmen, als sein Blick auf Beck fiel.

Ähnlich wie bei seinen Hunden währte die Stille jedoch nur kurz, dann begann er zu kläffen. »Was wollen Sie hier? Unglaublich, dass Sie tatsächlich hierher kommen!«

»Warum unglaublich? Ich wollte mich nach Karlas Wohlergehen erkundigen. Das sollte Sie doch freuen.«

»Freuen? Sie haben hier nichts zu suchen. Nur weil Sie mit dem Mord an meiner Tochter betraut sind, haben Sie noch lange keinen freien Zugang zu meiner Familie, wann immer es Ihnen gefällt.«

»Schreien Sie doch noch lauter, Herr Ahrendt, vielleicht möchten Sie ihrer Enkelin ja auch noch nahebringen, wie Ihre Tochter ermordet wurde?«, zischte Beck.

Ahrendt zuckte zusammen und warf einen Blick auf die Wohnzimmertür. »Gehen Sie! Wir haben genug Scherereien, auch ohne Ihre Einmischung!« Ahrendts Gesichtsfarbe war bereits wieder von einer beunruhigenden Intensität.

»Sie sollten Ihr Temperament etwas zügeln, Herr Ahrendt, wenn Sie Karla keine Angst machen wollen. Ist das der Ton, in dem Sie ein siebenjähriges Mädchen erziehen wollen? Ein Mädchen, deren Mutter gerade einen gewaltsamen Tod gefunden hat, das seine Großeltern, warum auch immer, zuvor kaum kannte, aber jetzt bei ihnen leben muss und dafür die einzige Person verlassen musste, die sie hier kennt und der sie vertraut? Versuchen Sie, sich in Karlas Lage zu versetzen, Herr Ahrendt, wenn Sie dazu fähig sind, und zeigen Sie ihr, dass Sie sie lieben. Denn Sie lieben sie doch, nicht wahr?«

»Ich brauche kein Wort zum Sonntag von einem …«

»Arroganten Schnösel?«, half Beck liebenswürdig aus.

»Gehen Sie! Verlassen Sie mein Haus!«

»Das tue ich, Herr Ahrendt. In Kürze. Vorher habe ich jedoch noch einige Fragen an Sie.«

Sichtlich um Fassung ringend wies Ahrendt stumm auf die Tür zu seinem Arbeitszimmer und ging voraus.

Wieder zog Beck Claudias Brief aus seiner Manteltasche. »Vielleicht können Sie mir bei der Interpretation dieser Nachricht behilflich sein?« Er schüttelte abwehrend den Kopf, als Ahrendt ihm den Brief aus der Hand reißen wollte und hielt ihn fest.

»Wovor haben Sie Angst?« Ahrendt lachte verächtlich auf. »Dass ich den Wisch ins Feuer werfe?«

»Beantworten Sie bitte meine Frage.«

Mit vor Wut starrem Blick überflog Karlas Großvater den Brief und zuckte mit den fleischigen Schultern. »Woher soll ich das wissen? Ich habe Ihnen doch schon erzählt, dass wir ständig Ärger mit ihr hatten. Und das war einer davon. Sie hatte mal wieder versucht abzuhauen, warum auch immer.«

»Ja, warum? Das ist die Frage. Warum versucht ein vierzehnjähriges Mädchen, von zu Hause auszureißen? Was konnte sie noch nicht einmal ihrer besten Freundin Sarah anvertrauen? Was könnte das gewesen sein, Herr

Ahrendt?« Beck hatte Mühe, seine starke Abneigung aus seiner Stimme herauszufiltern.

»Herrgott noch mal, ich weiß es nicht! Wie oft soll ich das denn noch sagen? Ich hatte nicht das Glück, in die verdrehten Gedankengänge meines lieben Fräulein Tochter eingeweiht zu sein!«

Beck faltete den Brief wieder zusammen. »Ihre Tochter war sehr schön.«

»Ja, und?«

Beck formulierte sorgfältig. »Nun – es gibt Väter, die, sagen wir mal, nicht unbedingt gewillt sind, gewisse, durch nahe Verwandtschaft aufgewiesene, Grenzen zu respektieren.« Er wartete. Und richtig, da kam sie, die endgültige Explosion.

»Was ... erdreisten Sie sich?! Was unterstellen Sie da?! Das ist ungeheuerlich! Eine Ausgeburt Ihrer schmutzigen Fantasie!«

»Meine Fantasie ist keinesfalls schmutziger als die Realität, der ich in meinem Beruf begegne, Herr Ahrendt. Sie hatten also keine sexuelle Beziehung zu Ihrer Tochter?«

»Natürlich nicht! Raus! Und unterstehen Sie sich, diesen Dreck irgendwo herumzuerzählen!«

»Es gehört nicht unbedingt zu den Gepflogenheiten meines Berufstands, ›Dreck herumzuerzählen‹, Herr Ahrendt. Ich bitte Sie, sich daran zu erinnern, aus welchem Grund ich hier bin. Nicht ich habe Sie in diese Situation gebracht.«

»Sie wollen mir was anhängen! Das können Sie nie beweisen!« Ahrendt schlug mit der geballten Faust auf seine Schreibtischplatte.

»Was meinen Sie? Hat diese Beziehung nie existiert? Oder kann ich sie nur nicht beweisen? Frohe Weihnachten, Herr Ahrendt.«

*

Sarah sank auf ihrem Stuhl zusammen und stützte den schmerzenden Kopf in die Hände. Sie hatte es getan!

Was genau hatte sie getan? Und vor allem, was hatte sie gesagt?!

›Wenn Sie kämen, würde ich das Alte mit dem Neuen verknüpfen‹. Warum hatte sie ihm nicht gleich einen Heiratsantrag gemacht! Was dachte er jetzt bloß von ihr? Spätes Mädchen mit sexuellem Notstand. Sie stöhnte.

Und ganz nebenbei hatte sie auch noch Ahrendt des Missbrauchs an seiner Tochter beschuldigt. Warum konnte sie eigentlich nie ihre Klappe halten? Wahrscheinlich stimmte es ja überhaupt nicht, das hätte Claudia doch nie vor ihr verbergen können! Oder? Andererseits – was sollte dann diese Andeutung in diesem Brief? Was könnte sie noch bedeuten? Hatte er Claudia vielleicht eingesperrt? Oder seelisch gequält? Hatte er getrunken, Frauenkleider getragen? Schließlich musste es ja nicht unbedingt etwas mit Claudia zu tun haben. ›Ich kann niemandem davon erzählen‹, dahinter konnte sich alles Mögliche verbergen!

Sie schüttelte den Kopf. Es hatte keinen Zweck, nur durch Grübeleien würde sie es bestimmt nicht herausbekommen. Vielleicht ... wenn sie Karla besuchte ... Ob Frau Ahrendt etwas wusste? Schuldbewusst schielte sie in Richtung Küche, in der Erwartung, dass sich dort die mahnende Gestalt Astas materialisierte. Ihre Tante hatte recht – das war Becks Aufgabe, nicht ihre. Giovannis Aufgabe. Oh Gott, warum hatte sie ihn bloß eingeladen?

Bis Silvester würde sie keine ruhige Minute mehr haben! Was sollte sie bloß den ganzen Abend mit Beck reden? Was, wenn er sich langweilte? Wenn sie ihn langweilte?

Sie sah schon Filos ironische Blicke zwischen ihr und Beck hin und her gehen. Und Sascha würde ihn wahrscheinlich anbaggern, bevor auch nur die erste Flasche Sekt geleert war.

Karla! Sie war jetzt dort, in dem Haus, in dem ihre Mutter so unglücklich gewesen war, ohne Schutz, ohne einen Menschen, dem wirklich an ihr lag. Und sie konnte nichts dagegen tun. Gar nichts. Wie sollte sie damit leben? Wie lange Karla dort wohl bleiben musste? Sie konnte sich nicht vorstellen, dass Beck ... Giovanni ... Ahrendt überzeugen konnte.

Oh, Himmel! Wenn es doch nur eine Möglichkeit gäbe, das ganze Elend einfach zu verschlafen! Und erst aufzuwachen, wenn alles vorbei wäre!

Zum Beispiel nach dieser unseligen Silvesterfeier.

Die Tür zur Halle klappte, die Kirchgänger waren zurück. Endlich war sie nicht mehr allein im Strudel ihrer Gedanken.

»Ich habe ihn angebaggert, Asta. Scheiße.«

»Und wie war der Sex mit dem schönen Giovanni so?« Asta legte ihre Handtasche auf den Stuhl neben Sarah.

»Ha ha. Frag mich später noch mal. Ich habe ihn für Silvester eingeladen.«

»Das ist doch toll! Endlich wachst du wieder auf! Wie gut, dass du dir das sexy Kleid gekauft hast.«

»Du hast gut reden. Kannst du mir mal sagen, was er hier soll? Der wird sich doch zu Tode langweilen. Bestimmt hat er nur aus Höflichkeit zugesagt und bereut es schon jetzt.«

»Das ist doch absoluter Quatsch. Wenn er keine Lust gehabt hätte, hätte er doch nur eine andere Verabredung vorzuschützen müssen. Da kommt er übrigens.« Ihre Tante blickte aus dem Fenster zum Hof.

Sarah fuhr herum. »Er will bestimmt erzählen, wie es bei Ahrendt gelaufen ist. Und ich sitze hier immer noch genauso schlampig herum wie heute Morgen. Oh Gott, er kommt ohne Karla!«

»Nach seiner Miene zu schließen, hat er nicht viel erreicht.« Asta runzelte besorgt die Stirn.

Sarah stand auf und ging zur Tür, als der Türklopfer ertönte. »Keine guten Nachrichten?«

Beck schüttelte den Kopf. »Nein, nichts zu machen. Ich

habe außer einer weiteren Wutattacke nichts erreichen können.«

»Wie geht es Karla?«

»Schwer zu sagen. Ich konnte ja nicht allein mit ihr sprechen. Sie trägt es tapfer, würde ich sagen. Aber ihre Großmutter scheint sich zu freuen, dass sie da ist. Ich denke, sie wird sich um Karla bemühen. Es wäre vielleicht gut, wenn Sie ihren Onkel informieren. Eventuell kann der mehr erreichen als ich. Vielleicht wäre es jetzt auch an der Zeit, den Vater einzuschalten. Dort ist sie in jedem Fall besser aufgehoben, meine ich. Ich werde das bedenken müssen.«

Sarah schlug sich an die Stirn. »Das hätte ich längst tun sollen. Christian anrufen, meine ich. Aber ich fürchte, er wird auch nichts ausrichten können. Sein Verhältnis zu seinem Vater ist auch nicht gerade innig. Entschuldigen Sie, wollen Sie hereinkommen?«

Beck schüttelte den Kopf. »Nein, danke. Ich muss nach Hause.« Er lächelte sie an und wandte sich zum Gehen. »Dann bis Silvester?«

»Ja, ich freue mich. Bis dann.«

Sarah schloss die Tür und lehnte sich von innen dagegen. Arme Karla. In ihrem Inneren herrschte Aufruhr. Pubertäres Herzklopfen mischte sich blutdruckerhöhend mit der Trauer um Karla.

Neugierig steckte Asta den Kopf aus der Salontür. »Na? Karla muss bei ihren Großeltern bleiben, stimmt's?«

Sarah nickte resigniert. »Ich rufe jetzt erst mal Christian an, damit der weiß, dass Karla nicht mehr hier ist. Er hat mich wieder gesiezt.«

»Wer? Christian?«

»Quatsch. Beck. Vorhin hat er schon Sarah gesagt.«

»Und du?« Asta lachte.

»Ich konnte ihn nicht beim Vornamen nennen, es war mir peinlich.«

Ungläubig schüttelte Asta den Kopf. »Dann üb schon

mal bis Silvester. Giovanni, Giovanni, Giovanni. Wie alt bist du eigentlich?«

Siebzehn, dachte Sarah, höchstens.

*

Beck griff nach seinem Gitarrenkoffer und stieg aus. Suchend irrte sein Blick über die zahllosen Fenster und Türen der alten Fabrik. Er war angespannt. Es war lange her, dass er sein Können unter den kritischen Ohren einer neuen Band beweisen musste. Hörte das eigentlich nie auf? Immer wieder Neuanfänge, immer wieder Prüfungen, immer wieder Unsicherheiten? Du hast es selbst so gewollt, also nörgele nicht herum, ermahnte er sich und ging über die weite Fläche des alten Fabrikgeländes.

Die zweite Tür von links stand trotz der Kälte offen, wie mit Tom verabredet. Lautes Lachen und das Klirren von Bierflaschen wiesen ihm den Weg durch einen langen Kellerflur, dessen rohe Backsteinmauern von trüben Glühbirnen spärlich beleuchtet wurden. Er atmete tief ein, um seine Aufregung zu bekämpfen, und trat durch die Tür.

Tom stand mit dem Rücken zu ihm und erzählte mit großer Geste eine anscheinend erheiternde Anekdote. Ein großer, dünner Mann mit ernstem Gesicht unter dunklen Haaren zupfte an seinem Bass herum. Auf maroden Klappstühlen lümmelten zwei weitere Männer an einem alten Gartentisch, auf dem sich zahllose Flaschen, Kabel und überquellende Aschenbecher drängelten.

Beck trat näher. »Hallo.«

Tom wandte sich um und unterbrach seinen Vortrag. »Oh, hallo. Ich erzähle gerade, dass bei meiner Schwester gestern der Weihnachtsbaum abgefackelt ist.«

»Was, gestern bei dem Brunch?«

Tom lachte. »Ja, kurz nachdem wir weg waren, ist Gitti mit dem Stuhl in die brennenden Kerzen gekippt. Muss eine Riesenschweinerei gewesen sein. Sie haben alles in die Flammen geschüttet, was auf dem Tisch stand,

Wein, Sekt, Wasser. Irgendwer hat dann den Rest mit der Tischdecke gelöscht. Jetzt kann Nadja renovieren.«

Beck sah in die Runde. »Hallo, ich bin Giovanni, kurz Gio.«

»Ach ja, entschuldige. Der Dicke hier ist Matthias, genannt Panne, Schlagzeug, das hier ist Karsten, Gitarre, und das da hinten am Bass ist Paul. Er heißt wirklich so.«

Angespannt hielt Beck den prüfenden Blicken der Männer stand.

»Erst mal ein Bier?«

»Ja, gerne.« Am liebsten hätte er gleich angefangen. Da die anderen aber anscheinend noch keinerlei Lust verspürten, zu den Instrumenten zu greifen, wollte er sich nicht übereifrig darstellen. Er stellte den Koffer ab und setzte sich neben Karsten. »Eure Bläser proben heute nicht mit?«

»Nee, die kommen meistens erst vor den Gigs dazu, oder wenn wir ein neues Stück in das Programm nehmen.«

»Ja, klar, das haben wir bei Seven up auch so gemacht.«

»Du kommst aus Berlin?«

Beck nickte.

»So eine Szene hat Braunschweig leider nicht zu bieten. Wir sind froh, wenn wir zehn Gigs im Jahr zustande bringen.« Karsten nahm einen langen Schluck aus der Bierflasche.

»Na, wesentlich mehr hatten wir in Berlin aber auch nicht. Die meisten hatten nicht die Zeit, mehr zu üben oder öfter aufzutreten. Wie oft übt ihr?«

»Einmal die Woche, montags, normalerweise.«

Das war Beck recht, eine zu probenintensive Band konnte er sich beruflich nicht leisten. Wahrscheinlich gab es sowieso Stress, weil er manchmal nicht zu den Proben kommen konnte. In Berlin hatte er auch ab und zu einen Auftritt absagen müssen, er hatte nun mal keinen Job nach der Stechuhr. Aber es war ja noch gar nicht raus, ob das hier klappte.

»Wie lange spielst du schon?«

Aha, jetzt ging es los, das gegenseitige Abtasten der Gitarristen. Wer konnte mehr, wer war schneller, wer hatte mehr Erfahrung?

»Zweiundzwanzig Jahre, ungefähr achtzehn Jahre in verschiedenen Bands.«

Der andere blies die Backen auf. »Ein alter Hase. Was spielst du?«

»*Les Paul*.« Beck wies auf seinen Gitarrenkoffer.

»*Les Paul*? Das ist aber ungewöhnlich für Soul.«

»Ich weiß. Ich habe auch noch eine *Telecaster*, aber meine *Les Paul* ist mir lieber.«

»Hm.« Karsten guckte skeptisch und tauschte einen Blick mit Panne, dem molligen Schlagzeuger.

»Okay, Jungs, wollen wir dann mal?« Tom knallte seine Flasche auf den Tisch und stand auf. »Am besten spielen wir erst mal ein paar Standards durch. *Mustang Sally*, *Get ready* und so weiter.«

Erleichtert über das vorläufige Ende der Befragung stand Beck auf und öffnete seinen Koffer.

Karsten pfiff durch die Zähne. »Was hast du denn da? Wie alt ist die? Sechziger?«

»Baujahr 65.« Beck versuchte, einen prahlerischen Unterton zu vermeiden.

Tom strich über den Gitarrenhals. »Und da gehst du ohne Polizeischutz los? Ach, brauchst du ja nicht, du bist ja selber bei den Bullen.« Tom lachte.

»Du bist bei der Polizei? Das ist ein Scherz, oder?« Karsten blickte irritiert auf.

Beck schüttelte den Kopf. »Kripo.« Manchmal wünschte er, er wäre Sozialpädagoge, Elektriker, Hausmeister, hätte irgendeinen Beruf, der nur ein gleichgültiges Kopfnicken auslösen würde.

»Jetzt fragt ihn aber nicht, ob er schon mal einen Mordfall gelöst hat, damit habe ich mich gestern schon in die Nesseln gesetzt.«

Der Bassist war neugierig herangekommen, um Becks Gitarre zu beäugen. »Und hast du?«

»Ich löse ja solche Fälle nicht allein. Ich habe einen Partner und …«

»Und wie heißt er? Harry?« Paul lachte meckernd über seinen Witz.

Beck lächelte gequält.

Karsten war immer noch mit Becks Gitarre beschäftigt. »Mal im Ernst, die muss doch ein irres Geld wert sein.«

»Ich habe sie günstig erstanden, vor Jahren, allerdings war sie auch ganz schön heruntergekommen.« Er bereute langsam, dass er seinem Drang zur Angeberei nicht widerstanden hatte. Jetzt hatte er sich schon zum Außenseiter gemacht, bevor sie auch nur einen Ton gespielt hatten.

»Schwein muss der Mensch haben.« Karsten erhob sich aus der Hocke und ging zu seinem Gitarrenständer. Panne schob seinen voluminösen Bauch hinter das Schlagzeug und gab den Takt vor. Das Intro von *Mustang Sally* erklang und Beck stimmte ein. Dieses Stück konnte er im Schlaf spielen. Schnell fand er sich in Karstens Rhythmus ein und begann sich zu entspannen.

Karsten spielte das Solo solide, zuverlässig, aber nicht besonders einfallsreich. Tom hatte recht, ihm fehlte der Ehrgeiz. Beck war erleichtert. Nichts war schlimmer, als mit einem Möchtegern-Hendrix konkurrieren zu müssen, der keine Parts abgeben konnte. Sie beendeten das Stück und gingen ohne Pause zu *Take me to the river* über. Beck übernahm dieses Mal das Solo und achtete darauf, Karsten nicht zu sehr zu übertrumpfen. Nur ein bisschen.

Tom drehte sich zu ihm und hob den Daumen. Beck genoss das Zusammenspiel. Wie hatte er das vermisst! Wenn er länger nicht gespielt hatte, vergaß er immer, wie sehr die Musik sein Wohlbefinden beeinflusste. Sie hatte eine ähnliche Wirkung auf ihn wie Sex. Der ganze Körper war locker, die Seele weit offen. Herrlich.

Kurz schweiften seine Gedanken zu Sarah Dittmann und er wünschte sich, sie könne ihn hier sehen. Der Gedanke beflügelte ihn und er musste über sich selbst lachen. Ein bisschen Angeberei war halt immer dabei. Wenn keine bewundernden Frauenblicke auf dem Gitarristen ruhten, musste er sie sich eben denken. Weitere Soulklassiker folgten und Beck vergaß Sarah und die Zeit.

»Pause.« Tom hob die Hand.

Ein allgemeiner Run auf den Bierkasten gab Beck die Gelegenheit, sich allein zu dem Sänger zu gesellen. »Na, was meinst du?«

Tom nickte. »Das passt. Du bist gut. Auf den Punkt, ruhig und trotzdem kreativ. Das hatte ich mir erhofft. Dein Spiel erinnert mich an Clapton.«

»Na, na«, wehrte Beck ab.

»Schleimer.« Das kam von Karsten, der von hinten zu ihnen getreten war. Er grinste. »Nicht wie Clapton, aber gut. Du bist okay, was mich betrifft. Kein Angeber, trotz deiner Gitarre.«

Beck konnte nur durch strikte Kontrolle seiner Gesichtszüge verhindern, dass er strahlte wie ein Honigkuchenpferd. Abgesegnet durch den zweiten Gitarristen, er hatte seine Feuertaufe bestanden. Jetzt hatte er richtig Lust auf ein Bier oder zehn.

Er musste an den alten Siebziger-Jahre-Schlager denken: *Schön ist es auf der Welt zu sein, sagt die Biene zu dem Stachelschwein*. Genau.

13. Kapitel

Sarah faltete den *Elm-Anzeiger* zusammen und goss sich Kaffee nach. Wie immer nichts los in der Gegend, bis auf das Unglück, an dem sie selbst unmittelbar Anteil hatte. Das reichte allerdings auch für Jahre.

Außerdem mal wieder ein schrecklicher Unfall auf der A 2. Dieser mörderische Standstreifen für russische LKW war einmal mehr zum Ort des Schreckens geworden. Für die Betroffenen würde Weihnachten für immer überschattet sein. Schrecklich, die Vorstellung, sich nie wieder auf das Fest freuen zu können, sondern es mit Grausen herannahen zu sehen, weil es einen an den Verlust eines geliebten Menschen erinnerte.

Würde es Karla auch so gehen? Würde das Weihnachtsfest für immer ein Fest der Schatten für sie sein? Eine Zeit, die untrennbar mit Verlust, Tod und Verlassenheit verbunden war? Sarah beugte sich unter den Tisch und streichelte Muffin, die warm und tröstlich auf ihren Füßen lag.

Man sollte bei der Zeitung Rubriken für positive Ereignisse einrichten. Warum wurde eigentlich so selten über die schönen Dinge des Lebens berichtet? Die kleinen glücklichen Zufälle und Geschehnisse, die das Leben lebenswert machten und einem den Glauben an ein positives Geschick wiedergaben?

Frau findet in Mann vom Abschleppdienst Liebe ihres Lebens. (Das war Filo, notorischer Falschparkerin, passiert, wobei ›Liebe ihres Lebens‹ bei ihrer Freundin alles war, was länger als zwei Wochen hielt). Oder *Entlaufener Hund meldet sich nach drei Tagen auf örtlicher Polizeistation zurück.* (Muffin war im Wald weggelaufen und hatte sich dann aus nur ihr bekannten Gründen vor die Tür der Polizei in Königslutter gelegt.) Oder *Bei Dorfschullehrerin lang vermisste Hormone wieder aktiviert.*

(Obwohl sinnlos herumschwirrende Hormone auch keinem nützten).

Sarah zog eine Grimasse.

Die Küchentür wurde geöffnet und Sarah fuhr zusammen. Muffin rappelte sich knurrend unter dem Tisch hoch, um dann verlegen wedelnd um Astas Beine zu schmeicheln. »Na, du Knalltüte? Hast du mich doch noch erkannt? Dieser Hund ist eine Katastrophe. Mich knurrt sie an und den Versicherungsvertreter neulich hat sie fröhlich auf dem Hof begrüßt.«

»Tja, als die Wachhundgene verteilt wurden, hat unsere Muffin wahrscheinlich mal wieder gepennt.«

Muffin, die merkte, dass über sie gesprochen wurde, setzte ein unschuldiges Grinsen auf und ließ die Zunge heraushängen.

»Und was treibst du? Starrst du schon wieder herum und haderst mit der Welt?«

»Ich starre nicht herum, ich habe die Zeitung gelesen.«

»Ach, dieses Käseblatt, ich weiß wirklich nicht, warum wir das nicht abbestellen, es steht doch sowieso nie was Interessantes drin.«

»Ja schon, aber wenn wir sie abbestellen würden, könnten wir nie sicher sein, ob nicht vielleicht eine absolute Sensation an uns vorüber ginge.«

»Was denn für eine Sensation? Dass Schlachter Fuhrmann mit seiner sechzehnjährigen Verkäuferin ein Verhältnis hat?«

»Was, ehrlich?« Sarah beugte sich interessiert nach vorn. Es ging doch nichts über richtig guten Klatsch.

Asta nickte. »Hab's gerade beim Bäcker gehört. Und schwanger ist sie auch noch.«

»Na, da hat Frau Fuhrmann ja auch richtig nette Weihnachten gehabt.«

»Jetzt hat sie endlich einen Grund, den alten Bock rauszuschmeißen. Hoffentlich tut sie es auch.«

»Was wird denn über die Ahrendts geredet?«

»Dass die Kleine besser bei dir geblieben wäre. Sie tut allen leid. Aber natürlich haben sie sich das Maul über Claudias Lebenswandel zerrissen. Alle haben selbstverständlich schon immer gewusst, dass das kein gutes Ende nehmen würde.«

»Klar. Wahrscheinlich wissen sie auch schon, wer Claudia umgebracht hat.«

»Oh ja, der alte Ahrendt liegt hoch im Kurs bei den einen und ein ominöser betrogener Freund bei den anderen.«

»Der alte Ahrendt? Die beschuldigen beim Bäcker ihren Bürgermeister?« Sarah schüttelte den Kopf.

»Nein, nein, sie beschuldigen doch niemanden. Eine kleine Andeutung hier, ein Kopfschütteln dort und jeder weiß, was gemeint ist. Du kennst das doch.«

»Nein, ich glaube, das habe ich in Berlin vergessen. Soweit ich weiß, hat dort noch nie jemanden den Bürgermeister beschuldigt, wenn ein Toter auf der Straße lag.«

Asta lachte. »Das liegt vielleicht daran, dass euer Bürgermeister eine Spur charmanter ist als unserer.«

»Wahrscheinlich. Aber er ist nicht mehr mein Bürgermeister.«

»Tja, was das Gemeindeoberhaupt betrifft, hast du dich eindeutig verschlechtert.«

»Hoffentlich nur in diesem Fall.« Sarah seufzte.

»Zweifelst du immer noch an der Richtigkeit deiner Entscheidung?«

Sarah rührte in ihrer Kaffeetasse herum. »Nicht daran, aus Berlin wegzugehen. Ich weiß bloß nicht, ob es gut war, hierher zurückzukommen.«

»Ich finde, du musst jetzt mal aufhören zu jammern. Lass doch einfach alles auf dich zukommen. Du kannst doch noch gar nicht wissen, ob sich hier nicht alles ganz toll für dich entwickelt. Mein Gott, du bist doch gerade erst ein halbes Jahr hier.«

»Und bin schon in einen Mordfall verwickelt.«

»Nöl, nöl, nöl. Und hast dadurch den schönsten Kommissar Niedersachsens kennengelernt. Und er wird zu deiner Silvesterparty kommen.«

»Wenn er kommt.« Wenn der meine Hormone schwirren sieht, holt er die Fliegenpatsche raus.

»Also wirklich Sarah, jetzt reicht es. Zieh dich an und besuch Karla.«

Sarah nickte. »Du hast recht. Ich bin eine Zumutung mit meinen ewigen Zweifeln.« Sie stand auf und drückte Asta. »Danke, dass du mich aushältst.«

»Die Frage ist eher, ob der Alte dich gleich aushält.«

»Das muss er. Er kann mir nicht auch noch den Besuch verweigern.«

»Kann er schon. Wird er aber nicht tun. Schließlich bist du immerhin eine wichtige Amtsperson, Frau Schulleiterin.«

»Erinnere mich bloß nicht daran. Ich fühl mich sowieso schon wie hundert.«

Asta schubste sie aus der Küchentür. »Dann zieh mal deinen Persianer an, Oma.«

*

Beck stieß die Tür seines Wagens mit so viel Schwung auf, dass sie fast aus der Verankerung gerissen wurde. Er fühlte sich beschwingt und voller Tatendrang. Erstaunlich, was ein Abend mit Musik in seiner Seelenlandschaft auslöste. Seine optimistische Stimmung wurde auch nicht getrübt, als er in dem neben ihm haltenden Wagen Wagners mürrisches und bleiches Gesicht erkannte. Mein Gott, konnte der Mann eigentlich auch lachen? »Guten Morgen, Herr Kollege. Ich wünsche, frohe Weihnachten gehabt zu haben.«

»Morgen. Gleichfalls.«

Weihnachten hatte offensichtlich kein Wunder bewirkt. Wagner war vom Christkind nicht in einen ausgeglichenen und freundlichen Menschen verwandelt worden. Wie ging noch die Geschichte von Dickens, in der irgendwelche Geister einen mürrischen Griesgram läuterten? Schade, dass sie nicht auch bei Wagner vorbeigeschaut hatten.

Penetrant Freundlichkeit verströmend, reichte Beck seinem Kollegen die Hand. »Und war Ihre Tochter nun bei Ihnen?«

»Nee.«

»Wie haben Sie Weihnachten verbracht?«

»Ich hab's überlebt.«

Herrgott noch mal! Beck schnitt dem mürrisch gebeugten Rücken Wagners eine Grimasse. »Bei mir war's besser als erwartet. Ich hatte gestern die erste Probe mit einer neuen Band. Hat Spaß gemacht.«

»Schön für Sie.«

Beck kam sich vor wie ein plappernder Junge, der die Aufmerksamkeit seines strengen Vaters zu erhaschen versuchte. Kotzbrocken.

Sie stiegen die Treppe zu ihren Büros empor. »Kaffee?« Beck zückte seine Brieftasche. Ein undeutliches Grunzen deutete er als Zustimmung. Er steckte Münzen in den Automaten und sandte ein Stoßgebet gen Himmel, dass der Kaffee nicht ganz so mies wie sonst sein und die Laune seines Kollegen nicht noch verschlechtern möge. Kommentarlos stellte er den Becher auf Wagners Schreibtisch und erntete immerhin ein weiteres Grunzen, das mit ein bisschen gutem Willen als ›Danke‹ interpretiert werden konnte.

Resigniert ging er in sein Büro und sichtete die Eingänge. Der Durchsuchungsbeschluss für Veltens Wohnung war da, Gott sei Dank. Ansonsten nur noch der ergänzte Bericht der Spurensicherung. Nichts Neues erwartend überflog er ihn, bis sein Blick hängen blieb. Kaschmirfaser. An dem Mantel der Toten hatte man graue Kaschmirfasern entdeckt, deren feine Fadenstärke auf eine hohe und kostspielige Qualität schließen ließ.

Wahrscheinlich waren sie durch Reibung an diesem Material hängen geblieben.

Er setzte sich und nahm einen Schluck von seinem Kaffee. Sein Gebet war nicht erhört worden, die Brühe war so schlecht wie immer. Auf manche Dinge konnte man sich eben verlassen.

Die Fasern konnten natürlich auch an der Garderobe an ihrem Mantel hängen geblieben oder schon vor der Todesnacht an dem Mantel gewesen sein.

Kaschmir. Heinen könnte einen teuren Kaschmirmantel oder -pullover besitzen, Morowski mit Sicherheit, auch Velten kam in Betracht. Jankowski? Wohl eher nicht. Beck seufzte. Und selbst wenn man bei einem von ihnen ein Kleidungsstück entdeckte, dessen Faser mit der aufgefundenen identisch war, wäre das immer noch kein Beweis. Schließlich hatten alle drei mit der Toten häufigen Kontakt gehabt. Einen Kontakt, der enge Umarmungen nicht ausschloss.

Er nahm die Anordnung der Durchsuchung in die Hand und ging hinüber zu Wagner. »Sie haben Kaschmirfasern von sehr guter Qualität am Mantel der Toten entdeckt.«

Sein Kollege blickte auf. »Morowski?«

Beck nickte. »Oder Velten oder Heinen oder, oder.«

Ein Stöhnen war Wagners einziger Kommentar.

»Die Durchsuchung ist da. Wir sollten gleich los.«

Wagner nickte und stürzte seinen Kaffee hinunter.

Im Wagen überkam Beck plötzlich das Gefühl großer Dringlichkeit. Er konnte kaum noch abwarten, bis Wagner sich angeschnallt hatte. Mit einem Ruck ließ er das Auto aus der Parklücke preschen. Seinem Partner glitt der Gurt aus der Hand. »Sachte, sachte. Der wird seinen Kaschmirmantel schon nicht verbrennen.«

Beck antwortete nicht und fluchte leise, als die Ampel vor dem Dienstgebäude wie immer im letzten Moment auf Rot sprang. Sämtliche Geschwindigkeitsbegrenzungen missachtend wühlte er sich durch den nachweihnachtlichen Geschäftsverkehr. Aus den Augenwinkeln bemerkte er Wagners befremdete Seitenblicke und war froh, dass sein Kollege darauf verzichtete, seine unorthodoxe Fahrweise zu kommentieren.

Im östlichen Ringgebiet mit seiner nervenaufreibenden Rechts-vor-links-Regelung schien mal wieder an jeder Ecke ein Wagen gewartet zu haben, nur um just in dem Moment aus einer Seitenstraße zu kriechen, in dem Beck diese passieren wollte. Entnervt schlug er mit einer Hand auf das Steuer. »Beweg dich doch mal, du Penner.«

»Na, Sie haben sich ja über Weihnachten wohl auch so richtig entspannt, was?« Becks Anspannung schien Wagner zu amüsieren. Schön. Da lächelte er doch wenigstens mal.

Beck parkte direkt vor Veltens Haus im Halteverbot. Er stieg aus und ließ seinen Blick über die abgestellten Fahrzeuge in der Straße gleiten. Veltens Wagen, ein auffälliger alter Mercedes Kombi, stand auf der gegenüberliegenden Seite. Der Junge war also zu Hause, falls er nicht zu Fuß oder mit dem Fahrrad unterwegs war. Ohne auf Wagner zu warten, hastete er die Stufen in den ersten Stock empor. Er klingelte und wartete.

Kein Geräusch in der Wohnung war zu hören. Er klingelte erneut, diesmal Sturm. Er presste sein Ohr an die Tür und lauschte. Keine Schritte, nichts. »Klingeln Sie weiter«, bat er Wagner. »Vielleicht schläft er noch.«

Beck drückte auf die Klingel der Wohnung gegenüber und lief, als auch hier keiner die Tür öffnete, zurück in das Erdgeschoss. Hier hatte er mehr Glück, nach mehrmaligem Klingeln hörte er schlurfende Schritte näher kommen. Eine sehr alte, sehr kleine Frau öffnete vorsichtig die Tür einen Spalt weit und lugte ängstlich hindurch.

»Guten Tag, Beck ist mein Name. Ich bin von der Kriminalpolizei.« Er hielt seinen Ausweis in Richtung des Türspalts.

»Moment, ich muss meine Brille holen.« Die Tür wurde geschlossen und Beck drehte die Augen gen Himmel. Nach einer, wie es Beck schien, endlosen Weile öffnete sich die Tür erneut. Oben hörte er Wagner klingeln und klopfen. Umständlich setzte sich die alte Dame ihre Brille auf und betrachtete Becks Ausweis.

»Wissen Sie, ob jemand im Haus einen Schlüssel zu der Wohnung von Herrn Velten im ersten Stock hat? Gibt es einen Hausmeister?«

»Nein.« Die Frau nahm ihre Brille wieder ab.

»Was nein? Hat niemand einen Schlüssel oder gibt es keinen Hausmeister?«

Die alte Dame lächelte. »Beides.«

»Und Sie wissen auch nicht, wer einen Schlüssel haben könnte?«

»Der Hausverwalter könnte einen haben.«

Beck betete um Geduld. »Wo finde ich ihn?«

»Das ist so eine Firma, irgendwo muss ich die Adresse haben.«

»Haben Sie vielleicht auch eine Telefonnummer? Damit wäre mir mehr geholfen. Es ist dringend.« Die Frau nickte und schloss die Tür.

Verdutzt starrte Beck auf die Glasscheibe, hinter der sich die verschwommene kleine Gestalt entfernte. Er klingelte erneut und wartete. Gerade, als er sich abwenden wollte, um sein Glück an einer anderen Wohnungstür zu versuchen, sah er die Frau zurückkehren. Die Tür öffnete sich wieder und ein Zettel wurde herausgereicht. »Den brauche ich aber wieder.«

»Selbstverständlich. Ich rufe nur eben an und gebe Ihnen den Zettel zurück. Es ist wirklich sehr dringend.«

»Ach, heutzutage ist alles dringend.« Leise, aber nachdrücklich schloss sich die Tür wieder.

Beck wählte die Nummer, die mit einer zittrigen Handschrift notiert worden war, und trommelte ungeduldig auf die Wand. »Guten Tag, Beck, Kriminalpolizei. Ich brauche so schnell wie möglich den Schlüssel zu einer Wohnung im Haus Modersohnstraße 12. Ja, ich kann mich ausweisen, wenn Sie hier sind. Gut. Wie lange brauchen Sie? Sehr gut. Bis gleich.« Er blickte auf den Zettel in seiner Hand und streckte die Hand nach dem Klingelknopf aus, als ihm der Briefschlitz in der alten Wohnungstür auffiel, wie die alte Dame ein Relikt aus einer Ära, als ein Postbote noch die Zeit hatte, Treppen zu erklimmen und Briefe persönlich zu überreichen. Er zögerte kurz und bückte sich dann, um den Zettel durch den Schlitz zu schieben.

Inzwischen hatte Wagner sein Klingeln und Klopfen eingestellt und lehnte an der Wand neben Veltens Wohnungstür. »Entweder der liegt im Koma oder ist nicht zu Hause. Haben Sie einen Schlüssel?«

»Kommt gleich.«

»Ich gehe mal vor die Tür, eine rauchen.«

Kaum war Wagner die Treppe hinunter verschwunden, legte Beck sein Ohr an die Tür und lauschte. Absolute Stille. Vielleicht war Velten ja auch Weihnachten nach Hause gefahren? Aber sein Wagen stand doch vor der Tür. Wann kam denn dieser verdammte Mensch von der Hausverwaltung endlich? Am liebsten hätte er die Tür eingetreten.

Aber diese Nummer überließ er lieber den Cops in den amerikanischen Fernsehserien. Solche Aktionen machten sich nicht gut in der Presse.

Leider.

*

Sarah überquerte den Hof der Ahrendts und versuchte ihr Magendrücken zu ignorieren. Das wütende Gebell der Jagdhunde im Zwinger verstärkte ihr Unbehagen. Mistviecher.

Sie atmete tief ein und betätigte den Türklopfer. Durch die Glasscheibe in der Tür konnte sie den dahinter liegenden Flur schemenhaft erkennen. Nichts rührte sich.

Sie klopfte erneut, diesmal energischer. Ein Türklappen war zu hören und Licht fiel in die düstere Diele. Ein schwerer Schlüssel drehte sich hörbar im Schloss, bevor sich die Haustür zögernd öffnete.

Sarah atmete auf. »Frau Ahrendt, guten Tag, ich hoffe, ich störe Sie nicht? Aber ich habe Karla fest versprochen, dass ich sie besuchen komme und das wollte ich jetzt tun, wenn es Ihnen recht ist.«

Frau Ahrendt reichte ihr eine kleine kalte Hand. »Kommen Sie herein, sie ist oben, in ihrem Zimmer. Sie wird sich freuen Sie zu sehen, das arme kleine Ding.«

Sarah folgte Frau Ahrendt auf der alten Treppe aus dunklem Holz in den ersten Stock. Sie betrachtete den mageren, zarten Rücken der Frau und ihre wie unter schwerer Last gebeugten schmalen Schultern und fühlte Mitleid in sich aufsteigen. Vor einer hohen Tür am Ende eines langen schmalen Flurs, in dem Bilder mit Jagdszenen hingen, blieb Frau Ahrendt stehen. Sie öffnete die Tür und trat ein. »Karla, hier ist Sarah Dittmann für dich. Sie kommt dich besuchen.«

»Sarah!« Karla kam ihr freudig entgegengelaufen und Sarah öffnete ihre Arme. Sie drückte Karlas warmen kleinen Körper an sich und kämpfte gegen die Tränen, die zurzeit allzu bereitwillig in ihre Augen drängten. Sie blickte zur Großmutter des Kindes und sah zu ihrem Erstaunen deren Augen ebenfalls feucht schimmern.

»Ich mache Ihnen einen Tee und für Karla einen Saft. Oder möchten Sie lieber Kaffee?«

Sarah schüttelte den Kopf. Eigentlich wollte sie gar nichts, aber sie schluckte die Ablehnung herunter, die schon auf ihrer Zunge lag. Es schien Frau Ahrendt ein Anliegen zu sein, etwas für sie und Karla zu tun. »Tee wäre schön, danke.« Sie wandte sich wieder dem Kind zu. Ein leises Klicken hinter ihr zeigte an, dass sie allein waren.

»Wie geht es dir, Karla? Wie geht es dir wirklich?«

Karla blickte auf ihre Fußspitzen. »Ich möchte wieder zu dir. Ich bin hier so allein.«

»Kümmert sich denn deine Großmutter nicht um dich?«

»Doch. Aber sie ist so komisch. Sie hat Angst.«

»Angst? Wovor?«

»Vor Opa. Immer, wenn er zu Hause ist, flüstert sie. Sie macht alles, was er sagt.«

»Und du? Hast du auch Angst vor deinem Opa«?

Karla zuckte mit den Schultern. »Ja. Er ist immer so wütend und schreit.«

»Schreit er dich an?« Empörung ließ Sarahs Brust schwellen. Na warte, du alter …

»Nein. Er schreit einfach so.«

»Redet er mit dir, über deine Mama zum Beispiel?«

»Nein. Er guckt mich immer an. Und wenn ich gucke, dann guckt er weg.«

Sarah sah sich im Zimmer um. Es war ein typisches Jungmädchenzimmer, so ähnlich hatte ihr eigenes Zimmer damals auch ausgesehen. Helle Möbel aus Weichholz standen vor blasslila gestrichenen Wänden. Passende Vorhänge in einem dunkleren Lavendelton hingen vor den beiden hohen Fenstern. Im Gegensatz zu den Zimmern unten wirkte dieser Raum hell und freundlich, wenn auch etwas verblichen.

»Ist das der Raum, in dem Claudia früher gewohnt hat?«

»Ja. Es hängen sogar noch Kleider von Mama im Schrank. Ich habe sie schon anprobiert, aber sie sind mir zu groß.«

Sarah lachte. An den Wänden hingen noch Poster von Nirvana und INXS. Die düstere Aufmachung der Bandmitglieder auf den Fotos stand in einem eigenartigen Gegensatz zu dem unschuldigen Charme des Zimmers. Es passte zu Claudia, dass sie ein Faible für diese harten Rebellen gehabt hatte. Sarah selbst hatte in dieser Zeit die harmlose Plastikmusik der Spice-Girls bevorzugt.

Sie war eben leider schon immer eher angepasst gewesen. Vielleicht hätte ihr ein wenig von Claudias rebellischem Charakter gutgetan. Aber immerhin waren sie und die Spice-Girls noch am Leben, während Claudia, Michael Hutchence und Kurt Cobain viel zu früh gestorben waren. Ein Schauder lief über Sarahs Rücken und sie schüttelte sich.

»Was hast du, Sarah? Ist dir kalt?« Die Sorge in Karlas Kinderstimme brachte Sarah schlagartig in die Gegenwart zurück. Sie war hier, um das Kind aufzumuntern und nicht um trübselig in der Vergangenheit herumzustochern.

»Nein, nein. Ich habe mir nur gerade die Poster deiner Mama angesehen. Sie hat ganz andere Musik gut gefunden als ich damals.«

»Was fandst du denn gut?«

»Die Spice-Girls. Ich wollte so sein wie Posh Spice, immer ernst und cool und schön.« Leider hat's nur mit dem Ernstsein geklappt.

»Die kenne ich nicht. Ich finde Queensberry gut und Rhianna. Ich möchte später auch mal Sängerin werden. Oder Tänzerin.«

»Hast du denn CDs mit? Kannst du hier überhaupt Musik hören?« Sarah sah sich um. Außer einem uralten Plattenspieler war nichts zu sehen.

»Opa bringt mir einen CD-Player mit. Meinen darf er nicht aus unserem Haus holen. Das erlaubt die Polizei nicht.«

»Und deine CDs? Sind die auch noch in eurem Haus?«

Karla nickte.

»Ich frage Herrn Beck, den Kommissar. Du darfst sie bestimmt haben. Aber ich würde dir auch gerne eine schenken, was hättest du denn gern?«

»Tokio Hotel, die habe ich noch nicht.«

Natürlich, mit Kinderliedern konnte man heute auch bei Siebenjährigen keinen Blumentopf mehr gewinnen. Eigentlich schade, die Kindheit wurde immer kürzer. Bald hatten wahrscheinlich schon Säuglinge einen MP3-Player am Ohr und ließen sich den Nabel piercen.

Die Tür ging auf und Frau Ahrendt kam mit einem Tablett herein, auf dem sich neben Tee, Tassen und einem Saftglas auch Schokoküsse und Kekse befanden.

»Oh, vielen Dank, das ist ja nett.« Ohne Karla anzusehen, spürte Sarah, wie das Mädchen sich versteifte. »Ich nehme an, die Schokoküsse sind für mich?« Sarah gab Karla einen Schubs und die Kleine kicherte.

»Nein, die sind für mich.«

Frau Ahrendt lächelte ihre Enkelin unsicher an. »Vielleicht gibst du Sarah ja einen ab?«

Karla nickte ernst. »Vielleicht.«

Ihre Großmutter verteilte die Tassen auf einem kleinen runden Tisch an der Wand und reichte Karla das Glas. Sie schenkte für sich und Sarah Tee ein. Das Zittern ihrer Hände verriet ihre starke Anspannung. Nachdem das Ritual des Einschenkens und Anbietens abgeschlossen war, trat Stille ein.

Krampfhaft überlegte Sarah, was sie sagen könnte, ohne entweder bei Karla oder ihrer Großmutter anzuecken. Sie hatte nicht damit gerechnet, dass Frau Ahrendt sich zu ihnen setzen würde.

»Hast du mit Claudia gesprochen? Seit sie wieder hier ist, meine ich?« Frau Ahrendt heftete den starren Blick ihrer blassblauen Augen auf Sarah.

»Ja, aber sie hat nicht viel gesagt. Es war nicht wie früher.« Um ein Haar wäre sie in Tränen ausgebrochen. Das fehlte gerade noch. »Sie ist … war noch genauso schön wie früher. Darum habe ich sie immer beneidet.«

»Ja, sie war schön. Und Karla sieht genauso aus wie sie.« Unbeholfen tätschelte Frau Ahrendt ihrer Enkelin die Schulter.

»Meinst du, ich werde auch mal schön?« Das waren die ersten Worte, die Karla in Sarahs Beisein direkt an ihre Großmutter richtete.

»Ja, du bist es schon«, sagte Frau Ahrendt. »Aber mit Schönheit muss man vorsichtig umgehen, weißt du. Sie kann auch gefährlich sein.«

»Warum?« Karla riss verwundert die Augen auf.

Frau Ahrendt nahm ihre Teetasse auf und setzte an zu trinken, doch ihre Hand zitterte so stark, dass sie die Tasse wieder absetzen musste. »Weil … weil sie Aufmerksamkeit erregt. Du bist dann nicht wie die anderen.«

Verwundert sah Karla ihre Großmutter an. »Aber … alle berühmten Sängerinnen sind doch schön. Das ist doch gut.«

Frau Ahrendt schüttelte den Kopf und suchte offensichtlich nach Worten.

»Deine Großmutter meint vielleicht, dass manche Menschen dann neidisch sind und dich verletzen wollen«, sagte Sarah. »Aber wenn du nicht nur schön bist, sondern auch nett und klug, dann wird dir das nicht so viele Probleme bereiten.«

Frau Ahrendt schüttelte den Kopf. »Das meinte ich nicht. Aber … es ist nicht wichtig.«

Doch, das war es. Aber sie konnte ja nicht gut in Karlas Gegenwart von Claudias Brief anfangen. Verdammt. Sarah suchte nach einem unverfänglichen, kindgerechten Thema, das geeignet war, die Spannung aufzulösen, die zentimeterdick im Raum lag. »Vielleicht kann Karla ja morgen mit den Söhnen von Dörte Allers spielen? Sie verstehen sich gut und sie braucht doch Spielkameraden in ihrem Alter. Was meinen Sie?«

»Ich werde mit meinem Mann sprechen.«

»Der wird's mir sowieso nicht erlauben.« Karla senkte den Kopf und zerkrümelte einen Keks.

Fast hätte Sarah zustimmend genickt. Wenn die Frau bloß mal rausgehen würde! Man konnte ja kein unbefangenes Wort mit dem Kind reden! So hatte das keinen Sinn. Sie musste versuchen, Karla hier rauszubekommen. »Nun warte mal ab. Dann darf ich Sie heute Abend deswegen anrufen? Es wäre wirklich schön für Karla. Ich würde auch gern noch kurz mit Ihnen allein sprechen, Frau Ahrendt. Hätten Sie fünf Minuten Zeit?« Sarah stand auf.

»Bitte, geh noch nicht, Sarah, noch fünf Minuten.«

»Ich muss los, Karla. Ich habe Asta versprochen, mit ihr einkaufen zu fahren.« Und wieder eine Lüge. Pfui. »Ich komme wieder, ich versprech's.« Sie legte ihre Arme um Karla und drückte sie ganz fest. »Ich hab dich lieb.«

An der Tür wandte sie sich noch einmal um und sah Frau Ahrendt fragend an. Die ältere Frau schaute verängstigt zu Sarah auf und erhob sich zögernd.

Im Flur zog Sarah die kleine Frau beiseite. »Ich habe einen Brief von Claudia wiedergefunden.«

»Ja, ich weiß, der Kommissar hat ihn mir gezeigt.«

»Und? Wissen Sie, was Claudia gemeint hat? Wovor ist sie weggelaufen? Warum konnte sie es mir nicht erzählen? Hat sie Ihnen etwas gesagt?«

»Mir?« Claudias Mutter würgte ein bitteres Lachen hervor. »Du weißt, was Claudia von uns hielt! Warum soll sie mir etwas anvertraut haben?«

»Sie sind immerhin ihre Mutter!« Sarah konnte nicht verhindern, dass ihre Stimme brach.

Die starren Züge ihres Gegenübers wurden weich und Frau Ahrendt griff nach Sarahs Hand. »Claudia ...« Sie wischte eine Träne von der Wange.

»Ja?« Sarahs Rücken schmerzte vor Anspannung.

»Claudia hat ... sie ist ... nicht ...«

Herrgott, nun rede doch! Unruhig trat Sarah von einem Fuß auf den anderen, unfähig ihre Ungeduld zu verbergen.

»Hilde?« Ahrendts befehlsgewohnter Bass hallte durch das Treppenhaus.

Abrupt zog Frau Ahrendt ihre Hand zurück. »Mein Mann. Du musst jetzt gehen. Bitte!«

Plötzlich hatte Sarah das Gefühl, es nicht eine Minute

länger in diesem Haus aushalten zu können, und rannte fast die Treppe hinunter. Sie eilte in der Diele an Ahrendt vorbei, ohne anzuhalten. »Ich habe Ihre Enkelin besucht. Guten Tag.« Tief atmete sie die frische, kalte Luft ein und ging über den Hof. Am Tor drehte sie sich um und blickte zurück zum Haus.

An einem Fenster im ersten Stock waren zwei kleine blasse Gesichter zu sehen, durchscheinend wie Gespenster. Sarah wandte sich ab und schloss das Tor fest hinter sich.

*

»Na endlich.« Beck stieß sich von der Wand ab und zückte seinen Ausweis.

Der Hauswart, offensichtlich schwer erkältet, keuchte, gefolgt von Wagner, die letzten Stufen empor und warf einen Blick darauf. »Gut. Was hat er denn ausgefressen?«

»Bisher noch nichts, soweit wir wissen. Schließen Sie bitte auf.«

Der Hauswart wühlte schniefend in seiner Manteltasche und beförderte ein Schlüsselbund hervor, das jeder Hausmutter in einem Internat Ehre gemacht hätte. Während er nach dem richtigen Schlüssel suchte, hätte Beck vor Ungeduld platzen können. Ein Blick zu Wagner zeigte ihm, dass es dem ähnlich ging.

Endlich hatte der Mann den passenden Schlüssel identifiziert und steckte ihn in das Schloss. Die Tür öffnete sich sofort. »Er hat nicht abgeschlossen«, kommentierte der Mann und wollte vorausgehen.

Beck berührte ihn an der Schulter. »Sie dürfen leider nicht mit hinein, tut mir leid.«

»Wieso denn das nicht? Wenn er einen Wasserrohrbruch hätte, würde ich doch auch reingehen.«

»Er hat aber keinen. Bitte.« Beck wies in den Flur. »Ich kann Ihnen den Schlüssel nachher vorbeibringen. Sie brauchen nicht zu warten. Gehen Sie ruhig und vielen Dank.«

Sichtlich enttäuscht über die unspektakuläre Kürze seines Einsatzes nickte der Mann und ging die Treppe hinunter.

Beck schloss die Tür und eilte Wagner hinterher in Veltens Wohnzimmer. Bevor er es sah, wusste er schon, warum er dieses Gefühl der Panik, der absoluten Dringlichkeit verspürt hatte.

Velten lag auf seinem Sofa und Wagner kniete schon neben ihm. »Der ist tot.«

Beck hastete neben seinen Kollegen und fühlte den Puls.

»Das können Sie sich sparen. Der hat schon Flecken.«

Jetzt sah es Beck auch: Die typischen Anzeichen des Todes hatten sich am Hals schon gebildet. Beck drückte fest mit dem Daumen auf einen der blau-roten Flecke und nahm dann den Finger weg. »Der verlagert sich nicht mehr.«

Wagner nickte. »Über sechs Stunden tot.«

Beck sah sich um und sein Blick fiel auf ein Medikamentenfläschchen aus Plastik. »Benzodiazepin.« Er blickte hinein. Es befand sich keine Tablette mehr in dem Behälter. Wagner richtete sich auf und zückte sein Telefon. Beck hob ein Augenlid des Toten an und schaute in die Pupille. Sie war verengt, typisch für eine Vergiftung.

Beck stand ebenfalls auf und suchte auf dem Tisch nach einem Brief. Nichts. Außer den Tabletten, einer fast leeren Whiskeyflasche und einem Glas befand sich nichts auf dem Tisch. Das Zimmer war aufgeräumt, viel ordentlicher als bei Becks letztem Besuch. Wahrscheinlich hatte Velten wenigstens äußerlich noch Ordnung in seinem verkorksten Leben schaffen wollen.

Beck schüttelte den Kopf. Was für eine Verschwendung! Der Junge war erst zweiundzwanzig gewesen. Der hatte noch das ganze Leben vor sich gehabt. Warum hatte er nicht gleich Viktoria auf Velten angesetzt? Er hatte doch gewusst, dass der Junge gefährdet war.

Plötzlich überkam ihn tiefe Traurigkeit. Vielleicht hätte

er ihn retten können, wenn er ihm etwas mehr Aufmerksamkeit und Beistand gegönnt hätte. Stattdessen hatte er ihn abgelehnt und die Sorge um ihn verdrängt.

Er stand auf und blickte auf den Körper Veltens, der entspannt auf dem teuren Designersofa lag. Nur die Augen, starr gegen die Decke gerichtet, störten das Bild eines schlafenden Menschen. Beck widerstand dem Drang, ihm die Augen zu schließen, und wandte sich ab.

Wagner bellte Anweisungen für die Untersuchung und den Abtransport der Leiche in sein Telefon.

Beck ging durch das Wohnzimmer und öffnete eine Tür an der Längsseite des Raumes. Wie vermutet führte sie ins Schlafzimmer. Auch hier waren die Wände von zahlreichen Schwarz-Weiß-Fotografien bedeckt. Das Bett war nicht gemacht und nahm fast die ganze Stirnseite des Raumes ein. Neben dem Bett stand ein antikes Tischchen, auf dem sich Zeitschriften und Bücher stapelten.

Beck trat heran und nahm ein Buch auf. *Die Kunst des Liebens* von Erich Fromm. Das hatte er in diesem Alter auch gelesen. Und es hatte ihm genauso wenig genützt wie Velten. Die Botschaft des Buches hatte er erst viel später zu schätzen gelernt, als er die Anstrengungen und Unsicherheiten seiner ersten Liebeskümmernisse überwunden hatte.

Auch er hatte sich, wie Velten, in die aussichtslose Liebe zu einer älteren Frau verstrickt und geglaubt, sich nie davon erholen zu können. Nur dass diese Frau nicht mit ihm gespielt hatte, um sich in seiner Anbetung zu sonnen, so wie Claudia Ahrendt es mit Velten getan hatte.

Aber vielleicht tat er ihr auch Unrecht. Vielleicht hatte ihr Veltens kritiklose Vernarrtheit einfach einen Ausgleich zu den oberflächlichen Forderungen gegeben, die ihre anderen Verehrer an sie gestellt hatten. Vielleicht hatte sie sich hier als Mensch gefühlt, nicht als Körper.

Dennoch hatte sie Velten benutzt.

Beck dachte zurück an die dunklen Momente seiner

Jugend, in denen er, sich ungeliebt von seiner Angebeteten wissend, durchaus auch an Selbstmord gedacht hatte. Niemandem hatte er sich damals anvertraut. Seinen Freunden nicht, aus Angst, ausgelacht zu werden. Und seinem Vater schon gleich gar nicht. Vielleicht, wenn seine Mutter noch gelebt hätte ...

»Na, irgendetwas Interessantes gefunden?« Wagner riss ihn jäh aus seinen melancholischen Erinnerungen.

Beck schüttelte den Kopf. »Bisher noch nicht.« Dass er noch gar nicht gesucht hatte, verschwieg er seinem verständnisvollen Kollegen lieber.

Wagner öffnete die Tür des alten Kleiderschrankes, der an der Fußseite des Bettes stand, und ging in die Hocke. Beck hob die Matratze des Bettes an und wusste eigentlich selbst nicht, was dort versteckt sein sollte. Eine Handtasche bestimmt nicht. Er ließ die Matratze wieder fallen. Er betrachtete Wagner, der auf dem Boden des Kleiderschrankes suchte. Plötzlich war es ihm zuwider, dabei zuzusehen, und er ging wieder in das Wohnzimmer. Sein Blick fiel auf einen hübschen Jugendstilschreibtisch, auf dem ein PC stand, den Wagner offensichtlich schon hochgefahren hatte. »Haben Sie die Mails schon gecheckt?«

Wagners Stimme klang dumpf aus den Tiefen des Kleiderschrankes. »Ja, keine Abschiedsmail, nichts. Auch nichts Neues über die Ahrendt.«

Beck öffnete die Schreibtischschublade und nahm einige Blätter und kleinere Zettel heraus. Telefonnummern, Notizen, zahlreiche kleinere Abzüge von Fotos, darunter auch mehrere von Claudia Ahrendt. Eines erregte seine Aufmerksamkeit, weil es Claudia nicht als inszenierte, makellose Schönheit zeigte. Sie stand lachend in Jeans und mit nackten Füßen an einen Baum gelehnt, das blonde Haar vom Wind zerzaust. Es ging eine solche Lebendigkeit von diesem Foto aus, dass Beck das erste Mal ein persönliches Bedauern über ihren Tod empfand.

Er wühlte weiter in der Schreibtischschublade. Angebrochene Schachteln mit Medikamenten, ein Antihistamin – es passte zu Velten, dass er anscheinend Allergiker gewesen war, dachte Beck – zwei Konzertkarten für David Garret.

Beck sah auf das Datum. Das Konzert sollte im August nächsten Jahres stattfinden, auf dem Burgplatz. Das würde Velten nun nicht mehr erleben können. Vielleicht hatte er mit Claudia dorthin gehen wollen und nun waren beide tot.

Beck schob die Schublade wieder zu und wandte seine Aufmerksamkeit den Fächern des Schreibtischaufsatzes zu. Ein gebundenes Schreibheft zog seinen Blick auf sich. Es war mit Stoff bespannt und mit asiatischen Motiven bedruckt. Ein Buch, wie es sich Mädchen in der Pubertät kauften, um ihren Liebeskummer dort hinein zu ergießen.

Beck schlug das Heft auf. Tatsächlich, anscheinend hatte Velten es als eine Art Tagebuch benutzt. Er überflog die Seiten. Claudias Name war auf jeder Seite allgegenwärtig. Er blätterte weiter nach hinten. Die letzten Eintragungen waren von diesem Monat. Beck setzte sich auf den Stuhl, der vor dem Schreibtisch stand, und begann zu lesen:

... Ich weiß, ich sollte mich von Claudia lösen. Ich kann es nicht. Es ist wie eine Sucht. Manchmal hasse ich sie mit einer Intensität, die mich erschreckt. Gestern war sie hier. Sie war wieder in einer ihrer schrecklichen Stimmungen. Sie hat zwei Gesichter, fast wie Dr. Jekyll und Mr. Hyde. Sie war kalt und glatt wie Stahl. Keins meiner Worte erreichte sie, ihr Lachen war metallisch und abwehrend. Nichts war von der warmen Claudia zu spüren, die so voller Leben und überschäumender Freude ist.

Diese Claudia ist es, in die ich mich verliebt habe, weil sie mir das Gefühl gab, mit ihr zusammen könne ich das Leben leicht nehmen. Nichts scheint mir dann unmöglich an ihrer Seite, wenn sie in dieser glücklichen Stimmung ist. Aber das ist immer seltener so. Gestern nahm sie mich gar nicht wahr.

Als ich sie fragte, warum sie überhaupt gekommen sei, antwortete sie, das wisse sie auch nicht. Sie bezeichnete mich als naiven Bubi. Sie entfernt sich von mir, wird immer mehr zu einem Menschen, der mir Angst macht.

Oder war sie schon immer so und ich wollte es nicht sehen? Nein, irgendetwas passiert mit ihr. Ich weiß nicht was, sie lässt mich an ihrem Leben nicht teilhaben. Ich würde so gern Karla kennenlernen, auch das lässt sie nicht zu. Bisher hat sie mich immer vertröstet.

Als ich gestern den Vorschlag machte, mit Karla gemeinsam auf den Weihnachtsmarkt zu gehen, schaute sie mich mit einem Ausdruck an, unbeschreiblich. Ihre Augen waren wie Schlitze. Als hätte ich ihrer Tochter irgendetwas antun wollen. »Kein Kerl grabscht an meiner Tochter rum, solange ich es verhindern kann.« Ich war so fassungslos, ich konnte überhaupt nichts sagen. Ich liebe sie und sie bezeichnet mich als irgendeinen Kerl, der ihre Tochter begrabscht. Sie hat sich später entschuldigt, aber ich kann nicht mehr. Es ist würdelos, sich weiter mit ihr zu treffen.

Aber ich werde es wieder tun, ich weiß es. Ich verachte mich, sie. Manchmal wünschte ich mir, ich hätte sie nie getroffen. Manchmal wünschte ich mir, sie wäre tot.

Beck ließ das Heft sinken. Wagner trat in das Wohnzimmer und trug etwas auf dem Arm. »Chef? Hier haben wir einen Kaschmirmantel. Grau.«

14. Kapitel

Beck schaltete seine Espressomaschine aus und trat mit seinem Kaffee an das Fenster. Draußen war es noch stockdunkel. Im Licht der Straßenlaterne sah er Schneeflocken glitzern. Er hatte schlecht geschlafen, Velten hatte ihn bis in seine Träume verfolgt, hatte ihn angeklagt. Immer wieder war er schweißnass hochgefahren und hatte nicht wieder einschlafen können. Entsprechend fühlte er sich heute. Er schlürfte seinen Espresso und hoffte auf eine baldige Wirkung des starken Getränks.

Gestern hatte er noch versucht, mit Viktoria zu sprechen, aber sie war nicht im Büro gewesen. Was sollte sie ihm auch sagen? Jetzt war es zu spät für ›hätte ich doch‹ und ›wenn doch nur‹. War Velten der Mörder von Claudia Ahrendt? Gut vorstellbar, dass er sie in einem Anfall wütender Verzweiflung hatte zum Schweigen bringen wollen. Sein Tagebuch würde jedenfalls als starkes Indiz gelten.

An Morowski als Mörder konnte Beck nicht glauben. Warum hätte er Claudia umbringen sollen? Es sei denn, sie hätte etwas über ihn gewusst, das seinem Ruf und seiner Position hätte schaden können. Warum hätte Morowski ihr jedoch so etwas anvertrauen sollen? Der ließ sich von einem blonden Betthäschen mit Sicherheit nicht in die Karten gucken. Und mehr war sie für ihn nicht gewesen, oder doch?

Heinen machte auch nicht den Eindruck, als hätte er mehr als sexuelles Interesse an Claudia gehabt, jedoch ohne die Obsession, mit der es bei Velten verbunden gewesen war. Vielleicht musste Beck einfach noch einmal mit jemandem sprechen, der Claudia besser gekannt hatte, mit ihrem Bruder oder Jankowski.

Hatten nicht Mütter und Töchter immer ein besonderes Verhältnis? Er musste versuchen, mehr aus Claudias

Mutter herauszuholen, immerhin hatte sie Bescheid darüber gewusst, dass ihre Tochter mit Jankowski wieder in Kontakt getreten war. Vielleicht wusste sie ja noch mehr? Vielleicht konnte sie ihm auch Genaueres über Claudias Verhältnis zu ihrem Vater erzählen. Aber würde sie es auch tun? Er musste sie unbedingt allein sprechen, am besten nicht bei ihr zu Haus. Wenn er sie allerdings in sein Büro bestellte, würde sie wahrscheinlich ebenso eingeschüchtert sein wie dort.

Er sah auf seine Armbanduhr. Es wurde Zeit, er musste in die Dienststelle. Mal sehen, ob sie die Kaschmirfasern schon miteinander verglichen hatten.

Geistesabwesend stellte er seinen Becher in die Spüle und starrte in den Ausguss. Er fühlte sich müde und erschöpft. Am liebsten hätte er sich wieder in sein Bett gelegt und sich die Decke über den Kopf gezogen. Wurde er etwa krank? Bloß das nicht. Das passte ihm jetzt gar nicht.

Aber war wann eigentlich der geeignete Zeitpunkt für eine Erkältung?

*

»Wann kommt ihr denn? Erst Silvester oder wollt ihr schon einen Tag eher anreisen?« Sarah legte die Füße auf den Küchentisch und wartete auf Filos Antwort.

»Habe ich da eben ein ›etwa‹ herausgehört?« Filo lachte.

»Nein, hast du nicht. Ich würde mich freuen, wenn ihr eher kämt, ich habe den Blues. Ihr sollt mich aufheitern.«

»Warum hast du den Blues? Wegen Claudia?«

»Ja, hauptsächlich deswegen und überhaupt. Weltschmerz. Die Kleine ist vorgestern von ihrem Großvater abgeholt worden. Ich habe sie gestern besucht, es war scheußlich. Eigentlich wollte ich jetzt wieder hin, aber ich habe es erst mal für ein Telefonat mit dir verschoben. Aus Feigheit.«

»Wieso Feigheit?«

»Weil der Alte so furchteinflößend ist und mir die Kleine leid tut. Und ihre Großmutter eigentlich auch.«

»Sarah, du trägst mal wieder das ganze Leid der Welt auf deinen schmalen Schultern. Ich find's auch schrecklich, was Claudia passiert ist. Aber wir können es doch nicht ändern. Hast du denn einen Verdacht? Ich würde dem Alten ja auch einen Mord zutrauen.«

»Du und ganz Avessen auch, laut Asta. Ich habe einen alten Brief von Claudia gefunden. Den hat sie geschrieben, als sie weggelaufen ist damals. Das erste Mal. Da macht sie so komische Andeutungen ...«

»Was für Andeutungen?«

»Sie könne mit niemanden darüber sprechen, noch nicht mal mit mir.« Gespannt wartete Sarah auf Filos Interpretation.

»Hat sich das Arschloch etwa an seiner Tochter vergriffen?«

»Tja, es klingt fast so, oder? Es können natürlich auch ganz andere Dinge sein – mir fällt bloß nichts ein.«

»Dass er sie geprügelt hat, wussten wir ja.«

»Genau.«

»Was sagt denn der Kommissar dazu?«

»Nichts. Das darf er ja auch gar nicht. Aber ich habe schon das Gefühl, dass seine Gedanken in dieselbe Richtung gehen.«

»Scheiße. Dieses Schwein. Und wir haben nichts gemerkt.«

»Wie denn? Damals war das doch noch überhaupt kein Thema. Und außerdem ist ja überhaupt nichts bewiesen.« Plötzlich hatte Sarah genug davon, in Claudias Elend zu wühlen. Es kamen ja doch nur unbrauchbare Fetzen zum Vorschein. Wenn bloß Claudias Vater gestern nicht nach Hause gekommen wäre! Vielleicht hätte Frau Ahrendt ja irgendetwas Wichtiges gesagt? Ob sie noch mal mit ihr sprechen sollte?

»Sarah? Bist du noch dran?!«

»Ja. Wann kommt ihr denn nun?« Sarah zwang sich in die Gegenwart zurück.

»Frühestens, wenn Sascha vom Frisör wiederkommt. Er lässt sich die Haare färben.«

»Wie denn? Nein, sag's nicht!« Sarah stöhnte theatralisch, froh über die Ablenkung.

»Schwarz mit pinkfarbenen Strähnen. Das hat er bei einem Typen im *Sisters* gesehen.«

»Sag bitte nicht, dass Sascha mit rosa Haaren nach Avessen kommt«, flehte Sarah.

»Rosa Strähnchen, bitte. Stell dich nicht so an. Er wird deine spießigen Nachbarn schon nicht fressen.«

»Nein, aber zu Tode erschrecken. Ich habe Dörte und ihren Mann auch eingeladen«

»Ist sie immer noch so frisch und rotbackig?«

»Sei nicht zickig, Filo. Schließlich kann nicht jeder so stylish sein wie du.«

»Vielleicht bin ich ja auch eifersüchtig? Sie hat dich jetzt dort und ich habe dich nur noch am Telefon.« Filo schniefte.

»Netter Versuch. Du hast doch überhaupt keine Zeit, eifersüchtig zu sein, zwischen deinen hundert besten Freundinnen und tausend Verabredungen.«

Filo schnaubte. »Aber wenn ich Zeit hätte, wäre ich es.«

Sarah zögerte. »Ich … Es kommt noch jemand zur Silvesterfeier.«

»Mein Gott, was für ein Gedränge! Hast du schon einen netten Jungbauern kennengelernt?«

»Ich rede kein Wort mehr mit dir, wenn du ständig den kosmopolitischen Snob rauskehrst! Darf ich dich mal dran erinnern, dass eine deiner, zugegeben zahlreichen, großen Lieben Bauer war?«

»Diplom-Agrarwirt, bitte. Und sein Bauernhaus war ein Schloss. Das konnte den Stallgeruch auf Dauer allerdings auch nicht wettmachen.«

»Oberflächliche Ziege.«

»Blöder Bauerntrampel. Wer kommt denn nun noch zu deiner Party? Nein!« Filo kreischte in das Telefon und Sarah riss sich den Hörer vom Ohr. »Du hast einen kennengelernt! Einen Mann! Oder? Sag doch was! Wer ist es?«

Sarah näherte den Hörer vorsichtig wieder an ihr Ohr. »Nein. Es ist eine Frau. Ich liebe sie.«

Ein kurzes Schweigen am anderen Ende wurde jäh durch ein schrilles Lachen beendet. »Und wie heißt sie?«

»Giovanni Beck.« Sarah registrierte entsetzt das schmachtende Timbre ihrer Stimme. Nichts dazugelernt, wie immer.

»Giovanni? Du hast dich in einen Italiener verliebt? Lass mich raten: Er ist Kellner in der Eisdiele von Königslutter!«

»Quatsch. Und außerdem bin ich nicht in ihn verliebt.«

»Wer ist er denn? Wo hast du ihn kennengelernt?«

»Es ist der Kommissar, von dem ich dir erzählt habe.«

Ein ohrenbetäubendes Geschrei brachte Sarahs Trommelfell an den Rand seiner Leistungsfähigkeit. »Du hast den sexy Kommissar zu deiner Silvesterparty eingeladen? Du Aufreißerin!«

Sarah stöhnte. »Genau davor habe ich Angst. Dass er denken könnte, ich will ihn anmachen. Außerdem finde ich es vollkommen unpassend, überhaupt an so etwas zu denken, jetzt, nachdem Claudia …«

»Ich finde das nicht. Die Zeiten für die Liebe kann man sich nicht aussuchen. Sie kommt so, wie sie es will. Claudia wäre die Erste gewesen, die dich damit aufgezogen und geneckt hätte. Wahrscheinlich hätte sie ihn verführt, bevor auch nur eine von uns ›Nicht doch, Giovanni‹ hätte sagen können! Und, willst du?«

»Was?«

»Na, ihn anmachen natürlich.«

»Nein … Ich … Na ja, ich finde ihn schon anziehend.

Aber von Liebe zu sprechen, ist völlig unangebracht. Ich kenne ihn doch überhaupt nicht!«

»Tja, wenn man die Männer kennenlernt, ist die Liebe auch meistens futsch. Na also, dann ist doch alles in Ordnung. Wenn er sich nicht anmachen lassen wollte, bräuchte er ja nicht zu kommen. Wenn ich es recht bedenke – ich bin ja auch gerade solo.«

»Untersteh dich. Ich habe ihn zuerst gesehen.«

»Wir haben eine freie Marktwirtschaft, liebe Sarah.«

»Du irrst dich, wir haben eine soziale Marktwirtschaft, mit der Betonung auf sozial, meine allerliebste, beste Freundin.«

»Ja, ja, Botschaft angekommen. Ich werde die Finger von ihm lassen, sonst hättest du ja auch keine Chance.«

»Ich bin dir ja so unendlich dankbar.«

»Dir ist aber klar, dass Sascha von dem Wörtchen ›sozial‹ noch nie was gehört hat, oder?«

»Völlig klar. Ich bin mir aber sicher, dass Giovanni hetero ist.«

»Wann hätte das Sascha schon mal davon abgehalten zu baggern? Hach, wird das spannend! *Sex and the City* in Avessen!«

Sarah seufzte. »Ich wusste, dass es ein Fehler war, ihn zusammen mit euch Monstern einzuladen.«

»Ja, das war es. Nun kriegst du nur noch, was von ihm übrig bleibt, wenn wir ihn ausgespuckt haben.«

Armer, ahnungsloser Giovanni. Ein Vamp, ein schmachtender Homo und eine sexuell frustrierte Schullehrerin. Am besten, er legte ein Suspensorium an.

*

Beck fuhr in die enge Marktstraße in Königslutter und suchte nach einem Parkplatz. Es sah schlecht aus. Das ganze Städtchen schien an diesem Vormittag auf den Beinen zu sein. Er umrundete den Platz bereits zum dritten Mal, als netterweise direkt vor ihm eine ältere

Dame umständlich vor- und zurücksetzend ausparkte. Er trommelte ungeduldig mit den Fingern auf das Lenkrad, bis die Frau ihren Wagen endlich zu ihrer Zufriedenheit auf der Straße ausgerichtet hatte.

Er wollte unbedingt vor Frau Ahrendt in dem Café sein, in dem er sich mit ihr verabredet hatte. Nach ihrer verschreckten Reaktion am Telefon befürchtete er, dass sie die Flucht ergriff, wenn er nicht absolut pünktlich vor Ort wäre, um dies zu verhindern. Vielleicht kam sie ja auch gar nicht. Endlich bewegte sich der Wagen vor ihm die Straße hinunter und er konnte sich in die Parklücke manövrieren.

Er ging über die Straße und öffnete die Tür des Cafés. Suchend ließ er seinen Blick über die Ansammlung weißer und grauer Löckchen gleiten, die sich an diesem Vormittag hier eingefunden hatten. Sie war nicht da, es waren aber auch noch fünf Minuten vor der verabredeten Zeit. Er wählte einen Tisch weiter hinten und setzte sich so, dass er den Eingang im Blick behalten konnte. Der zweite Stuhl war für das Publikum hinter einem kleinen Paravent verborgen, auf dem ein Kasten mit künstlichen Blumen angebracht war. Eine Kellnerin fragte nach seinen Wünschen und er bestellte sich einen Cappuccino.

Seine Befürchtung, dass er als Fremder in so einer kleinen Stadt Aufsehen erregen und damit Frau Ahrendt in den Mittelpunkt des Interesses rücken könnte, schien sich nicht zu bewahrheiten. Die älteren Damen an den Nebentischen hatten ihm einen flüchtigen Blick zugeworfen und sich dann wieder einander zugewandt. Offensichtlich kam öfter Laufkundschaft in dieses Café.

Durch das große Schaufenster zur Straße konnte er die kleine Gestalt Frau Ahrendts sich nähern sehen. Sie ging gebeugt mit gesenktem Blick über die freie Fläche des Marktes. Erst kurz vor der Tür hob sie den Kopf, um in das Innere des Cafés zu blicken, und zögerte. Beck beugte sich angespannt nach vorn und rechnete schon mit einem Abwenden, als sie doch noch die Klinke ergriff und hereinkam.

Sie sah ihn sofort und näherte sich seinem Tisch, scheu nach links und rechts blickend. Wahrscheinlich befürchtete sie, jemanden zu sehen, der sie kannte. Hoffentlich wurde er in diesem Fall nicht als heimlicher Liebhaber gehandelt. Obwohl er Frau Ahrendt eine leidenschaftliche Affäre von Herzen gönnen würde, sofern sie überhaupt so etwas wie Leidenschaft unter ihren pastellfarbenen Twinsets entwickeln konnte. Er zweifelte daran, als er in ihre starren, blassblauen Augen blickte.

Er stand auf und zog den für sie bestimmten Stuhl zurück. »Guten Tag, Frau Ahrendt, ich danke Ihnen für Ihr Kommen.«

Sie nickte und huschte hinter den Paravent.

»Ich habe mir einen Kaffee bestellt, möchten Sie auch etwas?«

Sie schüttelte den Kopf.

»Dann sollten wir vielleicht mit unserem Gespräch warten, bis die Kellnerin meinen gebracht hat, damit wir nicht gestört werden.« Beck hoffte, dass das bald der Fall sein würde, er konnte sich entspanntere Situationen vorstellen als diese. »Bekommt man in Königslutter alles, was man so zum Leben braucht, oder müssen Sie auch nach Braunschweig fahren?« Er wies auf die Einkaufstüte, die sie an ihren Stuhl gelehnt hatte.

»Nein. Es machen leider immer mehr Geschäfte hier zu. Ich fahre nicht gern nach Braunschweig. Ich bin keine gute Autofahrerin. Mein Mann sagt immer, er versteht nicht, wie ich jemals meine Führerscheinprüfung bestanden habe.« Sie lachte zittrig.

»Nun, immerhin sind Sie ja allein nach Königslutter gefahren, oder nicht? Haben Sie jemals einen Autounfall gehabt?«

»Nein. Noch nie. Aber ich fahre natürlich auch selten.«

»Na, dann kann es doch so schlimm nicht bestellt sein

um Ihre Fahrkünste.« Der Cappuccino kam und Beck bezahlte gleich, um einer weiteren Störung vorzubeugen. »Frau Ahrendt, ich brauche Ihre Hilfe.«

»Wie sollte ich Ihnen helfen können? Ich habe keine Ahnung, wer meiner Tochter so etwas angetan hat.« Sie schaute ihn nicht an und nestelte fahrig an ihrer Strickjacke.

»Nein, natürlich nicht. Aber Sie kennen Ihre Tochter besser als ich. Für mich ist es wichtig, zu begreifen, was sie für ein Mensch war. Nur so kann ich die Beziehungen, die sie vor ihrem Tod zu anderen Menschen hatte, richtig einschätzen. Sie hatte kein besonders gutes Verhältnis zu ihrem Vater, nicht wahr?«

Frau Ahrendt lachte auf. »Nein.«

»Warum nicht? Gab es dafür besondere Gründe?«

Frau Ahrendt schwieg und strich über das künstliche Blumengesteck, das auf dem Tisch stand. »Ich weiß nicht. Es war schon immer so. Alles, was Claudia sagte oder tat, war für meinen Mann ein rotes Tuch und umgekehrt. Ich konnte die ewigen Streitereien manchmal kaum ertragen.«

»Worum ging es in ihren Streitigkeiten?« Beck beugte sich gespannt nach vorn.

»Ach, sie stritten um alles. Claudia provozierte meinen Mann häufig, es schien ihr zu gefallen, wenn ihm der Kragen platzte. Und mein Mann regte sich schon darüber auf, dass Claudia ein Zimmer betrat.«

»War sein Verhältnis zu Claudias Bruder genauso schlecht? Zu Christian?«

»Nein. Aber Claudia war auch viel aggressiver als Christian. Christian ist wie ich, der möchte Ruhe und Frieden um sich herum. Er hat oft versucht, Claudia zu besänftigen.«

»Und ließ sie sich besänftigen?«

»Nein. Eigentlich wurde sie dann noch wütender und beschuldigte Christian, ein Waschlappen zu sein. Sie warf ihm oft vor, dass er nicht auf ihrer Seite stände. Ich war fast froh, als Claudia nach München ging, obwohl ich mir auch Sorgen machte.«

»Hatte Claudia Freundinnen? Gute Freundinnen?«

Frau Ahrendt schüttelte den Kopf. »Nach der Grundschule nicht mehr. Sie wissen doch, wie Frauen sind. Sie war einfach zu schön.«

»Auch schöne Menschen haben Freunde.«

»Freunde hatte sie genug. Jungs, mit denen sie herumzog, Jungs, die mit dem Moped an der Ecke warteten, weil sie sich nicht ins Haus trauten.«

»Wann hatte sie ihren ersten Freund?«

»Ich weiß es nicht genau. Über so etwas sprach sie zu Hause nicht. Ich denke, mit vierzehn. Das war jedenfalls das erste Mal, dass ich mit eigenen Augen gesehen habe, wie sie einen Jungen küsste.«

»Und haben Sie mit ihr darüber gesprochen?«

Frau Ahrendt strich sich über die Stirn. »Ich habe es versucht. Aber sie hat gelacht und hat gesagt, ich bräuchte ihr nichts zu erzählen. Sie wüsste schon längst mehr, als ich jemals gewusst habe. Dieser Satz hat mich verfolgt, lange.« Die blassen Augen füllten sich mit Tränen.

»Warum? Teenager neigen doch im Allgemeinen dazu, ihre Eltern für beschränkt zu halten.«

Sie schüttelte mit dem Kopf. »Ja, schon. Aber Claudia war so abweisend, so verächtlich. Es tat mir weh. Ich liebte meine Tochter, aber sie ließ mich nicht an sich heran. Ich wusste nie, was sie dachte, was sie fühlte. So sollte es nicht sein.« Ihre Stimme brach und sie begann zu weinen. Lautlos, wie jemand, der schon lange Zeit gewöhnt war, möglichst wenig Aufmerksamkeit zu beanspruchen.

Beck widerstand dem Impuls, eine Hand auf ihren Arm zu legen. »Es tut mir leid, Frau Ahrendt. Sehr leid.«

Sie nickte stumm und suchte in ihrer Handtasche nach einem Taschentuch.

Beck wartete, bis sie sich wieder etwas beruhigt hatte. »Wie war das Verhältnis zwischen Christian und Claudia? Mal abgesehen davon, dass er ihr zu sanft war?«

»Gut. Sie mochten sich sehr gern. Sie haben als Kinder sehr aneinander gehangen. Eigentlich komisch, Claudia war dabei immer die Anführerin, dabei war sie die Jüngere.«

»Und später? Ihr Sohn erzählte mir, dass er zum Zeitpunkt ihres Todes keinen engen Kontakt mehr zu seiner Schwester gehabt habe.«

Frau Ahrendt zuckte die mageren Schultern. »Als Claudia nach München ging, müssen sie sich gestritten haben. Vielleicht wollte er nicht, dass sie ging. Ich weiß es nicht, er hat es mir nie erzählt.«

»Hat er sich Ihnen so wenig anvertraut wie Claudia? Oder hatten Sie zu ihm ein engeres Verhältnis?«

»Ja, doch. Aber seine wirkliche Vertraute war seine Schwester. Sie mochte es nicht, wenn er meine Nähe suchte. Sie war eifersüchtig.«

»Auf ihre Mutter?«

»Ja, so habe ich es empfunden.«

»Und der Brief? Haben Sie darüber nachgedacht? Wovon spricht Claudia dort?«

Fast unmerklich versteiften sich die schmalen Schultern der zierlichen Frau. »Ich weiß es doch nicht. Meinem Mann ist öfters mal die Hand ausgerutscht. Das meint sie wahrscheinlich.«

»Aber Sarah Dittmann sagt, das könne es nicht sein. Davon hätten all ihre Freundinnen gewusst. Frau Ahrendt«, Beck atmete tief ein, »ist es möglich, dass Ihr Mann Ihre Tochter sexuell missbraucht hat?«

Schlagartig verschwand jede Andeutung von Farbe aus dem schmalen Gesicht. »Nein! Wie können Sie so etwas … Das hätte ich gemerkt.« Sie zitterte am ganzen Körper.

Beck bekam es mit der Angst zu tun. Hoffentlich wurde sie nicht ohnmächtig. Beruhigend legte er eine Hand auf ihren dünnen Unterarm. »Glauben Sie mir, so etwas kommt leider viel häufiger vor, als man annimmt. Und ebenso häufig bekommen die Ehefrauen nichts davon mit.« Oder sie schauen bewusst zur Seite.

»Nein, so war es nicht. Das ist nicht passiert. Und jetzt möchte ich nicht mehr darüber reden.« Sie sah auf ihre kleine goldene Uhr. »Ich muss langsam nach Hause. Mein Mann hat es nicht gern, wenn sein Essen nicht fertig ist, wenn er aus der Gemeinde kommt.«

Dabei täte es dem wohlbeleibten Herrn ganz gut, mal auf eine Mahlzeit zu verzichten, dachte Beck. Er nickte. »Nur eins noch. Wie schätzen Sie die Beziehung ein, die Claudia zu Thomas Jankowski hatte?«

»Ach Gott. Ich glaube, sie mochte ihn sehr gern. Sie war jedenfalls für ihre Verhältnisse sehr lange mit ihm zusammen, so lange, dass sogar ich damals etwas von ihm mitbekommen habe.«

»Und warum hat sie die Beziehung beendet, obwohl sie ein Kind von ihm erwartete?«

»Weil sie ihn nicht genug geliebt hat, denke ich. Sie wollte nach München, aber ihn wollte sie nicht mitnehmen.«

»Stand das denn zur Debatte?«

»Ja. Ich habe sie belauscht, als sie mit Christian darüber sprach. Sie sagte: ›Thomas will mit, aber was soll ich mit dem Verlierer in München. Dann muss ich außer dem Kind noch einen mit durchschleppen‹.«

»Und was sagte Christian dazu?«

»Er fragte, ob sie Thomas nicht liebe. Sie lachte und antwortete, er solle aufhören, so einen sentimentalen … Scheiß zu reden. So etwas wie Liebe gäbe es nicht. Es ginge immer nur um eine Kosten-Nutzen-Rechnung. Und wenn die nicht stimme, sei es eben aus. Es tat sehr weh, so etwas von seiner Tochter zu hören. Sie war damals erst zweiundzwanzig.« Sie sah wieder auf die Uhr. »Ich muss jetzt wirklich los.«

»Natürlich. Haben Sie sich nicht gefragt, warum eine so junge Frau so zynisch sein konnte? Worauf führen Sie das zurück? Ich frage Sie: War es wirklich nur eine Unvereinbarkeit der Charaktere, die zu dem extrem schlechten Verhältnis führte, dass Claudia zu ihrem Vater hatte?«

Frau Ahrendt richtete ihren gläsernen Blick auf Beck und richtete den schmalen Oberkörper auf. »Ja. Und jetzt muss ich gehen.« Sie stand auf und griff nach ihrer Handtasche.

Beck erhob sich ebenfalls. »Ich begleite Sie hinaus.«

»Das ist nicht nötig, danke.« Sie eilte ihm voraus. Er ging schneller, um ihr die Tür aufzuhalten.

»Ich danke Ihnen für das Gespräch. Fahren Sie vorsichtig und kommen Sie gut heim.«

Sie nickte ihm zu und hastete davon. Beck sah ihr nach. Sein Kopf schmerzte und seine Nase war vollkommen verstopft. Anscheinend bekam er wirklich eine Erkältung. Mist.

Er ging in eine dem Café benachbarte Drogerie, um eine Vorratspackung Taschentücher zu kaufen. Auf dem Weg zur Kasse entdeckte er ein Erkältungsbad. Der Vision eines sich wohlig im heißen Wasser ausstreckenden Becks folgend, griff er danach und kaufte es ebenfalls. Als er wieder nach draußen trat, kam die Sonne heraus und er beschloss, noch einen kleinen Spaziergang zu machen, bevor er nach Braunschweig zurückkehrte. Irgendjemand hatte ihm erzählt, dass es in Königslutter einen wunderschönen mittelalterlichen Dom geben sollte. Wenn der nicht zu weit weg war, könnte er ihn gleich einmal anschauen.

Gottes Beistand war nach diesem Gespräch sicher nicht verkehrt.

*

Sarah stellte die Einkaufstüten in ihrer Küche ab und stöhnte. »Manchmal wünsche ich mir, man könnte sich mit Pillen ernähren. Ständig schleppst du kiloweise Lebensmittel heran, kochst stundenlang und dann ist alles in Minuten aufgegessen.«

Asta nickte. »Ja, oder es wäre doch toll, wenn man nur einmal die Woche essen müsste. Irgendwie unpraktisch eingerichtet von der Natur.« Sie sank auf einen Stuhl und fächelte sich Luft zu. »Ich hasse diese Hitzewallungen.«

»Ich denke, du machst Hormon-Yoga?« Sarah grinste.

»Mach dich nur lustig. In zehn Jahren sprechen wir uns wieder.«

Oh nein. Nur noch zehn Jahre ohne Sojapillen und Lesebrille?

Nur noch zehn Jahre Zeit für Kinder? Nicht darüber nachdenken. Tick, tack, tick …

»Wenn deine Freunde jetzt doch schon morgen kommen, müssen wir noch mal los. Zum dritten Mal.«

»Das mache ich dann. Außerdem glaube ich das nicht. Filo muss mindestens drei Mal umpacken und Sascha fallen bestimmt noch zehn dringende Verabredungen ein, die er unbedingt wahrnehmen muss.«

»Wie kommt es eigentlich, dass du so durchgeknallte Freunde hast? Du bist doch selber ziemlich gut organisiert.«

»Wahrscheinlich gerade deswegen. Als Ausgleich. Obwohl sie mich in Berlin wirklich manchmal zum Wahnsinn getrieben haben, vor allem, als wir noch zusammen gewohnt haben.« Sarah fing an, die Lebensmittel aus den Tüten in Kühlschrank und Schränke zu verteilen.

»Du hast aber auch eingekauft wie eine Wahnsinnige. Was willst du eigentlich alles auftischen an Silvester?«

»Ich mache zwei Vorspeisen, die bereite ich schon morgen vor, damit sie gut durchziehen. Dann Nudeln mit zwei verschiedenen Soßen, Lammfilets und zum Nachtisch wollte ich Torta Caprese machen oder Cassata siziliana oder beides. Das kann man gut vorbereiten.«

»Wer soll das denn alles essen? Denk daran, du willst an dem Abend gut aussehen und nicht völlig aufgelöst und verschwitzt vor deinen Kommissar treten!«

»Er ist nicht mein Kommissar. Und außerdem kochen wir die Nudeln und die Filets gemeinsam. Giovanni macht eine von den Soßen und Sascha auch. Dörte bringt den Salat mit. Das lockert die Atmosphäre, wenn alle gemeinsam etwas zu tun haben. Außerdem war seine Mutter Italienerin, er ist bestimmt verwöhnt.«

»Aha, daher weht der Wind. Deshalb musst du doch nicht wie für eine italienische Großfamilie kochen.«

»Meinst du, es ist zu viel?« Sarah blickte stirnrunzelnd auf eine Familienpackung Cantuccini.

»Nein, überhaupt nicht, zumindest nicht, wenn du anschließend noch eine Armenspeisung vornehmen willst.«

Sarah lachte und ließ sich auf das Küchensofa sinken. »Ich koche immer viel zu viel. Es ist mein absoluter Alptraum, dass jemand noch einen Nachschlag möchte und ich muss ihm sagen, dass nichts mehr da ist.«

»Glaub mir, das wird dir an Silvester nicht passieren.« Asta legte drei Becher Mascarpone in den Kühlschrank.

»Ich muss immer an Claudia denken. Wie schön wäre es, wenn sie mit uns feiern könnte.«

Besorgt blickte Asta sich nach ihr um. »Ja, das wäre es. Wenn sie denn mitgefeiert hätte.«

»Ja, warum sollte sie denn nicht?«

»Weil sie es ja anscheinend vermieden hat, sich wieder mit dir anzufreunden, mein Schatz. Sieh den Tatsachen ins Auge: Claudia wollte nichts mehr mit dir zu tun haben.«

»Warum denn bloß? Wir sind doch nicht im Streit auseinandergegangen. Ich versteh's einfach nicht.«

»Manche Menschen sind so. Vielleicht wollte sie aber auch einfach nicht an früher erinnert werden.«

»Und dann kommt sie nach Avessen zurück? Ziemlich unlogisch, meinst du nicht? Nein, da steckt mehr dahinter. Irgendetwas wollte sie vor mir verbergen. Ich kann es nicht erklären, es ist so ein Gefühl.«

»Und Gefühle sollte man ernst nehmen. Vielleicht hast

du recht. Wie traurig.«

»Wenn ich nur wüsste, was es ist. Ich muss noch mal mit ihrer Mutter sprechen. Wenn ich sie bloß mal allein erwischen würde!«

»Hör jetzt auf, Kleine. Du weißt doch, dass man nie auf etwas kommt, wenn man zu angestrengt nachdenkt. Vielleicht kommt es ja im Traum zu dir.« Asta hob einen Beutel auf den Tisch.

»Ach, Asta. Du immer mit deinen Träumen.« Sarah packte die silbernen Kerzenleuchter aus, die sie noch unbedingt hatte erstehen müssen. »Guck mal, sind die nicht schön? Die werden bestimmt toll aussehen mit den dunkelroten Kerzen. Dazu nehme ich Mamas Leinentischdecke …«

»Über die Dörtes wilde Knaben wahrscheinlich sofort ihren Saft gießen werden.«

»Hör auf zu unken! Und in die Mitte lege ich Efeu und Blüten von Weihnachtssternen.«

»Keine Papierschlangen? Da werden Dörtes Jungs aber enttäuscht sein.«

»Du hast recht. Daran habe ich gar nicht gedacht. Mist! Ich will aber nicht so eine blöde Faschingsdeko.« Vor Sarahs innerem Auge stieg ein Bild von einem mit Saft übergossenen und mit Konfetti bestreuten Giovanni Beck auf. Oh Gott. Wie romantisch.

»Dann kauf ein paar Knallbonbons und zwei Hütchen und das reicht.«

»Die habe ich schon. Meinst du wirklich, das ist genug?«

»Klar. Dörte bringt doch bestimmt noch ein paar Raketen mit, oder?«

»Keine Ahnung. Aber ich habe Wunderkerzen gekauft. Die müssen einfach sein. Hilfe, ich bin plötzlich ganz aufgeregt! Wenn mal bloß alles klappt.«

Asta stellte den Leuchter hin, den sie gerade bewundert hatte, und nahm Sarah in den Arm. »Alles wird gut, du alter Sorgenbeutel. Sogar deine Silvesterfeier.«

»Ja. Und wenn nicht, schließe ich euch alle in der Küche ein und wandere aus nach Australien.«

»Genau. Du kannst ja schon mal packen.«

*

Beck stieg in seinen Wagen und verfluchte seinen schmerzenden Schädel. Der kleine Spaziergang zum Königslutteraner Dom hatte ihm zwar gutgetan, seine Kopfschmerzen hatte er aber leider nicht beseitigt. Warum hatte er bloß nicht gleich auch noch Kopfschmerztabletten gekauft? Jetzt hatte er keine Lust, wieder auszusteigen und eine Apotheke zu suchen. Der Weg nach Braunschweig glitt an ihm vorbei. Er blinkte, schaltete und lenkte wie ferngesteuert. Die Ampel kurz vor dem Abzweig zu seinem Büro war wie immer rot. Aber noch nicht einmal das störte ihn heute.

Er starrte geistesabwesend auf ein überdimensionales Werbeplakat. Das männliche Model auf dem Plakat warb schmollmundig für Unterwäsche von Calvin Klein. Der Typ sah unglaublich jung und fit aus. Der bekam bestimmt nie eine Erkältung.

Plötzlich kam sich Beck uralt und verbraucht vor. Er brauchte neue Unterhosen und musste unbedingt was für seine Fitness tun. Seit er in Braunschweig war, hatte er überhaupt keinen Sport getrieben. Aber heute war bestimmt nicht der Tag, an dem er damit anfing, auch wenn er nicht so einen Waschbrettbauch wie der Junge auf dem Plakat vorweisen konnte.

Es hupte hinter ihm und Beck sah auf die inzwischen grüne Ampel. Mit quietschenden Reifen fuhr er an. Jetzt war er auch schon einer von diesen Schnarchnasen, die an der Ampel nie in die Gänge kamen.

In der Dienstelle schleppte er sich die Stufen zu seinem Büro hoch. Er öffnete die Tür und sah sofort den Bericht, der heute Morgen noch nicht auf seinem Schreibtisch gelegen hatte. Er ließ sich auf seinen Stuhl sinken und überflog die Zeilen. Die an Claudias Mantel haftende Faser war nicht identisch mit dem Gewebe von Veltens Mantel. Womit er genauso schlau wie vorher war.

Er nieste und öffnete die Packung mit den Taschentüchern. Die sichergestellte Faser war feiner als die von Velten und enthielt mehr Kaschmiranteile, war also edler. Sofort flogen seine Gedanken wieder zu Morowski. Wenn er bloß die verdammte Handtasche finden könnte. Aber in der lag wahrscheinlich auch kein Zettel, auf dem der Name des Mörders stand.

Das Gespräch mit Frau Ahrendt bedrückte ihn immer noch. Was für einen Kummer diese Frau ausstrahlte! Wie konnte man nur so leben? In einer offensichtlich unglücklichen Ehe, ohne echten Kontakt zu ihren Kindern und ohne Hoffnung auf irgendeine Besserung. Liebe hatte ihr anscheinend niemand entgegengebracht. Vielleicht hatte sie einen besseren Zugang zu ihren Enkeln, aber das konnte er sich eigentlich nicht vorstellen. Die Frau wirkte hoffnungslos und resigniert.

Er putzte sich die Nase und ging aus seinem Zimmer in Richtung des Büros von Viktoria. Er klopfte an und steckte seinen Kopf durch die Tür. Sie telefonierte, bedeutete ihm aber mit einer Handbewegung hereinzukommen. Ihrem geschäftsmäßigen, leicht ungeduldigen Tonfall nach zu schließen, wollte sie das Gespräch ohnehin beenden. Er nickte ihr zu und nahm auf einem der Besucherstühle Platz. Schon wieder musste er niesen und fasste sich unwillkürlich an seinen schmerzenden Schädel.

Viktoria zog ihre Schreibtischschublade auf und warf ihm eine Rolle Aspirintabletten zu. Er nickte dankbar und ging zum Waschbecken, um sich ein Glas Wasser abzufüllen. Während er stumpf zusah, wie sich die Tablette sprudelnd auflöste, verabschiedete sie ihren Gesprächspartner und wandte sich ihm zu. »Na, hat es dich auch erwischt?«

»Anscheinend. Ich weiß gar nicht, wo ich mich angesteckt haben könnte.«

»Überall. Zurzeit ist doch jeder Zweite krank. Meinen Schatz hat es auch erwischt.«

»Du bist mit deinem neuen Mann schon im Schatz-Stadium? Dann scheint es also was Ernstes zu sein?«

»Könnte passieren.« Viktoria wischte ein verträumtes Lächeln von ihrem Gesicht. »Was führt dich in mein Büro? Brauchtest du nur die Tabletten oder ist sonst noch was?«

»Ich komme gerade von einem Gespräch mit Claudia Ahrendts Mutter. Du weißt schon, der Fall mit dem kleinen Mädchen.«

»Ja, Karla, und?«

»Ich wollte das Gespräch, um tiefer in die psychologischen Hintergründe Claudias zu tauchen, aber im Grunde bin ich genauso schlau wie vorher.«

»Kannst du bitte kurz zusammenfassen? Ich habe nämlich leider gleich einen Gesprächstermin.«

»Also: Claudia und ihr Vater hatten ein denkbar schlechtes Verhältnis. Sie hat ihn provoziert und er hat sie abgelehnt. Es gab anscheinend ständig heftige Streitigkeiten. Angst hatte sie aber scheinbar nicht vor ihrem Vater, im Gegensatz zu ihrer Mutter und dem Bruder. Zur Mutter hatte sie ein distanziertes Verhältnis, hat sie nicht an sich herangelassen. Über Gefühle wurde in dieser Familie nicht gesprochen. Ein enges Verhältnis hatte sie nach Aussage der Mutter zu ihrem älteren Bruder, der ihr aber wohl unterlegen war.«

»Nun ja, das ist eine relativ häufige Konstellation. Ein dominierender, autoritärer Vater, eine schwache, abhängige Mutter und Kinder, die sich zum Schutz gegen den Vater zusammenschließen. Gab es körperliche Gewalt in der Familie?«

»Ja. Der Alte hat seine Kinder geschlagen, ob auch seine Frau, weiß ich nicht.«

»Ungewöhnlich ist, dass die Mutter außen vor gelassen wurde. Im Allgemeinen versucht das stärkste Kind, auch die Mutter vor dem Vater zu schützen.«

»Nein, das hat sie wohl nicht getan, jedenfalls hat die Mutter es nicht so empfunden. Sie fühlte sich von ihrer Tochter abgewiesen und verachtet.«

Viktoria lehnte sich zurück und knipste nachdenklich an ihrem Kugelschreiber. »Mir stellt sich deine Claudia als starke Persönlichkeit dar, mit einer durch den Vater ausgelösten heftigen Aversion gegen Männer und einer damit verbundenen Verachtung von Frauen, vor allem von Frauen, die abhängig in einer Beziehung leben. Wahrscheinlich hat sie Männer durch ein aufreizendes Verhalten angelockt, um ihre Macht ihnen gegenüber zu demonstrieren, eine Macht, die sie dem Vater gegenüber nicht ausüben konnte. Dann hat sie die Männer fallengelassen oder abgewiesen. So übte sie stellvertretend Rache an ihrem Vater.«

»Ja, so sehe ich sie auch.« Beck nieste zweimal.

»Mein Gott, Giovanni.«

»Ich kann's nicht ändern.« Sehnsüchtig dachte Beck an das soeben erworbene Erkältungsbad.

»Für mich ist der Mörder am ehesten im Bereich ihrer abgelegten oder abgewiesenen Liebhaber zu suchen, jemand, der mit der erlebten Abweisung nicht leben konnte.«

»Das würde am besten auf Velten passen, ihren jugendlichen Liebhaber, ich habe dir kurz von ihm erzählt. Den kann ich nun nicht mehr verhaften, er ist tot.«

»Tot?« Viktoria ließ ihren Kugelschreiber fallen.

»Ja, Selbstmord. Wir haben ihn gestern gefunden, als wir eine Hausdurchsuchung machen wollten. Ich mache mir große Vorwürfe, vielleicht hätte ich es verhindern können.«

»Was hättest du denn tun wollen?« Viktoria kroch unter ihren Schreibtisch und suchte nach ihrem Stift.

»Zum Beispiel hätte ich auf eine psychologische Betreuung bestehen können. Da liegt er, hinter deinem linken Fuß.«

Viktoria tauchte mit rotem Gesicht wieder hinter dem Schreibtisch auf. »Darauf kannst du ohne Zustimmung des Patienten nicht unbegründet bestehen.«

»Vielleicht hätte er aber zugestimmt, vielleicht wäre er ja froh gewesen über einen professionellen Beistand.«

»Welchen Psychologen hättest du denn kurz vor Weihnachten für eine derart intensive Betreuung aktivieren wollen? Weißt du, wie ausgebucht die Kollegen in Braunschweig sind? Selbst ich hätte das zu diesem Zeitpunkt gar nicht leisten können. Mach dir keine Vorwürfe, Giovanni.«

»Der Punkt ist, ich habe es gar nicht versucht, ihm zu helfen. Ich habe ihn abgelehnt, habe mich von seiner Bedürftigkeit über ein normales Maß hinaus abgestoßen gefühlt. Widerlich, wie selbstgerecht man sein kann.«

Viktoria blickte ihn ernst an. »Wahrscheinlich hat irgendetwas an ihm dich an dich selbst erinnert, an eine Wesensart von dir, die du nicht zulassen kannst. Das ist meistens so, wenn wir jemand unwillkürlich ablehnen. Denk mal darüber nach.«

Beck nieste und suchte nach seinen Taschentüchern.

Viktoria räusperte sich. »Entschuldige, das sollte nicht in eine Therapiesitzung für dich ausarten.«

Beck schnäuzte sich. »Nein, nein, das ist schon in Ordnung. Du wirst schon recht haben. Ich denke heute Abend in der Badewanne darüber nach.«

Viktoria sah auf ihre Armbanduhr. »Wir können gerne später noch weiterreden, aber jetzt habe ich meinen Termin. Du solltest übrigens nicht zu lange mit der Badewanne warten. Du siehst schlecht aus.«

Beck stand auf. »Ja, so fühle ich mich auch. Danke.« Er winkte ihr zu und ging auf den Flur.

Jetzt musste er erst einmal zu Wagner, denn den hatte er noch einmal auf Heinen angesetzt. Dann noch etliche

Berichte, Protokolle und Telefonate. Dabei wollte er bloß nach Hause, in die Wanne und ins Bett. Und weil er das nicht durfte, ging er jetzt erst einmal Wagner anstecken.

Das hatte der nun davon.

15. Kapitel

Beck streckte seine schmerzenden Glieder in der Badewanne aus.

Endlich! Er schloss die Augen und genoss die wohlige Wärme des Wassers. Er hatte ganz vergessen, wie gut das tat. Vielleicht sollte er sich auch ein paar Kerzen auf den Badewannenrand stellen, so wie es Ayana immer getan hatte. Oder war das zu weibisch? Nachher würde er sich noch einen heißen Tee machen und sich vor den Fernseher legen.

Das Klingeln des Telefons schreckte ihn aus seinen Betrachtungen und er schoss hoch. Sollte er es klingeln lassen? Aber wenn es etwas Berufliches war? Er stieg aus der Wanne und wickelte sich hastig in ein Handtuch.

»Beck?«

»Tom hier. Mensch, gut, dass ich dich erreiche!« Der Sänger klang aufgeregt.

»Wieso? Was gibt's denn?«

»Wir können heute Abend einen Gig machen, im *Schmidt's*. Das ist ne Riesenchance für uns! Die machen eine Soulnacht und ihnen ist eine Band ausgefallen! Was sagst du?«

»Ich …« Beck fuhr sich durch die nassen Haare. »Das ist ja ziemlich kurzfristig. Wann denn?«

»Wir wären um zehn dran, das ist zu schaffen. Wir müssen nichts mitbringen, PA ist da, Schlagzeug auch. Soundcheck ist allerdings nicht drin. Nicht so toll, aber –

Mann, der Haupt-Act heute Abend sind Hot Chocolate! Die Bude wird rappelvoll sein! Was ist? Kannst du?«

Nein! Konnte man noch nicht mal in Ruhe vor sich hinsiechen! »Können denn die anderen?«, fragte Beck mit einem Rest Hoffnung, vielleicht doch wieder in seine Wanne steigen zu können.

»Ja, klar. Na super, dann sehen wir uns gleich. Je eher wir da sind, desto mehr kriegen wir von den anderen mit.«

»Moment mal.« Beck fühlte sich wie vom Omnibus überfahren. »Was ist denn mit dem Programm? Ich weiß doch gar nicht ...« Er klang wie ein klagendes kleines Mädchen. Ich habe Angst, Papi!

»Mensch, Giovanni, das hast du doch drauf. Wir spielen nur die Standards von der Probe. Mehr ist eben nicht drin. Wir haben sowieso nur eine halbe Stunde. Alles klar?«

Klar war nur eins: Er würde den heutigen Abend wahrscheinlich nicht überleben. »Okay. Ich bin in einer halben Stunde da.«

Er legte den Hörer auf und sah in seinen Flurspiegel. Ein hohläugiges, wirrhaariges Gespenst starrte zurück. »Du brauchst gar nicht so wehleidig zu glotzen. Zieh dir lieber mal was an. Du siehst aus wie Jesus auf dem Weg zur Kreuzigung.«

Er schleppte sich durch sein Wohnzimmer und blieb vor seiner *Les Paul* stehen. »Heute Abend musst du allein klarkommen, altes Mädchen. Ich bewege nur die Finger.«

Ihm fiel ein Song von Gallagher ein: *Can't believe it's true*.

Wie wahr.

*

Die Silvesterfeier war zu Ende. Alle waren gegangen, nur sie und Giovanni tanzten noch nach einer langsamen, romantischen Melodie. Sarah fühlte sich beschwingt und schwindelig vom Sekt. Giovanni sah ihr tief in die Augen und zog sie langsam an sich. Mein Gott, wie blau seine Augen waren! Seine Lippen näherten sich den ihren und Sarah schloss die Lider. Sie ahnte schon, wie sich seine Lippen anfühlen würden. Weich, warm und wunderbar. In Erwartung seines Kusses lächelte sie. Aber der Kuss blieb aus.

Beck stieß sie von sich und schrie ihren Namen. Immer wieder: ›Sarah! Sarah! Wach doch auf, Sarah!‹ Verwundert sah sie ihn an, während er sie mit angstverzerrtem Gesicht schüttelte.

»Sarah!«

Sie schoss in ihrem Bett hoch und öffnete die Augen. Ihr Herz raste. »Was … was ist denn?« Durch die zum Flur geöffnete Tür fiel Licht in ihr Zimmer und sie konnte die Silhouette einer Person erkennen, die direkt vor ihrem Bett stand. Sie schrie auf und zuckte zurück.

»Sarah, komm zu dir. Ich bin's nur, Asta!«

Blind tastete Sarah nach ihrer Nachtischlampe und schaltete das Licht an. Asta stand in Nachthemd und Mantel vor ihr. »Schnell, steh auf! Der Ahrendthof brennt!«

»Was? Woher weißt du das?«

»Ich habe die Sirenen gehört und bin auf die Straße gelaufen. Hubertus hat es mir zugerufen, er ist eben mit der Feuerwehr hochgefahren. Vielleicht müssen wir uns um die Kleine kümmern!«

»Oh Gott, nein!« Sarah warf ihre Bettdecke zurück und taumelte aus ihrem Bett. Hastig rannte sie hinter Asta die Treppe hinunter und zog sich ihre Winterstiefel über die Schlafanzughose. Sie schlüpfte in ihren Mantel und stolperte zur Tür. Ein eisiger Wind schlug ihr ins Gesicht. »Wir müssen zu Fuß hoch, mit dem Auto kommen wir bestimmt nicht durch!« Sie rannten über den Hof, vorbei an Luise, die besorgt in der Tür stand.

»Seid vorsichtig! Geht nicht zu nah heran!« Fröstelnd zog Luise ihren seidenen Morgenmantel enger um sich.

Sarah hob die Hand zum Zeichen, dass sie verstanden hatte, und rannte weiter.

Der wolkenverhangene Himmel glühte rot über dem nachtschwarzen Elm. »Wir nehmen die Abkürzung über Fuhrmanns Weide«, schrie Sarah Asta zu. Sie liefen die schmale Gasse hoch und stiegen über einen niedrigen Holzzaun, der Fuhrmanns Hühner davon abhielt, auf die Straße zu laufen. Ein bedrohliches Knistern lag in der Luft und der Geruch nach brennendem Holz stieg ihnen beißend in die Nase. Sie hasteten über die dunkle Weide und stiegen auf der anderen Seite wieder über einen Zaun.

Sarah blieb kurz stehen, um Atem zu holen. Das Knacken und Knistern war deutlich lauter geworden und der Himmel über dem Elm war wie durch die Lichter einer Großstadt erhellt. Sie rannten eine weitere enge Gasse entlang und bogen rechts in Richtung des Ahrendthofs ab.

Zwei Feuerwehrwagen versperrten die Zufahrt und einige Feuerwehrleute hielten eine Traube neugieriger Zuschauer davon ab, zu nah an den brennenden Hof zu drängen. Hinter sich hörte Sarah die Sirene eines herannahenden Löschfahrzeugs. Sie gingen jetzt langsamer auf die Absperrung zu. Die Hitze des Feuers brannte mit jedem Schritt stärker auf ihren Gesichtern. Sarah drängelte sich durch die Menge nach vorn. Sie suchte die Gesichter der Feuerwehrleute nach einem bekannten Menschen ab, den sie nach Karla fragen konnte. Das flackernde Licht des Feuers und die Helme ließen jedoch alle Männer gleich aussehen.

Sie drängte sich zu dem Mann vor, der ihr am nächsten stand. »Sind noch Menschen in dem Haus? Es war ein Kind dort drinnen, wissen Sie, ob sie sich in Sicherheit bringen konnten?«

Sanft, aber nachdrücklich schob sie der Feuerwehrmann mit seinem Körper zurück in die Menge. »Beruhigen Sie sich, wir tun, was wir können. Bitte bleiben Sie zurück.«

»Wo ist Hubertus? Hubertus Allers, er muss hier sein, er kennt das Kind.«

Die Feuerwehrleute bildeten eine Kette und drängten die Schaulustigen noch weiter an die Häuser, damit der inzwischen herangefahrene Wagen passieren konnte. Er hielt und weitere Feuerwehrmänner sprangen herunter, noch ehe der Wagen wirklich gehalten hatte. Fauchend fuhr ein Windstoß durch die Gasse und ließ die Flammen hell auflodern. Funken stoben über die Menge, die aufschreiend zurückwich.

»Asta, was mache ich nur? Ich muss Karla finden!«

Ihre Tante griff nach Sarahs Hand und zog sie nach hinten, weg vom Schauplatz des Geschehens.

»Was machst du? Ich gehe hier nicht weg!«

»Schmidts Garten«, sagte Asta. Sarah folgte ihrer Tante über die Straße. Sie huschten in die Einfahrt eines gegenüberliegenden Hauses und liefen leise um das Haus herum, das mit seiner Rückfront an das Grundstück der Ahrendts grenzte. Durch die Bäume des Gartens konnte man das Feuer wüten sehen und das Ausmaß der Zerstörung ahnen, die es bereits angerichtet hatte.

»Mein Gott«, flüsterte Asta, »wie lange brennt das denn schon?« Mühsam kämpfte sich Sarah durch die Büsche, die den Garten von Familie Schmidt von einer Weide der Ahrendts trennten. In dem roten Dämmerlicht konnte sie die Heidschnuckenherde erkennen, die sich weit weg vom Feuer am hinteren Ende der Weide zusammendrängte und jämmerlich blökte. Ein Zweig stach ihr in die Stirn und sie fluchte. Hastig sprang sie über den schmalen Entwässerungsgraben, der zwischen den beiden Grundstücken verlief.

Asta folgte ihr. Geduckt rannten sie über die Weide in Richtung des Hofplatzes. Das Brausen und Knistern des Feuers war hier so laut, dass Sarah sich am liebsten die Ohren zugehalten hätte. Sie umrundeten eine Weidengruppe und hatten jetzt einen freien Blick auf die unermüdlich arbeitenden und rennenden Feuerwehrleute. Aus mehreren Schläuchen wurde Wasser auf das brennende Dach des Hofes geflutet, während andere auf die Nachbarhäuser gerichtet waren, um ein Übergreifen des Feuers zu verhindern.

Hart packte Asta Sarah am Arm. »Da! Da ist Karla!«

Sarahs Blick irrte über Menschen und rote Feuerwehrwagen. Im Schatten eines der Wagen entdeckte sie tatsächlich Karla, in eine der grauen Schutzdecken der Feuerwehr gehüllt. Einer der Männer beugte sich gerade zu ihr hinunter und legte ihr einen Arm um die Schultern. Dabei wurde hinter ihm Frau Ahrendt sichtbar, die – vom Feuer angestrahlt – aufgerichtet dort stand und in Richtung ihres brennenden Hauses blickte. Den alten Ahrendt konnte Sarah nirgends ausmachen, wahrscheinlich kommandierte er irgendwo die Feuerwehrleute herum.

Sie ging um die Weiden herum, um zu Karla zu gelangen und wandte ihr Gesicht von der Hitze des Feuers ab. Mit lautem Knall explodierte ein brennender Balken und sprühte weißglühende Funken in den Hof. Erschrocken rannte Sarah schneller in Karlas Richtung, weiter vom Feuer weg. Hinter sich hörte sie Asta kurz aufschreien. Sie wandte sich zu ihr um und stolperte dabei über eine unebene Stelle im Gras.

»Nichts passiert! Bloß weg hier!« Asta bedeutete ihr mit wildem Armrudern, weiterzulaufen.

Der Feuerwehrmann, der sich um Karla gekümmert hatte, war inzwischen auf sie aufmerksam geworden und lief ihnen entgegen. Er packte Sarah am Arm und schüttelte sie. »Sarah! Seid ihr wahnsinnig, so nah an das Feuer zu gehen! Wollt ihr einen einstürzenden Balken auf den Schädel bekommen?!«

»Hubertus! Wie geht es Karla?!« Jetzt schüttelte Sarah Hubertus' Arm.

Er zog sie weiter aus dem Gefahrenbereich. »Sie ist unversehrt, sie hat noch nicht einmal Rauch in den Lungen. Ihre Großmutter muss sie sehr früh aus dem Haus gebracht haben.«

»Oh, Gott sei Dank«! Sarah schossen vor Erleichterung Tränen in die Augen. »Was ist mit Frau Ahrendt? Geht es ihr gut?«

»Ich weiß nicht so recht. Körperlich ist sie okay, aber sie hat wohl einen schweren Schock.«

Inzwischen hatte das Mädchen Sarah entdeckt und rannte auf sie zu. Mit ausgebreiteten Armen hockte sie sich hin und die Kleine stürzte hinein.

»Sarah!« Sie fing an zu schluchzen.

Sarah drückte sie dicht an sich und wiegte sie hin und her. »Nicht weinen. Ich bin ja da, ich lass dich nicht wieder allein.« Heftige Schluchzer ließen den kleinen Körper in Sarahs Armen beben. Sie stand auf und zog Karla mit sich. »Hubertus! Ich nehme jetzt Karla mit, egal, was der Alte dazu sagt!«

Hubertus nickte und sah weg.

»Was ist? Hast du gehört? Wenn der Alte fragt, wo seine Enkelin ist, sie ist bei mir und da bleibt sie auch! Soll er doch die Polizei holen!«

Dörtes Mann trat dicht an sie heran und neigte sich an ihr Ohr. »Sei doch still! Der ist noch drinnen, jedenfalls behauptet das seine Frau.«

*

Beck konnte sich nicht erinnern, wann er das letzte Mal vor einem Gig so aufgeregt gewesen war. Ihm zitterten Hände und Knie – oder war es die Erkältung? Bestimmt.

Um ihn herum tobten die Massen, die von der Band, die eben gerade ihre letzte Zugabe spielte, schon gut in Wallung gebracht worden war. Nicht schlecht, die Jungs, wenn auch die Arrangements ein bisschen einfallslos waren.

Ruhig Blut, Giovanni, du musst nicht schon wieder die Konkurrenz abchecken. Sieh lieber zu, dass du dich nicht blamierst. Er wünschte, er hätte mehr Tabletten genommen. Irgendwie wirkten die nicht.

Wild die Hüften schwingend rempelte ihn eine Frau an. Er zog sich weiter an den Rand der Bühne zurück und musterte die Anlage. Die hatten ganz schön was aufgefahren hier. Wie immer spielten sich die Musiker gegenseitig an die Wand. An der Lautstärke der einzelnen Instrumente konnte man das Ego des dazugehörigen Musikers ablesen. Hier hatte anscheinend der Gitarrist das größte.

»Los, komm, wir gehen schon mal nach hinten.« Tom brüllte direkt an seinem Ohr, um sich in dem Höllenlärm verständlich zu machen.

Beck nickte und folgte dem Sänger in den Backstage-Bereich. Panne hatte sich schon über die bereitgestellten Schnittchen hergemacht. »Hör auf zu fressen, wir sind gleich dran.« Tom nahm dem Schlagzeuger die hübsch dekorierte Weißbrotecke aus der molligen Hand.

»Mein Gott, komm runter.« Panne rollte genervt mit den Augen und griff nach seiner Bierflasche. Beck ignorierte das Geplänkel und steckte seine Plektrons in die Gesäßtasche.

Tom winkte hektisch Paul und Karsten herbei, die im Hintergrund mit einigen Kollegen fachsimpelten. »Also – wir steigen gleich mit voller Power ein – *Take me to the river*, dann Übergang zu *In the midnight hour*, dann kurze Pause, ich stelle die Band vor, dann …«

»*Soulman*, haben wir doch alles schon geklärt, reg dich ab.« Paul grinste und tätschelte Tom herablassend die Schulter. »Tom macht sich vor jedem Auftritt in die Hose«, wandte er sich an Beck.

»Spinn nicht rum! Einer muss doch den Überblick behalten in diesem Haufen von talentlosen Pennern. Los, Panne, raus jetzt!« Die ersten Musiker der Band, die vor ihnen gespielt hatte, schlenderten in den Raum und öffneten knallend ihre Bierflaschen. »Viel Spaß, Jungs, wir haben schon mal gut angewärmt für euch.« Der Gitarrist warf seine lange Mähne nach hinten und grinste selbstgefällig.

Mit Johlen und Pfeifen verlieh die Menge ihrem Wunsch nach musikalischem Nachschub Nachdruck. Panne setzte sich hinter das Schlagzeug, fluchte kurz über die Einstellung der Pedale von Bassdrum und Hi-Hat und gab den Beat von *Take me to the river* vor. Die Menge grölte begeistert. Paul hängte sich den Bass um und stieg ein.

Beck hastete hinter Karsten auf die Bühne und stolperte über ein Stromkabel. Fast wäre er der Länge nach auf die Bühne gefallen, er konnte sich gerade noch auf Karstens Verstärker abstützen. Cooler Auftritt.

Die Gitarre eingestöpselt, ein Blick zu Karsten, der nickte, und ab ging es.

Schon nach den ersten Takten war Becks Aufregung wie weggeblasen, und er blickte über die Menge. Eine der Frauen, die vor der Bühne zum Rhythmus mit den Hüften zuckten, warf ihm eine Kusshand zu. Ganz hübsch, dachte er, schöne blonde Haare. Seine Gedanken schweiften jedoch zu einer rotbraunen Lockenmähne. Sieh mal an, alter Junge.

Tom hatte anscheinend ein Auge auf die Blonde geworfen und sang sie an. Es gab nichts Besseres, um Frauen aufzureißen, als auf einer Bühne zu stehen. Der Hauch von Ruhm, der einen in diesem Moment umwehte, wirkte auf viele Frauen offensichtlich wie ein Aphrodisiakum. Früher hatte er diese Tatsache auch oft und gern ausgenutzt, aber heute … Aber warum eigentlich nicht, vielleicht wäre es doch mal wieder ganz belebend, ein Groupie flachzulegen? Schließlich musste er nicht ewig leben wie ein Mönch.

Tom nickte ihm zu, Zeit für das Solo. Beck stürzte sich

hinein und vergaß die Frauen.
Jedenfalls vorübergehend.

*

Sarah wandte sich zu dem brennenden Haus um, aus dessen Fenstern im ersten Stock lodernde Flammen schlugen, während die Fenster im Erdgeschoss noch im trügerisch friedlichen Dunkel lagen. »Die … die Schlafzimmer sind im ersten Stock.«

Ratlos fuhr sich Hubertus durch die dunklen Haare. »Sieht schlecht für Ahrendt aus. Wir versuchen gerade durchzukommen, aber das Treppenhaus brennt auch schon. Der Wind hat das Feuer beschleunigt. Geh und bring die Kleine hier weg. Am besten, ihr nehmt ihre Oma auch mit.«

Sarah nickte und sah sich nach Karlas Großmutter um. Sie stand immer noch unbeweglich und hoch aufgerichtet da und blickte starr in die Flammen. Befremdet sah Sarah ein leises Lächeln um ihre Lippen spielen.

Sie ging auf Karlas Großmutter zu und nahm sanft ihre Hand. »Frau Ahrendt, möchten Sie mit mir kommen? Ich nehme Karla mit. Sie müssen beide ins Warme, müssen sich ausruhen!« Die Frau reagierte nicht. Sarah versuchte es erneut. »Frau Ahrendt! Bitte, kommen Sie mit mir! Es ist besser, wenn Sie hier weggehen, bitte!«

Sie schüttelte die kleine Frau an der Schulter. Daraufhin wandte sie sich Sarah langsam zu und sah mit abwesendem, leerem Lächeln durch sie hindurch.

»Oma! Komm doch! Wir warten bei Sarah auf Opa!«, bat Karla mit großer Dringlichkeit.

Das Lächeln ihrer Großmutter vertiefte sich. »Nein. Ich warte hier. Ich warte hier, bis sie ihn finden. Bis ich sicher sein kann.« Sie begann zu lachen. Sie lachte immer lauter, bis sie vor Lachen kreischte. Tränen liefen ihr die Wangen hinunter.

Hubertus warf Sarah einen Blick zu und führte Frau

Ahrendt mit sanfter Gewalt zum Sanitätswagen, der ein Stück weiter weg in der Dunkelheit stand. Sie wehrte sich, kam aber gegen den großen Hubertus nicht an. Sarah stand wie erstarrt und blickte der immer noch vor Lachen schreienden kleinen Person hinterher.

Asta berührte sie an der Schulter. »Komm. Bringen wir Karla nach Hause.«

*

Mit penetranter Dringlichkeit drängte sich der Klingelton des Handys in Becks durch Medikamente geschwängerten Schlaf. Er fuhr hoch und tastete in der Dunkelheit auf seinem Nachttisch herum. Die Lampe fiel polternd herunter, bevor er das Telefon fand. Fluchend stolperte er mit dem klingelnden Gerät aus dem Bett in Richtung des Lichtschalters. Im Licht der Deckenlampe fand er endlich die richtige Taste und krächzte seinen Namen in den Hörer.

»Dittmann. Herr Beck … Giovanni, es ist etwas Schreckliches passiert. Der Ahrendthof brennt. Karla ist hier bei mir, aber Herr Ahrendt soll noch in dem Haus sein.«

Beck versuchte seine wild durcheinander purzelnden Gedanken in den Griff zu bekommen. »Ist die Feuerwehr da?«

»Ja, sie löschen schon. Aber anscheinend ist das Feuer erst sehr spät entdeckt worden. Das Haus brennt schon lichterloh! Vielleicht war es ja Unsinn, Sie … dich mitten in der Nacht anzurufen, aber …«

»Nein, nein, das war schon richtig. Ich komme raus, ich muss mich bloß erst einmal anziehen. Weiß man schon etwas über die Entstehung des Feuers?«

»Nein, jedenfalls habe ich noch nichts gehört. Aber es scheint im ersten Stock entstanden zu sein. Da … da liegen die Schlafzimmer. Frau Ahrendt und Karla sind entkommen, aber Herr Ahrendt anscheinend nicht.«

»Wie geht es den beiden?« Beck wandte hastig sich um und stieß mit dem Fuß heftig an einen Bettpfosten. Den Mund zu einem stummen Schrei aufgerissen, drückte er gepeinigt die freie Hand auf den schmerzenden Zeh. Er sank wieder auf sein Lager und konnte ein wehleidiges Wimmern nicht ganz unterdrücken.

»Giovanni? Ist alles in Ordnung?«

Beck unterdrückte ein Stöhnen und rieb sich seinen Fuß. »Ja, ja. Alles bestens. Wie geht es Karla?«

»Karla geht es gut. Hubertus, ein Freund, der bei der Feuerwehr ist, sagt, sie habe noch nicht einmal Rauch in den Lungen. Aber Frau Ahrendt benimmt sich wie eine Irre – sie hat die ganze Zeit gelacht! Als würde sie sich freuen, wenn ihr Mann verbrennt. Es war schrecklich anzusehen.«

»Hm. Wo ist sie jetzt?«

»Als ich ging, saß sie im Sanitätswagen der Feuerwehr.«

»Hoffentlich haben sie sie noch nicht in ein Krankenhaus gebracht. Ich komme so schnell wie möglich. Bis gleich.«

Beck drückte die Taste, bevor Sarah antworten konnte. Hastig zog er sich die Kleidungsstücke über, die er erst vor wenigen Stunden auf seinen Stuhl geworfen hatte, froh, seine schmerzenden Glieder endlich ausstrecken zu können. Er war immer noch benommen von den Tabletten, die er vor dem Schlafengehen genommen hatte. Wie lange hatte er überhaupt geschlafen? Höchstens fünf Minuten. Sein Fuß pochte schmerzhaft. Er fühlte sich wie ein Greis.

Schnell trank er noch ein Glas Wasser in der Küche, um seine ausgedörrte Kehle anzufeuchten, und schloss leise die Wohnungstür hinter sich, um die Nachbarn nicht aufzuwecken.

Er fuhr durch die menschenleeren Straßen von Braunschweig und stellte das Radio an, in der Hoffnung, dass die Musik etwas von seiner Benommenheit nehmen könne. Amy Winehouse hatte mit Betäubung kein Problem und begleitete mit ihrer Verweigerung der *Rehab* seinen einsamen Weg durch einen grabesdunklen Elm.

Beck musste an Wagners Begegnung mit einem Wildschweinrudel denken und fuhr langsamer, als es seine Ungeduld eigentlich zuließ.

Am Ende des Waldes, an dem sich die Bäume in Richtung Avessen lichteten, sah er schon einen dunkelroten Himmel glühen. Die steil abfallende Straße gewährte ihm einen freien Blick auf den brennenden Hof. Unwillkürlich fuhr er schneller, als ob er durch seine Ankunft dem Feuer Einhalt gebieten könnte.

Er stellte seinen Wagen in einer dunklen Seitenstraße unterhalb des brennenden Hofes ab und eilte in Richtung des fauchenden Feuers. Noch nie war er Zeuge eines Großbrandes gewesen und hatte sich nicht vorstellen können, wie laut ein Feuer seine Spur der Zerstörung fraß. In dem Gewimmel von Feuerwehrleuten, Zuschauern und Wagen machte er das Sanitätsfahrzeug aus und drängte sich zu ihm durch.

Er zeigte einem erschöpft aussehenden Mann seinen Ausweis und fragte nach Frau Ahrendt. Der Mann zeigte in das Innere des Wagens und zuckte resigniert mit den Schultern. »Schwerer Schock. Sie verweigert den Transport in ein Krankenhaus. Will wohl warten, bis man ihren Mann findet. Der Arzt hat ihr erst mal eine Beruhigungsspritze gegeben. Sie hatte einen hysterischen Anfall.«

Frau Ahrendt saß zusammengesunken auf einer Bank im Fond des Wagens und starrte blicklos in Richtung des Feuers. Ein Sanitäter saß neben ihr und hielt ihre Hand, aber sie schien ihn gar nicht wahrzunehmen. Beck nickte dem jungen Mann zu. »Ich würde gern einen Moment allein mit ihr sprechen.«

»Wenn Sie was aus ihr rauskriegen.« Der Sanitäter kletterte aus dem Wagen und entfernte sich. Er wirkte erleichtert über die Ablösung.

Beck wandte sich der Frau zu, die mit leerem Lächeln das Toben des Feuers beobachtete. »Frau Ahrendt.« Er legte, als sie nicht reagierte, eine Hand auf ihren Arm. »Hören Sie mich?« Vorsichtig fasste er ihre Schultern und drehte sie in seine Richtung, weg vom Feuer. Sie wollte den Kopf zurück drehen, doch er hinderte sie sanft daran. »Erinnern Sie sich an mich? Wir haben uns gestern in Königslutter getroffen. Ich kümmere mich um den Fall Ihrer Tochter. Um Claudia.«

Bei der Erwähnung des Namens flackerte ihr Blick und ihr Geist schien kurz in die Realität zurückzukehren. »Claudia.« Sie lächelte durch ihn hindurch.

Beck versuchte ihren Blick fest zu halten. »Frau Ahrendt, wie ist das passiert? Warum ist Ihr Mann nicht bei Ihnen?«

»Mein Mann ist nie bei mir.« Sie begann leise zu lachen, die schmalen Schultern zuckten unter seinen Händen.

Er schüttelte sie leicht um sie zu sich zurückzuholen. »Frau Ahrendt, wo ist Ihr Mann?«

Sie hob den Kopf und schaute ihm mit einem Ausdruck in die Augen, der ihm einen kalten Schauder den Rücken hinunterschickte. »Er ist da, wo er hingehört. In der Hölle.«

16. Kapitel

Behutsam legte Sarah die Kleine auf ihr Küchensofa und deckte sie mit dem Federbett aus dem Gästezimmer zu. Karla war leichenblass und hatte vor Erschöpfung tiefe Schatten unter den Augen. Sarahs Herz krampfte sich bei dem Gedanken an die neuerliche Tragödie, die das Mädchen hatte erleben müssen, schmerzhaft zusammen. »Ich koche dir jetzt erst mal einen schönen heißen Kakao, okay?«

Karla nickte schwach. Asta kam herein und schaltete das Deckenlicht aus, so dass nur noch die schöne alte Jugendstillampe auf dem schwarzen Küchenbuffet ihren warmen Schein verbreitete. Sie trat an die Anrichte und nahm zwei Cognacschwenker heraus. »So. Ich mag zwar keinen Weinbrand, aber wenn wir Silvester nicht auf der Nase liegen wollen, sollten wir uns jetzt ein bisschen wärmen. Leider ist mein acidum phosphoricum alle.«

»Was immer das ist.«

»Das wärmt auf gesündere Weise.« Asta füllte die bernsteinfarbene Flüssigkeit in die Gläser und stürzte ihres gleich im Stehen hinunter.

»Ach – die Gesundheit ist gerade mein geringstes Problem.«

»Nimm das zurück – das Universum schickt dir sonst sofort eine Erkältung.«

»Komisch, dass immer nur die Negativ-Bestellungen prompt geliefert werden!«

Sarah goss Milch in einen Topf und stellte das Kakaopulver bereit. Asta hielt ihr das Glas entgegen und Sarah nahm einen großen Schluck. Die Flüssigkeit rann ihre Kehle hinunter und hinterließ eine brennende Spur der Wärme. Asta schenkte ihnen noch einmal großzügig nach.

»Ist dir kalt, Karla?« Asta strich der Kleinen über die Wange.

Das Mädchen schüttelte den Kopf.

»Na, ich mach dir trotzdem mal eine Wärmflasche, sicher ist sicher.« Asta stand auf und sah sich suchend um.

»Im Badezimmerregal liegt meine alte Teddywärmflasche. Die hat mir Filo mal geschenkt, als ich Grippe hatte.« Sarah sah nach der dampfenden Milch.

Ihre Tante nickte und ging die Treppe hinauf.

Sarah setzte sich mit ihrem Weinbrand an den Küchentisch und sah Karla an. »Wie geht es dir, Mäuschen?«

»Gut.«

»Komm, dir geht es bestimmt nicht besonders und das kannst du mir auch ruhig sagen.«

»Darf ich jetzt bei dir bleiben?«

»Ja. Dafür werde ich sorgen, das verspreche ich dir. Du wirst nicht für immer hierbleiben können, aber erst mal werde ich dich nicht weglassen. Da kann dein Opa so viel brüllen, wie er will.«

»Wird Opa aus dem Feuer gerettet, Sarah?«

»Ich hoffe es, Karla.«

Asta kehrte mit der Wärmflasche wieder und füllte Wasser in den Kocher. »Jetzt bekommst du einen schönen warmen Teddy auf den Bauch. Dann wird es dir gleich besser gehen.« Sie schnitt Sarah eine Grimasse, um ihr zu bedeuten, dass man mit einer Wärmflasche wohl kaum eine tote Mutter und ein brennendes Haus vergessen machen konnte.

Zischend kochte hinter Sarah die Milch für den Kakao über. »Verdammt noch mal! Wie blöd kann man eigentlich sein?«

Karla lachte. »Du lässt die Milch aber auch immer überkochen, Sarah!«

Sarah seufzte. »Ich weiß. Das ist mir angeboren, ich habe ein Milchüberkoch-Gen.«

»Was ist das? Gen?«

»Das ist so eine Art kleiner Computer in den Zellen deiner Eltern, der zum Beispiel dafür sorgt, dass ich genauso braune Augen habe wie mein Papa.«

»Hast du das Milchüberkoch-Ding auch von deinem Papa geerbt?«

»Keine Ahnung. Mein Papa hat nie Milch gekocht. Das hat immer Asta für mich gemacht. Und der ist sie nie übergekocht. Sie ist viel geschickter als ich.«

»Hört, hört. Daran erinnere ich dich aber.« Asta steckte Karla ein Kissen in den Rücken, damit sie sich besser aufsetzen konnte.

»Hat Asta die Milch für dich gekocht, weil deine Mama tot war?«

Asta und Sarah tauschten einen resignierten Blick.

»Ja, genau.«

»Wer wird wohl für mich Milch kochen? Du, Sarah?«

»Ich koche so viel Milch für dich, wie du nur möchtest, kleine Maus.«

»Aber nicht für immer, oder? Irgendwann muss ich weg von dir. Wohin gehe ich dann? Zu Oma? Ich will nicht wieder zu Oma.«

Sarah fiel auf, dass sie ihren Großvater gar nicht erwähnte. »Das müssen wir sehen, Karla. Erst mal bleibst du jedenfalls bei mir, Asta und Luise. Und weiter denkst du jetzt erst mal nicht. Bald ist Silvester, da feiern wir ein tolles Fest.«

»Nur Frauen wohnen hier. Das ist gut. Ich bin auch eine Frau, das passt.«

Sarah schluckte ein paar Mal, um ihre eng werdende Kehle anzufeuchten. »Ja, wir sind so ein richtiger Weiberhaushalt, da hast du recht. Aber Silvester kommen auch ein paar Männer.«

»Ja? Wer denn?«

»Hubertus Allers, Finn und Paul Allers, der nette Kommissar von neulich, du weißt schon, und mein Freund Sascha.«

»Finn und Paul sind doch keine Männer.« Karla kicherte.

»Na, Lärm machen sie jedenfalls für zehn Männer.«

»Wenn man vom Teufel spricht …« Asta schaute in den dunklen Hof. Von Mond und Hoflaternen angestrahlt, sah man Becks blonde Haare schimmern, als er sich Sarahs Haustür näherte.

Sarah stöhnte. »Der Mann muss denken, ich besitze keine gesellschaftsfähige Kleidung.« Sie sah an ihrem alten, verblichenen Schlafanzug hinunter, den sie unter ihrem Mantel angehabt hatte. Ihr resignierter Blick fiel auf ihre Tante, deren Flanellnachthemd nicht weniger sexy war, und sie brach in hysterisches Gelächter aus. »Wir sind schon ein paar Traumfrauen.« Sarah ging in den Flur, als es klopfte und öffnete Beck die Tür. »Kommen Sie herein. Karla ist auch noch wach.«

»Hallo. Das ist gut, ich werde Karla leider ein paar Fragen stellen müssen. Aus ihrer Großmutter war nichts Zusammenhängendes herauszukriegen, die hat einen Nervenzusammenbruch.«

»Wo ist sie jetzt?« Mühsam widerstand Sarah der Versuchung, ordnend durch ihre wahrscheinlich völlig desolaten Locken zu fahren. Das nützte jetzt auch nichts mehr.

»Der Arzt hat sie in das Therapiezentrum in Königslutter eingewiesen. Körperlich fehlt ihr anscheinend nichts, aber geistig ist sie vollkommen weggetreten.«

»Was ist mit Ahrendt? Hat man ihn herausgebracht?«

Beck schüttelte den Kopf. »Keine Chance.«

Sarah überlief ein eiskalter Schauder. »Oh Gott. Das wünscht man seinem ärgsten Feind nicht. Wie entsetzlich.«

Beck nickte.

»Kommen Sie, wir gehen in die Küche, da ist es warm.« Sie ging voran, wandte sich aber noch einmal um und legte warnend den Zeigefinger auf ihre Lippen. »Sagen Sie Karla aber noch nichts davon.«

»Natürlich nicht, keine Sorge.«

Mit großen Augen sah Karla Beck über den Rand ihres Kakaobechers entgegen.

»Hallo, Karla. Wie geht es dir?«

»Jetzt wieder gut.«

»Meinst du, dass du noch wach genug bist, um mir ein paar Fragen zu beantworten?«

Die Kleine nickte ernst.

Beck setzte sich auf den Stuhl neben dem Sofa. »Wer hat das Feuer bemerkt? Deine Oma oder du?«

Karla runzelte ihre glatte Stirn. »Ich weiß nicht. Ich habe das Feuer erst gesehen, als wir draußen waren.«

»Wie war das? Hat deine Oma dich geweckt?«

»Ja. Sie ist in mein Zimmer gekommen und hat meinen Mantel in der Hand gehabt. Sie hat gesagt, wir müssten rausgehen, aber sie hat nicht gesagt, warum.«

»Hast du sie nicht gefragt?«

»Doch, ich war müde und wollte nicht aufstehen und da hat sie gesagt, ich muss aber. Es ist wichtig.«

»Und sie hat nicht gesagt, dass es brennt?«

»Nein.«

»Wo seid ihr dann hingegangen?«

»Raus zur Scheune. Oma hatte eine Tasche mit, da war Tee drinnen. Den haben wir getrunken.«

»Deine Oma hatte Tee gekocht?« Ungläubig sah Beck zu Sarah hoch.

»Ja, und sie hatte eine Decke mit. Da haben wir uns draufgesetzt. Meinen Elo hat sie auch eingepackt. Den habe ich aber in der Scheune vergessen. Der verbrennt jetzt bestimmt.« Ihre Stimme zitterte.

»Nein, Karla, das glaube ich nicht. Die Feuerwehr passt doch auf, dass das Feuer nicht auf andere Häuser übergeht. Elo ist ihr Kuscheltier, ein Elefant«, warf Sarah ein.

Beck nickte langsam. »Ja, ich glaube, ich weiß, welchen Elefanten du meinst.« Ein Lächeln zuckte um seine Mundwinkel.

Sarah sah verlegen zur Seite. Warum konnte sie auch nie ihre Klappe halten?

»Wie lange wart ihr denn in der Scheune?«

»Lange. Ich bin andauernd eingeschlafen, weil ich so müde war. Ich habe gefroren. Aber Oma hat nicht geschlafen.«

»Was hat sie gemacht?«

»Sie hat am Tor gestanden und hat durch die Ritzen geguckt. Und dann hat sie gelacht.«

»Sie hat gelacht?«

»Ja. Und dann bin ich aufgestanden und habe auch durch die Ritze geguckt. Da habe ich gesehen, dass es brennt.«

»Hast du dich nicht gewundert, wo dein Opa ist?«

»Nein. Opa ist oft nicht da. Oma hat gesagt, dass es ihm gut geht.«

»Das hat sie gesagt?« Beck warf Sarah einen Blick zu.

»Ja. Ich habe gefragt, ob wir nicht Opa Bescheid sagen müssen, dass es brennt und da hat sie gesagt, nein, dem geht es gut. Und dann hat sie wieder gelacht.«

»Hat denn deine Oma nicht die Feuerwehr gerufen?«

Karla überlegte. »Nein, ich glaube nicht. Aber die kam trotzdem.«

Beck blickte zu Sarah, deren Gesichtszüge vor Entsetzen erstarrt waren. Sie fuhr sich mit einer Hand über die Augen.

»Danke, Karla. Du hast mir sehr geholfen und dir alles gut gemerkt.«

Karla lächelte ihn zögernd an. »Wo ist Oma?«

»Im Krankenhaus. Ihr geht es nicht so gut.«

»Ist sie verrückt geworden?«

»Wie kommst du darauf?«

Das Mädchen zuckte mit den schmalen Schultern. »Sie kam mir so vor, weil sie andauernd gelacht hat.«

»Hattest du Angst vor ihr?«

»Nein. Sie wollte mir ja nichts tun. Sie hat sogar an Elo gedacht.«

»Ja, du hast recht. Sie hat dich lieb und würde dir nie etwas tun.«

»Ich will trotzdem nicht wieder zu ihr. Ich will bei Sarah bleiben.«

Beck legte seine Hand auf ihre. »Das wirst du auch. Nicht für immer, aber für die nächste Zeit, mach dir keine Sorgen.« Er nickte den beiden Frauen zu.

»So, junge Dame, ich bringe dich jetzt ins Bett. Du siehst schon aus wie das kleine Gespenst.« Asta schlang Karla einen Arm um die Taille und hob sie hoch. »Ui, bist du schwer. Waren etwa Gewichte in deinem Kakao versteckt?«

Karla kicherte und legte ihren Kopf auf Astas Schulter. Sie hatte Mühe, die Augen offen zu halten.

»Ich komme auch gleich, Karla, Asta bleibt so lange bei dir. Leg sie in mein Bett, Asta, sie soll heute Nacht nicht allein schlafen.« Und ich auch nicht, dachte Sarah.

Beck stand auf und öffnete Asta die Küchentür. Er strich Karla über das seidige Haar. »Schlaf gut, Karla. Hier bist du in Sicherheit.«

Auffordernd hob Sarah die Cognacflasche. »Auch einen?«

Beck schüttelte den Kopf. »Würde ich gern, aber ich muss noch fahren. Lieber nicht. Ich muss angesichts dieser Entwicklung morgen topfit sein.« Er nieste und suchte nach einem Taschentuch.

Sarah zog die Tischschublade auf und warf ihm eine Packung zu. »Soll ich Ihnen stattdessen ein Aspirin auflösen?«

»Nein, danke für das Angebot, aber ich habe vor dem Schlafengehen schon Tabletten genommen. Ich bin immer noch ganz benommen davon. Waren wir nicht schon beim Du?« Er lächelte sie an.

Himmel, konnte der Mann gucken. Sarah schenkte sich schnell selbst noch einen Cognac ein. »Ja, stimmt. Glauben … glaubst du, Frau Ahrendt hat ihren Mann absichtlich verbrennen lassen?«

»Ja, es sieht ganz so aus, nicht wahr?«

»Wie furchtbar.« Sarah goss den Cognac in einem Zug hinunter. Ein tolles Bild gab sie mal wieder ab. Eine saufende, sauerkrauthaarige Schlampe in einem Schlafanzug, der selbst in einer Altkleidersammlung unangenehm aufgefallen wäre.

»Wahrscheinlich bin ich an dieser Entwicklung sogar schuld. Ich habe mich gestern mit ihr getroffen, in einem Café. Ihr Elend war geradezu mit Händen zu greifen. Sie muss ihren Mann schon lange gehasst haben, still leidend, vielleicht sogar auf einen Moment der Rache wartend. Und ich habe mit meinen Fragen die Prügel, den Missbrauch und die jahrelange Sorge um Claudia wieder aus der Verdrängung geholt.«

Fassungslos schüttelte Sarah den Kopf. »Seit dreißig Jahren kenne ich diese Familie. Jeder im Dorf wusste, dass der Alte ein Ekel ist, jeder wusste, dass seine Frau von ihm unterdrückt wurde. Jeder wusste, dass er seine Kinder schlug und wahrscheinlich auch sie. Und im Grunde hat es keinen wirklich interessiert. Keiner, einschließlich mir selbst, hat sich die Mühe gemacht, genauer hinzusehen, Hilfe anzubieten. Im Grunde ist das ganze Dorf mit schuldig.«

Beck dachte an Velten. »Ja, wir alle machen uns ständig schuldig durch Unterlassen, durch Gleichgültigkeit, durch Fahrlässigkeit. Das ist leider die menschliche Natur. Was unser Leben nicht unmittelbar beeinflusst, interessiert uns nur selten.«

»Was sind wir nur für egoistische Monster.« Sie schüttelte den Kopf.

»Nein, nur Menschen.«

Sarah unterdrückte ein Gähnen. Schlagartig fühlte sie sich vollkommen erledigt.

Sofort stand Beck auf. »Du bist müde, ich werde jetzt gehen. Du musst ja völlig erschöpft sein, von den letzten Tagen.«

»Sie … du doch auch. Und außerdem bist du krank.«

»Ich bin an solche Tage durch meinen Beruf gewöhnt, du nicht. Außerdem habe ich nur eine Erkältung.« Wie zur Bestätigung nieste er zweimal.

Sarah lächelte. »Aber eine ziemlich heftige. Was du brauchst, ist ein heißes Bad und ein warmes Bett.« Kaum hatte sie es ausgesprochen, stieg ihr rote Hitze in die Wangen. Verlegen wandte sie sich ab und fummelte an ihren Schlafanzugknöpfen herum. Sein Blick folgte ihren Händen und sie ließ sie rasch sinken. Warum quasselte sie bloß immer einfach drauflos?

Er lachte. »Hast du denn vielleicht noch so eine Teddywärmflasche? Oder ... etwas Vergleichbares?«

Sarah wurde noch heißer. Wahrscheinlich glühte sie schon wie ein Kohlestück im Feuer. »Tja, die Teddywärmflasche ist jetzt leider vergeben. Aber ich habe noch eine unspektakuläre Gummiwärmflasche, die kann ich dir gern zur Verfügung stellen, wenn du sie möchtest.«

»Nein, eine Gummiwärmflasche entspricht nicht ganz meinen Vorstellungen.«

Oh Gott, der Kerl flirtete mit ihr, oder? Das konnte sie nicht, nicht in dieser Nacht. Nicht in ihrem gammeligen Schlafanzug. Sie lachte mühsam. »Tja, dann ...« Ihr fiel einfach nichts ein, überhaupt nichts Schlagfertiges. Langweilerin. Sie stand auf. »So, ich denke, ich muss jetzt nach Karla sehen.« Feigling, Feigling!

»Ja, natürlich.« Becks Stimme hatte wieder die unverbindlich nette Färbung angenommen, die er wahrscheinlich allen unterbelichteten Frauen gegenüber hören ließ, um sich seine Langeweile nicht anmerken zu lassen. Scheiße, Chance verpasst. Mal wieder.

»Ich bring dich noch raus.« Bitte geh, damit ich in Ruhe sterben kann!

Beck nickte folgsam und ging vor ihr her in Richtung Haustür. An der Tür blieb er stehen. Sarah streckte ihm zum Abschied die Hand entgegen, aber er ignorierte sie und gab ihr einen freundschaftlichen Kuss auf die Wange.

»Tut mir leid, dass du so viel durchmachen musst. Aber für die Kleine bist du natürlich die Rettung in dieser Situation.«

Fast hätte Sarah ihre Wange berührt, dort, wo sie seinen leichten Kuss spürte. Sie konnte ihre Hand gerade noch wieder herunternehmen. »Äh, ja, vielleicht. Schlaf gut und gute Besserung.«

»Schlaf du auch gut. Wir sehen uns.«

Sarah nickte, bis ihr einfiel, dass er das im dunklen Flur nicht sehen konnte. »Ja. Bis Silvester.«

Beck öffnete die Haustür und verschwand im Dunkel des Hofs.

Sarah schlug die Tür hinter ihm zu und lehnte sich daran. Wunderbar, Dittmann, er wird heute Nacht bestimmt leidenschaftliche Gedanken an dich hegen. Frustriert schlug sie mit der Handfläche gegen die Tür und schleppte sich die Treppe hinauf.

In ihrem Zimmer saß Asta auf der Bettkante und betrachtete die schlafende Karla im Schein der Nachttischlampe. Sie stand vorsichtig auf und schlich Sarah auf Zehenspitzen entgegen. »Sie ist gleich eingeschlafen. Ich habe noch nicht mal eine Seite zu Ende gelesen. Schlaf du jetzt auch. Gute Nacht.«

»Gute Nacht«, wisperte Sarah zurück.

Vorsichtig kroch sie zu Karla ins Bett, das von der Körperwärme des Kindes und der unglückseligen Teddywärmflasche wohlig warm war. Sarah knipste die Lampe aus und starrte in die Dunkelheit.

Ach, was hätte sie alles antworten können! »Eine Gummiwärmflasche entspricht nicht ganz meinen Vorstellungen.« »Aber sie ist warm, anschmiegsam und redet nicht.« Nein, zu provokant. »Ach, nein?« Und dazu eine ironisch hochgezogene Augenbraue. Nein, zu einfallslos. »Was entspricht denn deinen Vorstellungen?« Nein, auch nicht. Zu direkt. »Das tut mir leid. Ich werde daran denken, dir zum Geburtstag eine Teddywärmflasche zu schenken. Oder bevorzugst du vielleicht Häschen?« Ja, das wäre gegangen. Von einer anderen Frau, in einem anderen Leben, hätte das durchaus erotisch kommen können.

Karla wimmerte im Schlaf und Sarah rutschte schnell näher an sie heran und streichelte sie, bis sie sich wieder beruhigte. Was war sie nur für ein Mensch! Nach allem, was heute passiert war, hatte sie nichts Besseres zu tun, als über eine Bemerkung zu philosophieren, die völlig bedeutungslos war.

Unruhig wälzte sie sich wieder auf die andere Seite. Bilder flackerten durch ihr überdrehtes Hirn, Flammen, geborstene Fenster, eine lachende Frau. Hatte Karlas Großmutter wirklich das Feuer gelegt? Unvorstellbar. Es musste eine andere Erklärung geben. In so einem alten Haus konnte leicht mal etwas in Brand geraten, das viele Holz. Sie stöhnte und ihre Gedanken glitten zu Giovanni zurück. Ob er wohl auch schlaflos im Bett lag? Wahrscheinlich nicht. In seinem Beruf hatte er bestimmt gelernt, solche Dinge abzuschütteln. Sie konnte das nicht. Wie in einer Endlosschleife sausten die Ereignisse der heutigen Nacht auf einer inneren Leinwand vorbei, ein Film, den man nicht abschalten konnte.

Kein Auge würde sie heute Nacht zubekommen. Und über diesem Gedanken schlief sie endlich ein.

*

Beck rannte in die zuckenden Flammen hinein. Es war unvorstellbar heiß, ihm lief der Schweiß brennend in die Augen. Er musste unbedingt hinein. Jemand versuchte ihn aufzuhalten und zog an seinem Arm. Er drehte sich um und sah Wagner. »Lassen Sie mich los! Sarah ist dort drinnen!«

Wagner starrte ihn an und zog ihn weiter zurück. »Das geht Sie nichts an! Sarah ist nicht für Sie! Lassen Sie sie in Ruhe!« Das Feuer brauste so laut in seinen Ohren, dass

Beck ihn kaum verstehen konnte. Verzweifelt versuchte er, sich aus Wagners Griff zu befreien.

Vor ihm tauchte eine Gestalt auf, nur schemenhaft sichtbar durch die Flammen. Er riss sich los und rannte tiefer in das lodernde Feuer hinein. Es war so schrecklich heiß, dass er nicht atmen konnte. Die Hitze brannte unerträglich auf seinem Gesicht, aber er musste unbedingt zu ihr, sonst war alles aus. Er griff durch die Flammen und fasste einen Arm. Er zog und zog, doch der Arm zerfiel unter seinem Griff wie verbranntes Holz.

»Sarah!« Er schrie, doch er wusste, sie konnte ihn nicht hören. Ein Körper fiel schwer auf seine Füße und er sah hinab. Sarah lag sterbend auf dem Boden und sah ihn an.

Er bückte sich, um sie hinauszuziehen, als eine Stichflamme über ihr Gesicht zischte. Ihr Gesicht wurde dunkel und veränderte sich. Es war gar nicht Sarah, die dort lag, es war Ayana. Und sie lachte, sie lachte und lachte, während das Feuer über ihr zusammenschlug. Beck konnte nichts mehr sehen, seine Lider waren bleischwer, er konnte die Augen nicht öffnen.

Er strengte sich furchtbar an, wieder und wieder versuchte er es, bis er durch einen Spalt sein Schlafzimmer erkannte. Mühsam öffnete er die Augen ganz und sah benommen zum Fenster. Graues Morgenlicht drang herein, oder war es schon abends? Er schwitzte und sein Hals schmerzte. Sein Blick fiel auf seinen Wecker auf dem gläsernen Nachtisch. Acht Uhr dreißig! Was war heute für ein Tag? Er griff nach der Wasserflasche, die neben seinem Bett stand und trank gierig, um seinen rauen Hals zu glätten.

Langsam drang die Erkenntnis in sein Hirn, dass er gnadenlos verschlafen hatte. Er hatte kein Weckerklingeln gehört, das war ihm noch nie passiert. Er richtete sich auf und überprüfte sein Befinden. Beschissen, die Diagnose war eindeutig. Wahrscheinlich hatte er Fieber, sein Körper glühte. Ob er Fieber messen sollte? Wozu, er musste sowieso zur Arbeit.

Er schob sich vorsichtig aus dem Bett und griff nach dem Telefon. Wagners Handynummer konnte er inzwischen auswendig, so wie das unter Liebenden eben war. Wagner bellte schon nach dem ersten Klingelton aus dem Hörer. Wahrscheinlich hatte er sehnsüchtig auf den Anruf seines Schätzchens gewartet.

»Beck. Tut mir leid, ich habe total verschlafen. Mich hat's ein bisschen erwischt.«

»So wie Sie klingen, wahrscheinlich nicht nur ein bisschen. Joe Cocker ist gar nichts dagegen. Bleiben Sie im Bett.«

»Nein, nein, es hat eine seltsame Entwicklung im Fall Ahrendt gegeben. Ich muss kommen. Ich bin in einer halben Stunde da.«

»Tun Sie, was Sie nicht lassen können. Was für eine Entwicklung?«

»Der Hof der Ahrendts hat gestern Nacht gebrannt. Der Alte konnte nicht mehr gerettet werden.«

»Was?« Wagner fehlten anscheinend die Worte.

»Ja. Wäre gut, wenn Sie schon mal die zuständige Feuerwehr und die Kollegen in Helmstedt kontaktieren könnten, ich habe es gestern noch gemeldet. Vielleicht hat die Feuerwehr schon den Brandherd lokalisiert, keine Ahnung. Mit einem Brand hatte ich noch nicht zu tun.«

»Alles klar.« Beck hörte Wagners Stift auf Papier kritzeln.

»Bis gleich.«

Mit bleischweren Gliedern schleppte sich Beck unter die Dusche und stellte das Wasser so heiß ein, wie er es gerade noch aushalten konnte. Danach fühlte er sich nicht mehr ganz so schlapp, aber sein Verstand hatte sich noch nicht wieder eingeschaltet.

Der Spiegel zeigte ihm einen Fremden mit hohlen Wangen und tiefbraunen Augenschatten. Er schnitt sich eine resignierte Grimasse und drückte Zahnpasta aus der Tube. Vielleicht sollte er sich etwas davon unter die Augen schmieren, damit man die Schatten nicht so sah. Ayana hatte immer so ein Zeug gehabt, mit dem sie sich die Augenschatten überschminkt hatte. Sie hatte behauptet, danach sehe sie zehn Jahre jünger aus. Zehn Jahre hätten allerdings bei ihm heute Morgen nicht gereicht. Beim Zähneputzen hatte er Mühe, den Arm oben zu halten.

Er trocknete sich ab und ging, ein Handtuch um die Hüften geschlungen, in die Küche, um sich ein paar Tabletten aufzulösen. Er stellte seine Espressomaschine an und ging zurück in sein Schlafzimmer. Auf dem Weg dorthin warf er einen Blick in sein kahles Wohnzimmer. Wann kam das verdammte Sofa noch mal? Erst in fünf Wochen. Plötzlich fühlte er sich so deprimiert, dass er am liebsten geheult hätte.

Mürrisch trat er an seinen Kleiderschrank und zerrte eine frische Jeans heraus. Er nahm den Pullover von gestern auf und roch daran. Mit dem Geruch kam sofort die Erinnerung an den Brand und seinen Traum zurück. Kein Wunder, dass er total deprimiert war. Er schmiss den Pulli auf den Fußboden und nahm seinen edelsten Kaschmirpullover heraus. Hellgrau und butterweich, ein Geschenk von Ayana. Mit seinem Haarspitzenkatarrh konnte er heute keine kratzige Wolle auf der Haut ertragen. Der Pullover schmiegte sich wie Kükenflaum auf seine erhitzte Haut und sofort hellte sich seine Laune etwas auf.

In der Küche stürzte er erst die Tabletten und dann den Kaffee hinunter. Ein Radio, er brauchte ein Radio in seiner Küche. Das muntere Geplauder der ewig sonnigen Moderatoren würde vielleicht das Gefühl der Einsamkeit etwas vertreiben, das er morgens oft empfand. Seinem Magen zuliebe aß er noch eine der schon etwas überfälligen Bananen, die in einer Obstschale auf seiner Arbeitsplatte vor sich hingammelten.

Im Flur stellte er fest, dass auch sein Mantel stark

nach Rauch roch. Mist, jetzt musste der auch noch in die Reinigung. Vielleicht schaffte er das heute irgendwie. Er zog stattdessen einen Parka über, der eigentlich für den Winter etwas zu dünn war, aber schließlich war er ja schon krank. Zum Ausgleich wickelte er sich einen dicken Schal um seinen entzündeten Hals, den ihm einst Frau Weigel gestrickt hatte und den er schon ewig nicht mehr getragen hatte.

Ein bisschen Trost daraus schöpfend, dass sich zumindest damals jemand um ihn gesorgt hatte, verließ er widerstrebend seine warme Wohnung.

*

Sarah blinzelte in das helle Morgenlicht und versuchte, in dem neuen Tag Fuß zu fassen. Was hatte sie bloß geträumt? Irgendetwas von Giovanni und Feuer. Den Brandgeruch hatte sie immer noch in der Nase. Sie drehte sich auf die Seite und sah Karla fest zusammengerollt neben sich liegen. Schlagartig kam die Erinnerung zurück. Mein Gott, es hatte ja wirklich gebrannt! Sie stieg vorsichtig aus dem Bett und schlich leise aus dem Zimmer.

Der Brandgeruch verfolgte sie bis in den Flur. Sie schnüffelte und stellte fest, dass es ihre Haare waren, die so bestialisch stanken. Unter der Dusche schäumte und scheuerte sie an ihrem Körper herum, als könne sie so die nächtlichen Ereignisse ungeschehen machen. Sie rubbelte sich trocken und besah sich im Spiegel. Gar nicht so schlecht, jedenfalls nicht so elend wie in den letzten Tagen. Anscheinend hatte sie lange genug geschlafen.

Sie schaute auf ihre Armbanduhr, die sie unter dem Spiegel abgelegt hatte. Halb zwölf! Sie hatte bis mittags geschlafen! Das war ihr seit ihrer Teenager-Zeit nicht mehr passiert. Kein Wunder, dass sie sich so ausgeschlafen fühlte. Sie besprühte ihre Haare mit einem Lockenbändiger und kämmte sie mühsam durch. Sie fühlte sich seltsam aufgeräumt und tatkräftig, fast fröhlich. Wie konnte das sein, nach diesem schrecklichen Brand heute Nacht? Ob noch etwas übrig geblieben war von dem Haus der Ahrendts?

Plötzlich fiel ihr der alte Ahrendt wieder ein. Sie ließ den Kamm sinken und starrte in den Spiegel. Als ob ein Fluch über dieser Familie läge, folgte ein Schicksalsschlag auf den nächsten. Vielleicht war die Schuld zu schwer, die hier gesühnt werden musste?

»Sarah?« Karlas dünnes Stimmchen drang aus dem Schlafzimmer.

Sarah warf sich ihren Bademantel über und lief hinüber. »Na, du alte Schlafmütze?« Als sie Karlas Gesicht mit den roten Schlafwangen sah, wusste sie, woher ihr unerklärliches Hochgefühl stammte. Sie war froh, dass die Kleine wieder bei ihr war und anscheinend war ihr auch egal, zu welchem Preis. Sie schob den Gedanken beiseite und lächelte Karla an. »Bereit für ein Prinzessinnenfrühstück mit Pfannkuchen und Schokocroissants?«

»Au ja!« Karla strahlte sie an und Sarah ging das Herz auf. Sie umarmte die Kleine und wuschelte ihr durch die zerzausten Haare.

»Das gibt's aber nur für gewaschene Prinzessinnen!«

Karla nickte und krabbelte aus dem Bett. Sarah zog sich dicke Socken an die Füße und ging hinunter in die Küche. Da lagen, wie erhofft, Brötchen und Croissants bereit. Sarah nahm Eier und Milch aus dem Kühlschrank und machte sich daran, die versprochenen Pfannkuchen zuzubereiten. Sie ließ den Schneebesen sinken, als ihr das Ende des Abends wieder einfiel. Oh nein, wie peinlich!

Ihr Handy klingelte und sie lief in den Flur. Giovanni! Doch die Stimme, die ihr aus dem Apparat entgegentönte, gehörte nicht dem schönsten aller Kommissare.

»Sarah? Ich bin's, Filo! Wir sind in zehn Minuten bei dir! Wir sind in … wie heißt das Kaff?«

»Königslutter«, hörte Sarah Saschas unverkennbare, näselnde Stimme im Hintergrund.

»Freust du dich?«

*

Beck stand wie jeden Morgen an seiner persönlichen roten Ampel, aber heute war ihm das genauso egal wie gestern. Wahrscheinlich konnte er daran seinen Krankheitsstand ablesen: In dem Moment, wo ihn die Penetranz wieder aufregte, mit der diese Ampel höhnisch auf Rot schaltete, wenn er sich näherte, befand er sich auf dem Weg der Besserung.

Müßig betrachtete er wieder das schöne Calvin-Klein-Model auf der gegenüberliegenden Hauswand und fühlte sich gleich noch etwas schlapper. Wenn er daran dachte, dass er morgen auf einer Silvesterfeier bis um zwölf Uhr durchhalten musste, kam keine rechte Feierlaune bei ihm auf. Zu dumm, dass er zu so einem unpassenden Zeitpunkt krank werden musste. Er hätte sich Sarah Dittmann gern topfit und so charmant wie möglich präsentiert. Heftige Nies- und Kopfschmerzattacken trugen wahrscheinlich nicht gerade zur Steigerung seiner Anziehungskraft bei.

Ungeduldiges Hupen bedeutete ihm, dass er seine Aufmerksamkeit auf den Straßenverkehr zu richten hatte. Er hob entschuldigend die Hand und fuhr an. Zu allem Überfluss war sein üblicher Parkplatz auch noch besetzt, und er musste einen längeren Weg als gedacht zum Dienstgebäude zurücklegen. In dem eisigen Wind, der anscheinend immer über diesen Platz fegte, wich sein Hitzegefühl einem heftigen Frösteln. Er eilte so schnell wie möglich zum Haupteingang und verfluchte seinen dünnen Parka.

Ohne erst in seinem Büro die Posteingänge zu überprüfen, klopfte er an Wagners Zimmertür und trat ein. »Guten Morgen.« Er schüttelte den Kopf, als Wagner ihm die Hand reichen wollte. »Tun Sie sich das nicht an, falls Sie Silvester als gesunder Mann feiern wollen.«

Wagner grunzte und bot Beck einen Stuhl an. »Sie sehen ja grauenhaft aus.«
»Herzlichen Dank, so fühle ich mich auch. Haben Sie schon was gehört, bezüglich des Brandherdes, meine ich?«
Wagner nickte. »Anscheinend kann man mit Hilfe einer Wärmebildkamera schon während des Brandes den Herd ausmachen. Der lag in diesem Fall im Obergeschoss, im Schlafzimmer von Ahrendt. Seine Leiche, beziehungsweise das, was davon übrig ist, wurde inzwischen geborgen und der Pathologie übergeben. Es war noch zu erkennen, dass er im Bett gelegen hatte, er ist anscheinend gar nicht oder zu spät aufgewacht.«
»Also müssen wir uns an die Kripo in Helmstedt wenden.«
Wagner runzelte die Stirn. »Meinen Sie, die Todesursache ist nicht klar?«
»Die Todesursache schon. Aber warum bemerkt Frau Ahrendt den Brand so rechtzeitig, dass sie noch einen Tee kochen und ihre Enkelin in aller Ruhe in die Scheune bringen kann und Ahrendt merkt überhaupt nichts?«
»Warum soll sie keinen Tee kochen? Was hat das mit Ahrendt zu tun?«
»Sie hatte den Tee in eine Thermoskanne gefüllt und fürsorglich zusammen mit einem Kuscheltier für Karla in einen Beutel gepackt.«
»Mein Gott. Vielleicht ist Ahrendt an einer Rauchvergiftung gestorben, ohne aufzuwachen?«
»Möglich.«
»Was wollen Sie andeuten?«
»Jemand, der seinen Ehemann nicht vor dem Feuer rettet, obwohl er offensichtlich die Möglichkeit dazu hatte, trifft vielleicht auch Vorsorge, dass dieser Ehemann sich nicht selbst rettet.«
»Sie meinen ...?«
Beck nickte. »Als ich mit Frau Ahrendt gestern Nacht

sprach, war sie sicher, dass ihr Mann sich noch im Haus befindet und schien eine gewisse Befriedigung daraus zu ziehen.«

»Das wäre ja ein Ding.« Wagner dachte nach. »Aber das bringt uns eigentlich in unserem Fall auch nicht weiter, oder?«

Beck zuckte mit den Schultern. »Das bleibt abzuwarten. Möglicherweise ist jetzt bei Frau Ahrendt ein Damm gebrochen und sie erzählt uns Dinge, die sie vorher zurückgehalten hat.«

»Meinen Sie, sie weiß, wer ihre Tochter umgebracht hat?«

»Es könnte doch sein. Zumindest ist es auffällig, dass sie dreißig Jahre in einer unglücklichen Ehe stillhält und in dem Moment, in dem ihre Tochter umgebracht wird und sie die Aufsicht über ihre Enkelin erhält, zu drastischen Maßnahmen greift, um ihren Mann zu beseitigen.«

»Wenn es denn so war. Bisher wissen wir nur, dass ein Feuer ausgebrochen ist und Frau Ahrendt es offensichtlich für dringlicher hielt, ihre Enkelin zu retten als ihren Mann.«

»Aber das eine schließt doch das andere nicht aus. Soweit ich weiß, liegen alle drei Schlafzimmer im selben Flur.«

»Sie haben recht. Alles deutet wirklich darauf hin, dass sie sich zumindest des Totschlages durch Unterlassung schuldig gemacht hat.«

»Des Mordes durch Unterlassung. Denken Sie an ihre Garantenstellung als Ehefrau.«

Wagner schnaubte unwirsch und ignorierte den Einwurf Becks, der sich sofort wie ein altkluger Streber vorkam. »Sie hat noch Tee gekocht, sagen Sie?«

»Ja, das hat Karla berichtet. Allerdings wird sie ihn schon vor Ausbruch des Feuers gekocht haben.«

»Das hieße dann doch eindeutig, sie hat das Feuer auch gelegt.«

Beck nickte. »Eine andere Interpretation fällt mir zumindest nicht ein.«

Wagner schüttelte den Kopf. »Mir auch nicht.« Er nahm einen Schluck von seinem Kaffee. »Da habe ich ja noch richtig Glück gehabt. Meine Frau hat sich nur scheiden lassen und mir nicht das Bett unter dem Hintern angezündet.«

»Tja, manchmal sollte man auch schon für Kleinigkeiten dankbar sein. Konnte die Feuerwehr schon etwas über die Entstehung des Feuers sagen?«

»Nein. Sie rechnen heute Mittag mit einem vorläufigen Bericht und melden sich dann gleich bei uns.«

»Ich kontaktiere mal die Kollegen in Helmstedt. Wer ist mit dem Fall betraut?« Beck stand auf.

»Hauptkommissar Brandt.«

»Wie passend.«

*

»Süße!« Sarahs Halle war von Saschas farbenfroher Präsenz so vollkommen erfüllt, dass sie ihr plötzlich viel kleiner vorkam. Seine stürmische Umarmung, gefolgt von einer wahren Flut von Küssen ließen ihr keine Chance, auch nur ›Hallo‹ zu sagen. Geduldig fügte sie sich in Saschas exzessives Begrüßungsritual und blinzelte Filo zu, die sich spöttisch lächelnd im Hintergrund hielt. Sascha hielt Sarah etwas von sich ab. »Gut siehst du aus.«

Sarah lachte. »Ja, schicker Bademantel, nicht wahr? Aber wenn ihr mich so ohne Vorwarnung überfallt, könnt ihr auch nicht erwarten, dass ich euch im kleinen Schwarzen empfange.«

»Ach, Schatz, das kleine Schwarze ist doch so was von antiquiert.«

»Das sehe ich. Man trägt stattdessen jetzt anscheinend pink.«

Sascha griff in seine leuchtenden Haare. »Gefällt's dir? Ich finde, das hebt. Ich sehe mindestens, drei, vier Jahre jünger aus.«

»Zugegebene fünfundzwanzig minus vier – macht einundzwanzig. Dann könntest du also fast mein Sohn sein.«

»Aber auch nur fast. So, darf ich jetzt auch mal die verlorene Tochter begrüßen?« Energisch drängte Filo Sascha beiseite und küsste Sarahs Wangen. »Na, Dorftrampel, was machen die Hühner?«

Sarah lachte. »Das liebe ich so an dir, Filo, du lässt einen deine Zuneigung wirklich warm spüren. Alte Ziege.«

»Blöde Kuh.«

»Ach, ist das schön, wenn ihr euch so lieb habt, fühle ich mich gleich vollkommen zu Hause.« Sascha stellte sich vor den Spiegel und zupfte an seinen Strähnen herum. »Vielleicht ein bisschen zu viel Grunge für Avessen, nicht wahr?«

Sarah kicherte. »Aber nur ein bisschen.« Ihr Blick fiel auf Karla, die schüchtern aus der Küchentür linste. »Komm her, Mäuschen. Ich möchte dir zwei schreckliche Menschen vorstellen, die mich aus Berlin bis hierher verfolgt haben.«

Zögernd trat Karla aus der Tür und staunte Sascha an.

»Dieser bunte Kerl hier ist Sascha. Keine Angst, er beißt nicht, jedenfalls nicht tagsüber.«

Sascha gab Sarah einen Klaps auf ihr Hinterteil.

Karlas Augen wurden noch größer. »Beißt er nachts?«

Sascha ging in die Hocke und lächelte Karla an. »Nein, keine Angst, solche wunderschönen kleinen Elfchen wie dich beiße ich nie. Nur so alte Kneifzangen wie Sarah und Filo und dann auch nur aus Notwehr.«

Karla kicherte. »Du siehst aus wie Bill von Tokio Hotel.«

»Hach, du Schatz.« Sascha, griff sich an sein Herz. »Der ist doch höchstens sechzehn. Ich werde dich auf ewig lieben.«

»Bill ist zwanzig«, korrigierte ihn Karla ernsthaft.

»Wenn Sascha hier pro Minute ein Jahr jünger gemacht wird, macht er in einer Viertelstunde wieder in die Windeln.« Filo schob ihren Freund brutal beiseite. »Hier Kleine, ich habe dir was aus Berlin mitgebracht. Ich bin Filo.« Sie überreichte dem Mädchen ein pompös in rosa Schleifen und Spitzen verpacktes Geschenk.

Aufgeregt riss Karla die aufwändige Verpackung herunter und kreischte begeistert. »Guck mal, Sarah!« Sie hielt ein rosa Tüllkleid mit weit abstehendem Rock in Sarahs Richtung. »Ist das schön!«

Filo grinste über die unverhohlene Freude des Mädchens. »Tja, Sascha, abgemeldet, jetzt hat sie mich am liebsten.«

»Aber nicht mehr lange.« Sascha wühlte in seinem *Vuitton*-Köfferchen. »Hier, Prinzesschen, der gute Sascha hat dir natürlich auch was mitgebracht.« Ein ebenso spitzenverbrämtes Geschenk wie das von Filo tauchte auf.

»Du warst bei uns in der Kinderabteilung?« Filo erkannte die Verpackung des exklusiven Kaufhauses wieder, bei dem sie arbeitete.

Karla griff mit leuchtenden Augen danach und packte aus. »Oh – eine Krone.« Ehrfürchtig drehte sie ein glitzerndes, filigranes Gebilde in ihrer Hand.

»Ein Diadem«, verbesserte Filo. »Und zwar unser letztes. Das hatte ich mir zurücklegen lassen und es ist auf unerklärliche Weise trotzdem verkauft worden.« Sie funkelte Sascha drohend an.

Der kicherte unbeeindruckt. »Ich habe einfach gesagt, du hättest es für mich zurücklegen lassen, Schatz.«

Filo fauchte. »Dieb!«

»Herrschsüchtiges Weib!«

Karla schaute verunsichert zwischen den beiden hin und her.

Sarah zog sie an sich. »Keine Sorge, Karla, die reden immer so miteinander. Kannst du jetzt verstehen, warum ich aus Berlin geflohen bin?«

Karla betrachtete das Diadem in ihrer Hand. »Nee. Die beiden sind doch lustig.«

»Verräterin! Das sagst du bloß, weil du uns morgen alle ausstechen wirst, mit deinem Prinzessinnenkleid.«

Karla schüttelte ernst den Kopf. »Nein. Du bist die Schönste, in deinem neuen Kleid. Nur Mama ist genauso schön wie du.«

Stille lastete plötzlich über der kleinen Versammlung, die einen Moment lang mitten in der Bewegung einfror. Filo fing sich als Erste. »Ja, Karla, deine Mama war die Schönste von allen, immer. Ich habe sie sehr gern gehabt, weißt du?«

Das Mädchen blickte ernst zu ihr auf. »Du warst ihre Freundin, wie Sarah. Sie hat es mir erzählt. Bestimmt hat sie dich auch gern gehabt.«

Ein Schluchzer entrang sich Saschas Kehle und er stürzte auf Karla zu. »Oh, es tut mir so furchtbar leid.« Er drückte das Mädchen an sich und streichelte ihr Haar.

»Du kannst ja nichts dafür.« Karla trat einen Schritt zurück und knetete ihr Kleid in den Händen.

Sarah legte einen Arm um Karlas Schultern. »Deine Mama wird dich bestimmt bewundern in deinem neuen Kleid. Sie kann es dir zwar nicht mehr sagen, aber ich weiß, dass sie dich wunderschön finden wird.«

Sascha zog ein Taschentuch aus seiner Jacke und fuhr sich über die Augen.

»Meinst du, Mama kann mich sehen?« Zweifelnd sah Karla zu Sarah auf.

»Daran glaube ich ganz fest: Wir können zwar deine Mutter nicht mehr sehen, aber sie schaut uns zu.«

»Schaut Opa uns auch zu?« Karlas Tonfall ließ keinen Zweifel daran, dass sie diesen Umstand nicht begrüßen würde.

»Ich … äh, weiß es nicht.« Wie kam das Kind auf diese Frage? Kein Mensch hatte ihr erzählt, dass ihr Großvater nicht mehr lebte.

»Hast du deinen Opa lieb gehabt?« Filo sprang ein und Sarah atmete auf.

»Nee. Der war nicht nett.«

»Na, also, dann kann er dich auch nicht sehen, so einfach ist das.«

»Ein Glück.« Filo hatte anscheinend die richtige Antwort gegeben, denn Karlas kleines Gesicht entspannte sich sichtlich.

»So, meine Lieben, jetzt erzähle ich euch mal von meinem Kleid für Silvester.« Entschlossen kehrte Filo zu dem leichten Ton der Begrüßung zurück. »Gegen Karla komme ich natürlich nicht an, aber du, liebe Sarah, wirst blutige Tränen weinen, wenn du mich darin siehst.«

Sarah blickte unsicher zu Karla und schnaubte dann verächtlich. »Träum weiter. Wollen wir jetzt vielleicht mal in die Küche gehen und frühstücken? Ich habe gerade frischen Kaffee gekocht.«

»Kaffee? Bist du denn jetzt völlig verbauert? Es ist nach zwölf! Sascha, hol mal den Champagner raus!« Filo wies herrisch auf einen der drei Koffer, die die beiden Berliner für ihren Besuch als notwendig erachtet hatten.

»Selbstverständlich Champagner, gar keine Frage.« Triumphierend brachte Sascha eine Flasche zutage.

Sarah seufzte. »Natürlich. Wie konnte ich auch annehmen, dass ihr so kurz vor Einbruch der Dunkelheit noch Kaffee trinken mögt.«

Mit einem lauten Schnarren flog die Haustür auf. Luise stand strahlend in der Tür, wie so oft in weiße Seide gehüllt. »Habe ich hier eben das Wort Champagner gehört?«

Sarahs Stöhnen ging in Saschas entzückten Schreien unter.

*

Beck legte den Hörer auf und lehnte sich zurück. Entgegen seiner Befürchtungen hatte sich der Kollege Brandt aufgeschlossen und kooperativ gegeben, hatte aber noch nichts Neues berichten können. Den Bericht der Pathologie erwartete er frühestens morgen, er hatte aber auch keine Eile. Für ihn stand die Todesursache fest. Die zarten Andeutungen Becks, dass ein Verharren im Bett angesichts eines Feuers doch etwas ungewöhnlich sei, hatte er zur Kenntnis, aber anscheinend nicht ernst genommen. Man werde sehen.

Beck sah zur Uhr. Wahrscheinlich war es ungünstig, dass er so kurz vor der Mittagspause angerufen hatte, auf leeren Magen dachte es sich nicht so gut. Wie auf Kommando verschaffte sich sein eigener Magen lautstark Gehör. Seine Essensgewohnheiten waren wirklich eine Katastrophe. Bis auf eine Banane und ein paar Tabletten hatte er mal wieder nichts im Magen.

Er beschloss, Wagner zu fragen, ob der mit in die Kantine ginge. Er musste sich wenigstens hin und wieder um den Aufbau einer Beziehung zu seinem geschätzten Kollegen bemühen. Wenn er allerdings an das Kantinenessen dachte, das sich vor allem durch eine ausgesprochen lange Garzeit auszeichnete, hatte er noch weniger Appetit.

Er erhob sich gerade, um zu Wagner hinüber zu gehen, als dieser nach kurzem Klopfen schon den Kopf durch die Tür steckte. »Der Brandmeister aus Königslutter ist am Telefon. Ich habe versucht durchzustellen, es klappt nicht. Ich komme einfach mit dieser neuen Telefonanlage nicht klar.«

»In zwei Tagen haben wir eine Sekretärin«, tröstete Beck, »dann müssen wir uns damit nicht mehr rumärgern.« Er nahm Wagner den Hörer aus der Hand und meldete sich.

»Koch. Sie hatten um eine schnelle Ansage der voraussichtlichen Brandursache gebeten. Der abschließende Bericht steht noch aus, aber es ist deutlich, dass der Brandherd im Schlafzimmer liegt. Wahrscheinlich das Bett.«

»Wissen Sie, wer das Feuer gemeldet hat?«

»Moment, da muss ich kurz nachsehen.« Er hörte Papier rascheln. »Das war ein Herr Schmidt, ein Nachbar.«

Beck bedankte sich und bat um eine Kopie des Berichtes. Er wandte sich Wagner zu. »Das Bett hat gebrannt.«

Sein Kollege pfiff durch die Zähne. »Hat Ahrendt geraucht?«

»Keine Ahnung, ich glaube eher nicht.«

»›Rache trägt keine Frucht! Sich selbst ist sie fürchterliche Nahrung‹.«

Beck sah Wagner sprachlos an.

Der räusperte sich und machte eine abwehrende Handbewegung. »Schiller. Musste ich mal in der Schule lernen. Fiel mir gerade so ein.«

17. Kapitel

»Deine Nachtwäsche solltest du dringend überdenken.« Filo räkelte sich in einem Aufsehen erregenden Seidenhemdchen auf Sarahs Bett und bedachte den Schlafanzug ihrer Freundin mit verächtlichen Blicken. »Ich meine, nur für den Fall, dass du in diesem Leben mal wieder Sex haben möchtest.«

Sarah rollte entnervt mit den Augen und wies mit dem Kinn auf Karla, die fasziniert zwischen den beiden Frauen hin und her schaute. »Kannst du dafür bitte deine Wortwahl überdenken?«

»Ich weiß aber, was Sex ist«, krähte Karla.

»So, was denn?« Amüsiert wandte sich Filo dem Mädchen an ihrer Seite zu.

»Da stecken sich ein Mann und eine Frau zusammen und dann kommt ein Baby raus.« Karla kicherte.

»Klingt ja berauschend, so wie du das erklärst. Ungefähr so spannend wie das Zusammenstecken zweier Puzzleteile.«

»Na ja, mehr ist es doch auch eigentlich nicht. Danach suchst du doch im Leben: nach dem genau zu dir passenden Puzzleteil«, wandte Sarah ein.

»Und was macht man, wenn man es nicht findet?« Karla sah fragend in die Runde.

»Was anderes spielen«, erklärte Filo.

»Ich stopfe dann einfach ein anderes Teil dazu, das ein bisschen passt.« Karla wippte auf der Matratze.

»Tja, das ist genau das, was die meisten von uns tun. Was nicht passt, wird passend gemacht, so lange, bis eins der beiden Teile kaputt geht.«

»Oder beide«, ergänzte Karla.

»Eins ist jedenfalls klar, allerliebste Sarah: Bei dir ist ganz bestimmt ein Teil kaputt gegangen, wenn du in solchen Liebestötern schläfst.«

»Wenigstens erkälte ich mir nicht die Blase.«

»Mama sagt: Eine hübsche Frau kann von einem Mann alles haben.«

Filo schloss den Mund, den sie gerade zu einer Entgegnung geöffnet hatte, und schüttelte den schwarzen Pagenkopf.

»So was sagt sie ständig«, murmelte Sarah.

»So? Da hat deine Mama recht.« Filo hatte sich wieder gefasst.

»Ja. Aber Mama fand die Männer dumm, weil sie immer auf die Frauen hereinfallen.«

»Äh – deine Mutter ist ... war eine kluge Frau.«

»Rede ihr doch nicht so einen Mist ein«, zischte Sarah empört. »Das stimmt so nicht ganz, Karla. Es gibt auch so etwas wie Liebe. Wenn ein Mann und eine Frau sich wirklich lieben, dann fällt keiner auf den anderen herein. Dann lieben sie den anderen genau so, wie er ist.«

Filo schnaubte leise, sagte aber nichts.

»Hat Mama einen Mann geliebt?« Karla legte den Kopf auf die Seite und sah abwartend zwischen Filo und Sarah hin und her.

»Da hast du den Salat.« Filo zischelte leise an Sarahs Ohr.

»Ich … ich weiß es nicht, Karla. Ich kannte deine Mama ja nur, als sie noch ganz jung war. Was meinst du denn?«

»Vielleicht Thomas?«

»Ja, vielleicht.« Nein, ganz sicher nicht. Deine Mutter konnte nicht lieben, weil sie keinem vertraut hat. Sarah fühlte, wie Traurigkeit in einer dickflüssigen Woge in ihr emporwallte.

»Und jetzt: Themawechsel.« Filo warf ihrer Freundin ein Kissen an den Kopf.

»Au ja!« Begeistert warf Karla ihres hinterher.

»Na wartet, zwei gegen eine …!« Sarah drosch Filos Kissen zurück.

Die sprang kreischend zurück und krachte dabei gegen den Kleiderschrank. »Au, verdammt.«

Karla rächte sie, indem sie Sarah ihre Bettdecke überstülpte.

»Ich ersticke!«

»Na, hoffentlich!« Ächzend rieb sich Filo ihren Hinterkopf.

»Könnt ihr vielleicht einmal in eurem Leben Rücksicht nehmen auf sensible Menschen, die ihren Schönheitsschlaf brauchen?« Sascha schob sein leidendes Gesicht durch die Tür. Ein Kissen bereitete weiteren Vorwürfen ein rasches Ende.

»Bei dir nützt ein Schönheitsschlaf sowieso nichts, du Schnarchnase.« Filo lief zu Hochform auf.

Empört kreischte Sascha auf und lief mit dem Kissen in der Hand auf Filo zu. »Mach dein Testament, du …«

Sarah warf einen Blick auf sein durch einen schwarzen Tanga dekorativ umrahmtes Hinterteil und schrie: »Raus, Sascha. Zieh dir sofort was an!«

Sascha erstarrte mit hoch erhobenem Kissen, um es dann mit einem Blick zu Karla in einer fließenden Bewegung vor den anstößigen Körperteil zu halten.

»Entschuldigung, euer Hoheit, ich vergaß, dass eine Dame anwesend ist.«

Karla lachte begeistert. »Doch nicht nur eine!«

»Oh doch. Die anderen anwesenden Kreaturen sind keine Damen, definitiv nicht.« Sascha bewegte sich rückwärts unter Verbeugungen auf die Tür zu. »Ich bitte mich entfernen zu dürfen, euer Hoheit, damit ich mich angemessen bedecken kann.«

»Ich erlaube es dir.« Mit einer huldvollen Handbewegung entließ die Kleine ihren fragwürdigen Höfling. Entzückt ließ sie sich nach Saschas Abgang wieder in die Kissen sinken. »Der ist so lustig, der Sascha!«

»Ja, ich lach mich auch jeden Tag tot.« Filo schwang ihre Beine aus dem Bett. »Gibt's hier in dieser miesen Absteige eigentlich auch Frühstück oder muss ich erst Eier einsammeln gehen?«

»Ja, aber erst, nachdem du ein Schwein geschlachtet hast, für den Schinken.«

*

Beck sah zu Wagner, der unbehaglich mit den Füßen scharrte.

Seine Erkältung hatte er heute Morgen mit einem starken Grippemittel bekämpft und es schien zu wirken. Er fühlte sich schon fast wieder fit, nur ein wenig gedämpft, irgendwie neben der Realität. Dieses Gefühl wurde von der Umgebung, in der er sich befand, verstärkt. Das Wartezimmer, in dem sie auf den behandelnden Arzt warteten, konnte lediglich von Minimalisten als behaglich empfunden werden. Beigefarbenes Linoleum harmonierte vortrefflich mit graugrünen Wänden und Plastikstühlen in Dunkelbraun.

»Ich verstehe nicht, warum solche Räume immer so trist sein müssen«, sinnierte Beck.

»Wahrscheinlich sollen sich die Angehörigen hier schon einmal in die depressiven Verstimmungen der Patienten einfühlen«, mutmaßte Wagner.

»Unter dem Aspekt hat der Innenarchitekt hervorragende Arbeit geleistet.«

Beck betrachtete eine gerahmte Fotografie einer Waldlandschaft im Herbstlaub, deren leuchtende Farbtöne den einzigen Lichtblick in dieser Tristesse ausmachten. Auf dem Flur hallten Schritte und ein entferntes Heulen wurde durch eine zuschlagende Tür beendet. Wagner stand auf und sah aus dem Fenster in den Wald. »Ich würde irre werden, wenn ich in so eine Einrichtung müsste.«

»Im Allgemeinen sind Sie es dann schon.« Beck lachte.

Wagner schaute einigen Spaziergängern zu, die sich auf dem Gelände des Therapiezentrums die Beine vertraten. »Sehr viele junge Leute da draußen. Ob das alles Patienten sind?«

Beck trat neben ihn und betrachtete eine junge Frau mit dunkelrot gefärbten Haaren, die eine Zigarette rauchte und sich dabei mit einem Jungen mit gepiercten Augenbrauen unterhielt. »Schon möglich. Drogenkonsum wirkt sich ja bekanntermaßen nicht unbedingt vorteilhaft auf die Psyche aus.«

Hinter ihnen wurde eine Tür geöffnet und sie wandten sich um. Ein überraschend junger Arzt im unvermeidlichen weißen Kittel lächelte sie freundlich an und reichte ihnen die Hand. Seine rotwangige Fröhlichkeit stand in auffälligem Kontrast zur trüben Ausstrahlung des Warteraumes. »Rohoff. Ich bin der behandelnde Arzt von Frau Ahrendt.«

Beck stellte sich selbst und Wagner vor und zückte seinen Dienstausweis. Rohoff warf nur einen flüchtigen Blick darauf. »Wir gehen am besten in mein Zimmer. Dort kann ich Ihnen auch einen Kaffee anbieten, wenn Sie möchten.«

Froh, die ungastliche Räumlichkeit verlassen zu können, eilten die beiden Beamten dem Arzt auf einem langen, dunklen Flur hinterher. Er führte sie in einen hellen Raum auf der anderen Seite des Gebäudes, dessen sonnengelbe Wände das graue Winterwetter vor dem Fenster als optische Täuschung erscheinen ließen. Bunte Drucke expressionistischer Meister gaben dem Zimmer eine kindliche Fröhlichkeit, die gut zu dem munteren Auftreten des jungen Mannes passte.

Er ließ sich hinter seinem Schreibtisch nieder und erhob sich sofort wieder. »Ach, der Kaffee. Hätten Sie gern einen? Ich rate Ihnen, sagen Sie ja, wir haben gerade eine wunderbare neue Espressomaschine angeschafft.« Er strahlte sie so erwartungsfroh an, dass Beck nickte, um ihn nicht zu enttäuschen.

Während der Arzt im Nebenzimmer jemanden gut gelaunt um die Zubereitung des Kaffees bat, sinnierte Beck über die Bestandsaussichten einer solchen Frohnatur in dieser Umgebung. Vielleicht konnte man nur als Psychiater mit Depressiven arbeiten, wenn man ein eingefleischter Optimist war? Oder würde dieser nette Arzt irgendwann genauso grau an Gesicht und Gemüt werden wie seine Patienten?

Beck dachte an seinen eigenen Beruf und die älteren Kollegen, mit denen er schon gearbeitet hatte. Er streifte Wagner mit einem verstohlenen Seitenblick. Ein typischer Vertreter, dieser Kollege. Ein fahler Teint von zu vielen Zigaretten, geschieden – vielleicht hatten dazu auch die vielen Überstunden beigetragen –, bärbeißig und zynisch geworden angesichts der menschlichen Abgründe, mit denen sie in ihrem Beruf konfrontiert wurden.

Es wäre interessant zu wissen, ob bei ihm solche Entwicklungen auch schon zu bemerken waren. Sein Beziehungsleben wies jedenfalls schon deutliche Spuren auf. Immerhin hatte er sich das Rauchen abgewöhnt, der blasse Teint war also erst einmal abgewendet. Wie er aber in Zukunft den Stress abbauen wollte, war ihm ein Rätsel. Konnte Sport ernsthaft eine Alternative zu einer Schachtel Zigaretten sein?

Seine Gedanken wurden glücklicherweise durch den Arzt und eine junge Frau mit einem Tablett unterbrochen. Der köstlich duftende Kaffee wurde serviert und Beck sah, dass Wagner den Blick kaum von den – zugegeben sehenswerten – Beinen der Frau abwenden konnte. Der Kaffee schmeckte so gut, wie er roch und Beck machte eine entsprechende Bemerkung.

Der junge Arzt strahlte auf, als habe er eine Auszeichnung in seinem Beruf erhalten. »Nicht wahr? Diese Anschaffung hat sich doch wirklich gelohnt. Ich hab's einfach nicht mehr eingesehen, dass ich im Institut immer schlechten Kaffee zu mir nehmen soll, obwohl ich hier mehr Stunden meines Lebens zubringe als zu Hause.«

Beck sah seinen Kollegen an. »Kein schlechter Gedanke. Vielleicht sollten wir uns in unserem Dezernat auch mal zusammentun.«

Wagner nickte. »Dann haben wir wenigstens einen Grund, morgens ins Büro zu fahren.«

Beck wandte sich wieder Dr. Rohoff und seinem eigentlichen Anliegen zu. »Wie geht es Frau Ahrendt? Ist sie so weit ansprechbar, dass ich … wir mit ihr reden können?«

Rohoff wiegte seinen Kopf zweifelnd hin und her. »Schwer zu sagen. Sie ist sehr stark sediert und stark verlangsamt. Ich bezweifle, dass irgendetwas, was sie Ihnen heute sagt, wirklich verwendet werden kann.«

»Vielleicht nicht im juristischen Sinne, aber ich erhoffe mir einen Fingerzeig für einen schwierigen Fall, der mit dem Brand in Zusammenhang steht.«

»Was für ein Fall?« Rohoff stellte seinen Kaffeebecher ab und sah Beck konzentriert an.

»Frau Ahrendts Tochter wurde vor einer guten Woche ermordet.«

Das freundliche Lächeln in Rohoffs rosigem Gesicht verblasste. »Ach Gott. Und Sie meinen …« Er räusperte sich. »Ja, was meinen Sie denn?«

»Die Feuerwehr hält Brandstiftung für möglich. Das

Bett des verstorbenen Ehemanns von Frau Ahrendt hat Feuer gefangen. Vielleicht ein Unglücksfall, vielleicht aber auch nicht.«

»Sie meinen, Frau Ahrendt hat Mann und Tochter umgebracht?« Rohoffs Augen weiteten sich entsetzt.

»Nein, nicht ganz. Ich meine nur, dass die beiden Ereignisse in Zusammenhang stehen und Frau Ahrendt uns wichtige Hinweise geben könnte.«

Rohoff zuckte mit den Schultern. »Versuchen Sie es. Ich glaube nicht, dass Sie viel aus ihr herausbekommen werden.«

Beck stand auf. »Einen Versuch ist es auf jeden Fall wert.«

*

Sarah schloss die Küchentür und lehnte sich gegen das Türblatt. Hinter ihr tosten unter Geschrei und Gelächter die Vorbereitungen für den Silvesterabend. Luise lagerte auf dem Küchensofa und sonnte sich in Saschas Anbetung. Asta, Karla und Sascha machten Nudeln, weil Sascha es als indiskutabel abgelehnt hatte, fertige Pasta zu verwenden. »Kaufnudeln, ich bitte dich. Und dann noch für einen halben Italiener, das ist doch megapeinlich.« Sarahs Einwand, dass Beck wohl kaum jeden Abend seine Nudeln selbst herstellte, hatte er mit einer Handbewegung beiseite gewischt.

Sie hörte Karla kreischen und Sascha trommelte mit irgendeinem Gegenstand auf den Küchentisch. Sie musste lächeln. Wie schön für Karla, dass Sascha und Filo sie von den nächtlichen Ereignissen ablenkten. Aber sie selbst musste kurz hier raus, sie war leider nicht mehr so empfänglich für lustige Ablenkungen wie eine Siebenjährige.

Sie machte die Küchentür wieder auf. »Ich bin mal kurz weg!«

Asta drehte sich um, mit dem Nudelholz in der Hand. »Wo willst du denn hin?«

Filo lehnte am Buffet und rauchte eine Zigarette. Sie zog fragend eine Augenbraue hoch.

Sascha unterbrach sein Trommelkonzert und sah Sarah an. »Spinnst du? Du lässt uns in der Küche schuften und machst dich vom Acker?«

»Ich komme ja gleich wieder.«

»Kann ich mitkommen?« Karla lief zu Sarah und sah sie bittend an.

Filo löste sich vom Buffet und legte dem Mädchen eine Hand auf die Schulter. »Lass Sarah mal gehen, Kleine. Komm, wir machen jetzt eine leckere Creme für das Dessert und du darfst die Schüssel auslecken.«

»Um Gottes willen, lasst die Frau nicht an den Mascarpone!« Sascha warf sich vor die Kühlschranktür und Karla kicherte begeistert.

Sarah warf ihrer Freundin einen dankbaren Blick zu und schloss leise die Tür. Schnell zog sie Mantel und Schuhe an und ging über den Hof. Sie hatte eigentlich nicht gewusst, wohin sie wollte, bis sie sich auf der kleinen Straße zum Ahrendthof wieder fand.

Es war ruhig, die Schaulustigen von heute Nacht waren verschwunden. Scharfer Brandgeruch lag in der Luft und Sarah bedauerte, keinen Schal mitgenommen zu haben, den sie sich jetzt vor die Nase hätte halten können. Ein Wagen der Feuerwehr stand immer noch auf dem Hof und wachte über die schwelenden Trümmer.

Sarah trat näher heran und sah um den gemauerten Torpfosten herum. Unwillkürlich hielt sie die Luft an und legte eine Hand auf den Mund. Ein Teil des Daches war verbrannt und ließ die Trennwände der Zimmer rauchschwarz in den Himmel ragen. Die Scheiben zum Hof waren gesprungen, die Fenster leere, rußgeschwärzte Augenhöhlen. Hier hatte eine Familie gewohnt, eine Frau, ein Mann und zwei Kinder, die zusammen nicht glücklich sein konnten. Der zerstörte Hof schien Sarah wie ein Mahnmal, ein Symbol für das Unglück und das

Leid, das hinter scheinbar intakten Fassaden wohnen konnte.

Einer plötzlichen Eingebung folgend, wandte sie sich den Stallgebäuden auf der linken Seite zu. Das vordere Tor stand einen Spalt weit offen. Sarah zögerte und sah sich zu dem Feuerwehrwagen um. Anscheinend hatte niemand etwas dagegen, dass sie hineinging. Sie schob das schwere Tor ein wenig weiter zur Seite und trat ein.

Der typische Scheunengeruch nach Heu und Trockenfutter wurde von dem Brandgeruch überlagert. Sie blinzelte, ihre Augen hatten sich noch nicht auf das Halbdunkel der Scheune eingestellt. Plötzlich stieß ihr Fuß gegen etwas Weiches. Sie stolperte und fiel über einen Strohballen. Halt suchend stützte sie sich hinter ihm auf und landete mit der Hand auf einem Stoffbeutel.

Sie setzte sich auf den Ballen und fand in dem Beutel den lila Elefanten, den Karla so schmerzlich vermisst hatte. Sie starrte das abstrus grinsende Stofftier an und brach in Tränen aus. Den Elefanten an ihre Brust gepresst, weinte sie in harten, schmerzhaften Schluchzern. Warum mussten solche Dinge passieren? Warum mussten Kinder bei Eltern aufwachsen, die sie nicht mochten, die sie ignorierten, ihre Seele misshandelten? Warum konnten die Menschen die Kette der von Generation zu Generation weitergetragenen Verletzungen nicht unterbrechen?

Warum zündete eine Frau ein Haus an, statt einen grausamen und gleichgültigen Ehemann und Vater zu verlassen und ein glückliches Leben zu führen? Was für eine tragische Verschwendung von Menschenleben, von Leben, die eigentlich voller Freude, Liebe und Zuversicht sein sollten!

Sarah weinte, bis ihre Augen brannten und sie sich völlig erschöpft fühlte. Am liebsten hätte sie sich auf die Strohballen gelegt und geschlafen, bis irgendwie alles wieder gut wäre.

Sie musste an die Zeile eines Gedichts denken, das sie

mal gelesen und eigentlich wieder vergessen hatte. *Nie wieder wie es einmal war, nie wieder gut*. Sie schluchzte auf, verbot sich jedoch energisch, erneut in Tränen auszubrechen. Sie stand auf und klopfte das Stroh von ihrem Mantel. Als sie den Stoffbeutel hochnahm, war sie erstaunt, wie schwer er war, obwohl sie den Elefanten schon herausgenommen hatte.

Sie blickte hinein und entdeckte eine Thermoskanne und eine Packung Kekse. Das war der Tee, den Frau Ahrendt für Karla gekocht hatte. Besser, sie nahm alles mit, vielleicht war es für die Ermittlungen irgendwie von Bedeutung.

Den Elefanten unter den Arm geklemmt, sah sie vorsichtig aus dem Tor. Mit ihrem verheulten Gesicht wollte sie wirklich niemandem begegnen. Bevor sie den anderen wieder unter die Augen treten konnte, musste sie sich bei Luise erst einmal mehrere Liter kaltes Wasser ins Gesicht schütten.

Sie seufzte. Wenn Luise sie so sähe, würde das eine Menge besorgter Fragen und mitleidiger Seufzer geben. Dabei wollte Sarah am liebsten überhaupt nicht angesprochen oder gar angefasst werden.

Tolle Voraussetzungen für ein beschwingtes Silvesterfest.

*

Beck räusperte sich und sah zu Wagner hinüber. Der blickte zurück und zog die Augenbrauen hoch. Beck richtete seinen Blick wieder auf das wächserne Gesicht seines Gegenübers.

Frau Ahrendt lächelte unbestimmt, sie schaute Beck direkt in die Augen, ohne ihn wirklich zu sehen. Ihre Pupillen waren riesig, wahrscheinlich eine Folge der Medikamente, mit denen sie behandelt worden war.

Beck räusperte sich erneut. »Frau Ahrendt«, begann er zögernd, »können Sie sich an die Ereignisse von gestern Abend erinnern?«

Die Angesprochene lächelte freundlich und schwieg.

»Es hat gebrannt gestern, Ihr Hof hat gebrannt. Sie sind mit Ihrer Enkelin Karla in die Scheune geflüchtet, erinnern Sie sich?«

Er hatte das Gefühl, mit einer Toten zu sprechen. Der schmächtige Körper ihm gegenüber zeigte zwar spärliche Anzeichen von Leben, die Seele schien jedoch in diesem Raum, in dieser Welt nicht anwesend zu sein.

Er versuchte es erneut. »Frau Ahrendt, sprechen Sie mit mir. Denken Sie an Ihre Enkelin Karla.« Er berührte ihre Hand, die bewegungslos auf der Tischplatte lag.

Sie blickte auf ihre Hand und sah ihn an. »Karla.« Das Wort huschte mit dem Atem über ihre unbewegten Lippen.

»Ja, Karla. Sie war bei Ihnen. Es geht ihr gut, sie ist wieder bei Sarah Dittmann. Frau Ahrendt, was ist gestern Abend passiert? Wie ist es zu dem Feuer gekommen?«

»Feuer …« Ihre Augen wurden groß, Panik trat in ihren Blick. Sie blickte gehetzt zu Wagner und wieder zurück zu Beck.

Der drückte beruhigend ihre Hand. »Keine Angst, es ist vorbei, das Feuer ist gelöscht.«

Wagner beugte sich vor. »Frau Ahrendt, Ihr Mann – hat er geschlafen? Warum haben Sie ihn nicht geweckt?«

Sie blickte ihn an, ohne zu verstehen.

»Ihr Mann, Wilhelm!« Wagner wurde ungeduldig.

Sie zuckte zurück und blickte Beck an, der weiter ihre Hand festhielt, in der Hoffnung, sie damit im Hier und Jetzt zu erden. »Wilhelm – haben Sie ihn in der Aufregung vergessen?« Beck versuchte es in einer abgemilderten Form.

Ein Schnauben Wagners verriet ihm, was der davon hielt.

»Wilhelm.« Frau Ahrendt entriss Beck ihre Hand und verengte die Augen. »Wilhelm.«

Beck hätte es nicht für möglich gehalten, dass ein einziges Wort so viel Hass bergen konnte.

»Wilhelm hat geschlafen, als das Feuer ausbrach. Warum haben Sie ihn nicht geweckt?« Wagner ließ nicht locker.

Frau Ahrendt verkrampfte ihre Hände zu festen Fäusten. Plötzlich richtete sich ihr Blick so unvermittelt und kraftvoll auf Beck, dass dieser Mühe hatte, nicht zurückzuschrecken. »Wilhelm – ist er tot?« Ihre Augen waren groß und schwarz auf Beck gerichtet, so konzentriert, dass er den Blick fast körperlich in seinen Augen spürte.

Er nickte. »Ja, Wilhelm ist tot.«

»Tot.« Die Fäuste entspannten sich, die Schultern sanken herab. »Wilhelm ist tot.« Sie kicherte. »Tot, tot, tot, tot …«

»Frau Ahrendt!« Beck brüllte fast.

Sie zuckte zusammen und hörte auf zu sprechen.

»Sind Sie erleichtert, dass Ihr Mann nicht mehr lebt?« Beck erwartete eigentlich keine Reaktion, aber sie nickte. »Warum?«

»Er war kein guter Mensch.« Sie sprach so leise, dass Beck sich vorbeugen musste, um sie zu verstehen.

»Warum? Was hat er getan?«

»Er hat sie zerstört!« Frau Ahrendt krallte ihre Hand in Becks Unterarm. »Zerstört! Verstehen Sie?«

Beck schüttelte den Kopf. »Wen hat er zerstört? Was hat er getan?«

»Und jetzt ist er tot. Zu spät. Es ist zu spät!« Die Frau sprang auf und rannte um den Tisch herum auf Beck zu. »Zu spät, zu spät!« Sie hämmerte mit ihren Fäusten gegen Becks Brust. Er hielt ihre Hände fest, überrascht, welche Kraft in der zierlichen Person steckte. »Ich hasse ihn, ich hasse ihn, ich …«, ihre Schreie gingen in Schluchzer über und sie ließ sich gegen Becks Brust sinken. Er strich ihr über den Rücken und hielt sie fest.

»Das können Sie vergessen, Chef. Das wird heute nichts. Vielleicht auch gar nicht mehr. Wer weiß, ob die noch mal zu sich kommt.«

»Mensch, Wagner, reden Sie nicht, als ob sie Sie nicht hören könnte!« Beck war erstaunt über das Ausmaß des Mitleids, das er mit der weinenden Frau in seinen Armen spürte. »Klingeln Sie bitte nach der Pflegerin. Wir brechen ab, sie ist ja völlig erschöpft.« Er führte Frau Ahrendt behutsam zu ihrem Stuhl zurück und half ihr, sich wieder zu setzen.

Die Tür sprang auf und eine dralle junge Frau quoll mit professioneller Fröhlichkeit durch den Rahmen. »Na, haben wir uns aufgeregt? Haben die bösen Männer Sie geärgert, junge Frau?« Sie tätschelte die magere Schulter der Patientin und lächelte Beck wissend an.

Der lächelte nicht zurück. »Sie hat einen Schock, aber sie ist nicht geistig zurückgeblieben – junge Frau.«

Das aufgesetzte Lächeln auf dem runden Gesicht der Pflegerin verblasste und wich einem missbilligenden Zucken der schmalen Lippen. »Was Sie nicht sagen. Glauben Sie mir, ich weiß, wie ich meine Patienten zu behandeln habe.«

»Natürlich.« Beck nickte. »Auf Wiedersehen, Frau Ahrendt. Ich wünsche Ihnen gute Besserung.« Sie hob den Kopf und sah ihn mit leeren Augen an. Beck gab Wagner ein Zeichen zum Aufbruch und wandte sich ab. Als sie den langen, kahlen Klinikflur entlang zurückgingen, fühlte sich Beck unsäglich deprimiert. Er hatte Mühe, einen Fuß vor den anderen zu setzen.

»Die hat ihren Mann auf dem Gewissen, das ist sonnenklar. Wenn sie schlau ist, bleibt sie in diesem Zustand. Psychiatrie ist immer noch besser als Knast.« Wagner trug mal wieder zur allgemeinen Aufmunterung bei.

»Wer hier wen auf dem Gewissen hat, darüber könnte man streiten.« Beck ging schneller, um Abstand zwischen sich und Wagner zu schaffen.

»Vielleicht. Strafrechtlich gesehen aber nicht.«

»Nein, ich weiß.« Beck seufzte.

Aus irgendeinem Grund fühlte er sich, als ob er in Tränen ausbrechen müsste. Das fehlte gerade noch, damit wäre sein Untergang in der Behörde endgültig besiegelt, wahrscheinlich würde Wagner dafür sorgen, dass er gleich hierblieb. Wäre vielleicht nicht das Schlechteste, ein paar Wochen zur Kur in der Psychiatrie. Am liebsten würde er jetzt nach Hause fahren und sich die Bettdecke über den Kopf ziehen.

Tolle Voraussetzungen für einen beschwingten Silvesterabend.

*

»Bist du sicher, dass er hetero ist? Das ist ja ein Schnuckelchen.«

»Halt die Klappe, er ist ja schließlich nicht taub, bloß weil er hübsch ist«, zischte Sarah. »Und halt ja deine Grabschfinger bei dir.« Nervös arrangierte sie die Vorspeisen auf den Platten.

»Grabschfinger, ich muss doch sehr bitten. Ich gehe bei meinen Kontaktaufnahmen stets diskret und sensibel vor.«

»Ach ja? Darf ich dich mal an Georg erinnern? Meinen armen Kollegen, den du fast auf dem Küchentisch vergewaltigt hättest, wenn ich nicht dazugekommen wäre? Der hat noch zwei Jahre später gezuckt, wenn er mich im Lehrerzimmer getroffen hat!«

Sascha steckte sich eine marinierte Artischocke in den Mund. »Mein Gott, nun fang doch nicht wieder damit an. Das ist doch hundert Jahre her und außerdem war ich betrunken.«

»Da du meistens betrunken bist, beruhigt mich das nicht gerade.« Sarah schlug auf Saschas Hand, die nach einem Pilz griff.

»Sarah! Also, jetzt reicht's aber. Wenn du heute Abend nicht so anbetungswürdig aussehen würdest, müsste ich dir die Freundschaft kündigen.«

»Findest du?« Sarah warf einen Blick in die Scheibe des Küchenschranks und fuhr sich automatisch glättend durch die Haare.

»Nicht!« Sascha riss ihr die Hand herunter. »Ich habe dich nicht mühsam auf Tigerkatze geföntund geknetet, damit du dir jetzt mit deiner öligen Hand in den Locken herumpatschst.«

Sarah legte Basilikumblätter dekorativ um die Antipasti und horchte in den Flur. Aus dem Wohnzimmer klang fröhliches Gelächter, anscheinend war niemandem langweilig, Gott sei Dank. Sie holte tief Luft und griff nach der Platte. »Nimmst du den Rotwein mit?« Auf ihren Highheels stakste sie vorsichtig über den glatten Flur und hoffte, weder hinzufallen noch sich mit Öl zu übergießen.

Ausnahmsweise gefiel sie sich heute Abend sogar selbst einmal. Sascha und Filo hatten wahre Wunder an ihrem verheulten Gesicht getan. Und sie hatte auch Beck gefallen, das war deutlich zu sehen gewesen, als er ankam. Bis jetzt hatte sie auch noch kein dummes Zeug geredet und ihn mehrmals angelächelt, ohne in Ohnmacht zu fallen. Das war doch schon mal was.

Als sie das Wohnzimmer betrat, verschwand ihr Selbstbewusstsein schlagartig beim Anblick der strahlenden Filo, die sich gerade vertraulich zu Beck hinüberbeugte. Ihre Freundin sah einfach hinreißend aus in ihrem gelben Satinkleid, in dem jede andere ausgesehen hätte wie eine blasse Zitrone.

Luise belagerte Beck von der anderen Seite und warf ihm gerade einen schmelzenden Blick unter falschen Wimpern zu. Mit ihrem plissierten goldfarbenen Abendkleid und den funkelnden Diamantohrringen sah sie aus wie die Monroe bei der Verleihung des *Oscars* für das Lebenswerk.

Pfui, du konkurrente Ziege. Sarah zwang ein strahlendes Lächeln auf ihr Gesicht. Hoffentlich hatte sie keinen Oregano zwischen den Zähnen.

Boshaft lächelnd prostete Filo ihr zu. »Ich habe Giovanni gerade erzählt, wie wir uns kennengelernt haben.«

»Oh nein! Musst du mich gleich in den ersten Minuten

schon wieder unmöglich machen?« Sarah stellte die Platte ab und pustete sich eine Locke aus dem Gesicht.

Beck lachte. »Ich fand es eigentlich sehr amüsant.«

»Ja, kann ich mir denken. Filo unterhält gern die Leute damit, weil sie bei der Geschichte besser davonkommt als ich.«

»Na ja, ich würde es nicht gerade als ›Besserdavonkommen‹ bezeichnen, wenn jemand beim Versuch, mit dem Moped des Vaters in die Dorfdisco zu fahren, die Stöckelschuhe der Mutter verliert.« Beck grinste in Filos Richtung.

»Und in einem knallengen Ledermini stehend fahren muss«, ergänzte Filo.

»Komisch, warum habe ich bloß das Gefühl, dass das weit besser ist, als heulend an der Haltestelle zu stehen, weil man den Bus zu eben dieser Dorfdisco verpasst hat?«

»Vielleicht, weil ich eindeutig die Heldin in dieser Geschichte bin? Schließlich habe ich dich vor einem Fünfkilometermarsch auf deinen ersten Highheels bewahrt.« Filo lächelte selbstgefällig.

»Luises Highheels.«

»Was? Du bist in meinen Schuhen losgezogen? Haben die dir denn gepasst?«

»Damals schon. Ich war ja erst vierzehn.« Sarah grinste niederträchtig, »wohingegen Filo schon …«

»Schweig, Unselige! Das ist völlig bedeutungslos für die Geschichte.«

»Und das war der Beginn einer lebenslangen Freundschaft?« Beck lächelte amüsiert.

Sarah schnitt ihrer Freundin eine Grimasse und setzte sich. »Seit ich Filo kenne, weiß ich, was mit dem Satz ›Wer solche Freunde hat, braucht keine Feinde‹ gemeint ist.«

»So reden die immer, die spinnen«, mischte sich Karla in das Gespräch.

»Tja, dann muss ich mich heute Abend wohl lieber mit dir unterhalten. Wahrscheinlich bist du die einzige vernünftige Frau hier. Bis auf Frau von Warberg natürlich.« Er verneigte sich entschuldigend in Luises Richtung.

»Luise, bitte! Wenn ich ›Frau von Warberg‹ höre, fühle ich mich gleich wie hundert.« Kokett legte Luise eine zierliche Hand auf Becks Arm und schenkte ihm ein süßes Lächeln.

Dörte hustete. »Ich muss doch sehr bitten. Ich bin mindestens so bei Verstand wie Karla.«

»Willst du das arme Kind beleidigen?«, fragte ihr charmanter Gatte. Dörte warf einen Weinkorken in seine Richtung, traf aber nur den Kronleuchter.

Karla freute sich sichtlich über Becks Bemerkung. »Das Kleid habe ich von Filo bekommen und die Krone von Sascha«, teilte sie ihm mit.

»Und du siehst toll aus, wie eine Elfe.«

»Elfen sind doof«, meldete sich Finn aus der Wohnzimmerecke, in der er mit seinem Bruder Autos fahren ließ. »Dämonen sind viel besser.«

»Das kann ich nicht bestätigen, schließlich wohnen zwei Dämonen in meinem Haus«, wandte sein Vater liebevoll ein.

Karla drehte sich zu den beiden Jungen um. »Dämonen sind hässlich und dumm, Elfen sind hübsch und schlau.« Würdevoll rückte sie ihr Diadem zurecht.

»Elfen sind Mädchenkram. Hach, habe ich nicht eine wunderwunderschöne Krone?« Paul ließ seine Stimme in einer hohen Tonlage schrillen.

Karla sprang von ihrem Stuhl auf und watschelte breitbeinig mit geballten Fäusten in Richtung der Jungen. »Ich bin ein blöder Dämon. Wo ist wer, den ich hauen kann?« Begeistert sprangen die beiden Jungen auf. um den Kampf aufzunehmen.

»Elfen und Dämonen, die ihre Klappe nicht halten, gehen vor dem Feuerwerk ins Bett«, unterbrach die schneidende Stimme der Dämonenmutter das Scharmützel, bevor es so richtig begonnen hatte.

Karla schnitt den beiden eine Grimasse und setzte sich mit dem Ausdruck eines Engels wieder an den Tisch.

Dörte stöhnte. »Warum können Kinder nicht mal fünf Minuten leise und friedlich spielen?«

Sarah lachte. »Der ewige Stoßseufzer aller Eltern und Lehrer: ›Leise, Kinder, leise!‹«

»Ich weiß nicht. Ich kann mich nicht erinnern, dass wir auch so laut und unruhig waren.«

»Ich schon.« Asta kam mit einer zweiten Platte aus der Küche herein.

Sarah ließ die Antipasti herumgehen. »Wo bleibt eigentlich Sascha mit dem Rotwein?«

»Hier bin ich doch schon. Ein Schlückchen Barolo, Giovanni?« Sascha umtänzelte den Tisch wie ein hyperaktiver Oberkellner.

»Nein, ich setze erst mal aus, ich muss ja heute noch fahren.«

»Ach, wie schade! Willst du denn nicht lieber hier schlafen, es sind doch genügend Betten frei?« Saschas Ton ließ kaum einen Zweifel daran, dass unter anderem sein Bett zur Verfügung stand.

Sarah verdrehte die Augen in Filos Richtung und die blinzelte zurück.

»Ja«, krähte Karla, »du kannst bei Sarah schlafen, die hat doch keinen Mann!«

Ich hätte mich doch lieber schon vor diesem Abend umbringen sollen, dachte Sarah.

*

Beck nahm einen Schluck von seinem Rotwein und lehnte sich in seinem Stuhl zurück. Er ließ den Blick durch das Zimmer schweifen.

Trotz der dunklen, antiken Möbel wirkte der große Raum freundlich und gemütlich. Der helle Parkettboden und die sonnengelben Vorhänge verliehen ihm italienisches Flair. Überall waren Kerzenleuchter und

Kandelaber verteilt, die freundliche, flackernde Lichtinseln bildeten. In einem wunderschönen Kamin aus rosafarbenem Marmor knisterte ein Feuer anheimelnd vor sich hin. Ab und zu fiel ein Holzscheit knackend und Funken sprühend in sich zusammen.

Luise saß ihm gegenüber. Ihr platinblondes Haar wurde golden von den Kerzen des Kronleuchters angestrahlt, der über dem langen Esstisch hing. Sie sah aus wie ein Star aus einer Zeit, in der Filme noch in Schwarz-Weiß gedreht wurden und ein Happy-End hatten. Sie lächelte ihm zu, als hätte sie seine Gedanken erraten.

Er fühlte sich sehr wohl. Nach dem reichhaltigen Essen war er angenehm gesättigt und ein bisschen schläfrig. Seine scharfe Tomatensoße für die Pasta war sehr gut angekommen. Ein Rezept seiner Mutter, mit dem er immer mal wieder Furore gemacht hatte und bessere Kochkünste vortäuschen konnte, als tatsächlich vorhanden waren. Vor allem Filo schien ihn für einen zweiten Tim Mälzer zu halten.

Die Zubereitung der Soße hatte ihm zudem in der gemütlichen Küche Gelegenheit gegeben, Seite an Seite mit Sarah zu arbeiten, die nicht nur wunderschön aussah, sondern auch noch köstlich duftete. Am liebsten würde er von Karlas Angebot Gebrauch machen, aber heute Abend war wohl nicht der geeignete Zeitpunkt für eine heiße Liebesnacht.

Er war sich der zwar wohlwollenden, aber auch aufmerksamen Begutachtung seiner Person durch Sarahs Freunde sehr wohl bewusst. Leises Stöhnen unter der Bettdecke, um die schlafenden Aufsichtspersonen nicht zu wecken – nein, aus dem Alter war er seit mindestens zwanzig Jahren heraus. Aber aufgeschoben war ja nicht aufgehoben.

Er nahm seine Augen widerwillig aus Sarahs Dekolleté und begegnete Filos stahlgrauem Blick. Sie deutete mit einer hochgezogenen Augenbraue an, dass sie seine Blickrichtung registriert hatte. Er lächelte sie an und zuckte verlegen mit einer Schulter.

Sie zwinkerte ihm zu und wandte sich an Sarah. »Ich bin so vollgefressen, ich kann mich kaum noch bewegen. Was haltet ihr denn von einem Verdauungsspaziergang, damit wir die drei Silvesterraketen von Avessen noch wachen Auges erleben?«

Sascha schnaubte entrüstet. »Gehen? Ich meine, du meinst wirklich gehen, mit unseren zwei Beinen? Durch dieses … Dorf?«

»Ja, das meine ich. Du rennst doch sonst auch jeden zweiten Tag auf dem Laufband im Fitnessstudio.«

»Na schon, aber das macht doch keinen Spaß. Und dann auch noch draußen – wer weiß, was man sich da einfängt.«

»Da muss man auf dem Land aufpassen, hier gibt's noch Pest und Cholera«, gab Asta zu bedenken. »Also, wer hat Lust?«

»Ja – ich würde schon gern ein paar Schritte gehen«, sagte Sarah zögernd mit einem Blick zu Beck.

»Ich käme gerne mit, ich bewege mich sowieso viel zu wenig.« Eine Vision von ihm und Sarah, Arm in Arm im Mondlicht, huschte durch seinen Kopf.

»Das sieht man dir aber nicht an.« Sascha ließ die Wimpern flattern.

»Hör auf zu schleimen«, unterbrach ihn Filo rüde, »räum lieber ab, während wir unsere Körper stählen. Kommt sonst noch jemand mit? Dörte?«

»Ach, nee, geht ihr man. Ich war den ganzen Tag an der frischen Luft, das reicht. Ich trinke lieber noch einen Grappa, der hat dieselbe Wirkung.«

»Also, wenn ihr mich mitnehmen würdet …« Hubertus faltete seinen langen Körper aus dem Stuhl.

Guck an, dachte Beck, dem Hubertus' bewundernde Blicke in Filos Richtung nicht entgangen waren. Da träumt wohl noch jemand vom Mondlicht?

Allgemeines Gewusel um Mantel, Schals und Stiefel setzte in der Halle ein. Beck und Hubertus waren, wie zu erwarten gewesen war, weit vor den Frauen fertig, die ihre Glitzertrittchen gegen angemessenes Schuhwerk austauschen mussten.

»Warum macht man eigentlich immer wieder den Fehler, sofort aufzustehen, wenn die Frauen zum Aufbruch blasen?« Hubertus schüttelte resigniert das müde Haupt. »Man hat doch oft genug leidvoll erfahren, dass man in Ruhe noch eine Zeitung lesen, ein Auto reparieren und einen Baum pflanzen kann, bevor die Damen fertig sind.«

Beck lachte. »Ich weiß es auch nicht. Das ist wahrscheinlich die Urangst der Männer vor der Allmacht der Frau.«

»Und die ist auch gerechtfertig, liebster Giovanni.« Filo kam in Stiefeln die Treppe heruntergestöckelt, die an Absatzhöhe und Preis ihren soeben ausgewechselten Sandalen in nichts nachstanden. »Ihr seid uns so gnadenlos unterlegen, dass man eigentlich Mitleid mit euch haben müsste.«

»Immerhin können wir uns schneller anziehen«, begehrte Beck auf.

»Das lassen wir euch glauben.« Sarah kam in einer rustikaleren Stiefelvariante die Treppe herunter. »Damit ihr noch etwas habt, woran ihr euch klammern könnt, ihr Armen.«

»Sag nichts«, riet Hubertus, »alles, was du jetzt sagst, wird irgendwann gegen dich verwendet.«

»Ich weiß.« Beck seufzte und lächelte Sarah an. Und die lächelte zurück. Mein Gott, hatte die Frau Augen! Wie heiße Schokolade. Ich wäre wirklich gern mit ihr allein, bald, eigentlich möglichst sofort. Beck war überrascht, wie schnell sich die vage Anziehung, die Sarah von Beginn an auf ihn ausgeübt hatte, sich in konkretes Begehren wandelte. Wie eine galoppierende Grippe.

Giovanni, du machst in der Tat Fortschritte, es ist doch noch Leben im alten Gebein. Und nicht nur in dem.

Filo öffnete die schwere Haustür und sofort strömte eisige, klare Luft in den Flur. »Komm, Hubsi, zeig mir dein New York.« Sie strahlte Hubertus an und hängte sich energisch bei ihm ein.

Jetzt geht's los, dachte Beck und bot Sarah seinen Arm. Was genau losging, wusste er nicht zu sagen, aber er war plötzlich aufgeregt.

*

Sarah hängte sich bei Beck ein und hoffte, dass er nicht merkte, wie ihre Beine zitterten. Filo legte auf ihren Prada-Stiefeln ein flottes Tempo vor, wahrscheinlich um möglichst schnell einen großen Abstand zwischen sich und Sarah mit Beck zu legen. Sarah wusste, dass sie es gut meinte, da sie sonst an diesem Abend keine Möglichkeit gehabt hätte, mit Beck allein zu sein, aber das ging ihr alles ein bisschen zu schnell.

Sie hatte sich in der Gesellschaft ihre Freunde und in der Rüstung ihrer sexy Aufmachung sicher genug gefühlt, mit Beck zu flirten und ihm vorsichtig zu zeigen, dass er ihr gefiel. Diese Sicherheit war jetzt dahin und sie suchte wie schon an den Tagen davor krampfhaft nach einem Gesprächsthema. »Ich ... ich war heute Morgen beim Ahrendthof, es war schlimm. Das Haus sieht aus, als wenn schon seit Jahren niemand darin lebt.«

»Wenn man es genau nimmt, hat ja auch schon seit Jahren niemand darin gelebt. Das, was Herrn Ahrendt und seine Frau in diesem Haus gehalten hat, würde ich nicht Leben nennen.«

»Nein, das ist wohl richtig.«

Sarah fühlte die Wärme von Becks Körper durch ihren Mantel dringen. Am liebsten hätte sie sich an ihn geschmiegt, aber das wagte sie nicht. Sie wollte sich ihm nicht an den Hals werfen, das taten sicherlich genügend Frauen. Mist, warum war er auch bloß so hübsch?

»Ich habe Karlas Großmutter heute in der Klinik besucht.«

Sarah versteifte sich. »Und? Was sagt sie?«

»Eigentlich gar nichts, jedenfalls nichts Neues. Sie sagte, Ahrendt hätte ›sie zerstört‹, wer ›sie‹ ist oder sind, konnte ich leider nicht genau herausbringen.«

»Wahrscheinlich meinte sie doch Claudia? Wen denn sonst? Wahrscheinlich macht sie ihn für ihr unglückliches Leben und Ende verantwortlich.«

»Ja, so habe ich es auch interpretiert. Aber lass uns heute Abend nicht über diesen Fall sprechen. Es ist Silvester, morgen beginnt ein neues Jahr.«

Beck zog Sarah ein bisschen fester an seine Seite und sie lächelte im Dunkeln. Sie fühlte sich an abendliche Spaziergänge mit ihrer ersten Liebe erinnert, in einem Alter, in dem man sich immer irgendwo draußen herumdrücken musste, um den argwöhnischen Augen von Eltern und Geschwistern zu entgehen. Vor ihnen waren Filo und Hubertus auf der spärlich beleuchteten Straße kaum noch zu erkennen, nur Filos gurrendes Gelächter wehte hin und wieder zu ihnen zurück.

»Armer Hubertus«, murmelte Beck.

»Warum?« Sarah blieb erstaunt stehen, so dass Beck leicht gegen sie taumelte. Sie schaute zu ihm auf. Seine Augen sahen in dem silbernen Mondlicht sehr hell aus, fast durchsichtig. Schnell schlug sie die Augen nieder. Wenn der Mann so wie jetzt lächelte, war er wirklich gemeingefährlich.

»Weil er deiner Filo hilflos ausgeliefert ist. Wenn er nicht aufpasst, frisst sie ihn.«

»Aber … das würde sie niemals tun! Schließlich ist Hubsi verheiratet. Und zwar glücklich.«

»Mit einer Freundin von euch. Und das wird ihm wohl letzten Endes das Leben retten.«

»So schätzt du Filo ein? Als so rücksichtslos?«

»Nein, nicht rücksichtslos. Sie ist sich ihrer Wirkung nur allzu sehr bewusst. Ganz im Gegensatz zu dir. Aber sie ist trotzdem da. Und wie.« Beck zog Sarah dicht zu sich heran.

Oh Gott, oh Gott, jetzt passiert es, dachte Sarah und ihr wurde schwindelig. »Was … was ist da?«, stammelte sie atemlos, um ›es‹ irgendwie aufzuhalten.

»Die Wirkung«, murmelte Beck und senkte seine Lippen auf ihre.

Wenn Sarah in Romanen gelesen hatte ›und es war, als wenn die Zeit stehen blieb‹, hatte sie diese Metapher für eine kitschige Floskel gehalten. Jetzt wusste sie, was damit gemeint war. Als sie sich wieder von Giovanni löste, hätten Minuten, Stunden oder Tage vergangen sein können, sie wusste es nicht. Sie wusste nur, dass sie ewig hier hätte stehen und rumknutschen können.

Sie hatte völlig vergessen, was für ein göttliches Gefühl das war, in den Armen eines Mannes zu liegen, über den man kaum mehr wusste, als dass man verknallt in ihn war. Keine Sorgen, keine Alltagsstreitigkeiten schwächten den Zauber der Erotik ab, die sie wie eine Glasglocke von der übrigen Welt abschirmte. Herrlich!

Wenn ihre Füße nicht so eiskalt gewesen wären, hätte sie meinen können zu schweben. »Vielleicht sollten wir langsam zurückgehen, was meinst du?« Beck strich ihr sanft über die Locken.

»Schon?« Es war heraus, ehe sie es verhindern konnte.

Er grinste. »Ich könnte auch noch lange hier stehen, aber du hast nur dieses wunderbare Kleid unter deinem Mantel an. Ist dir nicht kalt?«

Sarah sah ihn an und schüttelte den Kopf. Sie wusste, dass sie ihn gerade anhimmelte, aber sie konnte nicht anders. Sie stellte sich auf die Zehenspitzen und küsste ihn noch einmal. »Du hast recht. Wir sollten gehen. Sonst wissen die anderen gleich, was Sache ist.«

Beck lachte und legte seinen Arm im Gehen um ihre Schultern. »Das wissen sie doch auf jeden Fall. Ist dieser Spaziergang von deiner Freundin nicht eben zu diesem Zweck angeregt worden?«

Sarah schoss das Blut in den Kopf und sie dankte dem

Himmel für die Dunkelheit. »Gott, wie peinlich. Das hast du gemerkt?«

»Du nicht? Aber der Vorschlag kam meinen Wünschen sehr entgegen.«

Es half nichts, sie musste schon wieder stehen bleiben und ihn anhimmeln. »Deinen Wünschen?«

»Meinem Wunsch, mit dir allein zu sein.«

Diese wunderbare Aussage musste unbedingt mit einem erneuten Kuss belohnt werden. Sarah verfluchte die Anwesenheit ihrer Freunde im Haus. Sie wusste, wie schlecht sie ihre Gefühle verbergen konnte, ein Pokerface war noch nie ihre Stärke gewesen. Aber sie wollte das Geschehene noch nicht teilen, noch nicht einmal mit Filo. Sie wollte ihre Verliebtheit und die Erinnerung an die köstlichen Augenblicke mit Giovanni in ihrem Herzen hegen, um sie ab und zu in einem stillen Moment wieder herauszuholen und wohlig zu betrachten.

Widerstrebend lenkte sie ihre Schritte über den Hof und stieg mit Beck die Stufen hoch. Vor der Haustür blieb sie im Licht der Hoflaterne stehen. »Wie sehe ich aus?«

»Hinreißend.« Beck nutzte die Gelegenheit für einen hastigen Kuss.

»Nein, ich meine, sieht man es mir an?« Sarah war etwas atemlos.

»Was denn?« Beck grinste sie an.

»Das mit uns. Dass wir … dass wir geknutscht haben.«

»Keine Ahnung. Du siehst wunderbar zerzaust aus.« Sarah fluchte und glättete sich die Haare, was etwas schwierig war, da Giovanni sie dabei ausgiebig küsste. Sie wand sich schweren Herzens aus seinen Armen. »Lass jetzt mal. Ich muss wieder zur Besinnung kommen, bevor wir reingehen. Wo sind eigentlich Filo und Hubertus geblieben?«

»Weiß ich nicht. Wahrscheinlich haben sie sich freundlicherweise in Luft aufgelöst.« Seine Hand glitt unter ihren Mantel.

Sarahs Knie gaben ihren Dienst endgültig auf und zerflossen gemeinsam mit dem Rest ihres Körpers in glühender Lava. Himmel, der Mann wusste, wie er eine Frau anfassen musste!

Bevor nur noch eine Östrogenpfütze auf den Stufen des Schlosses von ihrer Existenz zeugen konnte, löste sie sich mit einem energischen Ruck von Giovanni und öffnete die Tür.

Wenn sie jetzt nicht aufhörten, landeten sie noch auf dem Rücksitz ihres Autos – und das würde man ihr dann ansehen. Sie betrachtete sich prüfend im Spiegel und zog den Mantel aus, bevor sie mit betont harmlosem Gesichtsausdruck die Tür zum Wohnzimmer öffnete. »Na, habt ihr uns noch ein bisschen Rotwein zum Aufwärmen übrig gelassen?«

Alle Gesichter wandten sich ihr und Beck zu, der hinter ihr durch die Tür trat.

Filo und Hubertus hatten für ihren Spaziergang offensichtlich nicht so lange gebraucht wie sie. Also hatte wohl Filo ihre Krallen nicht in den armen Hubsi geschlagen. Ob er das wohl bedauerte?

Sarah blickte zu Asta und wunderte sich über das breite Grinsen, mit dem ihre Tante an ihr vorbei sah.

»Giovanni, du hast ja überall Lippenstift im Gesicht«, rief Karla.

»Wahrscheinlich hat er mit Sarah draußen Indianer gespielt«, meinte Dörte.

18. Kapitel

Sarah erwachte mit dem diffusen Gefühl, dass etwas Wunderbares passiert war. Sie streckte sich wohlig und drehte sich auf die Seite. Es war wirklich geschehen! Sie hatte tatsächlich mit Giovanni herumgemacht wie ein Schulmädchen!

Genüsslich ließ sie die Szenen des gestrigen Abends Revue passieren. Der Mann konnte küssen wie ein … ein Italiener eben. Aber sie war auch nicht schlecht gewesen. Jedenfalls war er eindeutig nicht unbeteiligt geblieben. Ganz eindeutig.

Sie kicherte und umarmte ihr Kissen.

Schade, dass er nicht hatte bleiben können, sie hätte ihn gern in ihrem Bett gehabt. Andererseits war es wahrscheinlich gut so. Sie war noch nie am ersten Abend mit einem Mann ins Bett gegangen. Gestern allerdings hätte sie ihre Prinzipien sicherlich über Bord geworfen. Sie drückte ihrem Kopfkissen einen dicken Kuss auf und stieß ihren Arm triumphierend in die Höhe. Ja! Sarah Dittmann war eindeutig unter die Lebenden zurückgekehrt.

Sie sprang aus dem Bett und zog ihren Bademantel über. Sie fühlte sich topfit, von einem Kater keine Spur. Verliebtheit sollte man in Flaschen abfüllen und verkaufen können, dann ginge es der Menschheit um Längen besser. Sie hüpfte die Treppe hinunter wie ein kleines Mädchen. Am liebsten wäre sie das Treppengeländer hinuntergerutscht, aber das ging dann wahrscheinlich doch zu weit.

Aus der Küche waren Stimmen zu hören, also waren die anderen anscheinend schon auf. Sie hatte keine Ahnung wie spät es war, aber es war ihr auch völlig egal. Sie riss die Küchentür auf und schmetterte ein fröhliches »Guten Morgen« in die Runde.

»Sieh an, sieh an, da geht es aber jemandem gut.« Filo

saß mit zerwühltem Haar und verschmierter Wimperntusche am Küchentisch.

Sascha saß mit Leidensmiene daneben und löste gerade eine Tablette im Glas auf. »Könntest du bitte etwas leiser brüllen, schließlich geht es heute Morgen nicht allen Beteiligten so gut wie dir.«

»Der gute Sascha ist neidisch. Gepaart mit Kopfschmerzen ist das eine explosive Mischung, also sei vorsichtig.«

Sascha hob den Blick von seinem Glas. »Ich bin überhaupt nicht neidisch.« Er betrachtete Sarah mit zerfurchter Stirn. »Ist dir eigentlich klar, dass du total geschwollene Lippen hast? Du siehst aus wie Angelina Jolie nach einer Nacht mit Brad Pitt.«

»Wie gut, dass du nicht neidisch bist, nicht wahr?« Sarah wuschelte ihrem Freund durch das pinkfarbene Haar.

»Au, sei doch vorsichtig, ich habe Schmerzen.«

»Armer, schwarzer Kater«, sagten Filo und Sarah im Chor.

»Macht euch nur lustig. Nur weil ich nicht so eine Säuferleber habe wie ihr, muss ich jetzt leiden.« Sascha griff sich an sein schmerzendes Haupt.

»Wo ist eigentlich Karla?« Sarah sah sich suchend in der Küche um.

»Drüben bei Luise und Asta. Asta hat sich freundlicherweise erbarmt und hat sie zum Frühstück rübergeholt. Die war nämlich um acht schon putzmunter. Erstaunlich, wie sie das alles wegsteckt.«

»Das täuscht. Sie ist nur abgelenkt. Ich wage gar nicht daran zu denken, wie es ihr gehen wird, wenn sie hier weg muss.«

»Wo wird sie denn leben?« Filo runzelte die Stirn.

»Tja, wenn ich das wüsste. Vielleicht bei ihrem Vater, wenn er nicht ...«

»Wenn er nicht was?«

»Es könnte ja sein, dass er Claudia ...« Sarahs gute Laune machte langsam wieder dem vertrauten Gefühl von Trauer und Beklemmung Platz. Plötzlich hatte sie auch Kopfschmerzen.

»Dass er Claudia umgebracht hat? Wer ist denn der Vater von Karla? Kennen wir ihn?«

»Nicht gut. Thomas Jankowski heißt er, wohnt in Bestedt.«

»Thomas?! Tommy Jankowski ist Karlas Vater? Ich fasse es nicht!« Filo schlug mit der Hand auf den Tisch.

»Wieso? Woher kennst du denn Thomas?« Verwirrt blickte Sarah auf ihre Freundin.

»Ich bin doch mit ihm zur Schule gegangen! Zeitweise waren wir sogar in einer Klasse!«

»Ach. Das habe ich nicht gewusst. Oder ich habe es vergessen. Er war auch auf dem Burggymnasium?«

»Ja. Und einen sanftmütigeren Menschen kann man sich gar nicht vorstellen. Er hat mal fast geheult, weil jemand einen Hund auf dem Schulhof ausgesetzt hat, angebunden an einen Baum. Alle seine Kumpels haben ihn ausgelacht.«

»Und er? Ist er nicht wütend geworden?«

»Nein. Er hat mit seinen großen Samtaugen in die Runde geschaut, als wäre er selbst ein heimatloses Hündchen. Und den Hund hat er mit nach Hause genommen. Ach Gottchen, ich hatte immer eine kleine Schwäche für ihn. Niemals hat diese sanfte Seele Claudia umgebracht, das kann ich mir nicht vorstellen!«

»Auch nicht aus enttäuschter Liebe? Claudia ist nicht gerade zimperlich mit Männerherzen umgegangen«, wandte Sarah ein.

»Nein, er hätte eher sein geschundenes Herz genommen und sich in die Eremitage begeben. Aber – natürlich kann er sich geändert haben. Ich habe ihn schließlich fast fünfzehn Jahre nicht gesehen. Gott, bin ich alt.«

»Wenn du es mal einsiehst.« Sascha löste sich eine weitere Ladung Aspirin auf. »Meinst du, das müsste Giovanni wissen? Wie du Thomas siehst, meine ich?«

Filo zuckte mit den Schultern. »Keine Ahnung. Es ist wahrscheinlich zu lange her, um jetzt noch von Bedeutung zu sein. Er passt überhaupt nicht zu Claudia. Wahrscheinlich hat sie ihn mit Haut und Haaren aufgefressen.« Filo schüttelte den Kopf.

»Das war doch immer so. Claudia hat sich schließlich immer Männer ausgesucht, die ihr nicht gewachsen waren.« Sarah liebäugelte mit Saschas Kopfschmerztabletten.

»Tja, wenn du liebst und der andere nicht, dann bist du einfach ausgeliefert. Niemals hätte Claudia zugelassen, dass sie sich ernsthaft in einen Mann verliebt.«

»Hört, hört. Da kenne ich noch eine.«

Am liebsten wäre Sarah in Tränen ausgebrochen. Aber sie wollte nicht mehr traurig sein, sie wollte sich verliebt, leicht und glücklich fühlen. Aber die Zeiten waren nicht danach. Vielleicht durfte man auch einfach nicht glücklich sein, wenn eine Freundin gerade gestorben war.

»Scheint ja ein ziemlicher Vamp gewesen zu sein, eure Freundin Claudia.« Sascha biss vorsichtig in ein Stückchen trockenes Brot.

»Ach, was, Vamp. Sie war ein armes, einsames Mädchen, das war sie. Ohne Vertrauen in irgendeinen Menschen. Keinen hat sie wirklich an sich rangelassen.« Sarah wünschte immer mehr, sie wäre im Bett geblieben.

»Noch nicht mal euch, ihre Freundinnen?«

»Doch schon, aber nur bis zu einem gewissen Punkt. Es konnte ganz plötzlich passieren, dass sie die Rollläden herunterließ. Ein falsches Wort, eine zu drängende Frage und Claudia verwandelte sich in einen Eisblock. Das hat mich oft gekränkt. Ich hatte immer das Gefühl, ich brauche sie mehr als sie mich.«

Filo nickte stumm.

Sarah steckte eine Scheibe Weißbrot in den Toaster. Sie musste erst einmal was essen, bevor sie sich wieder mit ihrer Vergangenheit beschäftigen konnte. Sie beschloss, das Thema vorerst zu beenden. Der Tod musste nicht auch noch mit am Frühstückstisch sitzen, nicht heute.

»Giovanni glaubt übrigens, dass Hubertus ein bisschen in dich verknallt ist, Filo.« Der leichte Tonfall ging noch etwas daneben.

»Scheiß-Heteros!« Sascha stürzte seine Tablette herunter.

Filo lächelte zufrieden. »Tja, das kann schon sein.«

»Kannst du deine Finger noch nicht mal von verheirateten Männern lassen? Männern, die noch dazu mit einer Freundin verheiratet sind?« Sarah gab ihr einen Schubs.

»Wenn nichts anderes da ist zum Amüsieren? Keine Angst, unser Hubsi hat sein Herz nicht an mich verloren, dafür habe ich schon gesorgt. Wir haben nur ein bisschen gespielt.«

»Gespielt?« Sarah bestrich ihren Toast dick mit Marmelade.

Filo legte sich eine perfekt manikürte Hand auf ihr Herz. »Wenn du nicht verheiratet wärst und wenn Dörte nicht so eine gute Freundin wäre, dann … du bist ja so ein toller Mann, Hubertus.«

»Männerfresserin!«

»Wieso? Dörte habe ich garantiert einen Gefallen getan. Ich wette zehn zu eins, dass er gestern Nacht noch über sie hergefallen ist.«

»Und dabei an dich gedacht hat.«

»Na und? Was sie nicht weiß, macht sie trotzdem heiß. Wenn alle Eheleute sehen könnten, an wen ihr Ehepartner beim Beischlaf denkt, gäb's ein ganz schönes Gedränge in Deutschlands Betten.«

Sarah lächelte versonnen. »Och, ich finde nicht, dass man an jemand anderen denken muss.«

»Das glaube ich. Du hast dir ja auch Mister ›ich bin zu sexy um wahr zu sein‹ geangelt.« Filo verdrehte die Augen.

»Ja, dreht nur das Messer immer wieder in der Wunde um.« Sascha schenkte sich einen Kaffee ein.

»Was willst du? Du hast doch auch deinen California-Dream-Boy zu Hause.«

»Das war mal.«

»Was! Ist das schon wieder aus? Seit wann denn das?« Filo zog alarmiert die Augenbrauen in die Höhe.

»Seit er mit seinem Agenten schläft.« Sascha stieß sein Buttermesser in einen imaginären Körper.

Filo schüttelte bedauernd den Kopf. »Die Welt ist schlecht. Sei nicht traurig. Andere Mütter haben auch schöne Söhne. Ich fand ihn sowieso ziemlich dämlich.«

»Ist er ja auch. Aber sooo hübsch.« Sascha seufzte.

Filo tätschelte ihm die Wange und wandte sich an Sarah. »Und – wann gedenkst du deine heiße Affäre mit Giovanni fortzusetzen?«

Sarah zuckte mit den Schultern. »Möglichst bald. Mal sehen, wann er anruft.«

Filo stöhnte. »Das ist meine Sarah. Du willst also neben dem Telefon sitzen und darauf warten, dass Giovanni Lust kriegt, mit dir ins Bett zu steigen?«

»Ich hoffe, dass es nicht nur das ist, was ihn bewegen wird, anzurufen.«

»Oh nein. Also wieder die Große-Liebe-Nummer? Kannst du nicht einfach mal nehmen und genießen?«

»Nein. Nicht in diesem Fall.« Sarah fühlte, wie die Freude über den gestrigen Abend immer mehr zusammenschrumpfte, wie ein Luftballon in der Sonne. »Lass mich doch einfach in Ruhe! Ich bin nun mal nicht so wie du: Sex und hopp!«

Sascha streichelte Sarahs Hand. »Dich hat's wohl richtig erwischt, was? Hör nicht auf die böse Filo. Die ist bloß neidisch, weil sie gar nicht weiß, was wahre Liebe ist.«

»Richtig. Und darüber ist die böse Filo verdammt froh. Ich habe ja oft genug gesehen, was die ›wahre Liebe‹ aus so sentimentalen Menschen wie euch macht.«

»Was denn?« In Saschas Frage schlich sich ein aggressiver Unterton.

»Abhängige Geschöpfe, die keinen Gedanken mehr fassen können, der nicht um ihren Angebeteten kreist. Danke, nein. Es ist wichtig, dass man die Kontrolle behält.«

»So wie Claudia?« Filos Kaltschnäuzigkeit ging Sarah auf die Nerven. »Entschuldige, das war nicht fair.«

»Nee, war es nicht. Ich will eben nicht leiden. Das ist es nicht wert.« Filo warf den Kopf in den Nacken.

»Armes Mädchen. Aber es gibt kein wirkliches Glück, das nicht auch Leid bedeuten kann.« Sarah legte eine Hand auf den Arm ihrer Freundin.

»Sprach die weise Hundertjährige. Ich bin überhaupt nicht arm. Und ich bin glücklich genug. Mehr ist ungesund. Ich hätte schon längst bei Giovanni angerufen und ihn spätestens heute Abend bei mir im Bett.« Filo rekelte sich auf ihrem Stuhl und hob störrisch ihr spitzes Kinn.

»Ich weiß. Aber das ist mir einfach zu wenig. An Frauen, die mit ihm ins Bett gehen möchten, mangelt es ihm bestimmt nicht. Da möchte ich mich nicht einreihen, das könnte ich einfach nicht ertragen. Ehe ich eine von vielen heißen Nummern werde, werde ich lieber gar nichts für ihn.«

»Oh, Sarah, du zerreißt mir das Herz.« Sascha wischte sich mit dem Handrücken Tränen aus den Augen.

»Sascha, du bist ein Weichei.« Filo reichte ihm ein Taschentuch.

»Ich weiß und ich bin es gern. Es geht doch nichts über eine romantische Liebesgeschichte. Zu schade, dass wir heute fahren müssen. Ich würde zu gerne sehen, wie es weitergeht.«

»Meine Güte, Sascha, ich bin doch nicht die Hauptperson in einem *Silvia*-Roman«, beschwerte sich Sarah.

»Sei bloß froh, dass der morgen arbeiten muss«, sagte Filo, »sonst würde er dir nicht mehr von der Pelle rücken. Wahrscheinlich würde er noch an der Schlafzimmertür lauschen.«

»Gut möglich.« Sascha lächelte verzückt.

»Ich werde euch trotzdem vermissen«, sagte Sarah, plötzlich den Tränen nahe.

»Ha. Aber nur bis nachher das Telefon klingelt und Giovanni dich seiner ewigen Liebe versichert. Dann weißt du gar nicht mehr, wie wir heißen.«

»Dein Wort in Giovannis Ohr«, seufzte Sarah und lächelte bei dieser Vorstellung.

*

Beck saß in seiner Küche und schlürfte einen Espresso. Er sah sich prüfend in seiner Küche um. Ziemlich kahl hier. Wenn er seine Einrichtung mit Sarahs gemütlicher Aschenputtel-Küche verglich, schnitt er ziemlich schlecht ab.

Bisher hatte er eigentlich immer einen kühlen, geradlinigen Stil bevorzugt, aber jetzt fand er, dass seiner Wohnung ein paar Accessoires ganz gut täten. Vielleicht ein paar Kräuter auf der Fensterbank im Sommer und ein, zwei fröhliche Drucke an der Wand. Für so ein gemütliches, antikes Küchensofa, wie Sarah es hatte, fehlte ihm leider der Platz.

Er lächelte im Gedanken an den gestrigen Abend. Ob er mal bei Sarah anrufen sollte? Nein, lieber nicht. Heute waren Sascha und Filo noch da, da wollte er nicht stören. Außerdem musste er seine Gefühle noch ein bisschen sondieren, lieber nichts überstürzen. Schließlich hatte er eigentlich seine Beziehung mit Ayana noch gar nicht richtig verarbeitet.

Vielleicht war es doch zu früh, schon wieder etwas anzufangen. Andererseits – Sarah gefiel ihm schon gut. Sehr gut, um genau zu sein. Wer wusste, wann ihm noch einmal solch eine Frau über den Weg lief. Bevor er nicht genauer wüsste, was er eigentlich wollte, würde er jedenfalls nicht anrufen.

Er hatte außer einem kleinen Flirt gestern auch gar nichts vorgehabt mit der hübschen Sarah. Aber wenn einem eine solche Gelegenheit serviert wurde, wer hätte da schon widerstehen können? Schließlich lag sein Sexualleben schon seit einem halben Jahr brach. Ob Sarah überhaupt mehr im Sinn hatte als ein bisschen gesundheitsfördernden Sex? Sie hatte schließlich auch gerade einen Neuanfang gestartet. Wenn er allerdings an ihre Schokoladenaugen dachte ... Er würde einfach abwarten. Vielleicht rief sie ja an.

Mühsam richtete er seine Gedanken auf den Fall der Familie Ahrendt. Er war seit Tagen eigentlich kein Stück weitergekommen. Selbst wenn Frau Ahrendt ihren Mann vorsätzlich hatte verbrennen lassen – was sagte das letztendlich über den Mord an ihrer Tochter aus? Das hieße noch lange nicht, dass der alte Ahrendt seine Tochter umgebracht hatte. Und wenn doch – wie sollte er das herauskriegen, wenn die Mutter sich weiterhin in geistige Umnachtung hüllte?

Fest stand, dass Ahrendt seine Tochter, seine Kinder grausam behandelt, vielleicht sogar misshandelt hatte. Wahrscheinlich hatte er seine Tochter auch sexuell missbraucht. Beck würde noch einmal mit dem Bruder reden müssen, vielleicht ließ der ja jetzt, nach dem Tod des Vaters, etwas über die Vergangenheit dieser Schreckensfamilie heraus.

Vorher würde er aber noch Viktoria kontaktieren. Er sah auf seine Uhr. Zehn Uhr. Ob er wohl jetzt schon bei Viktoria anrufen konnte? Wenn sie allerdings mit ihrem neuen Liebhaber eine rauschende Silvesternacht verbracht hatte, würde sie ihn steinigen. Dann würde er vielleicht doch lieber erst bei Christian Ahrendt vorsprechen.

Er trank seinen Espresso aus und ging ins Bad. Erst einmal eine ausgiebige Dusche, dann sah er hoffentlich klarer.

*

Sarah winkte noch ein letztes Mal hinter Filos Sportflitzer her und wandte sich wieder dem Hof zu. Sie sah auf die Uhr. Gleich zwei und Giovanni hatte immer noch nicht angerufen. Na ja, schließlich war er auch noch später ins Bett gekommen als sie, er hatte ja noch nach Hause fahren müssen. Vielleicht arbeitete er heute auch, sie hatte keine Ahnung, wie das bei Kriminalbeamten war.

Siedend heiß fiel ihr plötzlich die Thermoskanne ein. Sie hatte völlig vergessen, Giovanni davon zu erzählen. Verdammt! Jetzt müsste sie ihn wahrscheinlich schon deshalb anrufen, vielleicht war es ja wichtig? Aber sie wollte ihn nicht zuerst anrufen, das wirkte doch wie ein Vorwand! Nein, auf jeden Fall wartete sie noch einige Stunden. Noch bestand ja Hoffnung, dass er sich melden würde.

Sie ging auf den Seitenflügel zu, um Karla abzuholen. Das Mädchen hatte die beiden wahrscheinlich von ihrem Mittagsschläfchen abgehalten, das konnten sie jetzt noch nachholen. Sie stieg die Stufen hoch und blieb wie erstarrt stehen. Christian! Hatte irgendjemand Christian benachrichtigt? Vielleicht Giovanni? Aber er hatte gestern nichts erwähnt.

Sie machte kehrt und ging über den Hof. Christian musste doch wissen, was passiert war und auch, dass Karla wieder bei ihr wohnte! Was, wenn er heute, am Feiertag, seine Eltern und seine Nichte besuchen wollte? Oh Gott! Sie rannte die Treppe zur Haustür hoch und an ihr Telefon. Das Freizeichen ertönte endlos, bis der Anrufbeantworter ansprang. Sarah stöhnte. Sie konnte doch eine solche Nachricht nicht auf dem Anrufbeantworter hinterlassen!

Gerade als sie wieder auflegen wollte, hörte sie Christian seinen Namen nennen. Sie hob den Hörer wieder an ihr Ohr. »Christian? Hier ist Sarah.«

»Hallo Sarah, ich glaube, ich weiß, was du mir erzählen willst, ich habe es eben gehört. Der Kommissar ist gerade bei mir.«

»Oh, Christian, es tut mir so leid. Es ist eine solche Tragödie und du hast ja auch noch die Sorge mit Susi.«

»Der geht es ganz gut. Danke, dass du Karla wieder bei dir aufgenommen hast. Es wäre bloß schön gewesen, wenn du mich gleich angerufen hättest und ich es gestern schon gewusst hätte. Ich bin momentan ziemlich überfordert mit den ganzen Fragen von Beck.«

Sarah schämte sich entsetzlich. »Ich ... ich weiß auch nicht, wie ich das vergessen konnte, Christian. Ich war halt auch ziemlich mitgenommen. Entschuldige bitte.«

»Ist schon gut. Es hätte ja auch nichts mehr geändert. Ich muss jetzt Schluss machen. Ich melde mich wieder.« Bevor Sarah sich verabschieden konnte, hatte er schon aufgelegt.

Wie hatte sie nur vergessen können, bei Christian anzurufen? Andererseits, war das nicht Aufgabe der Polizei? Aber anscheinend telefonierte die Polizei ja nicht gern! Sie schüttelte den Kopf. Jetzt war sie schon wieder in ihre selbstsüchtigen Gedanken verstrickt. Reiß dich zusammen, Sarah. Zwei Menschen sind tot, ein Haus ist abgebrannt, Karla hat keine Mutter mehr und ihre Großmutter ist irre geworden. Und du greinst, weil der Polizeibeamte, der mit diesem grauenhaften Fall befasst ist, keine Zeit hat, dich anzurufen. Vielleicht benimmst du dich zur Abwechslung mal wieder wie eine Erwachsene?

Entschlossen straffte sie ihre Schultern und ging zu Asta, um Karla abzuholen. Leider war sie nun mal keine siebzehn mehr und konnte sich nicht ausschließlich ihrem Liebesglück hingeben. Oder Liebesleid? Noch war ja nicht klar, was sich entwickeln würde. Oder?

Sie schüttelte sich. Schluss jetzt, Zeit ein anderes Programm einzuschalten, vom Teenie-Kanal zum Programm für erwachsene Mitbürgerinnen und Mitbürger. Schade.

*

Beck sah sich unbehaglich im Raum um, während Christian Ahrendt am Telefon war. Obwohl der Raum tadellos aufgeräumt war – offenbar war Christian ordentlich – wirkte er vernachlässigt. Wahrscheinlich fehlte die weibliche Hand, die hier einen Blumenstrauß und dort eine Schale mit Obst verteilt hätte. Männer hatten ja bekanntermaßen für so etwas keinen Sinn.

Christian Ahrendt hatte die erneute Tragödie in seiner Familie sichtlich getroffen und er hatte Beck den Vorwurf gemacht, ihn erst so spät zu informieren. Nicht ganz zu unrecht, aber irgendwie hatte Beck angenommen, dass Sarah sich darum gekümmert hatte.

Natürlich, jetzt ist Sarah schuld an deinen Versäumnissen, dachte er. Noch nicht mal eine Beziehung, aber schon Schuldzuweisungen, das ging ja gut los.

Er hatte einfach nicht daran gedacht, vielleicht, weil der junge Ahrendt so gar nicht wie ein Teil dieser Katastrophenfamilie wirkte. Dazu wirkte er, bei aller Betroffenheit durch die Situation, viel zu normal, zu gesund und karriereorientiert.

Ahrendt kam vom Telefon zurück. Er war blass, aber wirkte gefasst. »Das war Sarah Dittmann. Sie wollte mir erzählen, was passiert ist.«

Bei der unvermittelten Erwähnung Sarahs wäre Beck fast rot geworden, ihm wurde jedenfalls ganz warm. Gut, dass Ahrendt nichts von der Entwicklung zwischen seiner alten Schulfreundin und Beck wusste, irgendwie erschien ihm das jetzt unpassend. Ahrendt setzte sich wieder zu Beck an den großen Esstisch.

»Nochmals mein herzliches Beileid, Herr Ahrendt. Ich weiß, dass das sehr hart für Sie sein muss, so kurz nach dem Tod Ihrer Schwester.«

Christian Ahrendt nickte. »Ich habe das Gefühl, ich begreife es noch gar nicht richtig. Erst das Theater mit Susis Schwangerschaft, dann Claudia, dann mein Vater …

Unfassbar, ich glaube, ich sollte mir ein paar Tage Urlaub nehmen.«

Beck nickte. »Das wäre sicherlich besser. Ein Wunder, dass Sie überhaupt noch durchhalten.«

Ahrendt zuckte mit den Schultern. »Was bleibt mir übrig? Susi und die Kinder sind doch vollkommen abhängig von mir, da kann ich nicht auch noch schlappmachen.«

»Aber bei Ihrer Arbeitsstelle hat man doch sicher Verständnis angesichts der Tragödie, die Sie getroffen hat?«

»Bis zu einem gewissen Grad, ja. Aber ein paar Tage Krankheit zu viel oder zur falschen Zeit und man findet sich in der zweiten Reihe wieder. Die Luft ist dünn in unserer Branche. Ich habe einfach zu hart gearbeitet, um jetzt zu scheitern. Ich bin ganz kurz davor, in die Chefetage aufzurücken Also muss ich durchhalten.«

Beck schwieg und dachte, dass es auch Vorteile hatte, Beamter zu sein. Sicher, die Karriere in seinem Job hing auch von persönlichem Einsatz und besonderen Leistungen ab. Aber wenigstens flog man nicht gleich raus, bloß weil man sich erlaubte, um seine Familie zu trauern.

Aber das Business machte wohl auch hart. Er fand es schon erstaunlich, dass Ahrendt sich angesichts der entsetzlichen Ereignisse der letzten Tage noch Gedanken um seine Karriere machen konnte. Aber Beck hatte ja auch leicht reden, er musste schließlich nicht Frau und zwei, bald drei Kinder ernähren und ein teures Haus unterhalten, Gott sei Dank.

Ob Sarah wohl Kinder wollte? Wahrscheinlich, das wollten doch die meisten Frauen.

Er zwang sich in die Gegenwart zurück. »Herr Ahrendt, ich weiß, Sie brauchen eigentlich Zeit, die Ereignisse zu verarbeiten. Ich kann aber leider mit meinen Fragen nicht so lange warten. Bitte, versuchen Sie, das zu verstehen.«

Ahrendt nickte resigniert.

»Hat Ihr Vater geraucht?«

Ahrendt sah Beck überrascht an. »Nein, seit Jahren nicht mehr, der Blutdruck. Wieso ist das von Bedeutung?«

Beck dachte an das stets gerötete Gesicht des alten Ahrendt. Das passte. Er zögerte kurz und beschloss dann, in die Offensive zu gehen. »Herr Ahrendt, warum hasste Ihre Mutter Ihren Vater so sehr, dass sie ihn nicht weckte, als das Haus brannte?«

Ahrendt fuhr auf. »Wollen Sie damit sagen, dass meine Mutter meinen Vater absichtlich hat verbrennen lassen?«

»Es sieht ganz so aus, leider.« Beck verschwieg, dass sein Vater vielleicht sogar in irgendeiner Form betäubt worden war, da er sonst eher hätte aufwachen müssen. Es sei denn, er wäre an Rauchvergiftung gestorben, bevor er verbrannt war.

»Wie kommen Sie darauf? Das sähe meiner Mutter wirklich nicht ähnlich. Sicher, meine Eltern führten keine glückliche Ehe. Aber meine Mutter ordnete sich immer unter, versuchte meinem Vater immer alles recht zumachen, das passt doch nicht zusammen.« Ahrendts Stimme zitterte.

»Vielleicht. Aber wie sonst würden Sie erklären, dass Ihre Mutter, bevor sie mit Ihrer Nichte das Haus wegen des Feuers verließ, erst in aller Seelenruhe Tee kochte und Karlas Kuscheltier einpackte?«

»Was?« Ahrendt sank auf seinen Stuhl zurück. »Das hieße ja …«

Beck nickte. »Das hieße, sie hätte das Feuer selbst gelegt. Zumindest ist es sehr unwahrscheinlich, dass man ein Feuer entdeckt, in solche Panik gerät, dass man vergisst seinen Ehemann zu wecken, aber sich andererseits Zeit nimmt, Tee zu kochen.«

»Vielleicht … vielleicht hatte sie den Tee ja sowieso schon gekocht?«

»Und ihn in eine Thermoskanne gefüllt?«

»Zugegeben, das war bei uns eigentlich nicht üblich, aber reicht das als Beweis?«

»Nein, aber es ist ein starkes Indiz.« Wo war eigentlich die Thermoskanne geblieben, schoss es Beck durch den Kopf. Er hatte vergessen, danach zu suchen, nachdem er Karlas Aussage gehört hatte. Verdammt. Seine Vorliebe für Sarah Dittmann schien ihm schon das Gehirn zu vernebeln.

Christian Ahrendt fuhr sich mit der Hand durch die Haare, bis sie in alle Richtungen abstanden. »Das kann ich nicht glauben. Meine ängstliche Mutter, die sich jahrelang von meinem Vater unterdrücken ließ, soll das getan haben?«

»Sie glauben gar nicht, wozu die Menschen fähig sind, wenn sie lange genug gelitten haben. Irgendwann ist dann plötzlich das Maß voll.«

Christian ließ die Hände sinken und nickte langsam. »Ja, das ist es wohl.«

»Ich frage Sie noch einmal: Warum hasste Ihre Mutter Ihren Vater so sehr?«

»Ich habe Ihnen doch schon erzählt, wie er mit uns umgegangen ist. Mein Vater war nicht fähig, uns zu lieben. Für ihn waren wir nur Besitztümer, die er nach Wunsch vorzeigen oder wegstellen konnte, wenn er uns nicht brauchte.«

»Besitztümer, die er nach Gutdünken benutzen oder gar missbrauchen konnte?«

Ahrendt richtete seine dunkel umschatteten Augen auf Beck. »Was wollen Sie damit andeuten?«

»Es spricht einiges dafür, dass Ihr Vater Ihre Schwester sexuell missbraucht hat. Wäre es denkbar, dass sie ihn erpresst und er sie dafür in einem Anfall von Wut oder Panik umgebracht hat?«

Christian Ahrendt schwieg.

»Haben Sie etwas bemerkt, das diesen Verdacht unterstützen würde? Sie haben erzählt, Sie und Ihre Schwester hätten in Ihrer Jugend ein enges Verhältnis gehabt. Bestimmt hätte sie doch mit Ihnen darüber gesprochen?«

»Hat sie aber nicht. Herr Beck, Sie sind auf einem vollkommen falschen Dampfer.«

»Dann sagen Sie mir doch, welches der richtige Dampfer ist! Warum herrschte ein solcher Hass zwischen Ihrer Mutter und Ihrem Vater?«

»Woher soll ich denn wissen, was der richtige Dampfer ist! Bin ich hier vielleicht der Kriminalkommissar?« Schlagartig verlor Ahrendt die Beherrschung. »Reicht es denn nicht, dass unser Vater uns geschlagen und verhöhnt hat? Dass er alle unsere Freundschaften mit Schmutz überzog, dass niemand zu uns nach Hause kommen mochte, weil alle Angst vor dem Arschloch hatten? Reicht es nicht, dass er meine Mutter in ein willenloses Wrack verwandelt hat, das hilflos mit ansah, wie er seine Kinder schlug und quälte, weil sie selber Angst vor seinen brutalen Schlägen hatte? Was meinen Sie, wie oft wir in der Schule Ausreden finden mussten, warum wir uns schon wieder gestoßen hatten, schon wieder die Treppe heruntergefallen waren!« Er brach auf seinem Stuhl zusammen und weinte in die vor sein Gesicht geschlagenen Hände.

Beck fühlte sich elend, aber was sollte er tun? Christian war die einzige Informationsquelle, die ihm über die Familie des Opfers noch zur Verfügung stand. »Es tut mir leid, Herr Ahrendt. Nur noch eins: Würden Sie Ihrem Vater einen Mord an Ihrer Schwester zutrauen?«

Christian nahm die Hände vom Gesicht und schaute Beck an. Er sah plötzlich so alt und gezeichnet aus, dass jener erschrak.

»Ja«, flüsterte Ahrendt, »ich würde ihm ohne weiteres einen Mord an jedem von uns zutrauen. Irgendwie hat er uns doch schon alle getötet, nicht wahr?«

*

»Ich frage mich, wie das alles weitergehen soll mit Karla.« Asta, Luise und Sarah saßen im Salon und tranken Tee. Karla war mit Muffin auf den Hof gegangen und warf Stöckchen im Laternenschein. Sarah, versuchte nicht daran zu denken, dass es bereits halb fünf war und Giovanni immer noch nicht angerufen hatte. Vergessen haben konnte er sie ja wohl nicht, immerhin hatte er bei Christian gesessen, als sie anrief.

Andererseits hatte er wahrscheinlich alle Hände voll zu tun, diesen Fall voranzutreiben. Wenn er doch bloß endlich herausfinden könnte, wer Claudia umgebracht hatte, damit auch die Zukunft von Karla geklärt werden konnte! Die Kleine fragte nicht mehr, aber Sarah spürte, dass das Mädchen sich darüber Gedanken machte. Und jetzt, da Sascha und Filo nicht mehr da waren, um sie abzulenken, würden die Fragen wiederkommen.

Sie hatte jedoch keine Antwort. Dass Karla hierbleiben konnte, war illusorisch. Selbst, wenn ihre Großmutter nicht mehr zur Verfügung stehen sollte – da waren immer noch der Vater oder Christian als Blutsverwandte. Der Vater käme sicherlich an erster Stelle in Frage, wenn … ja, wenn er nicht die Mutter seines Kindes auf dem Gewissen hatte.

Sie fröstelte und zog ihre Strickjacke enger um sich.

»Hör auf zu grübeln, Sarah, du kannst dieses Problem nicht lösen. Du tust doch schon so viel. Immerhin gibst du Karla seit einigen Tagen ein Zuhause.«

»Nicht ich allein. Ohne euch würde mir das wesentlich schwerer fallen.«

Asta nickte. »Wir tun es gern. Es ist sehr schön, mal wieder ein kleines Mädchen im Haus zu haben. Bei dir ist es schließlich schon eine ganze Weile her.«

Luise seufzte. »Bitte, sprich nicht davon.« Sie gähnte. »Seit gestern Nacht bin ich sowieso schon mindestens drei Jahre älter geworden.«

»Was trinkst du auch so viel. Das ist überhaupt nicht gut für eine Frauenleber, schon gar nicht für so eine alte.« Asta schnaubte missbilligend.

»Ja, ja. Wir können ja nicht alle solche Heiligen sein wie du.« Luise fiel in beleidigtes Schweigen.

»Ich habe gestern total vergessen, Giovanni von der Thermoskanne zu erzählen, die ich in der Scheune gefunden habe«, sagte Sarah.

»Hast du? Und warum sollte das von Bedeutung sein?« Asta zog fragend eine Augenbraue hoch.

»Weil man daraus schließen könnte, dass Frau Ahrendt ihren Mann bewusst nicht gerettet hat.«

Asta schlug sich die Hand vor den Mund. »Also doch. Es ist schrecklich, aber wundern tut's mich nicht, so wie der seine Frau behandelt hat. Der Krug geht eben so lange zum Brunnen, bis er bricht. Und nun ist er zerbrochen, in tausend Scherben.«

Luise schüttelte den Kopf. »Ich versteh so was nicht. Warum hat sie sich nicht einfach scheiden lassen? Ist doch heute kein Problem!«

Sarah nickte. »Ich begreife es auch nicht. Wie kann man über all die Jahre so viel Unglück für sich, aber vor allem für seine Kinder erdulden?«

»Du darfst nicht von dir ausgehen, Sarah. Frau Ahrendt gehört einer anderen Generation an«, sagte Asta.

»Du doch auch. Du hättest so etwas niemals hingenommen. Und Luise hat sich schon vor fünfzig Jahren scheiden lassen.«

»Und habe gut daran verdient.« Luise lächelte selbstgefällig.

»Luise ist kein Maßstab«, sagte Asta. »Die hatte schon immer einen eisernen Willen. Außerdem war ihr Mann ein Weichei.«

»Stimmt. Aber steinreich. Eine hervorragende Kombination.« Luise schielte in Richtung der Champagnerflasche, die von gestern wie durch ein Wunder übrig geblieben war.

Asta schlug ihr auf die Hand. »Heute gibt's nichts. Du machst dir heute Abend einen Leberwickel.« Luise stöhnte gequält. »Hilde Ahrendts Vater war genauso streng und grausam wie ihr Mann, sie kannte es nicht anders. Außerdem – wie hätte sie ihn denn verlassen können? Sie hat ihn mit neunzehn geheiratet, nie einen Beruf erlernt. Wie hätte sie denn ihre Kinder durchbringen sollen?«

»Aber Ahrendt hätte doch zahlen müssen!« Sarah schlug empört mit der Hand auf den Tisch.

»Im Prinzip schon. Aber kannst du dir vorstellen, dass er anstandslos den Unterhalt für Frau und Kinder gezahlt hätte?«

Sarah schüttelte den Kopf. »Nein, eher hätte er sie bedroht und verfolgt. Was für eine ausweglose Situation.«

»Ja, wenn man bedenkt, dass Frauen über Jahrhunderte in diesen Abhängigkeiten gelebt haben, können wir uns wirklich glücklich schätzen.«

»Du hast recht. Wir brauchen keine Männer mehr, die für unseren Unterhalt sorgen.« Sarah seufzte.

Asta strich ihr über die Schulter. »Nur ganz verzichten können wir auch nicht auf sie, nicht wahr? Was hast du denn nun vor mit deinem hübschen Kommissar?«

Luise erwachte zu neuem Leben. »Na, das ist ja wohl keine Frage!«

»Es ist wohl eher die Frage, was er mit mir vorhat«, sagte Sarah.

»Das finde ich nicht. Du bist verliebt, das ist schön. Aber bist du denn wirklich bereit für eine neue feste Beziehung?«

»Keine Ahnung. Das kommt auf die Bedingungen an.«

»Bedingungen? Willst du einen Vertrag aufsetzen?«

Sarah lachte. »Am liebsten, ja. Punkt 1: Die Beteiligten verpflichten sich hiermit, einander zu lieben, aber nicht einzuengen, Punkt 2: Keiner schläft mit einem anderen, solange die Beziehung besteht, Punkt 3: Man teilt Freud und Leid, aber nicht die Wohnung, Punkt 4: Man hat ein gemeinsames, aber auch ein eigenes Leben, Punkt 5: ...«

»Punkt 5«, unterbrach Asta, »sollte das alles, wie zu erwarten, nicht klappen, gibt man sich die Hand und geht seiner Wege, ohne schmutzige Wäsche zu waschen.«

»Punkt 6«, ergänzte Luise, »du darfst alle Diamanten behalten, die er dir während eurer Affäre geschenkt hat.«

»Diamanten! Luise, wach auf! Wir leben im 21. Jahrhundert! Da bekommen die Frauen höchstens mal eine Kinokarte geschenkt.«

Luise lachte verächtlich. »Das habt ihr nun von eurer dämlichen Emanzipation!«

Sarah seufzte. »Meint ihr, dass ich zu viel erwarte?«

»Das musst du Giovanni fragen. Aber möglichst nicht gleich, wenn er anruft.« Asta strich ihr über den Arm.

»*Wenn* er anruft«, betonte Sarah.

*

Beck fuhr frustriert nach Braunschweig zurück. Er saß in diesem Fall vollkommen fest. Außerdem schien seine Erkältung wieder durchzukommen, natürlich hatte er heute Morgen vergessen, das Grippemittel einzunehmen. In solchen Dingen war er eine Katastrophe. Regelmäßigkeit war wirklich nicht sein Ding: Er schaffte es nicht, regelmäßig Sport zu treiben, Medikamente einzunehmen oder auch nur zu essen.

Vielleicht hatte er ja wenigstens bald wieder regelmäßigen Sex? Da hatte Sarah Dittmann allerdings auch noch ein Wörtchen mitzureden. Er dachte an gestern Abend und grinste. Abgeneigt schien sie jedenfalls nicht zu sein.

Während er die menschenleeren Straßen des Landkreises Helmstedt passierte, versuchte er die Fakten, die er über die Familie Ahrendt in Erfahrung gebracht hatte, mit Indizien und seiner Intuition in Einklang zu bringen.

Der alte Ahrendt hatte seine Frau und Kinder jahrelang unterdrückt und sowohl körperlich als auch seelisch gequält. Die Familie hasste ihn, hatte diesen Hass jahrelang in sich verschlossen, ohne sich wehren oder ihn offen aussprechen zu können. Seine Frau hatte ihn wahrscheinlich umgebracht, wenigstens durch unterlassene Hilfeleistung, wahrscheinlicher durch vorsätzlichen Mord, was allerdings schwer nachzuweisen war, zumindest nach dem jetzigen Stand.

Hatte Claudia versucht, ihren Vater zu erpressen? Wollte sie ihn im Dorf, in seiner Gemeinde, bloßstellen? Bloß, warum erst jetzt? Und wenn ja, hätte sie ihm wirklich schaden können? Im Dorf hatte doch sowieso jeder gewusst, was bei den Ahrendts lief.

Zum Bürgermeister hatten sie den Alten trotzdem gewählt.

Unglaublich, wenn man genauer darüber nachdachte. Das ganze Ausmaß war wahrscheinlich doch nicht bekannt gewesen. Hin und wieder eine Ohrfeige galt auf dem Land wahrscheinlich immer noch als legitimes Erziehungsmittel. Dass es mehr gewesen war, dass der Alte seine Kinder und Frau anscheinend regelmäßig verdroschen hatte, das hatten wahrscheinlich alle gemeinsam vor der Öffentlichkeit verborgen. Niemand wollte ein Opfer sein, vor allem nicht in der Pubertät, in der man um jeden Preis cool und überlegen wirken musste.

Plötzlich fiel ihm die Thermoskanne ein. Mist! Er fuhr auf einen Feldweg und wendete in Richtung Avessen. Er musste wenigstens versuchen, sie zu finden, auch wenn Karlas Aussage eigentlich ausreichend war.

Er nahm seinen Gedankengang wieder auf. Warum war die Situation in der Familie Ahrendt plötzlich so eskaliert? Sicherlich hatte es vordergründig etwas mit der Rückkehr Claudia Ahrendts nach Avessen zu tun. Sie war gekommen, um hier einen Neuanfang zu starten, und hatte von ihrem Vater Geld gefordert für eine Ausbildung zur Kosmetikerin. Das hatte der nach eigener Aussage verweigert. Wahrscheinlich hatte sie ihm dann gedroht, mit ihrer Kindheitsgeschichte an die Öffentlichkeit zu gehen.

War der Alte daraufhin durchgedreht und hatte seine Tochter erdrosselt? Für die Tatzeit hatte er aber durch seine Frau ein Alibi. Sie hatte ausgesagt, dass sie ihn hatte schnarchen hören Warum sollte sie für ihren Mann lügen, obwohl sie ihn so hasste? Oder hatte sie noch nach alter Gewohnheit aus Angst vor ihrem Ehemann versucht, diesen zu schützen? Andererseits wäre das doch die Gelegenheit gewesen, ihn loszuwerden? Was hätte er ihr schon noch tun können, wenn er wegen Mordes verhaftet worden wäre?

Die Gefahr, dass das Leid ihrer Familie in einem Prozess an die Öffentlichkeit gezerrt worden wäre, wäre allerdings groß gewesen. Hatte sie deshalb ihren Mann gedeckt? Irgendwie war das alles nicht überzeugend.

Beck stöhnte. Er hatte das Gefühl, dass seine Erkältung mit Macht zurückkam, und rieb sich seine schmerzende Stirn. Er passierte das Ortsschild von Avessen und bog in die kleine Gasse zum Ahrendthof ein.

Erschüttert von dem Ausmaß der Zerstörung blieb er nach dem Aussteigen am Hoftor stehen. Kein Wunder, dass Sarah dieser Anblick mitgenommen hatte. Von der pompösen Pracht des Hofes war nichts mehr übrig. Das, was vor wenigen Tagen noch wie ein Wahrzeichen großbäuerlichen Reichtums geprunkt hatte, war nun eine traurige Ruine.

Er schüttelte den Kopf und wandte sich nach links zu den Wirtschaftsgebäuden. Gleich vorn war ein großes Scheunentor halb aufgeschoben und er trat hinein. Vorn in der Scheune waren Strohballen gestapelt und zwei der Ballen lagen einzeln davor. Gut möglich, dass Frau Ahrendt und ihre Enkelin hier während des Feuers gesessen hatten.

Er suchte hinter den Ballen und zwischen den großen Stapeln. Nichts. Allerdings war es ja nicht sicher, dass die beiden sich hier aufgehalten hatten.

Er trat wieder auf den Hof hinaus und prüfte die beiden anderen Tore. Sie waren verschlossen. Unwahrscheinlich, dass sie erst nach dem Feuer abgeschlossen worden waren. Also war es wohl doch die erste Scheune gewesen. Er seufzte. Wieder mal keinen Schritt weiter.

Er stieg wieder in seinen Wagen und fuhr die Gasse hinunter. Als er am Hof der Dittmanns vorbeikam, zögerte er und hielt an. Sascha und Filo schienen fort zu sein, jedenfalls stand der Wagen mit dem Berliner Kennzeichen nicht mehr vor der Mauer. Sollte er kurz hineingehen und Hallo sagen? Der Gedanke an Sarahs gemütliche Küche und vielleicht ein warmes Getränk (und einen heißen Kuss) huschte verführerisch durch seinen Kopf.

Nein, zu kompliziert. Er fühlte sich jetzt nicht in der Lage, Sarah gegenüberzutreten, mit all den unausgesprochenen Gefühlen und Erwartungen, die auf beiden Seiten damit einhergingen.

Am besten führe er jetzt nach Hause und riefe bei Viktoria an. Er brauchte ihre psychologische Einschätzung der Familiensituation. Wenn man mit Fakten nicht weiterkam, dann vielleicht mit weiblicher Intuition. Und danach eine heiße Badewanne mit seinem Erkältungsbad.

Was war er nur für ein Versager! Wenn man ein heißes Bad der Begegnung mit einer tollen Frau vorzog, sollte man sich allmählich Gedanken um seine Anwartschaft auf einen Platz im Altenheim machen.

19. Kapitel

Beck schlürfte den nach Pappe schmeckenden Bürokaffee und dachte an den netten Arzt aus dem Therapiezentrum mit seiner neuen Espressomaschine. In naher Zukunft würde er eine solche Anschaffung in seinem Kommissariat anregen.

Er fühlte sich krank, das gestern Nachmittag verspätet

eingeworfene Medikament hatte anscheinend nichts mehr bewirkt. Immerhin hatte er sich ein heißes Bad gegönnt, diesmal ohne Störung. Es war schon erstaunlich, wie viel besser man sich danach fühlte, wenn auch nur kurzfristig.

Viktoria hatte er nicht erreicht, aber das war wahrscheinlich auch besser so. Sie wäre ohnehin nicht in der Stimmung gewesen, ihm in seinem Fall weiterzuhelfen. Es sollte ja Menschen mit einem Privatleben geben, dem sie an einem freien Neujahrstag nachgingen.

Dennoch – er konnte sich nicht überwinden, bei Sarah anzurufen, um seinem Privatleben auf die Sprünge zu helfen. Es war Feigheit, so viel wusste er. Angst vor den Verpflichtungen, die mit einer neuen Beziehung einhergingen.

Gleichzeitig hatte er aber auch davor Angst, dass Sarah gar keine Beziehung mit ihm wollte. Abgewiesen zu werden war noch unerträglicher als die Furcht vor der Einbuße an Freiheit, die unweigerlich mit jeder verbindlichen Partnerschaft einherging. Ließe er sich darauf ein, dann ginge es wieder los, mit den Fragen, den Rechtfertigungen, dem Gefühl, niemandem gerecht werden zu können, weder den beruflichen Anforderungen noch der Musik und schon gar nicht einer Frau, die darauf wartete, dass Giovanni Beck vielleicht doch noch einmal zu sozialverträglichen Zeiten nach Hause kam.

Andererseits hatte es ja auch mit Ayana nicht geklappt, einer Frau, die genauso eingespannt war wie er und zu ebenso unmöglichen Zeiten arbeiten musste. Sie waren mehr getrennt zu irgendwelchen Feiern und Veranstaltungen gegangen als zusammen. Ihre Freunde hatten sich genauso daran gewöhnt wie sie selbst. Nur, wer so wenig miteinander teilte, hatte irgendwann auch nichts mehr gemeinsam.

Wonach suchte er also oder nach wem? Nach einem Heimchen, das seinem beschaulichen, regelmäßigen

Tagesgeschäft nachging und mit den Brosamen vorliebnahm, die sein Beruf und seine Musik übrig ließen?

Er war wirklich ein anstrengender Partner. Nicht genug, dass sein Beruf häufig seine Abwesenheit zu Zeiten erforderte, in denen andere Leute sich ihrer Familie und ihren Freunden widmen konnten. Nein, er musste sich mit seinem Gitarrespiel auch noch ein Hobby suchen, das ihn an seinen wenigen freien Wochenenden zusätzlich verpflichtete. Welche Frau sollte sich denn damit abfinden?

Und eine, der es als Freizeitaktivität genügte, ihn auf der Bühne anzuhimmeln, die genügte ihm nun wieder nicht. Hatte er alles ausprobiert.

Hoffnungslos, er war ein aussichtsloser Fall. Aber auf die Musik konnte er einfach nicht verzichten, dazu war sie einfach zu sehr ein Teil von ihm. Er freute sich trotz seines Grippeschädels schon sehr auf die Probe heute Abend. Wahrscheinlich würde heute alles schon etwas entspannter abgehen. Ob Sarah wohl Soul mochte?

Es polterte auf dem Flur und Wagner brach durch die Tür. »Ein frohes neues Jahr!«

Beck gab die guten Wünsche zurück und wies auf den freien Stuhl, der vor seinem Schreibtisch stand. »Hatten Sie eine nette Silvesterfeier?«, erkundigte er sich mehr der Höflichkeit halber. Es interessierte ihn eigentlich überhaupt nicht.

»Ja, mehr als nett, sie steckt mir heute noch in den Knochen. Ich habe mit alten Freunden gefeiert, die ich noch aus der Schulzeit kenne. Und Sie?«

»Ich habe mit neuen Freunden gefeiert oder solchen, die es werden könnten. Es war auch schön, aber in den Knochen steckt mir eher die dämliche Erkältung, die ich leider noch nicht los bin, obwohl ich ein starkes Mittel eingenommen habe.« Jammer, jammer. Er klang wie ein altes Weib.

»So schnell geht das auch nicht. Meine Mutter pflegte

immer zu sagen, ohne Medikamente dauert eine Erkältung zwei Wochen, mit vierzehn Tage.« Wagner grinste wenig mitfühlend.

Beck stöhnte. »Das sind ja Aussichten. Ich war gestern noch mal bei Christian Ahrendt.«

Wagner schüttelte den Kopf. »Sie hätten sich mal lieber ins Bett legen sollen.«

»Wahrscheinlich, aber ich hatte die Hoffnung, dass er mir irgendetwas sagen könnte, was uns endlich weiter hilft. Ich habe schon lange nicht mehr so in der Luft gehangen wie bei diesem Fall.«

Wagner nickte. »Und, hat er?«

Beck schüttelte den Kopf. »Nicht wirklich. Er würde aber seinem Vater einen Mord zutrauen.«

»Das hat er gesagt?«

»Ja, und zwar ohne Umschweife. Der Alte muss mit seiner Familie wirklich übel umgesprungen sein.«

»Vielleicht war er es ja auch. Tatverdächtiger tot, Fall gelöst, Ende der Debatte.«

»Seine Frau hat ihm aber ein Alibi gegeben.«

»Na und? Das haben schon viele Ehefrauen getan.« Wagner verzog verächtlich den Mund.

»Diese hatte aber keinerlei Grund dazu. Sie konnte doch nur gewinnen, wenn der Alte in den Knast wandert.«

»Aber die Schande! Das spielt auf dem Land noch immer eine große Rolle.«

»Und da lässt sie ihn lieber verbrennen und riskiert, als Mörderin verhaftet zu werden? Unwahrscheinlich.«

Wagner zuckte mit einer Schulter. »Aber wenn sie nicht damit rechnet, dass es auffliegt? Laien ist oft nicht klar, wie genau man heute feststellen kann, ob ein Feuer zufällig entstanden ist oder nicht.«

»Stimmt auch wieder. Mein Gott, egal in welche Richtung man denkt, man kommt immer wieder am Ausgangspunkt an. Apropos Feuer – ich habe schon beim Kollegen in Königslutter angefragt, er erwartet den Obduktionsbericht für heute Mittag.«

»Dann wissen wir mehr. Oder auch nicht. Keine Ahnung, wie gut man die Leiche noch obduzieren kann.«

Beck schob eine Schreibtischschublade auf und suchte nach Aspirin. Natürlich Fehlanzeige. »Im Allgemeinen bleiben die Organe wegen des hohen Feuchtigkeitsgehalts recht gut erhalten. So können wir hoffen, dass zum Beispiel der Mageninhalt noch festzustellen war.«

Wagner verzog das Gesicht. »Schreckliche Vorstellung. Nichts bleibt mehr von dir außer deinem Magen und dessen Inhalt.«

Beck nickte. »Immerhin noch Leber, Herz und Nieren.«

»Meine Leber soll nach meinem Tod aber lieber keiner sehen. Was, denken Sie, werden sie im Magen finden?«

Beck nahm einen Schluck Pappkaffee. »Vielleicht ein Schlafmittel?«

»Damit wäre es dann aber eindeutig Mord.«

»Kommt auf die Menge an. Ist es eine übliche Dosierung, könnte er das Mittel ja auch selbst eingenommen haben.«

Jetzt stöhnte Wagner. »Also ist doch eigentlich egal, was dabei herauskommt, weiter bringt es uns doch sowieso nicht.«

»Vielleicht nicht, aber die Ermordung Ahrendts durch seine Ehefrau könnte ein starkes Indiz für ihn als Mörder seiner Tochter sein.«

Wagner schüttelte den Kopf. »Nette Familie.«

*

»Willst du einen Kaffee?« Sarah zögerte und nickte dann. Dörte ging voraus in ihre große, sonnendurchflutete Küche. Sarah sah zu, wie Karla die Treppe hochhüpfte, um die beiden Dämonen zu besuchen, und folgte ihrer Freundin.

»Eigentlich wollte ich sie heute zu Miriam bringen,

aber die Familie ist wohl auf Verwandtschaftsbesuch in Süddeutschland.«

»Dann wird sie eben mit meinen Nervensägen vorliebnehmen müssen. Was bin ich froh, wenn die Schule wieder anfängt.«

Sarah lachte. »Ich nicht, wenn du gestattest.«

»Ach so, ich vergaß, entschuldige. Ich wollte dir deinen Urlaub nicht missgönnen.«

»Kein Problem, ich gehe ja gerne in meine Schule, bloß – nach diesen Ereignissen bin ich schon sehr froh, dass ich mich noch ein paar Tage erholen kann. Hoffentlich. Wenn noch irgendwas passiert, kann ich das Bett neben Frau Ahrendt beziehen.«

Dörte schenkte Kaffee in dicke sonnengelbe Becher und stellte einen Teller selbst gebackener Kekse dazu. »Silvester fand ich übrigens sehr schön. Dein Giovanni ist schon ein toller Mann. Den würde ich auch nicht von der Bettkante schubsen.«

Sarah zog einen Flunsch. »Von wegen ›mein Giovanni‹. Und um ihn von der Bettkante zu schubsen, müsste er erst mal darauf sitzen.«

»Hat er noch nicht angerufen?«

Sarah schüttelte den Kopf.

»Und du willst nicht anrufen?«

»Nein. Dazu ist er zu schön.« Sarah klimperte mit den Wimpern.

»Das verstehe ich. Würde ich auch nicht machen.«

»Filo findet mich albern. Sie meint, ich soll ihn so schnell wie möglich in mein Bett holen.«

Dörte zischte empört. »Du bist aber nicht Filo. Wenn du nicht mehr als Sex von ihm willst, kannst du ihn anrufen. Ansonsten wäre es ein taktischer Fehler, jedenfalls ist das meine Meinung.«

Sarah seufzte. »Das sehe ich genauso, leider.«

»Lass man, der wird sich schon melden. Ich habe ja schließlich die Blicke gesehen, die er dir zugeworfen hat.«

Sarah blühte auf. »Ehrlich? Ach, erzähl doch mal, so was brauche ich jetzt.«

Dörte grinste. »Na ja, was soll ich erzählen? Seine Blicke ruhten eigentlich den ganzen Abend abwechselnd auf deinem Gesicht, deinem Ausschnitt oder deinen Beinen.«

»Hach«, Sarah griff sich an ihr Herz, »Tut das gut. Aber – vielleicht findet er mich ja einfach nur sexy?«

»Nur? Was willst du denn noch? So geht Liebe bei den Männern los, liebe Sarah. Zuerst lieben sie deine schöne Brust und dann, vielleicht, deine schöne Seele.«

»Du hast recht. Es sind eben Männer. Hormone statt Blut in den Adern.«

»Genau. Was Romantik ist, wissen sie erst, wenn wir es ihnen buchstabiert haben, vorzugsweise nach einer heißen Liebesnacht, wenn ihnen das Testosteron ausnahmsweise nicht bis zu den Unterlidern steht.«

Sarah lachte. »Auf deine Art bist du genauso zynisch wie Filo.«

Dörte blies die Wangen auf. »Wohl kaum. Aber wenn du auf einem Hof für Bullenmast groß wirst, bleibst du hübsch in der Realität verankert. Apropos Bulle: Hubsi entwickelte Silvester ganz ungeahnte Qualitäten in dieser Richtung. Bei uns ging noch richtig die Post ab. Ich wusste gar nicht, dass das noch geht.«

Sarah dachte an Filo und lächelte. »Siehst du. Was meinst du, was erst los ist, wenn ihr zusammen in den Wellness-Urlaub fahrt. Wahrscheinlich kommt ihr aus dem Bett gar nicht mehr raus.«

Dörte blickte versonnen. »Meinst du? Ich werde mir auf jeden Fall schwarze Unterwäsche kaufen. Aus unserem Berlin-Ausflug wird wohl nichts, was?«

»Ich weiß nicht. Das hängt davon ab, wie lange Karla noch bei mir ist. Ich kann sie jetzt wirklich nicht auch noch allein lassen.«

»Ich weiß. Aber ich wäre so gern mal rausgekommen. Außerdem gibt's in Berlin bestimmt viel heißere Wäsche als in *good old* Braunschweig.« Dörte seufzte.

»Na, wenn du nicht gerade an Lack und Latex denkst, wirst du schon auch in Braunschweig fündig werden.«

»Wer sagt denn, dass ich nicht an Latex denke?« Dörte strich sich lasziv durch ihre rotblonden Locken.

Sarah kicherte. »Ich stelle mir gerade Hubsis Gesicht vor, wenn er dich in einem schwarzen Latexanzug im Schlafzimmer stehen sieht.«

Dörte prustete los. »Wahrscheinlich fragt er mich dann, ob ich in die Jauchekuhle steigen will.« Sie gackerten, bis ihnen die Wimperntusche über die Wangen lief. Dörte wischte sich mit einem Taschentuch über die Augen und schaute aus dem Küchenfenster. »Das ist meiner. Ich habe ihn zuerst gesehen.«

Sarah wandte sich um und sah einen großen, schlaksigen Mann mit dunklem Teint und schwarzen Locken über den Hof kommen.

»Wer ist das denn?« Dörte beugte sich interessiert nach vorn.

Sarah runzelte nachdenklich die Stirn. »Ich weiß nicht. Irgendwie kommt er mir bekannt vor.«

»Sieht aus wie ein Zigeuner oder ein Italiener. Was er wohl will?«

»Das wirst du wohl gleich erfahren. Vielleicht deinen Körper?«

»Darüber ließe sich reden. Eventuell wäre ich bereit mich zu opfern, nur um dich zu retten, versteht sich.«

Sarah lachte, aber während der Mann näher kam, blitzte plötzlich eine Erinnerung auf.

»Was ist?« Dörte sah Sarah fragend an. »Kennst du ihn?«

Das Bild in Sarahs Kopf leuchtete auf und rückte an die richtige Stelle. »Thomas. Ich glaube, das ist Karlas Vater.«

Dörte starrte aus dem Fenster. »Oh Gott. Und jetzt?«

*

Beck legte den Hörer auf und sah Wagner an. Der beugte sich gespannt nach vorn. »Und? Was sagt der Kollege?«

»Dass Ahrendt Barbiturate im Magen hatte, in einer Dosis, die tödlich sein kann, aber nicht muss. Vor allem bei einem Mann von Ahrendts Gewicht.«

Wagner drehte die Augen gen Himmel. »War ja nicht anders zu erwarten. Und war er schon tot, als er verbrannte?«

»Ja, aber wahrscheinlich eher durch die Rauchvergiftung. Er hatte Kohlenmonoxid im Blut.« Beck seufzte.

Wagner ließ resigniert die Schultern sinken. »Also mal wieder genauso schlau wie vorher.«

Beck nickte. »Außer der Kaschmirfaser haben wir überhaupt keinen Hinweis. Und der ist ja auch nur sehr vage. Dennoch fürchte ich, dass ich Herrn Morowski noch einmal aufsuchen und ihn nach einem solchen Mantel fragen muss.«

Wagner zog alarmiert die Augenbrauen hoch. »Und dann? Selbst wenn die Fasern identisch sein sollten – was heißt das schon? Er hat doch gar nicht abgestritten, dass er was mit der Ahrendt hatte. Die Fasern können doch jederzeit an ihren Mantel geraten sein, das haben wir doch schon durch.«

»Immerhin ist er derjenige, der, soweit wir bisher wissen, zuletzt mit Claudia Ahrendt vor ihrem Tod zusammen war. Allein das ist Grund genug, ihn noch einmal zu befragen.«

Wagner stöhnte. »Gerner wird begeistert sein. Morowski wird nichts anderes aussagen als vor Weihnachten. Mit einem erneuten Gespräch werden wir nichts erreichen, außer einen der einflussreichsten Bürger von Braunschweig gegen uns aufzubringen. Und unseren Chef außerdem.«

»Trotzdem. Oder haben Sie einen besseren Vorschlag?«

Wagner schüttelte den Kopf. »Und wenn wir uns noch mal Heinen vorknöpfen? Immerhin war der auch zur Tatzeit vor Ort.«

»Er hat aber ein Alibi.«

»Morowski auch.«

»Beide werden aber nur von Angestellten abgesichert, die von ihnen abhängig sind. Und der Fahrer von Morowski steht sicher in einem engeren Verhältnis zu ihm als der Türsteher vom *Nights* zu Heinen. Außerdem ist nun mal Morowski und nicht Heinen kurz vor ihrem Tod mit ihr gesehen worden.«

»Also gut, wenn Sie sich das antun wollen. Wann wollen wir los? Gleich?« Wagner stand auf.

Beck erhob sich ebenfalls. »Nein, ich muss erst noch ein anderes Gespräch führen. Ich denke, in einer halben Stunde.« Wagner zog eine Grimasse und verließ den Raum.

Beck wollte ihm gerade folgen, als sein Telefon klingelte. »Hi, hier ist Tom. Frohes Neues wünsche ich dir.« Er erwiderte entsprechend und ahnte, was kommen würde.

Und richtig: »Du, die Probe heute fällt aus. Panne hat sich Silvester wohl ziemlich die Kante gegeben und ist in eine Prügelei verwickelt worden. Die haben ihn so verdroschen, dass er die Arme kaum hochkriegt.«

Beck dachte, dass der Schlagzeuger seinen Spitznamen anscheinend nicht zu Unrecht trug. »Schade. Aber da kann man nichts machen.« Eine Probe ohne Schlagzeuger war leider ziemlich sinnlos. »Wann ist er denn wieder fit?«

»Ich habe ihm dringend geraten, dass er sich bis nächste Woche wieder berappeln soll, der Idiot.«

»Na, hoffen wir das Beste.«

»Genau. Also, bis dann, selbe Zeit, selber Ort, Ciao.« Er legte auf. Enttäuschend, aber nicht ungewöhnlich. Eigentlich sollte man sich keine Gedanken machen, dass die Musik einem zu viel Freizeit raubte – es fand ohnehin nur jede zweite Probe wirklich statt. Irgendeiner hatte immer ein Problem – und oft genug war er selbst derjenige gewesen. Also hatte er heute Abend plötzlich Zeit, vielleicht, um endlich mal wieder Gitarre zu üben.

Oder um Sarah Dittmann anzurufen? Man würde sehen.

Während er die Treppe in den ersten Stock hinunter ging, sinnierte Beck darüber nach, ob sein Vorhaben, Morowski aufzusuchen, wirklich klug war. War es sinnvoll, auf Grund vager Indizien seine Karriere zu gefährden? Noch hatte er bei seinem neuen Chef keine Pluspunkte gesammelt, die eine unpopuläre Maßnahme abfedern könnten.

Andererseits – wollte er überhaupt Karriere machen? Eher nicht, aber das Berufsleben war noch lang.

Wer wusste es schon – vielleicht hatte er ja auch irgendwann die Nase voll vom deprimierenden Umgang mit den menschlichen Abgründen? Vielleicht würden ihm später einmal die in Aktennotizen gefilterten Fälle und Entscheidungen am Schreibtisch als willkommene Rettung vor dem Ausbrennen an der Front erscheinen?

Dennoch – konnten solche opportunistischen Überlegungen ein Grund sein, wesentliche Ermittlungen zu ignorieren? Aber war ein erneutes Gespräch mit Morowski wirklich wesentlich?

Seine Ankunft vor Viktorias Tür bewahrte ihn vor weiteren fruchtlosen Gedanken und er klopfte an. Nach der entsprechenden Aufforderung trat er ein und fand die Psychologin, wie erhofft, allein vor. Sie lächelte ihn an und wies einladend auf ihren Besucherstuhl. »Na, gut ins neue Jahr gerutscht?«

»Sehr gut und du?«

Viktoria verzog das Gesicht. »Ich auch – leider im wahrsten Sinne des Wortes. Mein schönes, neues Cabrio ist hin.«

»Ach je, das tut mir leid. Aber du bist unversehrt?«

»Bis auf meinen Stolz, ja. Martin musste mein Auto aus dem Graben ziehen, das hat mir gar nicht gepasst.«

»Warum? Männer spielen doch gern mal den Retter in Not, vor allem zu Beginn einer Beziehung.«

»Ich will aber nicht gerettet werden, ich rette lieber selbst.« Viktoria grinste resigniert.

Beck lachte. »Bist du deshalb Psychologin geworden?«

»Unter anderem, ja. Und du? Möchtest du auch von mir gerettet werden?«

»Gerettet vielleicht nicht gleich, aber deinen Rat könnte ich mal wieder brauchen.«

Viktoria lehnte sich in ihrem Stuhl zurück. »Dann schieß mal los. Lass mich raten: Wieder der Fall mit dem kleinen Mädchen?«

Beck nickte. »Genau. Ich komme da einfach nicht weiter.« Er brachte Viktoria so knapp wie möglich auf den neuesten Stand seiner Ermittlungen.

Viktoria hörte aufmerksam zu, ohne ihn zu unterbrechen. Hin und wieder schüttelte sie ungläubig den Kopf.

»Und, was sagst du?«

»Klingt wie der Plot eines Hollywood-Thrillers, wenn du mich fragst.«

»Ich hoffe, das ist nicht alles, was dir dazu einfällt.«

Viktoria zuckte mit den Achseln. »Was soll ich sagen? Wir können ja leider die Hauptfigur dieser Tragödie nicht mehr befragen. Mein Bauchgefühl sagt mir, dass der Mord in der Familiengeschichte begründet ist, wahrscheinlich unmittelbar mit ihr zu tun hat. Spontan würde ich sagen, der Vater ist der Mörder. Sie hat sich seiner Macht entzogen, wahrscheinlich hat sie ihn sogar provoziert, ihn lächerlich gemacht, ihn erpresst. Ein Verhalten, das nicht unbedingt typisch für ein Missbrauchsopfer ist, aber dennoch möglich. Ihre Stärke war gleichzeitig ihr Todesurteil. Hätte sie sich untergeordnet, ängstlich die Macht ihres Vaters anerkannt, wäre sie vielleicht noch am Leben. – Interessant wäre es, mehr über die Großeltern väterlicherseits zu erfahren. Wahrscheinlich war ein Elternteil sehr dominant und hat den damals kleinen Jungen Ahrendt gelehrt, dass es besser ist, selbst die Macht zu ergreifen. Verbunden mit einer jahrelangen Unterdrückung in der Kindheit und der damit einhergehenden, tief sitzenden Angst ergibt das eine gefährliche Persönlichkeitsstruktur.«

»Gefährlich für alle, die die Angst hinter dem autoritären Gehabe erkennen?«

Viktoria hob den Daumen. »Genau. Möglich, dass er in seiner Tochter seinen Vater oder seine Mutter wiedererkannt hat, eine Persönlichkeit, die ihm im Grunde über ist, die stärker ist als er.«

Beck nickte langsam. »Klingt plausibel. Würde das nicht dagegen sprechen, dass er Claudia missbraucht hat?«

Viktoria schüttelte den Kopf. »Nein, nicht unbedingt. Das wird ja in der frühen Kindheit stattgefunden haben, einer Zeit, in der sie sich naturgemäß noch nicht gegen ihn wehren konnte.«

Beck trommelte mit den Fingern auf Viktorias Schreibtisch. »Also hat Wagner recht? Ahrendt war der Mörder seiner Tochter, Mörder tot, Fall abgeschlossen?«

»Tja, das herauszufinden, ist, Gott sei Dank, nicht meine Aufgabe, Herr Kommissar.«

Beck seufzte und stand auf. »Botschaft angekommen. Ich überlasse dich jetzt wieder deinen Aufgaben. Vielen Dank für dein offenes Ohr.«

»Dafür nicht. Wie geht's übrigens der hübschen Sarah?«

Beck fuhr sich durch die Haare. »Ich hoffe, gut.«

»Wieso ›ich hoffe‹? Hast du denn nicht Silvester mit ihr verbracht?«

»Doch, doch.« Beck betrachtete eingehend die Risse im Fußbodenbelag.

»Und? Lief was?«

»Mein Gott, Viktoria! Ja, es lief ein bisschen was!«

»Sei nicht so zimperlich. Ich wusste doch, dass sie auf dich steht. Und – was hast du jetzt vor?«

»Ich weiß nicht. Muss erst mal darüber nachdenken.« Beck merkte selbst, wie dämlich das klang.

Viktoria schnaubte verächtlich. »Nachdenken! Warum denkt ihr Männer eigentlich immer erst nach dem Sex nach?«

»Moment mal! Von Sex war überhaupt nicht die Rede!« Beck hob abwehrend die Hand.

»Also habt ihr nur ein bisschen rumgeknutscht? Gott, wie süß!«

Beck flüchtete zur Tür. »Ich verweigere jede weitere Aussage, euer Ehren!«

»Mach's gut, Feigling!« Viktoria lachte schallend.

»Ich fühle mich nicht ernst genommen!« Beck zog eine Grimasse und wollte die Tür hinter sich zuziehen.

»Giovanni?«

»Ja?« Er steckte den Kopf in Erwartung einer weiteren Breitseite durch die Tür.

»Ruf sie an.«

»Woher willst du wissen, dass ich das nicht schon längst getan habe?«

Viktoria lächelte ihn mitleidig an. »Ich bin Psychologin, schon vergessen?«

Beck zog sich zurück. »Wie könnte ich?«

Während er die Tür hinter sich schloss, hörte er, wie Viktoria *I just called to say I love you* von Stevie Wonder intonierte.

*

»Guten Tag, mein Name ist Jankowski. Wir kennen uns nicht, aber ich bin auf der Suche nach Sarah Dittmann. Ihre Tante sagte mir, dass sie hier ist.«

»Hallo. Ja, ist sie.« Dörte öffnete die Tür weiter und bat den Mann herein. »Sarah, Besuch für dich.«

Sarah blickte dem Besucher entgegen und sah, dass er noch nervöser war als sie.

»Hallo, Sarah, ich weiß nicht, ob du dich noch an mich erinnerst?«

Sie nickte. »Klar. Setz dich doch.« Die offensichtliche

Nervosität des Mannes ließ sie selbst ruhiger werden. Dörte nickte ihr zu und verließ leise die Küche.

Jankowski fuhr sich durch die dunklen Locken. »Du wunderst dich wahrscheinlich, dass ich dich hier so überfalle. Ich … ich weiß nicht, ob es richtig war zu kommen, aber ich mache mir Sorgen um Karla.«

»Das ist verständlich. Aber es geht ihr gut, soweit man das angesichts der Umstände überhaupt sagen kann.«

»Du sorgst bestimmt gut für sie. Aber … verstehst du, ich bin schließlich ihr Vater und da sollte ich doch …«

»Für sie da sein? Sicher, aber …« Sarah suchte nach Worten.

»Ich weiß. Der Kommissar hat freundlich durchblicken lassen, dass ich unter Verdacht stehe. Aber, glaub mir, Sarah, ich war's nicht. Ich habe Claudia ganz bestimmt nicht umgebracht.«

Sarah blickte in die dunklen, umschatteten Augen ihres Gegenübers und wusste nicht, was sie sagen sollte.

Jankowski blickte zurück und lächelte verzerrt. »Ja, ich weiß, warum solltest du mir glauben, du kennst mich ja schließlich kaum. Ich habe überhaupt keinen Grund, Claudia umzubringen, wir hatten ein ganz gutes Verhältnis. Darum habe ich mich immer bemüht, schon Karlas wegen. Sicher, am Anfang war ich sehr verletzt, als sie mich verließ, obwohl sie ein Kind von mir erwartete. Aber später haben wir uns auf einer freundschaftlichen Ebene einigen können. Sie war immer mit dem Kind bei mir, wenn sie in der Gegend war, Karla kennt mich und ich bilde mir ein, sie mag mich auch.«

Sarah hob abwehrend die Hand. »Thomas, du musst mir das alles nicht erzählen, ich bin nicht deine Richterin. Ich weiß bloß nicht, was du jetzt von mir erwartest.«

»Ich würde Karla gern sehen, ihr sagen, dass ich für sie da bin. Ich habe von dem Brand in der Zeitung gelesen. Das hat mir den Rest gegeben, ich konnte nicht mehr zu Hause sitzen, während mein Kind ohne Zuhause und Familie dasteht.«

Jankowski rang sichtbar um Fassung und Sarahs Herz zog sich vor Mitleid zusammen. »Das verstehe ich, Thomas, wirklich. Nur …«, sie blickte unwillkürlich zur Küchentür, »ich weiß nicht, ob ich das zulassen darf, ob es gut für Karla wäre, solange … solange alles noch so ungeklärt ist.«

»Solange du nicht weißt, ob ihr Vater in den Knast wandert, meinst du«, sagte Jankowski bitter.

»Nein, ich … ich bin einfach mit dieser Sache überfordert.« Sarah legte ihre Hand auf Jankowskis und überlegte. »Ich könnte vielleicht den Kommissar anrufen, ob es okay ist, wenn du sie siehst?«

Karlas Vater nickte. »Wenn du das tun würdest?«

Sarah stand auf und ging in die Diele. Sie lauschte nach oben. Die Kinder tobten offensichtlich zufrieden im Kinderzimmer. Sie betete, dass Dörte darauf achtete, dass sie nicht in die Küche kamen, bevor sie ihr Telefonat geführt hatte.

Hoffentlich erreichte sie Giovanni überhaupt. Halb hoffte sie, dass er nicht zu erreichen wäre, hatte sie doch genau das zu vermeiden versucht. Sie wollte ihn nicht wegen des Falls anrufen, nicht, bevor er sich in Sachen Liebe gerührt hätte. Mist, verdammter. Sie zögerte. Sie könnte ja immer noch behaupten, sie habe ihn nicht erreicht.

Dann dachte sie an Jankowskis sorgenvollen Blick und wählte widerstrebend Becks Nummer. Klar, dass er sich schon nach dem zweiten Klingeln meldete. »Sarah hier. Ich habe ein Problem. Thomas Jankowski sitzt hier und möchte seine Tochter sehen. Darf er das?« Das Schweigen am anderen Ende konnte vieles bedeuten, aber wahrscheinlich überlegte Beck nur eine Antwort auf ihre Frage. Sie schloss entnervt die Augen.

»Sarah! Ich hätte dich auch noch angerufen.«

Ach, ja? Wer's glaubt, wird selig.

»Zu deiner Frage: Ja, natürlich darf er sie sehen. Solange er nicht als schuldig überführt ist, haben wir kein Recht, ihm das zu verweigern. Denkst du, es wäre besser für Karla, ihn nicht zu sehen?«

»Keine Ahnung. Wenn er sich nicht als Mörder ihrer Mutter herausstellt, sehe ich keinen Grund. Wenn doch ...« Sarah brach vielsagend ab.

»Ich denke nicht. Aber leider weiß ich es noch nicht.«

Sarah rollte die Augen gen Himmel. »Gut. Also, sage ich ihm, dass er sie sehen darf. Darf er sie auch mitnehmen?«

Beck schwieg.

»Giovanni! Er wartet!«

»Theoretisch dürfte er. Aber natürlich, wenn ...«

»Ja, wenn. Ich werde versuchen, es in deinem Sinne zu regeln. Mach's gut.« Sarah gab sich keine Mühe, ihre Frustration zu verbergen.

»Sarah! Warte doch mal! Ich ...«

Sarah wartete.

»Ich rufe dich heute Abend an. Ich kann jetzt nicht sprechen.«

»Mach das, wenn du möchtest. Musst du aber nicht. Ich habe wirklich nur Karlas wegen angerufen.«

»Ja, schon klar. Bis heute Abend dann.«

»Bis dann.«

Sarah drückte die Taste und nahm sich vor, erst später darüber nachzudenken, ob sie jetzt endgültig alles vermasselt hatte. Wahrscheinlich hatte er nun keinen Zweifel mehr, dass sie eingeschnappt war, weil er nicht sofort, nachdem er an Neujahr die Augen aufgeschlagen hatte, bei ihr angerufen hatte. Sehr cool, Sarah. Sie schloss kurz die Augen und gab sich einen Ruck.

Auf dem Weg in das obere Stockwerk kam ihr der Gedanke, dass ja vielleicht Karla ihren Vater gar nicht sehen wollte. Aber kaum hatte sie Karla von seiner Anwesenheit erzählt, lächelte die Kleine freudig und rannte die Treppe hinunter. Sarah folgte ihr langsam und hörte sie den Namen ihres Vaters rufen.

In der Küche fand sie Karla auf Jankowskis Schoß sitzend, die Arme fest um seinen Hals geschlungen. Thomas sah sie über den Kopf des Kindes an, offensichtlich mit den Tränen kämpfend. Sarah lächelte ihn an und fühlte, wie ihr selbst das Wasser in die Augen schoss.

Leise zog sie die Tür wieder zu. Wie arrogant, anzunehmen, dass sie dem Mädchen näher stand als der Vater! Sie schniefte und fragte sich, ob es überhaupt irgendjemand gab, für den sie wirklich wichtig war.

Dörte kam die Treppe herunter und blieb erschrocken stehen, als sie Sarah weinen sah. »Sarah! Was ist?!« Sie eilte die letzten Stufen herunter und nahm Sarah in den Arm.

»Ach, nichts. Ich habe bloß gerade gedacht, dass ich für niemanden wirklich wichtig bin. So wie Thomas für Karla oder du für Hubsi und die Kinder.«

»So ein Quatsch. Du bist absolut lebenswichtig für mich. Wie sollte ich ohne dich in diesem Haus voller stinkender, lärmender Kerle überleben? Wenn's dich nicht gäbe, würde ich Urlaub auf der landwirtschaftlichen Ausstellung in Deggendorf machen und nicht im Wellness-Hotel!«

Sarah lachte unter Tränen. »Das weißt du?«

»Na, klar. Glaubst du, ich kenne den Einfallsreichtum meines Gatten nicht? Ich versichere dir, du bist nicht die Einzige, die hin und wieder an ihrer Bedeutung für die Menschen in ihrer Umgebung zweifelt. Sei froh, dass du nicht verheiratet bist, dann gehören diese Überlegungen zu deinem täglichen Gedankengut.«

»Aber du hast immerhin die Kinder«, wandte Sarah ein, noch nicht bereit, sich von der Vorstellung zu verabschieden, der ungeliebteste Mensch auf Gottes Erde zu sein.

Dörte schnaubte. »Meine Kinder! Als nimmermüde Futterlieferantin, Krankenpflegerin und Spielzeugbeschafferin bin ich natürlich von einer gewissen Bedeutung für sie, zugegeben. Aber da du ja bald mit dem hübschen Giovanni viele wunderschöne Bambini machen wirst, kannst du dich ja dann auch in dieser Wichtigkeit suhlen!«

Sarah putzte sich die Nase. »Bambini! Geht's dir noch gut?!«

Dörte lachte. »Na ja, zumindest werdet ihr doch üben, welche zu machen. In den dunklen Tiefen meines Unterbewusstseins wabert die Erinnerung, dass guter Sex einem doch auch das Gefühl einer gewissen Wichtigkeit verleiht und sei es auch nur für die Befriedigung eines Mannes.«

Sarah lachte. »Das Üben steht auch noch in den Sternen. Immerhin hat er sich gerade eben gnädigst bereit erklärt, mich heute Abend anzurufen.«

»Na siehst du.« Dörte tätschelte ihre Schulter.

»Bisher sehe ich gar nichts.«

»Aber ich.« Dörte hielt eine imaginäre Kristallkugel in ihren gewölbten Händen. »Ich sehe einen blonden Mann dicht neben dir, nein, über dir, oder ist er unter dir? Ich höre Lustschreie ...«

»Hör auf«, Sarah boxte ihre Freundin in die Seite, »wie soll ich denn heute Abend noch normal mit ihm telefonieren?«

»›Normal‹ wirst du doch sowieso nicht mit ihm telefonieren, entspannt wie du nun mal bist. Entweder wirst du ihm gleich Telefonsex anbieten oder ihm sagen, dass er sich zum Teufel scheren soll.«

»Und das Schlimmste ist«, seufzte Sarah, »dass du auch noch recht hast.«

*

Es fing an zu schneien, als Beck die Dienststelle verließ. Unzufrieden mit dem Tag und seiner Ergebnislosigkeit schlenderte er über den Parkplatz. Das Gespräch mit Morowski hatte er auch aufgeschoben, in der Hoffnung auf eine andere, ergiebigere Eingebung für den Fortgang seiner Ermittlungen.

Er blieb kurz stehen und blickte in den nachtblauen Himmel, aus dem lautlos silbrig von der Straßenbeleuchtung angestrahlte Schneeflocken fielen. Als Junge hatte er oft den Kopf zurückgelegt und den Mund geöffnet, um die kühlen, auf der Zunge schmelzenden Flocken einzufangen. Fast fühlte er sich versucht, es jetzt auch zu tun, etwas von der Reinheit des Himmels zu trinken, als Gegenmittel zu dem schwarzen Gift, das er jeden Tag bei seiner Arbeit einatmete.

Amüsiert über seine lyrische Anwandlung schüttelte er den Kopf. Reinheit des Himmels – das Einzige, was er trinken würde, wäre saurer Regen.

Langsam ging er zum Wagen, der bereits mit einer hauchfeinen Schneeschicht bedeckt war, und schaute noch einmal umher, bevor er einstieg. Seltsam, dass alles immer so gedämpft schien, wenn Schnee fiel. Als ob der Schnee eine schützende Hülle wäre, eine Schutzschicht zwischen Seele und Realität. Alles schien unwirklicher, leiser, ein bisschen verzaubert. Plötzlich bekam er Lust auf einen einsamen Winterspaziergang. Er zögerte und stieg dann doch ein.

Erst einmal musste er etwas essen – und Sarah Dittmann anrufen. Er stöhnte. Er wusste immer noch nicht, was er eigentlich sagen sollte. Vielleicht sollte er doch vorher spazieren gehen, um den Kopf frei zu bekommen. Zu spät durfte es aber nicht werden, sie hatte ganz schön unterkühlt geklungen am Telefon. ›Wenn du möchtest. Du musst aber nicht‹. Er lächelte in sich hinein. Auf jeden Fall hatte er sie gern genug, um sie nicht kränken zu wollen. Das war doch schon einmal eine Erkenntnis.

Während er vorsichtig durch die glitzernden Straßen seines Viertels fuhr, glitten seine Gedanken zu Claudia Ahrendt. Der Vater als Mörder? Alles schien darauf hinzudeuten, jedenfalls mehr als auf irgendeine andere Person.

Oder war es doch Velten gewesen? Wäre genauso praktisch, schließlich war der auch tot. Klappe zu, Mörder tot.

Jankowski hatte auch kein Alibi, aber auch kein rechtes Motiv. Nicht auszuschließen war jedoch, dass er sein gutes Verhältnis zu seiner Exfreundin nur gespielt hatte, ihr in Wirklichkeit aber, von Liebe und Eifersucht zerfressen, die Möglichkeit, einen anderen Mann in ihr Bett zu holen, für immer genommen hatte.

Was Sex aus einem Mann machen konnte! Ob er auch dazu fähig wäre, einer Frau so hörig zu werden, dass er sie oder für sie töten könnte? Er hoffte nicht.

Seine Gedanken huschten zurück zu Sarah und er grinste. Morden würde er nicht für sie, aber von der Bettkante würde er sie ganz bestimmt auch nicht schubsen. Dafür muss sie aber erst mal auf deinem Bett sitzen, lieber Giovanni, mahnte er sich. Wenn du so weitermachst, wird deine die leerste Bettkante aller Zeiten.

Claudia Ahrendt. Wieder schob sich ihre blonde Schönheit vor Sarahs Gesicht mit den ausdrucksvollen, fast schwarzen Augen. Hartnäckig, fast nervtötend schon, blendete sein Hirn immer wieder Claudias Bild ein, wie in einem Werbetrailer.

Irgendetwas lauerte an der Seite seines Bewusstseins, links, er konnte sogar die Seite benennen, fast im Augenwinkel zu sehen, es fehlte nur ein ganz kleines Glied, ein winziger Gedankensprung bis hin zur Erkenntnis. Er versuchte, dieses Gefühl zu halten, dem Gedanken mit Konzentration auf die Spur zu kommen, doch er wusste aus Erfahrung, dass dieser sich umso weiter zurückziehen würde, je angestrengter er ihn zu fassen versuchte.

Nur wenn er sich entspannte, bestand die Chance, dass das fehlende Glied plötzlich an der richtigen Stelle des Systems einrasten und damit alle bisher unverbundenen Teile zu einem folgerichtigen Ganzen zusammenfügen würde. Nun ja, mit der Entspannung würde es heute

Abend wahrscheinlich nicht weit her sein. Er dachte an Sarah und räusperte sich unbehaglich. Am besten riefe er sie doch gleich an, damit er das endlich aus dem Kopf bekam.

In seiner Wohnung war es kalt und dunkel. Er schaltete die Stehleuchte neben seinem Lesesessel an und drehte die Heizkörper im Wohnzimmer voll auf. Sah eigentlich ganz gemütlich aus im warmen, gelblichen Licht der Lampe. Wenn erst einmal sein neues Sofa kam, könnte er sich wohlig ausstrecken, eine Decke überwerfen und einen schönen, alten Film gucken. Er liebte die Schwarz-Weiß-Filme aus den vierziger Jahren des letzten Jahrhunderts, voller Wortwitz und Glamour. Nach und nach wollte er sich eine Sammlung anschaffen, die kamen ja kaum noch im Fernsehen.

Hoffentlich wurde das Sofa geliefert, bevor Sarah seine Wohnung das erste Mal betrat. Er hielt inne und lauschte dem gerade gedachten Gedanken nach. Ach, Giovanni, du machst also Pläne? Er setzte sich in den Sessel und griff nach dem Telefon, legte es wieder ab und ging in die Küche.

Im Vorbeigehen strich er bedauernd über den Hals seiner Gitarre. Nicht genau wissend, was er in der Küche eigentlich suchte, fand er plötzlich eine Flasche Rotwein in seiner Hand. Aha, wir trinken uns also Mut an? Na schön. Er gab seiner Schwäche nach und schenkte sich ein großes Glas ein. Kurz hielt er es gegen das Licht und bewunderte das samtige Funkeln des dunklen Weins in dem dickwandigen, grünlichen Glas. Langsam wanderte er in sein Wohnzimmer zurück und ließ sich wieder in den Lehnsessel sinken.

Er nahm einen großen Schluck und fühlte, wie sich die Wärme des Weins wohltuend in seinem Magen ausbreitete. Wunderbar, Alkohol auf nüchternen Magen, was noch? Er stellte sein Glas ab und nahm das Telefon auf. Nein, erst noch einen Schluck. Er trank und lachte über sich selbst. Bestimmt fand Sarah es umwerfend, wenn er betrunken in das Telefon lallte.

Schnell wählte er Sarahs Nummer ein, bevor er es sich noch einmal anders überlegen konnte. Nach zwei Ruftönen schon meldete sie sich und sein geplagter Magen machte einen seltsamen Hüpfer. »Giovanni hier. Störe ich?« Er lauschte ihrer Beteuerung, dass dem nicht so sei. »Wie geht es dir? Wie ist es heute gelaufen mit Jankowski?« Feigling, schalt er sich. Sarahs Schweigen deutete er, wahrscheinlich richtig, als Missbilligung dieser beruflichen Frage.

»Gut«, kam ihre kühle Antwort. »Ich war überrascht, wie sehr sich Karla gefreut hat, ihn zu sehen. Anscheinend stehen die beiden sich doch näher, als ich dachte.«

Jetzt, dachte Beck, sag ihr, dass sie dir auch näher steht, als du dachtest. »Hat er irgendetwas von Bedeutung gesagt? Von Bedeutung für den Fall, meine ich?«

Sarah seufzte und Beck wand sich innerlich in Pein. »Nein. Allerdings hat er beteuert, dass er Claudia nicht umgebracht hat. Angeblich hatten sie ein gutes Verhältnis, jedenfalls in letzter Zeit.«

»Ja, das hat er mir auch gesagt.« Beck fiel nichts Unverfängliches mehr ein. Er räusperte sich. »Könntest du ... Hättest du Lust, morgen Abend mit mir essen zu gehen?«

Sarah zögerte.

Los, komm schon, sag ja, bat Beck lautlos, überrascht, wie wichtig ihm eine positive Antwort plötzlich war.

»Warum? Möchtest du mit mir über deinen Fall sprechen?«

Mann, sie macht es dir nicht leicht. Wahrscheinlich hast du auch nichts anderes verdient. »Nein. Nein, ich wollte ... mit dir über unseren Fall sprechen.« Oh, Gott, Giovanni! Kannst du das nicht besser?

»Über unseren Fall? Wie meinst du das?« Sarah klang immer noch reichlich zurückhaltend, kein Wunder.

Beck nahm einen erneuten Anlauf. »Entschuldige, das

war eine blöde Analogie. Ich würde dich einfach gern wiedersehen.«

Zu seiner Erleichterung lachte sie. »So, würdest du?«

»Ja, wir konnten Silvester nur wenig allein reden, das würde ich gern nachholen.« Und so manches andere auch, dachte er und eine Vision von einer nackten, sich wollüstig in seinem Bett räkelnden Sarah blitzte vor seinem inneren Auge auf. Er hustete.

»Ich auch.« An Sarahs Stimme konnte Beck erkennen, dass sie lächelte und ihm wurde ganz warm. Der Wein, wahrscheinlich.

»Das ist schön. Dann bestelle ich uns einen Tisch. Hast du schon wieder Lust auf Italienisch oder möchtest du was anderes ausprobieren?«

»Italienisch ist immer gut.«

»Finde ich auch. Was hältst du von *La Campanella*?«

»Das ist mein Lieblingsitaliener.«

»Meiner auch.« Beck merkte, dass er ob dieser unverhofften Übereinstimmung ganz unverhältnismäßig breit grinste. »Zwanzig Uhr? Passt dir das?«

»Das ist in Ordnung. Bis morgen also, Giovanni.«

»Bis morgen. Ich freue mich.« Er drückte die Austaste und nahm noch einen riesigen Schluck Wein. Ihm gefiel es, wenn sie ihn mit seinem Namen ansprach. Es klang so weich und irgendwie sinnlich. Ggggiovanni.

Er war auf dem besten Wege, betrunken zu werden, gleich würde er noch ein bisschen auf seiner Gitarre herumklimpern und vielleicht hatte er morgen schon Sex mit einer wunderbaren Frau.

Das Leben konnte so schön sein.

20. Kapitel

Lustlos stieg Beck die Stufen zu seinem Büro hoch. Er hatte Kopfschmerzen, ob vom Rotwein oder seiner Erkältung, vermochte er nicht zu sagen. Er hatte keine Lust auf Wagner, keine Lust auf Morowski, eigentlich überhaupt keine Lust zu arbeiten.

Er freute sich auf den Abend mit Sarah, wusste aber noch nicht genau, wie er das Treffen angehen sollte. Es war ihm klar, dass dies keine unverbindliche Beziehung werden könnte. Einerseits konnte er es kaum abwarten, mit Sarah im Bett zu landen, andererseits sollte er es vielleicht ein bisschen langsamer angehen lassen. Was, wenn sich herausstellte, dass Sarah und er doch nicht zusammenpassten? Wenn sie erst einmal miteinander im Bett gewesen waren, war der Zug für eine Freundschaft abgefahren.

Ihm graute vor den Verletzungen, die er Sarah dann unweigerlich zufügen würde, den Ausflüchten, den fadenscheinigen Erklärungen, die einer kurzen erotischen Begegnung mit der falschen Frau folgen würden. An die Möglichkeit, dass es vielleicht auch er sein könnte, der verletzt würde, weil Sarah zu dem Schluss kam, dass er doch nicht das war, was sie sich vorgestellt hatte, mochte er gar nicht denken.

Vielleicht brachte er es ja auch gar nicht mehr? Es war ewig her, dass er eine Frau umwerben und den Verführer spielen musste. Immerhin war er zwei Jahre mit Ayana zusammengewesen und ihre Trennung lag jetzt auch schon über ein halbes Jahr zurück. Plötzlich wurde er aufgeregt, das fehlte gerade noch. Er würde doch hoffentlich heute Abend nicht stammeln und schwitzen wie ein Siebzehnjähriger in Erwartung seiner Entjungferung? Schnell schob er dieses grauenerregende Bild beiseite und betrat sein Büro. Beim Anblick des Aktenstapels in seiner

Eingangsablage wurde ihm übel. Wo kam das denn her? Lustlos hob er den obersten Ordner vom Stapel und sah hinein. Das konnte warten. Erst einmal einen Pappkaffee, dann sah bestimmt schon alles viel besser aus, ha ha. Noch diese Woche würde eine Espressomaschine angeschafft werden und wenn er sie allein bezahlen musste.

Er ging auf den Flur zurück und prallte gegen Wagner, der gerade hereinkommen wollte. »Morgen. Ich wollte Ihnen kurz unsere neue Sekretärin vorstellen, Cosima Levandowski.« Hinter Wagner wurde eine junge Frau sichtbar.

Beck streckte ihr die Hand entgegen und stellte sich vor. »Cosima?«

Die Frau lächelte verschämt. »Ja, meine Eltern waren Wagnerfans, leider.«

»Wieso leider? Das ist doch ein sehr klangvoller Name. Es müssen doch nicht alle Karin oder Susanne heißen. Wollen wir erst mal alle einen Kaffee zusammen trinken? Ich wollte gerade einen holen.«

Während Beck sprach, registrierte er mit amüsiertem Erstaunen die unkonventionelle Aufmachung seiner neuen Verwaltungskraft. Kurze, signalrote und kunstvoll verstrubbelte Haare, mindestens sechs Ohrringe in einem Ohr und ein glitzerndes Piercing im rechten Nasenflügel wetteiferten mit grün geringelten Leggins unter einem superkurzen Jeansrock um die Aufmerksamkeit des Betrachters. Frau Levandovski sah aus wie Pumuckl im Disco-Outfit.

Ein leichtes Zucken um Wagners Mundwinkel wies darauf hin, dass dieser ähnlich dachte. Pumuckl nahm das Kinn hoch und warf Beck einen genervten Blick unter blau bemalten Augenlidern zu. Er nahm diesen Hinweis, dass er entschieden zu lange geschaut hatte, mit einem entschuldigenden Lächeln entgegen und wies einladend auf sein Büro. »Setzen Sie sich doch schon mal. Ich hole den Kaffee.«

Während der Automat in den Tiefen seiner unzulänglichen Technik die üblichen besorgniserregenden Geräusche produzierte, lachte Beck in sich hinein. Na, zumindest brachte die neue Kollegin Farbe in die Behörde. Die heißen Becher vorsichtig in einer Hand balancierend, kehrte er neugierig in sein Büro zurück.

Wagner und Levandowski hatten es sich schon bequem gemacht.

Beck stellte die Becher auf seinen Besuchertisch und wies mit dem Kinn auf seinen Schreibtisch. »Habe ich Ihnen die ganzen Papiere im Eingang zu verdanken?«

»Ja, tut mir leid, wenn es Sie schockt, aber das ist nun mal mein Job. Es ist einiges liegen geblieben.« Trotzig verschränkte Pumuckl die mageren Arme, die mit nietenbesetzten Lederarmbändern geschmückt waren.

»Natürlich. Das sollte keine Kritik sein, im Gegenteil.« Beck setzte sein charmantestes Lächeln ein. Die Wirkung blieb, wie erhofft, nicht aus, Pumuckl entspannte sich etwas.

»Ich sollte ja eigentlich gestern schon anfangen, aber meine Unterlagen waren irgendwo verloren gegangen.«

»Poststelle«, sagten Wagner und Beck wie aus einem Mund.

Pumuckl lachte. »Ich glaube, an den langsamen Behördenweg muss ich mich erst noch gewöhnen.«

»Wo haben Sie denn vorher gearbeitet?«, erkundigte sich Wagner, der anscheinend kaum die Augen von dem bunten Vögelchen abwenden konnte, das da in ihre graue Behörde geflattert war.

»Ach, mal hier, mal da. Zuletzt habe ich an der HBK gearbeitet, das hat mir eigentlich gut gefallen. Aber die Stelle wurde gestrichen. Na ja, und da bin ich eben hier gelandet. Dass ich mal für die Polizei arbeite, hätte ich mir auch nicht träumen lassen.«

»Kripo, bitte«, wandte Wagner, nur halb im Scherz, ein.

»Wieso – Sie gehören doch auch zur Polizei, oder

nicht?« Pumuckl flatterte irritiert mit den kobaltblauen Lidern.

»Das dürfen Sie aber nicht unseren Kollegen von der Schutzpolizei erzählen, für die sind wir hier die Kaschmirfraktion, die Sesselpupser.«

»Ach je, solche Rivalitäten gibt's wohl überall. An der HBK haben immer die freien Künstler auf die Industriedesigner herabgesehen.«

»HBK?« Beck konnte mit der Abkürzung nichts anfangen.

»Hochschule für Bildende Künste.«

»Aha.« Beck ging ein Licht auf. Das erklärte vielleicht die farbenprächtige Aufmachung. Ob sie demnächst wohl im grauen Kostümchen erscheinen würde, wenn sie merkte, wie die anderen Verwaltungskräfte gekleidet waren?

Hoffentlich nicht.

*

»Sag mal, Karla, du magst Thomas, deinen Vater, aber schon gern, oder?« Sarah tunkte ihr Hörnchen in den Kaffee und sah Karla fragend an.

»Ja, der ist nett.«

»Hat er euch denn oft besucht in München?«

»Ich weiß nicht. Manchmal schon. Dann hat er immer was Lustiges mit mir gemacht. Einmal waren wir im Zoo, das war toll.«

»Könntest du dir denn vorstellen, dass du bei ihm wohnst?« Hoffentlich war diese Frage kein Fehler, aber Giovanni hatte doch gemeint, Thomas stehe eher nicht unter Verdacht.

Karla runzelte ihre glatte Kinderstirn und dachte nach. »Hm, ich weiß nicht, er hat ja keine Frau.«

»Wieso, hast du Angst, dass er nicht kochen kann?«

Karla nickte. »Und es ist immer so unordentlich bei ihm. Das mag ich nicht.«

Vor Sarahs innerem Auge tauchte die chaotische Küche auf, die sie in Claudias Haus vorgefunden hatte. »Meinst du nicht, dass er besser aufräumen würde, wenn du bei ihm lebst? Manchmal braucht man einen Grund, weißt du, um Ordnung zu machen.«

Karla dachte nach. »Mama hat auch immer nur aufgeräumt, wenn Besuch gekommen ist.«

»Ich glaube, das machen die meisten Leute so.«

»Am schönsten wäre es, wenn Mama mit zu Thomas ziehen könnte.« Die Kleine seufzte und Sarahs Herz zog sich schmerzhaft zusammen.

»Ja. Aber du weißt ja, dass Mama das nicht gemacht hätte, auch wenn … wenn sie noch am Leben wäre.«

»Ich weiß. Mama wollte keine Männer in ihrer Wohnung haben.«

Für Claudia hatten Männer anscheinend gleich neben haarenden Hunden rangiert. Jedenfalls klang es so.

»Das ist schade. Glaub mir, Karla, man kann mit den meisten Männern ganz wunderbar in einer Wohnung leben.« Ach ja? So wie mit Ben, zum Beispiel?

Im Flur klingelte das Telefon und Sarah sprang erleichtert auf.

»Hallo, hier ist der schöne Giovanni, ich möchte machen Liebe mit dir«, sagte Filo mit schlechtem italienischem Akzent.

Sarah atmete aus. »Blöde Kuh.«

»Bauerntrampel. Na, warst du schon im Bett mit dem Sahneschnittchen?«

»Nein, war ich nicht. Aber für heute Abend sind wir verabredet«, beeilte sich Sarah hinzuzusetzen, um Filos schneidender Kritik zuvorzukommen.

»Na, dann besteht ja noch Hoffnung. Zieh die schwarze Spitzenwäsche an, die ich dir zum letzten Geburtstag geschenkt habe.«

»Ja, Mami.«

Filo schnaubte. »Also bitte, ich glaube kaum, dass irgendeine Mutter auf der Welt ihrer Tochter einen solchen Ratschlag geben würde.«

»Wer weiß? Außerdem ist das doch völlig nebensächlich.«

»Warum? Denkst du an Claudia? Die hätte dir geraten, überhaupt keine Unterwäsche anzuziehen, glaube mir. Und sie würde dir auch sagen, dass du den heutigen Abend genießen sollst.«

»Du hast recht. Clau war nie ein Spielverderber, im Gegenteil. Wenn es nach ihr gegangen wäre, hätte ich meine Jungfräulichkeit schon etliche Jahre eher geopfert. Ich höre sie noch: ›Willst du eigentlich warten, bis dein Jungfernhäutchen an Altersschwäche eingeht?‹«

Filo kicherte. »Siehst du. Also gönn dir mal ein bisschen Spaß. Ein paar Leibesübungen sind immer gut für die Gesundheit.«

»Ich weiß trotzdem nicht, warum du einfach davon ausgehst, dass wir gleich heute Abend zusammen in die Kiste springen. Es kann sehr gut sein, dass Giovanni das überhaupt nicht in den Sinn kommt.«

Kreischendes Gelächter ließ sie die Augen verdrehen.

»Dann ist er entweder ein Kastrat oder schwul! Wach auf, Sarah! Den Mann, der nicht bei einer Essenseinladung an Sex zum Dessert denkt, den gibt es nicht!«

Sarah seufzte. »Wahrscheinlich hast du recht. Trotzdem – sag mir lieber, was ich über den Dessous anziehen soll.«

»Wohin geht ihr denn?«

»Ein schicker Italiener, elegant und teuer.«

»Kleines Schwarzes, ganz klar. Geh da ja nicht in deinen geliebten Jeans hin, ich kenne dich. Dem blonden Traum soll ruhig das Wasser im Munde zusammenlaufen, wenn er dich sieht.«

»Dann ziehe ich mein neues schwarzes Strickkleid an, das ist dezent, aber figurbetont.«

»Na siehst du, geht doch. Dazu würde die schwarze Unterwäsche natürlich hervorragend …«

»Ja. Ist ja gut. Ich ziehe sie an.«

»Das ist mein braves Mädchen. Und – aufgeregt?«

»Na, was glaubst du denn. Du kennst mich doch, ich bin nicht so cool wie du, leider. Heute wäre ich's gern.«

»Ach, dafür habe ich noch nie Schmetterlinge im Bauch gehabt, was soll's. Ich weiß aber auch gar nicht, ob ich Insekten in meinem Unterleib haben möchte.«

Sarah lachte. »Du spinnst.«

»Immer. Also, Schatz, ich muss zur Arbeit. Mach dich heute Abend nicht verrückt. Du bist klug, du bist schön, du bist sexy. Das sagst du dir bis heute Abend bitte hundert Mal vor, dann wirst du Muttern schon keine Schande machen. Ich erwarte morgen einen Lagebericht mit allen Details und wenn ich sage alle, dann meine ich auch alle.«

»Alles klar, Chef. Ciao, bis morgen.«

Sarah legte auf und lächelte. Die gute Filo hatte doch ein Herz unter ihrer kühlen Schale. Sie sah in den Gardrobenspiegel und beugte sich vor. »Du bist klug, du bist schön, du bist sexy.« Sie schloss lasziv die Augen und spitzte die Lippen zum Kussmund. Gar nicht schlecht, könnte Giovanni gefallen. Vielleicht noch ein bisschen mehr Schlafzimmerblick?

»Was machst du da, Sarah?« Karla stand in der Küchentür und guckte verwundert. Sarah fuhr zurück und stieß dabei mit lautem Getöse das Telefon von der Konsole.

»Ach, nichts. Ich hatte was im Auge.«

*

»Was sagen Sie denn zu unserer neuen Sekretärin, Chef? Schrill, was?« Wagner steckte sich eine Zigarette ins Gesicht und drückte den Anzünder.

Beck lachte und lenkte den Wagen auf die Auffahrt zur Stadtumgehung. »Ziemlich. Aber ist doch ein echter Hingucker in unserer Büro-Tristesse.«

»Hoffentlich arbeitet sie nicht so chaotisch, wie sie aussieht.« Wagner zeigte sich mal wieder optimistisch.

»Glaub ich nicht. Jedenfalls hat sie heute Morgen in Windeseile den Posteingang gesichtet und sortiert, leider.«

»Na ja, warten wir's ab.« Wagner sog genüsslich an seiner Zigarette. »Und wie hat der Dicke auf Ihren Anruf reagiert?«

»Bisher gar nicht. Ich habe nur mit seiner Assistentin gesprochen.«

»Mit der scharfen Irina?«

»Ja. Aber sie hat sich den Termin von Morowski absegnen lassen.«

»Warum kriegen wir eigentlich nicht mal so einen heißen Feger ins Büro?«

Beck grinste. »Weil wir keine Million im Jahr verdienen.«

»Meinen Sie, das reicht? Ich glaube, der kriegt noch mehr.«

»Mag sein.« Beck zuckte mit den Schultern.

»Wollen Sie eigentlich noch mal mit Morowski sprechen, weil Sie ihn ernsthaft in Verdacht haben oder – weil Sie ihm einen auswischen wollen, Chef?« Wagner schaute aus den Augenwinkeln lauernd in Becks Richtung.

Letzteres spielte zwar eine Rolle, aber das würde Beck auf keinen Fall zugeben. »Weder noch. Ich erhoffe mir einfach noch einen Fingerzeig, in welche Richtung auch immer. Und hören Sie auf, mich andauernd Chef zu nennen. Das brauche ich wirklich nicht, wir sind Partner.« Und wenn du nicht so ein altes Ekel wärst, würde ich dir jetzt das Du anbieten, aber das gibt es nur bei guter Führung, mein Lieber.

Wagner nahm Becks Wunsch kommentarlos zur Kenntnis. »Passen Sie bloß auf. Sie stehen mit einem Bein im Beförderungsstop, wenn der sich bei Gerner beschwert.« Wagner hustete. »Und ich auch.«

Womit wir wieder mal beim Thema wären. Beck seufzte. »Ich weiß. Wie ist er denn so, unser Chef? Ich habe ihn ja nur einmal kurz erlebt, nach meiner Einstellung.«

»Gerner? Schwer zu sagen. Aalglatt, würde ich sagen,

lässt sich nicht in die Karten gucken. Freundlich, solange alles klappt, aber stahlhart, wenn's Ärger gibt.«

»Na prima.« Beck fuhr von der Autobahn ab.

Irinas Lächeln war eine Spur kühler als das letzte Mal, aber ihre Umgangsformen waren dennoch vollendet. Wieder bot sie ihnen Kaffee an, den beide ausschlugen. Dann wandte sie sich mit einem entschuldigenden Blick wieder ihren Aufgaben zu und ließ Beck und Wagner an der Wand sitzen, aufgereiht wie Jungen, die auf den Tadel des Schuldirektors warteten. Diesmal ließ Morowski geraume Zeit verstreichen, bevor er sie in seine geheiligten Hallen ließ. Irina tippte geschäftig auf ihrem Laptop und würdigte die beiden Besucher keines Blickes mehr.

Nach zwanzig Minuten wurde es Beck zu bunt. »Frau Malten, wir hatten doch einen Termin bei Herrn Morowski. Wird er uns noch lange warten lassen? Wir haben viel zu tun.«

Die Schöne ließ blendend weiße Zähne blitzen. »Es tut mir leid, Herr Kommissar, Herr Morowski hat eine wichtige Besprechung, es war nicht abzusehen, dass sie so lange dauert.«

»Aha.«

Wagner schnaubte missbilligend. »Wollen wir nicht gehen, Ch…, Herr Beck, das bringt doch nichts.«

»Nein, ein Momentchen haben wir noch Zeit.« Nun gerade. Wenn der eine wichtige Besprechung hatte, dann hieß er ab heute Meier. Der saß doch bestimmt auf seinem dicken Hintern in seinem Büro und lachte sich ins Fäustchen, weil er sie wie Popanze hier warten ließ. Wieder verging Zeit, in der nur das Klicken der Tastatur und Wagners Trommeln auf der Armlehne die Stille unterbrachen.

»Gut. Richten Sie Herrn Morowski bitte aus, dass wir dringende Geschäfte zu erledigen haben. Wir kommen ein anderes Mal wieder, wenn er nicht ganz so … beschäftigt ist.« Beck reichte es. Er stand auf und nickte Wagner zu.

Wie auf ein Stichwort sprang die schwere Tür zu Morowskis Büro auf und ließ Zigarrenqualm und joviales Abschiedsgeplänkel heraus. Morowski trat in Begleitung eines wichtig aussehenden Herrn, dessen Gesicht Beck kannte, aber nicht einordnen konnte, in das Vorzimmer. Er würdigte Beck und Wagner keines Blickes.

»Irina, den Wagen bitte für Herrn Oppermann.« Natürlich, der Bürgermeister. Dieser nickte Beck freundlich zu und verließ den Raum. Morowski machte mit einem knappen Nicken grußlos deutlich, dass er ihren Besuch weit unter dem des Bürgermeisters ansiedelte, und ging voraus in sein Büro. Kaum hatte Wagner die Tür hinter ihnen geschlossen, ging es los.

»Ich wundere mich, Herr ...«, Beck tat ihm nicht noch einmal den Gefallen, ihm mit seinem Namen auszuhelfen, »...dass Sie, nachdem wir schon am Feiertag ein zweites Mal das Vergnügen hatten, mich noch ein drittes Mal belästigen. Was in aller Welt versprechen Sie sich davon?«

Beck lächelte verbindlich. »Ihre Hilfe, Herr Morowski. Sie sind der Letzte, der Claudia Ahrendt lebend gesehen hat ...«

»So weit waren wir doch schon«, unterbrach ihn Morowski, »haben Sie denn in der Zwischenzeit überhaupt nichts Neues herausgefunden, Himmel noch mal!?«

Beck ignorierte die Frage und erinnerte sich an die Regeln, die er auf zahlreichen Fortbildungen gelernt hatte. Immer an der Sache bleiben, nicht provozieren lassen, nicht die Gesprächsführung aus der Hand geben.

»Sie sind der Letzte, der Claudia Ahrendt lebend gesehen hat«, fuhr er fort, als hätte Morowski nichts gesagt. »Ich weiß, dass es sehr lästig für Sie ist, aber ich bitte Sie, sich an jedes noch so kleine Detail Ihres Gesprächs mit Claudia Ahrendt zu erinnern. Hat sie irgendetwas gesagt, das anders war als sonst, war sie angespannt, hat sie vielleicht von Problemen gesprochen, die sie mit einem Verwandten oder Bekannten hat?«

Morowski verdrehte die Augen. »Mein Gott, ich war doch nicht ihr Vater.«

Hättest es aber leicht sein können, du alter Sack, dachte Beck gehässig.

»Ich habe Ihnen schon gesagt, ich weiß nichts. Wir haben uns flüchtig an der Bar unterhalten.«

»Worüber?«

»Was weiß ich? Über Allgemeinplätze: Wie voll es heute ist, dass bald Weihnachten ist und so weiter und so weiter. Hochspannend für Sie.«

»Wie wirkte sie, als sie das Telefonat, von dem Sie erzählt haben, beendete? Ängstlich?«

Morowski schüttelte den Kopf. »Nein, gar nicht. Sie wollte nur plötzlich nicht mehr mitfahren.«

»Wohin wollten Sie fahren?«

»Ich wüsste nicht, was das mit Ihrem Fall zu tun hat.«

»Das zu beurteilen, müssen Sie mir schon überlassen.« Beck verfluchte sich stumm. Nicht so arrogant, Giovanni.

»Vorsichtig, Herr Kommissar. Wenn Sie mir nicht sagen können, warum Sie das wissen müssen, gebe ich keine Auskünfte über Privatangelegenheiten.«

»Wie Sie meinen. Ich wollte nur ausschließen, dass Claudias geänderte Meinung etwas mit Ihrem Ziel zu tun hatte.«

»Hatte es nicht, glauben Sie mir. Dort war sie schon öfter.« Morowskis Gesichtsausdruck machte deutlich, dass er nicht bereit war, mehr zu sagen. Wahrscheinlich hatte er irgendwo ein lauschiges, kleines Appartement angemietet für seine außerehelichen Spielereien. Vor Becks innerem Auge tauchte flüchtig das Bild eines feisten, nackten Morowski auf, eng verschlungen mit der schönen Claudia. Zum Brechen.

Hinter Beck trampelte Wagner unruhig mit den Füßen, wahrscheinlich wollte er der unangenehmen Situation entkommen.

Eine Sache musste Beck jedoch noch ansprechen und die würde wahrscheinlich zur endgültigen Explosion führen. »Herr Morowski, vielen Dank für Ihre Hilfe.«

Das Gesicht des Managers entspannte sich sichtlich.

»Nur eins noch: Besitzen Sie einen grauen Kaschmirmantel oder -pullover?«

»Was? Wieso müssen Sie das wissen?« Morowski war offenkundig irritiert.

»Weil wir am Mantel der Toten graue Kaschmirfasern gefunden haben, die aller Wahrscheinlichkeit nach vom Mörder stammen.« Beck übertrieb absichtlich, um mehr Druck zu erzeugen.

»Ich ...« Morowskis Arroganz schien kurzfristig abhanden gekommen zu sein. »Ja, tatsächlich, ich besitze einen solchen Mantel. Aber was beweist das schon? Ich möchte nicht wissen, wie viele Leute einen ähnlichen Mantel tragen.«

Beck nickte freundlich. Hab ich dich! »In der Tat, ich selbst habe auch einen solchen Mantel.«

Ein erleichtertes Lächeln erschien auf Morowskis rundem Gesicht.

»Nur war ich in der Mordnacht nicht mit Claudia Ahrendt zusammen.«

Das Lächeln gefror auf den pausbäckigen Zügen. »Ich verweigere jede weitere Aussage. Ich habe diese Frau nicht umgebracht und wehre mich entschieden gegen Ihre Unterstellungen.«

»Aber ich unterstelle Ihnen doch gar nichts, Herr Morowski. Ich muss nur jeder Spur nachgehen und bitte Sie dafür um Verständnis. Ich würde gern eine Probe von Ihrem Mantel für unser Labor nehmen, um Sie als Täter ausschließen zu können. Sie tragen ihn nicht zufällig heute?«

»Doch, zufällig trage ich ihn heute.« Weiß vor Wut oder Angst klingelte Morowski nach Irina. »Meinen Mantel.« Unwillig wandte der Manager sich wieder Beck zu.

»Selbst, wenn Sie feststellen, dass die Fasern übereinstimmen, ist das doch kein Beweis. Ich habe doch zugegeben, dass ich an dem Abend mit ihr zusammen war.«

Beck nickte. »Richtig, die Fasern können eventuell auch auf anderem Wege an den Mantel der Toten geraten sein. Allerdings muss schon eine gewisse Reibung erzeugt worden sein. Haben Sie Frau Ahrendt an diesem Abend umarmt, während Sie beide Ihre Mäntel trugen?«

Morowski schüttelte den Kopf. »Ich umarme in der Öffentlichkeit keine Flittchen, das können Sie sich ja wohl denken.« Irina kam mit dem Mantel zurück. »Nehmen Sie ihn mit. Ich kaufe mir einen neuen. Und jetzt habe ich zu arbeiten.«

Beck griff nach dem Mantel. »Auf Wiedersehen und entschuldigen Sie die Unannehmlichkeiten.« Beck erstickte fast an den Höflichkeiten, aber er wollte unbedingt die Form wahren. Natürlich erwiderte Morowski seinen Gruß nicht, in diesem Fall wahrscheinlich verständlich.

Auf dem Flur blieb Beck stehen und sah Wagner an. Der schüttelte bedenklich den Kopf. »Oh, oh, das gibt Ärger.«

*

Es fing wieder an zu schneien. Sarah zog ihre Wollmütze aus der Manteltasche und stülpte sie über ihre Locken. Mit einem lauten Knall spannte Asta einen überdimensionalen, schwarzen Schirm auf. »Verdammt, jetzt werden meine Haare wieder kraus. Wozu habe ich eigentlich heute Morgen stundenlang geföhnt?«

»Was soll ich denn sagen? Meine Haare sind immer kraus.«

»Quatsch. Du hast richtig schöne Locken, meine Haare stehen mir bei Feuchtigkeit um den Kopf wie einer Pusteblume!«

Sarah blickte nach vorn zu Karla, die der begeistert umher springenden Muffin Stöckchen warf. »Karla hat die glänzenden, glatten Haarfluten von Claudia geerbt, wunderschön.«

»Und wird sich garantiert in zehn Jahren aufregen, dass sie keine Locken hat. Du weißt doch, dass man immer das haben möchte, was einem nicht von der Natur mitgegeben wurde.«

Sarah seufzte. »Stimmt. Du meinst also, ich soll meine Haare für heute Abend nicht glatt striegeln?«

»Nein, wozu denn? Männer stehen auf Locken, jedenfalls nach meiner Erfahrung.«

»Furchtbar, dass man sein eigenes Aussehen im Grunde nur danach beurteilt, wie die anderen es einschätzen. Ich werde einunddreißig und bin immer noch unsicher wie ein Teenager. Was habe ich alles angestellt, um Ben zu gefallen! Gehungert, meine Haare glatt gebügelt oder in einen Chignon gezwängt, meine Füße in Highheels gepresst, weil er das sexy fand, meinen Bauch nach innen, meine Brüste nach oben gedrückt ... entwürdigend. Langsam sollte ich doch meinen Stil gefunden haben und zu meinem Aussehen stehen.«

»Zumal die Natur es dir leicht gemacht hat, dazu zu stehen. Aber ich kann dich trösten, ich war über vierzig, als ich endlich wusste, was mir steht und was nicht, welche Schönheitsrituale für mich okay sind und welche nicht. Wenn ich daran denke, dass ich noch mit achtunddreißig alle acht Wochen zum Brazilian Waxing gerannt bin. Diese Qualen!«

Sarah lachte resigniert. »Was sind wir Frauen nur für fremdbestimmte Geschöpfe. Immer, wenn ich gerade mal halbwegs zufrieden bin mit meinem Aussehen, lese ich in irgendeiner Frauenzeitschrift, dass man in Hollywood mit Größe 36 zu den Übergewichtigen zählt und ähnliche Hiobsbotschaften. Und schon würde ich mich am liebsten zum Fettabsaugen anmelden.«

»Kennst du eine, die das schon mal hat machen lassen?«

»Nee. Das gibt doch sowieso keine zu.«

Schweigend gingen sie nebeneinander her tiefer in den Elm hinein. Außer ihnen war niemand unterwegs. Ab und zu hörte man Karla rufen oder Muffin auf der Suche nach dem Stock raschelnd durch das Gebüsch brechen.

»Claudia war nicht so«, sagte Sarah. »So abhängig vom Urteil anderer, meine ich. Aber sie sah ja auch einfach perfekt aus, da ist das kein Wunder.«

»Du irrst. Claudia war absolut abhängig vom Urteil anderer. Ohne ihre Wirkung auf Männer wäre sie nichts gewesen. Das war alles, was sie hatte.«

»Stimmt. Aber sie war sich ihrer Wirkung eben so sicher, dass sie immer wahnsinnig selbstbewusst wirkte.« Sarah blieb stehen, sammelte eine einsame Kastanie auf und steckte sie in die Tasche.

»Ein Selbstbewusstsein, das sich nur auf ein gutes Aussehen stützt, ist ein sehr zerbrechliches. Damit sage ich dir doch nichts Neues. Außerdem bist du nicht weniger schön als Claudia, aber das glaubst du mir ja sowieso nicht.«

»Nee. Dann wäre ich nicht so aufgeregt wegen des heutigen Abends.«

»Das ist doch aber normal. Ich kenne keine Frau, die vorm ersten Date nicht aufgeregt wäre.«

»Ja, sicher. Aber ich möchte, dass er es mir nicht anmerkt. Er wirkt so souverän, da möchte ich nicht mit feuchten Händen und zittriger Stimme auftreten.«

»Ich habe homöopathische Tabletten gegen Lampenfieber. Vielleicht helfen die ja auch an diesem Fall.«

»Ja, vielleicht.« Sarah schüttelte unwillig den Kopf. »Ich werde einfach das Gefühl nicht los, dass es nicht in Ordnung ist, sich wegen dieser Verabredung Gedanken zu machen. Es ist ein völlig falscher Zeitpunkt für so etwas.«

»Wegen Ben? Oder wegen Claudia?«

»Ach, beides. Hauptsächlich wegen Claudia und Karla. Es kommt mir so selbstsüchtig vor, über meine Wirkung auf Giovanni nachzudenken, während Claudia kalt in irgendeiner Schublade einer Leichenhalle liegt.«

Asta blieb abrupt stehen. »Glaubst du, Claudia hätte

auch nur eine Minute gezögert, wenn sie in deiner Situation wäre? Wohl kaum.«

»Ich weiß wirklich nicht, warum hier jeder Claudia als ein gefühlloses Monster hinstellt, das keinen anderen Gedanken als Sex im Kopf hatte!« Erschrocken senkte Sarah die Stimme wieder und sah zu Karla.

»Niemand stellt deine Freundin so hin, jedenfalls nicht ich. Aber du hattest schon immer ein seltenes Talent, dir die schönen Dinge im Leben mit Bedenken und Schuldgefühlen zu versauen. Von mir hast du das jedenfalls nicht und auch nicht von Martha.« Astas Stimme zitterte in unterdrückter Erregung.

»Na, dann hast du dir ja nichts vorzuwerfen. Vielleicht komme ich ja nach meinem Vater. Wenn ich schon sonst nichts von ihm bekommen habe, dann doch wenigstens seine Depressionen. Danke, Papa.« Aufgebracht schleuderte Sarah die Kastanie wieder in den Wald.

»Es tut mir leid. Ich wollte dich nicht kränken. Aber es tut mir in der Seele weh zu sehen, wie sehr du dir selbst im Weg stehst. Vergiss Claudia, vergiss Karla für heute Abend und denk nur an dich, verdammt noch mal! Ich …« Asta brach ab, weil Karla zu ihnen zurückgerannt kam.

»Asta, warum schreist du so? Streitet ihr euch?« Besorgt sah das Mädchen zwischen den beiden Frauen hin und her.

»Nein, mach dir keine Sorgen. Wir streiten nicht richtig. Asta hat mir nur ein bisschen den Marsch geblasen, weißt du.« Sanft zog Sarah die Mütze des Mädchens zurecht.

Karla nickte. »Warst du ungezogen?«

»Nein ungezogen war sie nicht, nur idiotisch.« Asta lächelte dem Mädchen beruhigend zu.

Sarah nahm Karla an die Hand. »Kommt, lasst uns zurückgehen. Jetzt haben wir uns ein großes Stück Schokoladenkuchen verdient.«

*

Beck hatte damit gerechnet, dass sein zweiter Besuch bei Morowski Probleme aufwerfen könnte. Dass diese allerdings so postwendend auf ihn zukämen, hatte er dann doch nicht erwartet. Kaum hatte er sich in seinem Büro wieder häuslich eingerichtet, war ihm von Pumuckl ein Anruf Gerners durchgestellt worden. Mit knappen Worten hatte sein Vorgesetzter um ein Gespräch an diesem Nachmittag gebeten.

Obwohl sich Beck immer wieder vorbetete, dass er nur seine Pflicht getan und sich nichts zuschulden kommen lassen hatte, zeigte sein Magen eine deutliche Tendenz, diesem Mantra keinen Glauben zu schenken. Während er die Eingangshalle der Polizeidirektion durchquerte, ging er im Geiste immer wieder die Rede durch, die er zu seiner Verteidigung vorbringen wollte. Er konnte seinen Chef als Mensch überhaupt nicht einschätzen, aber in spätestens einer Stunde würde ihm das wahrscheinlich besser gelingen, als ihm lieb war.

Das freundliche Lächeln von Gerners Vorzimmerdame beruhigte ihn ein wenig. Zumindest bis zu ihr war sein Fehlverhalten, sollte es denn von Gerner als solches ausgelegt werden, noch nicht vorgedrungen. Vielleicht ging ja doch alles ganz glimpflich ab.

Im Gegensatz zu seinem Freund Morowski ließ Gerner Beck nicht lange warten. Kaum hatte er sich auf einem Besucherstuhl niedergelassen, wurde er von Gerner persönlich in dessen Büro geleitet. Der Chef bot ihm Platz in einer bequemen Sitzgruppe aus cognacfarbenem Leder an. Während Beck sich setzte, bemerkte er, dass Gerner exakt die gleichen Schuhe trug wie er. Wenigstens eine Gemeinsamkeit, die, wie Beck an Gerners Blickrichtung ablesen konnte, auch von diesem vermerkt worden war.

Schmal und ausgesprochen groß, in einen konservativen, sicher kostspieligen Dreiteiler gekleidet, wirkte der Leiter der Polizeidirektion eher wie ein Professor einer geisteswissenschaftlichen Fakultät. Ein lavendelblaues

Einstecktuch mit passender Krawatte und die silbrigen, etwas über den Kragen reichenden Haare bewahrten Gerners tadellose Erscheinung vor Spießigkeit.

»Kaffee, Kollege Beck?«

Beck lehnte dankend ab und registrierte die kollegiale Anrede mit gemischten Gefühlen.

Gerner schenkte sich selbst einen Kaffee ein. »Haben Sie sich denn inzwischen bei uns eingelebt?« Beck bejahte und wartete ab. »Sicherlich ist das Wohnen und Arbeiten in einer relativ kleinen Stadt eine Umstellung für Sie? Vielleicht haben Sie auch festgestellt, dass hier alles weniger anonym abläuft als in Berlin? Das hat Vorteile, in mancher Hinsicht, erfordert aber häufig auch ein wenig Diplomatie, nicht wahr?«

Beck registrierte die Eröffnung des Konfliktgesprächs und hätte sie als vorbildlich würdigen können, wenn dieses Gespräch nicht zufällig ihn selbst betroffen hätte. So lächelte er nur unbestimmt und bestätigte die Aussage seines Chefs.

»Ich hatte heute ein Gespräch mit Herrn Morowski.«

Beck schwieg und hielt sich mit Mühe davon ab, zu seiner Verteidigung anzusetzen, bevor überhaupt eine Anklage erfolgt war.

»Sie können sich denken, worum es ging?«

Aha, Gerner wollte gern, dass sich Beck selbst anklagte, aber den Gefallen würde er ihm nicht tun. »Herr Morowski war davon irritiert, dass ich ihn noch ein weiteres Mal befragen musste.«

Gerner wartete ab und lächelte, als er bemerkte, dass Beck es bei dieser sachlichen Aussage beließ. »Und? Würden Sie im Nachhinein Herrn Morowski in seiner Einschätzung recht geben, dass diese Befragung überflüssig und im Ton anmaßend war?«

Beck zählte im Geist langsam bis drei. »Am Mantel der Toten war eine Kaschmirfaser gefunden worden. Herr Morowski besitzt, wie sich heute herausstellte, einen Mantel aus diesem Material, der im Farbton passt.«

Gerner nickte, natürlich war ihm dieser Umstand schon bekannt. »Nun, ich selbst besitze ebenfalls einen grauen Kaschmirmantel.«

Beck lächelte zustimmend. »Ich auch. Nur, wie ich Herrn Morowski gegenüber schon äußerte, war ich nicht in der Tatnacht vor Ort.«

Gerner schmunzelte. »Das haben Sie zu Morowski gesagt?«

Er nickte. Gerner amüsierte sich anscheinend über einen geheimen Scherz, den er nicht mit Beck teilen wollte.

»Herr Morowski ist, wie Sie sicher schon mitbekommen haben, ein bedeutender Bürger unserer Stadt. Ich möchte Sie bitten, im Umgang mit ihm unbedingt Takt und Zurückhaltung zu zeigen.« Durch die freundliche Verbindlichkeit Gerners schimmerte jetzt Stahl.

»Sicher, das ist selbstverständlich.«

»Frau Schnur-Weidenhaupt ist übrigens informiert. Also seien Sie behutsam im weiteren Vorgehen.«

Beck schluckte. Frau Schnur-Weidenhaupt war seine unmittelbare Vorgesetzte und galt als sehr viel weniger umgänglich als Gerner.

Gerner erhob sich, die Audienz war beendet. Er reichte Beck die Hand und hatte freundlicherweise wieder den Schleier der Verbindlichkeit über den stählernen Kern seiner Persönlichkeit gezogen. »Nur interessehalber, Herr Beck, ich frage als Privatperson: Kommt Morowski für Sie als Mörder in diesem Fall ernsthaft in Betracht?«

»Nein, eher nicht.«

Gerner neigte abwägend den Kopf mit der dichten, silbergrauen Mähne. »Hm, habe ich mir schon gedacht.«

Beck meinte erstaunt, einen bedauernden Unterton wahrzunehmen.

War er hier womöglich nicht der Einzige, der Morowski nicht ausstehen konnte?

*

Entnervt schloss Beck die Akte. Wieder und wieder hatte er sämtliche Berichte und Fakten des Falles Ahrendt gelesen. Wagner hatte sich noch einmal Heinen vorgenommen – ohne neue Ergebnisse. Er sah auf die Uhr. Langsam wurde es Zeit, nach Hause zu fahren, wenn er sich vor der Verabredung mit Sarah noch ein bisschen frisch machen wollte. Er wünschte bloß, er könnte Claudia Ahrendt aus dem Kopf kriegen.

Unzufrieden zog er seinen Parka über. Er hatte natürlich vergessen, seinen Mantel aus der Reinigung zu holen, so dass er jetzt mit diesem alten Ding zu seinem Date gehen musste. Andererseits hatte er auch erst einmal genug von grauen Kaschmirmänteln.

Er schloss seine Bürotür ab und sah noch einmal kurz zu Pumuckl rein. »Ich gehe jetzt. Machen Sie nicht mehr so lange, Sie müssen doch nicht alles an einem Tag aufarbeiten!«

Die Sekretärin sah mit gefurchter Stirn von ihrer Tastatur hoch. »Kein Problem, ich habe heute nichts anderes vor.«

Beck nickte und schloss die Tür. Der rothaarige Neuzugang schien ein Gewinn zu sein. Irgendwann in den nächsten Wochen würde er Wagner und sie mal zum Essen einladen.

An der dauerroten Ampel auf seinem Heimweg betrachtete Beck, wie schon so oft, das lasziv auf einem zerwühlten Bett posierende Calvin-Klein-Model. Hätte er bloß mehr Sport gemacht! Wenn er heute Abend mit Sarah im Bett landen sollte, hätte er auch gern so ausgesehen. Die Ampel schaltete auf Grün und in Becks Hirn rastete ein Gedanke ein und stellte eine bisher fehlende Verbindung her.

Ihm wurde heiß und er umklammerte das Lenkrad. Natürlich! Eine Ahnung wurde immer deutlicher zur Gewissheit, einer Gewissheit allerdings, die aus dem Bauch geboren war. Er verließ den Innenstadtring und raste mit überhöhter Geschwindigkeit die Helmstedter Straße entlang stadtauswärts. Er wusste nicht, woher er plötzlich die Zuversicht nahm, ganz kurz vor der Lösung seines Falls zu stehen, aber sie war da.

Die Zahnräder des Schicksals blieben für einen Augenblick stehen und warteten.

21. Kapitel

Beck verwünschte seinen untermotorisierten Dienstwagen und trat das Gaspedal durch. Flüchtig schoss ihm durch den Kopf, Wagner zu kontaktieren, er durfte eigentlich dort nicht allein auftauchen, aber er konnte sich nicht überwinden anzuhalten. Die Intuition musste so schnell wie möglich zum Fakt werden, sonst ... erwies sie sich womöglich als Illusion.

Ein selbstmörderischer Fuchs tauchte im Scheinwerferlicht auf, die Augen glühend direkt auf Beck gerichtet. Fluchend stieg er mit quietschenden Reifen in die Eisen und zog instinktiv den Kopf ein. Das Heck brach auf dem reifglatten Asphalt aus und riss den Wagen quer zur Fahrbahn herum. Eine atemlose Ewigkeit lang rutschte die schwere Limousine auf den tiefen Graben neben der Gegenfahrbahn zu, bis die Vorderreifen auf einer trockenen Stelle wieder griffen.

Beck lenkte den Wagen auf die rechte Spur und hielt. Schwer atmend sah er sich um. Der Fuchs war weg, spurlos verschwunden, als sei er nie dagewesen, ein Phantom. Wenigstens hatte er ihn nicht überfahren. Idiot.

Er atmete tief ein, um seinen Puls wieder in den Bereich normaler Frequenzen zu bringen und griff nach seinem Handy. Das Glück war mit ihm und Wagner direkt am

Telefon. Sein Kollege sagte ihm zu, sofort aufzubrechen und die nötigen Maßnahmen zu treffen.

Beck blieb noch einem Moment am Straßenrand stehen und wünschte sich zum wiederholten Male, noch zu rauchen. Ersatzweise schaltete er das Radio an. *Bleeding Love* von Leona Lewis füllte die Dunkelheit und klagte die Traurigkeit, die sich in seiner Brust eingenistet hatte, in die Nacht hinaus. Er lehnte sich zurück, schloss die Augen und versuchte kurz zu entspannen. Wenige Augenblicke später richtete er sich jedoch schon wieder unruhig auf und sah auf die Uhr. Jetzt müsste Wagner schon unterwegs sein. Er ließ den Wagen an und setzte seinen Weg fort.

Im Watzumer Neubaugebiet zwang er sich, die vorgeschriebenen dreißig Stundenkilometer einzuhalten, obwohl er vor Ungeduld hätte schreien können. Es wäre wenig hilfreich, womöglich ein unvorsichtiges Kind anzufahren. Auf fünf Minuten mehr oder weniger kam es jetzt auch nicht mehr an. Er wusste ja sowieso nicht, ob er jemanden antreffen würde. Endlich war er in der kleinen Sackgasse angekommen und hielt auf dem Wendehammer. Seine Augen suchten eilig die vor ihm liegende Fassade ab. Licht! Es war also jemand zu Hause.

Er holte tief Luft und stieg langsam aus. Im Geist konzipierte er seine Vorgehensweise, die Worte mit Bedacht zu wählen war jetzt ungemein wichtig. Er würde nicht fragen, sondern konfrontieren. Suchend wandte er sich um und blickte die kleine Straße entlang. Von Wagner war noch nichts zu sehen. Vielleicht hätte er doch eher anrufen sollen. Es konnte jedoch auch von Vorteil sein, wenn er zunächst allein auftauchte. So etwas konnte man leider nie im Voraus sagen.

Er ging die lange repräsentative Auffahrt mit den hübschen Edelstahllampen hoch zum Eingang des Hauses und klingelte. Noch ehe er den Finger von der Klingel genommen hatte, wurde die Tür geöffnet. Christian Ahrendt blickte ihm erstaunt entgegen. »Herr Beck! Mit Ihnen habe ich jetzt aber nicht gerechnet. Ich wollte gerade ins Krankenhaus.« Beck nickte grüßend und registrierte, dass Ahrendt sich bereits einen Mantel übergezogen hatte.

Es war ein grauer Kaschmirmantel.

*

Sarah umkurvte bereits zum dritten Mal den Häuserblock, in dem sich das *La Campanella* befand. Verdammt, hatte sich heute ganz Braunschweig hier zum Essen eingefunden? Sonst bekam man hier immer einen Parkplatz! Aber natürlich, wenn es darauf ankam und sie ihr mühsam hergestelltes gutes Aussehen nicht durch einen Marsch in Wind und Kälte gefährden wollte, zeigte ihr das Schicksal eine lange Nase. Vielleicht hätte sie doch einen Parkplatz beim *Universum* bestellen sollen, so wie sie es gerade in einem Buch gelesen hatte. Zu spät.

Entnervt gab sie ihr Bemühen auf, direkt vor dem Restaurant zu parken und fuhr in eine Nebenstraße. Auch hier weit und breit kein Parkplatz, jedenfalls keiner, in den sie sich hätte hineinmanövrieren können. Mit ihren Einparkkünsten stand es nicht zum Besten. Schließlich war sie in Berlin immer nur U-Bahn gefahren und in Avessen stellte die Parkplatzsituation nun wirklich kein Problem dar.

Zu allem Überfluss begann es auch noch zu schneien. Ade, ihr wohlondulierten Locken! Mist! Zwei Parallelstraßen weiter fand sie endlich eine Lücke, in die sie ihren Beetle mit seinen überdimensionalen Kotflügeln quetschen konnte. Schweißgebadet von der konzentrierten Kurbelei am Lenkrad wandte sie sich zum Rücksitz um und wollte ihren Schirm greifen. Da war bloß keiner.

Mühsam krümmte sie sich über die Rücklehne des Fahrersitzes und schaute auf den Boden. Kein Schirm! Das durfte doch nicht wahr sein! Hier saß sie nun in leichten Abendsandalen mit frisch geföhnten Haaren und musste ohne Schirm mindestens einen Kilometer gehen. Scheiß-Universum! Wo war denn nur dieser dämliche Schirm geblieben? Sie war sich hundertprozentig sicher, ihn auf der Rückbank gesehen zu haben. Vielleicht hörte es ja auf zu schneien.

Sie beugte sich vor, um durch die Frontscheibe zum Himmel zu blicken, und stieß dabei mit der Stirn an den Rückspiegel. Was hatte sie eigentlich verbrochen? Wenn der Abend in diesem Stil weiterging, dann stand ihre Verabredung mit Giovanni unter keinem guten Stern! Sie seufzte und rieb sich die schmerzende Stelle. Hoffentlich gab das keine Beule.

Ein Blick zur Uhr sagte ihr, dass sie sich schon seit zehn Minuten im Restaurant befinden sollte. Machte nichts, man sollte die Männer ja ruhig ein bisschen warten lassen. Schnell fummelte sie noch ein letztes Mal ihren Lipgloss aus der Handtasche und legte einen rosa Schimmer auf, der sich erfahrungsgemäß bei der Ankunft im Lokal schon wieder verflüchtigt haben würde. Egal.

Fröstelnd stieg sie aus und zog sich ihren Schal notdürftig um die Haare. So musste es jetzt eben gehen, angeblich achteten Männer ja sowieso nicht auf so etwas wie eine Frisur. Eilig stöckelte sie mit ihren Highheels über das nasse Kopfsteinpflaster. Jetzt bloß nicht hinfallen, das wäre dann der Supergau. Der eisige Wind schlug ihr die nassen Flocken ins Gesicht. Vielleicht hätte sie sich ein Taxi vom Auto zum Restaurant nehmen sollen?

Endlich kamen die Lichter des *Campanella* in Sicht. Sie hastete in den Vorraum des Restaurants und nahm den Schal ab. Selbstverständlich hing kein Spiegel hier, vor dem man sich noch einmal die Haare hätte ordnen können. Wahrscheinlich war der Innenarchitekt ein Mann gewesen. Frustriert wühlte sie in ihrer Handtasche nach dem Taschenspiegel. Natürlich, die Wimperntusche war durch die Nässe unter ihren Augen angelangt. Sie wischte sie notdürftig mit den Fingern ab und betrat das Restaurant.

Hastig überflog sie mit den Augen die gut besetzten Tische. Kein goldblonder Schopf kündete von Giovannis Anwesenheit. Bleierne Enttäuschung machte sich in ihrem Inneren breit. Am liebsten wäre sie gleich wieder umgekehrt und nach Hause gefahren. Nichts war schlimmer als allein an einem Tisch zu sitzen und zu warten wie ein Mauerblümchen. Bevor sie die Flucht ergreifen konnte, kam jedoch schon ein Ober, einschüchternd in elegantes Schwarz gekleidet, mit verbindlichem Lächeln auf sie zu. »Kann ich Ihnen helfen?«

Sarah zwang sich, freundlich zurückzulächeln, obwohl sie am liebsten geweint hätte. »Ich bin hier mit einem Herrn verabredet, der Tisch müsste auf seinen Namen reserviert sein, Beck.«

»Ah, Giovanni. Ganz recht, es ist der Tisch dort hinten am Fenster. Herr Beck ist leider noch nicht da. Er wird sicher gleich kommen. Möchten Sie zunächst an der Bar einen Aperitif zu sich nehmen?« Sarah zögerte und nickte dann. Besser allein an der Bar als am Tisch, den fragenden Blicken der speisenden Paare ausgesetzt. Mit umsichtigen Griffen entledigte der Kellner sie ihres Mantels und zog ihr einen Barhocker heran. In ihrem kurzen schwarzen Kleid fühlte sich Sarah völlig entblößt. Wie ein aufgemotztes Tortenstückchen, das keiner essen wollte.

Bitte, Giovanni, beeil dich.

*

Ahrendt ging voraus in das Wohnzimmer. Den Mantel hatte er anbehalten, offenbar rechnete er nicht damit, dass die Unterredung lange dauern könne. Leise öffnete Beck die von Ahrendt bereits geschlossene Haustür wieder. Sein unfreiwilliger Gastgeber bot ihm höflich Platz an und lehnte sich an die Theke zur Küche.

»Bitte setzen Sie sich doch zu mir, Herr Ahrendt. Einen

Moment wird es schon dauern.« Die Situation erforderte unbedingt ein Gespräch auf Augenhöhe.

Christian Ahrendt runzelte die Stirn, nahm aber gehorsam ihm gegenüber Platz.

Beck wartete einen Moment und stürzte sich dann in das alles entscheidende Gespräch. »Sie haben abgestritten, dass Ihre Schwester von Ihrem Vater sexuell missbraucht worden ist.«

»Weil es nicht stimmt. Wieso fangen Sie wieder damit an?« Aufgebracht erhob sich Ahrendt halb von seinem Stuhl.

»Weil es von entscheidender Bedeutung ist. Setzen Sie sich, bitte.« Claudias Bruder sank auf den Stuhl zurück. »Ich glaube Ihnen, Herr Ahrendt, es spricht tatsächlich viel dafür, dass Ihre Aussage stimmt. Sie haben dabei nur vergessen zu erwähnen, dass nicht Ihre Schwester es war, die missbraucht wurde, sondern Sie.«

Ahrendt machte den Mund auf und suchte nach Worten. Das Blut war aus seinem Gesicht gewichen und er sah gespenstisch aus.

»Ihre Schwester wollte Sie beschützen und hat versucht, durch ständige Provokationen die Aufmerksamkeit Ihres Vaters von Ihnen abzulenken. Aber ohne Erfolg.«

»Selbst wenn es wahr wäre, was hätte das mit dem Mord an Claudia zu tun?« Christian Ahrendt hatte seine Sprache wieder gefunden, zitterte jedoch am ganzen Leib.

»Ihre Schwester drohte, alles aufzudecken. Und da haben Sie keinen anderen Weg mehr gesehen, als sie umzubringen. So war es doch, oder?«

»Ich war in Hamburg, als meine Schwester umgebracht wurde. Das können Sie gerne überprüfen.« Ahrendt zitterte jetzt so heftig, dass seine Zähne beim Sprechen aufeinander schlugen.

»Das haben wir bereits. Der Weg von Hamburg nach Braunschweig kann nachts mühelos in unter zwei Stunden zurückgelegt werden. Das *Radisson* ist die ganze

Nacht geöffnet, Sie konnten jederzeit kommen und gehen. Sie mussten nur einen Moment abpassen, in dem der Nachtportier abgelenkt war. Oder, was wahrscheinlicher ist, direkt mit dem Fahrstuhl in die Tiefgarage fahren, in der Sie Ihren Dienstwagen geparkt hatten. Sie haben Ihre Schwester umgebracht, Herr Ahrendt. Sie hat mit ihrer Rückkehr nach Avessen Ihr sorgfältig aufgebautes Leben, Ihre Familie und Ihre Karriere gefährdet.«

Ahrendt wollte etwas einwerfen, doch Beck sprach unbeirrt weiter. Er durfte sein Gegenüber nicht zur Besinnung kommen lassen.

»Sie hat Ihrem Vater gedroht, alles zu offenbaren, um Geld von ihm zu erpressen, für einen Neuanfang. Nur hätte eine Offenlegung Ihrer Familientragödie auch Ihre Bloßstellung in der Öffentlichkeit bedeutet. Wäre das wirklich so entsetzlich gewesen, dass es einen Mord an der eigenen Schwester rechtfertigt? Was kann so schlimm sein, dass man mitten in der Nacht von Hamburg nach Braunschweig fährt, mit dem Vorsatz, seine Schwester zu töten, die einzige Person, die immer zu Ihnen gehalten hat, die versucht hat, Sie zu beschützen?«

»Sie haben ja keine Ahnung.« Ahrendts Stimme erstickte in einem Schluchzen.

»Dann sagen Sie es mir. Sagen Sie, was Sie bewogen hat, Claudia zu töten, eine Schnur um ihren Hals zu legen und erbarmungslos zuzuziehen, bis sie nicht mehr atmete, und am Morgen in Hamburg wieder an einem Seminar teilzunehmen, als ob nichts geschehen wäre!«

Ahrendt schlug die Hände vors Gesicht. »Hören Sie auf! So war es nicht!«

Beck stand auf. »So? Wie war es denn dann?«

»Ich … ich wollte Claudia nicht umbringen. Sie … war so unerbittlich. Ich hatte sie immer wieder angefleht, nichts zu sagen, habe ihr Geld angeboten für ihre Ausbildung. Ich habe ihr gesagt, dass sie mein Leben ruinieren würde, das Leben meiner Frau, meiner Kinder. Aber sie wollte nicht hören, sie sagte, ich solle mich nicht so anstellen! Ein Skandal wäre nicht das Ende meines Lebens, aber das Ende der Maskerade meines Vaters. Sie hasste ihn so sehr, dass sie mich und meine Familie über die Klinge springen ließ, um ihn zu ruinieren. An dem … dem Abend hatte sie mir auf das Handy gesprochen. Am nächsten Tag wollte sie die Gemeinderatsversammlung aufsuchen und dort alles erzählen. Die Presse war auch eingeladen.«

Motorgeräusche kündigten die Ankunft seines Kollegen an. Beck sah durch das Fenster den wartenden Polizeiwagen mit zwei Beamten im Fond. Sekunden später betrat Wagner geräuschlos das Wohnzimmer, blieb aber in der Tür stehen.

»Und deshalb brachten Sie Claudia für immer zum Schweigen«, setzte Beck das Gespräch fort.

»Ich wollte das nicht. Ich wollte nur mir ihr reden, wollte sie anflehen, es mir zuliebe zu lassen. Sie hatte getrunken und lachte nur. Nannte mich einen Feigling und Spießer. Ich konnte ihr nicht begreiflich machen, dass es mir nicht um mich, sondern um meine Söhne ging. Sie beschimpfte mich und sagte …« Ahrendt brach ab und schluchzte in die vor das Gesicht geschlagenen Hände.

»Was sagte sie?«

»Sie sagte: ›Vielleicht hast du ja die Tradition schon fortgesetzt? Vielleicht hast du ja schon ein bisschen Spaß mit deinen Söhnen gehabt? Schließlich steht ja Susi nicht zur Verfügung.‹ Und da …« Ahrendt brach erneut ab.

»Da haben Sie den Riemen der Handtasche, der um Claudias Schulter hing, genommen und haben zugezogen.«

Ahrendt nickte. »Ja. Ich wollte ihr nur Angst machen, wollte ihr zeigen, wie es ist, wenn man in qualvoller Furcht leben muss, damit sie mich nie wieder einen Feigling nennt, nie wieder mich und meine Söhne … und plötzlich war sie still. Ich schüttelte sie und versuchte, sie wieder zu beatmen – aber … Oh Gott, Claudia! Was habe ich nur getan!«

Die Qual in Ahrendts Stimme nahm Beck den Atem.

Er legte dem Weinenden eine Hand auf die Schulter. »Ich verhafte Sie wegen Mordes an Claudia Ahrendt.« Beck nickte seinem Kollegen zu und half Ahrendt aufzustehen. Wagner ergriff seinen Arm und führte ihn Richtung Tür.

Claudias Bruder ließ sich widerstandslos abführen, ging mit gebeugtem Rücken neben Wagner her – ein Opfer, das zum Mörder geworden war.

»Einen Moment!« Beck war noch etwas eingefallen.

Wagner blieb stehen und sah erstaunt zurück, Ahrendt reagierte nicht.

»Nur eine Frage noch. Was wollten Sie eigentlich in Claudias Haus?« Ahrendt starrte ihn verständnislos aus tief liegenden Augen an. »An dem Abend, an dem Sie angeblich noch in Hamburg waren? Sie haben irgendetwas in Claudias Wohnzimmer gesucht. Was?«

Ahrendt senkte den Kopf. »Sie schrieb immer in ein Tagebuch, jedenfalls früher. Ich wollte … Sarah hatte mir gesagt, dass die Polizei …« Er brach ab.

»Sie hatten Angst, die Familiengeheimnisse, wegen derer Sie Ihre Schwester töteten, könnten dort aufgeschrieben sein?«

Ahrendt nickte stumm.

»Und? Haben Sie ein Tagebuch gefunden?«

»Nein, nichts.«

Beck versuchte, im grauen Gesicht seines Gegenübers zu lesen. Sagte er die Wahrheit? Würde er seine tragische Geschichte, aufgeschrieben in den schonungslosen Worten seiner Schwester, so ohne weiteres der Polizei aushändigen? Eher nicht. Und wenn schon, er hatte gestanden. Wozu das Leid noch vergrößern.

Beck sah Wagner auffordernd an und sein Kollege schob Ahrendt sanft aus der Tür.

Beck trat ans Fenster und sah zu, wie Wagner Ahrendt in den Polizeiwagen schob. Auf Handschellen hatte er verzichtet, das war gut.

Beck ließ den Blick durch das hübsche Wohnzimmer der Ahrendts schweifen. Das war nun Vergangenheit. Wo auch immer Susi Ahrendt ihr weiteres Leben verbringen würde – hier wahrscheinlich nicht. Drei Kinder und der Vater im Gefängnis. Armes, ungeborenes Kind. Es wusste noch nicht, in welche Tragödie es hineingeboren werden würde.

Beck wandte sich zum Gehen und warf einen Blick auf seine Armbanduhr. Zehn nach acht. Um Gottes Willen, Sarah! Er war doch mit Sarah verabredet! Er raste aus dem Haus, warf die Tür hinter sich zu und sich selbst in sein Auto. Hoffentlich würde sie warten! Unterwegs musste er noch Wagner benachrichtigen, dass er nicht sofort nachkäme.

Und wieder einmal machte ihm sein Beruf einen Strich durch eine private Rechnung.

*

Sarah stand auf. Jetzt reichte es. Sie hatte eine halbe Stunde auf Beck gewartet, das war schon mehr, als die meisten Frauen zugestanden hätten. Sie zahlte ihren Prosecco und versuchte, den mitleidigen Blick des Barkeepers zu ignorieren. Einmal mehr abgewiesen. Sie musste unbedingt die Tränen zurückhalten, bis sie den Schutz ihres Wagens erreicht hatte. In Zukunft könnten ihr alle Giovanni Becks dieser Welt gestohlen bleiben. Schließlich gab es noch mehr Freuden im Leben als Männer. Es war sowieso fraglich, ob man die zu den Freuden zählen durfte.

Es schneite immer noch, doch sie zog den Schal nicht über die Haare. Wozu? Es interessierte ja doch keinen, wie sie aussah. Das Selbstmitleid trieb ihr Tränen in die Augen und sie schniefte. Als sie um die Ecke des Restaurants bog, pfiff ihr der eisige Wind schrill in den Ohren und sie legte schützend die Hände darüber. Sie blieb stehen, um doch noch den Schal umzulegen.

»Sarah!« Eine Hand packte sie an der Schulter. Sie schrak zusammen und blickte in das schöne Gesicht ihrer säumigen Verabredung. »Sarah, mein Gott, ich rufe schon die ganze Zeit nach dir. Hast du mich nicht gehört? Oder bist du sauer, weil ich so spät komme?« Offensichtlich war Beck gerannt, er rang nach Atem.

»Beides«, antwortete Sarah. Arschloch.

»Bitte, geh mit mir zurück, ich möchte dir erklären, warum ich so spät komme. Glaub mir, ich habe einen guten Grund.«

Sarah wehrte sich gegen die drängende Hand Becks an ihrer Schulter. »Da gehe ich nicht wieder rein, jedenfalls nicht heute Abend. Schließlich war ich lange genug dort den Blicken ausgesetzt, wie ein sitzengebliebenes Mädchen bei der Tanzstunde.«

Beck nickte zerknirscht. »Du hast recht. Bitte, entschuldige. Vielleicht ist es auch besser, wir gehen zu mir. Ich wohne hier gleich um die Ecke.«

»Zu dir?« Bildete sich der Kerl jetzt auch noch ein, das Essen auslassen und gleich zum Dessert kommen zu können? Das kannst du dir abschminken, mein Lieber, da läuft heute überhaupt nichts.

»Ja. Das, was ich dir sagen muss, wird dir nicht gefallen.«

»Was hast du … oh Gott, hast du den Mörder gefunden? Den Mörder von Claudia?« Vorübergehend vergaß Sarah ihre Wut und verletzte Eitelkeit. »Wer ist es? Sag, wer?«

Beck schüttelte den Kopf. »Ich möchte, dass du im Warmen sitzt und ein Glas Wein in der Hand hast, wenn wir darüber sprechen, bitte, Sarah. Es ist besser so.«

»Was besser für mich ist, entscheide ich. Und ich möchte es jetzt hören, hier, sofort.« Sarah richtete sich zu ihrer vollen Größe auf und starrte Beck auffordernd an. Die Zeiten sind vorbei, Herr Kommissar, in denen ich mir von einem Mann vorschreiben lasse, was gut für mich ist, Pech für dich.

Beck nickte resigniert. »Wie du willst. Christian Ahrendt hat es getan. Ihr Bruder. Tut mir leid, Sarah.«

»Christian? Nein, das kann nicht sein, niemals hätte er seine Schwester …« Sarahs Stimme brach und sie begann zu weinen. »Das kann doch nicht sein, Giovanni, nicht Christian!«

Beck legte ihr einen Arm um die Schulter und zog sie an seine Brust. »Komm, ich bring dich ins Warme. Du bist ja schon ganz kalt.«

Plötzlich blitzte ein Bild hell auf in der düsteren Wirrnis ihrer Gedanken. »Giovanni! Ich habe vergessen, dir zu sagen, dass ich die Thermoskanne gefunden habe.«

»Welche Thermoskanne?« Beck zog Sarah weiter die Straße entlang.

»Die Thermoskanne, in der Frau Ahrendt den Tee gekocht hat! Du weißt schon – in der Brandnacht!«

Beck blieb so plötzlich stehen, dass Sarah fast gestürzt wäre. Er schwieg. Dann sah er Sarah fest in die Augen und sagte: »Ich weiß wirklich nicht, von welcher Thermoskanne du sprichst.«

Epilog

Ruckartig wachte Sarah auf und starrte orientierungslos in die Dunkelheit. Sie tastete nach ihrer Nachtischlampe. Aber da war keine. Da war auch kein Nachttisch! Panisch tastete sie in die Leere neben ihrem Bett. Wo war sie?! Ihr war kalt und sie zerrte an dem Zipfel der Decke, die noch über ihrem Körper lag.

Eine leichte Bewegung neben ihr ließ sie erstarren. Vorsichtig bewegte sie ihre Hand in die Richtung, in der sie die Bewegung gespürt hatte. Haut berührte Haut. Ihr entfuhr ein entsetztes Quieken und sie schlug schnell die Hand vor den Mund. Langsam glitt sie mit der Hand unter die Decke und betastete ihren Körper.

Nackt. Fast. Ihren BH hatte sie noch an. Na immerhin. Sie stöhnte leise und glitt ganz aus dem Bett. Wo war nur die Tür? Keine Ahnung. Moment mal, doch, genau gegenüber vom Bett. Sie waren durch die Tür auf das Bett gefallen, als sie… Oh, oh.

Sie kroch auf allen vieren leise um das Bett herum und versuchte, nicht daran zu denken, was sie für einen Anblick böte, wenn jetzt das Licht anginge. Da war die Tür, Gott sei Dank nur angelehnt. Sie schob sie vorsichtig auf und schlich hinaus.

Durch das Fenster im Wohnzimmer fiel das Licht der Straßenlaterne und schien auf den Lehnsessel, in dem sie eingeschlafen war, nachdem sie stundenlang geheult hatte. Und dann war Giovanni wieder nach Hause gekommen und hatte sie … geweckt. Oh ja, sie war wirklich wach gewesen, hellwach. Oh, oh.

Da war ihr Kleid, auf der Gitarre. Wo war bloß ihr Slip? Hier jedenfalls nicht. Sie schnappte das Kleid und hastete ins Bad. Licht, endlich.

Sie trat vor den Spiegel und blickte in das Gesicht einer medusenhaarigen Frau, die sie nicht kannte. Knallrot geknutschte Lippen, Wimperntusche auf den Wangen und ein … war das tatsächlich ein Knutschfleck auf ihrem Hals? Sie hatte seit fünfzehn Jahren keinen Knutschfleck mehr gehabt!

Sie drehte das Wasser auf und wusch sich die Wimperntusche aus dem Gesicht. Gott, ihr Schädel dröhnte! Am liebsten hätte sie ihn unter den kalten Strahl gehalten. Sie trocknete ihr Gesicht ab und zog das Kleid über.

Was nun? Am besten, sie fuhr nach Hause, oder? Wo war bloß ihr Slip? Zur Not konnte sie auch ohne fahren. Aber sie konnte doch nicht einfach abhauen und ihren Schlüpfer hier lassen. Wie peinlich war das denn? Was war bloß in sie gefahren?

Blöde Frage, es war ziemlich klar, was … oder wer in sie gefahren war!

Sie schlich in den Flur und suchte nach ihrer Handtasche. Scheiße, die war ja im Schlafzimmer. In ihrem Mantel war kein Autoschlüssel, aber das Handy.

Sie schlich in die Küche und schloss leise die Tür hinter sich. Wasser! Erst mal brauchte sie unbedingt ein riesiges Glas Wasser. Wie viel Wein hatte sie eigentlich getrunken? Keine Ahnung. Sie stürzte das Wasser hinunter und griff nach dem Handy. Ehe sie genau wusste, was sie da tat, hatte ihre Hand Filos Nummer eingegeben. Wie spät war es eigentlich? Egal. Dies war ein Notfall.

»Ja?«

»Filo, ich bin's.« Sarah flüsterte und sah nervös zur Küchentür.

»Was? Wer ist da?« Filo klang jetzt wacher, aber sehr unwirsch.

»Sarah. Ich bin …«

»Sarah? Kannst du nicht lauter sprechen? Ist was passiert?«

»Nein. Ich muss flüstern, sonst wacht Giovanni auf.«

Filos Schrei klang jetzt hellwach. »Sag nicht, du liegst neben dem schönen Giovanni und telefonierst mit mir!«

»Nein, ich sitze in der Küche. Ich kann nicht nach Hause, meine Handtasche ist im Schlafzimmer und … und mein Schlüpfer ist auch nicht da.«

Filos Gelächter schepperte schmerzhaft an Sarahs Ohr. »Du Schlampe! Wieso in aller Welt hast du denn deine Handtasche im Schlafzimmer?«

»Ich … na ja, ich brauchte was daraus.« Sarah räusperte sich.

»Ein Kondom. Für so dämlich hätte ich Giovanni gar nicht gehalten, dass er nicht selber vorsorgt.«

»Ist er auch nicht. Aber … aber ich wollte unbedingt ein bestimmtes. Oh Gott, ich darf gar nicht daran denken, wie ich mich benommen habe. Dabei war ich so sauer auf ihn. Und …« Sarah stöhnte auf, als ihr der Beginn des Abends wieder einfiel. »Filo, es war Christian. Christian hat Claudia umgebracht. Ich kann es nicht fassen. Mein Kopf ist völlig benebelt. Warum habe ich bloß so viel getrunken?«

»Christian? Aber – warum?«

So weit es ihr schmerzendes Hirn zuließ, fasste Sarah Giovannis Bericht kurz zusammen. »Das ist eine unfassbare Tragödie! Denk nur an Susi und die Kinder! Und Chris im Gefängnis, ich …«

»Ja. Das ist wirklich schlimm.« Filos Stimme war ungewohnt ernst.

»Und ich sitze hier halb nackt. Was soll ich denn jetzt tun?«

»Du legst dich wieder hin und denkst erst morgen darüber nach. Was denn sonst?« Filo gähnte herzhaft. »Sag mal, weißt du eigentlich, wie spät es ist?«

»Nein. Meine Uhr ist auch im Schlafzimmer. Ich …« Sarah drückte auf die Austaste und schob das Handy gerade noch rechtzeitig unter eine Schale mit Obst, bevor sich die Küchentür öffnete.

Da stand er, zerzaust und bis auf schwarze Boxershorts nackt und grinste sie verschlafen an. Hilfe!

»Was machst du denn hier in der Küche? Hast du Hunger?«

»Nein, ich … hatte Durst. Ich habe wohl zu viel Wein getrunken. Ich muss jetzt nach Hause.«

Giovanni kam näher und zog sie vom Stuhl. »Warum willst du denn mitten in der Nacht nach Hause? Komm wieder ins Bett.« Er küsste sie auf den Hals.

»Nein, ich … habe meinen Slip nicht gefunden, ich …« Mein Gott, Dittmann, hör auf zu quasseln.

»Den brauchst du jetzt nicht.«

»Doch, ich … Das ist wirklich nicht der Zeitpunkt …«

Er zog sie dicht an sich und küsste sie. Eine Hand glitt unter ihr Kleid.

Okay, anscheinend brauchte sie den Slip wirklich nicht.

ENDE

Bettina Owczarski

geboren 1959 in Salzgitter, lebt im idyllischen Städtchen Königslutter am Elm.
Sie studierte in Braunschweig Germanistik und Bildende Kunst und arbeitete fünfzehn Jahre als Grundschullehrerin. Heute leitet sie ein Studienseminar für die Lehrerausbildung in Helmstedt.
Das Schreiben ist seit langem ihre Leidenschaft. Viele Jahre schrieb sie Bühnenstücke für ihre regional erfolgreiche Comedy-Gruppe *DilleTanten*, von denen einige bereits veröffentlicht wurden.

Isa Schikorsky
Abt Jerusaleum und die Hohe Schule des Todes
Braunschweig-Krimi
978-3-939689-29-4
9,90 Euro

Klaus Nührig
Penny Lane
Braunschweig-Krimi
978-3-939689-08-9
9,90 Euro

Klaus Nührig
Auge
Kriminalroman
Braunschweig/Peine
978-3-934927-20-9
10 Euro

Rüdiger A. Glässer
König der Schlangen
Harzkrimi
978-3-939689-54-9
11,90 Euro

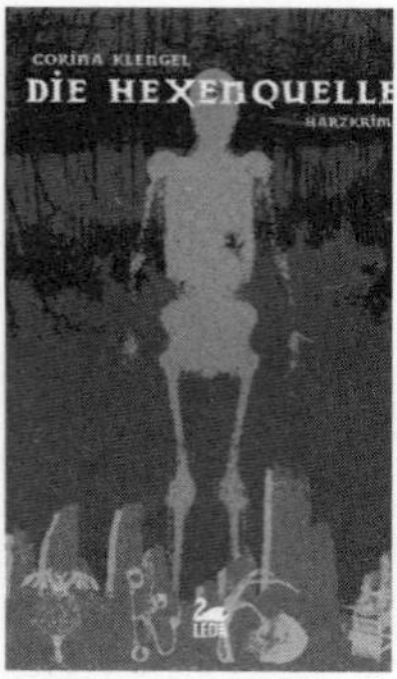

Corina C. Klengel
Die Hexenquelle
Harzkrimi
978-3-939689-12-6
ca 480 S.; 9,90 Euro

Corina C. Klengel
Todesrune
Harzkrimi
978-3-939689-32-4
ca 480 S.; 11,90 Euro

Peter Gerdes
Fürchte die Dunkelheit
Kriminalroman
978-3-934927-60-5
272 S.; 11,90 Euro

Gerhard Meuss
Der Rembrandt-Coup
Braunschweigkrimi
978-3-9934927-70-4
9,90 Euro

Maeve Carels
Zur ewigen Erinnerung
978-3-939689-08-9
9,90 Euro

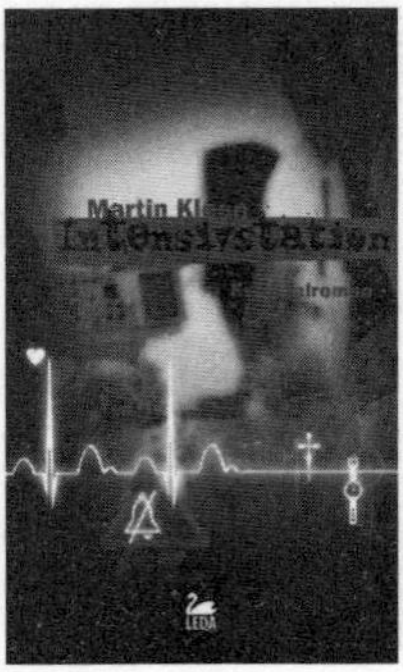

Martin Kleen:
Anästhesie
Kriminalroman
978-3-939689-05-8
224 S.; 8,90 Euro

Martin Kleen:
Intensivstation
Kriminalroman
978-3-939689-57-7
288 S.; 9,90 Euro

Martin Kleen:
Psychiatrie
Kriminalroman
978-3-934927-92-6
272 S.; 9,90 Euro

Lars Winter
Blonder
Mond
Ostfrieslandkrimi
978-3-939689-59-1
10,90 Euro

Gundula Thors
Köhlbrand sehen
und sterben
Hamburgkrimi
978-3-934927-61-4
9,90 Euro

Kerstin Körte
Dass ich dich besser
fressen kann
Ostfriesland – Leer
978-3-939689-37-9
8,90 Euro

Lothar Englert
Friesische Freiheit
Historischer Roman
978-3-934927-55-3
12,90 Euro

W. W. Domsky
Ehre,
wem Ehre …
Kriminalroman
978-3-939689-33-1
9,90 Euro

Manfred C. Schmidt
Gut Schuss
Ostfrieslandkrimi
978-3-939689-39-3
256 S.; 9,90 Euro

Hanna Dunkel
Mordsache Ulsnis
Schleswig-Holstein
978-3-939689-30-0
9,90 Euro

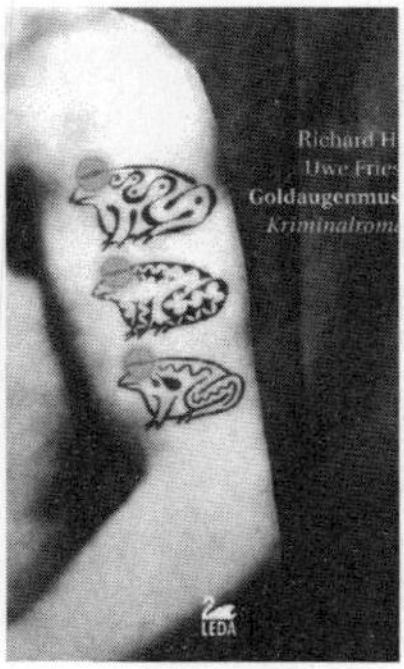

Hey/Friesel
Goldaugenmusik
Kriminalroman
978-3-934927-74-2
9,90 Euro

Regine Kölpin
Otternbiss
Inselkrimi
978-9-939689-35-5
9,90 Euro

Venske/ Gerdes (Hrsg):
Gepfefferte
Weihnachten
Krimis & Rezepte
978-3-939689-38-6
9,90 Euro

H. & P. Gerdes (Hrsg):
Friesisches
Mordkompott
Süßer Nachschlag
978-3-939689-21-8
9,90 Euro

H. & P. Gerdes (Hrsg):
Friesisches
Mordkompott
Herber Nachschlag
978-3-939689-20-1
9,90 Euro

Tatjana Kruse
Nur ein toter Maler ist ein guter Maler
Inselkrimi – Norderney
978-3-939689-26-3
8,90 Euro

Ulrike Barow
Baltrumer Bärlauch
Inselkrimi – Baltrum
978-939689-31-7
9,90 Euro

Wolke de Witt
Sturm im Zollhaus
Ostfrieslandkrimi
Leer
978-3-934927-77-3
8,90 Euro

Regula Venske
Bankraub mit Möwenschiss
Inselkrimi – Juist
978-939689-18-8
8,90 Euro

Ulrich Hefner
Das Lächeln der toten Augen
Frieslandkrimi
978-3-93968917-1
9,90 Euro

Peter Gerdes
Wut und Wellem
Inselkrimi
Langeoog/Leer
978-3-939689-34-8
9,90 Euro